光明社科文库
GUANGMING DAILY PRESS:
A SOCIAL SCIENCE SERIES

·文学与艺术书系·

刘师培诗词笺释

郭院林 焦 霓 朱德印 ｜笺释

光明日报出版社

图书在版编目（CIP）数据

刘师培诗词笺释 / 郭院林，焦霓，朱德印笺释 . --
北京：光明日报出版社，2022.11
ISBN 978 - 7 - 5194 - 6904 - 7

Ⅰ. ①刘… Ⅱ. ①郭… ②焦… ③朱… Ⅲ. ①刘师培
(1884—1919) —诗歌评论 Ⅳ. ①I207.22

中国版本图书馆 CIP 数据核字（2022）第 222697 号

刘师培诗词笺释
LIU SHIPEI SHICI JIANSHI

笺　　释：郭院林　焦　霓　朱德印

责任编辑：李壬杰　　　　　　　责任校对：乔宇佳
封面设计：中联华文　　　　　　责任印制：曹　净

出版发行：光明日报出版社

地　　址：北京市西城区永安路 106 号，100050

电　　话：010 - 63169890（咨询），010 - 63131930（邮购）

传　　真：010 - 63131930

网　　址：http：// book. gmw. cn

E - mail：gmrbcbs@ gmw. cn

法律顾问：北京市兰台律师事务所龚柳方律师

印　　刷：三河市华东印刷有限公司

装　　订：三河市华东印刷有限公司

本书如有破损、缺页、装订错误，请与本社联系调换，电话：010-63131930

开　　本：170mm×240mm

字　　数：462 千字　　　　　　印　　张：26.5

版　　次：2023 年 5 月第 1 版　　印　　次：2023 年 5 月第 1 次印刷

书　　号：ISBN 978 - 7 - 5194 - 6904 - 7

定　　价：99.00 元

序

　　扬州大学郭院林教授的《刘师培诗词笺释》杀青，嘱为引喤。奉读一过，其诠释之精博，见解之深邃，令人叹为观止。孟子强调颂诗读书，必须知人论世。其实两者是互为因果的：要知人论世，同样应该颂诗读书。陈寅恪先生的"以诗证史"，便是典范。院林兄知人论世，故笺释刘师培诗词能够臻乎完美。而我则通过颂诗读书——颂刘师培之诗、读院林兄之书，对刘师培其人，甚至其世，也有了更全面、更深入的了解。过去探讨诗歌的创作动机，多为缘情而发。而论其功能，又强调言志。所以刘师培自序《左盦诗》，称写诗之宗旨是"歌咏情志，抒泄哀愉"，而写诗之方法，则为"藻词谲喻，感物联类"。这和何景明《与李空同论诗书》所谓"诗文有不可易之法者，辞断而意属，联类而比物也"，旨意略同。今人言诗，好谈意象，常引《周易·系辞》"观物取象""立象以尽意"，以为诗歌准则。殊不知何景明论李梦阳诗，即称"意象应曰合，意象乖曰离"。刘师培所作，语多艰涩，又好用事。而院林兄之笺释，蔓引株求，披沙拣金。得其解析，乃知多为难言之隐之真实写照。是为意象相应，也就是何景明所言之"合"。

　　对于刘师培的认识，普通的民众很难从记忆之中找到相关的碎片。而真正的学者，不可能也不应该成为大众娱乐的摩擦对象。过去常说，坐得冷板凳，吃得冷猪肉，两个"冷"字，可以概括学者的身前身后。不过，刘师培年轻的时候鼓吹革命，也算是追风少年。他在当时报刊发表了诸多诗文，成了晚清一代知识青年的偶像。当然，其以后的沉沦，与他首鼠两端、转而投靠清廷有关，这也是咎由自取。只是刘师培学术研究方面的成就，我们也不能因人废言。辛亥革命爆发后，追随端方入川的刘师培被四川军政府拘押，已经和他反目成仇的章太炎，曾发电报给四川都督尹昌衡救下刘师培。据刘文典《回忆章太炎先生》称："我记得电文上有这几句

1

话：'姚广孝劝明成祖：殿下入京，勿杀方孝孺。杀方孝孺则读书种子绝矣。'又说：'申叔若死，我岂能独生？'"（《文汇报》，1957年4月13日）随后章太炎又发表《宣言》，称："今者文化陵迟，宿学凋丧，一二通博之材如刘光汉辈，虽负小疵，不应深论。若拘执党见，思复前仇，杀一人无益于中国，而文学自此扫地，使禹域沦为夷裔者，谁之责耶？"（《章太炎全集》第18册，上海人民出版社2017年版，第390页）可见刘师培在太炎先生心目之中的学术地位。

　　由于传记、年谱等文献资料详于客观之史实，很难体会研究对象之主观情愫，所以，我们通过解读刘师培的诗歌作品，不仅可以考察其参与革命之时的心路历程，也可以了解其后来的彷徨动摇，甚至背叛之时的思想变化。譬如，刘师培早年曾撰文《论激烈的好处》，自称是"激烈派第一人"。他以"驱除鞑虏"为革命的第一要务，所以反对君主立宪。在他看来，如果保留了清王朝的皇帝，即使是仅存象征意义，但其意义并不能象征着"恢复中华"之目标的实现。因此，他这一时期发表的怀古之作，诸如《宋故宫癸卯》《文信国祠》《黄天荡怀古》等，都是借古喻今，用历史来演绎反清的理想。但在赴日本之前，刘师培已经显现出对民族主义革命的厌倦和动摇。他曾将《偶成》《杂赋》诸诗，留给《政艺通报》编辑部刊发。《偶成》凡二首，其一所谓"子瞻正叔皆贤哲，党论纷拿本激成"，是将当时各种政治力量的角逐，比作北宋苏轼与程颐之间无谓的洛蜀党争。而刘师培归自日本、投靠端方以后，他在诗歌之中更是千方百计地掩饰自己失节的行径。同样是咏古的题材，其《书扬雄传后》依据《汉书》，对朱熹所撰《通鉴纲目》考述扬雄曾为王莽新朝大夫、且上《剧秦美新》献媚一事，进行翻案。其实不过是借他人之酒杯，浇自己胸中之块垒。

　　当然，刘师培作为学人，在诗歌中也表达了其从事学术研究的兴趣所在。并且，其中还有他并没有公开宣示于人的学术评价，包括自我的评判。这或许更接近其真实的想法。有关刘师培之学术成就，蔡元培先生之《刘君申叔事略》有简单的介绍："所著书，经其弟子陈钟凡、刘文典诸君所搜辑，其友钱君玄同所整理，南君桂馨聘郑君裕孚所校印者，凡关于论群经及小学者二十二种，论学术及文辞者十三种，群经校释二十四种。"（《仪征刘申叔遗书》卷首，广陵书社2014年版）可见，其涉足的重点，为传统经学。这与其家学渊源有关。刘师培取室名为"左盦"，其家族成员专注《左传》，始于曾祖刘文淇。据《清史稿·刘文淇传》记载，刘文淇主要的贡献是疏证杜预旧注之讹误。当他去世之后，刘师培的祖父刘毓崧、伯父刘寿曾，又继续从事着刘文淇未竟的事业。因此，《清史稿》将他们父子二人附传于刘文淇。而刘师培的父亲刘贵曾，也是汉学名家，梅铖《青溪旧屋仪征刘氏五世小记》称"其著《春秋左传历谱》，推衍朔闰，正杜氏之失，也是为《左传旧注疏证》而作的"（梅铖《青溪旧屋仪征刘氏五世小记》，上海古籍出版社2004年版，第26页）。刘师培曾有《励志》一诗，述其先辈治学《左传》之经历甚详。而诗的后半部分，是刘师培誓言接棒的自我激励："贱子悾恫姿，竦标先业休。迨时失播获，曷云酬芸莍？"最后说"僶俛戒稅志，砮错伤寡俦。镂金古有训，勉哉屏息游"。另外，刘师培早年还有《甲辰年述怀诗》，则称"丘明亲授孔门业，《公》《谷》多凭口耳传。独抱麟经承祖业，礼堂写定待何年"。又言"攘狄春秋申大义，区别内外三传同。我纂祖业治左氏，贾、服遗书待折中"。所谓"攘狄"，刘师培自注云："余著《春秋左氏传夷狄谊》，未成。"可见其早期的《左传》研究，也寄托着反清的政治目的。我们甚至可以认为，在刘师培从事民族主义革命之时，是将《春秋》作为斗争之武器的。他曾写信给端方，劝其"舍逆从顺"，直言"光汉幼治《春秋》，即严夷夏之辨，垂髫以右，日读姜斋、亭林书，于中外大防尤三致意。窃念天下兴亡、匹夫有责；《春秋》大义，九世复仇"（王凌《有关刘师培一则反清史料》，《历史档案》1988年第3期）。

除此以外，我们通过阅读刘师培的诗歌，还能对其诗学宗趣和诗歌风格有进一步的考察。民国时候，汪辟疆《近代诗派与地域》讨论湖湘派，奉王闿运为领袖，又说"湖外诗人之力追汉、魏、六朝、三唐，与王氏作桴鼓之应者，亦不乏人"，其中便举到了章太炎和刘师培。并称"余杭章氏、仪征刘氏，笃守贾、服，旁及文史，著书满家，卓然宗师。早年同斥客帝，并为当道所嫉，百折不挠，世多知之。诗则出其余事，心仪晋宋，朴茂渊懿，足称雅音，今人不能有也"（《汪辟疆文集》，上海古籍出版社1988年版，第296页）。王闿运论诗，曾拈出陆机之"诗缘情而绮靡"，以为不二法门，是亦成为湖湘派之标志。而刘师培倡导的"歌咏情志，抒渫哀愉""藻词谲喻，感物联类"，与之多有声息相通之处。钱仲联先生《近代诗评》给湖湘派的定位则是"远规两汉，旁绍六朝，振采蜚英，骚心选理"（《学衡》1926年第56期）。所谓"骚心"，主要是指在精神层面对《楚辞》的承继。从早年会试落榜，刘师培心中总是萦绕着怀才不遇之侘傺。他对屈原的顶礼膜拜，很大程度上是缘于此。故《左盦诗》，多吟诵《楚辞》之感赋，如《读楚辞》《楚辞》《读楚辞集杜》等。其实，刘师培的诗风，也明显受到了屈赋的影响。刘师培《甲辰年述怀诗》便说"小雅哀音久不作，奇文郁起楚离骚。美人香草孤臣泪，缀玉编珠琐且劳"。而"选理"，则是强调湖湘派与《文选》所录之诗，在形式上的接近。沈曾植《与金潜庐太守论诗书》说"湘绮虽语妙天下，湘中选体镂金错彩，玄理固无人能领会得些子也"，虽略有微辞，但也道破了湖湘派的特点。选体的"镂金错采"，可移作刘师培众多五言古诗的评价。近代诗家由云龙《定庵诗话》论及刘师培，即称其诗"词华典赡"（《民国诗话丛编》第3册，上海书店出版社2002年版，第587页）。因追寻"骚心选理"之旨而倾向湖湘派，还表现在刘师培《左盦诗自序》在列举了晚近"有比兴之奥、耆吁谐之音"的诗人以后，所称"王氏晚出，乃轹众家"，是给了王闿运极高的评价。

　　不过，刘师培生活的时代，毕竟要比王闿运整整晚了半个世纪。其时，同光体崛起，已经取代湖湘派而引领诗风。汪辟疆《光宣诗坛点将录》便将同光体的大纛陈三立和郑孝胥列为诗坛都头领，分别以宋江和卢俊义当之。而王闿运只是已经过气的诗坛旧头领，当以晁盖。汪氏谓其"门生遍湘蜀，而传其诗者甚寡。迨同光体兴，风斯微矣"（《汪辟疆文集》，上海古籍出版社1988年版，第327页）。所以，喜欢新变的刘师培自序《左盦诗》，又说自己"年际弱冠，浸润世论。西江之体，研钻较劬"。而其《甲辰年述怀诗》则称"山谷吟诗句入神，西江别派倍清新"。在刘师培的朋友之中，亦多有学宋而能作同光体者。其题诗酬唱，多有称颂。如《题梁公约诗册两首》《赠兴化李审言二首》等，对梁焱、李详的诗歌，评价颇高。

　　以上是我拜读《刘师培诗词笺释》之后的体会。今天是芒种，照例应该是播种的日子，而我却饶有收获，关键是院林兄耕耘之勤勉。我虽然是先睹为快，但相信后来读者之受益，一定更为丰硕。狗尾续貂，不敢污院林兄之毫素。

　　　　　　壬寅初夏，马卫中草于姑苏城内风云一片楼

前　言

一

刘师培（以下简称刘氏）的一生，正如一颗耀眼的彗星，挟带着一片光辉，迅速地扫过中国近代学术的天空。他所涉及的每一个领域，无论是激进的政治思想（无政府主义），还是传统的国学领域（经学与小学），都成果斐然。他在清末民初是一个显赫的人物。且不说他三世传经的家学渊源和在政治舞台上令人瞩目的表现，仅在学术领域里能与章太炎并称"二叔"（章枚叔、刘申叔），便足以说明他的地位。在短暂的三十六年生命中，他留下了七十四部著作，此外还有一百多篇文章散载于各地各种刊物，未能收入《刘申叔先生遗书》（以下简称《遗书》），著述总量超过四百万字，蔚为大观。这些著述不仅涉及经学、小学、校雠学等传统国学领域，而且还包括政治、经济与教育等体现时代关怀的"预流"学问，他采取近代西方的学术方法与体系研究中国学术。他的论政文章是当时的一大亮点，为此他曾有"东亚卢梭"[①]"激烈派第一人"[②]等称谓。刘氏作为扬州学派的殿军，反映了该学派为探索政治革命与学术革命所做出的努力。

钱玄同为《遗书》所作的序言是一篇相当精要的"刘师培论"，对刘氏学术上的评价为学界首肯："最近五十余年以来，为中国学术思想之革新时代。

---

① 1903年刘师培撰写《中国民约精义》后，棣臣在《题〈国粹学报〉上刘光汉同志诸子》诗中称："刘生一健者，东亚一卢骚。赤手锄非种，黄魂赋大招。人权光旧物，佛力怖群妖。倒挽天瓢水，回顾学海潮。"见《国粹学报》合订本第二年第十六期。

② 1904年3月6日，刘氏在《中国白话报》上发表《论激烈的好处》，署名"激烈派第一人"。

其中对于国故研究之新运动，进步最速，贡献最多，影响于社会政治思想文化者最巨。""在此黎明运动中最卓特者，以余所论，得十二人，略以其言论著述发表之先后次之，为南海康君长素（有为），平阳宋君平子（衡），浏阳谭君壮飞（嗣同），新会梁君任公（启超），闽侯严君几道（复），杭县夏君穗卿（曾佑），先师余杭章太炎（炳麟），瑞安孙君籀（诒让），绍兴蔡君子民（元培），仪征刘君申叔（光汉），海宁王君静庵（国维），先师吴兴崔公觯甫（适）。""此黎明运动中之刘君（师培）家传朴学，奕世载德，蕴蓄既富，思力又锐，在上列十二人中，年齿最稚。"对于刘氏的著述情况，钱玄同按纵向时段将其划分为前后两个时期："刘君著述之时间，凡十七年：始民元前九年癸卯，迄民元八年己未（1903—1919年）。因前后见解之不同，可别为二期：癸卯至戊申（1903—1908年）凡六年，为前期；己酉至己未（1909—1919年）凡十一年，为后期。如较言之，前期以实事求是为鹄，近于戴学；后期以笃信古义为鹄，近于惠学；又前期趋于革新，后期趋于循旧。"①钱玄同对刘氏的家世、为人以及学术深为了解，这一学术分期从近代学术史和刘氏的一生入手，总体把握，可谓得当。

刘氏试图重建国学，为学界引进了西方的理论，并力图使其与中国国粹融为一体，对即将面对世界潮流的中国民众，产生了较为深远的影响。然而正是这样一位先锋式的人物，在1908年后却急剧转变，首先是投靠端方，继而加入"筹安会"，从革命者变为"叛徒"。刘氏思想变化的缘由甚多，"革命"后的疲惫可能是其中之一。正如殷海光论述革命激进派的变化原因时所说："这些人士曾经正面或侧面攻击过传统文化，如今他们变成不同程度的保守主义者了……这一变动只足以证明这些人士自己心情的变动……然而革命的现实结果，多少令他们黯然神伤。他们的热情减退，他们也看不清中国文化究竟怎样在流，并流向何方，在这前路茫茫之际，回返到过去毋宁是回返到灵魂的休憩所。"②对于这样一位近代怪杰，一个"不变"与"善变"的人物③，对其进行研究，进而探索身处中国学术从古典进入现代这一转型期重要学者的性格、心理、思想与近代学术发展规律是十分必要而有益的。

---

① 钱玄同.序［M］//刘师培著，万仕国点校.仪征刘申叔遗书.扬州：广陵书社，2014：69.

② 殷海光.中国文化的展望［M］.上海：三联书店，2002：248–249.

③ 朱维铮.刘师培：一个"不变"与"善变"的人物［J］.新华文摘，1989（6）：172–176.

二

正如钱基博所论："特其（师培）生平之誉，掩于问学。"①刘氏一生文学创作在当时并不逊于他人，不过是因为学术名气更大，创作才情反而不显。刘氏最早为人称道的作品是他在11岁时为姐姐作的《凤仙花诗一百首》和《水仙花赋》。当时亲友传诵，称为神童。②此后，刘氏诗词创作不止，终其一生。刘氏生前曾3次编纂个人诗词集：第一次是编定《匪风集》。1904年9月11日的《警钟日报》载其《甲辰年自述诗》第56首篇末自注："予著《匪风集》诗词。"第二次是编定《左盦诗》，时间在1910年8月。《左盦诗》序："及羁津门，栖夷多暇。爰薙掇旧刊，十或存一。蠲祓宿秽，贸更旧观。益以近作，用丽文集之末，名曰《左盦诗》。"因思想观念变化，刘师培对以往的诗作有所删削和修改，仅存诗62首。本集中诗后皆自注作年，起于庚子年（1900年），迄于庚戌年（1910年）。第三次是华阳林氏清寂堂本《左盦遗诗》一卷，直到1931年才面世。据林思进《刘申叔〈左盦遗诗〉序》可知，该集是刘氏1911至1913年间所作诗稿。另有《癸丑纪行六百八十八韵》一首于民国二年（1913年）华新石印单行出版，命题为《左盦长律》。钱玄同编刘氏诗为《左盦诗录》，共4卷：卷一《匪风集》家藏稿，刘氏手定，共收诗55首。最早者发表在癸卯以前，最晚者至丁未。卷二《左盦诗》刘氏手定，共收诗62首，本有64首，《伤女颖二首》另行裁出。卷首有序，诗下皆自注作年。据序知此卷诗作起庚子年（1900年），迄庚戌年（1910年）。《匪风集》中之诗为《左盦诗》重收者有《怀桂蔚丞丈》、《匪风集》题作《怀桂蔚丞先生时客汴省》、《佳人》（《匪风集》题作《古意》）、《宋故宫癸卯》，文字稍有出入。卷三《左盦诗续录》刘氏手定，共收诗72首，钱玄同定为辛亥年（1911年）至民国二年（1913年）所作。《左盦长律》仅有《癸丑纪行六百八十八韵》1首，为民国二年（1913年）作。卷四《左盦诗续录》共收诗72首。据钱玄同称，刘氏诗多刊于《国粹学报》（多达52首，与《遗书》文字有出入）、《政艺通报》（28首）、《天义报》、《国学荟编》（初名《四川国学杂志》，刊有刘氏诗20首）、《独立周报》

---

① 钱基博.现代中国文学史［M］.长沙：岳麓书社，1986：113.
② 梅鹤孙.刘师培的家学渊源及其生平杂记［J］.扬州文史资料，1988（7）：95.

《甲寅》《雅言》《中国学报》各杂志，另有丛稿十七纸。①

刘氏诗词辑佚工作自20世纪60年代开展以来，不断有新的发现。1962年由刘氏外甥梅鹤孙撰写，上海玉夔龙油印出版的《清溪旧屋五世小记》中录有《匪风集》集外佚诗22首，此佚诗是梅氏依据扬州市图书馆的《匪风集》木刻本所补，分别为《泛舟小金山》《秋风萧瑟，池荷零落，感而赋此》《愚园》《送佩忍归吴江》《岁暮怀人》（9首）《六言效山谷》《读释典作》《明代扬州三贤咏》（3首）《书佩忍与宗秦济女士论文诗后》《题陈右铭先生西江遗溠》《从军行》。②

1987年，田汉云在《论刘师培的诗》一文中依据《警钟日报》对刘氏的诗歌进行了辑佚，共辑佚87首，去除与梅鹤孙所辑相同者，共74首，并对辑佚诗歌的具体发表时间进行了考定。具体篇目与刊发时间是：1904年5月13日刊出《三月十九日，俗传太阳生辰，乃明怀宗殉国之日，而中国亡国之一大纪念也，作诗一章》；7月20日刊出《杂咏》；9月7日开始连载《甲辰年自述诗》，当日刊出序言与诗12首，次日又刊出12首，10日刊出18首，11日刊出12首，12日刊出10首；9月19日刊出《春深》《吊何梅士》；10月29日刊出《黄炉歌呈彦复、穗卿》。1905年1月6日刊出《和孟广作》；1月17日刊出《光汉室诗话》，内含刘氏诗4首：《饮酒楼》《赠君武》《赠无量》《游张园》，并考证出这些诗悉见于报刊"杂录"栏内。

后来冯永敏辑录《遗书》未收诗文127篇，其中诗词篇目有：《留别扬州士人书》《亭林先生轶诗二首》《井中心史歌》《咏晚村先生事》《昆仑吟》《水调歌头·书王船山先生〈龙舟会〉杂居后》《壶中天慢·春夜往月》《杂咏》《甲申年自述诗》《春深》《吊何梅士》《岁暮怀人》《黄炉歌呈彦复、穗卿》《和孟厂作》《寒夜望月》《读天演论》《满江红》《昆仑吟》《元旦述怀》《板荡集诗余》等。这些诗作大都是早期在上海办报时所作，分别载于《苏报》《江苏》《警钟日报》《中国白话报》等刊物。③1989年，台湾学者陈燕的专著《刘师培及其文学理论》出版，其中有《遗书》未收之刘氏著作一览表，但与前人辑佚相同，并无新的发现。

2001年，扬州学者顾一平在《扬州晚报》副刊上介绍了新发现的刘氏3首佚诗，即《三汊河野望》《扬子桥》《高旻寺》。2004年，他又发现2首佚诗，

---

① 钱玄同.左盦诗录后记［M］//刘师培著，万仕国点校.仪征刘申叔遗书.扬州：广陵书社，2014：5571.

② 《清溪旧屋五世小记》后来由梅鹤孙之子梅英超进行校勘整理，2004年由上海古籍出版社出版。

③ 冯永敏.刘师培及其文学研究［M］.台北：台湾文史哲出版社，1992：71-80.

分别为《隋堤柳》《泛湖》。2007年，葛星明发现3首佚诗，分别为《和阮文达公秋桑》《咏隋宫》《游高邮文游台》，并在《扬州晚报》发布。2008年，万仕国将前人和自己发现的佚诗都收录于《刘申叔遗书补遗》（广陵书社2008年版），共151首，并对这些佚诗的时间、出处等做了考证与说明。辑佚诗词中，《清秋弦月图题记》是王船山《夜》原诗，为误收；1903年部分《杂咏》其二与其一基本相同；1904年《甲辰年自述诗》其六十三与《左盦诗别录·归里》相同；1908年部分《春兴三首》其一与《左盦诗录》卷三《嘉树（其一）》相同；其三与《左盦诗录》卷三《嘉树（其二）》相同；1904年《菩萨蛮（一树梨花）》与《左盦词录·菩萨蛮（无题）》相同；1913年部分《杂咏》与《左盦诗录》卷一所收《杂咏二首》之一字句相同，仅首句"此地"异于"如此"；1915年部分《感怀三首》其一与《左盦诗录》卷三《嘉树二首》（其二）相同，其二与《春兴三首》其二相同，其二与《嘉树二首》其一相同，为重收。

2012年，杨丽娟在扬州一收藏家家中发现十四题17首刘氏的佚诗，具体篇目为：《和阮文达公秋桑》1首、《拟韩昌黎饾饤檠》1首、《题桃源图》2首、《夏后铸鼎歌》1首、《露筋词》2首、《咏漂母饭韩信诗》1首、《秋夜望月》1首、《重宫怨》1首、《寒柳》2首、《佳人》1首、《无题》4首，相关情况的论文《扬州新见刘师培十七首佚诗》刊发于《古籍整理研究学刊》2012年第4期。2019年朱德印于1933年（民国二十二年）的《大亚画报》第384期至第387期中新发现刘氏佚诗二题9首：《感事八首暨石头城一绝庚子戊戌以后》，相关情况的论文《〈大亚画报〉中新见刘师培佚诗九首考释》刊发于《扬州文化研究论丛》2019年第1期。

综上所述，直至目前，现存可见的刘氏诗词有260余题、430余首，为研究刘氏的文学创作与思想内容等提供了丰富而又宝贵的文献资料。

三

刘氏作为国学大师，文名为学术所掩，相对而言，刘氏的文学创作并没有受到重视，而实际上刘氏的创作才华当时也是显赫一时的。汪辟疆在《光宣诗坛点将录》中将刘氏比作"地飞星八臂哪吒项充"，位于章太炎与黄侃之间。1933年由世界书局出版的钱基博的《现代中国文学史》"骈文"一节着重从经学传统入手对刘氏的著述进行分析，认为其创作与文学主张多为抄缀《文说》《广〈文言说〉》《文笔诗笔词笔考》而成，认为刘氏能够"自成一家之言""师培雄丽可颂而浮于艳""步武齐梁，实阮元之嗣乳""论则考型六代，探源两京"。任访秋主编的《中国近代文学史》将刘氏与章士钊合论为一节，简要而全面评述刘氏文学特点、贡献与地位。文章认为刘氏的诗作"置之当时革命者的同类诗作中，思想内容、艺术功力，均不少让"。

台湾地区冯永敏的《刘师培及其文学研究》一书对刘氏的作品进行了系统的研究。第八章"刘师培的韵文作品"分析刘氏所创作的诗、词、赋，明确刘氏韵文形式上采丽纷呈，题材多样，兼采百家，自成一派，曲折古奥的特点；内容上包含对光阴流逝的怅感，无边的寂寞，傲岸孤立，壮志难酬。

刘氏对文学的论述涉及文学理论、文学史、文集与史料编纂等诸多方面，他的论述方式有专著（如《中古文学史》）、讲稿（如《〈文心雕龙〉讲录二种》）、序跋等形式。考察以往学界对刘氏论著的研究情况发现，缺少对序跋的研究，而这一方面的研究有利于全面认识刘氏的文学思想及其文学研究史上的地位。同时刘氏的文学创作在当时也是很有名气的，被时人称作"地飞星八臂哪吒项充"①，因此有必要将他的文学论著与文学创作结合起来研究。刘氏强调创作要打下基础，其中包括：第一，作家修养，强调学力，学习"规矩方圆"。第二，取法步骤，从"意思入手"，以得其"神理风韵"。《汉魏六朝专家文研究》提出追溯名家流别，取法前人要以专门名家为主，"无所专主，必致驳杂"。同时正确处理形似与神似的关系，注重性情，强调"变化"：一为创新格，另辟蹊径；一为守旧范，独标古意。第三，取法标准以汉魏六朝文学为断，"学文者应以情辞合契为选择对象"。尤其可贵的是刘氏创作技巧更有可操作性，《国文杂记》一文讲授作文之法，以循序渐进的程序进行教育：识字（先授俗字）—作文初演话法—阅读与理论指导—作文程序—传统教法之弊，改良方法—提倡白话—倡通易—反背书—编辑课本—倡逻辑、论理学—破除神秘感—提倡方法—语法分析、句子成分、句法分析（成分省略、表语、形容词助词）。②刘氏认为文章命意应该意在笔先，分析《史记》借题发挥，重人事，排异怪。在谋篇布局方面讲究篇法、章法、格局、层次、首尾、转折、繁简；而且注意字句、音节，要求感情充沛、结构流畅。在创作原则上讲究"文气"，意思与辞采相辅而行，以方入圆，方中见圆。

现有刘氏各类学术书籍不少，但专门辑录并研究刘氏诗词作品的还没有

---

① 汪辟疆.汪辟疆说近代诗［M］.上海：上海古籍出版社，2001：90.

② 刘师培著，万仕国点校.仪征刘申叔遗书［M］.扬州：广陵书社，2014：4957-4963.

出现。对刘氏的诗歌笺释具有多重价值：第一，文献价值。本书辑录刘氏诗词，为后续学者深入研究提供文献支撑和资料来源，第一要务是力求完备。本书著者多年来一直关注刘氏研究状况，现搜求其诗词有260余题、430余首，基本涵盖他的一生，为现有刘氏诗词最全内容。或有少量流失于民间者，也是刘氏少年习作，因为各种原因，未能收入，当不影响研究。第二，历史价值。本书力图回到历史现场，对诗歌本事与写作背景进行展示，尽可能对作品进行编年，为研究刘氏生平与思想活动提供文献依据。刘氏生平多变，还有很多谜团未解开，比如为何从举子变为民族主义革命者一事，学界有所谓落榜说、家庭变故说、触犯政治忌讳说等。通过诗歌，我们可以看出他早期就写有大量蕴含反清思想的诗歌，从而可以理解他的行为有内在逻辑与一贯性。另外关于他与革命派（比如章太炎）或保守派（比如端方）的关系，都可以从诗词中分析出他的态度与想法。第三，学术价值。刘氏学问渊博，作诗好用典故，不仅有常用的历史事典，也有偏僻的道、释语典，以学入诗、风格多样。笺释其中典故，不仅有利于理解分析他的诗词内容，也有利于分析他的知识结构。第四，文学价值。其诗歌兼备众体，在艺术特色等方面具有很高的文学艺术价值，通过释义，可以展示其诗歌的内在美。第五，文学史价值。分析刘氏的诗歌，解析仪征刘氏四代人诗歌之间的特色与相同性，揭示其家学传统在诗歌创作中的传承。刘氏在学术方面与扬州学派、文学方面与"文选派"有着密切的联系，通过分析刘氏的诗歌，不仅可以从中看出其对近世扬州地区诗人群诗学观念的承继，也可看出以扬州学派为中心的扬州诗人群诗学观念在晚清的余响。其诗歌具有"诗学多家"的特色，这在晚清诗坛也具有一定的文学特色与价值。因此，对刘氏诗歌进行具体、细致的分析与研究，并加以阐发，使其获得应有的地位是必要的。刘师培的诗词，思想有其局限性，他的一些思想我们并不认同，但为了能完整呈现其思想，故将这些诗词保留。

凡　例

　　一、本书对刘氏诗词进行笺释，内容尽量做到全面，同时避免重复，以钱玄同编纂《遗书》和万仕国辑录《刘申叔遗书补遗》中诗词为主体，同时将近年私家收藏以及旧报中新发现的刘氏诗词作品尽行收入。《遗书》中有些诗词前后稍有不同，为存旧貌，一并收入，但后期修订版本不做注释。

　　二、诗词文本整理格式主要以《古籍校点释例（初稿）》（《书品》1991年第4期）为依据而略有变通，并以古籍"定本"格式处理。

　　三、编排体例上仍按照《遗书》中所收诗词版本次序排列，新发现诗词按时间先后排列，先诗后词；不能确定时间的，放在最后。

　　四、解题部分介绍诗词题目渊源、社会背景，解说主旨大意，以及题目中人名、地名和当时境况，不做详细论述。能够编年的，尽量编年。

　　五、笺释部分解说每句诗词主旨、具体意思与社会背景，同时指出用词、典故来源，力求简明扼要。引书一律注明篇目，前面注释过的典故，后面不再重复。注释以明白为目的，不深求典故，常见典故尽量不注释。

　　六、原著中存在使用异体字或错字的情况，为了符合现代出版用字规范，全部改正而不做说明。

　　七、原著由于字迹难以辨识或印刷原有空白的，用"□"符号标识。

目 录
CONTENTS

《左盦诗录》卷一 ·········· 1

《匪风集》 ·········· 3

  1. 铜人辞汉歌 ·········· 3

  2. 孤鸿 ·········· 4

  3. 效长吉 ·········· 5

  4. 杂咏 ·········· 6

  5. 古意 ·········· 7

  6. 杂咏二首 ·········· 8

  7. 读《天演论》二首 ·········· 9

  8. 雨花台 ·········· 10

  9. 怀桂蔚丞先生，时客汴省 ·········· 10

  10. 寒夜望月 ·········· 11

  11. 宋故宫 ·········· 11

  12. 送春 ·········· 12

  13. 中兴颂 ·········· 12

  14. 忆昔 ·········· 15

  15. 题照相片 ·········· 16

  16. 题梁公约诗册两首 ·········· 16

  17. 癸卯夏游金陵 ·········· 17

18. 赠杨仁山居士四首 ·· 18

19. 杂咏二首 ·· 19

20. 偶成 ·· 20

21. 赠娄县瞿塙臣二首 ·· 20

22. 赠兴化李审言二首 ·· 21

23. 仲夏感怀二首 ·· 22

24. 题袁季枚丈《松林庵古松画册》四首 ·································· 23

25. 端阳日偕地山、泽山、谷人泛湖，言念旧游，怆然有作 ···· 25

26. 阅赵扬叔诗集诋吕晚村甚力，因作二绝正之 ···················· 26

27. 相忘 ·· 27

28. 有感 ·· 28

29. 读《王船山先生遗书》 ·· 29

30. 和周美权《夜坐偶成》，用原韵 ·· 31

31. 读《庄子·逍遥游》二首 ·· 33

32. 癸卯夏记事 ·· 34

33. 答袁康侯二首 ·· 35

34. 静坐 ·· 36

35. 书顾亭林先生墨迹后 ·· 37

36. 赠子言 ·· 39

37. 杂诗二首 ·· 40

38. 静观 ·· 41

《左盦诗录》卷二 ··· 43

《左盦诗》 ··· 45

39. 湘汉吟庚子 ·· 46

40. 燕 ·· 46

41. 宫怨 ·· 47

42. 有感辛丑 ·· 47

43. 杨花曲 ·· 48

44. 幽兰 ··· 49

45. 咏史二首壬寅 ·································· 49

46. 舟发金陵望月 ·································· 51

47. 怀桂蔚丞丈 ····································· 51

48. 古意用李樊南效长吉诗韵 ·············· 52

49. 宋故宫癸卯 ····································· 52

50. 佳人 ··· 53

51. 采莲歌 ··· 53

52. 莫愁湖 ··· 54

53. 答周美权诗意 ·································· 54

54. 后湘汉吟甲辰 ·································· 55

55. 招隐诗 ··· 55

56. 拟茂先情诗二首乙巳 ····················· 56

57. 咏蝙蝠 ··· 58

58. 扇 ··· 58

59. 芜湖赭山秋望丙午 ·························· 59

60. 对月 ··· 60

61. 燕子矶 ··· 61

62. 清凉山夕望 ····································· 61

63. 日本道中望富士山丁未 ·················· 62

64. 冬日旅沪作 ····································· 63

65. 滇民逃荒行 ····································· 64

66. 再渡日本舟中作戊申 ····················· 66

67. 工女怨三首 ····································· 67

68. 从军行六首 ····································· 69

69. 译石门和夫氏《希望诗》二首 ········ 72

70. 金陵城北春游己酉 ·························· 73

71. 从匋斋尚书北行初发焦山 ┄┄┄┄┄┄┄ 74

72. 答梁公约赠诗 ┄┄┄┄┄┄┄┄┄┄┄┄ 75

73. 秋怀 ┄┄┄┄┄┄┄┄┄┄┄┄┄┄┄┄┄ 77

74. 得陈仲甫书 ┄┄┄┄┄┄┄┄┄┄┄┄┄┄ 78

75. 咏史四首 ┄┄┄┄┄┄┄┄┄┄┄┄┄┄┄ 79

76. 励志诗 ┄┄┄┄┄┄┄┄┄┄┄┄┄┄┄┄ 81

77. 游天津公园庚戌 ┄┄┄┄┄┄┄┄┄┄┄┄ 83

78. 折柳词三首 ┄┄┄┄┄┄┄┄┄┄┄┄┄┄ 84

79. 季夏雨霁，游北洋公立种植园，泛舟竟夕 ┄┄ 85

80. 新白纻曲 ┄┄┄┄┄┄┄┄┄┄┄┄┄┄┄ 87

81. 秋思 ┄┄┄┄┄┄┄┄┄┄┄┄┄┄┄┄┄ 88

82. 题赵受亭《黄山松图》 ┄┄┄┄┄┄┄┄┄ 88

83. 夕雨初晴登西山重兴寺孤亭 ┄┄┄┄┄┄┄ 89

84. 送诸贞壮 ┄┄┄┄┄┄┄┄┄┄┄┄┄┄┄ 90

85. 西山观秋获 ┄┄┄┄┄┄┄┄┄┄┄┄┄┄ 91

《左盦诗录》卷三 **93**

《左盦诗续录》 **95**

86. 八指头陀诗三首 ┄┄┄┄┄┄┄┄┄┄┄┄ 95

87. 伤女颖二首 ┄┄┄┄┄┄┄┄┄┄┄┄┄┄ 97

88. 杂咏三首 ┄┄┄┄┄┄┄┄┄┄┄┄┄┄┄ 98

89. 乌孙公主歌 ┄┄┄┄┄┄┄┄┄┄┄┄┄┄ 99

90. 沪上送陈佩忍至杭州 ┄┄┄┄┄┄┄┄┄┄ 100

91. 九江烟水亭夕望 ┄┄┄┄┄┄┄┄┄┄┄┄ 101

92. 舟中望庐山 ┄┄┄┄┄┄┄┄┄┄┄┄┄┄ 102

93. 横江词四首 ┄┄┄┄┄┄┄┄┄┄┄┄┄┄ 103

94. 花园镇关帝庙夜宿 ┄┄┄┄┄┄┄┄┄┄┄ 104

95. 黄鹤楼夕眺 ┄┄┄┄┄┄┄┄┄┄┄┄┄┄ 105

96. 升天行 ……………………………………………………… 106

97. 游仙诗 ……………………………………………………… 108

98. 大堤曲八首 ………………………………………………… 109

99. 蜀中赠吴虞三首 …………………………………………… 110

100. 蜀中赠朱云石 ……………………………………………… 112

101. 述怀一百四十韵示蜀中诸同好 ………………………… 113

102. 浣花溪夕望 ………………………………………………… 125

103. 阴氛篇 ……………………………………………………… 125

104. 八填篇 ……………………………………………………… 128

105. 大象篇 ……………………………………………………… 131

106. 咏史十二首 ………………………………………………… 136

107. 凌云山夕望 ………………………………………………… 149

108. 重庆老君洞夕眺有感 ……………………………………… 150

109. 题江永澄《春湖载酒图》 ………………………………… 151

110. 题文绮盫《溪亭夏谦图》 ………………………………… 151

111. 题张船山《南台饮酒图》 ………………………………… 152

112. 未遂 ………………………………………………………… 155

113. 已分 ………………………………………………………… 155

114. 壮志 ………………………………………………………… 156

115. 嘉树二首 …………………………………………………… 157

116. 答陆薯那二首 ……………………………………………… 158

117. 上海赠谢无量 ……………………………………………… 160

118. 哀王郁仁 …………………………………………………… 161

119. 独居 ………………………………………………………… 161

120. 杂诗二首 …………………………………………………… 162

121. 蓟烟 ………………………………………………………… 163

122. 癸丑纪行六百八十八韵 …………………………………… 164

123. 题马彝初所藏明人残砚 …………………………………… 216

124. 题董丈蜕盦《菱湖泛舟图》 ················ 217

125. 樊云门七十寿诗二首 ···················· 218

《左盦诗录》卷四 ···························· **221**

《左盦诗别录》 ························· **223**

126. 齐侯罍歌 ···························· 223

127. 文信国祠 ···························· 226

128. 古意 ······························· 228

129. 读楚词 ···························· 228

130. 有感 ······························· 228

131. 书扬雄传后 ························· 229

132. 台城柳 ···························· 231

133. 楚词 ······························· 232

134. 咏扇 ······························· 232

135. 出郭 ······························· 233

136. 读戴子高先生《论语注》 ················ 233

137. 归里 ······························· 236

138. 幽兰吟 ···························· 236

139. 咏明末四大儒四首 ···················· 236

140. 咏女娲 ···························· 238

141. 黄天荡怀古 ························· 239

142. 申江杂感，用苏东坡《秋怀》诗韵二首 ········ 240

143. 烟雨楼二首 ························· 241

144. 闻某君卒于狱作诗以哭之 ················ 242

145. 东京清明杂感二首 ···················· 242

146. 咏汉长无相忘瓦 ····················· 243

147. 咏怀五首 ···························· 245

148. 咏禾中近儒三首 ····················· 247

149. 题陈去病《拜汲楼诗集》二首 ·········· 249

150. 鸳鸯湖放棹歌 ·········· 251

151. 焦山放船至金山，用苏东坡《金山放船至焦山》韵 ······ 252

152. 夜月集杜 ·········· 253

153. 读楚词集杜 ·········· 254

154. 燕雁代飞歌集杜 ·········· 254

155. 拟杜工部《赠李十二白二十韵》，用原韵集杜句 ······ 255

156. 谒冶山顾亭林先生祠 ·········· 258

157. 书怀 ·········· 259

158. 题《风洞山传奇》三首 ·········· 260

159. 观物吟 ·········· 261

160. 多能 ·········· 262

161. 滴翠轩 ·········· 263

162. 留别二首 ·········· 264

163. 赠李诚庵二首 ·········· 265

164. 留别邓绳侯先生 ·········· 266

165. 偶成二首 ·········· 267

166. 杂赋 ·········· 268

167. 张园 ·········· 269

168. 滇民逃荒行 ·········· 270

169. 工女怨二首 ·········· 270

170. 从军苦歌七首 ·········· 271

171. 译石门和夫氏《希望诗》二首佚一 ·········· 274

《左盦词录》 ·········· **276**

172. 扫花游·读《南宋杂事诗》 ·········· 276

173. 桂殿秋·望月作 ·········· 277

174. 扫花游·汴堤柳 ·········· 277

175. 如梦令·游丝 ·········· 278

176. 长亭怨慢·送春 279

177. 菩萨蛮·无题 280

178. 菩萨蛮·咏雁 281

179. 一萼红·徐州怀古 281

180. 菩萨蛮 283

181. 壶中天慢·元宵望月 283

182. 卖花声·登开封城 284

183. 点绛唇·咏白荷花 285

184. 好事近·杨花 286

185. 浣溪沙·读《钱塘纪事》 286

186. 临江仙·咏蝶 287

187. 扫花游·宿迁道中见杏花 287

188. 一萼红·题《碧海乘槎图》 288

刘师培诗歌补遗 **291**

万仕国补遗 293

189. 和阮文达公《秋桑》诗并序 293

190. 咏晚村先生事件 293

191. 元旦述怀 294

192. 运河诗四首 295

193. 杂咏 296

194. 赠侯官林宗素女士 297

195. 题佩忍与林宗素、孙济扶女士论文绝句后 298

196. 甲辰年自述诗 299

197. 题陈右铭先生西江墨渖 329

198. 明代扬州三贤咏 330

199. 春深 335

200. 吊何梅士 336

201. 岁暮怀人九首 ……………………………… 336

202. 黄炉歌呈彦复、穗卿 ………………………… 342

203. 泛舟小金山 …………………………………… 343

204. 秋风萧瑟，池荷零落，感而赋此 …………… 344

205. 愚园二首 ……………………………………… 345

206. 送佩忍归吴江 ………………………………… 345

207. 六言诗，效山谷 ……………………………… 346

208. 和孟广作 ……………………………………… 347

209. 饮酒楼 ………………………………………… 347

210. 赠君武 ………………………………………… 348

211. 赠无量 ………………………………………… 348

212. 游张园 ………………………………………… 348

213. 无题八首 ……………………………………… 349

214. 和《万树梅花绕一庐》 ……………………… 354

215. 步佩忍韵 ……………………………………… 355

216. 春兴三首其二 ………………………………… 355

217. 东坡生日，集无闷园 ………………………… 356

218. 独漉篇 ………………………………………… 358

219. 工女怨三首 …………………………………… 358

220. 《南河修禊图》，山腴先生属题 …………… 359

221. 再题《南河图》 ……………………………… 360

222. 赠吴彦复 ……………………………………… 361

223. 扬子桥[1] ……………………………………… 361

224. 三汊河野望[1] ………………………………… 362

225. 高旻寺[1] ……………………………………… 362

226. 隋堤柳[1] ……………………………………… 362

227. 泛湖 …………………………………………… 363

228. 游高邮文游台[1]，畅然而作 ………………… 363

229. 咏隋宫 ·· 363

230. 即且食腾蛇 ·· 363

231. 军国平章事重轻 ································ 364

232. 落叶 ·· 366

233. 拟李义山效长吉 ································ 366

234. 七夕歌 ·· 367

235. 咏燕 ·· 368

236. 燕子矶 ·· 368

237. 反招隐诗 ·· 368

238. 小金山亭 ·· 369

239. 平山堂 ·· 369

240. 虹桥 ·· 370

241. 观音山 ·· 370

242. 读楚词 ·· 371

243. 赋得八指头陀诗三首（略） ·········· 371

244. 满江红·枕黄粱 ································ 371

245. 水调歌头·书王船山先生《龙舟会》杂剧后 ············ 372

杨丽娟补遗 ·· **373**

246. 和阮文达公《秋桑》 ························ 373

247. 拟韩昌黎《短灯檠》 ························ 373

248. 题《桃花源图》二首 ························ 374

249. 夏后铸鼎歌 ·· 375

250. 露筋词二首 ·· 375

251. 咏漂母饭韩信诗 ································ 376

252. 秋夜望月 ·· 377

253. 重宫怨 ·· 377

254. 寒柳二首 ·· 377

255. 无题 ·· 378

256. 无题 ·· 379

257. 佳人 ·· 379

258. 无题 ·· 380

259. 无题 ·· 381

朱德印补遗 ·· 382

260. 感事八首 ·· 382

261. 石头城 ·· 387

主要参考文献 ·· 388

《左盒诗录》卷一

《匪风集》

1. 铜人辞汉歌

建章宫殿西风急，沉阴黯淡天无色。[1]

闻到昆明有劫灰，空余仙掌留真迹。[2]

龙去鼎湖不可攀，茂陵秋雨铜花湿。[3]

一朝牵向鼎门前，空对秋风思故国。[4]

西望长安里数千，五云宫阙长相忆。[5]

微物犹知恋主恩，人生况复非金石。

君不见，

周鼎沉沦泗水阴，奇珍不为秦人获。[6]

休屠金人亦祭天，一朝移向郊坛侧。[7]

【解题】

《金铜仙人辞汉歌》是唐代诗人李贺的作品，李贺因病辞职，由长安赴洛阳途中所作。诗人借金铜仙人辞汉的史事，来抒发兴亡之感和身世之悲。刘氏此诗主旨是表达前途渺茫之感，可能与河南会试落第有关。诗中大量用典，将一个少年游子对故土的思念寄托在无知无感的铜人和周鼎之上，让无情变得多情。此诗在《匪风集》中编订于1904年，刊于《政艺通报》丙午年（1906年）第三号三月九日。

【笺释】

［1］建章：汉代长安宫殿名，为汉武帝于太初元年（公元前104年）所建，规模宏丽。诗中盛衰对比，令人感慨。

［2］劫灰：劫火的余灰，在佛经中有伤感之意。公元前119年，汉武帝在上林苑之南开凿昆明池，深处全是灰墨，当时不知其故。汉明帝时，问西域和尚，说是天地劫火所烧之灰。事见《梁高僧传》卷一。仙掌：汉武帝为求仙，

3

在建章宫神明台上造铜仙人，舒掌捧铜盘玉杯，以承接天上的仙露，后称承露金人为仙掌。事见《史记·孝武本纪》。

　　[3]龙去鼎湖：泛指帝王去世，此处指汉武帝逝世。典出《史记·封禅书》："黄帝采首山铜，铸鼎于荆山下。鼎既成，有龙垂胡髯下迎黄帝。黄帝上骑，群臣后宫从上者七十余人，龙乃上去……百姓仰望黄帝既上天，乃抱其弓与胡髯号，故后世因名其处曰鼎湖。"茂陵：汉武帝的陵墓，位于今陕西省咸阳兴平市。

　　[4]鼎门：城门名，旧洛阳城东南门。此处指西汉、东汉交替。

　　[5]五云宫阙：指皇帝所在地。

　　[6]周鼎：周代传国的古鼎，古代政权的象征。传说禹铸九鼎，有德者方能得鼎而迁。秦为暴政，不能迁鼎。"泗水捞鼎"一事最早见于《史记·秦始皇本纪》："始皇还，过彭城，斋戒祷祠，欲出周鼎泗水。使千人没水求之，弗得。"

　　[7]休屠金人：匈奴人用来祭天的核心道具。汉代元狩二年（公元前121年），霍去病击破匈奴休屠王城（今武威市城郊），将"祭天金人"放置于陕西淳化西北甘泉山的甘泉宫内。事见《汉书·卫青霍去病传》。

2. 孤鸿

孤鸿飞江渚，万里度潇湘。[1]不言对以臆，憔悴因自伤。[2]
忆昔春风起，送我来冀方。[3]羞与燕雀群，冀列鹓鹭行。[4]
秋风动关塞，吹我入南荒。朔方岂不美？胡地多雪霜。
苟免矰缴婴，遑计谋稻粱。[5]山川既阻深，何日再随阳？[6]
南方不可留，来过清渭旁。系帛落汉宫，冀遇顺风翔。[7]
秦关隔楚水，千里遥相望。[8]

【解题】

诗人以拟人寓言体描写了一只孤雁为环境所迫，离开北方，寄寓人生孤苦，抒发了诗人被通缉后，无法施展抱负的失望心理。此诗写于1905年，当时诗人在上海遭到清政府通缉，逃亡嘉兴、温州一带。

【笺释】

[1] 江渚：江中小洲，也指江边。潇湘：湘江与潇水的并称。

[2] 对以臆：也作"意对"，以胸臆为对。典出贾谊《鵩鸟赋》："鵩乃叹息，举首奋翼，口不能言，请对以臆。"

[3] 冀方：北方。

[4] 燕雀：比喻微贱或器量志向小的人。典出《史记·陈涉世家》："燕雀安知鸿鹄之志哉！"鹓鹭：鹓和鹭飞行有序，比喻班行有序的朝官或才华出众的人。

[5] 矰缴：系有丝绳、弋射飞鸟的短箭。典出陶渊明《归鸟》其四："晨风清兴，好音时交。矰缴奚施，已卷安劳。"

[6] 随阳：跟着太阳运行，指候鸟根据季节定行止。

[7] 系帛：缚帛书于雁足之上以传音信。苏武出使匈奴长期被扣。昭帝时匈奴与汉和亲，汉求释放苏武，汉使称"得雁，足有系帛书"。后以"雁足书"指称书信。事见《汉书·李广苏建传》附苏武传。

[8] 秦关：秦地关塞。楚水：泛指古代楚地的河流湖泊等。

3. 效长吉

芙蓉泣湘江，幽兰愁澧浦。[1] 水弄洛神佩，竹啼湘妃苦。[2]
帝子苟不来，白云冷玄圃。[3] 巫咸下云旗，飒飒风吹雨。[4]
洞庭八千里，风浪谁能渡！ 江头明月黑，来照青枫树。
薜萝风萧萧，夜深山鬼语。[5]

【解题】

苏小小为南齐时吴中名妓，家住钱塘（今浙江杭州），美貌惊人，二十二岁身亡。此诗当为刘氏途经苏小小墓，有感而作，借此抒发怀才不遇的苦闷。刘氏仿效李贺《苏小小墓》，用多重意象（芙蓉、幽兰、洛神、湘妃），描写了一个既貌美又悲切的女鬼形象，诗歌具有《楚辞》的风格。此诗作于1905年。

【笺释】

[1] 澧：澧水。浦：江岸。

[2] 洛神：中国神话人物，即洛水的女神洛嫔。相传她是宓（伏）羲的女儿（一说为妃子），故称宓妃。溺死于洛水，成为洛水之神。湘妃：舜二妃娥皇、女英。相传二妃没于湘水，遂为湘水之神。

[3] 帝子：此处指舜帝。玄圃：玄，通"悬"，玄圃为传说中昆仑山顶的神仙居处，中有奇花异石、金台、玉楼。典出《楚辞·天问》："昆仑悬圃，其尻安在？"

[4] 巫咸：传说为唐尧时巫师。典出郭璞《巫咸山赋》序："盖巫咸者，实以鸿术为帝尧医。"云旗：以云为旗。典出《楚辞·九歌·东君》："驾龙辀兮乘雷，载云旗兮委蛇。"王逸注："以云为旌旗。"飒飒，拟声词，风雨声。

[5] 薜萝：薜荔和女萝。两者皆野生植物，常攀缘于山野林木或屋壁之上。典出《楚辞·九歌·山鬼》："若有人兮山之阿，被薜荔兮带女萝。"

4. 杂咏

大块劳我生，于人何厚薄！[1]人生天地间，何事生哀乐？
吾思造化初，万物各有托。一画肇开天，然后浑真凿。[2]
物我不相形，安在分强弱？智慧苟不开，焉用圣人作？[3]
褒贬在人心，奚事参笔削。[4]得失亦偶然，所贵解尘缚。

【解题】

"杂咏"，谓随事吟咏，无固定主题。此诗以道家典故抒发自己对人生与社会的看法，对儒家圣人笔削褒贬做法有怀疑，认为贵贱、智慧、褒贬、得失等都是偶然，希望脱离尘世纠纷。刘氏1903年科举考试后，离家赴沪，原因之一可能与伯母（刘师苍的母亲，刘氏的姨妈）家庭矛盾有关，此诗隐约有所反映。

【笺释】

[1] 大块：指自然。化用《庄子·大宗师》："夫大块载我以形，劳我以生。"诗写人生的不公平，厚此薄彼。

[2] 一画句：相传伏羲画八卦，始于乾卦三画之第一画，乾为天，故指

"一画开天"。浑真凿：浑沌凿窍，意谓好心反办了坏事。

〔3〕智慧句：化用《老子》"绝圣弃智，民利百倍"与"智慧出，有大伪"。

〔4〕笔削：通过强调或删减语句，表达主观看法的著述方式，多指"《春秋》笔法"。典出《史记·孔子世家》："至于为《春秋》，笔则笔，削则削，子夏之徒不能赞一辞。"

5. 古意

美人弄鸣机，制为白素丝。[1] 罗衣犹未成，转瞬化为缁。[2]
往者不可追，来者未可知。[3] 逝水一以去，东流无已时。[4]
落花辞故林，何时返旧枝？红颜能几时，凄怆凋蛾眉。[5]
寄语素心人，蹇修慎勿迟！[6]

【解题】

古意，拟古诗，托古喻今之作。此诗借用古意抒发情志，"美人"为自喻。诗人追求理想，而辛勤付出化为乌有，对未来感到迷茫。全诗充满美人迟暮的焦虑和悲怆。诗歌当作于1903年，开封会试落第，刘氏心生迷茫。

【笺释】

〔1〕美人：在古诗中多比喻志向高洁、才华出众的人。

〔2〕罗衣句：比喻清白的操守遭到污染。化用陆机《为顾彦先赠妇》："京洛多风尘，素衣化为缁。"

〔3〕往者句：化用《论语·微子》："往者不可谏，来者犹可追。"

〔4〕逝水句：化用《论语·子罕》："逝者如斯夫！不舍昼夜。"谓时光流逝一去不复返。

〔5〕蛾眉：借指女子美丽的容貌。

〔6〕素心人：心地纯洁、世情淡泊的人。典出陶渊明《移居二首》："闻多素心人，乐与数晨夕。"蹇修：谓以钟磬声乐为媒使。典出《离骚》："解佩纕以结言兮，吾令蹇修以为理。"

6. 杂咏二首

朝饮燕市酒，夕驱夷门车。[1] 丈夫不得志，寥落悲穷途。[2]
长铗鸣秋风，知音无风胡。[3] 宁为投林鸟，不为吞钩鱼。[4]
君看鸟投林，犹借一枝居。游鱼吞钩去，何时返江湖？

出门何茫茫！俯仰天地窄。流光不我待，白日忽已夕。
愁云黯寒山，秋草积阡陌。良辰易蹉跎，去去将安适？
鸿鹄有高志，燕雀安能识！[5] 歌我陇上吟，英雄在草泽。[6]

【解题】

《杂咏二首》发表于1904年7月20日《警钟日报》，约作于开封会试前后。开封会试未能如愿，刘氏科举梦想破灭。此诗的感情基调是苦闷的。作者苦恼自己怀才不遇，空有抱负却难得知音赏识；但强作解词，安慰自己：古往今来多少英雄豪杰不也都是平民出身，却也一样建功立业、流芳百世，又何必执着于考取功名。其中似乎透露出刘氏一改传统士人以科举为唯一出路的观念，而含有另觅新路的思考。

【笺释】

[1] 燕市：战国时燕国的国都。典出《史记·刺客列传》："荆轲既至燕，爱燕之狗屠及善击筑者高渐离。荆轲嗜酒，日与狗屠及高渐离饮于燕市。"夷门：指战国魏都城的东门。典出《史记·魏公子列传》："魏有隐士曰侯嬴，年七十，家贫，为大梁夷门监者。"

[2] 穷途：路的尽头，比喻处于困窘的境地。典出《晋书·阮籍传》："（籍）时率意独驾，不由径路，车迹所穷，辄恸哭而返。"

[3] 风胡：亦称风湖子，春秋时楚国人，精于识剑、铸剑。事见袁康《越绝书·外传记·宝剑》："于是乃令风胡子之吴，见欧冶子、干将，使人作铁剑。"

[4] 投林：谓鸟兽入林，借喻栖身或归隐。典出《晋书·文苑传·李充》："穷猿投林，岂暇择木！"吞钩：吞下钓钩，常比喻受骗上当。典出张衡《归田赋》："仰飞纤缴，俯钓长流；触矢而毙，贪饵吞钩。"

[5] 鸿鹄句：化用《史记·陈涉世家》："燕雀安知鸿鹄之志哉！"

[6] 陇上吟：指悲伤的音乐。典出南北朝贺彻《赋得长笛吐清气诗》："韵

切山阳曲，声悲陇上吟。"

7. 读《天演论》二首

园柳转微黄，堤草弄新翠。感此微物姿，亦具争存志。[1]
春风动和煦，桃李竞争媚。繁华能几时？过眼伤憔悴。
长松傲岁寒，物以后凋贵。[2]
芙蓉何青青！铅华冒芳池。[3]秋风一以起，花叶何纷披！
岂无向荣志？摇落不自持。吾欲涉江采，芳馨将谁贻？[4]
莲子堕寒波，苦心终不移。

【解题】

《天演论》为严复翻译英国生物学家赫胥黎的《进化与伦理》而成，宣传了"物竞天择，适者生存"的观点，并于1897年12月在《国闻汇编》刊出。刘氏早期与报人王无生交往密切，故对新思潮多有了解。与当时学者将"进化论"纳入社会发展的思维不同，刘氏在读《天演论》过程中通过物种间的荣枯，联想到人生，诗中一方面表达时不我待的急迫感，另一方面也有无法把握命运的无奈。

【笺释】

[1] 争存：化用严复《天演论》："夫物既争存矣，而天又从其争之后而择之。"

[2] 长松句：化用《论语·子罕》："岁寒，然后知松柏之后凋也。"

[3] 铅华：原借指女性的美丽容貌。典出葛洪《抱朴子·畅玄》："冶容媚姿，铅华素质，伐命者也。"此处既实指芙蓉的颜色，又喻指诗人自己的青春。

[4] 吾欲句：化用《古诗十九首》之一："涉江采芙蓉，兰泽多芳草。采之欲遗谁，所思在远道。"

8. 雨花台

落叶萧萧点碧苔，西风回首又登台。
无边衰草连天暗，万里悲沙卷地来。
故垒空余芦荻影，他乡羞见菊花开。
江南亦是销魂地，阅尽齐梁六代才。

【解题】

雨花台为南京著名景点。本诗应为刘氏1902年秋季赴南京参加乡试时所作。诗中描写了诗人在南京考试时游览雨花台的所见所感。因为秋季景色衰败不堪，引发刘氏在诗中表达怀古伤时之叹。

9. 怀桂蔚丞先生，时客汴省

江关空萧瑟，黄菊弄残秋。言念梁园客，于今赋倦游。[1]
淮南桂树落，招隐空山幽。[2]九曲黄河水，东流且未休。

【解题】

桂邦杰（1856—1927年），字蔚丞、伟臣，扬州江都人，曾任京师大学堂国文教习。早年与刘氏父辈相切劘，光绪二十九年（1903年）被延聘在扬州仪董学堂教授舆地，刘氏从其受教。1903年春，刘氏到河南开封参加会试。在这之前的秋天，刘氏写了这首诗。此诗多用意象与典故，写秋日凄凉，身在异乡，孤苦无依之感，抒发了怀才不遇的愤慨与时光流逝的焦虑感。

【笺释】

[1] 梁园：西汉梁孝王在今河南省商丘市建的东苑（也称兔园），当时名士如司马相如、枚乘、邹阳等均为座上客，称为"梁园客"，常借指才华出众的文士。

[2] 该句切合时令景物，表示再也没有人像淮南王那样重视人才了。王逸《楚辞章句·招隐士》："《招隐士》者，淮南小山之所作也。昔淮南王安博雅好古，招怀天下俊伟之士，自八公之徒咸慕其德而归其仁，各竭才智，著

作篇章，分造辞赋。"

10. 寒夜望月

玉宇琼楼想象中，广寒宫阙冷西风。[1]
姮娥漫诩通灵术，大地山河已不同。[2]

【解题】

此诗为诗人秋季望月时产生的联想，刘氏将神话故事与现实的世界进行对比，认为大地河山已有了变化，并非往日那样了。诗意比较隐晦，或指人间沧桑，当时内忧外患，百姓涂炭。创作时间与上诗相同。

【笺释】

［1］玉宇琼楼：化用苏轼《念奴娇·中秋》："玉宇琼楼，乘鸾来去，人在清凉国。"广寒宫：古代传说中月亮上的宫殿。

［2］姮娥：后羿的妻子，因汉代人避当时皇帝刘恒的讳，改为嫦娥。据《淮南子·外八篇》载，羿从西王母处请来不死之药，逢蒙听说后前去偷窃，偷窃不成就要加害嫦娥。情急之下，嫦娥吞下不死药飞到了天上。漫诩："漫自矜诩"，意谓夸耀。通灵术：通于神灵。典出班固《幽通赋》："精通灵而感物兮，神动气而入微。"

11. 宋故宫

几曲河流绕汴京，大堤杨柳不胜情。[1]
七陵风雨松楸老，秋草凄凉五国城。[2]

【解题】

北宋京城在河南开封。1127年，金灭北宋。1155年，汴京宋故宫大火，建筑几乎毁尽。1903年刘氏在开封参加会试，多有吊古之作。此诗借景抒情，通过风雨中的七陵、老去的松楸、秋草、凄凉的五国城，不仅表现了宋故宫的残破与冷清，更表达了作者的伤古之情。

【笺释】

［1］汴京：在今河南省开封市，五代后梁、后晋、后汉、后周以及北宋的都城。

［2］七陵：自赵匡胤始，北宋共有九位皇帝，最后两位皇帝宋徽宗、宋钦宗被掠去北方，其余七位皇帝都葬在永安陵不远处，称为七陵。五国城：亦称"五国头城"，又称"坐井观天遗址"，位于今黑龙江依兰县西北部。宋徽宗被金兵所俘，囚死于此。

12. 送春

落花流水惜春去，别酒初醒雨似尘。
杨柳不知迟暮恨，隔墙犹作两家春。[1]

【解题】

此诗表达了刘氏对春天已去的可惜。作者将"杨柳"拟人化，抒发自己对时光流逝的焦虑。

【笺释】

［1］杨柳："柳""留"二字谐音，暗指离别。迟暮：比喻晚年。当时刘氏正当青春年少，但常有时不我待的焦虑。两家春：比邻而居，共享春色。典出白居易《欲与元八卜邻，先有是赠》："明月好同三径夜，绿杨宜作两家春。"

13. 中兴颂

在昔天宝失其纲，一朝鼙鼓兴范阳。[1]
山东大半为贼守，翠华迢迢辞未央。[2]
青螺西幸来蜀道，千乘万骑下陈仓。[3]
当时伪燕僭帝号，太子匹马赴朔方。[4]
二十四郡忠臣少，平原太守知勤王。[5]
此地独扼贼形势，入秋士马精且强。

长安天子素不识，乃能忠义奋戎行。[6]

两京收复赖李、郭，吐蕃、回纥来西疆。[7]

天下复见中兴日，周宣、汉光喜再昌。[8]

道州刺史元次山，振笔作《颂》何煌煌。

鲁公书碑三百字，此物长峙天南方。[9]

古人作铭颂功烈，此碑无乃关兴亡。

北宋诗人黄鲁直，抚碑吊古赋诗章。[10]

太子即位上幸蜀，乃以乾元例建康。

谓此碑文兼讽刺，肃宗何为君凤翔？[11]

不知大驾即南巡，群凶之势颇猖狂。

使非肃宗权即位，天命那得再兴唐！

况乎帝玺自蜀来，复闻遣使迎上皇。

忠臣既赠巡与远，相才复用房与张。[12]

父子启衅由辅国，是以南内嗟凄凉。[13]

乃知肃宗本贤主，诗意无乃太渺茫。

丰碑迄今数百载，浩劫不复随星霜。

新诗尚忆王司理，继其咏者江都黄。[14]

我访残碑得诸市，字体数幅足珍藏。

元公高文鲁公笔，足令斗室生辉光。

我欲访碑遍寰宇，此地其奈隔潇、湘。

安得扁舟下楚、越，此碑重访浯溪旁。

【解题】

《中兴颂》，又称《大唐中兴颂》，元结撰文，颜真卿书丹，刻于大历六年（771年）。碑在永州浯溪，摩崖而刻。刘氏在市中购得此碑拓片残本，遂歌咏此事。诗为咏物长律，其中不乏史论，显示了诗人深厚的文化功底与诗歌语言驾驭能力。此诗首先就《中兴颂》内容做了介绍，"安史之乱"后肃宗李亨在灵武即位，吐蕃、回纥兵入关协助郭子仪与李光弼等将领收复长安、洛阳两京，唐王朝重整朝纲，号称"中兴"。北宋诗人黄庭坚对肃宗登基有异议，刘氏则认为唐玄宗与肃宗的矛盾在于李辅国，肃宗还是贤主。清代王士禛与黄承吉都有诗歌吟咏此碑。作者最后表达了访碑的文化理想。

【笺释】

[1] 鼙鼓：小鼓和大鼓，古代军队所用，也指代军队或者战争。天宝十四年（755年）十一月，范阳（今北京）等三镇节度使安禄山联合史思明以诛杀杨国忠为名发动叛乱，史称"安史之乱"。

[2] 翠华：天子仪仗中以翠羽为饰的旗帜或车盖，为御车或帝王的代称。未央：未央宫。唐代未央宫作为皇室的三大宫殿之一（禁苑）而存在，是唐代规模最大的苑囿。

[3] 青螺：古代女子的一种发型，此处应指杨贵妃。典出赵彦端《鹧鸪天·杨兰》："两两青螺绾额傍，彩云齐会下巫阳。"陈仓：今陕西省宝鸡市，汉魏以来为攻守战略要地。

[4] 伪燕：天宝十六年（756年），安禄山称帝，国号大燕。太子李亨受命到北方召集勤王之师。

[5] 平原太守：指颜真卿，因得罪权臣杨国忠，被贬为平原太守。安史之乱时，颜真卿率义军对抗叛军。后因孤立无援，只得放弃平原至凤翔。

[6] 长安天子句：化用文天祥《平安》："平原太守颜真卿，长安天子不知名。"

[7] 两京：指唐代的长安与洛阳。李、郭：唐代名将李光弼和郭子仪。语本颜真卿《开府仪同三司太尉李公神道碑铭》："临淮、汾阳秉文武忠义之资，廓清河朔，保乂王室，翼载三圣，天下之人，谓之李、郭。"

[8] 周宣、汉光：周宣王在周、召二公的辅助下，任用贤臣召虎、尹吉甫、仲山甫等人，复兴"成康之治"；东汉光武帝开创"光武中兴"时代。

[9] 鲁公：颜真卿在唐代宗时封鲁郡公，人称"颜鲁公"。

[10] 黄鲁直：黄庭坚，号山谷道人、涪翁。崇宁二年（1103年）被贬广西宜山，曾游浯溪，观赏摩崖石刻《中兴颂》碑，写下《书摩崖碑后》诗。

[11] 黄庭坚《书摩崖碑后》云："抚军监国太子事，何乃趣取大物为？……臣结春秋二三策，臣甫《杜鹃》再拜诗。"黄氏认为元结《舂陵行》诗暗含讽刺，肃宗当时不应该在凤翔宣布登基为帝，杜甫的《杜鹃》诗慨叹当时政治的腐败。

[12] 巡与远：张巡与许远。张巡为唐邓州南阳人，安史之乱时，以真源令守雍丘，伏击叛军。许远，唐杭州盐宫人，字令威，安史之乱时为睢阳太守。后张巡与许远坚守无援，睢阳失守，不屈遇害。房与张：房琯与张镐。房琯在肃宗即位后前往辅佐，深受器重。张镐在安史之乱时投奔肃宗，授谏议大夫。至德二年成为宰相。

[13]辅国：李辅国，字静忠，博陆郡（今北京市平谷区）人。安史之乱期间，劝说太子李亨称帝。唐肃宗即位后，拜为元帅府行军司马，开始掌握兵权，赐名辅国，权倾朝野。冷待晚年的唐玄宗，谋害建宁王李倓，诛杀张皇后和越王李系，拥戴唐代宗李豫即位。南内：唐代长安的兴庆宫，原系玄宗为藩王时的故宅。晚年的唐玄宗被幽禁于此。典出白居易《长恨歌》："西宫南内多秋草。"

[14]王司理：王士祯（1634—1711年），原名王士禛，字子真、贻上，号阮亭，又号渔洋山人，人称王渔洋，谥文简。王士禛曾在扬州做过司理，族侄王启烈曾任祁阳县令，因得读《大唐中兴颂碑》而作《摩崖碑》一诗，回忆了颜真卿挺身讨贼的忠勇，抒发了诗人对古代忠义之士的崇敬。江都黄：黄承吉（1771—1842年），清代江苏江都人，字谦牧，号春谷。与同里江藩、焦循、李钟泗友善，以经义相切磨，时有"江、焦、黄、李"之目。嘉庆十年（1805年）进士。历官广西兴安、岑溪等县知县。作有《叠游乳岩三洞爱其奇绝题于石壁》一诗。

14. 忆昔

往昔时参出世法，而今犹现众生身。[1]
一心寂照宜参佛，万象空虚不染尘。[2]
楚客屠龙成故技，庄生梦蝶证前因。[3]
恒河无量沙无量，浩劫悠悠付法轮。[4]

【解题】

这首诗叙述了刘氏昔时学习佛法的理解。作者于佛法中以求参悟人生；从侧面表达了作者对自己当时处境的困惑，以求在佛法中寻找慰藉。从中可以看出，刘氏早期就对佛、道有一定研究。

【笺释】

[1]出世法：佛教谓达到超脱生死境界之法。

[2]寂照：佛教指智之本体为空寂，有观照作用，即坐禅之当体、止观。万象：道家指宇宙内外一切事物或现象。

[3]楚客屠龙：指不为世所用的真才实学。典出《庄子·列御寇》："朱

洴漫学屠龙于支离益，单千金之家。三年技成，而无所用其巧。"庄生梦蝶：典出《庄子·齐物论》。通过对梦中变化为蝴蝶和梦醒后蝴蝶复化为己的事件的描述与探讨，庄子提出了人不可能确切地区分真实与虚幻和生死物化的观点。

［4］无量：佛教用语，指广大的意思。法轮：谓佛说法，圆通无碍，运转不息，能摧破众生的烦恼。

15. 题照相片

人相我相众生相，无人无我无众生。[1]
现身偶说出世法，大千世界开光明。[2]

【解题】

此诗是刘氏题诗歌于相片时的哲理思考。诗中多用佛典，表达了作者希望以佛法得到超脱，从而获得光明的期望。

【笺释】

［1］众生相：佛教用语，谓人我四相之一。
［2］大千世界：佛教用语，世界的千倍叫小千世界，小千世界的千倍叫中千世界，中千世界的千倍叫大千世界。指广阔无边的自然界和人类社会的一切事物。

16. 题梁公约诗册两首

过江名士多于鲫，风雅如君真可师！[1]
我亦风尘苦行役，与君同唱《横江词》。[2]

论诗未觉西江远，宗派茫茫付与谁？[3]
淮海文章溯流别，涪、坡嗣响属君诗。[4]

【解题】

梁公约（1864—1927年），原名莐，又名梁英，字公约，号饮真，室名端虚堂。光绪间江都诸生，著名书画家，尤以画芍药、菊花入神，有"梁芍药"之美誉。梁公约是著名诗人，是"冶春后社"中最有成就者之一。他诗宗江西诗派，兼有晚唐遗风，《石遗室诗话》云："梁君诗极似明末清初江湖诸老语，则胡诗庐可相伯仲。"梁公约为刘氏的好朋友，刘氏另有《答梁公约赠诗》。

【笺释】

［1］过江句：东晋王朝在江南建立后，北方士族纷纷来到江南，当时有人说"过江名士多于鲫"，后比喻某种时兴的事物非常多。

［2］《横江词》：《横江词六首》为李白得到唐玄宗征召，赴京途中所作。诗中饱含诗人渴望一展宏图、实现抱负的壮志。

［3］西江：宋代以黄庭坚创作理论为中心而形成的江西诗派。

［4］淮海：指秦观。秦观，字少游，号淮海居士，少从苏轼游，为"苏门四学士"之一。涪坡：涪即涪翁（黄庭坚）；坡即坡翁（苏东坡）。该句肯定了江西诗派的历史地位，赞美了梁公约继承先贤的品质。

17. 癸卯夏游金陵

乾坤如此不归休，独向江南赋壮游。[1]
天堑敢矜形势险，名山划断古今愁。
劳劳歌哭凭谁诉？历历云山淡不收。
我亦天涯感沦落，年年江上棹归舟。[2]

【解题】

此诗是1903年2月开封会试结束后，刘氏夏日游南京所作。刘氏似乎因为言论过激，为清廷追缉，故而仓皇出逃，途中经南京。作者回顾自己少年时期的志得意满，而现在有家难归，沦落天涯。长江天险虽然壮美，但给作者更多的是忧愁。全诗寓情于景，感情深沉悲壮，颇有"老杜"（杜甫）风格。

【笺释】

［1］归休：谓归隐。语本方回《仲夏书事十首》："弃置乾坤事，归休水

竹居。"壮游：谓怀抱壮志而远游。此处与杜甫《壮游》似无关。

　　[2]天涯感沦落：感叹自己沦落天涯。化用白居易《琵琶行》："同是天涯沦落人，相逢何必曾相识！"

18. 赠杨仁山居士四首

十载秋风白下居，此心寂照证真如。[1]
一从物我相忘后，三界唯心万象虚。

支那、印度古名国，白马传经忆昔时。[2]
无量恒河无量劫，而今象教又沦夷。[3]

黄金世界不可睹，物竞风潮日夜深。[4]
欲挽狂澜障君辈，何时重证菩提心！[5]

震旦、扶桑原咫尺，多君海国访经回。[6]

君所刊经典，多得之日本。

何当更放光明藏，无量群生慧业开。[7]

【解题】

　　杨文会（1837—1911年），字仁山，号深柳堂主人，自号仁山居士，安徽石埭（今石台）人。清末中国佛教复兴的关键人物，也是唯识宗复兴的播种者，南京官场多敬之。刘氏和杨仁山多有交往，当初章太炎建议刘氏从日本回国后联系杨仁山。刘氏的叔父刘谦甫有《戒口虐文》（《大云佛学社月刊》第15号），由此可见刘氏与佛学的渊源。诗歌简述了佛教在中国的传播史，肯定了杨仁山在南京研究佛学、从日本购回佛经、试图弘扬佛法的艰辛与成就，其中饱含诗人对杨仁山复兴佛学之功绩的赞扬。诗中丰富的佛教用语也显示出刘氏早年对佛学的接受和研习。

【笺释】

　　[1]真如：谓永恒存在的实体、实性，亦即宇宙万有的本体。
　　[2]支那：古代印度、希腊、罗马称中国为支那，为中性词，近代日本

也称中国为支那，有蔑视的语气。白马传经：东汉永平十年（公元67年），二位印度高僧应邀和东汉使者一道，用白马驮载佛经、佛像同返国都洛阳，开始了佛教在中国的传播。

［3］象教：释迦牟尼离世，诸大弟子想念不已，刻木为佛，以形象教人，故称佛教为象教。沦夷：衰微；沦落。

［4］黄金世界：形容美好完善的境地。物竞：指当时在中国流行的《天演论》中宣扬的"物竞天择"思潮，强调生物相互竞争，适者生存。

［5］菩提：佛教用语，意谓达到觉悟。

［6］震旦：印度人对中国的称呼。扶桑：指日本。访经：杨仁山1878年在伦敦结识日本梵文学者南条文雄，经其帮助，从日本找回国内失传的经书300余种，择要出版《汇刻古逸净土十书》等。

［7］光明藏：佛教用语，指佛性佛法之所在。慧业：佛教用语，意谓智慧的业缘。

19. 杂咏二首

如此风尘行路难，中年哀乐苦无端。
江山寥寂惨无语，独立神州袖手看。[1]

净心应证菩提树，浩劫常离生灭门。[2]
岁月堂堂春又去，廿年尘梦与谁论！

【解题】

刘氏初涉尘世，感叹世间行事艰难，由此产生遁入佛门的念想。诗人将过去的廿年称作"尘梦"，其否定现实之意显而易见。当时刘氏年仅二十，却称中年，可见其老成焦虑之心。

【笺释】

［1］袖手：藏手于袖，谓不能或不欲参与其事。陈三立《高观亭春望》："凭栏一片风云气，来作神州袖手人。"

［2］净心：清净无妄之心。净心禅，属于禅修的一种，其目的是通过修行清净心来达到禅定的境界。生灭门："心生灭门"，指佛教起信论所说的一

心二门，即"真如门"与"生灭门"。依如来藏故有生灭心，所谓不生不灭与生灭和合，非一非异，名为"阿黎耶识"。

20. 偶成

去住两无心，悠悠物外吟。[1]
行藏风月我，慕迹去来今。[2]
尘世触蛮战，空山猿鸟音。[3]
成连今不作，寥落海天深。[4]

【解题】

"偶成"相当于无题，记录偶然之际的想法。从诗歌用语来看，内容涉及厌世而想要出世、归隐的思想，或是刘氏一时突发的念头。

【笺释】

［1］去住：是去还是留。物外：超然物外。

［2］行藏：指出处或行止。典出《论语·述而》："用之则行，舍之则藏。"去来今：佛教用语，指过去、未来、现在。苏轼《过永乐文长老已卒》："三过门间老病死，一弹指顷去来今。"

［3］触蛮战：尘世间的纷扰就像蜗牛角上触氏和蛮氏的争斗一样可笑。典出庄周《庄子·则阳》："有国于蜗之左角者，曰触氏，有国于蜗之右角者，曰蛮氏。时相与争地而战，伏尸数万，逐北，旬有五日而后反。"

［4］成连：春秋时著名琴师，伯牙之师。传说伯牙曾学琴于成连，三年未能精通。成连因与伯牙同往东海中蓬莱山，使闻海水激荡，林鸟悲鸣之声，伯牙叹曰："先生将移我情。"从而得到启发，技艺大进。见唐·吴兢《乐府古题要解·水仙操》。

21. 赠娄县瞿塎臣二首

复初、景范古作者，绝学沉沦谁复知。[1]

两戒河山辨苗发，羡君能识谈瀛奇。[2]

书记依人聊复尔，茫茫京洛多风尘。[3]
出门西笑不称意，从君更访梁园春。[4]

【解题】

娄县瞿塽臣生平不详。据诗歌内容看，瞿氏对顾祖禹《读史方舆纪要》有研究，在洛阳为人做文字工作，与刘氏相识。

【笺释】

[1] 复初、景范：顾祖禹（1631—1692年），字端五，又字复初，号景范，又称宛溪，历时30余年撰成《读史方舆纪要》。

[2] 两戒河山：顾祖禹书中谈到终南山的重要位置，分辨苗区等少数民族地区。语本《读史方舆纪要》卷五十二："西京南据终南，一行以天下山河之象，存乎两戒，而终南分地络之阴阳。"谈瀛：指谈论海外事。语本李白《梦游天姥吟留别》："海客谈瀛洲，烟涛微茫信难求。"

[3] 书记：从事公文、书信工作的人员。聊复尔："聊复尔耳"，姑且如此而已。典出《晋书·阮咸传》："未能免俗，聊复尔耳。"

[4] 西笑：西望长安而笑，谓渴慕帝都。此处应是代指追求入仕。典出桓谭《新论·祛蔽》："人闻长安乐，则出门西向而笑；肉味美，对屠门而嚼。"

22. 赠兴化李审言二首

广陵著述甲江左，征文考献渺不闻。[1]
孤生寂寞守先学，提倡宗风欣得君。[2]

冶城山下偶托迹，抗尘走俗谢弗如。[3]
君山不作尔寂寂，旷世谁识子云书。[4]

【解题】

李审言（1859—1931年），名详，江苏兴化人，是"文选派"与"扬州学派"后期代表人物。李审言与刘氏叔父刘富曾交好，曾写有《二刘诗》，对刘师苍、刘师培命运表示哀悼。刘氏与李审言同是《国粹学报》撰稿人，在学术上多有交流。这是一首赠答诗，表达对李详坚持与弘扬"扬州学派"的欣赏与赞颂之情。

【笺释】

［1］征文句：而今很少看到传统扬州学派那样考证文献的著述。

［2］孤生：孤陋的人，自谦之词。提倡宗风：李审言对《文选》《文心雕龙》以及韩文都有研究，在继承扬州学派子部杂家之学的传统中，走出了一条保持传统文学审美品格的创作道路，这也正是刘氏认可并引为同道的原因。

［3］冶城：吴王夫差在今南京朝天宫的一个小土山上筑起冶铸作坊，是最早南京城的雏形，故用以指称南京。抗尘走俗：形容为了名利，到处奔走钻营。典出孔稚圭《北山移文》："尔乃眉轩席次，袂耸筵上，焚芰制而裂荷衣，抗尘容而走俗状。"清光绪二十八年（1902年）九月，李审言应约到南京蒯光典（字礼卿）府做家庭教师。

［4］君山：桓谭（公元前23—公元50年），博学多能，著有《新论》二十九篇。因坚决反对谶纬神学，光武帝认为其"非圣无法"，险遭处斩。后被贬，出任六安郡丞，道中病卒。子云：扬雄（公元前53—公元18年），字子云，文学家、思想家，著作丰富，后人比拟为"西蜀圣人"，家境贫寒。李审言爱好收集文献，晚年将一百余箱藏书整理陈列，设"审言图书馆"于祖居穿堂之内。

23. 仲夏感怀二首

众生浩劫恒河沙，吾知无涯生有涯。[1]
客至有时还瀹茗，书长浑不废看花。[2]
空山寂寂忘人世，逝水悠悠阅岁华。
物外真游谁则觉，间耽芳逸弄天葩。[3]

闭门枯坐息尘梦，松斋寥寂供雠书？
静观自得山梁雉，真赏忘言濠濮鱼。[4]
寄傲羲皇聊复尔，许身稷、契近何如？[5]
伤情别有忧时泪，不学相如赋《子虚》。[6]

【解题】

本诗写隐居校书的自在闲适，又有一些寂寥之情，在独处寂寥中流露出世、隐居的想法，但同时又难以忘怀人世的苦难，其中的思想与情感是矛盾的。

【笺释】

［1］恒河沙：佛教用语，比喻极多之数。吾知无涯生有涯：化用《庄子·养生主》："吾生也有涯，而知也无涯。以有涯随无涯，殆已。"表达一种人生有限与知识无限的矛盾。

［2］瀹（yuè）茗：煮茶。语本陆游《与儿孙同舟泛湖至西山旁憩酒家遂游任氏茅庵》："酒保殷勤邀瀹茗，道翁伛偻出迎门。"

［3］真游：道教圣地之游。语本王安石《登小茅公》："物外真游来几席，人间荣愿付笭通。"天葩：意为非凡的花，常比喻秀逸的诗文。典出韩愈《醉赠张秘书》："东野动惊俗，天葩吐奇芬。"

［4］静观自得：化用程颢《秋日偶成》："万物静观皆自得，四时佳兴与人同。"意谓世间万事万物只要静心观察，都会有所收获。山梁雉：意谓得其时。典出《论语·乡党》："色斯举矣，翔而后集。曰：'山梁雌雉，时哉时哉！'"真赏：会心的欣赏。语本范仲淹《与谏院郭舍人书》："又嘉江山满前，风月有旧，真赏之际，使人愉然。"濠濮鱼："鱼游濠上"，意谓纵情山水，逍遥遨游。典出《庄子·秋水》。

［5］寄傲：寄托旷放高傲的情怀。典出陶渊明《归去来兮辞》："倚南窗以寄傲，审容膝之易安。"羲皇：伏羲是我国古籍中记载的最早的王，在其之前的人为太古的人，也即"羲皇上人"，比喻无忧无虑，生活闲适的人。典出陶渊明《与子俨等疏》："常言五六月中，北窗下卧，遇凉风暂至，自谓是羲皇上人。"许身稷、契：私自下了决心，要向稷、契看齐，谓积极用世。化用杜甫《自京赴奉先县咏怀五百字》："许身一何愚，窃比稷与契。"

［6］相如赋《子虚》：汉代辞赋家司马相如所写的《子虚赋》文笔极其铺张扬厉。刘氏认为时局令人伤心，不宜夸饰太平。

24.题袁季枚丈《松林庵古松画册》四首

海陵古松甲天下，双龙盘屈形瑰奇。[1]

六朝松石古人重，无复渔洋来赋诗。[2]

画师绘松见奇格，尺素萧萧风雨生。[3]
我见画松如旧识，西风十月海陵城。

毕宏、韦偃渺不作，天下画松今几人。[4]
雅识先生岁寒操，此图留与伴吟身。

过眼烟云阅今昔，六代旧物莽荆榛。[5]
枝柯天矫卧云壑，劫灰历尽萧梁尘。[6]

【解题】

袁季枚，名镳，泰州人，博学工文，书画兼善。袁季枚与刘氏为世交，刘寿曾、刘贵曾、刘师苍逝世时袁氏都曾哭吊，为刘师苍写传记《刘张侯传》（《碑传集补》卷五十二），刘氏有《跋袁季枚〈刘张侯传〉》（《左盦题跋》）。这是刘氏给袁季枚绘画作品《松林庵古松画册》所题的四首诗歌，不仅赞颂袁氏画作鲜活逼真、技巧独特，而且欣赏他的人品气节，感叹松树历经曲折而坚挺不倒的品质。

【笺释】

[1]海陵：泰州，曾与广陵扬州、兰陵常州、金陵南京并称"四陵"。

[2]渔洋：王士禛，见前注。王士禛作有《六朝松石歌赠邓简讨》："寿阳太史好奇古，邀我来观六朝之松石。"

[3]尺素：泛指小幅纸张。

[4]毕宏：唐朝京兆人，善画古松。韦偃：唐朝画家，善画鞍马，亦善山水、松石、人物。杜甫《戏为韦偃双松图歌》："天下几人画古松，毕宏已老韦偃少。"

[5]荆榛：泛指丛生灌木，多用来形容荒凉衰败的景象。

[6]萧梁：南梁（502—557年），由雍州刺史萧衍取代南齐称帝，定都建康（今南京）。南朝梁后期国政败坏，导致"侯景之乱"，随后北齐和西魏对其侵夺，最终陈霸先废帝自立，改国号为陈。

25. 端阳日偕地山、泽山、谷人泛湖，言念旧游，怆然有作

凉风五月吹菰蒲，芙蓉急雨跳明珠。
蕉窗兀坐尘事少，寻芳偶踏隋宫芜。[1]
瘦湖一角城西隔，水天如镜扁舟趋。
亭轩窈窕豁云水，静观自得皆欢愉。
前度游踪历历记，良朋聚首倾玉壶。
浮云缥缈隔天际，饯别又绘《春湖图》。
人生自古有离合，譬如蓬梗随江湖。
过眼烟云刹那倾，百年一隙驶白驹。[2]
方今世事堕尘雾，大厦将倾谁则扶。[3]
眼中云物阅今昔，风景不异山河殊。
天涯沦落那可说，世路荆棘非坦途。
我生哀乐原斯须，游观未已斜阳晡。

【解题】

这是 1903 年端午节刘氏与友人方地山、方泽山、谷人一起游瘦西湖的纪游诗。方地山（1873—1936 年），原名方尔谦，字地山，江苏省江都（今扬州市）人。擅长书法和楹联，清末民初著名学者，和袁世凯次子袁克文成为莫逆之交和儿女亲家。方泽山（1874—1927 年），方地山之弟，少负才华，拒绝科举，曾为扬州军政分府军政长徐宝山参议，后潜心探索以文教、以实业救国。本诗不仅描写瘦西湖夏天的景色，更有怀念旧友的感情与对人生、时局的感叹，运用先扬后抑的手法，景色清新而情绪伤感。结合刘氏本年行事可知，刘氏四月参加在开封的会试，落第后他不免感慨世事，有"大厦将倾无人扶"的悲叹。

【笺释】

[1] 兀坐：独自端坐。隋宫：指隋炀帝下扬州时兴建的离宫行苑，又称"江都宫"。

[2] 百年句：一百年的时间也像白驹过隙那样迅速。典出《庄子·知北游》："人生天地之间，若白驹之过隙，忽然而已。"

[3] 大厦将倾：大厦比喻旧政权或旧势力，形容即将来临的崩溃局势。

典出隋·王通《中说·事君》："大厦将颠，非一木所支也。"

26. 阅赵㧑叔诗集诋吕晚村甚力，因作二绝正之

东南文网密于织，党祸谁怜瓜蔓抄。[1]
堪笑宋廷禁伪学，考亭名共嵩、华高。[2]

文祸早偕胡中藻、戴名世著，[3]
儒名犹共陆稼书、张考夫齐。
当时以吕、陆、张及劳麟书为四大儒。[4]
如何言更因人废？此论吾嗤赵会稽。
魏默深先生谓"留良言不可废"，[5]
而赵氏诗则曰："如何言不因人废，此论吾嗤魏邵阳。"故此句反之，
以存公论。

【解题】

赵㧑叔，即赵之谦（1829—1884年），浙江会稽（今绍兴）人。清代著名书画家、篆刻家，著有《六朝别字记》《悲庵居士文存》等。他与刘毓崧、刘寿曾同时在金陵书局共事，所著《汉学师承续记》中对刘文淇、刘毓崧、刘寿曾有记载，帮助戴望收集颜李学派文献。吕晚村（1629—1683年），名留良，字庄生，又名光纶，字用晦，号晚村，别号耻翁、南阳布衣，崇德（今崇福镇）人。反清思想激进，行为刚烈。康熙年间拒应清王朝的鸿博之征，后削发为僧。死后，雍正十年被剖棺戮尸，子孙及门人等或戮尸，或斩首，或流徙为奴，罹难之酷烈，为清代文字狱之首。此诗为刘氏反驳赵之谦诗集诋毁吕留良而作，以古讽今，从中可以看出刘氏的历史观。此诗或是刘氏读书时有感而作，诗中注脚显现出的丰富学识，足以体现出刘氏独立的思想和敏锐的思考力。

【笺释】

[1] 文网：指文化禁令。瓜蔓抄：指旧时统治者对臣下、人民的残酷诛戮迫害，辗转牵连，如瓜蔓之蔓延。典出《明史·景清传》："藉其乡，转相攀染，谓之瓜蔓抄，村里为墟。"

〔2〕伪学：宋称程朱理学为伪学。南宋庆元时，韩侂胄与赵汝愚争权，因朱熹等人倾向赵汝愚，韩侂胄得势后，谓贪黩放肆乃人之真情，而廉洁好修者都是伪人，遂称理学为"伪学"。考亭：代指朱熹。朱熹晚年居望考亭，建沧州精舍。宋理宗为崇祀朱熹，于淳祐四年（公元1244年）赐名考亭书院。此后因以"考亭"称朱熹。嵩、华：嵩山和华山的并称。

〔3〕胡：胡中藻（？—1755年），字翰选，号坚磨生，江西新建人。乾隆元年（1736年）进士，官至内阁学士、督湖南学政，为首辅鄂尔泰门生。乾隆为打击朋党，借题发挥，指出胡中藻的《坚磨生诗钞》中诗句"一把心肠论浊清"有辱蔑大清之意，将胡中藻处斩。戴：戴名世（1653—1713年），字田有，一字褐夫，号药身，别号忧庵，晚号栲栳，晚年号称南山先生，江南桐城（今安徽桐城）人。所著《南山集》中录有南明桂王时史事，并多用南明三五年号，以"大逆"罪被处死。此案株连数百人，震动儒林。

〔4〕陆：陆陇其（1630—1692年），字稼书，浙江平湖人，学者称其为"当湖先生"，著有《困勉录》《读书志疑》《三鱼堂文集》等。学术专宗朱熹，排斥陆、王，被清廷誉为"本朝理学儒臣第一人"。张：张履祥（1611—1674年），字考夫，又字渊甫，号念芝，号杨园，浙江桐乡人，明末清初著名理学家，清初朱子学的倡导者，志称"朱熹后一人"。后人辑有《杨园先生全集》。劳麟书：劳史（1655—1713年），字麟书，学者称余山先生，余姚人。以道自任，举动亦必依于礼，著有《余山先生遗书》十卷。

〔5〕魏默深：魏源（1794—1857年），名远达，字默深、墨生、汉士，号良图，湖南省邵阳市人。论学以"经世致用"为宗旨，近代中国"睁眼看世界"的首批知识分子的代表。

27. 相忘

相忘惟物我，尘鬓渐霜侵。[1]
咄咄深源事，悠悠《梁父吟》。[2]
酒泉千日醉，春水一池深。[3]
何用谈兴废？浮云自古今。

【解题】

刘氏不满足于忘怀世事而沉浸在书斋的生活，但空有激情而没有找到出路，苦闷异常，渴望借酒买醉，看淡一切，而这些想法恰恰是忧虑难以排遣的愤激反映。

【笺释】

［1］相忘：世界与我彼此忘却。典出《庄子·大宗师》："泉涸，鱼相与处于陆，相呴以湿，相濡以沫，不如相忘于江湖。"刘氏实际上不能忘却世事。

［2］深源：指殷浩（303—356年），字深源，东晋时期大臣、清谈家。隐居十年，后为扬州刺史，与桓温抗衡，两次北伐失败后被贬。事见刘义庆《世说新语·黜免》："殷中军（殷浩）被废在信安，终日恒书空作字，扬州吏民寻义逐之，窃视，唯作'咄咄怪事'四字而已。"《梁父吟》：又称《梁甫吟》，据说是诸葛亮创作的一首乐府诗，从望荡阴里见三坟写起，转到写坟中人被谗言杀害的悲惨事件，悲士人立身处世之不易。

［3］酒泉：谓酒多如泉。千日醉：谓饮酒长醉。语本杜甫《垂白》："甘从千日醉，未许七哀诗。"春水句：化用苏辙《扬州五吟其一九曲池》："可怜九曲遗声尽，惟有一池春水深。"

28. 有感

春蚕吐丝空做茧，螳螂奋臂思当车。
人间恨海风波恶，肯学兴公赋《遂初》。[1]

【解题】

诗中所指比较隐晦，或对"戊戌变法"人事的哀悼。刘氏认为有些事是徒劳无功、必将失败的，用"空"和"思"形象生动地表达了自己对春蚕和螳螂做法的惋惜。

【笺释】

［1］恨海：比喻无穷无尽的怨恨。语本龚自珍《己亥杂诗》之二六八："万一天填恨海平，羽中安稳贮云英。"兴公：晋代孙绰，字兴公。居会稽，纵情山水十多年，于是写《遂初赋》以表达自己辞官归隐的情志。

29. 读《王船山先生遗书》

衡山万仞雄南区，元气磅礴灵秀储。[1]

笃生先生鸿达儒，抗志直欲希横渠。[2]

干戈扰攘兴东胡，茫茫天路多崎岖。[3]

中原板荡灰劫余，胡尘颎洞风沙粗。[4]

粤东天启兴王都，鹏鲲展翼垂天衢。[5]

上书忧国筹军输，攘狄大义《春秋》符。[6]

帝子不归愁苍梧，孤忠直与湘累俱。[7]

故园归来松菊芜，尺蠖伸屈师申屠。[8]

漆室感事发长吁，《黄书》一篇经国谟。[9]

制宰任官良策纡，弘济敢嗤《儒效》疏。[10]

著书万卷黄、顾如，眷怀宗国心不渝。

《黍离》麦秀悲遗墟，举世谁复知申胥？[11]

井中《心史》传遗书，所南忠愤古所无。[12]

【解题】

王夫之（1619—1692年），字而农，号姜斋，又号夕堂，湖南衡阳人。青年时期王夫之积极参加反清起义，晚年隐居于石船山，学者遂称之为"船山先生"。著有《读通鉴论》《宋论》《黄书》等书，具有强烈的革命意识。《王船山先生遗书》，又称《船山遗书》，是王夫之著作总集。同治初年，曾国荃主持重新汇刊《船山遗书》，刘师培的祖父刘毓崧负责编辑，并撰有《刻王氏船山丛书凡例》《王船山丛书校勘记》二卷以及《王船山先生年谱》。刘氏曾言："幼治《春秋》，即严夷夏之辨，垂髫以右，日读姜斋，亭林书，于中外大防尤三致意。"（《致端方书》）刘氏后来参加革命，王夫之的思想也一度成为其革命思想的精神之源。刘氏在诗中追述清军入关，涂炭中原，王夫之反清的史实，赞颂他的革命精神，肯定其作品会流传千古。

【笺释】

［1］南区：王船山的家乡湖南衡阳，有南岳衡山，今有"南岳区"。

［2］笃生：谓生而得天独厚。语本《诗经·大雅·大明》："长子维行，笃生武王。"抗志：高尚其志。语本《六韬·上贤》："士有抗志高节以为气势，外交诸侯，不重其主者，伤王之威。"横渠：张载（1020—1077年），字子厚，

世称横渠先生，"关学"创始人，著有《正蒙》《横渠易说》等。

[3]东胡：我国古代的少数民族，因居于匈奴之东，故名。秦末东胡强盛，后被匈奴冒顿单于击败。余众退居乌桓山和鲜卑山，分别称乌桓、鲜卑。事见《史记·匈奴列传》。天路：比喻及第、出仕。语本王建《山中寄及第故人》："如何弃我去，天路忽腾骧。"

[4]板荡：《板》《荡》都是《诗经·大雅》中讥刺周厉王无道而导致国家败坏、社会动乱的诗篇，后指政局混乱或社会动荡。灰劫：指被兵火毁坏后的残迹。胡尘：胡人兵马扬起的沙尘，喻胡兵的凶焰。颎洞（hòng dòng）：绵延；弥漫。

[5]粤东句：指隆武二年（清顺治三年，1646年），桂王朱由榔在肇庆称帝，改元永历。天衢：天上的道路，比喻京都的道路。典出王逸《九思·遭厄》："蹑天衢兮长驱，踵九阳兮戏荡。"

[6]上书句：顺治三年（1646年）八月，朱聿键在汀州为清兵所杀，王夫之只身赴汀阴找章旷，请章旷调和何腾蛟与堵胤锡之间的矛盾，协同作战，联合农民军一起抗清，并对军队后勤提出自己的建议，未被章旷采纳。《春秋》符：王夫之著有《春秋世论》等文章伸张《春秋》尊王攘夷大义。

[7]帝子不归：本指舜帝南巡驾崩于苍梧，此处借指永历帝在昆明死去，犹如舜帝卒于苍梧。湘累：指屈原。屈原作《离骚》《九章》《九歌》等诗篇怨楚怀王听之不聪，体现出虽忠而被谤，信而见疑，却一如既往的忠贞之情。

[8]尺蠖：虫名，体长二三寸，屈伸而行，比喻为达到某种目的而采取以退为进的策略。申屠：申包胥，伍子胥带吴兵灭楚后，为恢复楚国，申包胥到秦国求援，功成后退隐江湖。

[9]漆室：犹暗室，指司马迁受宫刑后在漆室休养，著作《史记》。《黄书》：王夫之于1656年所作政论，歌颂了黄帝的事功，其中包含深厚的民族主义思想。近代尊黄思潮兴起，极大地促进了革命思想的高涨。国谟：国家大计。典出沈约《〈梁武帝集〉序》："虽密奏忠规，遗稿必削，而国谟藩政，存者犹多。"

[10]制宰句：王船山著《黄书》中有《宰制》《任官》两篇文章，论述具体的治国之策。弘济：广施德泽，济世安民。典出《尚书·顾命》："弘济于艰难。"《儒效》：《荀子·儒效篇》。本篇除了论述大儒的作用外，还论述了圣人、君子、劲士、儒雅、小儒、俗儒、俗人、众人、鄙夫几类人的德行，并强调了学习与法度的重要性。

[11]《黍离》麦秀：哀伤亡国之词。典出《诗经·王风·黍离》："彼黍

离离，彼稷之苗。行迈靡靡，中心摇摇。"

[12]《心史》：南宋遗民郑思肖（字所南）的诗集，深埋在苏州承天寺院内井中，明末崇祯十一年（1638年）又重见天日，在明亡以前的六年间，该书稿被多次刊印。王夫之著述身后流传不广，而同治年间曾国荃主持金陵书局刊印较完备的《船山遗书》，使他的学说为人所知。诗人此处以《船山遗书》比作郑思肖的《心史》，称赞王船山对明王朝的"忠愤"。

30. 和周美权《夜坐偶成》，用原韵

兰蕙不盈亩，椒楸犹当帷。[1]
《白雪》与《阳春》，敢伤知音稀。[2]
沧海嗟扬尘，浩劫同残棋。[3]
百卉既不芳，忍听鹈鴂啼。
炎运今方衰，坐待秋风凄。[4]
达人具遐想，洞照理无遗。[5]
静观自有真，肯为妄念欺。[6]
物我苟不忘，恐为庄生訾。[7]
众生未普度，此愿终不达。[8]
相彼鹏与鲲，讵慕枳棘栖。[9]
方池水盈尺，乃欲羁蛟螭。
言念汀州中，杜若多纷披。[10]
皎皎青莲花，独与尘界离。[11]
息静参化机，志慕彭殇齐。[12]
海水须弥山，消竭会有期。[13]
鲁戈如可挥，誓欲回朝曦。[14]
吾生亦有涯，万劫烟云随。
归心师大雄，无为老氏雌。[15]
珍重岁寒盟，岳岳青松姿。

【解题】

周今觉（1879—1949年），原名明达，号美权，一号梅泉，又别署凫公，

"今觉"是他集邮以后写集邮文章的署名，安徽建德（今东至）人，清两广总督周馥之孙，1892年其父周学海到江苏扬州做官，遂迁居扬州。周氏早年酷爱新学新书，捐建"美权算学图书室"，又能诗，著有《今觉盦诗》及《今觉盦诗续》，曾获中国"邮王"的尊称。刘氏与其诗歌唱和，另有《答周美权诗意》。刘氏在诗中夸赞周美权具有兰蕙品质，通达明理，精通道释，志向高远，祝愿他能成为松树一样挺拔伟岸的人物，同时表达了对现实混乱局面的忧虑与实现太平盛世的愿望。

【笺释】

［1］兰蕙、椒桵：香草与香料，常比喻才俊。诗句化用屈原《离骚》："杂申椒与菌桂兮，岂惟纫夫蕙茝！""余既滋兰之九畹兮，又树蕙之百亩。"

［2］《白雪》《阳春》：春秋时楚国歌曲名。因为高深难懂，能和唱的人很少，多用来比喻高雅的文学艺术作品，与"下里巴人"相对。典出宋玉《对楚王问》："其为《阳春》《白雪》，国中有属而和者，不过数十人。"

［3］沧海句：谓沧海变成陆地，比喻时世变迁之快、之大。典出葛洪《神仙传·王远》："麻姑自说：'接待以来，已见东海三为桑田。向到蓬莱，水又浅于往昔，会时略半也。岂将复还为陵陆乎？'方平笑曰：'圣人皆言，海中行复扬尘也。'"残棋：谓中断或将尽的棋局，多比喻难以收拾的残败局面。

［4］炎运：五行家称以火德而兴的帝业之运。旧指刘汉、赵宋等汉人王朝。

［5］达人：通达事理的人。典出《左传·昭公七年》："圣人有明德者，若不当世，其后必有达人。"洞照：明察。语本袁宏《三国名臣序赞》："英英文若，灵鉴洞照，应变知微，探赜赏要。"

［6］妄念：指不切实际或不正当的念头。

［7］物我：物，即客观之境；我，即主观之人。庄子倡导"天人合一"，物我两忘，所以他有着通达的生死观。见《庄子·齐物论》。訾：指责。

［8］普度：佛教用语，指广施法力，使众生得到解脱。

［9］鹏与鲲：鲲，一种大鱼，生活在北方的大海里，可化为鹏鸟；鹏，一种大鸟。典出《庄子·逍遥游》："北冥有鱼，其名为鲲。鲲之大，不知其几千里也。化而为鸟，其名为鹏。鹏之背，不知其几千里也；怒而飞，其翼若垂天之云。"二者常用来形容志向远大。讵：岂，难道，表示反问。枳棘（zhǐ jí）：枳木与棘木，因其多刺而称恶木。

［10］杜若：香草名。化用屈原《九歌·湘夫人》："搴汀洲兮杜若，将以

遗兮远者。"

[11]青莲花：佛教以为如来佛的眼目如同青莲花瓣。尘界：佛教以色、声、香、味、触、法为六尘，为十八界之一科，六尘所构成的虚幻世界叫尘界。

[12]化机：变化的枢机。语本吴筠《步虚词十首》之十："二气播万有，化机无停轮。"彭殇：犹言寿夭。彭，彭祖，指高寿；殇，未成年而死。典出《庄子·齐物论》："天下莫大于秋毫之末，而太山为小；莫寿乎殇子，而彭祖为夭。"

[13]须弥山（梵语：Sumeru）：又译为苏迷嘘，是宝山，古印度神话中位于世界中心的山，传说在须弥山周围有咸海环绕。化用佛教经典《摩诃摩耶经》："须弥及海水，劫尽亦消竭。"认为世间劫难会有消尽之时。

[14]鲁戈：鲁阳挥戈，指力挽危局。典出《淮南子·览冥训》："鲁阳公与韩构难，战酣日暮，援戈而㧑之，日为之反三舍。"

[15]大雄：释迦牟尼的德号，意谓包含万有，慑服群魔。老氏雌：老子以"雄"比喻刚劲、强大；以"雌"比喻柔静、谦下、无为。典出《老子》："知其雄，守其雌，为天下溪。"

31. 读《庄子·逍遥游》二首

鼹鼠饮河期满腹，蟪蛄阅世忘春秋。[1]
一弹指顷八千载，何人重证逍遥游？[2]

南溟、北溟今咫尺，鲲鹏变化何神奇！
扶摇不送培风翼，又是天池息影时。[3]

【解题】

《逍遥游》是《庄子》的第一篇，集中代表了庄子的哲学思想。"逍遥"，指人超越了世俗观念及其价值的限制而达到最大的精神自由。刘氏读《庄子》的《逍遥游》，有感而发写下这两首诗。其中引用《逍遥游》中"偃鼠饮河""蟪蛄不知春秋"的典故，表达做人要懂得知足，欲望有限才会逍遥，鲲鹏展翅在南北海间飞翔其实是借助风力；一方面为《庄子》的奇妙构思所折服，另一方面也表达飞腾乏术的遗憾。此诗或是刘氏作于读书斋中时，他有振兴家族的焦虑，而又不得不等待时机，所以会心生飞腾乏术的无奈之感。

【笺释】

[1] 鼹鼠饮河：比喻欲望有限。典出《庄子·逍遥游》："鹪鹩巢于深林，不过一枝；偃鼠饮河，不过满腹。"蟪蛄（huì gū）：寒蝉，春生夏死或夏生秋死，生命短暂。

[2] 一弹指顷：指手指一弹的时间，比喻时间极短暂。弹指，以拇指与中指压覆食指，复以食指向外急弹，为古代印度所盛行的表示虔敬、许诺或警告之风俗。一弹指，即弹指一次所需之时间，系诸经普遍用来形容极短暂之时间。又作"一弹指顷"。典出《华严经》："弥勒菩萨前诣楼阁，弹指出声，其门即开。"

[3] 扶摇：指盘旋而上。典出《庄子·逍遥游》："鹏之徙于南冥也，水击三千里，抟扶摇而上者九万里。"培风：指乘风。典出《庄子·逍遥游》："风之积也不厚，则其负大翼也无力，故九万里则风斯在下矣，而后乃今培风。"天池：典出《庄子·逍遥游》："南冥者，天池也。"息影：亦作"息景"，谓归隐闲居。典出《庄子·渔父》："不知处阴以休影，处静以息迹，愚亦甚矣！"

32. 癸卯夏记事

苍狗浮云变幻虚，纵横贝锦近何如？[1]
日斜秦野瓜空蔓，秋到湘江蕙已锄。[2]
蹈海何心思避世，愚民应更笑焚书。[3]
鸾凤窜伏神龙隐，搔首江天恨有余。[4]

【解题】

1903年6月29日，清政府以《苏报》鼓吹革命为由，逮捕章炳麟。不久《苏报》被封，史称"苏报案"。刘氏有感于清政府独裁与残杀志士仁人而发，表达对清政府控制言论政策的不满。

【笺释】

[1] 苍狗浮云：白云苍狗，比喻事物变化不定。典出杜甫《可叹》："天

上浮云如白衣，斯须改变如苍狗。"贝锦：有花纹的贝壳，这里比喻诬陷他人，罗织成罪的谗言。典出《诗经·小雅·巷伯》："萋兮斐兮，成是贝锦。"

〔2〕瓜空蔓："瓜蔓抄"。见前注。蕙已锄："焚芝锄蕙"，比喻贤者遭受灾祸。袁中道《珂雪斋集·李温陵传》："斯所由焚芝锄蕙，衔刀若卢者也。"

〔3〕蹈海：鲁连蹈海。齐国人鲁连以利害劝说赵魏两国大臣，阻止秦昭王称帝，曾言秦如称帝，则蹈东海而死。表示宁死而不受强敌屈辱的气节。典出《战国策·赵策三·秦围赵之邯郸》："彼则肆然而为帝，过而遂正于天下，则连有赴东海而死耳，吾不忍为之民也。"笑焚书：秦始皇为愚民而焚书。诗人用在此处当指清政府控制言论等同焚书愚民之举。典出章碣《焚书坑》："坑灰未冷山东乱，刘、项原来不读书。"

〔4〕鸾凰窜伏：鸾凤窜伏，比喻贤良之人受到迫害。典出贾谊《吊屈原赋》："鸾凤伏窜兮，鸱枭翱翔。"

33. 答袁康侯二首

守雌已违柱下史，玩世莫学东方生。[1]
劳生岁月堂堂去，未入中年百感并。

荃荪芳洁写忠爱，松柏轮囷忘岁寒。[2]
落落知音谈海内，七弦谁复《广陵》弹。[3]

【解题】

袁康侯（1878—1927年），名祖成，号退僧（退生），以字行，江苏泰州人，擅长诗文书法。曾任扬州军政府参谋长、东海县知事，分纂《江苏通志》，多用力于地方教育，后被孙传芳杀害，著有《东游杂诗》《晋游杂诗》《凤山学堂日记》等。这两首诗是刘氏回复袁康侯的，其中介绍了自己的近况，表示自己虽未入中年却已百感交集，但仍然坚持自己的品格，不会玩世不恭，同时表达知己不多，珍重友谊，也有与友人互勉、互励的意味。

【笺释】

〔1〕守雌：指以柔弱的态度处世。与"老氏雌"同，见前注。柱下史：周秦时期掌理天下图书、计籍的官吏。老子曾做过周朝的柱下史，故称。玩

世：以不严肃的态度对待现实生活。典出《汉书·东方朔传》："依隐玩世，诡及不逢。"东方生：指东方朔（约公元前161—公元前93年），字曼倩，西汉平原郡厌次县人，西汉时期著名文学家。他性格诙谐，言辞敏捷，滑稽多智，常在武帝前谈笑取乐。他曾言政治得失，陈农战强国之计，但当时的皇帝始终把他当俳优看待，不以重用。

　　[2] 荃荪：屈原作品中的芳草，"荃"比喻明君，"荪"比喻贤臣，此处偏指"荪"（贤臣）。轮囷：扭曲盘旋貌。典出邹阳《狱中上梁王书》："蟠木根柢，轮囷离奇。"

　　[3] 落落：稀疏；零落。语本陆机《叹逝赋》："亲落落而日稀，友靡靡而愈索。"《广陵》弹：《广陵散》，又名《广陵止息》，中国十大古琴曲之一。魏晋琴家嵇康以善弹此曲著称，临刑前仍从容不迫，索琴弹奏此曲，并慨然长叹："《广陵散》于今绝矣！"

34. 静坐

鸡虫得失曾何补？蛮触纷争近有因。[1]
棋罢不知身阅世，诗成浑觉墨磨人。[2]
扬舲极浦灵修远，弹指华严佛谛真。[3]
别有奇怀超物外，何时重脱六根尘？[4]

【解题】

刘氏作此诗时似乎正为琐事烦恼，同时感觉书斋生活寂寥，所以作诗提醒自己要超然，有遁入空门的想法。

【笺释】

　　[1] 鸡虫得失：指比较小的得失，不值得计较。典出杜甫《缚鸡行》诗："鸡虫得失无了时，注目寒江倚山阁。"蛮触：比喻因小事争吵的双方。见前注。

　　[2] 棋罢句：典出南朝梁任昉《述异记》，其中记录王质去山中打柴，观仙人对弈，在山中逗留了片刻，人世间已经发生了巨大的变化。墨磨人：形容著述磨人。典出苏轼《次韵答舒教授观余所藏墨》："非人磨墨墨磨人，瓶应未罄罍先耻。"

［3］扬舲句：扬帆远航到水边，而灵修却不在。典出屈原《九歌·湘君》：
"望涔阳兮极浦，横大江兮扬灵。"灵修：此处指君主。弹指：形容很快。见
前注。

［4］奇怀：奇异的想法。六根尘：见前注。此处泛指纷扰的尘世。

35. 书顾亭林先生墨迹后

胡尘没中原，虏骑密如织。[1]先生经世才，文采华南国。
拜表至行朝，真意达肝鬲。[2]微忱抱区区，岁寒坚金石。[3]
昆山三百里，坐见烽烟逼。神州既沦沉，悲哉陷异域。
秋风吹济南，摧藏铩鸿翮。[4]一鹗翔云霄，肯为罻罗得？[5]
昌平风萧条，关塞悲行役。[6]伤哉《麦秀》歌！吾驾将安适？[7]
灭迹遂躬耕，有怀亦焉极。[8]著书岂近名？淹雅深宁匹。[9]
平生苦羁旅，德邻必有择。[10]关中得天生，倾盖心莫逆。[11]
迢迢一纸书，道义了无隔。此书疑亭林与李因笃者。[12]缣简随云烟，
零落凭谁惜？[13]
手迹尊名贤，珍护如球璧。[14]沉埋三百载，幽光岂终匿？
生民尚左衽，天未厌夷德。[15]郁此坚贞心，对此空悽恻。

【解题】

顾炎武（1613—1682年），江苏昆山人，本名绛，亦自署蒋山佣，改名
炎武，学者尊为亭林先生。清兵入关后，顾炎武投入南明朝廷，撰成"乙酉
四论"，从军事战略、兵力来源和财政整顿等方面提出一系列建议。弘光帝被
俘后，顾炎武投笔从戎，参与义军与守护昆山等活动，为了避祸，遁迹商贾，
秘密抗清。顾炎武学问渊博，晚年治经重考证，开清代朴学风气，著述有《日
知录》《天下郡国利病书》《肇域志》《音学五书》等。顾诗多为伤时感事之作，
有《亭林诗文集》存世。

此诗是刘氏拜读顾亭林墨迹后的感受，回顾了清兵入关，顾炎武从持续
战斗到隐居著述的事迹，表达了对顾炎武的崇敬之情以及对清政府统治的
不满。

【笺释】

［1］胡尘：见前注，此处与"虏骑"皆指清兵。

［2］拜表：上奏章。此处指顾炎武向南明朝廷递交"乙酉四论"奏章。行朝：犹行在，此处应是指南明朝廷。肝鬲：亦作"肝膈"，犹肺腑，比喻内心真挚。

［3］微忱：微薄的心意。与后句"金石"相对，愈显顾炎武对明朝的忠心诚志。

［4］秋风句：指顾炎武游历山东之事。摧藏：摧伤，挫伤。铩（shā）：摧残，伤害。

［5］鹗（è）：鸟名，俗称"鱼鹰"，比喻有才能的人。罻（wèi）罗：捕鸟的网。

［6］昌平、关塞：指顾炎武北上而后至陕西。顾炎武北游避祸，同时结纳抗清志士，考察北中国山川形势，徐图复明大业。

［7］《麦秀》歌："麦秀"指麦子秀发而未实，多以之表示怀念亡国。典出《史记·宋微子世家》："其后箕子朝周，过故殷墟，感宫室毁坏，生禾黍，箕子伤之，欲哭则不可，欲泣为其近妇人，乃作《麦秀之诗》以歌咏之。其诗曰：'麦秀渐渐兮，禾黍油油。彼狡僮兮，不与我好兮！'"

［8］灭迹：从世俗社会中消失行迹，谓退隐。典出曹植《潜志赋》："退隐身以灭迹，进出世而取容。"顾炎武在顺治末、康熙初定居陕西华阴。焉极：何极，何处是尽头。

［9］近名：追求名誉。典出《庄子·养生主》："为善无近名，为恶无近刑。"淹雅：犹渊博。深宁：指南宋末王应麟所创立的"深宁学派"。该派认为决定天下趋势的是"人事"，不是"鬼神"；提出"民心之得失，此兴亡之大几"等观点；提倡经世以致用，大多精于经史的研究和考证，对古代历史文献的整理、训诂名物的考辨都有显著贡献。

［10］德邻：指与有德者相邻。典出《论语·里仁》："子曰：'德不孤，必有邻。'"

［11］关中：泛指函谷关以西战国末秦故地。天生：李因笃，详见后注。倾盖：指途中相遇，停车交谈，形容一见如故。莫逆：交往密切友好。《庄子·大宗师》："四人相视而笑，莫逆于心，遂相与为友。"顾炎武在关中来往最多的有华阴王宏撰、李二曲、李柏、傅山等学者名流，其中与李因笃为忘年交。

［12］李因笃（1632—1692年）：字子德，一字孔德，号天生，明遗民，从事反清活动。祖籍山西省洪洞，熟谙经学要旨，精于音韵，长于诗词，诗

逼杜甫，兼通音律，崇尚实学，为被时人称为不涉仕途的华夏"四布衣"之一。

［13］缣（jiān）简：古代用来书写的绢帛和竹简，此处代指书信。

［14］球璧：泛指珍宝。

［15］左衽：上衣在左侧开襟，中国古代某些少数民族的服装，不同于中原一带人民的右衽。典出《论语·宪问》："微管仲，吾其被发左衽矣。"夷德：谓夷人之性。典出《左传·定公四年》："夷德无厌，若邻于君，疆场之患也。"指清政府的统治。

36. 赠子言

江关萧瑟古今哀，书剑飘零海上来。[1]
爱写诗篇《韶濩》响，从知襟抱海天开。[2]
近游为补吟边草，归兴聊谋剑外杯。[3]
回首梁园宾客尽，天留词笔嗣邹、枚。[4]

【解题】

题目中的"子言"应当是某人的字。从诗意看，他可能是开封人，擅长诗文，曾游边塞，与刘氏曾经在开封相聚，又在上海相遇。诗歌内容主要是称扬友人的诗歌创作，也间有追忆往日友情。

【笺释】

［1］江关：犹言海内。语本杜甫《咏怀古迹》之一："庾信平生最萧瑟，暮年诗赋动江关。"书剑飘零：古时谓文人携带书剑，游学四方，到处漂泊。

［2］《韶濩》：亦作"韶护"，商汤乐名，后亦指庙堂、宫廷之乐，或泛指雅正的古乐。

［3］吟边草：边塞上所作诗篇。似不当为具体的某书《吟边草》。剑外：指四川剑阁以南地区。语本杜甫《闻官军收河南河北》诗："剑外忽传收蓟北，初闻涕泪满衣裳。"

［4］梁园：见前注。邹、枚：汉代邹阳、枚乘的并称，两人当时皆以才辩文章著名。

37. 杂诗二首

世界一微尘，千百亿化生。[1] 一切世间法，幻境何纵横。[2]
人相苟不离，尘网与世婴。[3] 试作平等观，诸法惟一心。[4]

心法两无碍，无物心何障。[5] 我执与法执，有相皆虚妄。[6]
光明未普照，浩劫复无量。[7] 静趣随物寓，即境生遐想。[8]

【解题】

诗中多用佛教用语表达现实痛苦，或故作宽慰，内容多是推演佛教义理，少有诗味，类似佛教讲章。

【笺释】

[1] 世界：佛教用语言中指宇宙。微尘：色体的极小者称为极尘，七倍极尘谓之"微尘"。化生：佛教所谓"四生"之一，指无所依托，借业力而忽然出现者，如诸天神、饿鬼及地狱中的受苦者。

[2] 世间法："世法"，对出世法而言，佛教把世间一切生灭无常的事物都叫作世法。幻境：虚幻的境界。王维《为兵部祭库部王郎中文》："深悟幻境，独与道游。"

[3] 人相：《金刚经》中四相（我相、人相、众生相、寿者相）之一，指一切众生。婴：缠绕。

[4] 平等：佛教用语，意谓无差别。诸法句：佛教术语"万法一心"，谓一切法尽归入一心。

[5] 心法：佛教用语，指经典以外传授之法，以心相印证，故名。

[6] 我执：亦称"我见"。佛教用语，指执着于我，以身为实体的观点，被视为烦恼之源。语本《成唯识论》卷四："我见者，谓我执。于非我法，妄计为我，故名我见。"法执：两种"我执"之一，对"人我执"而言，也称为"法我执"，谓不知诸法由因缘而生，以为外界有独立自存的客观实体的"妄执"。有相：佛教用语。佛教主张万有皆空，心体本寂，称造作之相或虚假之相为"有相"。相指事物的形象状态。

[7] 光明：比喻正义的或有希望的。佛教有"光明普照"之说。无量：见前注。

[8] 静趣：指心界空灵，摆脱物界喧嘈，在悠然的遐想中获得无穷妙悟。

38. 静观

　　大造育群生，周行罕止境。[1] 逝水无停波，浮云无留影。
观化万虑空，有适心独领。[2] 树木发辉光，幽鸟弄清景。
当前理俱新，反视情弥静。兀兀良可伤，昭昭用自省。[3]

【解题】

　　刘氏由眼前流水、浮云、林中鸟冥想到仅有外在的勤奋还是不够的，要及时从内心反省自己，多加思考。诗中多有道家思想。

【笺释】

　　[1] 群生：一切生物。典出《庄子·在宥》："今我愿合六气之精，以育群生。"周行：循环运行。典出《老子》："有物混成，先天地生，寂兮寥兮，独立而不改，周行而不殆，可以为天地母。"

　　[2] 观化：观察变化。万虑：思绪万端。

　　[3] 兀兀：勤奋刻苦的样子。昭昭：明白；显著。

《左盦诗录》卷二

《左盦诗》

　　《诗》教幽瞳，基胎中唐。伪体图徽，正声阕响。盖炎汉而降，臻迄唐初，篇章充晐，延演万殊。然歌咏情志，抒泄哀愉。覃覃塞渊之思，烨烨《穆清》之什，辟彼肥泉，归异出同。由柔厚之旨未毗，故怨诽之怀可绎。

　　若夫藻词谲喻，感物联类，时会判而隐显区，览诵仳而朴丽析。持此沟畛，固已末矣。李、杜以后，律浸偭违，哆音汨雅，磔语戕华。拟倚扼于陨英，划曳蘽于烬条。馨逸菀湮，荧郁旷沈。六义僢霩，历祀踰千。晚近作家，所习滋污。其有宋搴比兴之奥，萧吁谐之音，唯江都黄承吉氏、阳湖张琦氏、荆溪周济氏、泾包世臣氏、甘泉杨亮氏、仁和谭献氏、丹徒庄棫氏、湘潭王闿运氏而已。然黄氏迪繇，仅艐庚、徐；谭、庄述轨，复未斳骖；张、周、包、杨，蹈辙未偝，扢词谢道。王氏晚出，乃轹众家。别有三原孙枝蔚氏、东台吴嘉纪氏，醇或未臻，旨匪偭昔。俯瞰近什，亦其选也。

　　师培髫岁习诗，模枲未准。古今专集，颇事蒐讨。怆或触怅，恒怡仿规。年际弱冠，浸润世论。西江之体，研钻较劭。曾匄衷所作，刊为《匪风集》，苦不逮意，乃颇悚怿。嗣有啸吟，辄弗省录。惟正变之源，雅郑之判，根倪粗测，采秩浸严。及羁津门，栖夷多暇。爰薙掇旧刊，十或存一。躅祓宿秽，贸更旧观。益以近作，用丽文集之末，名曰《左盦诗》。敷忻戚于中情，寓惨舒于物候。邦有子云，应欤雾縠；世无正则，畴折琼枝。序而存之，以俟达者。

　　宣统庚戌八月十五日，扬子刘师培识。

39. 湘汉吟 庚子

西风吹斑竹，候鸟流商音。[1]鬼啸薜萝月，魂凄枫树林。
岫寒哀狄避，云冷潜龙吟。 言念交甫珮，汉江水自深。[2]

【解题】

庚子年（1900年）刘氏16岁。此诗当为练笔习作，其中虽多用《楚辞》意象，有李贺冷峻凄艳的特色，但仅是从意象入手的"规仿"，没有多少真切感受。

【笺释】

[1] 商音：秋声。典出陶渊明《咏荆轲》："商音更流涕，羽奏壮士惊。"
[2] 交甫珮：郑交甫在汉皋台下遇二女并赠送佩珠事。典出郭璞《江赋》："感交甫之丧珮。"

40. 燕

狼胥山边春草肥，营巢燕子又南飞。[1]
若逢海国风霜冷，问尔飘零归未归。[2]

【解题】

1900年，义和团运动在中国北方部分地区发展到最高峰，清王朝和列强开战，八国联军占领了北京紫禁城皇宫，慈禧太后携光绪帝出逃山西。刘氏此诗用弃巢的燕子暗讽慈禧太后西逃这一行为。此诗也表现出刘氏早年对国家形势的关注，他的另外一首诗《感事八首》其三（"帝子不归春色暮，故宫钟鼓冷斜曛"）中也有相同的表达。

【笺释】

[1] 狼胥山：位于蒙古国首都乌兰巴托东侧，这里形容极北地域，似不具有典故"封狼居胥"之义。
[2] 海国：海外之国，比喻非故土的地方。

41. 宫怨

朝阳日暝栖鸦飞，未央霜溧禽华肥。[1]
帘栊夕雨梦珠箔，绤绤西风欺绿衣。[2]
欲知金屋佳人怨，试看玉墀苔迹稀。[3]

【解题】

宫怨诗多以代言的口吻写宫女之恨。此为刘氏模拟前人之作，全诗写景，借景抒情，意境凄冷，衬托宫女孤独寂寞的心境。用词考究，对仗工稳，可见早期功力。

【笺释】

[1]溧（lì）：寒冷。禽华：菊的别名。典出班婕妤《捣素赋》："见禽华以麃色，听霜鹤之传音。"

[2]珠箔：珠帘。绤绤（chī xì）：葛布衣服。典出《诗经·邶风·绿衣》："绤兮绤兮，凄其以风。"

[3]玉墀：台阶的美称。苔迹稀：青苔上脚印稀少，反衬出来往人少，孤独寂寞。

42. 有感辛丑

鳝鱼蛰遐淑，偶企文禽霏。[1]羽毳一朝傅，溟瀛何时归？[2]
冥尘积四维，敢怼虞人机？[3]不见鲲与鹏，檀易靡休时。

【解题】

此诗托物言志，刘氏以泥中鳝鱼自比，虽然处境不佳，但不埋怨别人不给机会，而是希望有一天能像鲲鹏一样，长出飞翔的翅膀。此诗作于1901年，诗歌情感较为积极，这种对自身处境不佳的定位也主要源于他内心急于成就功业的焦虑。

【笺释】

[1]蛰：动物冬眠，藏起来不食不动。淑：水边。文禽：羽毛有文采的鸟。

霏：飘扬的样子。

　　[2] 傅：依附，依凭。溟瀛：大海。

　　[3] 四维：指东南、西南、东北、西北四隅，也指四方或四方边境。怼：怨恨。虞（yú）人：古时掌管山泽苑囿和田猎的官员。诗意似以虞人不收纳自己，喻不得志。

43. 杨花曲

　　　　杨柳千条垂绮栊，杨花开落随春风。[1]
　　　　鹧鸪啼春春易暮，风花漂荡入秦宫。[2]
　　　　秦宫不可留，吹影上妆楼。[3]
　　　　妆楼荡妇居自怜，征人荷羽临幽燕。[4]
　　　　此花也解飘零苦，不逐春云至塞边。
　　　　古塞迢遥落日红，塞垣流水自西东。
　　　　渡江勿化新萍去，回首烟波一万重。

【解题】

　　《杨花曲》由南朝诗人汤惠休首创，属于乐府诗。汤诗主要写女子对远方情人的刻骨思念。此诗似为练笔之作，承续汤诗古乐府诗题而来。杨花，古多指浅薄女子，此处喻指命运漂泊愁苦，难以自控。刘氏在诗中描写了杨花四处飘荡的命运以及边塞愁苦的意境。

【笺释】

　　[1] 绮栊：绮疏，雕绘美丽的窗户。

　　[2] 秦宫：指秦朝宫殿。

　　[3] 妆楼：指妇女居住的楼房。

　　[4] 荡妇：古多指以歌舞为业的女艺人，此处应该理解为"荡子妇"或"荡子妻"，指辞家远出、羁旅忘返的男子的妻子。幽燕：泛指河北北部及京、津、辽等北方部分地区。

44. 幽兰

幽兰闭隐谷，茎叶随春发。[1]
不见美人采，坐叹贞蕤歇。[2]
岂以晼婉姿，忍为氛埃没。[3]
之子倘可贻，川广终思越。[4]

【解题】

"幽兰"指山谷中的花草，喻指淡泊名利、道德高尚的人。此诗托物言志，以幽兰自比，自己富有才能却也无处施展。刘氏作此诗时应是读书准备科举，长期读书于斋中使他不免有"孤芳自赏"的感觉，用世之志十分急切，期盼着有人能发现自己，想着"川广终思越"。

【笺释】

[1] 闭：闭门也，有隐匿、幽深之意。
[2] 贞蕤：亦作"贞犹"，指常青耐寒植物的枝条花叶。
[3] 晼：明媚的样子。
[4] 川广句：反用杜甫《自京赴奉先县咏怀五百字》："行旅相攀援，川广不可越。"

45. 咏史二首壬寅

朝倾蓟市酒，夕驰梁门车。[1]
丈夫讪鸣铗，志士伤郁居。[2]
置兔在中逵，亡羊多歧途。[3]
钓璜隐姜公，乞飨羁荆胥。[4]
掉手谢涫纷，条啸归江湖。[5]

出门何钦钦，俯仰纮维窄。[6]
悲云黯岌岖，苴卉莩阡陌。[7]
驰晖不我俟，晨阳倏已夕。[8]

　　丹凤企轩翱，樊鸟畴能测！^[9]

　　阅我陇头吟，冥湛甘草泽。^[10]

【解题】

　　这两首咏史诗作于1902年。诗歌借古说今，借史抒情，通过追溯侯嬴、冯谖、姜太公和伍子胥的历史故事，表达了刘氏现实处境中的苦恼与不甘，以及厌倦世事，渴望退隐江湖的想法。同时刘氏又自视颇高，有对未来一展宏图的期待。

【笺释】

　　[1] 蓟市：河北古地名，战国时属燕国。梁门车：指信陵君礼遇侯嬴事。典出《史记·魏公子列传》："魏有隐士曰侯嬴，年七十，家贫，为大梁夷门监者……公子于是乃置酒大会宾客。坐定，公子从车骑，虚左，自迎夷门侯生。"

　　[2] 鸣铗：指冯谖弹铗事。典出《战国策·齐策四·齐人有冯谖者》："左右以君贱之也，食以草具。居有顷，倚柱弹其剑，歌曰：'长铗归来乎！食无鱼。'"诎（qū）：言语钝拙。

　　[3] 罝（jū）兔：张网捕兔。化用《诗经·周南·兔罝》："肃肃兔罝。"逵：四通八达的大道。亡羊句：歧路亡羊，比喻事物复杂多变，没有正确的方向就会误入歧途。典出《列子·说符》："大道以多歧亡羊，学者以多方丧生。"

　　[4] 钓璜：垂钓而得玉璜，喻臣遇明主。典出《尚书大传》卷一："周文王至磻溪，见吕望，文王拜之，尚父云：'望钓得玉璜……'"荆胥：楚国伍子胥，荆为楚国别称。伍子胥为楚王追杀，经昭关渡河逃往吴国。事见《史记·伍子胥列传》："伍胥未至吴而疾，止中道，乞食。"

　　[5] 湎纷：流移、纷乱的样子。典出《汉书·叙传下》："风流民化，湎湎纷纷。"条啸：晋隐士孙登长善啸，称为孙登啸。典出《晋书·阮籍列传》："籍尝于苏门山遇孙登……闻有声若鸾凤之音，响乎岩谷，乃登之啸也。"

　　[6] 钦钦：指谨慎戒惧的样子。俯仰：指低头抬头，此处指处世。紘（hóng）：古代冠冕上的带子。

　　[7] 黕（dǎn）：乌黑。岌：山很高的样子。峘：高山。苴：枯草。莆（fú）：草木茂盛。

　　[8] 驰晖：亦作"驰辉"，时光、光阴。谢朓《暂使下都夜发新林至京邑

赠西府同僚》："驱车鼎门外，思见昭丘阳。驰晖不可接，何况隔两乡。"李善
注："驰晖，日也。"傒：等待。

　　[9]企：想着。

　　[10]陇头吟（yín）：汉代乐府曲辞名，见前注。冥湛：深沉玄默。

46. 舟发金陵望月

　　　　月燡金波展，霄空玉露凝。[1]
　　　　青围江岸石，红闪客船灯。
　　　　渺渺东流水，迢迢北斗绳。
　　　　西南群嶂影，应梦蒋侯陵。[2]

【解题】

　　此诗作于1902年秋，刘氏前往金陵乡试，中第13名经魁，但同行堂兄刘
师苍在镇江不幸落水身亡。离开金陵时已是深夜，皓月当空，风景秀丽，亲
人离世的伤痛以及秋闱带来的兴奋感在他的心头交织。全诗写景，融情于景，
表达了自己对于考试的自信和兴奋，同时也有因为亲人离世而带来的惆怅，
流露出对未来的期盼之心以及怅惘之情。

【笺释】

　　[1]燡（yì）：光明、光耀。

　　[2]蒋侯：蒋歆，字子文。三国时广陵（今扬州）人，汉末为秣陵尉，
追逐强盗至钟山（紫金山）脚下，战死后葬在钟山脚下。民间传说，蒋侯成
为阴间十殿阎罗的第一殿秦广王。

47. 怀桂蔚丞丈

　　　　江关近萧飒，丛菊弄残秋。
　　　　颇念梁园客，于今赋倦游。
　　　　淮南桂树落，招隐空山幽。

九曲黄河水，东流且未休。

注：此诗与《匪风集·怀桂蔚丞先生时客汴省》为重出，刘氏收入《左盦诗》时，调整标题"先生"为"丈"，首联"空"为"近"，"瑟"为"飒"，尾联"黄"为"丛"。

48. 古意 用李樊南效长吉诗韵

杨柳扫纤眉，芙蓉映褋衣。[1]
秋草罢残绿，春英懒不飞。
离堂竟岑寂，佳期归弗归？

【解题】

古意，拟古诗，托古喻今之作。李樊南，即李商隐；长吉，即李贺。诗人拟为闺怨，春意盎然，表达闺门岑寂之感。李商隐诗风深情绵邈，李贺诗风凄艳诡激。这首诗模仿李商隐和李贺的诗风，塑造了一位苦苦等待游子归来的思妇形象，以春意反衬妇人的寂寞冷清。

【笺释】

[1] 褋（diē）：重叠穿的衣服。

49. 宋故宫 癸卯

汴水堤边杨柳生，泰华开罢杜鹃鸣。
七陵风雨松杉老，塞草凄凉五国城。

注：此诗与《匪风集·宋故宫》同题，刘氏收入《左盦诗》时，稍有修改，主旨相同。

50. 佳人

佳人鸣寒机，纤指擘素丝。[1]
颢质媲褧裳，倏蒙香尘缁。[2]
往者不可思，来者安可期？
逝水无回澜，落英岂返枝？
红颜弗自保，惨怆雕蛾眉。[3]
寄语素心人，褰修慎莫迟。

注：本诗与《匪风集·古意》内容与主旨相同，词句稍有调整。

【笺释】

[1] 寒机：寒夜里的织布机。擘（bò）：分裂，劈开。

[2] 颢：白而亮的样子。媲（pì）：匹敌；比得上。褧（jiǒng）：用麻布做的罩衫。缁（zī）：染黑。

[3] 雕：描画。

51. 采莲歌

秋水方盈盈，隔溪有人语：
"妾貌菡萏花，郎心莲子苦。"[1]

【解题】

采莲歌，古代江南民歌，往往歌咏男女爱情，运用谐音相关修辞手法，"莲"写女性可怜；同时又因为莲子苦味，故可喻相思之苦。本诗代言男女互诉爱慕相思，属于诗人袭用旧乐府民歌诗题的模拟之作。

【笺释】

[1] 菡萏：荷花的别称，古人称未开的荷花为菡萏，即花苞。

52. 莫愁湖

箫管画桡回，珠栊夹岸开。
江山绘金粉，烟雨幂池台。
流水增新劫，清歌荡古哀。
郁金堂畔路，飞燕可重来？[1]

【解题】

莫愁湖是南京的一座古典名园，据说因莫愁女而得名。相传莫愁是南朝齐时洛阳的美少女，家贫卖身葬父，远嫁金陵，不容于舅姑，投湖自尽，因此得名莫愁湖。历代歌咏莫愁女的作品众多，而莫愁女本事也不一致，大致为爱情饱受离别之苦。刘氏此诗描绘了莫愁湖周围景色，借助咏叹莫愁湖、莫愁女而抒发自己对于历史变迁的感慨，有物是人非之叹。

【笺释】

[1] 郁金堂：女子芳香高雅的居室。典出梁武帝萧衍《河中之水歌》："卢家兰室桂为梁，中有郁金苏合香。"

53. 答周美权诗意

苣薢不盈畦，椒椒塞我帷。[1]
木零鹍鸡唱，芳歇鹧鸪啼。[2]
值兹炎运熸，坐待飂风凄。
翁虑溶化机，洞冥憭劫棋。[3]
骤骈闲羽璙，寐虬携曲池。[4]
所践鲁戈抔，庶俪耽史雌。
辚囷蕴深植，岳岳青松姿。[5]

【解题】

此诗与《匪风集·和周美权〈夜坐偶成〉，用原韵》一诗主旨相同，应该是作者稍做删略后收入《左盦诗》中的作品。

【笺释】

［1］茝（chǎ）：香草名，即白芷。蘅：杜衡的简称。

［2］鹍（kūn）鸡：凤凰的别名。鹈鸹（guì）：一名杜鹃。语本欧阳修《鹈鸹》："鹈鸹枉缘催节物，年华不信有伤春。"

［3］化机：见前注。劫：围棋术语，争夺某一从属未定的棋眼。

［4］骎骎：古代骏马名，也作骎耳。羽琌："琌"同"陵"，羽陵比喻为贮藏古代秘籍之处。典出《穆天子传》卷五："仲秋甲戌，天子东游，次于雀梁，蠹书于羽陵。"

［5］轇困：亦作"轇轕"，弯曲下垂貌。

54. 后湘汉吟_{甲辰}

翠盖澹凝雾，碧旅轻拂霓。^[1]
水弄洛神佩，竹凄湘妃啼。
蓉老残红褪，蘼深惨绿齐。
销魂自有地，不必襄阳堤。^[2]

【解题】

前面《左盦诗录·湘汉吟庚子》，这是1904年续写湘汉地域景物，沿袭《楚辞》风格。

【笺释】

［1］翠盖：饰以翠羽的车盖。典出《淮南子·原道训》："驰要褭，建翠盖。"

［2］襄阳堤：在襄阳府城外，东临汉水，南北朝时就已是歌舞繁华之地。语本鲍令晖《近代西曲歌襄阳乐》："朝发襄阳城，暮至大堤宿。大堤诸女儿，花艳惊郎目。"

55. 招隐诗

闲云自恋峤，草露奚成珠？

畸人偃岩谷，湛士轻安车。[1]
陆通惴宦荆，子真怿栖吴。[2]
蔑睢严濑台，寥寂南阳庐。[3]
剑华韬尺匣，风胡今则无。
宁为投林鸟，毋为吞钩鱼。
君看鸟投林，北山多枋榆。[4]
游鱼愉吞钩，何时返江湖？

【解题】

招隐诗，西晋时兴起以"招隐"为题的诗作，多写隐士的生活及居住环境，表达诗人不与世俗同流合污的决心。此诗当是刘氏早年的模拟之作。

【笺释】

［1］畸人：与世俗不同、特立独行的人。典出《庄子·大宗师》："畸人者，畸于人而侔于天。"湛士：真纯的人。安车：古代可以坐乘的车。朝廷征召有名望的人，往往赐乘安车。

［2］陆通：接舆，春秋楚人，昭王时，政令无常，乃佯狂不仕，时人称为楚狂。子真：郑朴，汉褒中人，居谷口，世号谷口子真。他修道守默，汉成帝时大将军王凤礼聘之，不应；耕于岩石之下，名动京师。

［3］严濑台：东汉严光隐居垂钓处，在浙江桐庐县南。南阳庐：东汉末诸葛亮躬耕隐居地南阳。

［4］北山：钟山，隐士所居。典出孔稚珪《北山移文》。枋榆：枋树与榆树，比喻狭小的天地。

56. 拟茂先情诗二首乙巳

白商荡炎浊，素月流澹辉。[1]
柳色讶非昔，采菜终朝稀。[2]
相彼女萝丝，匪松将何依？[3]
鹊鸲知呼俦，候鸿不孤飞。[4]
愿为陌上尘，随风集君衣。

阶兰摧晨霜，园菊滋秋露。
蜻蛚既吟壁，蟏蛸亦在户。[5]
侧闻檐溜滴，触怅商弦抚。[6]
冷红不上栏，寒碧纷盈宇。[7]
试询香杵声，可写边城苦？[8]

【解题】

茂先，西晋文学家张华（232—300年），字茂先，范阳方城（今河北涿州）人。历任中书令、尚书、司空等职，以"博物洽闻"闻名于世。工于诗赋，辞藻华丽，钟嵘《诗品》评其诗为"儿女情多，风云气少"。《情诗》五首以情景交融的手法，抒发了闺中思妇的情感，深情绵邈，哀艳动人。刘师培的父亲刘贵曾有拟张华的诗。此诗或为1905年刘氏练笔之作。本诗以女性口吻，写秋日里的景色，抒发了无尽的秋愁以及对伴侣的思念。本年刘氏因"《警钟日报》案"逃亡在外，他所拟作的诗歌中或有对妻子何震的思念。

【笺释】

[1] 白商：西方为白，商为秋声，白商指秋天。典出张协《七命》："若乃白商素节，月既授衣，天凝地闭，风厉霜飞。"

[2] 采菉："菉"，荩草。采菉，妇女感到孤独寂寞。也作"采绿"。典出《诗经·小雅·采绿》："终朝采绿，不盈一匊。"

[3] 女萝：又名松萝，靠依附他物生长。

[4] 鷾鸸（yì ér）：燕子的别名。典出《庄子·山木》："鸟莫知于鷾鸸。"

[5] 蜻蛚：蟋蟀。典出张载《七哀诗》："仰听离鸿鸣，俯闻蜻蛚吟。"蟏蛸：一种蜘蛛，多在室内墙壁间结网，通称喜蛛或蟢子，民间认为是喜庆的预兆。

[6] 檐溜：檐沟流下的水。商弦：七弦琴的第二弦，弹奏商调的丝弦，情感悲伤。

[7] 冷红：指轻寒时节的花。

[8] 香杵：捣衣棒槌的美称。典出班婕妤《捣素赋》："于是投香杵，扣玫砧。"

57. 咏蝙蝠

大造覆众有，施质非乖睽。[1]
云何尘埃踪，转企岩壁栖。
蛰伏踵沉阴，翩反循天倪。[2]
多伎拟夷、由，陶穴羞鼬鼪。[3]
乃悟屈伸理，能俾飞伏齐。[4]
仙踪倘非逖，奚辞丹崖跻！[5]

【解题】

这是一首咏物诗，写蝙蝠的习性与特征，如昼伏夜出、绝壁栖息等，表达了诗人对蝙蝠能屈伸自如，飞伏齐一的赞美之情。

【笺释】

[1] 乖睽：背离。语本王安石《即事三首》："如何有乖睽，不得同苦辛！"

[2] 天倪：自然的规律。典出《庄子·齐物论》："何谓和之以天倪？"

[3] 拟：比拟。夷、由：伯夷与许由，为隐逸无为的代表。鼬鼪（yòu sī）：黄鼠狼。

[4] 飞伏：汉代易学术语，飞是显现，伏是隐藏。

[5] 逖：遥远。

58. 扇

湘筠静弗卷，却暑齐纨资。[1]
飒飒清飔嘘，煜煜暄景衰。
好凭卷舒力，隐促炎凉移。
勿悲秋筥捐，庶泯暑雨咨。[2]

【解题】

这是一首咏扇诗。扇子由湘妃竹制成，能御风消暑，也不会为秋季捐弃而烦恼，因为那恰是暑热泯灭之时。诗人所咏之扇材质优良（正喻自己有良才），而又能得用于时（对自己能够得遇时机施展才能的期许）。

【笺释】

［1］湘筼：指湘妃竹。纨资：扇子由丝织物制成，故又称纨扇。

［2］筥：盛饭或衣物的方形竹器。

59. 芜湖赭山秋望丙午

浪迹涉艰阻，颇讶游瞩移。[1]
缘麓瞰蒙密，陟砠涤尘羁。[2]
金风泛寒色，毁阳戢炎晖。[3]
仰眺霄汉昭，俯眄川原肥。[4]
掬壤辨鹊陵，涌流渺长淝。[5]
麻黐茁故垒，苕华辉曲碕。[6]
临幽感虑愵，睇景衷怀违。[7]
且尼新亭哀，未忘柴桑归。[8]

【解题】

丙午年（1906年）春季，刘氏逃至芜湖，与陈独秀在安徽公学组织"岳王会"和黄氏学校，宣传革命，同时编辑出版了《中国文学教科书》《伦理学教科书》《经学教科书》和江苏、安徽、江宁三地《乡土历史教科书》。赭（zhě）山，位于安徽省芜湖市中心，山势较高，风景优美，登高远眺，俯视江城的景色。此时刘氏是逃亡在外，久历逃亡的生活，他登高望远，触景生情，吊古伤今，希望最终归隐家乡。

【笺释】

［1］游瞩：游观。

［2］陟（zhì）：登程，上路。砠（jū）：路途上的山石障碍。羁（jī）：马笼头。

［3］金风：秋风。典出张协《杂诗十首·其三》："金风扇素节，丹霞启阴期。"戢（jí）：收敛。

［4］俯眄（fǔ miǎn）：向下看。

［5］鹊陵：鹊岸，在庐江舒县，吴人击败楚人之处。《左传·昭公五年》："闻吴师出，薳启彊帅师从之，遽不设备，吴人败诸鹊岸。"

［6］麻藃（má zōu）：麻秆。苕（tiáo）华：凌霄花。《诗经·小雅·苕之华》："苕之华，芸其黄矣。"曲碕（qū qí）：弯曲的岸。

［7］惙（chuò）：忧愁。

［8］新亭：六朝时期军事堡垒，故址在今南京市的南面。后多以"新亭哀"表示痛心国难而无可奈何的心情，相当于"新亭对泣"。典出刘义庆《世说新语·言语》："过江诸人，每至美日，辄相邀新亭，藉卉饮宴。周侯中坐而叹曰：'风景不殊，正自有山河之异。'皆相视流泪。"柴桑：陶渊明家乡九江。陶渊明三次为官，最终归隐故园。

60. 对月

　　列星翕耀明河垂，纤阿舒彩追阳曦。[1]
　　帝台兔影荡琼魄，碧海蜃辉凝玉脂。[2]
　　璇宫闭歌桂芳溢，金华流沴灵药滋。[3]
　　即看轮影今非昔，为报素娥知未知。[4]

【解题】

　　本诗为咏月七律诗，对仗工整，诗人用衬托的手法写月亮的晶莹皎洁，颇多用典，比如"纤阿""帝台""璇宫""灵药""素娥"，结尾表达了对今非昔比的感慨之情。

【笺释】

［1］纤阿：神话中驭月运行之女神。典出《史记·司马相如列传》："阳子骖乘，纤阿为御。"阳曦：阳光。

［2］帝台：中国神话传说中的神仙名，大概为一方小天帝。《山海经》中记载颇多，与他有关的有帝台之棋、帝台之浆、钟鼓之山。碧海：指青天。典出《海内十洲记》："扶桑在东海之东岸。岸直，陆行登岸一万里，东复有碧海。海广狭浩汗，与东海等。水既不咸苦，正作碧色，甘香味美。"

［3］璇宫：玉饰的宫殿，传说中仙人的居所。典出王嘉《拾遗记·少昊》：

"少昊以金德王，母曰皇娥，处璇宫而夜织。"

[4]素娥：嫦娥的别称。典出谢庄《月赋》："引玄兔于帝台，集素娥于后庭。"

61. 燕子矶

清秋苦行役，舣舟江上矶。[1]
为怜补霄石，不作鸟双飞。[2]

【解题】

燕子矶，位于南京市主城区北郊观音门外，作为长江三大名矶之首，有着"万里长江第一矶"的称号，山石直立江上，三面临空，形似燕子展翅欲飞，故名为燕子矶。本诗为秋季诗人路过燕子矶时有感而发，表达了补天的理想。

【笺释】

[1]舣舟：停靠船只。
[2]补霄：女娲炼石补天。典出《淮南子·览冥训》。

62. 清凉山夕望

羁游百不怿，况值群卉腓！[1]
坂隅陟嵌吟，烟江析稀微。[2]
禅栖歇尘思，岩居丰静机。[3]
宅心泌泉清，矫首孤云飞。[4]

【解题】

此处清凉山当指南京城西的丘陵山岗，位于南京市鼓楼区清凉门内。诗人厌倦了漂泊不定的生活，登高望远，心生孤独之感，表达了回归故乡的愿望。

【笺释】

[1]怿（yì）：喜悦。腓（féi）：草木枯萎。语本《诗经·小雅·四月》："秋日凄凄，百卉具腓。"

[2]嵚（qīn）：山势高峻。

[3]歙（xī）：亦作"噏"，收敛，收起。语本《老子》："将欲歙之，必固张之。"

[4]泌（bì）：亦作"毖"，泉水涌流的样子。语本《诗经·邶风·泉水》："毖彼泉水，亦流于淇。"据《毛诗序》，这是卫国女子出嫁别国，思归故乡的诗。矫首句："矫首"即昂首，抬头。该句化用元好问的《出京》："矫首孤云飞，西南路何永。"

63. 日本道中望富士山 丁未

朱明返羲辔，昔慕匡庐崇。[1]

讶兹高寒区，移莫榑木东。[2]

厄薄衍峻壤，崛崎培峣峰。[3]

冰液凝夏条，雪尘涴春丛。[4]

吐耀连龙艳，委羽仙禽翀。[5]

冈冢草罥绿，溪渎樱燃红。

侧观拭游目，遐览愉旅衷。

颇疑嬴氏臣，瞰影标瀛蓬。[6]

逋士有坏丘，仙俦无遗踪。[7]

空闻珠玕林，奇光开颂蒙。[8]

【解题】

此诗写于1907年春节，刘氏夫妇应章太炎等邀请，东渡日本。此后刘氏结识孙中山、黄兴、陶成章等革命党人，参加同盟会东京本部的工作，与章太炎等参与亚洲和亲会，先后发表了《普告汉人》《悲佃篇》等。诗人描绘了日本富士山上的奇异美景，对徐福求仙事持否定态度，对朱舜水忠于明朝则予以肯定。

【笺释】

[1]朱明：太阳。典出《楚辞·招魂》："朱明承夜兮，时不可以淹。"羲：

神话中太阳驭者羲和。

[2] 榑木：大桑树，传说生长在太阳升起的地方。

[3] 厖（páng）：大。语本司马相如《封禅文》："湛恩厖鸿，易丰也。"李善注："厖、鸿，皆大也。"峣（yáo）：山险高。

[4] 春丛：春日丛生的花木。刘孝标《广绝交论》："叙温郁则寒谷成暄，论严苦则春丛零叶。"

[5] 吐耀：发出光辉。逴（chuò）龙：传说中的山名。典出《楚辞·大招》："北有寒山，逴龙赩只。"委羽：传说中的北方极地。典出《淮南子·地形训》："北方曰积冰。曰委羽。"翀（chōng）：鸟直着向上飞。

[6] 嬴氏臣：徐福奉秦始皇之命带五百童男童女访仙山，来到日本。事见《史记·秦始皇本纪》。瞵：视也。

[7] 逋（bū）士：逃亡之士。顺治十五年（1658年），朱舜水抗清兵败，一人流浪日本，做了异国孤臣。仙俦（chóu）：仙人之属。

[8] 颒（hòng）蒙：宇宙形成前的混沌之气或混沌之状。典出《淮南子·精神训》："古未有天地之时，惟像无形。窈窈冥冥，芒芠漠闵，颒蒙鸿洞，莫知其门。"

64. 冬日旅沪作

襂绊企綮骓，萑泽聆弋兔。[1]
栖蔺纵得基，入浦终憎濡。[2]
临溪有蟠枝，济舟慨瓠枯。[3]
请曳江海纶，戒哉金庐渝！[4]

【解题】

此诗可能是1907年冬刘氏从日本回国至上海时所作。诗中表达自己当时潦倒尴尬的处境，找不到出路的无奈；同时表明自己治理国家的理想。整首诗几乎全部化用经典中的语句，语意晦涩难懂。从此诗来看，刘氏已经与同盟会党人产生分歧、嫌隙。

【笺释】

[1] 襂（sēn）绊：襂，华丽的绳带；绊，泛指束缚鸟兽的绳子。企：企

图,想要。骓(zhuī):毛色苍白相杂的马。萑泽:亦作"萑"。地名,在今河南省中牟县,泽中芦苇丛生,因以为名。典出《韩非子·内储说上》:"郑少年相率为盗,处于萑泽。"弋凫(yì fú):用生丝做绳,系在箭上射鸟。

[2]菑(zì):枯死而未倒的树。栖菑句:化用扬雄《太玄经第一·上》上九:"栖于菑,初亡后得基。测曰:栖菑得基,后得人也。"入浦句:化用《文子·上德》:"入水而增濡。"入水终究"致溺",所以此句当是诗人言说自己目前孤危的处境,心生孤危之感。

[3]临溪句:化用《焦氏易林·临之离》:"临溪蟠枝,虽恐不危,乐以笑歌。"想寻找船只,却看到做船用的瓠子枯萎,心生惆怅。济舟句:化用《诗经》:"匏有苦叶,济有深涉。"汉·齐后苍注释说:"枯瓠不朽,利以济舟,渡踰江海,无有溺忧。"瓠(hù)::瓠,短颈大腹的老熟葫芦。

[4]江海纶:化用《焦氏易林·未济之豫》:"曳纶江海,钓挂鲂鲤。"展示经纶江海、治理国家的能力,告诫自己不要改变自己心中所向。金庐渝:化用《太玄经第一·周》次五:"土中其庐,设其金舆,厥戒渝。测曰:庐金戒渝,小人不克也。"又有:"土中其庐,居得其中也。设其金舆,所乘安也。夫庐非不美也,舆非不坚也,然小人必不能久居而行之。"此句应是诗人告诫自己要提防小人。

65. 滇民逃荒行

小车行辚辚,黄埃曀其颠。[1]
病妇无完裾,捐子遺路边。[2]
儿奔呼母前,百啼母不旋。
问妇:"来何方?"答言:"籍南滇。"[3]
曩岁愆阳多,飞蝝翼盈天。[4]
粒米未入瓾,撮粟或万钱。[5]
使君报有秋,责租若靡煎。[6]
为言余粟罄,胥曰:"鬻尔田。"[7]
无田奚眷乡?去乡今期年。[8]
昨宵雪花寒,裳薄无轻棉。
顾兹总角童,颇复饕粥饘。[9]

儿生母殒饥，母死儿谁怜？

道旁有征夫，闻言泪沦涟。[10]

寄言鼎食者，请诵《滇民篇》。[11]

【解题】

1905—1907年，云南发生了连续三年的旱灾。比天灾更让人愤怒的是人祸，是政府的腐败。1907年，刘氏在日本创办《天义报》，此诗即刊于《天义报》。此诗采取歌行体，用对话的形式展现了难民的痛苦，描绘了逃荒路上的悲怆景象。诗中充满了对难民的同情以及对腐败官员的讽刺和鞭笞。

【笺释】

[1]辚辚（lín lín）：象声词，车行声。语本杜甫《兵车行》："车辚辚，马萧萧，行人弓箭各在腰。"曀（yì）：天色阴暗。

[2]裾（jū）：衣服的后襟。迻：见前注。

[3]滇：云南省的简称。

[4]愆（qiān）阳：阳气过盛。指冬天过度酷热干旱，是天候失常的现象。典出《左传·昭公四年》："冬无愆阳，夏无伏阴，春无凄风，秋无苦雨。"螽（zhōng）：古代蝗虫一类的害虫总称为"螽"。

[5]甑（zèng）：古代蒸煮食物的瓦器。

[6]使君：汉代称呼太守刺史，以后用指地方长官。《乐府诗集·陌上桑》："使君从南来，五马立踟蹰。"靡（mǐ）：无、不。

[7]罄：器皿中空无一物。胥（xū）：古代的小官。

[8]期（jī）年：一周年。

[9]总角：旧时未成年男女，编扎头发，形如两角，称为"总角"，故用以指未成年的男女。典出《诗经·齐风·甫田》："婉兮娈兮，总角丱兮。"饕（tāo）：喻贪吃的人。饘（zhān）：浓稠的粥。

[10]沦涟：水波；微波。

[11]鼎食：列鼎而食，形容富贵人家饮食奢侈。王勃《滕王阁序》："闾阎扑地，钟鸣鼎食之家。"

66. 再渡日本舟中作戊申

曳轮利涉川，水牡俪火妃。[1]

朝别黄歇城，夕辨长门崎。[2]

崩腾众峰驰，吸歙群流归。

岱舆眩瞬眇，郁夷瞻峻巍。[3]

推牖震风急，倚槛阳景微。

烛银熣精液，车渠绚瑶辉。[4]

蘺英曳紫波，石华燀绿矶。[5]

习习鲛旗寨，轩轩鳐翼蜚。[6]

洰清慕遐尚，观澜研静几。[7]

负石嗟偃碟，遁踪嘉蠡肥。[8]

深感鲲徒溟，静愧沤忘机。[9]

【解题】

1908年，刘氏再度赴日本。此诗写船上所见所想，火轮快速前进，海面波浪翻滚，远处高山瞬眇，夜晚月下海上光景，由此引发逍遥游的思考。这首诗的情感与1907年刘氏首次赴日时的情感差别较大，前者诗人流露出亢奋的情绪，对外界充满了向往；而此诗则流露出一种想要避世归隐的情志，从积极变为消极，其中缘由应与1908年革命阵营受到挫折，刘氏与革命党不和谐等一系列经历有关。

【笺释】

[1]利涉川：典出《周易·涣卦·象传》："利涉大川，乘木有功也。"《涣》卦下坎上巽。巽为木，坎为水。木可作船讲，船可以在水上行走。水牡、火妃：《汉书·五行志》："水，火之牡。"又有"水，火之牡；火，水妃也"之说，大致言说水与火之关系，此处当是比喻靠火驱动之轮船与所行之海水的关系。

[2]黄歇城：黄歇（公元前314—公元前238年）封地黄城，又名黄歇城。事见《史记·春申君列传》："楚考烈王元年，以黄歇为相，封为春申君，赐淮北地十二县。"

[3]岱舆：亦称岱屿，神话中东海外仙山，后来漂流到北极，沉入大海。典出《列子·汤问》。郁夷：《尚书·尧典》《尚书·禹贡》作"嵎夷"，太阳升起的地方。典出《史记·五帝本纪》："分命羲仲，居郁夷，曰旸谷。敬道

日出，便程东作。"

［4］熣（cuǐ）：鲜明，灿烂。车渠：一种海中生物。壳甚厚，略呈三角形，表面有渠垄如车轮之渠，故名。

［5］石华：介类，附生于海中石上。绿矶：水边突出的岩石或石滩。

［6］搴：拔取。鳐：软骨鱼统称。

［8］负石：指抱石投水，示必死之决心。典出《庄子·让王》："（务光）乃负石自沉于卢水。"礴：激励；磨炼。

［9］愧：惭愧。忘机：道家语，意为消除机巧之心。李白《下终南山过斛斯山人宿置酒》："我醉君复乐，陶然共忘机。"

67. 工女怨 三首

朝阳被华宇，照耀柔枝桑。[1]
皎皎谁家女，织缣日七襄。[2]
云何婉娈姿，不怀掐指伤？[3]
皋兰弗我纫，园葵况陨霜。[4]
潭潭泉客居，粲粲罗帏张。[5]
眷顾同俦人，淇梁歌无裳。[6]

同俦悯我瘅，讶我损玉肌。[7]
主人使致言，颇啍成纴迟。[8]
亦知根食艰，所怒持役卑。[9]
我欲休役归，庶与捶扑辞。[10]
捶扑畏陨躯，无食忧辀饥。[11]
辀饥可乞飧，陨躯诉伊谁？[12]

白日下原隰，予行返衡庐。[13]
娇儿迎门呼，讶母归何徐。[14]
母去釜积尘，母归儿牵裾。
搁指探母橐，怡声咨余储。
鬻币易勺粟，作糜弗盈盂。

慰儿且加餐，明日夫何如？

【解题】

诗歌代言女工，以第一人称来写织布女工凄惨的生活，疾病缠身还要工作，日夜劳累也不能挣取生活所需。刘氏这一时期倾向无政府主义，关注民生，对资本主义的罪恶有所揭露。诗歌表达了刘氏对苦难大众的怜悯与同情。

【笺释】

［1］被（pī）：古同"披"，覆盖。

［2］织缣（jiān）：织绢。七襄：当指织文之数。典出《诗经·小雅·大东》："跂彼织女，终日七襄。虽则七襄，不成报章。"明·周祈《名义考·七襄》："《诗》意谓望彼织女，终日织文至七襄之多，终不成报我之文章也。"

［3］婉娈：年少美貌。典出《诗经·齐风·甫田》："婉兮娈兮，总角丱兮。"

［4］纫：捻线，搓成绳。

［5］潭潭：深广的样子。韩愈《符读书城南诗》："一为马前卒，鞭背生虫蛆。一为公与相，潭潭府中居。"泉：钱币的古称，泉客即有钱人。粲粲：鲜明貌。典出《诗经·小雅·大东》："西人之子，粲粲衣服。"罗帱（chóu）：帷幕床帐。

［6］同俦（chóu）：同伴。淇梁句：歌，歌唱。语本《诗经·卫风·有狐》："有狐绥绥，在彼淇梁。心之忧矣，之子无裳。"在淇河桥头上歌唱起《无裳》。

［7］悯（mǐn）：怜悯，可怜。瘅（dàn）：因劳累导致的病。

［8］啍（zhūn）：话多，意谓主人反复催促、唠叨。

［9］愵（nì）：忧郁、伤痛。

［10］捶扑：杖击；鞭打。

［11］辀（zhōu）饥：肚子饿。

［12］飧（sūn）：晚饭，亦泛指熟食。

［13］原隰（xí）：广平与低湿之地。衡庐：衡门小屋，言其简陋。

［14］呼：叫喊。

68. 从军行六首

（一）

霜氛萃肃瑟，急飙轧凄声。
骊驹纷在门，诘旦歌遄征。[1]
询君今何之？凝悲揭中情。
为言朔丑炽，平乐方祠兵。[2]
府帖昨至郊，促我阴凌行。[3]
瘅人志靡盬，启处畴遑宁！[4]

（二）

出门白日夕，中妇伤临歧。[5]
亦知嘉迳希，荷殳焉获辞？[6]
为惜卿虑伤，愬我瑶华遗。
鸿鴚递北南，且舒刀环思。[7]
憨儿不识愁，曳裳诹归期。
语儿当早归，背儿双涕垂。

（三）

故人晨叩荆，愬我长相睽。
酌我白玉樽，惨憷弗忍持。
矫首罄君欢，俯首中怀摧。
不知酒和泪，一一沾征衣。
泰风吹浮云，转瞬天西陲。[8]
多谢父老情，化鹤当来归。[9]

（四）

紫塞多终风，瀚海常苦寒。[10]
朝发受降城，暮息金微山。[11]
道遇从征人，为言戎车啴。[12]
边城未寝烽，骴骼掩草菅。
君行拟逝水，注海何当还？
闻言涕汍澜，起视星阑干。[13]

（五）

阴云接大荒，瘴疠古多疟。
主将委肉梁，军士餍葵藿。[14]
峥嵘幕府地，尺咫析悲乐。
主将若朝华，军士同秋蕣。
朝华孕红蕤，秋蕣歌黄落。
黄落秋为期，春转嫣红灼。

（六）

良人赋行役，思妇鸣瑶丝。
遥怀零雨蒙，静写商弦悲。[15]
一弹别鹤翔，再鼓寡鹄凄。[16]
上有邵女吟，下言莒城隳。[17]
我欲赓此声，未识讴者谁。
许言远征人，请废《无衣》诗。[18]

【解题】

这几首诗分别从应征入伍、歧路送别、故人聚饮、征途艰辛、军中差别以及思妇居家之苦几个方面写战争带给人们的伤害，最后表达了反战思想。诗人各取典型细节，有杜甫"三吏三别"诗的风格，也是刘氏关怀现实的典型之作。

【笺释】

［1］诘旦：平明。遄（chuán）征：迅速赶路。

［2］方祠：方士所兴建和主持之祠。典出《汉书·郊祀志下》："是岁，西伐大宛，蝗大起。丁夫人、洛阳虞初等以方祠诅匈奴、大宛焉。"

［3］府帖：军帖。唐代实行府兵制，故称军帖为府帖。典出杜甫《新安吏》："'府帖昨夜下，次选中男行。'"

［4］靡盬（mí gǔ）：谓无止息，指辛勤于王事。典出《诗经·唐风·鸨羽》："王事靡盬，不能艺黍稷。"启处：谓安居。典出《诗经·小雅·四牡》："王事靡盬，不遑启处。"遑宁：安逸；安宁。语本柳宗元《涂山铭》："方岳列位，奔走来同。山川守神，莫敢遑宁。"

［5］临歧：亦作"临岐"，本为面临歧路，后亦用为赠别之词。鲍照《舞鹤赋》："指会规翔，临岐矩步。"

［6］殳（shū）：古代兵器，多用竹或木制成，有棱无刃。

［7］鸿尨：形容书写潦草，随意涂抹。此处应该代指家书。刀环："环""还"同音，后因以"刀环"为"还归"的隐语。典出《汉书·李广苏建传》："立政等见陵，未得私语，即目视陵，而数数自循其刀环，握其足，阴谕之，言可还归汉也。"

［8］泰风：西风，大风。典出《尔雅·释天》："西风谓之泰风。"

［9］化鹤：谓成仙。后多用以代称死亡。典出托名陶渊明所作《搜神后记》卷一："丁令威本辽东人，学道于灵虚山，后化鹤归辽。"

［10］紫塞：北方边塞，或指代长城。

［11］受降城：又称三降城，汉朝时为外长城进攻系统的一部分，初以接受匈奴贵族投降而建。金微山：今阿尔泰山，东汉永元三年（91年），耿夔、任尚等破北匈奴于此。

［12］遌（è）：意外相遇。

［13］汍澜：亦作"汍兰"，泪疾流貌。阑干：横斜貌。曹植《善哉行》："月没参横，北斗阑干。"

［14］肉粱："粱肉"，以粱为饭，以肉为肴，指精美的膳食。典出杜甫《醉时歌》："甲第纷纷厌粱肉，广文先生饭不足。"葵藿：指葵与藿，均为菜名。鲍照《代东武吟》："腰镰刈葵藿，倚杖牧鸡豚。"

［15］零雨：化用《诗经·豳风·东山》："我来自东，零雨其蒙。"

［16］别鹤：《别鹤操》。谢朓《同咏乐器琴》："是时操《别鹤》，淫淫客泪垂。"寡鹄：丧偶的天鹅，用以比喻寡妇或不能婚嫁的女子，或亦作曲名。见《西京杂记》卷五："齐人刘道强善弹琴，能作《单鹄寡凫》之弄，听者皆悲。"

［17］邵女：指清代小说家蒲松龄的《聊斋志异·邵九娘》，亦称《邵女》，讲述了一个在大家庭里当妾的女人，如何从被主母虐待到全家其乐融融的故事。

［18］《无衣》：《诗经·秦风·无衣》，是一首激昂慷慨、同仇敌忾的战歌。

69. 译石门和夫氏《希望诗》二首

波兰石门和夫氏，创制爱斯帕兰脱文字，泰东称为"世界语"。氏工作诗，以《希望诗》为尤著。依意译之。

殷殷我思，异乡同堂。[1]

递我好音，飙旋八方。[2]

有若绵羽，踵风聿扬。[3]

翩联远将，覃暨遐荒。[4]

青青剑铏，髓液凝腥。[5]

矛戟聿修，室家靡宁。[6]

缅瞻大圜，竞诘戎兵。[7]

徯我哲人，廛民于平。[8]

煜煜新荑，众擶其萌。[9]

邕邕嘈音，洽我纮瀛。[10]

【解题】

1887年，波兰籍犹太人眼科医生石门和夫创制了世界语。近代中国知识分子颇感兴趣，这其中就包括刘氏。这首诗便是刘氏翻译的石门和夫《希望诗》中的其中二首。《希望诗》，文如题名，给人带来希望的诗。诗中用的"小鸟""嫩芽"等春天独有的意象，也充分说明诗人想要带领大家走向光明的决心。

【笺释】

[1] 殷殷：情谊深厚的样子。

[2] 飙：迅疾。

[3] 绵羽：代指黄鸟。典出《诗经·小雅·绵蛮》："绵蛮黄鸟，止于丘阿。"聿（yù）：轻快。

[4] 翩联：一起飞舞的样子。覃（tán）：延长，延及。暨：到，至。

[5] 铏（xíng）：古代盛羹的鼎，与豆、篹等放在一起，常用于文庙祭祀。典出《仪礼·公食大夫礼》："宰夫设铏四于豆西东上。"

[6] 聿修：继承发扬先人的德业。

[7] 大圜：天，宇宙。

［8］傒（xī）：等待。哲：有智慧的人。瘨（diàn）：储备，储藏。

［9］荑（tí）：初生的茅草（芽）。

［10］邕邕（yōng）："邕"通"雍"，群鸟和鸣声。喈（jiē）：声音和谐。纮瀛：维系（包举）四海。

70. 金陵城北春游 己酉

旷眺怡素忱，清遽濯尘轨。[1]

俊风嘘暄柔，宿莽演繁祉。[2]

嘤嘤止灌鹂，鹭鹭踤林雉。[3]

蹊纤疑绝踪，径险凛折屐。[4]

东瞰融湖泓，北瞩峥陵峙。[5]

且罄览景娱，遐邈《登台》旨。[6]

【解题】

此诗是1909年刘氏在南京城北游玩时所作。刘氏心情愉快，完全陶醉在春天的美景中。诗写湖光山色，寓情于景。或有意比拟曹植《登台赋》之意，歌颂端方业绩。

【笺释】

［1］尘轨：尘世的轨辙，犹言世途。典出任昉《答何征君诗》："宿昔仰高山，超然绝尘轨。"

［2］俊风：指大风。典出《大戴礼记·夏小正》："正月，启蛰……时有俊风……寒日涤冻涂。"宿莽：经冬不死的草。典出《离骚》："朝搴阰之木兰兮，夕揽洲之宿莽。"繁祉：多福。此处指繁茂。典出《诗经·周颂·雝》："绥我眉寿，介以繁祉。"

［3］嘤嘤：象声词，形容鸟叫声或低而细微的声音。语本《诗经·小雅·伐木》："伐木丁丁，鸟鸣嘤嘤。嘤其鸣矣，求其友声。……"鹭鹭（yǎo yǎo）：雉鸣声。踤（zú）：触击、冲撞。

［4］凛：畏惧。折屐（shé jī）：本义为把鞋子折断，后用来形容狂喜。典出《晋书》："玄等既破坚，有驿书至，安方对客围棋，看书既竟，便摄放床上，了无喜色，棋如故。客问之，徐答云：'小儿辈遂已破贼。'既罢，还

内，过户限，心喜甚，不觉屐齿之折。"

[5] 泓：水深而广。

[6] 勰：和谐，协调。《登台》：指曹植所作《登台赋》。该赋将铜雀台当作吟咏曹操功绩的对象，文辞华丽，语句跌宕。

71. 从匋斋尚书北行初发焦山

别景析万揆，哀乐相嬗周。[1] 涸鲋志呴湿，饥凤奚穴幽？[2]

连玺征扬牧，楼舻指皇州。[3] 绚旌藻行川，鼖鼓振岭陬。[4]

明簪勾貂蝉，宾从拵琳球。[5] 跂予飞蓬姿，觊公英荡搜。[6]

蹑屐辞焦岩，展舲泳沧流。[7] 丹橘伤逾淮，狐貉企首丘。[8]

亭亭乡树暧，泩泩溟波浮。[9] 拱揖江侧峰，绝目天尽头。

【解题】

匋（táo）斋，即清朝大臣端方。端方此行不仅被任命为直隶总督，而且兼任北洋大臣。这首诗是刘氏追随端方从两江总督任上从南京赴直隶，途经焦山而作的。焦山在镇江，位于刘氏家乡扬州对岸。诗歌赞美了端方行军路上的恢宏气势，可以感受到他对端方知遇之恩的满腔感激，并夹杂着对家乡无尽的留恋。

【笺释】

[1] 揆（kuí）：道理，准则。典出《孟子·离娄下》："先圣后圣，其揆一也。"嬗（shàn）周：更替往复。典出贾谊《鹏鸟赋》："形气转续兮，变化而嬗。"

[2] 涸鲋："涸辙之鲋"的略语，指在干涸的车辙沟里的鲫鱼，喻指处境艰难或无益之助。典出《庄子·外物》："周顾视车辙中，有鲋鱼焉。"呴（xǔ）湿：相呴以湿，彼此以呼出的气湿润对方，比喻在困难时以微小的力量，竭力互相帮助。典出《庄子·大宗师》："泉涸，鱼相与处于陆，相呴以湿，相濡以沫，不如相忘于江湖。与其誉尧而非桀也，不如两忘而化其道。"饥凤：比喻无心名利的高洁之士。

[3] 连玺：同时佩两颗官印。典出左思《咏史八首》："连玺耀前庭，比之犹浮云。"牧：古代治民之官。典出《周礼·大宰》注："侯伯有功德者，加

命为州长，谓之牧。"扬牧，扬州地方官，此处指两江总督端方。楼舻（lú）：
楼船的船头。

[4]旌：旗子。韸（péng）：鼓声和谐。陬（zōu）：角落。

[5]明簪（zān）：簪子。勼：聚集。抙（póu）：引聚、聚集。琳球：
指美玉，这里比喻优秀的人物。

[6]跂（qì）：踮起脚后跟站着。飞蓬：比喻轻微的事物。英荡：古代
竹质的符节，持之以做凭证，犹汉代的竹使符。后亦泛指外任官员的印信和
证件。

[7]舲（líng）：有窗户的小船。

[8]逾淮："逾淮之橘"，比喻易地而变质的事物。典出《晏子春秋·内
篇·篇十》："晏子避席对曰：'婴闻之，橘生淮南则为橘，生于淮北则为枳，
叶徒相似，其实味不同。所以然者何？水土异也。'"狐貉：兽名，狐与貉。
首丘：亦作"首邱"。狐死首丘，古代传说狐狸如果死在外面，一定把头朝着
它的洞穴。比喻不忘本或怀念故乡，也比喻对故国、故乡的思念。

[9]睒：张大眼睛注视的样子。洸洸（guāng）：水波动荡闪着光的样子。
溟波：海涛。典出韩愈《送惠师》："夜半起下视，溟波衔日轮。"

72. 答梁公约赠诗

舄吟阕越响，钟琴戢荆音。[1]

之子觇嘉许，感念凄余忱。[2]

挈阔仳素玄，绸缪抵球金。[3]

发篇思与积，诵言情难任。[4]

楸桐有直条，杞棫无郁阴。[5]

橘华昔辞枝，枳实今盈林。[6]

所幸兰槐苞，不忘糜醢湛。[7]

渊玄穴圹素，静默练德心。[8]

载赓白珪章，用酬良侣箴。[9]

【解题】

这首诗是刘氏对梁公约赠诗的答复。从诗歌内容可以推想梁公约似乎对

刘氏有所批评。刘氏在诗中进行了辩护，表明自己仍然保持过去的品节，经历坎坷艰辛，命运不济，无有所成，但会深研典籍，不负朋友的关心。诗歌多用典故与喻体，主旨比较隐晦。

【笺释】

[1]舄（xì）吟：庄舄的呻吟声。庄舄，战国时越人庄舄在楚国做官，楚王封他最高爵位"执圭"。庄舄虽富贵却不忘故国，病中吟越歌以寄乡思。后遂以"庄舄吟"表达不忘故国家园的思想感情。事见《史记·张仪列传》。阕：本义为祭事结束而闭门，引申为停止，终了。钟仪，春秋时楚国人，被郑国献给晋国。晋侯命他演奏。钟仪未弃本职，不忘故土，弹奏的都是楚调，最终为晋、楚和谈做出贡献。事见《左传》成公七年至九年。戢：止，停止。语本《诗经·周颂·时迈》："载戢干戈，载櫜弓矢。"

[2]贶（kuàng）：赠送。

[3]挈（qì）阔：分离，聚散。典出《诗经·邶风·击鼓》："死生契阔，与子成说。"仳（pǐ）：分离，分别。绸缪（chóu móu）：缠绵，情意深厚。球（qiú）：美玉，亦指玉磬。球金即美玉黄金。

[4]发篇：犹行文。指组织文字，表达意思。典出张华《答何劭诗三首》之二："是用感嘉贶，写心出中诚。发篇虽温丽，无乃违其情。"

[5]楸（qiū）：落叶乔木，干高叶大，夏天开黄绿色细花，木材质地致密，可做器具。栘（yí）：叶细而歧锐，皮理错戾，多丛生于山中。

[6]橘华、枳实：南橘北枳，各自状况不同则结果不同。典出《晏子春秋·内篇·篇十》："'橘生淮南则为橘，生于淮北则为枳，叶徒相似，其实味不同。所以然者何？水土异也。'"

[7]醢（hǎi）：用肉、鱼等制成的酱。

[8]渊玄：深奥。坟素：泛指古代典籍。典出《三国志·魏书·袁张凉国田王邴管传》："敷陈坟素，坐而论道。"

[9]载赓："赓载"，多用指诗词唱和。白珪：古代白玉制作的礼器。典出《诗经·大雅·抑》："白圭之玷，尚可磨也，斯言之玷，不可为也。"

73. 秋怀

人生若薜华，殷忧乃靡涯。[1]

闺妇感刀尺，征夫惕鼙笳。[2]

渊邃孰测端？触怆中怀嗟。[3]

况我失路人，静值商氛加。[4]

侧聆飔风揪，起视长庚斜。[5]

茅秀弗崇朝，菊精岂再华？[6]

阳波激逝湍，羲御无回车。[7]

默阅候序移，渐若渊陵差。

所以偓佺子，长跂登朝霞。[8]

【解题】

本诗沿袭悲秋传统，借助薜华朝开暮谢、季节更替不返，发出了时光易逝、生命短暂的浩叹，但更多的却是时不我待的急迫感，激励自己奋发努力，有所作为。从"失路人"可以了解刘氏此时既有不得志的抑郁，又有歧路彷徨的迷茫。

【笺释】

[1] 薜（shùn）华：木槿花，朝开暮谢。殷忧：深深的忧伤。阮籍《咏怀》之十四："感物怀殷忧，悄悄令心悲。"

[2] 刀尺：剪刀和尺，裁剪工具，也代指服装的制作。《孔雀东南飞》："左手持刀尺，右手执绫罗。"惕：戒惧，小心谨慎。笳（jiā）：中国古代北方民族的一种乐器，类似笛子。

[3] 渊邃：精深。

[4] 失路人：指落第不得志、仕途不得意之人。

[5] 侧：侧身。长庚：金星在西的称呼。

[6] 茅秀：郑玄《周官》注："荼，茅秀。"茅秀是芽草类种子上所附生的白芒。崇朝：崇，通"终"，终朝指从天亮到早饭时，喻时间短暂。

[7] 阳波：指波纹。波纹在水面，故称。典出《汉书·礼乐志》："扬金光，横泰河，莽若云，增阳波。遍胪欢，腾天歌。"羲御：同"羲驭"，太阳的代称，传说羲和是太阳的赶车夫。

[8] 偓佺子：传说中的仙人。登朝霞：朝霞，指升仙之境。典出《艺文

类聚·天》："好道者，言皇帝乘龙升云，登朝霞。"

74. 得陈仲甫书

天南尺素书，中有瑶华辞。[1]

旧好见肝鬲，崇情凛箴规。[2]

伊昔志标举，奇侅违尘羁。[3]

霪昱云雨乖，儳互阴阳仳。[4]

趄趄蘧蒢闲，蚩蚩千丘饴。[5]

翕羽企挥翚，键足奚绝缡？[6]

𢓨夷蒋阜根，掩息揭石垠。[7]

河檀余㠁条，场苗无丰穧。[8]

尘冥雾不开，曦逝晖何追？[9]

人情隆藻棻，君子伤金屎。[10]

所希珠奁昭，为浣练帛缁。[11]

秋芳劬荃心，春荣镌留蓁。[12]

愧无双玉盘，酬子琅玕贻。[13]

【解题】

陈独秀（1879—1942年），原名庆同，字仲甫。安徽怀宁（今属安庆市）人。新文化运动的倡导者之一，中国共产党的创始人和早期的主要领导人之一。这首诗是刘氏收到陈独秀从南方寄来的书信后所发感慨。1903年，刘氏于上海结识陈独秀，共同从事民族革命事业。之后，刘氏投奔端方，引起革命人士的不满与痛惜。从刘氏的诗中，我们可以推想陈独秀的信中应多是规劝和批评。刘氏认为自己只有退出革命的队伍才能保全自身，即便如此，自己品行无亏，同时作者也感激陈独秀对自己的规劝。

【笺释】

[1] 瑶华：比喻诗文的珍美。

[2] 肝鬲（gé）：亦作"肝膈"，犹肺腑，比喻内心。见前注。

[3] 奇侅（gāi）：奇异，非常。尘羁：尘事的束缚。

[4] 霪（shū）昱：迅疾的样子。霪，疾。云雨：比喻人情世态反复无常。

典出杜甫《贫交行》："翻手作云覆手雨。"儳（chán）互：不齐。仳（pǐ）：仳别（离别）。

［5］趄趄（jū）：偏偏跌跌连不动的样子。蘧蒢（qú chú）：亦作"蘧除"，谄谀献媚的人。典出扬雄《太玄经·闲》："趄趄，闲于蘧除，或寝之庐。"蚩蚩：敦厚貌。一说，无知貌。典出《诗经·卫风·氓》："氓之蚩蚩，抱布贸丝。"干丘：化用《太玄经·干》之"蚩蚩，干于丘饴，或锡之坏""测曰：蚩蚩之干，锡不好也"。

［6］挥：挥动，移动。罦（fú）：一种捕鸟的网。绝繀（zuī）：绝，断；繀，绳索。典出《太玄经·乐》次四："拂其系，绝其繀，佚厥心。测曰：拂系绝繀，心诚快也。"此句当是刘氏向陈独秀解释，自己此举是为了远离小人陷害，以求自保，对以往的革命同道颇有微词。

［7］徲夷：栖息。典出《诗经·陈风·衡门》："衡门之下，可以栖迟。"《娄寿碑》作"徲夷衡门"。蒋阜：指南京一带。掩息：止息；休息。揭石：河北碣石山一带。

［8］甹（yóu）：树木生新枝。场苗：延揽贤才或思念贤者。典出《诗经·小雅·白驹》："皎皎白驹，食我场苗。"郑玄笺："愿此去者，乘其白驹而来，使食我场中之苗，我则绊之系之，以永今朝。爱之欲留之。"

［9］尘冥：喻时局昏暗。

［10］隆：尊崇。棁（jié）：斗拱。金柅（chì）：亦作"金柅"，谓君子以温和谦让作为处世之道对此也无能为力。典出《周易·姤卦》："系于金柅。《象》曰：'系于金柅，柔道牵也。'"

［11］练帛：大帛，谓粗疏之缯帛。典出《墨子·兼爱中》："昔者晋文公好士之恶衣，故文公之臣，皆……练帛之冠。"孙诒让《墨子间诂》："练帛，盖即大帛。"

［12］荃：一种香草，喻贤臣或明君。留荑："留夷"，一种香草。典出《离骚》："畦留夷与揭车兮，杂杜衡与芳芷。"

［13］琅玕：中国神话传说中的仙树，其实似珠。典出《山海经·海内西经》："服常树，其上有三头人，伺琅玕树。"

75. 咏史四首

少卿偾军将，泪迹单于台。[1] 帛书弗渡漠，酪浆犹盈杯。[2]

河梁愁云逝，冥野玄冰开。[3] 击柱郁孤痛，抚环空低回。[4]

敬通入东雒，誓憩郦山陲。[5] 周墟寄遐瞩，晋峰萦故思。[6]
离尘跂高引，陈书终呟訾。[7] 蕙堂芳空烨，枳篱苔已滋。[8]

孔璋慄丧乱，未得韩江归。[9] 规何策弗雠，檄曹忧已违。[10]
骐足有时縶，劲弦不可挥。[11] 俯惭振鹭质，仰叹羁鹦飞。
孔璋作《鹦鹉赋》，中有"抱振鹭之素质"语，见《艺文类聚》。[12]

颜推丰粹言，靳骋儒家流。[13] 刘《略》惜未纂，仓诂谙冥搜。[14]
浸渐丝色更，杂沓邑音稠。[15] 悔缠漳滨迹，翘缅长干游。[16]

【解题】

刘氏歌咏李陵、冯敬、陈琳以及颜之推等历史典故，似乎在为自己前后行径不一辩护：李陵兵败投降匈奴是形势所逼，心有不甘；冯敬投靠刘秀不被重用，孤独寂寞；陈琳为求自保，违心草檄；颜之推志在著述，而一生流离，难回故国。诗歌抒发了对世事困顿、报国无门、壮志未酬的无限感慨。

【笺释】

[1] 少卿：李陵（公元前134—公元前74年），字少卿，陇西成纪（今甘肃天水市秦安县）人。西汉名将、飞将军李广长孙，汉武帝时征匈奴的先锋，兵败后投降匈奴。偾（fèn）：覆败。单于台：单于台在唐云州云中县（今山西大同）西北，后"单于台"泛指北方边陲。

[2] 酪浆：指马奶酒。李陵在匈奴，音讯不通于汉地，而生活饮食也与汉俗不同。

[3] 河梁：借指送别之地。典出李陵《与苏武诗三首》之三："携手上河梁，游子暮何之……行人难久留，各言长相思。"冥野：暗沉的原野。玄冰：厚冰。典出李陵《答苏武书》："胡地玄冰，边土惨裂。"

[4] 击柱：拍打柱子，形容非常痛心。低回：也作"低徊"，徘徊。

[5] 敬通：指冯衍，字敬通。东汉辞赋家，京兆杜陵（今陕西西安东南）人。义军起，降刘秀，后免官归里，闭门自保。《后汉书》有传。东雒：东都洛阳。

[6] 周墟、晋峰指东周废墟与晋国山峰。

［7］跂（qǐ）：盼望，企求。呭訾（zú zī）：阿谀奉承。

［8］枳篱：枳木篱笆。

［9］孔璋：陈琳（？—217年），字孔璋，广陵射阳（今江苏宝应）人。东汉末年著名文学家，"建安七子"之一，《为袁绍檄豫州文》列举了曹操很多罪状，还痛骂了曹操的祖宗三代，最终降曹操。韩江：邗江，陈琳故乡扬州的代称。

［10］何：何进（？—189年），字遂高，南阳宛（今河南南阳）人。东汉灵帝时外戚，官至大将军。不纳陈琳之谏，多结外镇军阀，遭杀身之祸。雠（chóu）：匹敌。檄（xí）：古代官府用以征召或声讨的文书。

［11］絷（zhí）：栓，捆。

［12］振鹭：振，鸟群飞之状。鹭，白鹭；喻操行纯洁的贤人。孔璋作《鹦鹉赋》，中有"抱振鹭之素质"语。

［13］颜推：颜之推（531—597年），中国古代文学家、教育家，今存《颜氏家训》。"侯景之乱"后奉命校书，历仕西魏、北齐、北周。粹（cuì）：精华。靳骖：喻前后相随，势均力敌。

［14］刘《略》：刘向的《七略》。纂：撰写。仓诘：据说仓颉创造了我国的汉字。颜之推对于目录学与训诂学有一定研究。

［15］杂沓：古同"嘈杂"，（声音）杂乱而喧闹。

［16］漳滨：代指卧病。典出刘桢《赠五官中郎将诗四首》："余婴沉痼疾，窜身清漳滨。"长干：古建康里巷名。长干里，故址在今江苏省南京市南。李白作有《长干行》。

76. 励志诗

《麟经》殿六艺，素臣属左丘。^{［1］}
劝惩史托鲁，替凌道悯周。^{［2］}
藻文绚云彩，萧斧森霜秋。^{［3］}
兰陵轩谊謇，北平贯绪抽。^{［4］}
汉例崇便秩，晋说乃瞀犹。^{［5］}
洸洸贾、服书，祖考勖纂修。^{［6］}
蹢实绣鞶迻，捃佚湛珠钩。^{［7］}

贱子悾恫姿，竦标先业休。[8]

迨时失播获，曷云酬芸薅？[9]

踵武企似续，腾词祛蒙雾。[10]

阐同节翕符，掇异疆区沟。[11]

栉句在理棼，诠诂崇绝幽。[12]

辟若纯朴樽，无侈丹臒流。[13]

迁《史》谙拣差，歆《历》洞迪籀。[14]

庶俾壁经业，永杜何、范掊。[15]

僶勉戒悦志，碞错伤寡俦。[16]

锲金古有训，勉哉屏息游！

【解题】

这首诗叙述了孔子作《春秋》经，左丘明作传发明其中微言大义，汉、晋《左传》学史，刘氏祖辈研治《左传》的学术追求。诗中表达了刘氏的志向，继承先人之志，专心于《左传》学术著述。刘氏希望通过自身的努力，将先人创下的业绩永久地流传下去。从另一个角度来看，刘氏此时已经投靠到端方幕府，所以借此诗表明自己已经退出革命事业，代之以学术研究。诗歌的主体部分将《春秋》学术史以及自己的家学浓缩涵盖其中，属于典型的学人诗。

【笺释】

[1]《麟经》:《春秋》的别称。殿：在最后。素臣：今文经学家认为孔子是无冕之王，称为素王。左丘明作《左传》，述孔子之道，阐明《春秋》之法，后人尊之为素臣。

[2]刘氏认为，孔子据鲁史以修《春秋》，以示奖惩，其中朝代兴替，孔子怜悯周代礼义之道的衰微。

[3]萧斧：萧，通"肃"，古代兵器斧钺，因斧钺用于刑罚，故取严肃之义。

[4]兰陵：汉代兰陵萧望之，他提倡发扬《左传》中的大义。事见班固《汉书·萧望之传》:"望之对，以为:'《春秋》昭公三年大雨雹，是时季氏专权，卒逐昭公……'"北平：北平侯张仓，他系统研究《左传》。事见《汉书·儒林传》:"汉兴，北平侯张苍……皆修《春秋左氏传》。"

[5]瞀（mào）：目眩，眼花。犹，犹"甚"也。汉代《左传》研究崇

尚条例简便，到了晋代杜预就弄得过于烦琐。

[6]洸洸：有很大权力或很有力气。贾、服：东汉著名学者贾逵和服虔的并称，在《左传》学史上有较大贡献。祖考：祖辈。刘氏曾祖刘文淇开始《春秋左氏传旧注疏证》，经祖父刘毓崧、伯父刘寿曾疏证，仍止于襄公五年。劬（qú）：过分劳苦，勤劳。

[7]蹢实：谓兽类足踏实地而行。鞶（pán）：古人佩玉的皮带。捃：拾取，摘取。此句形容刘氏三代注经钩沉旧注的方法以及实事求是的考证作风。

[8]贱子：谦称自己。悾：空虚。

[9]播获：喻子孙继承父祖之业。薅（hāo）：除（草）。

[10]踵武：比喻继承前人的事业。典出《离骚》：“忽奔走以先后兮，及前王之踵武。”

[11]阐述观点一致的地方，若合符节；指出不同的地方，就像疆界田塍分明。

[12]棼（fén）：纷乱。诠诂：用通行的话解释古代语言文字或方言字义。缒幽：缘绳下坠于幽深之处。

[13]丹雘：可供涂饰的红色颜料。

[14]迪：道理。籀（zhòu）：占卜的文辞。要精通熟悉司马迁《史记》史料与《左传》中不同的部分，洞彻知晓刘歆《三统历》的奥秘与道理。

[15]俾（bǐ）：使。壁经：指汉代发现于孔子宅壁中的藏书。亦称“壁书”“壁经”。典出《汉书》卷三十《艺文志》。何、范：今文经学家何休与范升，他们对古文经《左传》持反对意见。何休作有《左氏膏肓》，范升认为“左氏浅末，不宜立博”。

[16]偭勉：努力，勤奋。砻（lóng）错：磨炼、切磋研讨。寡俦（chóu）：缺少同伴。

77. 游天津公园 庚戌

商思对韶景，群汇闭妍淑。[1]

及兹春木芒，乃复跂游瞩。

阳气施孚微，宿雨休溟沐。[2]

径骈药畦歧，桥转葭杝曲。[3]

柳稊漾短青，桐芭茁纤绿。[4]

麌麌兽走林，嗜嗜羽迁木。[5]

寓目物自怡，抚候时空促。

流连金谷吟，曼税河桥躅。[6]

【解题】

这首写景诗是1910年刘氏寓居天津时所作。刘氏在游览天津公园的过程中，看到这美丽的景色，流连忘返，忘却尘世。诗歌表达了刘氏对自由生活的向往。1909年端方调任直隶总督，刘氏随任直隶督辕文案、学部谘议官等职。不久，端方因在奉安对慈禧太后灵柩拍照而被削职，刘氏夫妇便在天津从事著述。其间生一女儿，但很快就因病夭折了。刘氏游览了天津公园、北洋公立种植园等处，也曾到北京游览、观书、访友，都留有诗作。

【笺释】

[1] 商思：秋思。古人把五音与四季相配，商音配秋，因以商指秋季。闭：收起封闭。

[2] 溟沐：细雨貌。

[3] 葭：初生的芦苇。杝（yí）：椴树，落叶乔木。

[4] 稊（tí）：杨柳新长出的嫩芽。

[5] 麌麌（yǔ）：群聚貌。典出《诗经·小雅·吉日》："兽之所同，麀鹿麌麌。"

[6] 金谷：指晋石崇所筑的金谷园。此园随地势筑台凿地，极尽奢华，当时文学大家雅集于此，开创中国文人雅集风气之先。此处诗人应是用来借指所游公园的景色之美，交代作诗缘由。

78. 折柳词三首

白纻璇闺曲，雕韬锦陌尘。[1]

芳心弗可折，应妒柳条春。

悠我朝阳梦，暄风不可期。[2]

柳花如有信，应付玉台知。[3]

玉勒金丝辔，青骢踏翠归。[4]
莫渡阳关去，轻尘尚积衣。[5]

【解题】

我国古代有"折柳送行"的习俗，最早见于《诗经·小雅·采薇》："昔我往矣，杨柳依依；今我来思，雨雪霏霏。""折柳"一词寓含"惜别怀远"之意。人们离别时会折柳相送，在思念亲人、怀念故友时也会折柳寄情。这首诗以寄寓比兴手法借景写情，借杨柳枝寄托对友人的依依惜别之情。第一首写自己对朋友情谊不变，第二首交代朋友要及时告知音讯，第三首劝诫朋友不要往阳关去。

【笺释】

[1] 白纻（zhù）："白苎辞"，古乐府题名。典出鲍照《代白纻歌》："古称《渌水》今《白纻》，催弦急管为君舞。"璇闱：旧指华丽的闺房。雕辀：雕饰华丽的车子。典出王融《齐明王歌辞七首》其四《采菱曲》："雕辀傃平隰，朱棹泊安流。"

[2] 暄风：春风，暖风。

[3] 玉台：传说中天帝的居处，此指外面阳台。

[4] 玉勒：玉制的马衔。辔（pèi）：驾驭牲口的嚼子和缰绳。

[5] 阳关：位于甘肃省敦煌市西南的古董滩附近，是中国古代中原前往西域的交通要道。典出王维《送元二使安西》："劝君更尽一杯酒，西出阳关无故人。"

79.季夏雨霁，游北洋公立种植园，泛舟竟夕

海堧蕴暄氛，尘陌愆新寒。[1]
缅怀阴旷游，屏遨离炎曛。[2]
郊痕逗疏樊，璜影萦曲湍。[3]
菱木菀蓓翳，彩卉纷斑斓。[4]
参差陂苙蒲，戛击风鸣鹔。[5]
蜺蝶扬静响，春箕播文翰。[6]

横沴维绂缡，泳川狃漪澜。[7]

警耳殷雷阗，泫裾零露溥。[8]

祥延谢绤服，饪鬻倾筥篹。[9]

睇眄物滋适，阒仰情弥宽。[10]

折麻缅阳阿，伐轮惭河干。[11]

无忘挹潦清，庶踵临濠观。[12]

【解题】

刘氏夏天坐船游赏北洋公立种植园，经雨转晴，直到日落时才结束。诗中描绘景物细腻，出游车痕、水面身影、活动的动物与劳作的人们，即使是淋雨，心情依然轻松自在，没有丝毫不快，几乎达到物我两忘。诗中生活气息浓厚，有静有动，营造了有感染力的意境，与其他诗歌多用典故相比，此诗语言自然晓畅。

【笺释】

[1] 海壖（ruán）：海边地。

[2] 逖：远。暅：温暖。

[3] 樊：篱笆。璜：贵重的玉器，权力的象征，与玉琮、玉璧、玉圭、玉璋、玉琥，被《周礼》为"六器礼天地四方"的礼器。

[4] 菀（yù）：茂盛的样子。菑（zī）：初耕的田地。翳：遮蔽，障蔽。

[5] 陂（bēi）：池塘。戛（jiá）：形容嘹亮的鸟鸣声。鹳：一种水鸟，即白鹳，形似鹭。

[6] 螅（dì）螓：蝉。春箕：斯螽。《草木疏》："斯螽，幽州谓之春箕，蝗类也，长而青，长股，股鸣者也。"

[7] 沴（lì）：踏着石头过水。绂（fú）：丝带。缡（lí）：古代妇女出嫁时所系的佩巾。漪澜：水波。典出左思《三都赋·吴都赋》："理翮整翰，容与自玩。彫啄蔓藻，刷荡漪澜。"

[8] 殷（yǐn）：象声词，雷声。阗（tián）：声音大。泫：水珠下滴。零（líng）：（雨等）降落。溥：雨滴的样子。

[9] 祥延：暑热之气。典出《诗经·鄘风·君子偕老》："蒙彼绉绤，是绁袢也。"毛传："绤之靡者为绉，是当暑祥延之服也。"绤（chī）：细葛布做的衣服。饪鬻：吃粥。

[10] 睇眄（dì miǎn）：斜视，顾盼。

[11]折麻：喻离别思念之情。典出屈原《九歌·大司命》："折疏麻兮瑶华，将以遗兮离居。"阳阿：太阳升起的地方。河干：河的岸边。《诗经·魏风·伐檀》："坎坎伐檀兮，置之河之干兮。河水清且涟猗。"

[12]挹潦：指浑浊的水，以喻浊世。《诗经·大雅·泂酌》篇，今文三家以之为公刘而作。谓以戎狄浊乱之区而公刘居之，譬如行潦可谓浊矣。公刘挹而注之，则浊者不浊，清者自清。说见王先谦《诗三家义集疏》。临濠："濠上观鱼"。见前注。

80. 新白纻曲

鞯鞈宝袜鲜支裳，纤襦直裾皓罽凉。[1]
香屟揉韦玄云光，双璧裁镜金溶珰。[2]
蕵莎办彩氍毹张，綦绮摇丹蒸缥黄。[3]
晶缸莹辉熌琼芳，商丝曳响秋宵长。
曜灵舒魄窥谚廊，兰枝团露珠瀼瀼。[4]
津汉无梁休断肠，滮池应有鸳鸯翔。[5]

【解题】

《白纻曲》是南朝宋南平王刘铄创作的一首乐府诗题。以往诗人以《白纻曲》为题作诗多描写舞女形态曼妙等。从具体内容来看，这是一首仿写的闺怨诗，诗中写女子衣着华美，居室奢丽，只是秋天临近，长夜独宿，想起相隔遥远的情郎，不禁黯然神伤。刘氏采取传统的代言体，极尽夸饰，结尾戛然而止，同时用典，显得含蓄而意味无穷。

【笺释】

[1]鞯鞈（mèi gé）：染成赤黄色的皮子，用作蔽膝护膝。皓罽（hào jì）：洁白；罽，兽毛织品，指白色的羊毛质的衣服。

[2]屟（xiè）：木底鞋。珰（dāng）：装饰品。

[3]蕵：似莎草的一种植物。氍毹（qú shū）：一种有花纹的毛织品，代表舞台。綦（qí）绮：呈斜纹的丝织物。

[4]曜灵：指太阳。

[5]滮（biāo）池：又称圣女泉，在陕西省西安市西北。典出《诗经·小

雅·白华》："滮池北流，浸彼稻田。啸歌伤怀，念彼硕人……此处鸳鴎即鸳鸯。鸳鸯在梁，戢其左翼。之子无良，二三其德。"鴎（qí）：古陈、宋地区对鸡的称呼。

81. 秋思

宵梦蘼芜径，秋心兰蕙怵。[1]
排云蟾半瞳，傒露鹤双飞。[2]
琼琚湛洛浦，珠佩谢江妃。[3]
为恨南来燕，空缠锦合归。

【解题】

这是一首闺怨诗。女子看到月亮残缺，想到自己与夫君分离不能团圆，又写到鹤、燕子等专情动物，双宿双飞，反衬自己孤苦伶仃，借景抒情，表达自己对丈夫的想念以及自己的孤单寂寥。

【笺释】

[1] 蘼芜：一种香草。秋心：秋日的心绪。多指因秋来而引起的悲愁心情。

[2] 排云：排开云层。多形容高。

[3] 琼琚：美玉。典出曹植《洛神赋》："抗琼琚以和予兮，指潜渊而为期。"江妃：传说中的神女。典出刘向《列仙传·江妃二女》："江妃二女者，不知何所人也，出游于江汉之湄，逢郑交甫，见而悦之，不知其神人也。"

82. 题赵受亭《黄山松图》

鸿蒙三天都，郁浃精气萃。[1] 贞木隐独荣，蟠株侧崖隧。
冲飙厉修条，凝雪浣劲翠。[2] 自惟孚筠质，甘拟樗散弃。[3]
桷榱艰断楳，斧斤谢天剚。[4] 何期丹青手，未忍幽姿闭。
咫尺练素间，碌砢标奇致。[5] 犹含出尘想，惜偃凌霄势。

林空玄鹤戢，涧老蛰龙寐。[6] 会当破纸飞，孤岭任茂悴。

【解题】

赵受亭其人不详。这首题画诗完美地展示了《黄山松图》带给人精神上的愉悦。刘氏描绘画面中松树形象，欣赏其坚韧、岁寒本性，想象松树会吸引仙鹤的到访和神龙的蛰伏，动静结合，托物言志，高度赞扬了赵受亭的绘画技巧。此诗对画作技巧的展现也表现出刘氏品鉴字画的雅趣和能力。

【笺释】

[1] 鸿蒙：古人认为天地开辟之前是一团混沌的元气，这种自然的元气叫作鸿蒙。天都：安徽黄山高峰名。郁浃：蕴结满溢。典出蔡邕《琴操·信立退怨歌》："悠悠沂水，经荆山兮。精气郁浃，谷岩中兮。"

[2] 冲飙：急风、暴风。

[3] 筼：竹子的别称。此处"孚筼"应是"浮筼"，称赞松有玉之质。樗（chū）散：樗，树名，即臭椿。庄子认为它是无用之材，后以之比喻不合世用，多为自谦之词。自身就具有竹子的秉性，却甘愿比拟樗树自我放弃，不合世用。

[4] 椹（qián）：斫木砧。劓（yì）：中国古代割掉鼻子的一种刑罚。椌椹的根经常被砍断作为木砧板，而松树却避免斧头的砍伐。

[5] 练素：白绢。磊坷（lěi luǒ）：壮大高耸貌。

[6] 戢（jí）：停留。

83. 夕雨初晴登西山重兴寺孤亭

孤亭插众岫，云石媚幽独。[1] 蹑登拟魋榅，曳攀屏櫺槅。[2]
雨晴夜星见，浪动飑风飀。[3] 围云荡有无，瀸泉互现伏。[4]
苴丛黏寒碧，沆瀩凝宵绿。[5] 竹暗蚎流耀，叶哆鷭警宿。[6]
遐瞻契颖踪，静蹈税樏轴。[7] 未摅悲秋忱，且炳游宵烛。[8]

【解题】

这是一首纪游诗。前写西山幽静的景色，最后两句才抒情。虽然秋景寒寂，但刘氏很享受这份安谧，认为此地适于隐居，且有秉烛夜游的想法。诗歌描写细腻，感觉敏锐，以动写静，意境静寂。

【笺释】

[1]岫（xiù）：山穴，山洞。

[2]尴尬：提携。欙桐（léi jū）：古代走山路时乘坐的一种工具。

[3]晴：天空中没有云或云很少。

[4]圛（yì）：（云气）连接不断。瀸（jiān）泉：时而流动时而静止的泉水。

[5]丛：聚集。沆瀣：夜间的水汽，露水。

[6]殄：败坏，破败。鸒（yù）：寒鸦。

[7]颍踪：洗耳于颍水之滨的行径。隐士许由不愿意接受尧的任命，认为这个任命玷污了自己的耳朵，于是到颍水之滨洗耳。比喻隐居的高尚行为。槃轴：指隐居。典出《诗经·卫风·考槃》："考槃在涧，硕人之宽……槃在陆，硕人之轴。"刘氏由眼前景色产生了许由洗耳那样的出世之念与《考槃》写的那种隐居思想。

[8]摅：散布，抒发。

84. 送诸贞壮

商籁肃凄响，越鸟惊流光。[1] 朔风驱羁羽，不得晞朝阳。[2]
岂为凌氛矜？弗怀髫龀伤。[3] 冈梧自萎葰，竹华悴严霜。[4]
北林集菀区，悕媲鹥凤翔。[5] 顾瞻宾鸿南，轩翮拚旻苍。[6]
荆山富贞干，鏴杆青琳琅。[7] 欲从川涂修，刭忧睨罗张。[8]
安得斗与箕，化作银汉梁。[9]

【解题】

诸贞壮，即诸宗元（1875—1932年），字贞壮、贞常，号大至，浙江绍兴人。他与刘氏、黄节、邓实等人在上海创办"国学保存会"，创办《国粹学报》，并加入同盟会与南社，宣传革命思想。他的诗与李宣龚、夏敬观齐名。这是一首送别诗。前八句写天气寒冷，或喻当时状况；大雁展翅南徙，当指诸贞壮前往南方；刘氏说到自己不能跟随前往的原因是因为害怕罗网。最后说难以将北斗星和箕尾星变成跨越银汉的桥梁，南北不通，相见困难，表达对友人的惜别之情。

【笺释】

[1] 商：五音（宫、商、角、徵、羽）之一，商籁指秋天的声响。越鸟：南方的鸟。典出《行行重行行》："胡马依北风，越鸟巢南枝。"

[2] 晞（xī）：干，干燥。

[3] 凌：寒冷。凌阴，古代藏冰的地窖。髻毳（tuǒ cuì）：雏鸟；髻，头发美好的样子；毳，鸟兽的细毛。

[4] 梧：指梧桐，象征高洁品格。菶萋（běng）萋：草木茂盛。

[5] 北林：北边的树林。典出《诗经·秦风·晨风》："䲭彼晨风，郁彼北林。"菀：形容草木茂盛的样子。悿（tiǎn）：惭愧。鸇（chén）风："鹯"，鹰类猛禽。亦作"晨风"。

[6] 抟（tuán）：本意指凭借，也有鸟类向高空盘旋飞翔的意思。旻苍：苍天，上苍，这里指天空。

[7] 荆山：山名。在今湖北省南漳县西部。漳水发源于此。山有抱玉岩，传为楚人卞和得璞处。贞干：又亦作"贞榦"，指经冬不凋、质地坚致的竹、木，亦指能负重任、成大事的贤才。典出《周易·乾卦》："贞者，事之干也。"箖：也称"箖箊"，一种细长节稀的美竹，可做箭干，也单称"箊"。琳琅：精美的玉石，也代指美好的事物。

[8] 川涂：道路，路途。矧（shěn）：况且。睢（suī）：目光紧紧地注视。此处似指刘氏被人监视。

[9] 斗与箕：古代星宿称呼，有南箕与北斗。

85. 西山观秋获

羁翮企轩翥，伏兽志遑驰。[1] 氾湛暄浊场，想象嵚岖奇。[2]
京西富岩谷，众峰竞峛崺。[3] 譬彼瑗与珑，抱拱递合离。[4]
流目极垠埒，蜷身忘峧巇。[5] 纤林阁郁烟，憬野绪商飔。[6]
岩居十百家，塍隰区齐畤。[7] 施蔓瓜绵蛮，疏穊禾倚移。[8]
西成幸便程，旨蓄今可期。[9] 眷怀历陵耕，庶癏衡泌饥。[10]
挥手划尘婴，长谢衣化缁。[11]

宣统庚戌八月二十日录毕付刊。师培记。

【解题】

1910年秋天，诗人到西山旅游，看到农忙情景，诗歌描写庄稼丰收之状，情感愉悦。诗人以为这是可以隐居之地，可以抛弃尘世干扰。

【笺释】

［1］翮（hé）：禽鸟羽毛中间的硬管，代指鸟翼。轩翥（zhù）：飞举。逴（chuō）：远，远处。

［2］暄浊：闷热烦浊之气。典出张协《杂诗》之一："秋夜起凉风，清气荡暄浊。"嶔崟：险阻不平。

［3］岹峣（liè yǐ）：同"逦迤"，曲折绵延。

［4］瑗（yuàn）：大孔的璧。珑：古代求雨时所用的玉，上刻龙纹。

［5］垠堮（è）：亦作"垠锷"，边界；地面凸起成界划的部分。崄巇（xiǎn xī）：艰险难行，也比喻世途艰难。

［6］缡：同"鞧"，驾车时套在牛马尾下的饰物，这里指骑马。

［7］塍隰（chéng xí）：田埂低湿的地方。

［8］绵蛮：小鸟的样子。典出《诗经·小雅·绵蛮》："绵蛮黄鸟。"穖（jǐ）：禾籽如珠玑相连成串。《吕氏春秋》："得时之禾，长秆同长穗，大本而茎杀，疏穖而穗大。"又："得时之稻，大本而茎葆，长秱疏穖。"倚移：轻盈柔顺貌。

［9］西成：秋天庄稼成熟，农事告成。便程：平均次序。旨蓄：贮藏的美好食品。典出《诗经·邶风·谷风》："我有旨蓄，亦以御冬。"

［10］历陵：亦称"历阪"，即历山，相传为舜所耕之处。典出《后汉书·张衡传》："嘉曾氏之《归耕》兮，慕历陵之钦崟。"衡泌：谓隐居之地。典出《诗经·陈风·衡门》："衡门之下，可以栖迟。泌之洋洋，可以疗饥。"

［11］刬（chǎn）：铲除，灭除。衣化缁：指素衣化缁，白衣服变成了黑色，比喻灰尘极多。

《左盒诗录》卷三

《左盦诗续录》

86. 八指头陀诗三首

　　法雨频施象教宏，更捐双指证虚明。[1]技叉"技"即"支"字，见《史记·鲁连传》。转陋温歧薄，屈戟翻嗤卫辄轻。[2]《左传·哀廿五年》："公戟其手。"公即卫侯辄。又，戟为有枝兵。古戟之锋计八出。俪四永偕肤制合，[3]《礼戴记·投壶篇》云："室中五扶，堂上七扶，庭中九扶。"郑《注》云："铺四指曰扶。"案，"扶"即《公羊传》"肤寸而合"之"肤"，《正韵》曰："四指为肤。"此其证也。用三恍睹又文呈。古字"又"即"手"字。"又"字篆文作𠬛，象三指之形。盖上古人民，屈三指以计数，故以"三"表其众多之数也。先民计数垂遗则，近阅西人群学书，言番民部落，有以指记数者。中国太古亦然。指止于五，故数恒限于五。中国文字，"五"字以下有古文，"五"字以上无古文，此其证也。黄氏以周释《公羊·文十四年传》，已发明古代计指稽数之说。为志方名及卦名。[4]

　　起度[5]见《周官·典瑞》。虽伤一撮亏，《说文》："撮，两指撮也。"《汉书·律历志》云："四圭为撮，三指撮之也。""三"盖"二"字之讹。数该三五状非畸。访经休惜蛇伤显，法显往身毒时，有毒蛇伤其指。垂戒遥追象著倕。[6]《吕氏春秋》曰："周鼎著倕而龁其指，先王有以见大巧之不可为。"倕盖兽名，而巧工亦取以为号。虚一数应浮大衍，断双理亦彻骈枝。[7]见《庄子》。洵知"八"字音通"别"，古字"八"与"别"同。《说文》"仌"字下云："分也。从重八。八，别也。亦声。"则"八"字即古"别"字，故"分"字、"公"字均从"八"。又，《说文》"公"字下云："八犹背也。""背"亦歧别之谊。分别常蠲契佛思。[8]

　　藉甚诗名震甬江，常留寸迹著经幢。[9]挥琴应使弦增一，适履应嗤趾截双。再刖匪同和氏遇，片言难屈霁云降。[10]即将喻指参真悟，省识庄生说未唲。[11]

【解题】

八指头陀：释敬安（1851—1912年），俗名黄读山，字福馀，法名敬安，字寄禅，湖南湘潭县雁坪乡银湖塘人。少以孤贫出家，致力诗文，得王闿运指授。1877年，在宁波阿育王寺佛舍利塔前燃二指，并剜臂肉燃灯供佛，自号八指头陀。生平颇有诗名，殁后杨度为刻《八指头陀诗文集》。

刘氏与八指头陀交往可能在流亡浙江时。此诗列于《伤女颖二首》前，刘女颖因病夭折于1910年，亦当作于此前。1919年故宫博物院《文献丛编》第三十一辑据原稿影印，题作《刘氏八指头陀诗》，字句有异，当为刘氏修订之稿。诗篇表达了刘氏对八指头陀断指求法的敬佩之情，所用典故多说明三、五指符合古人认识事物规律，同时赞扬了头陀的诗名与气节。

【笺释】

［1］法雨：佛教用语，喻佛法普度众生，如雨之润泽万物。象教：如来教化。见前注。虚明：内心清虚纯洁。

［2］温歧：温庭筠别称。温氏文思敏捷，每入试，八叉手而成八韵，故有"温八叉"之称。卫辄：哀公二十五年卫侯辄叉腰说要剁掉褚师的脚。此处用"八"相关的典故来说八指头陀行为端庄严肃。

［3］《文献丛编》本上句作"俪四允偕肤制合"。肤：古代的计量方法。俪：同"骊"，并列。俪四，此指并列的四根手指。

［4］遗则：指前代留传下来的法则。方名：四方之名，指辨识方向。卦名：指易卦的名称，经卦有三爻。此处用四方与三爻说八指头陀手指数量符合事物认识规律与传统。《文献丛编》本下句作"为志方名叠卦名"。

［5］起度：计量。典出《周礼·春官·典瑞》："璧羡以起度。"

［6］《文献丛编》本上句作："访经犹忆蛇伤显。"显：法显，东晋高僧，往西域求法时，有毒蛇伤其指。倕：倕盖兽名，而巧工亦取以为号。

［7］大衍：大衍之数五十。典出《易经·系辞传上》："大衍之数五十，其用四十有九。"彻：毁坏。骈枝：骈拇枝指，当大拇指与食指相连时，大拇指或无名指旁所长出来的一个多余的手指，比喻多余无用的东西。典出《庄子·骈拇》。

［8］洵：真实、确实、实在。蠲：表明。

［9］藉甚：盛大，卓著。甬江：古称大浃江，因宁波简称为甬，故名甬江。经幢：古代宗教石刻的一种。

［10］《文献丛编》本下句作："孤标当令霁雪降。"刖（yuè）：双脚被砍

掉。相传春秋楚卞和发现了一块璞玉，先后献给楚厉王、武王，都被认为欺诈，断其双脚。后用作怀才不遇的典故。见《韩非子·和氏》。霁云降：安史之乱时，南霁云向贺兰进明请求救援，贺兰不肯出兵援救，而欲劝南霁云归降自己。见韩愈《张中丞传后叙》。

[11]《文献丛编》本下句作："省识蒙庄说未哤。"哤（máng）：语言杂乱。

87.伤女颍二首

梧桐陊西轩，蜻蜒鸣何急！[1]思尔隔重泉，抚景滋于侣。[2]
仄闻籁声泠，仿佛尔呱泣。涉室搴床帏，惟觉蟾辉入。
架侧泫长书，尔手昔持执。[3]指编意若稔，欲语词终濇。
潭潭六书谊，希尔髫年习。何期玉莹质，不遂芳华煜！[4]
恍疑朱鸟魂，春至秋复蛰。[5]伫立忘夜深，清露襟头浥。

昔读仲任书，短修数实然。[6]葳蕤木槿华，弗匹冥灵年。[7]
皇天岂不惠？大运多循旋。诗人歌陨萚，君子伤逝川。[8]
物情懔摇落，矧尔长相捐。[9]荧魂尔曷休，微颜岂终妍？[10]
匣中文褋裳，黄尘集何遄！圣周不盈趶，榛薄纷盈阡。[11]
掩噎阴岫云，眇漠萧林烟。[12]命驾巡尔丘，暝色瞻芊眠。

【解题】

1910年春，刘氏生女颍，农历七月七日刘颍因病夭折。这两首诗是其悼念幼女，陈说悲情而作。触景生情，睹物思人，无论是秋天的落叶、蟋蟀的鸣叫与泠泠的籁声都恍惚想起亡女，看到了昔日亡女拿过的书以及穿过的衣服，又勾起对亡女生前的回忆。现实与回忆的交叉，实景与虚幻的交错，不尽悲怆。

【笺释】

[1]陊（duò）：落下。

[2]重泉：九泉。江淹《杂体诗·潘黄门岳述哀》："美人归重泉，凄怆无终毕。"

[3]泫长：许慎（约58—约147年），字叔重，汝南召陵人，编撰了《说

文解字》；曾为浇地的长官，故名浇长。

[4] 何期：犹言岂料，表示没有想到。

[5] 朱鸟：凤凰，涅槃后可以重生。

[6] 仲任：王充（27—97年），字仲任，会稽上虞人，东汉思想家、文学批评家，著有《论衡》，解释世俗之疑，辨照是非之理。以前读王充《论衡》，知道人的寿命长短是有一定命数。

[7] 葳蕤（wēi ruí）：华美、艳丽的样子。木槿华："木槿花"，朝开暮落花，在此形容生命短暂。冥灵：神话中的树木名，在此形容长寿。典出《庄子·逍遥游》："楚之南有冥灵者，以五百岁为春，五百岁为秋。"

[8] 陨萼：典出《诗经·小雅·苕之华》："苕之华，芸其黄矣。心之忧矣，维其伤矣！"逝川：典出《论语·子罕》："逝者如斯夫，不舍昼夜。"诗人写诗歌咏苕花的凋谢，孔子叹息时光如同流水逝去。

[9] 相捐：死亡。典出《列子·杨朱》："生相怜，死相捐。"

[10] 荧魂：神魂；灵魂。

[11] 甓周（jí zhōu）：烧土为砖绕于棺材四周。趌："跬"，半步。

[12] 掩噎：掩泣哽咽。眇漠：犹渺茫。典出萧统《宴阑思旧诗》："如何离灾尽，眇漠同埃尘。"

88. 杂咏三首

穴空知风，瓶冰知寒。[1] 天灾所游，著策无言。[2]
乘骝匪喜，蹋仳匪艰。[3] 孰云砥道？羊肠崛蟠。
瞻彼中流，白石如丸。我欲转石，惜无回澜。[4]

【解题】

诗篇先点明事物发展都是有根据并且可以预测的，随后说天灾难测。意思是自己的遭遇都是难以预料的，表达诗人面对无常世事的苦闷与纠结。诗歌说理与抒情相结合，虽无具体事例，但能感受到作者悲伤的心境。

【笺释】

[1] 穴空知风：比喻消息和谣言的传播不是完全没有原因的。化用宋玉《风赋》："枳句来巢，空穴来风。"瓶冰知寒：瓶子里的水结冰就会知道天气

的寒冷。化用李白《秋日炼药院镊白发赠元六兄林宗》："木落识岁秋，瓶冰
知天寒。"

[2]蓍策：用蓍草占卜。天灾要降到哪里，用蓍草占卜也得不出结果。

[3]骊：黑鬃黑尾巴的红马。泛指骏马。虺：毒蛇，也泛指蛇类。

[4]回澜：喻挽回局势。

89. 乌孙公主歌

胡筝拨怨黄金徽，尘毂凝香纰属帷。[1]
镜里青鸾知惜别，歌中黄鹄宁羁飞？[2]
狼望春花雪絮积，龙堆秋草阳晖稀。[3]
到此应输青冢骨，芳魂犹共佩环归。[4]

【解题】

乌孙公主刘细君，为汉武帝刘彻侄子罪臣江都王刘建之女，奉汉武帝之
命，远嫁乌孙（今新疆昭苏）和亲，换来汉朝与边疆的数十年稳定。诗人想
象乌孙公主出塞和亲时的情景与心情，通过镜中青鸟和歌中的黄鹄来表现公
主不舍的悲痛心情；与王昭君匈奴和亲比较，刘细君和亲乌孙更为遥远，故
而悲痛之情更为强烈。

【笺释】

[1]黄金徽：指金饰的琴徽，借指琴。华丽的金饰胡筝弹奏出哀怨的琴
声，车轮碾过花草地，凝聚的香味在帐幕中散开。

[2]镜里青鸾：青鸾舞镜，比喻失去伴侣的孤独和痛苦，或用于比喻夫
妻的离别。典出南朝宋·刘敬叔《异苑》卷三："罽宾国王买得一鸾，欲其
鸣，不可致，饰金繁，飨珍馐，对之愈戚，三年不鸣。夫人曰：'尝闻鸾见类
则鸣，何不悬镜照之。'王从其言，鸾睹影悲鸣，冲霄一奋而绝。"歌中黄鹄：
歌曲中的黄鹄难道能使它停止飞向故乡的翅膀？化用刘细君《悲愁歌》："居
常土思兮心内伤，愿为黄鹄兮归故乡。"

[3]狼望：匈奴地名。典出《汉书·匈奴传下》："且夫前世岂乐倾无量
之费，役无罪之人，快心于狼望之北哉？"龙堆：白龙堆，古西域沙丘名。
典出扬雄《扬子法言·孝至》："龙堆以西，大漠以北，鸟夷兽夷，郡劳王师，

汉家不为也。"

［4］青冢：北地草皆白，唯独昭君墓上草青，故名青冢。

90. 沪上送陈佩忍至杭州

冥麟虩寒彩，越羽流商音。[1] 咫尺通浒濆，尔我同滞淫。
语君进一觞，余怀实难任。迁木昔同条，巢枝今异林。[2]
中蓷忘湿暵，杨舟有浮沉。[3] 载驰嵬垒乡，息偃沧溟浔。[4]
南箕耀中天，谷风嘘重阴。[5] 眇纶休明章，婉娈江斐吟。[6]
黄裳岂不珍？葛绤难为襟。[7] 所期扬水石，化作雍都琳。[8]
眷言砻砺资，怅望孤山岑。[9]

【解题】

陈去病（1874—1933年），原名庆林，字佩忍，南社创始人之一，江苏吴江同里人，著有《浩歌堂诗钞》。曾任东南大学（现南京大学）中文系教授，江苏革命博物馆馆长等职。陈去病与刘氏交谊深厚，1903年认识后，携手办报，参加同盟会，创办南社，互有诗文赠答。诗人用多种失意或尴尬不顺利的意象比拟他们的艰难境遇，表达将要离别的不舍，抒发自己心中的痛苦。诗歌后半部分多用典故，或暗指自己的处境，或向友人表露自己崇德修能，实现价值的理想。

【笺释】

［1］虩（xì）：大赤色。冥界的龙麟发出令人寒战的大红颜色，越地的鸟鸣声带着悲伤。

［2］迁木：乔迁的枝丫。典出《诗经·小雅·伐木》："伐木丁丁，鸟鸣嘤嘤。出自幽谷，迁于乔木。"乔迁的枝丫来自同一树木，如今做成巢穴，却在不同地方。

［3］中蓷（tuī）：山中的益母草。暵（hàn）：也作"熯"，干旱。典出《诗经·王风·中谷有蓷》："中谷有蓷，暵其干矣。"杨舟：杨木制的船。典出《诗经·小雅·菁菁者莪》："泛泛杨舟，载沉载浮。"

［4］嵬垒：同"嵬嵬"，《广韵》："嵬嵬，山名。"沧溟：大海。《太平广记·神仙三》："诸仙玉女，聚居沧溟。"犹如车马疾行到嵬垒乡，船在大海水

深处休息。

　　[5]南箕：箕宿。古人观星象而附会人事，认为箕星主口舌，多以比喻谗佞。典出《诗经·小雅·巷伯》："哆兮侈兮，成是南箕。彼潜人者，谁适与谋？"谷风：东风。《尔雅·释天》："东风谓之谷风。"

　　[6]休明：用以赞美明君或盛世。典出谢朓《始出尚书省诗》："惟昔逢休明，十载朝云陛。"江斐：江妃，传说中的神女。

　　[7]黄裳：黄色的下衣。典出《周易·坤卦》："六五：黄裳，元吉。"比喻人内德之美，故大吉。

　　[8]扬水：古水名。见《水经·沔水注》："沔水又东南与扬水合，水上承江陵县赤湖……扬水又东入华容县有灵溪水……又东北与柞溪水合……又北径竟陵县西……扬水又北注于沔。"今涅。雍都：今天的武威，简称"雍"或"凉"，古称凉州、姑臧，产美玉。

　　[9]眷言：回顾貌。典出《诗经·小雅·大东》："眷言顾之，潸焉出涕。"礶：磨石。见前注。

91.九江烟水亭夕望

　　夕阴澹薄霁，洪辉宣景炎。[1]眇怀傅原踪，延仁彭离帆。[2]
　　浦阔雁居渺，梁空鼍迹潜。[3]玭溪皱烟縠，窦籁玎冰帘。[4]
　　峨峨亭翼云，瑟瑟湖开奁。[5]朱薏媚晴漪，绿阴藻文檐。[6]
　　澜澄试容裔，嶂远瞻嶄岩。[6]即景萃忻戚，睇物齐洪纤。[7]
　　坐惜萍波遥，矧悲兰径渐！会当撷紫芝，无为怅苍蒹。[8]

【解题】

　　刘氏1911年从上海溯江而上，前往四川，一路所经之地多有歌咏。诗人傍晚在九江的烟水亭放眼望去，映入眼帘的是湖水、碧波、大雁、溪谷、轩亭，耳中听到的是水滴落的玎玎声，这些自然景象激起诗人心中惆怅的感情。诗歌融情于景，可见当时作者心情还是愉快的，诗中也流露出诗人求仙避世之思。

【笺释】

　　[1]景炎：光芒；光焰。典出扬雄《甘泉赋》："且扬光耀燎烛兮，垂景

炎之焦焦。"

　　[2] 傅原踪：傅，指白居易。白居易晚年官至太子少傅，故世称"白傅"。他在被贬九江时留下了三百多首诗歌。彭离帆：彭，指陶渊明。陶渊明曾任彭泽令，故世称"陶彭泽"。

　　[3] 鼍（tuó）：指一种爬行动物，吻短，穴居江河岸边，皮可以蒙鼓。亦称"扬子鳄""鼍龙"。语本徐坚《初学记》引《竹书纪年》："周穆王至于九江，叱鼋鼍以为梁。"

　　[4] 牝溪：溪谷。典出《大戴礼记·易本命》："谿谷为牝。"

　　[5] 甍（méng）：屋脊。

　　[6] 容裔：水波荡漾貌。典出曹丕《济川赋》："临济川之层淮，览洪波之容裔。"崭岩：高峻的山崖。

　　[7] 忻戚：犹悲喜。洪纤：大小，巨细。

　　[8] 紫芝：似灵芝，道教以为仙草。

92. 舟中望庐山

晴峦媚烟水，苍紫纷凝㓰。[1] 辰光爌阳陆，珠影苞阴崖。[2]
仰临衡霍雄，远挹阆昆培。[3] 大壑聆菀风，寒湫激晴雷。
抚景有余妍，历境恒凄怀。 猋轮斡地维，海客匇埏垓。[4]
险砠今杭庄，驰道躅堒埃。[5] 九阳辉章宇，绚烂丹成开。[6]
感念禅诵林，重睇中天台。[7] 运流有灼寂，质文递移推。[8]
大钧型众态，镕物无甄坏。[9] 悬知百禩下，綦组䩞䩄菜。[10]
玄扃委化多，灵氛无去来。[11]

【解题】

诗人描绘了庐山的秀美雄伟，由大至小、由粗至细、由外而内，山影重重，山风呼呼，感受时空流转，感叹自然变化。诗歌内容由观景、述景到阐说自然之理，与谢灵运山水诗有相似之处。

【笺释】

　　[1] 㓰（pēi）：又名㓰血，紫黑色的淤血、凝血。

　　[2] 爌（huǎng）：照亮。阳陆：山之南。阴崖：背阳的山崖。

［3］衡霍：衡山。衡山故称霍山。挖（yì）：牵引。阆（làng）：高大。昆：指昆仑山。培：坟墓，小土丘。

［4］猋（biāo）：暴风。斡（wò）：旋转。海客：浪迹四海者，谓走江湖的人。埏垓（shān gāi）：广阔的大地。

［5］杭庄："杭"同"康"，康庄，宽阔平坦的大路。典出《管子·轻重丁》："请以令决瓐洛之水，通之杭庄之间。"蠲（juān）：使清洁。

［6］九阳：天地的边沿，古代传说日出处，意为太阳。

［7］睇（dì）：倾视。

［8］运流：运行流转。典出陆机《叹逝赋》："伊天地之运流，纷升降而相袭。"质文：质朴与华美。一说实质内容与外在形式。

［9］大钧：天道或自然。甆坯（qì pēi）：盎，缶一类的瓦器。

［10］百禩：百代之后。綦组（qí）：杂色丝带。蕺（zōu）：麻秆，又泛指草茎。菹（zū）：水草丛生的沼泽地。

［11］玄扃（jiōng）：墓门，墓室。委化：死的婉辞。灵氛：古代善占吉凶者。典出《离骚》："索藑茅以筳篿兮，命灵氛为余占之。"

93. 横江词四首

横江风波恶，妾住横江曲。^[1]语郎行不得，郎行车没毂。^[2]
矶头同心石，是妾舣舟处。^[3]石痕渺何许，洲渚今非故。^[4]
花骢昔何系？门外青杨树。^[5]为郎今折枝，欲折无舟渡。
望郎郎不归，渡口盼归船。莫上瓦官阁，白浪高于天。^[6]

【解题】

此诗为仿照李白组诗《横江词六首》而作。李白的《横江词六首》，描写横江浦波浪的险恶和行人被阻的心情。此诗代言渡船女子留客，以横江浦为联系点，表达女子对夫君的思念与内心的哀怨。四章连贯，有歌行体风格，语言自然流畅，朴实无华，充满民歌色彩。根据诗歌先后排序与空间方位看，此诗是从上海前往蜀中，途经安徽横江浦口所作。

【笺释】

［1］横江：指横江浦口，古长江渡口，在今安徽和县东南，与南岸采石矶隔江相对。

［2］毂（gú）：车轮中心的圆木，周围与车辐的一端相接，中有圆孔，可以插轴。

［3］矶头：指三面环江，一面连接江岸的地方。舣（yí）：使船靠岸。

［4］洲渚：水中小陆地。水中可以居住的地方，大的称为洲，小的称为渚。

［5］花骢（cōng）：五花马。

［6］瓦官阁：瓦棺寺，又名升元阁，故址在建康府城西隅。语本李白《横江词》："猛风吹倒天门山，白浪高于瓦官阁。"

94. 花园镇关帝庙夜宿

泄云荡重幕，翔阳扃九阴。[1] 策景罔浪乡，总辔招提林。[2]
浩浩朱衡迁，潭潭玄牖沉。[3] 壁碣阅微迹，幢铃扬邃音。[4]
恩尘向晦积，塔籁先秋吟。[5] 噪枝宿鹙警，缘壁饥鼯噤。[6]
箮烟织锦筱，果露零珠檎。[7] 睇眄众态臻，怆恍中怀廞。[8]
冥尘无夷轨，蘧庐岂遄心？[9] 际此去留会，羁思安可任！[10]

【解题】

花园镇为湖北省孝感市孝昌县下辖镇，位于鄂东北部，大别山南麓，素有楚北重镇之称，古有"占据花园，逐鹿中原"之说。诗人夜宿关帝庙，时近秋凉，诗中景色多萧瑟寒冷之意。刘氏通过由远及近的视角描绘所见的风景，重云遮幕，日落西山，渲染出寂静、凄清的氛围。寒鸦、饥鼠、竹林、乔木，动静结合，烘托了环境的清幽。漂泊异乡的诗人由景感怀，表达了羁旅之思以及孤独寂寞的心境。

【笺释】

［1］泄云（xiè）：飘散的白云。扃（jiǒng）：关闭，关上。九阴：指幽眇之地。

［2］罔浪：没有边际。典出王充《论衡·道虚》："若我，南游乎罔浪之

野，北息乎沉薶之乡。”总辔（pèi）：控制缰绳。招提：原为四方僧的住处。北魏太武帝造伽蓝，创招提之名，后遂为寺院的别称。

［3］衡：指架在屋梁上或门窗上的横木。

［4］碣（jié）：圆顶的石碑。阕：疑当为“阙”，残缺；不完善。幢（chuáng）铃：旌旗上悬挂的铜铃。

［5］罳（sī）：与罘（fú）连用，为罘罳，一种设在门外的屏风。

［6］鷽（yù）：寒鸦。鼯（wú）：哺乳动物，形似松鼠，住在树洞中，昼伏夜出。噤（jìn）：因寒冷而咬紧牙关或牙齿打战。

［7］篁（huáng）：竹林，泛指竹子。檎（qín）：落叶小乔木，果实像苹果而小，是常见的水果。

［8］睇（dì）眄（miǎn）：斜视，顾盼。臻（zhēn）：到，到来。怆恍（chuàng huǎng）：失意貌。廞（xīn）：淤塞。

［9］冥尘：疑为“尘冥”，喻指时局昏暗。夷轨：“仪轨”，指礼法规矩。蘧庐（qú lú）：古代驿站中供人休息的房子，犹今言旅馆。

［10］去留：犹生死。典出嵇康《琴赋》：“齐万物兮超自得，委性命兮任去留。”

95. 黄鹤楼夕眺

巨势翕江汉，峻岨钤蛮荆。[1] 崚嶒峭壁巉，拱侧孤矶撑。[2]
蹑踪谢轩跻，游目欣周营。[3] 挹挹炎飔嘘，煜煜曛曦明。[4]
朱衣组云彩，素练淙涛声。[5] 黄图岂远规？羽丘多化城。[6]
重隅翠堞合，万突黔烟生。[7] 矖瞩极堐垠，洞焕穷峥嵘。[8]
屈渚恺灵观，眈台韬恺情。[9] 惜无曲沮怀，空涤沧浪缨。[10]

【解题】

全诗描绘了黄昏时分在黄鹤楼远眺的情景：波涛汹涌的江汉，高耸突兀的山势，霞光万道的落日，恍如化成的民居。由远及近描绘了一幅色彩艳丽的风景图，融情于景，表达了作者对大自然的热爱以及内心的喜悦之情。

【笺释】

[1]翕（xī）：聚集。钤（qián）：锁，比喻管束。蛮荆：古代称长江流域中部荆州地区，即春秋楚国的地方，亦指这一地区的人。

[2]崚嶒（líng céng）：高耸突兀，山势高峻重叠。巉（chán）：险峻，陡峭。矶（jī）：水边突出的岩石或石滩。

[3]蹑踪（niè zōng）：追踪。谢轩：谢灵运登山驾车。跻（jī）：登，上升。周营：周瑜的雄伟营垒。

[4]挹挹（yì）：细致貌，指风速缓慢。飔（sī）：凉风，凉爽。嘘（xū）：缓缓吐气。曛（xūn）：落日的余光。曦（xī）：太阳，阳光。

[5]朱衣：红色的官服。组：古代指丝带。素练：白色绢帛，用以比喻云河或瀑布。淙（cóng）：水声，水流。

[6]黄图：《三辅黄图》的简称。该图记载秦汉时期三辅的城池、宫观、陵庙、明堂、辟雍、郊畤等，间涉及周代旧迹。羽丘：山名。化城：一时幻化的城郭。

[7]隅：边远的地方。翠堞（dié）：翠绿的矮墙。万突：千家万户的烟囱。黔（qián）：黑色。

[8]矖（xí）瞩：远看。埃垠（ái yín）：山崖的边际。

[9]恺（kǎi）：欢乐。眈（dān）：古同"耽"，沉溺。韬（tāo）：隐藏，隐蔽。

[10]曲沮（jù）：弯曲低温的地带。此处指长江中游宽广地带。典出王粲《登楼赋》："倚曲沮之长洲。"涤（dí）：洗。涤，洒也。

96. 升天行

柔翰蔚冥契，玄筌谂灵居。[1]耽凝幽始遥，邈转盰真疏。[2]

道逢西姆鸾，俾驾王乔凫。[3]矫涂绛阙扉，辉翮朱陵都。[4]

丹霞绚晨郭，碧汉潆秋渠。[5]黑华谷四照，黄条桑五衢。[6]

斐斐荤兰馨，的的沙蒬舒。[7]萝烟嵘峰鹤，桃雨琴溪鱼。[8]

延目情未终，众仙恢元枢。[9]歌《韶》延夏开，司圉伴陆吾。[9]

排霄羽帔搴，逐景流辀趋。[10]芝彩丽琼扇，枣花韬绿舆。[11]

露凝汉浦佩，风奏商丘竽。[12]紫芭摭荔实，翠颖搴蒲葅。[13]

缅兹上景娱，静觉浇波濡。[14] 愿谢九域丘，领心三元书。[15]
玉瓶漱灵津，金泑餐玄珠。[16] 何必困株木，委形揪尘区。[17]
石火鲜恒晖，朝阳倐西晡。[18] 不见蒿里间，敛魄无贤愚。[19]

【解题】

《升天行》为古乐府诗题，多写游仙所见。本诗为游仙诗，描写了很多仙界传说与景物，诸如桑树、竹兰、荷花、峰鹤、游鱼以及道家的神仙、丹药、法术、仙鞋等，富有神话色彩，寄托了诗人想要挣脱尘世的理想。

【笺释】

[1] 柔翰：毛笔。冥契（qì）：默契，暗相投合。豁（huò）：排遣、消散。灵居：神仙住处，修道学仙者的住处。

[2] 盱（xū）：睁开眼睛向上看，仰望。真疏：诸真疏文，为斋醮科仪与符咒文诀。

[3] 俾（bǐ）：使，把。王乔凫：王乔鞋子化作野鸭。传说王乔为汉叶县人，曾为县令。相传其善于仙术，曾把鞋子化成两只鸟乘坐。

[4] 绛阙：宫殿寺观前的朱色门阙。亦借指朝廷、寺庙、仙宫等。朱陵：朱陵洞天。道家所称三十六洞天之一，在湖南衡山县。借指神仙居所。

[5] 碧汉：银河，亦指青天。濙（yíng）：水流回旋。

[6] 谷：应指八谷星。《星经》："八谷星，主黍，稷，稻，粱，麻，菽，麦，乌麻，星明则俱熟。"五衢（qú）：四通八达的大路。

[7] 斐斐（féi）：轻淡貌。簟（diàn）：竹名。的的（dí dí）：明亮，艳丽。

[8] 嶵峰：山名。琴溪：水名。在今安徽省泾县东北，传说琴高于溪中投药淬化为鱼。

[9] 《韶》（sháo）：传说中舜所作的乐曲名。夏开：夏启，禹的儿子，据说他废除禅让制，开始家天下，建立夏朝。囿（yòu）：本义为帝王养禽兽的园林。伻（bēng）：使者。陆吾：传说中的昆仑山神名，即肩吾。

[10] 羽帔：以羽毛制作的披肩，为神仙或道士所用。搴（qiān）：拔取，采取。軿（píng）：古代一种有帷幔的车。"流軿"为道家常用语。

[11] 芝：形容华美，华丽。

[12] 汉浦：汉皋山，在湖北襄阳西北。相传郑交甫于汉皋台下遇二女，二女解佩相赠。商丘竽：商丘子胥，高邑人，好吹竽。

[13] 紫芭：紫色的芭蕉。摭（zhí）：拾起，摘取。蒲：植物名。香蒲的

简称。菹：酸菜，腌菜。

[14] 缅（miǎn）：缅怀。浇波：浅薄的社会风气。

[15] 九域：九州。三元：在道教教义中原指宇宙生成的本原和道教经典产生的源流。

[16] 灵津：道教用语，指口中津液。金沩（yuè）：道教炼丹术中内丹名。传说用以炼金，服之长生。玄珠：道家，佛教比喻道的实体，或教义的真谛。

[17] 株木：用木头制作的刑具，代指刑杖。典出《周易·困卦》："初六，臀困于株木，入于幽谷，三岁不觌。"高亨注："臀困于株木者，盖谓臀部受刑杖也。杖以木株为之，故谓之株木。"委形：置身。湫（jiǎo）：低下，低洼。

[18] 石火：石头撞击时发出的一闪即逝的火花，多用来比喻生命的短暂易逝。倏（shū）：忽然。晡（bū）：申时。当午后三时至五时，一般泛指下午或黄昏。

[19] 蒿里：地名，位于泰山南面，相传为死者葬身之所，后为墓地统称。典出汉乐府《蒿里》："蒿里谁家地，聚敛魂魄无贤愚。"

97. 游仙诗

仙陌嘘广风，灵崖蠲垎尘。[1] 羽旍焕重阿，虹裳晖城闉。[2]
熙哉元灵歌！欲斡钧天春。[3] 何以志绸缪？纂组千百纯。[4]
瑶函与君期，惜无赪水鳞。[5] 丹丘富穹谷，绛浦多迷津。[6]
安得比同华，糅为焱车轮。[7] 仰横星汉端，俯极坽埏垠。[8]

【解题】

游仙诗是魏晋时期兴起的一种诗体，以遨游仙境为主题。这首诗开头描写了仙界一尘不染，光彩照耀，四季如春。但渡口难觅，音讯难通，好车难觅，不胜惆怅。

【笺释】

[1] 仙陌：仙界道路。蠲（juān）：除去，免除。垎（kè）尘：尘埃，尘土扬起。

[2] 旍（jīng）：古同"旌"，旗子。重阿（ē）：重叠的山丘。城闉（yīn）：城内重门，泛指城郭。

[3] 斡（wò）：盘旋。钧天：九天之一，指天的中央。典出《吕氏春秋·有始览》："中央日钧天，其星角亢氐。"后亦泛指天空。

[4] 绸缪（chóu móu）：缠缚。典出《诗经·豳风·鸱鸮》："彻彼桑土，绸缪牖户。"

[5] 瑶函：信函的美称。赪（chēng）水鳞：浅红色的鱼，鲤鱼。古有鲤鱼送书的传说。

[6] 丹丘：亦作丹邱，传说中神仙所居之地。

[7] 比闾（lǚ）：木名，棕榈。典出《逸周书·王会》："白州比闾，比闾者华若羽，伐其木以为车，终行不败。"糅："揉"。猋（biāo）：迅速。

[8] 俯：屈身，低头。坱：同"宏"。埏（yán）：地的边际。垠（yín）：边际，尽头。

98. 大堤曲八首

杂佩何锵锵，赠君君勿喧。[1]	上衡下双璜，中有蠙珠魂。[2]
枏柄为君辕，赤棫为君毂。[3]	坚心君弗识，化作君车木。
椒聊不可析，朱实裹如裘。[4]	侬心不可剖，中有相思芭。
葛蔂施条枚，同心不同色。[5]	君为玄粉纯，侬作青苹席。[6]
青青朴樕枝，裁作中堂栌。[7]	勿讶木心湿，幕巾多泪珠。
行行重行行，紫塞三千里。[8]	君行倘可止，愿作中田芑。[9]
绸缪复绸缪，送君木兰舟。	孰云扬水狭？一任束蒲流。[10]
搔首望城隅，思君忘晦朔。[11]	浑浑新台流，玼鲜安可濯？[12]

【解题】

《大堤曲》，乐府西曲歌名，与《雍州曲》皆出《襄阳乐》。南北朝时湖北襄阳一带水运繁荣，沿途多有伤心离别之事，故诗多写男女爱情。刘师培行经此处，故代言女性而作组诗。第一首赠送珩璜玉器定情；第二首表达执着坚定的爱意；第三首表达不会分离的决心；第四首写命运弄人以致分离；第五首写别后伤心；第六首写盼君归来；第七首写送别；第八首写所盼非人。诗歌运用比喻、拟物的修辞手法，把红色果实比作皮衣、栗树、棫树等意象，新奇、生动、富有情趣。

【笺释】

［1］锵锵：玉佩撞击发出清亮的声音。

［2］衡、璜：珩与璜，泛指佩玉；璜，半壁型的玉器。蠙（pín）珠：珍珠。

［3］栵栭（liè ér）：茅栗。辕：车前驾牲畜的两根直木。赤楝："赤楝"，语本《诗经·小雅·四月》："隰有杞楝。"《尔雅·释木》："楝，赤楝。"我愿意化作栗树为你做车辕，红色的楝树为你做车轮。

［4］椒聊：椒。聊，语助词。语本《诗经·唐风·椒聊》："椒聊之实，蕃衍盈升。"毛《传》："椒聊，椒也。"裘：皮衣。

［5］施：蔓延缠绕。条枚：枝干。典出《诗经·周南·汝坟》："遵彼汝坟，伐其条枚。"

［6］玄粉：玄明粉，中药名，亦名白龙粉，用朴硝与萝卜、甘草煎汁熬制而成，可解热消毒。你是纯白的玄明粉，我就是青苹做的席子。

［7］楸（sù）：小树。栌（lú）：柱上方木，斗拱。

［8］紫塞：长城，北方边塞。

［9］苣：野菜之一种，味苦。

［10］束蒲：成捆的蒲柳。典出《诗经·王风·扬之水》："扬之水，不流束蒲。"

［11］搔首句：用手搔头，焦急地望着城墙，思念你，忘记了时间的流逝，不知早晚。化用《诗经·邶风·静女》："静女其姝，俟我于城隅。爱而不见，搔首踟蹰。"

［12］浼浼（wěi）：水流盛貌。新台：春秋时，卫宣公为儿子伋娶齐女，闻其貌美，欲自娶，遂于河边筑新台，将齐女截留。玼：玉的瑕疵，这里代指玉。化用《诗经·邶风·新台》："新台有泚，河水弥弥。燕婉之求，蘧篨不鲜。"

99. 蜀中赠吴虞三首

素丝傅鲁纨，裁为双弋绨。[1]回纹匝丝周，四角流苏垂。[2]
欲理箓无端，美人解其纚。[3]七襄怨报章，斐锦鲜秋机。[4]
绵绵牵牛箱，历历长庚晖。[5]启明弗尔昭，念此摧中怀。[6]

盘盘桓是峰,阿坂艰且夷。[7] 子行夫如何? 适与岖嵚期。[8]
寒樽沛晨葩,菀柳秭瘣枝。[9] 濯渊滂馥多,欲采秋萑希。[10]
鹏风亦有钦,鸣鸠亦有怀。[11] 咏言罹昔瘥,天伐焉克睽![12]

昊天霜露多,玄阴渺无极。[13] 之子罹百忧,感此迁昕夕。[14]
周流倦间关,摽擗疏夷怿。[15] 遥遥行迈心,弗识中田稷。[16]
税迹允天仁,疢首徒心愬。[17] 浚郊有组丝,斯理期君析。[18]

《晨风》《黍离》《干旄》,均用韩、鲁《诗》。

【解题】

吴虞(1872—1949年),原名姬传、永宽,字又陵,亦署幼陵,号黎明老人,四川新繁(今成都市新都区)人。早岁肆业于成都尊经学院,曾从清末民初著名学者吴之英学诗文,从经学大师廖平习经学,1910年任成都府立中学国文教员,不久到北京大学任教,并在《新青年》上发表《家族制度为专制主义之根据论》《说孝》等文,猛烈抨击旧礼教和儒家学说,在"五四"时期影响较大。刘氏在四川国学院教书时与其有交往。

这首诗似对吴虞解释自己的作为,对自己的状况与遭际不满意,想要改变却没有机会,希望吴虞能理解自己的处境。诗歌运用了比喻等修辞,具体内容比较含蓄晦涩。整首诗充斥着忧思、悲伤的情绪,给人阴冷与凄凉之感。

【笺释】

[1]鲁纨:"齐纨鲁缟",指古代齐国和鲁国出产的白色绢,亦泛指名贵的丝织品。弋绨:黑色粗厚的丝织物。弋,通"黓",黑色。

[2]匝:绕一圈。

[3]荣:纷乱。纗(zuǐ):系结,带。

[4]报章:谓杼柚往复,织成花纹。典出《诗经·小雅·大东》:"虽则七襄,不成报章。"斐锦:色彩错杂的锦文。比喻谗人的诽谤。典出《诗经·小雅·巷伯》:"萋兮斐兮,成是贝锦。"

[5]牵牛箱:牵牛星发出细弱的星光。化用《诗经·小雅·大东》:"睆彼牵牛,不以服箱。"长庚:黄昏时出现在西方天空的金星。

[6]摧:破坏,挫折。

[7]盘盘:曲折回绕的样子。

［8］岖：形容山势险峻。嵚（qīn）：山高俊的样子。

［9］楟（tíng）：山梨。菀（yù）柳：茂盛的柳树。稊（tí）：杨柳新长出的嫩芽。瘣（lěi）：木根节或枝叶盘结的样子。

［10］漼（cuǐ）渊：水深的样子。萑（huán）希：芦苇的一种。

［11］鷐（chén）风：晨风，即"鹯"，鹰类猛禽。钦：忧思难忘的样子。

［12］罹：遭受。瘥（cuó）：病。睽：不顺。

［13］昊天：指秋天。玄阴：指冬天极盛的阴气。

［14］昕夕：朝暮，谓终日。

［15］间关：崎岖辗转。形容道路的艰险。摽躄（biào bì）：跛行。怿（yì）：欢喜，高兴。

［16］行迈：行走不止，远行。

［17］税：息，休止。疢（chèn）首：形容忧伤成疾。怒（nì）：忧郁，伤痛。

［18］浚郊：浚水之郊。此句期许吴虞能理解自己。化用《诗经·鄘风·干旄》："孑孑干旄，在浚之郊。素丝纰之，良马四之。"

100. 蜀中赠朱云石

劲弦无鹜羽，乔干无曲阴。[1]之子挺明德，弱龄扬妙音。
朝讴《扶风》章，夕披《东武吟》。[2]宝剑七流星，白马千黄金。[3]
揽裴游侠场，回轩文雅林。[4]凝飙结晨缦，微霜变春岑。[5]
西南遘闵多，丧乱天难谌。[6]愿挹滮池流，无俾樵薪煁。[7]
巴檄阊雾霭，邛车狃嶔崟。[8]无为效蜀庄，垂帘矜冥湛。[9]

【解题】

朱云石，即朱山（1886—1912年），四川省江安县南街人。《广益丛报》记者，1910年《蜀报》总编辑兼发行代表，参与保路运动，四川军政府成立后，曾短时期任江作县知事，后被四川都督胡景伊杀害。这首诗赞扬了朱云石少年有成、文武双全、关心社会民生、有救民于水火之志，同时勉励他不要学道家无为。

【笺释】

[1] 驽：劣等马，常喻人没有能力。此处比喻柔弱的箭羽。

[2] 扶风章：西晋诗人刘琨所作《扶风歌》，抒写了伤时感乱的情思。东武吟：乐府旧题《东武吟行》。鲍照《代东武吟》控诉了统治者的刻薄寡思，对比强烈，情感深挚悲壮。

[3] 流星：古代一种宝剑名。典出汉·王粲《羽猎赋》："相公乃乘轻轩，驾四辂，拊流星，属繁弱。"

[4] 骓（fēi）：古代驾车的马，在中间的叫服，在两旁的叫骓，也叫骖。

[5] 春岑：春山。语本杜甫《水阁朝霁，奉简云安严明府》："东城抱春岑，江阁邻石面。"

[6] 遘（gòu）闵：遭遇忧患。典出《汉书·叙传下》："遘闵既多，是用废黜。"谌（chén）：相信，坦诚的样子。

[7] 滮池：古水名。见前注。煁（chén）：指古代一种可以移动的火炉。

[8] 闿（kǎi）：开启，这里指雾消散。邛：山名，即邛崃山，在四川省荥经县西。狎（xiá）：亲昵而不庄重。这里是拥挤的意思。嵚崟（qīn yín）：高大；险峻。

[9] 蜀庄：蜀人庄遵（公元前86—10年），字君平，因避汉明帝刘庄讳，改写为严君平，好黄老，汉成帝时隐居成都市井中，以卜筮为业，宣扬老子道德经。冥湛（zhàn）：冥，冥想，沉默；湛，指程度深。这里指陷入深沉的缄默。

101. 述怀一百四十韵示蜀中诸同好

汉业晖天德，乘时岂异人。蛟螭频失水，雕隼竟离尘。[1]
浩荡新机转，栖遑往迹陈。吾身富忧患，壮志岂沉沦？
逸致凌蘅鹄，遗闻对木麟。[2] 锦篇梁苑鹿，宝幰鲁郊驷。[3]
闻吹思游宋，褰裳罢涉溍。[4] 鼎膏贞玉铉，篚缟丽綦巾。[5]
海筏愆徐福，昆珍笑郄诜。[6] 载驱征捷捷，多难诲谆谆。[7]
朔气方嘘毒，群黎尚遘迍。[8] 薇红疏北伐，堇绿梦西巡。[9]
京洛滋蛇豕，乾坤穴介鳞。[10] 辽砧榆月晓，燕笛柳烟春。[11]
驼帐金杯酪，貂幨绮陌轮。[12] 冰寒玄獏集，飙劲赤鹰鳞。[13]

阆圃犹堪忆，幽陵已不神。[14] 中原富萧菽，故老泣松筠。[15]

蛬野滋萧瑟，黎天幸耀燉。[16] 烬灰燀有鬲，温律斡伶伦。[17]

往训褒奸遂，亡征兆降莘。[18] 枌祠无白帝，草泽属黔民。[19]

都士思台笠，小灵效烛银。[20] 轩祥萌土蝼，姬制迓郊騋。[21]

渐觉洪钧转，犹烦漆室呻。[22] 敃舟期夏癸，摽剑吊春申。[23]

感念灵修远，咨嗟旧牒泯。[24] 征文空杞、宋，祝发侣瓯、闽。[25]

蕡烬钟阴烛，枫魂冀野磷。[26] 戈痕延日驭，钟讯警霜晨。[27]

无复鲲鹏息，翻虞虎豹佚。[28] 援琴樗里引，滞迹会稽跤。[29]

汲涧惊多蜮，潜渊愧隐蜦。[30] 漂零鸳渚窟，局蹐皖江滨。[31]

草逐青袍黯，花迎绛帻新。[32] 五铢蒙故业，三户奋孤臣。[33]

兔信聆萑泽，狐篝筮棘樲。[34] 倘携濠泗杰，应复沛丰禋。[35]

六镇终戡魏，三良惜殉秦。[36] 不逢诸葛恪，空负九方歅。[37]

寂浦渊鳣察，寒更国狗狺。[38] 剑虹韬蓟阙，箫月咽吴闉。[39]

处晦夷垂翼，知时艮列腓。[40] 羽凝桑扈皎，尾拨藻鱼鲜。[41]

涅彩丹丘穴，珠条碧海津。[42] 鲸潮横铁弩，鹘铎曳金錞。[43]

问俗忧增切，开编意益振。 哲人贵齐物，彼美竞工颦。[44]

幻术弘卤极，中枢巩北辰。 茗华编户扰，槐石外朝询。[45]

乡论周三物，都官汉五均。[46] 锥刀山国轨，皮币水衡缗。[47]

铁晕缠青宇，瑶光绚紫宸。[48] 蔓蒙中野棘，湿浸沈泉薪。[49]

世已洪波汩，功矜息壤堙。[50] 凌阴钤坎窖，燊火荡坤垠。[51]

浩劫移今古，苍生有屈伸。 由来民愤愤，莫返政淳淳。[52]

思挽中天运，潜移率土濒。[53] 用《乾》无首吉，远《复》独心醇。[54]

濠濮知鱼乐，容台泣马真。[55] 素文先灏噩，彤膜谢份彬。[56]

草昧今虽远，华胥或可臻。[57] 井瓶模水准，离缶笑陶甄。[58]

鹩遂巢林适，狙忘赋芧嗔。[59] 樽占衢酒设，裾化袨裳贫。[60]

赤野轻捐玉，朱门范指囷。[61] 银河应洗甲，绣畈尽区畇。[62]

此谊共财古，初基偃武仁。[63] 七襄鸳织锦，独缕茧抽纶。[64]

觇籁融遐域，劳歌灿大钧。[65] 蜡游曾叹鲁，狼跋又讴豳。[66]

自昔谐笙磬，曾闻鉴齿唇。[67] 柤氛期共涤，蓬问悔空宾。[68]

栎社阴犹合，桃潭恨莫湮。[69] 木菶风习习，榆逝日逡逡。[70]

嘉遁原贞吉，求蒙惜往遴。[71] 悲凉驹谷怨，惆怅凤台烟。[72]

未惜乘桴数，其如脱辐频。[73] 潢霜凌雁鹜，桐雾化鹓鹐。[74]

风雨群离索，云雷命蹇屯。 潅渊崔浘浘，扬水石粼粼。[75]

一自金柅系，难忘玉佩绹。 困株三岁木，泛梗五湖萍。[77]

[76]

鹈老常栖梓，蝇寒更集榛。 葭愁抒蔡女，竹泪竭湘嫔。[78]

周锦翻成贝，淮珠靳献蠙。[79] 藩空羝罢触，笯密凤知驯。[80]

扮石疏盰豫，莹珪厉栗恂。[81] 缅怀沧海鲽，恍惚菀林鹍。[82]

蒋阜寒株老，燕峰古黛敛。[83] 征鸿翔肃肃，挺鹿走狉狉。[84]

浪迹轻艰险，孤经尚率循。[85] 谍闻血化鸟，绝笔角生麇。[86]

秘纬齐方术，微言鲁缙绅。[87] 逸馨擩贾、颍，沉焰郁虞、荀。[88]

红豆敷纤艳，青藜悟凤因。[89] 锲金功弗舍，攻错道无邻。[90]

绝学今人贱，残编几度捃？[91] 嬴灰终寂漠，雄阁转淄磷。[92]

北使颁英荡，南材揽辂箘。[92] 赠珠凄汉广，伐辐愧河漘。[93]

小别辞鄐、郖，征途折益、岷。 江门缄滟滪，溪嶂蔽渠潾。[94]

朱绮枫崖晚，黄粱稻隰匀。 枯松曾度鹤，疏梧尚闻蜷。[95]

竇布寨橦筊，黔羹餍竹葌。[96] 巫墟蚕趯趯，梁徽蝮蓁蓁。[97]

涪郭频牵缆，渝波偶泛舲。 管嗫邹衍律，璧闭卞和珍。[98]

往节荧丹史，丰碑缺翠珉。[99] 浩歌余野哭，叹逝诵车辚。[100]

谕蜀犹中道，亡胡已浃旬。[101] 楚车新筚路，秦毂旧文茵。[102]

越甲思鸣镝，并谣证服裀。[103] 猿愁开峡柳，乌梦警齐枸。

赤剑锋三尺，玄圭组百纯。 昆辉焕瑜瑾，辽彩失玙珣。[104]

杕杜休征狁，苞稂待劳邠。[105] 威仪官秩秩，原隰甸畇畇。[106]

诸夏方旁午，严秋又饯寅。[107] 已闻张挞伐，未息度嶙峋。

哀思萦棣杞，归程阔括枌。[108] 月寒聆杜宇，飙急梦闻豰。[109]

冀奋天吴勇，难箴栲杌嚚。[110] 白旄轩子子，绛节戢牂牂。[111]

玉垒横戈数，铜山伐鼓薵。[112] 劳旋鹍曜羽，逅悯象焚身。[113]

骄将惩严武，雄才进马璘。[114] 帝心眷赤县，吾道付苍旻。[115]

独客羁游倦，群公意气亲。 经帷恢李误，文囿扩苏洵。[116]

未觉荒秋驾，相期凛夕夤。[117] 龟图昭坦坦，雀瑞辨誾誾。[118]

自分同朝槿，何心慕大椿！[119] 泪渐泉客溢，材谢匠师抡。[120]

负石纾岑寂，怀沙诉楚辛。[121] 火痕绵谷树，乡梦泖溪莼。[122]

风絮琴三叠，沧桑镜一眹。[123] 彭殇原自定，不必问严遵。[124]

【解题】

诗歌回顾了自己前半生遭际，少有凌云壮志，科举失利后参加革命，饱经乱离。后来东渡日本，倡导无政府主义，最终脱离革命阵营，想要赓续祖上传经事业，依附端方，南北辗转，为战事所逼，寄居蜀中，幸得蜀中同人不弃，交游论文。诗歌多用典，情绪低沉。

【笺释】

［1］离：傅丽，依附。蛟龙频频失去水源，鹰隼竟然附丽在地面，比喻时运不济。

［2］蘜鹄：当作"鸿鹄"。对木麟：鲁哀公时获得一头怪兽，向孔子咨询，孔子回答说是麟。刘氏自诩意志超脱世俗，知识丰富。

［3］梁苑鹿：汉梁孝王所筑梁园东苑，宾客群聚，皆能属赋，公孙诡为《文鹿赋》。幰（xiǎn）：车上的帷幔，指车。骃（yīn）：浅黑杂白的马。鲁恭王刘余，汉景帝子，好治宫室，喜马，建有鲁灵光殿，东汉辞赋家王延寿作有《鲁灵光殿赋》。诗指1903年刘氏应考河南开封事。

［4］"潧"当作"溱"，涉溱语本《诗经·郑风·褰裳》："子惠思我，褰裳涉溱。"此句指会试落第后归家。

［5］铉：举鼎器具，状如钩，用以提鼎两耳。筐（fěi）：古代盛物的竹器。綥（qí）：青黑色。

［6］郗诜（qiè shēn）：晋代人，举贤良对策为天下第一，自视为"桂林之一枝，昆山之片玉"。见证徐福海外访仙的错误，像郗诜一样自诩昆仑山的珍宝。

［7］载驱：载，发语词，犹"乃"；驱，车马疾走。语本《诗经·齐风·载驱》："载驱薄薄。"捷捷：举动敏捷。

［8］群黎：万民；百姓。典出《诗经·小雅·天保》："群黎百姓，徧为尔德。"遘迍（gòu zhūn）：艰难的遭遇。诗指当时北京为八国联军攻陷事。

［9］堇（jǐn）：一种野菜。西巡当指八国联军进驻北京后，慈禧太后逃亡山西事。

［10］蛇豕：长蛇封豕，比喻贪残害人者。典出《左传·定公四年》："吴为封豕长蛇，以荐食上国。"杜预注："言吴贪害如蛇豕。"介鳞：比喻远夷，含贬义。典出《后汉书·杨李翟应霍爰徐列传》："故孝元弃珠崖之郡，光武绝西域之国，不以介鳞易我衣裳。"此句诗似是暗指西方列强对中国的侵略。

［11］砧（zhēn）：捶、砸或切东西时垫在底下的器具。此处指捣衣石，征人妻子在家准备秋衣。辽砧借指北方战争。

［12］绮陌：繁华街道。

［13］玄貘（mò）：兽名，似熊，黄黑色。瞵（lín）：瞪眼注视。此处指

帝国主义侵略者的各种形象。

〔14〕阆圃：玉京阆圃，即玉京，据道书言，黄金阙、白玉京，为天帝所居。此处指北京。幽陵：亦名幽州，相当今北京市、河北北部及辽宁一带。语本《史记·五帝本纪》："帝颛顼高阳者……北至于幽陵。"

〔15〕萧：艾草。筠（yún）：竹子的青皮，象征高尚气节。

〔16〕蛊：无知，痴愚。耀焞（tūn）：光明。

〔17〕燖（xún）：用火烧熟。温律：指能生暖气的器物。斡（guǎn）：掌握。伶伦：泠伦，相传为黄帝时代的乐官。

〔18〕歼遂：遂，指遂因氏。事见《左传·庄公十七年》："夏，遂因氏、颌氏、工娄氏、须遂氏飨齐戍，醉而杀之，齐人歼焉。"莘：虢地，古代称莘原，在今河南省三门峡市东夏石镇。见《左传·庄公三十二年》："秋七月，有神降于莘。"

〔19〕枌：木名，白榆。白帝：古神话中五天帝之一，主西方之神。黔民：平民百姓。典出蔡邕《王子乔碑》："祐邦国，相黔民，光景福，耀无垠。"

〔20〕都士：京都或大城市的人。台笠：指蓑衣和笠帽。典出《诗经·小雅·都人士》："彼都人士，台笠缁撮。"烁银：指精光闪耀的银子。

〔21〕土蝼：古代中国传说中一种吃人的山羊，有四只角。见《山海经·西山经》。迓（yà）：迎接。骍（xīng）：赤色的牛。

〔22〕漆室：鲁国漆室有少女倚柱而啸，忧国忧民。事见刘向《列女传》。

〔23〕夏癸：夏桀，历史上有名的暴君。摽（biāo）剑：挥剑。赵国使臣用珠玉装饰的剑鞘向楚国春申君的宾客炫耀，而春申君的上等宾客都穿着宝珠做的鞋子来见赵国使臣，使赵国使臣自惭形秽。此句指当时政局腐败，高官奢侈。

〔24〕灵修：神或巫，此处指楚怀王。典出《离骚》："指九天以为正兮，夫唯灵修之故也。"牒（dié）：谱牒、文书。

〔25〕征文句：征求先代的文籍，杞、宋两国已经不足够了。化用《论语·八佾》："子曰：'夏礼，吾能言之，杞不足征也；殷礼，吾能言之，宋不足征也。文献不足故也，足，则吾能征之矣。'"祝发：断发，指古代中原以外地区少数民族的习俗和装束。剪断头发，还可以与瓯、闽两地的人们做伴。

〔26〕蕡（fén）：（果实）多而大。钟阴烛：传说中的神名，即烛龙。典出《山海经·海外北经》："钟山之神，名曰烛阴，视为昼，瞑为夜，吹为冬，呼为夏。"冀野：指人才聚积之地。典出韩愈《送温处士赴河阳军序》："伯乐一过冀北之野，而马群遂空。"

[27] 日驭：指古代神话中为太阳驾车的神。

[28] 侁（shēn）：众多。

[29] 樗（chū）里：樗里疾，战国秦惠王的异母弟，善言词，多智慧，秦人号为"智囊"。会稽踆：踆（cūn），忽走忽停的样子。越王勾践被吴王夫差兵围会稽，屈膝称臣；常喻奇耻大辱。

[30] 蜮（yù）：传说中一种在水里暗中害人的怪物。蜦（lún）：古书里记载的一种能兴云雨的黑色神蛇。此句化用"潜龙勿用"意。

[31] 局蹐（jí）：蹐，后脚紧跟着前脚，用极小的步子走路，形容谨慎恐惧的样子。此句当指刘氏早年流亡嘉兴、鸳湖与安徽芜湖的经历。

[32] 帻（zé）：古代的头巾。此句写时节季节变化而自己漂泊困窘。

[33] 五铢：五铢钱，西汉武帝元狩五年（公元前118年），在中原开始发行五铢钱，从此开启了汉五铢钱的先河，五铢钱象征着汉人朝廷。语本刘禹锡《蜀先主庙》："势分三足鼎，业复五铢钱。"三户：三户人家，或言三姓，极言人数之少。典出司马迁《史记·项羽本纪》："楚虽三户，亡秦必楚。"

[34] 凫信："信凫"。李时珍《本草纲目·禽一·鸥》："海中一种随潮往来，谓之信凫。"萑（huán）泽：芦滩。狐篝："鱼帛狐篝"，指借助鬼神制造舆论，以便起事。司马迁《史记·陈涉世家》记载陈胜吴广利用篝火狐鸣发动群众起义。稇：矛戟等的柄。

[35] 濠泗：朱元璋崛起于濠泗之间，此处指反清复明的革命行为。沛丰：刘邦老家在沛县，此处代指汉族政权。禋（yīn）：诚心祭祀。

[36] 六镇：指的是北魏前期在都城平城（今山西大同东北）以北边境设置的六个军镇，自西而东为沃野、怀朔、武川、抚冥、柔玄、怀荒；六镇在北魏孝明帝时期起事，即"六镇起义"。戡：用武力平定。三良：指秦穆公时殉葬的奄息、仲行、针虎。

[37] 诸葛恪（203—253年）：诸葛瑾之子，才思敏捷，辅佐孙登，出兵伐魏，惨遭新城之败。九方歅（yīn）：春秋时期，秦国善于相马之人。

[38] 渊鳣：化用《诗经·小雅·四月》："匪鳣匪鲔，潜逃于渊。"鲤和鲔在深水中潜游，它们能避开猎人的矰缴和渔夫的钓钩，全身远祸。诗句表达了诗人难以逃避人间的桎梏与祸害，也反映了现实的黑暗与残暴。国狗：喻指妨贤害能的人。典出《左传·哀公十二年》："国狗之瘈，无不噬也。"孔颖达疏："国狗犹家狗。言家畜狂狗必啮人也。"狺（yín）：狗叫的声音。

[39] 韬：剑套。蓟阙：代指蓟地。此句或指苏秦为六国合纵之术，抵御秦国东侵。吴阘：犹吴门，指吴地。闉（yīn），城曲重门。此句或指伍子胥进

谏吴王夫差杀勾践，不为所用，吴王赐剑令其自杀，将伍子胥头悬东门，看吴国灭亡。

［40］夷垂翼：化用《周易·明夷》：“明夷于飞，垂其翼。”艮列臏：列，裂开。化用《周易·艮卦》：“九三：艮其限，列其夤，厉薰心。”

［41］桑扈（hù）：鸟名，即青雀。典出《诗经·小雅·桑扈》：“交交桑扈，有莺其羽。君子乐胥，受天之祜。”藻鱼：典出《诗经·小雅·鱼藻》：“鱼在在藻，有莘其尾。”此句喻自己品行贞洁。

［42］涅：可做黑色染料的矾石。丹丘：亦作“丹邱”，传说中神仙所居之地。

［43］鲸潮：谓鲸鱼从水下上浮时掀起的巨浪。金錞（chún）：古代军中的铜制打击乐器，形如圆筒，上大下小，顶上多作虎形钮，可悬挂，常与鼓配合。

［44］齐物：齐一万物，把万物都同等看待。语见《庄子·齐物论》。工颦：常常皱眉。典出《庄子·天运篇》：“西施病心而颦其里，其里之丑人见而美之，归亦捧心而颦其里。”

［45］编户：编入户籍的普通人家。

［46］乡论：乡里的评论。古代由乡大夫考核评论，推举人才。三物：犹三事，指“六德”“六行”“六艺”。典出《周礼·地官·大司徒》：“以乡三物教万民，而宾兴之。一曰六德……二曰六行……三曰六艺……”都官：中都官，汉代京师各官署的统称。五均：西汉末王莽新朝依托《周礼》古五均说，置五均官。

［47］锥刀：“刀笔”，指法律案牍。皮币：毛皮和缯帛，古代用作聘享的贵重礼物。水衡：水衡钱。缗：古代穿铜钱的绳子。

［48］瑶光：北斗七星的第七星名，古代以为象征祥瑞。

［49］氿泉：从侧旁流出的泉水。典出《诗经·小雅·大东》：“有冽氿泉，无浸获薪。”

［50］息壤：可以增长的土壤。典出《山海经·海内经》：“洪水滔天，鲧窃帝之息壤以堙洪水。”

［51］凌阴：藏冰之室。坎窞：坑穴。喻险境。焱火：大火。坤垠：西南边陲。

［52］愦愦：烦乱的样子。淳淳：敦厚的样子。

［53］中天：天运正中，喻盛世。率土：“率土之滨”之省，谓境域之内。典出《诗经·小雅·北山》：“率土之滨，莫非王臣。”

[54]《乾》:《周易·乾卦》:“见群龙无首，吉。”《复》:《周易·复卦》:“不远复，无祇悔，元吉。”心醇:“心醇气和”，心地纯朴，气质温和。按照《周易·乾卦》“群龙无首”是吉兆，走得很远再返回，我的心依旧纯粹。

[55]容台：行礼之台。典出《淮南子·览冥训》:“容台振而掩覆。”濠水和濮水知道鱼儿戏水的欢乐，修筑容台就湮灭了马的天真本性。

[56]素文：发扬素王之道的文章，特指《春秋》。灏噩：博大。彤雘：红色。份彬：彬彬，文质相称。

[57]草昧：未开化的原始状态。华胥：华胥氏，相传是女娲和伏羲之母。典出《列子·黄帝》:“黄帝梦游华胥国，华胥之人其国无帅长，自然而已；其民无嗜好。”诗句或指1907年刘氏东渡日本事。

[58]井瓶：典出《周易·井卦》:“汔至亦未繘井，羸其瓶，凶。”离缶：典出《周易·离卦》:“九三：日昃之离，不鼓缶而歌，则大耋之嗟，凶。”陶甄：比喻陶冶、教化。典出张华《女史箴》:“茫茫造化，二仪既分。散气流形，既陶既甄。”《周易·井卦》中的“瓶”效仿水平仪,《周易·离卦》卦中的“缶”讥笑陶甄。

[59]鷦：鷦鷯，鸟名。典出《庄子·逍遥游》:“鷦鷯巢于深林，不过一枝。”此处指百姓满足现状。狙：猕猴。狙公赋芧。典出《庄子·齐物论》:“狙公赋芧。曰:‘朝三而暮四’。众狙皆怒。曰:‘然则朝四而暮三。’众狙皆悦。”此处谴责那些说话办事不负责任的人。

[60]樽占衢酒：装满酒的酒樽放置在大路中间，各得其宜。典出《淮南子·缪称训》:“圣人之道，犹中衢而致尊邪：过者斟酌，多少不同，各得其所宜。”裋(shù):粗陋的衣服。

[61]赤野：古代传说中产珠玉之地。典出《管子·国蓄》:“金起于汝汉，珠起于赤野。”指囷：喻慷慨资助。典出《三国志·吴书·周瑜鲁肃吕蒙传》:“周瑜为居巢长，将数百人故过候肃，并求资粮。肃家有两囷米，各三千斛。肃乃指一囷与周瑜。”

[62]洗甲：传说周武王出师遇雨，认为是老天洗刷兵器，后擒纣灭商，战争停息。后遂以“洗甲”表示胜利结束战争。

[63]偃武：停息武备。此或指诗人曾经所主张的无政府主义思想。

[64]七襄：织女星。独缕:“独茧缕”，也称“独茧丝”，指一茧之丝，言其细。典出《列子·汤问》:“詹何以独茧丝为纶，芒针为钩……引盈车之鱼于百仞之渊、汩流之中。”

[65]跫：指脚踏地的声音。遐域：边远之地。

　　［66］叹鲁：孔子当年参加蜡祭的时候曾经感叹鲁国的现状，叹息天下不再大同。典出《礼记·礼运》：“昔者仲尼与于蜡，宾事毕，出游于观之上，喟然而叹。仲尼之叹，盖叹鲁也。”狼跋：《国风·豳风》诗篇名，其中有“公孙硕肤，德音不瑕”，历代以为是歌颂周公处变不惊的句子。

　　［67］笙磬：形容人与人之间关系和睦。典出《诗经·小雅·鼓钟》：“鼓瑟鼓琴，笙磬同音。”古代谓陈于东方之磬乐。

　　［68］粗氛：狄粗的凶象之气，典出《国语·晋语·献公伐翟粗》：“献公田，见翟粗之氛，归寝不寐。”蓬问：蜚蓬之问，毫无根据的传闻。典出《管子·形势解》：“蜚蓬之问，明主不听也。”

　　［69］栎社：乡里的代称。

　　［70］榆逝：“东隅已逝”，指早年时光易逝。

　　［71］遁：逃避，躲闪。典出《周易·遁卦》：“九五：嘉遁，贞吉。”蒙：蒙昧，启蒙。典出《周易·蒙卦》：“匪我求童蒙，童蒙求我，初筮告。”

　　［72］驹谷：指散放在山谷中的马。典出《诗经·小雅·白驹》：“皎皎白驹，在彼空谷。”凤台：古台名，秦穆公女与萧史婚姻于其上。事见刘向《列仙传·萧史》：“萧史者，秦穆公时人也。善吹箫，能致孔雀白鹤于庭。穆公有女，字弄玉，好之。公遂以女妻焉……公为作凤台，夫妇止其上。”

　　［73］乘桴：自己理想达不到，便乘坐小筏浮于海。借指避世。典出《论语·公冶长》：“子曰：‘道不行，乘桴浮于海。’”脱辐：亦作“说辐”。辐，连接轴与轮的直木。脱辐指车辐脱离，比喻夫妻不和的现象。典出《周易·小畜》：“九三：舆说辐，夫妻反目。”刘氏此处或暗指与革命党（章太炎）反目之事。

　　［74］菾：同“苀”一年生草本植物。雁鹜：鹅和鸭。桐雾：轻雾。

　　［75］灌渊：见前注。萑：芦类植物。澪澪：飘动的样子。

　　［76］金枙系：枙，门楔，轮挡之类的阻挡物。见前注。

　　［77］困株句：困处于树木之中，三年见不到人。化用《周易·困卦》：“臀困于株木，入于幽谷，三岁不觌。”泛梗：喻四处漂泊。

　　［78］葭：同“笳”，一种乐器。蔡女：蔡琰，字文姬，蔡邕的女儿，诗作有《胡笳十八拍》。湘嫔：湘妃，相传为帝尧之二女，帝舜之二妃，名曰娥皇、女英。

　　［79］周锦句：喻为他人诬陷、罗织成罪。见前注“贝锦”。

　　［80］藩空句：藩篱去除了，羝羊就不会再进退两难；鸟笼密了，凤凰也就能够驯服。化用《周易·大壮》：“羝羊触藩，不能退，不能遂。”笯：鸟笼。

[81] 介石：谓操守坚贞。典出《周易·豫卦》："介于石，不终日，贞吉。"盱豫：仰视讨好。典出《周易·豫卦》："六三：盱豫悔；迟有悔。"我坚持操守，不会献媚讨好以求安乐；晶莹如珪玉的品质让我饱受恐惧战栗。

[82] 鲽：比目鱼。鹣：见前注。

[83] 蒋阜：指蒋山，即钟山，又名紫金山，位于南京市区东郊。

[84] 肃肃：疾速的样子。挺鹿："挺鹿走险"，铤而走险。指事急之时，被迫冒险行事。典出《左传·文公十七年》："古人有言曰……'鹿死不择音'小国之事大国也，德则其人也，不德则其鹿也，铤而走险，急何能择。"甡(shēn)：众多的样子。

[85] 孤经：没有他例可以比附的单条经文。率循：遵循；依循。此或指自己在浪迹中依然坚持家学以及学术研究。

[86] 謏(xiǎo)闻：孤陋寡闻，常用作谦辞。血化鸟：杜鹃滴血的典故。麟：麒麟。指孔子绝笔于获麟时。事见《左传·哀公十四年》："春，西狩获麟。"

[87] 秘纬：记述神秘事物的谶纬书。

[88] 贾、颍：贾逵、颍容为汉代古文经学家。虞、荀：东汉学者虞翻和荀爽。

[89] 红豆：刘氏青溪旧屋有曾国藩题联："红豆三传，儒林趾美；青藜四照，宝树联芳。"纤艳：指艺术风格上的细巧艳丽。青藜：借指苦读之事，也指读书人。

[90] 攻错：琢磨。

[91] 残编：残缺不全的书。概指其家学著述《春秋左氏传旧注疏证》。

[92] 英荡：见前注。籉篛：一种细长节稀的竹子，可作箭。此句似指和端方到四川平定保路运动，结果被拘。

[93] 汉广：语本《诗经·周南·汉广》："汉之广矣，不可泳思。江之永矣，不可方思。"伐辐：语本《诗经·魏风·伐檀》："坎坎伐辐兮，置之河之侧兮。河水清且直猗。"此句诗似乎指因保路运动和辛亥革命与妻子分离。

[94] 滟滪："滟滪堆"，长江瞿塘峡口的险滩，自古以险要难渡著称。在今重庆市奉节县东。语本李白《长干行》之一："十六君远行，瞿塘滟滪堆。"

[95] 蟪：虫名，蝉的一种。

[96] 賨(cóng)布：秦汉时西南少数民族巴人作为赋税交纳的布匹。橦：指木棉树。芪(mín)：众多的样子。

[97] 蠡趯趯：化用《诗经·召南·草虫》："喓喓草虫，趯趯阜螽。"趯趯，

昆虫跳跃状。蝮蓁蓁：化用屈原《招魂》："蝮蛇蓁蓁，封狐千里些。"蓁蓁，聚集。

［98］管：一种管乐器。邹衍律：相传战国齐人邹衍精于音律，吹律能使地暖而禾黍滋生。卞和珍：楚国人卞和献和氏璧。

［99］丹史：史书。

［100］车辚：到处是悲歌，野外只有哭泣；叹息着过去的时光，低诵着杜甫的"车辚辚"诗篇，伤心战乱频仍。语本杜甫《兵车行》："车辚辚，马萧萧，行人弓箭各在腰。"

［101］谕蜀：汉代《谕蜀文》。汉武帝使司马相如责唐蒙，并草檄"喻告巴蜀民以非上意"，后遂以"谕蜀文"喻指安民告示。事见《史记·司马相如列传》。浃旬：一旬，十天。

［102］文茵：车中的虎皮坐褥。典出《诗经·秦风·小戎》："文茵畅毂，驾我骐騵。"

［103］鸣镝：响箭。服袀：袀服，式样、颜色同一的军服。此句写辛亥革命后，南北势力聚集武昌南北准备战斗。

［104］珣（xún）玗：珣玗琪，美玉，用于制作玉玺。此句指清朝统治被推翻。

［105］杕（dì）杜：《诗经·唐风》篇名，讲述妻子思念长年在外服役的丈夫。苞稂：田间丛生的野草。典出《诗经·曹风·下泉》："四国有王，郇伯劳之。"诗写周王室发生内乱。此句概指当时中国军阀割裂、政局混乱。

［106］秩秩：积聚众多的样子。原隰：泛指原野。畇畇：形容田地平均整齐。

［107］饯寅：寅饯，意为恭敬送行。此句意为中午还像炎热的夏天，送别时分又到了严峻的秋天。

［108］棷杞：枸杞和赤棷。语本《诗经·小雅·四月》："隰有杞棷。"括（guā）杶（chūn）：桧树与香椿。此句写遭遇南谪的伤痛之情。

［109］闻豨：神话传说中的兽名，居于几山，样子像猪，黄身、白头、白尾，它的出现预示着将会有大风。

［110］天吴：传说中的水神。梼杌：一种人面虎身、凶狠狂暴的猛兽。嚚：愚蠢而顽固。

［111］白旄：古代的一种军旗。孑孑：特殊，独立貌。典出《诗经·鄘风·干旄》："孑孑干旄，在浚之郊。"绛节：古代使者持作凭证的红色符节。典出梁简文帝《让骠骑扬州刺史表》："故以弹压六戎，冠冕九牧，岂止司隶

绛节，金吾缇骑。"烑烑：见前注。

[112] 玉垒：指玉垒山。在四川省理县东南。多作成都的代称。铜山：唐置为军镇，属嘉州，即今四川铜山区。伐鼓嚣："嚣"同"渊"，象声词，击鼓声，征伐的鼓声已经敲响。化用《诗经·小雅·采芑》："伐鼓渊渊，振旅阗阗。"

[113] 象焚身：象齿焚身，比喻人因为有钱财而招祸。

[114] 严武（726—765年）：字季鹰，华州华阴（今陕西华阴）人。两次镇蜀，以军功封郑国公。严武镇蜀，刚愎自用，横征暴敛，挥霍无度。马璘（721—777年）：字仁杰，岐州扶风（今属陕西）人。早年从戎于安西都护府，累官左金吾卫将军同正。"安史之乱"时，他率三千精兵入援朝廷，转战卫南、河阳等地，升任镇西节度使。后长年镇守西北，多次与吐蕃交战，互有胜败。

[115] 赤县："赤县神州"，中国的别称。典出《史记·孟子荀卿列传》："中国名曰赤县神州。赤县神州内自有九州。"

[116] 经帷：犹经筵，古代君主研读经史之处。李谦：益州广汉郡涪（今四川绵阳市）人，蜀中散中大夫、右中郎将，五经、诸子无不该览。

[117] 秋驾：指难以学成的道术。刘氏认为流寓蜀地期间，自己的学术研究并没有荒废，事实上刘氏流寓蜀地期间学术也确实多有创获。黈：深夜。

[118] 龟图："洛书"，语出乔松年辑佚《纬捃·龙鱼河图》。龈龈：争辩的样子。此句意为龟图清楚明白坦坦荡荡，鸟雀的祥瑞仍然有争议。

[119] 朝槿：花朝开暮落，是时间短暂的象征。

[120] 泉客：鲛人，鱼尾人身，据说鲛人流出的泪珠能化作珍珠。抡：挥舞。匠石运斤，匠石抡斧砍掉郢人鼻尖上的白灰，而没有碰伤郢人的鼻子。典出《庄子·徐无鬼》。

[121] 负石：指抱石投水，示必死之决心。典出《庄子·让王》："（务光）乃负石自沉于卢水。"怀沙：《楚辞·九章》中的篇名。《史记·屈原贾生列传》谓此篇为屈原自投汨罗江前的绝笔，述其怀沙砾以自沉之由。后以"怀沙"指因忠愤而投水死义之典故。

[122] 沏：水面平静的小湖。

[123] 三叠：古奏曲之法，至某句乃反复再三，称三叠。

[124] 彭殇：犹言寿夭。见前注。严遵：东汉著名隐士，善堪舆与预测。

102. 浣花溪夕望

揽思缅往欢，幽寻憬孤策。[1]
林霏澹霜辰，波镜舒烟夕。
零零湛露晞，瑟瑟流尘集。
绪风结孤忱，冰籁警凄魄。[2]
远游思何任？苦羡翻飞翮。

【解题】

浣花溪在今四川省成都市西郊草堂寺一带，为南河支流，因为杜甫而闻名。诗篇开头描写了一人独自在外游览所看的景色，烘托出孤寂的氛围，诗人的心中充满了凄凉之感，同时也有不自由的感慨。此诗当作于1913年寄寓四川时期。

【笺释】

［1］孤策：独杖，喻指单独出游。语本贾岛《欲游嵩岳留别李少尹益》："孤策迟回洛水湄，孤禽嘹唳幸人知。"

［2］绪风：余风。典出屈原《九章·涉江》："乘鄂渚而反顾兮，欸秋冬之绪风。"

103. 阴氛篇

阴氛扇嬛薄，佻俗盛贾胡。[1]天苞擀玄蒙，灵斧挥神枢。[2]
风伯甘转轮，电母供拸书。[3]司煊荐金遂，奇肱蜚羽车。[4]
华景展流州，神光移漆吴。[5]桔皋汉阴木，璞石锟铻炉。[6]
海错张千名，川珍罗万殊。[7]逶迤锦纂场，绰汋金银庐。[8]
重屋般四阿，列廛汉五都。[9]飞拱粲重霄，回轩开曲隅。[10]
缇屏云母扇，火树珊瑚株。[11]丹庭栟榈森，碧野蘋莎敷。[12]
珠尘璀夜光，鹭服鲜春腴。[13]藻凤九华幰，花骢七宝舆。[14]
鸣镳蹁跹市，击毂康庄衢。[15]弋綈起隐珪，荷毡辉绮疏。[16]
带鞮红靺鞨，裘羽青氍毹。[17]朝集博徒窟，暮顾名媛居。

楚妃为损腰，硕人悔凝肤。[18] 蝉縠作上绡，狨裳裁下裾。[19]

轩轩帱影张，泠泠琴音愉。[20] 苣蒻袭金馥，葡萄醅琼酥。[21]

舞蹈未终曲，坐惜圆灵徂。[22] 燠火郁余温，焉念寒无襦！[23]

朱门富恺耽，鼍仪夥康虞。[24] 枢桑默尘彩，瓶粟罄斗储。[25]

鲂鱼尾方祥，鸱号吭瘁瘏。[26] 玄化有偏诐，尺咫沟莞枯。[27]

俯怜井渫寒，仰慨旃茵娱。[28] 四运若循环，繁藕难久舒。[29]

楚楚蜉蝣裳，文彩不须史。[30] 化人无璧台，赤乌亦榛墟。[31]

三归终小器，千驷贱饿夫。[32] 般斤岂弗珍？桑筹焉足摹！[33]

相彼蜂蚁群，殊质相役驱。人生秉恒格，穷达宁相踰。[34]

明星怨服箱，阴雨嗟熏胥。[35] 眷兹役车休，未觉日月除。[36]

愿携薪野泪，漱作昆冈珠。孰云河不清？跋影傒灵符。[37]

【解题】

诗歌由眼前电闪雷鸣的天气，想到富人各种奢侈的生活细节，想到贫富不均，两相对比，更凸显有钱人家生活的奢华和贫穷人家生活的困苦，最后希望能够通过自己的努力改变这一现状。此诗中寄寓了刘氏强烈的"济民救世"的想法。

【笺释】

[1] 嫚薄：犹浇薄。贾胡：外国的商人。

[2] 天苞：谓河图。典出《水经注·洛水》引《春秋说题辞》："河以道坤出天苞，洛以流川吐地符。"搘：撕下。神枢：天枢，北斗星座第一星。

[3] 拸（chǐ）：拽，拍打。

[4] 司烜（xuān）：《周礼》谓秋官司寇所属有司烜氏，掌取火、防火。遂：通"燧"，古代聚集阳光取火的器具。奇肱：上古奇肱国，人有阴阳三只眼，宠物是只双头怪鸟，独臂也能造飞车。典出《山海经·海外西经》。

[5] 华景：日光。典出陆机《长安有狭邪行》："轻盖承华景，腾步蹑飞尘。"流洲：神话中的海岛名。典出《海内十洲记·流洲》："流洲在西海中，地方三千里，去东岸十九万里，上多山川，积石名为昆吾。"神光：神异的灵光。典出《楚辞·九思·哀岁》："神光兮颖颖，鬼火兮荧荧。"漆吴：漆吴山，即栖乌之山，太阳休息的地方。语见《山海经·南山经》。

[6] 桔皋：是一种利用杠杆原理的取水机械。事见《墨子·备城门》。锟铻：泛指宝剑。

［7］海错：各种海味。典出《尚书·禹贡》："厥贡盐绨，海物惟错。"孔传："错杂非一种。"

［8］绰汋（zhuó）：自然涌出的水。

［9］四阿：指屋宇或棺椁四边的檐溜，可使水从四面流下。四阿若今之四注屋，殷人始为四注屋，故曰"殷四阿"。列廛（chán）：古代城市平民一户人家所居的房地。指房屋排列众多。汉五都：西汉以洛阳、邯郸、临淄、宛、成都为五都。

［10］粲：鲜明的，美好的，清楚的。

［11］缇（tí）：橘红色。火树：红珊瑚的别名。

［12］栟榈：棕榈树。薠（fán）：似莎而比莎大的草。

［13］珠尘：轻细如尘的青砂珠。传说为仙药，人服之可长生。典出王嘉《拾遗记·虞舜》："（凭霄雀）常游丹海之际，时来苍梧之野，衔青砂珠，积成垄阜，名曰珠丘。其珠轻细，风吹如尘起，名曰珠尘……"骛：纵横奔驰。

［14］九华：宫殿名。后赵石虎建。典出王嘉《拾遗记·晋时事》附南朝梁《萧绮录》："石虎席卷西京，崇丽妖虐，外僭和鸾文物之仪，内修三英、九华之号。"幰：车上的帷幔。花骢：好马。七宝舆："七宝车"，用多种珍宝装饰的车。亦泛指华贵的车子。

［15］毂：车轮中心。衢：大路，四通八达的道路。

［16］弋绨：黑色粗厚的丝织物。珪：美玉做成的礼器。绮疏：指雕刻成空心花纹的窗户。

［17］带鞮：用兽皮制的鞋。韎韐：古代蔽膝上的皮带。氍毹：见前注。

［18］损腰：为了苗条的腰肢而节食。典出《墨子·兼爱中》："昔者楚灵王好士细腰，故灵王之臣皆以一饭为节，胁息然后带，扶墙然后起。"硕人：高大白胖的人。《诗经·卫风·硕人》描写齐女庄姜出嫁卫庄公的壮盛和美貌，着力刻画了庄姜高贵、美丽的形象。

［19］縠：古称质地轻薄纤细透亮、表面起皱的平纹丝织物为縠，也称绉纱。绡：礼服，连衣裙。犹：犹皮。

［20］轩轩：高大的。帱：床帐，车帷。泠泠：清凉。

［21］琼酥：美酒。

［22］圆灵：天。徂（cú）：逝去。

［23］奥：室内。本义为可定居的地方。

［24］尠：罕见的，少有的。虞：忧虑。

［25］枢桑：编桑枝为门，立蓬条为枢。形容家境贫穷。默：黑，弄脏。

［26］方徉：安详自在地徘徊。瘁瘏：疲劳致病。

［27］玄化：圣德教化。菀枯：荣枯。

［28］井渫：比喻洁身自持。典出陆机《与赵王伦笺荐戴渊》："（戴渊）砥节砺行，有井渫之洁。"旃茵（zhān yīn）：毡制的褥子或坐垫。

［29］四运：四时，四季。

［30］楚楚：鲜明貌。典出《诗经·曹风·蜉蝣》："蜉蝣之羽，衣裳楚楚。"

［31］化人：有道术的人。璧台：形容华美的高台。赤乌：祥瑞之鸟。

［32］三归：三处家业田产。典出《论语·八佾》："子曰：'管仲之器小哉！'或曰：'管仲俭乎？'曰：'管氏有三归，官事不摄，焉得俭？'"千驷：四千匹马，言马多。典出《论语·季氏》："齐景公有马千驷，死之日，民无德而称焉。"

［33］般斤：鲁班的斧头。

［34］恒格：常规。

［35］服箱：负载车箱，犹驾车。典出《诗经·小雅·大东》："睆彼牵牛，不以服箱。"熏胥：因熏蒸得罪，因牵连而受刑。

［36］役车：供役之车，庶人所乘。典出《周礼·春官·司巫／神仕》："大夫乘墨车，士乘栈车，庶人乘役车。"郑玄注："役车，方箱，可载任器以共役。"贾公彦疏："庶人以力役为事，故名车为役车。"

［37］灵符：上天的符命。

104. 八埏篇

八埏匪维络，九天多隈隅。[1]天地有沉浮，孰云荣弗枯？
梦游良怅怡，控飙焉所如？[2]仙人导我行，为言穷六区。[3]
西摸沙棠实，东薄槫桑林。[4]蹀音朱陵庭，濯景冰夷都。[5]
俯烛九阴窟，仰轩八景舆。[6]启彼洞清源，造此钩陈枢。[7]
辰阿范羽宫，玄涯瀹灵渠。甘渊为涽涧，寒门为闉阇。[8]
琅峰践为城，碔林周为郭。[9]襟以旸谷汧，缭以阊阖闾。[10]
当关虎豹俦，夹道青龙跃。[11]绛凤穴其巅，黄麟遨其陬。
前野错榆柤，后庭植桂栌。[12]雨虹缨金阙，霜日滢瑶铺。[13]

嘉卉弗知年，大椿与古俱。膏辉玉井沵，砂熟圆丘朱。[14]

眇兹遐境恢，未觉中溏蹰。众真莅天驹，轻镳灿华腴。[15]

璧月丽芝盖，琳云垂藻旗。[16]六莹娱化人，九光降离朱。[17]

操翳舞代驹，鸣琴招鳐鱼。[18]钧籁扬妙新，秦箫吟太无。[19]

抚御元降章，敖佛消摇墟。[20]玄范不待雕，灵颜一何姝！

借问此何方，答云："元始居。"[21]受我世民歌，栖我清华庐。[22]

琼蕤缀我冠，蕌草辉我裾。[23]朝从渌景游，夕睹丹房娱。[24]

昌图掷羽絓，双成贻紫襦。[25]为披缠璇章，中有西壁图。[26]

绮文碧林字，银检青泥壶。相期靸瓜廷，拜授金珰书。[27]

妙领运亿津，灵发跻三涂。[28]良德信所钦，大文未可纡。

一盼玄构标，再视冥情摅，三复身世非，窥歌滋欷歔。

众鸟各有趋，十洲宁足拘？[29]寄语世间人，六龙骧天衢。[30]

【解题】

此诗属于游仙诗。梦中一切都是和谐而美丽的，不仅有奇花异草，奇珍异宝，还有元始天尊的器乐声、游鱼，清华庭的玉花、蒲草、渌景、丹房。诗人通过对梦中天地四方美好景象的描写，勾勒出仙境的富丽堂皇，无忧无虑，最后写醒来后的失落，实际上借梦境反衬现实的无奈，梦境成为现实的避难所。诗歌想象丰富，多用道家典故。

【笺释】

［1］八埌：八方边远之地。典出沈约《大壮舞歌》："君临万国，遂抚八寅。"限隅：角落。

［2］怿怡：快乐和悦。

［3］六区：谓上下四方。典出张衡《思玄赋》："愿得远度以自娱，上下无常穷六区。"

［4］搴：见前注。沙棠：木名，木材可造船，果实可食。典出《山海经·西山经》："（昆仑之丘）有木焉，其状如棠，黄华赤实，其味如李而无核，名曰沙棠；可以御水，食之使人不溺。"榑（fú）桑：扶桑，神话中的树名。典出《山海经·海外东经》："汤谷上有扶桑，十日所浴，在黑齿北。"

［5］蹀（dié）：踏，蹈。朱陵：朱陵洞天，道家所称三十六洞天之一，借指神仙居所。典出庾信《道士步虚词》之一："赤玉灵文下，朱陵真气来。"冰夷：冯夷，传说中的河神。典出《山海经·海内北经》："从极之渊，深

三百仞，维冰夷恒都焉。夷人面，乘两龙。"

[6]九阴：幽渺之地。八景舆：传说仙人所乘的车名。典出陶弘景《真诰·甄命授》："君曰：'仙道有八景之舆以游行上清。'"

[7]钩陈：星宫名。典出扬雄《甘泉赋》："诏招摇与太阴兮，伏钩陈使当兵。"

[8]甘渊：古代传说中的地名。典出《山海经·大荒南经》："东南海之外，甘水之间，有羲和之国，有女子名曰羲和，方浴日于甘渊。"浘涠：古代传说中海水所归之处，现多用来指江河的下游。典出《庄子·秋水》。寒门：古代传说中北方极寒冷的地方。典出《楚辞·远游》："舒并节以驰骛兮，逴绝垠乎寒门。"闉阇：古代城门外瓮城的重门。典出《诗经·郑风·出其东门》："出其闉阇，有女如荼。"

[9]琅：洁白、华美如玉。萧：草木茂密的样子。

[10]旸谷：古称日出之处。典出《尚书·尧典》："分命羲仲，宅嵎夷，曰旸谷，寅宾出日。"汧（qiān）：水决之泽为汧。阊阖：天门。典出《汉书·扬雄传上》："东延昆邻，西驰阊阖。"

[11]侁（shēn）：形容众多。趺（fū）：碑下的石座，指青龙盘伏的石座。

[12]柤：山楂树。

[13]金阙：道家谓天上有黄金阙，为仙人或天帝所居。典出《神异经·西北荒经》："西北荒中有两金阙，高百丈。"

[14]汋：古通"酌"，挹取。砂：道家所炼丹砂，"朱砂"的简称。圆丘：古代传说中的仙山。典出郭璞《游仙诗》："圆丘有奇草，钟山出灵液。"

[15]轻镳：代指奔马。

[16]璧月：对月亮的美称。芝盖：指车盖或伞盖，芝形如盖，故名。典出张衡《西京赋》："骊驾四鹿，芝盖九葩。"琳：青色玉。旗：泛指旗帜。

[17]六莹：古乐名，相传为帝喾或颛顼所作。典出《淮南子·原道训》："耳听《九韶》《六莹》，口味煎熬芬芳。"化人：仙人。九光：五光十色，形容光芒色彩绚烂。典出《海内十洲记·昆仑》："碧玉之堂，琼华之室，紫翠丹室，锦云烛日，朱霞九光。"离朱：传说中的神禽。典出《山海经·海外南经》："狄山，帝尧葬于阳，帝喾葬于阴。爰有熊、罴、文虎、蜼、豹、离朱、视肉。"

[18]翳：用羽毛做的舞具。

[19]秦箫：传说萧史善吹箫作凤鸣，秦穆公以女弄玉妻之，后两人俱登仙而去。事见刘向《列仙传》。太无：空旷虚无之境。典出《文子·精诚》：

"老子曰：若夫圣人之游也，即动乎至虚，游心乎太无，驰于方外，行于无门，听于无声，视于无形。"

［20］元降：玄降。语本武则天《曳鼎歌》："上玄降鉴，方建隆基。"消摇墟：《消摇墟经》，介绍神仙人物，略记其玄言轶事，类《列仙传》。

［21］元始：又名"太上盘古氏天道元始天尊"，是公认的道教鼻祖，混沌未开之时，元始天尊曾以盘古巨身开天辟地。

［22］清华：指景物清秀美丽。语本晋·谢混《游西池》："景昃鸣禽集，水木湛清华。"

［23］琼葳：玉花。葽（yáo）：蒲叶也。

［24］渌：清澈。丹房：神仙的住所。典出《海内十洲记·昆仑》："碧玉之堂，琼华之室，紫翠丹房。"

［25］昌图掷羽絓（guà）：化用织女为董永还债，家道昌盛的故事。双成：董双成，神话中西王母侍女名。

［26］缠璇：缠璇之经。西壁图：劝人止恶的图画出自《太平经》卷一百零一。

［27］匏瓜：此处当作星名。前蜀·杜光庭所撰《墉城集仙录》中录有《九月二十五日夜云林右英夫人授作》诗："手携织女舞，并领匏瓜庭。"金珰书：道教经籍，即《太上玉佩金珰太极金书上经》，又称《玉佩金珰太霄隐书玄真洞飞二景宝经》。

［28］三涂：亦作"三途"，佛教用语，即火途（地狱道）、血途（畜生道）、刀途（饿鬼道）。

［29］十洲：古代传说中仙人居住的十个岛。典出《海内十洲记》："汉武帝既闻西王母说八方巨海之中有祖洲、瀛洲、玄洲、炎洲、长洲、元洲、流洲、生洲、凤麟洲、聚窟洲。有此十洲，乃人迹所稀绝处。"

［30］六龙：指太阳。神话传说日神乘车，驾以六龙，羲和为御者。典出刘向《九叹·远游》："贯澒蒙以东揭兮，维六龙于扶桑。"天衢：见前注。

105. 大象篇

大象无灼寂，梦觉均斯须。[1] 鲵鸟识风化，涸鱼忘江湖。[2]
离跂桎梏中，攘臂嗤墨、儒。[3] 内犍蕴性渊，外鞭洪情郭。[4]

心荄萎阳筴，欲颖滢阴濡。[5]　意物育三惑，张编罗万殊。[6]

煜煜蜃嘘楼，憧憧蚗嘈肤。[7]　四游有积迁，百感森忧虞。[8]

泛景神缳挥，罩彩天㳒舒。[9]　游飔迁静沧，慧日扁笑枢。[10]

素德衰厥标，蓬心安可祛。[11]　至人玩妙钧，畸士笑守株。[12]

尚习希惠津，达观阐洪炉。[13]　阅我《八埻篇》，语我《真一符》。

人身渺微物，漂若过隙驹。[14]　渌水春冰华，青条秋露珠。

凝释在一朝，幻化沦空无。　大哉灵明资！流停恣所如。[15]

萌肇剖蕴蒙，玄根阅型模。[16]　金胚爌华沟，琼刃游方喁。[17]

吾身岂所托？偶讬终蘧庐。[18]　有如银蟾津，喻以金方诸。[19]

明水乃无涯，鉴形多迁渝。[20]　储液轮郭间，奄忽晓玄初。[21]

得象在遗环，为圆梯破瓠。[22]　髑髅愗返形，灵羽期拼扶。[23]

滞质非元同，遗物斯恬愉。[24]　清虚真宰存，寂灭天倪孚。[25]

柱史珍无身，邹贤贱养躯。[26]　漆叟缅豨韦，列生讴华胥。[27]

觚觚复初训，万譬同一途。[28]　载魄晞朝霞，游魂周六区。

鸾鸣谢啾啾，蝶化昭蘧蘧。[29]　太清神独征，神征形不俱。[30]

箫阁阒凤吹，弓湖稽象舆。[31]　不见秋至草，宁回西日榆？

吁嗟逐生客，耽综遾年书。　羽霓络尘缨，琅圃恢歧衢。

迢遥殷铿室，詙诡秦仓图。[32]　吾思耽喜术，本物沟精粗。

泯热譬焚泽，无樱征坠车。[33]　所真非我形，在物终游华。

有身物自宾，诱物神斯拘。[34]　暧暧五缠纪，睽睽双玄疏。[35]

滓泥无素沙，映浊忘清渠。　弗闻糟莩沉，渐惜荧魂枯。[36]

木萌有梏亡，草烬奚重苏。[37]　九天纵可跻，羽化侨鹑驾。[38]

天龄矧弗延，超劫惟苍虚。　境虚尘弗栖，蜚龙焉所趋？

何不寂色身，三幡归一无。[39]　无生亦何伤？有象非真吾。

颖关指真宅，独与神明居[40]　何必栖形影，迤遭生死途。[41]

愿子植遐想，熙心滋内娱。　慧炬煚灵薪，莹泉沛神蔬。[42]

揔德贵忘筌，遗形基损余。[43]　妙运皆自然，摄颐非吾徒。

聆言意仿徨，俾我元思纾。　邈凄霄汉昏，静慨川谷污。

偷俗凋粹淳，众芳丛秽芜。　羝羊冥触藩，鹪雉甘罹罦。[44]

弥纶罥浊陬，焉知舟壑诬。[45]　誓息域中驾，旋真云根都。[46]

絮心白素丝，闲虑青篷篨。[47]　巽风条秒蟺，解雨范精敷。[48]

濯性澡寂波，挥玄拂尘墟。　阒阒窈冥门，潭潭昌盍同。[49]

归魂自有乡，《大招》谢灵巫。[50]

【解题】

此诗属于说理诗，诗题取首句前两字"大象"而成，正说明刘氏自己也难以用一个具体的诗题来命名。从诗歌内容来看，其中夹杂佛道思想，多用佛道典故。经历过复杂多变的人生后，诗人强调人生与世事的"空无""虚幻"，感慨人生之微妙，生命之短暂；或言人生如同冰华和露珠，生灭消逝是瞬间之事，由此诗人想要寻找解脱之道，以佛教"凡所有相，皆是虚妄"说否定人生世相，认为可以抛却形体的束缚，从而达观地看待人的生死，诗歌的最后表达自己想要通过内心的枯寂来屏除尘世的烦扰和苦恼。这首诗也是刘氏有感于现实的无奈和痛苦而作。

【笺释】

［1］大象：宏大的景象。典出《老子》："大白若辱，大方无隅，大器晚成，大音希声，大象无形。"斯须：一会儿。

［2］鷁（yì）：又作"鹢"，水鸟，被认为预兆风俗教化。典出《左传·僖公十六年》："十有六年春，王正月……是月，六鹢退飞，过宋都。"涸鱼："涸辙鲋"，比喻处于困境、急待援助的人或物。典出《庄子·外物》："庄周忿然作色曰：'周昨来，有中道而呼者。周顾视车辙中，有鲋鱼焉。'"江湖：江河湖海，比喻远离朝廷的民间。典出《庄子·大宗师》："相濡以沫，莫若相忘于江湖。"

［3］离跂：踮起脚跟，形容用力的样子。典出《庄子·在宥》："今世殊死者相枕也，桁杨者相推也，刑戮者相望也，而儒、墨乃始离跂攘臂乎桎梏之间。"

［4］键：关闭。蕴：郁结，积滞。韄（hù）：缠在佩刀把上的皮绳，引申为束缚。典出《庄子·庚桑楚》："夫外韄者不可繁而捉，将内揵；内韄者不可缪而捉，将外揵。"

［5］荄（gāi）：草根。

［6］意物：人类的感官对事物的感觉、印象。典出《荀子·正名》："凡同类同情者，其天官之意物也同。"三惑：天台宗把一切迷事、迷理的妄惑归纳作三类：见思惑，尘沙惑，无明惑，总称"三惑"。

［7］噆（zǎn）肤：虻虫叮咬皮肤。典出《庄子·天运篇》："蚊虻噆肤，则通昔不寐矣。"

［8］四游：古人认为大地和星辰在一年的四季中，分别向东、南、西、北四极移动，称"四游"。语见《礼记·月令》。

[9] 天弢（tāo）：天然的束缚。

[10] 慧日：梵语，意为以日光比喻佛之智慧普照众生，能破无明生死痴暗。

[11] 素德：清白的美德。蓬心：被蓬草遮蔽了的心。典出《庄子·逍遥游》："则夫子犹有蓬之心也夫！"

[12] 至人：道家指超凡脱俗，达到无我境界的人。典出《庄子·逍遥游》："至人无己，神人无功，圣人无名。"畸士：独行拔俗之人。

[13] 洪炉：比喻能陶冶人、锻炼人的环境。

[14] 隙：缝隙。典出《庄子·知北游》："人生天地之间，若白驹之过隙，忽然而已。"

[15] 灵明：通灵明敏。

[16] 玄根：道的根本。典出《老子》："玄牝之门，是谓天地根。"

[17] 爌（huǎng）：照亮。琼刃：玉斧，传说中的仙人许翙（huì）的小名。语本梁·陶弘景《华阳颂》："方隅游琼刃，华阳栖隐居。"

[18] 蘧（qú）庐：古代驿传中供人休息的房子，犹今言旅馆。典出《庄子·天运》："名，公器也，不可多取。仁义，先生之蘧庐也。"

[19] 噏：吸。方诸：古代在月下承露取水的器具。典出《淮南子·览冥训》："夫阳燧取火于日，方诸取露于月。"

[20] 明水：古代祭祀所用的净水。典出《周礼·秋官·司隶/庭氏》："以鉴取明水于月。"迁渝：犹迁变。

[21] 奄忽：迅速。暌（kuí）：违背，离开。

[22] 得象："得意忘象"，指只取其精神而无视其形式。破觚（gū）：削去棱角。典出《史记·酷吏列传》："汉兴，破觚而为圆，斫雕而为朴，网漏于吞舟之鱼，而吏治烝烝，不至于奸，黎民艾安。"

[23] 髑（dú）髅：死人的头盖骨。典出《庄子·至乐》："庄子之楚，见空髑髅。"怒（nì）：伤痛。灵羽：栖于昆仑绝顶之神鸟，比喻远离凡尘的世外隐士。语本《云笈七签》卷九八："灵羽振翅玄圃之峰，以违罗紃之患。"

[24] 滞：反应迟钝；缺乏活力、生气或成效。

[25] 清虚：道家用语，清净虚无。典出《文子·自然》："老子曰：'清虚者，天之明也；无为者，治之常也。'"真宰：宇宙的主宰。典出《庄子·齐物论》："若有真宰，而特不得其眹。"也指自然之性。天倪：自然的分际。典出《庄子·齐物论》："何谓和之以天倪？"

[26] 柱史："柱下史"的省称，代指老子。老子推崇无身。《老子》："及

吾无身，吾有何患？"无身：谓没有自我烦恼的存在。邹贤：指孟子。孟子注重人的内在精神修养，而不注重人的形体，有"劳其筋骨，饿其体肤，空乏其身"之说。

〔27〕漆叟：指庄子，也作"漆园叟"。庄子曾为漆园吏，故称。狶韦："狶韦氏"，古之得道者。见《庄子·大宗师》："狶韦氏得之，以挈天地。"列生：指列御寇。譝（shéng）：赞誉。华胥：见前注。

〔28〕觥觥（gōng）：刚直的样子。

〔29〕蝶化：比喻做梦。蘧蘧（qú）：悠然自得的样子。典出《庄子·齐物论》。

〔30〕太清：古人指元气之清者。

〔31〕凤吹：泛指笙箫细乐，也以"凤吹"比喻世外仙音。典出刘向《列仙传·王子乔》："王子乔者，周灵王太子晋也。好吹笙作凤鸣，游伊洛之间。"象舆：太一之车。典出贾谊《惜誓》："飞朱鸟使先驱兮，驾太一之象舆。"

〔32〕殷铿室：殷时大夫铿铿的修炼成仙之术。典出《搜神记》。俶诡（chù guǐ）：奇异、安静。秦仓图：亲人阮仓之作《列仙图》典出《列仙传》。

〔33〕搅：扰乱。

〔34〕自宾：自然归顺。典出《老子》："侯王若能守之，万物将自宾。"

〔35〕玄疏：指天台大师智顗说，章安所记之"法华经玄义"与"法华经文句"，又称为妙玄妙疏。

〔36〕糟莘："糟"当为"精"，"莘"如葭莘之"莘"，目精之表也。荧魂：指目之神气。典出扬雄《扬子法言·修身》："荧魂旷枯，糟莘旷沉，摘埴索涂，冥行而已矣。"

〔37〕梏亡：意为指因受束缚而致丧失。典出《孟子·告子上》："则其旦昼之所为，有梏亡之矣。"

〔38〕鹑鴽（chún rú）：指小鸟。意谓成仙也不过如同鹑鴽等小鸟之辈。

〔39〕色身：佛教用语，即肉身。三幡：道家谓色、空、观三者最易动摇人心。

〔40〕颖关：关尹，据说为周朝大夫，为先秦道家代表人物。真宅：人死后的真正归宿。典出《列子·天瑞》："鬼，归也，归其真宅。"

〔41〕形影：人的形体与影子。陶渊明作《形影神》，也以"形"指代人乞求长生的愿望，"影"指代人求善立名的愿望。迍邅（zhūn zhān）：迟疑不进的样子。

〔42〕慧炬：佛教用语，谓无幽不照的智慧。

［43］揫：持；揽。

［44］羝羊句：进退两难的意思。典出《周易·大壮》："羝羊触藩，羸其角。不能退，不能遂。"鷑雉：野鸡名。典出《左传·昭公十七年》："五雉为五工正。"杜预注："雉有五种，西方曰鷑雉。"

［45］弥纶：统摄，笼盖。舟壑：意谓世事都在不知不觉之中变化着。典出《庄子·大宗师》："夫藏舟于壑，藏山于泽，谓之固矣。"

［46］云根：道院僧寺。为云游僧道歇脚之处，故称。

［47］簜篨（jù chú）：簜，竹席。

［48］巽风：《周易》认为巽卦主风。此处意为风刮起来吹走了污秽的东西。解雨：下雨。典出《周易·解卦》："天地解而雷雨作。"

［49］窈冥：遥远。典出《庄子·天运》："动于无方，居于窈冥。"昌盍：阊阖，传说中的西边的天门。

［50］《大招》：《楚辞》中的一首诗，相传为屈原招楚怀王之词。

106. 咏史十二首

（一）

嵎谷驶六蜚，华渚策九虹。[1]六蜚无朔南，九虹有西东。
昔为瑶光星，今入幽房宫。[2]大宇多阿池，飞跃齐鱼蝾。[3]
五铃未可甄，六节畴能通？[4]何不逐离光，绚发歌阴风？[5]

【解题】

落日时分，刘氏就眼前所见晚霞、星光、山河景色，展开想象与议论，这部分相当于序诗。在该组诗中作者犹如历史导游者，在不同的朝代时空穿梭。诗中自神话传说的历史人物说起，咏史与现实结合，并借此抒发自己的感情。每首诗长短不一，情景结合，以史代论。该组诗用典丰富，读来古朴典雅，正如海纳川所言"斑剥陆离，如见周秦古器"，但诗中人个人情感较为匮乏。

【笺释】

[1] 嵎谷：传说中的日落之处。典出《列子·汤问》："夸父不量力，欲追日影，逐之于嵎谷之际。"六蜚："六骓"，古代皇帝的车驾六马，疾行如飞，故名。华渚：古代传说中的地名。典出《宋书·符瑞志上》："帝挚少昊氏，母曰女节，见星如虹，下流华渚，既而梦接意感，生少昊。登帝位，有凤皇之瑞。"

[2] 瑶光：北斗七星的第七星名，古代以为象征祥瑞。幽房：意谓昏暗不明之所。

[3] 大宇：太空；天地之间。

[4] 五钤：喻兵书谋略。六节：古卿大夫朝聘天子诸侯，或吏民通行他国，用作凭证的六种信物。节，符信。典出《周礼·秋官》："达天下之六节：山国用虎节，土国用人节，泽国用龙节，皆以金为之；道路用旌节，门关用符节，都鄙用管节，皆以竹为之。"

[5] 绚：绳索，此处比喻长发。

（二）

狙神出长淮，六龙带悲音。^[1]羲驭有真宅，不必榑桑林。^[2]
都士歌狐裘，风人慨鱼鬐。^[3]驱我白羽车，讴我金天吟。
轩台阒灵踪，稷泽今蹄涔。^[4]木禾不结实，菫草敷重阴。^[5]
侧闻群玉山，册府森球琳。^[6]发册披《河图》，华胥无近寻。^[7]
玉羊阒华峰，金鸡思岱岑。^[8]长揖谢泰皇，天枢安可任？^[9]

【解题】

诗写淮河日落时景色，贫富人士关心不一样，现实困窘，理想破灭；史册中的远古和谐时代不复存在，希望泰皇（人皇）能够择贤而任，也有怀才不遇的愤恨。

【笺释】

[1] 狙神氏：又作駏神氏，狙同"駏"，黑暗神，出自淮水，驾六只飞羊，为政三百年。

[2] 羲驭：太阳的代称。羲和为日驭，故名。真宅：指人死后的埋葬之地。

[3] 都士：大城市的人，掌管都家狱讼事的官员。大城市里的人穿着狐皮大衣而放歌。典出《诗经·秦风·终南》："君子至止，锦衣狐裘。"鬐：古

代炊具。

　　[4] 灵踪：指神灵。稷泽：河泽名。传说古代后稷曾用此水使民耕种，故称。蹄涔：牛蹄留下的小水坑。典出《淮南子·氾论训》："夫牛蹄之涔，不能生鳣鲔。"

　　[5] 木禾：传说中一种高大的谷类植物。堇（jǐn）：多年生草本植物，杂草。

　　[6] 册府：古代帝王藏书之所。球琳：泛指美玉。

　　[7]《河图》：据说伏羲通过龙马身上的图案与自己的观察，画出了"八卦"，而龙马身上的图案就叫作"河图"。

　　[8] 玉羊、金鸡：东岳与西岳的精灵，如果出现，主生贤佐。化用《易纬是类谋》："太山失金鸡，西岳亡玉羊。"此句意谓现实没有贤才辅助。

　　[9] 泰皇：传说中的古帝名，三皇之一。典出《史记·秦始皇本纪》："古有天皇，有地皇，有泰皇，泰皇最贵。"天椓（zhuó）：椓，伤害，毁坏。化用《诗经·小雅·正月》："民今之无禄，天夭是椓。"

<h2 align="center">（三）</h2>

素矩无埒垠，雕俗颠楮恒。[1] 不闻朱弦越，宁知玄酒升？[2]
五德管始终，三正轮废兴。[3] 殷乐付挚干，夏祀余杞、鄫。[4]
栾释车前辙，彩帛弘岐缯。[5] 昔履芃野霜，今睹明都冰。[6]
否泰有平诐，高深移谷陵。[7] 杂县殉鼓钟，丹凤怡巢橧。[8]
所以漆园叟，长跂拇扶鹏。[9]

【解题】

　　诗歌写夏商易代之际文化继承与变迁，诗人对雕饰奢靡的风气提出批评，倡导素朴质直的风气，同时认为否泰贫富相对转化，渴望像大鹏一样展翅飞翔。

【笺释】

　　[1] 埒垠：界限；边际。典出《淮南子·俶真训》："萌兆牙蘖，未有形埒垠堮。"雕俗：浮伪的习俗。典出《管子·七法》："一体之治者，去奇说，禁雕俗也。"楮（zhǐ）：柱子下面的墩子。典出《周易·恒卦》："楮恒凶。"按，恒上变为鼎，铉宜在上，故大吉；楮宜在下，在上故凶。

　　[2] 朱弦越："朱弦疏越"，质朴典雅的《清庙》之乐。典出《乐记》："清庙之瑟，朱弦而疏越，一倡而三叹，有遗音者矣。"古人认为礼乐相通，懂得乐的人也就近乎懂得礼了。礼乐都能够懂得，那就叫作有德。玄酒：古代祭

礼中当酒用的清水。古礼中最贵重的酒"玄酒"，实际上就是清水。典出《礼记·乡饮酒义》："尊有玄酒，贵其质也。"

〔3〕五德：战国时期的阴阳家邹衍所主张的历史观念，指五行木、火、土、金、水所代表的五种德性周而复始地循环运转。三正：夏正建寅，殷正建丑，周正建子，合称"三正"。典出《尚书·甘誓》："有扈氏威侮五行，怠弃三正。"

〔4〕挚干：据《世本》记载："祖伊七世孙成，徙国于挚，更号挚国。"杞：夏朝灭亡后其后裔被商朝封在杞。鄫：源自夏代少康次子曲烈的封国，因始封地名为"鄫"而得国名。

〔5〕栾：木名。典出《山海经·大荒南经》："雨之山有木名栾……黄木，赤技，青叶，群帝焉取药。"缯：杂帛曰缯。

〔6〕芜野：荒远之地。典出《诗经·小雅·小明》："我征徂西，至于芜野。"明都：孟渚，水中的小块陆地。

〔7〕诐：斜歪不正。

〔8〕杂县：海鸟名，亦名爰居。"爰居厌鼓钟"，形容任情适性之人无法忍受俗世功名的束缚。典出《庄子·至乐》："昔有海鸟止于鲁郊，鲁侯御而觞之于庙，奏《九韶》以为乐，具太牢以为膳，鸟乃眩视忧悲，不敢食一脔，不敢饮一杯，三日而死。"稽：垫草。

〔9〕漆园叟：庄子，见前注。跂：当作"企"，企盼。

（四）

泰符阐元宫，燎彩开神州。　驾言发奉高，上陟梁甫丘。[1]
龙检舒玉苞，凤牒涵金潦。[2]上有丹陵甑，下有山车勾。[3]
捅功齐百王，陪毂驰元侯。[4]东皇倘可臻，帝德诚无逑。[5]
岱云不崇朝，玄景惊西流。[6]绿蓂恋华春，黄芝怨藻秋。[7]
灵运有屈伸，譬彼寒暑周。[8]借问悲泉女，宁知玉仪游？[9]

【解题】

《管子·封禅篇》记载远古暨夏、商、周三代已有封禅的传说。诗写古代帝王在太平盛世或天降祥瑞之时的祭祀天地的封禅大典，场面壮观。刘氏认为如果德行可以和圣王一样的话，可算自古无匹的帝王。

【笺释】

〔1〕驾言：乘车；言，语助词；指代出游，出行。典出《诗经·邶风·泉

水》："驾言出游，以写我忧。"奉高：古县名，汉武帝元封元年（公元前110年）封禅泰山至此，置以奉祀泰山。陟：晋升，进用。梁甫：梁父山，在泰山下。

[2] 玉苞：玉石聚集繁盛的样子。潦：停聚的水。语本《吕氏春秋·仲夏纪》："禹通大川，决壅塞，凿龙门，降通潦水以导河。"

[3] 丹陵：地名，传说为尧的诞生地。甄：古代做饭的一种陶器。山车：传说帝王有德，天下太平，则山车出现，古代以为祥瑞之物。典出《礼记·礼运》："山出器车。"

[4] 㧑：竞力，战斗。元侯：诸侯之长。典出《左传·襄公四年》："三《夏》，天子所以享元侯也，使臣弗敢与闻。"

[5] 东皇：指天神东皇太一。倘：倘若，假如。逑：配偶；与之匹配的人。

[6] 岱云：岱宗泰山上的云。此处"不崇朝"即"不终朝"，用《诗经·卫风·河广》"谁谓宋远？曾不崇朝"义。

[7] 荚：传说中尧时的一种瑞草，亦称"历荚"。

[8] 屈：弯曲。周：周期交替。

[9] 悲泉女：指日落处，亦喻时光易逝。典出《淮南子·天文训》："（日）至于悲泉，爰止其女，爰息其马，是谓县车，至于虞渊，是谓黄昏。"玉仪：浑天仪的别名。典出《晋书·天文志上》："《考灵曜》云：'……昏明主时，乃命中星观玉仪之游。'郑玄谓以玉为浑仪也。"

（五）

春宾嵎夷日，秋饯柳谷阳。[1] 璿轮运七机，尺玉无停衡。[2]
岂无瑶华珍？畴能久芬芳。 解珍贻所钦，辞我文府堂。[3]
卿云亘中天，八伯休褰裳。[4] 不见大鹿野，淡然歌帝唐。[5]

【解题】

诗写春秋转换，斗转星移，时间虽然变化，只有无为而治的唐尧时代才是完美的，正因为如此，瑞云漫天，八方安定无事，百姓歌颂。刘氏在诗中追溯、歌颂远古时期。

【笺释】

[1] 嵎夷：古代指东部的海滨地区。古代士人于春日相见礼仪属于宾礼，另有乡饮酒礼。柳谷：古以为主西方之官和仲所居，日入之处。

[2] 璿：天璇。与玉衡并称，泛指星象。

［3］文府：文章的府库，指收藏图书的地方。

［4］卿云：庆云，一种彩云，古人视为祥瑞。八伯：古代畿外八州的最高长官，相传尧舜时皆有。典出《易传·系辞传下》："黄帝、尧、舜垂衣裳而天下治，盖取诸乾坤。"

［5］鹿野：尧帝时族名，代指无君时代的状况。典出《吕氏春秋·恃君》："渭滨之东，夷、秽之乡，大解、陵鱼、其、鹿野、摇山、扬岛、大人之居，多无君。"淡然：细小的水流。帝唐：指唐尧帝，因定都在陶唐，故称唐尧。

（六）

百川安可涤？天怒方邅回。[1] 万邦根食艰，九域珍辉开。[2]

灿灿夷水珠，灼灼荆山玑。[3] 珠玑不我昭，中有襄陵哀。[4]

【解题】

此诗写现实中原大地生活艰辛，而海外却丰衣足食，珠玑遍地。刘氏虽然身在异域，但心怀民生。

【笺释】

［1］邅回：难行不进貌。典出《淮南子·原道训》："邅回川谷之间，而滔腾大荒之野。"

［2］万邦：后引申为天下，全国。典出《尚书·尧典》："协和万邦，黎民于变时雍。"

［3］夷水：或指中国古代水名。今湖北西部长江支流清江及其上游小河。典出《后汉书·南蛮西南夷列传》："（廪君）乃乘土船，从夷水至盐阳。"

［4］襄陵：谓大水漫上丘陵。典出《尚书·尧典》："汤汤洪水方割，荡荡怀山襄陵。"

（七）

穆野径千里，中有双龙飞。华盖暐赤霄，玉璜炳朱辉。[1]

借问操翳谁，无乃夏后开？[2] 将将筎磬音，《万》舞闻天扉。[3]

康娱天亦耽，颠倒三灵妃。[4] 遂令《九辨》乐，不共灵韶归。[5]

【解题】

本诗写夏启沉迷于歌舞享乐，不再喜爱远古舜时期的《韶》乐。

【笺释】

[1]华盖：帝王或贵官车上的伞盖。暐：光明。

[2]翳：用羽毛做的华盖。夏后开：夏朝国君启，大禹的儿子，开启了"家天下"的统治。典出《山海经·海外西经》："（夏后启）左手操翳，右手操环，佩玉璜。"

[3]将将：同"锵锵"，多状金玉之声。笕：以竹管所做管乐器。典出《墨子·非乐上》："于《武观》曰：'启乃淫逸康乐，野于饮食，将将铭，苋磬以力。湛浊于酒，渝食于野，万舞翼翼，章闻与天，天用弗式。'"《万》舞：古代一种大型舞蹈，多用于祭祀。《诗经》毛传："以干羽为万舞，用之宗庙山川。"

[4]康娱：逸乐；安乐。典出《离骚》："启《九辩》与《九歌》兮，夏康娱以自纵。"

[5]《九辩》乐：《离骚》："启《九辩》与《九歌》兮，夏康娱以自纵。"王逸注："《九辩》《九歌》，禹乐也。言禹平治水土，以有天下……故九州之物，皆可辩数。"韶：相传是舜时的乐舞。

（八）

驾言适亳都，东眺洪河流。[1] 薄亭亘其西，太华缭其陬。[2]
火钺颎炎华，纰罽鲜霜旐。[3] 黄鳞为沉珪，白狼供衔钩。[4]
三朡荐宝玉，九圉拵珑球。[5] 问君何为然？签云荷天休。[6]
镳宫有吉灵，江水多败舟。[7] 骏厖昔异迹，犴貐今同丘。[8]
勿逐牟光尘，蓼溪非澄湫。[9]

【解题】

本诗就商汤伐桀立论，先写商都亳的地理位置，再写当初商的军队威武雄壮，祭祀天地，得天佑护，所以打败了夏桀。

【笺释】

[1]亳都：商代都城。

[2]薄亭：古地名。"薄"即"亳"，在郑州。太华：西岳华山，因其西有少华山，故称太华。陬：山的角落。

[3]钺：古代兵器，青铜制，像斧，比斧大，圆刃可砍劈，中国商及西周盛行。颎：光；明亮。纰罽：古代氐族人所制的兽毛织物。典出《逸周书·王会解》："请令以丹青、白旄、纰罽、江历、龙角、神龟为献。"旐：古代旌旗

下边或边缘上悬垂的装饰品。

［4］黄鳞：黄鱼。沉珪：当是上古时期的一种祭祀活动。典出《竹书纪年》卷上："汤乃东至于洛，观帝尧之坛，沉璧退立，黄鱼双踊，黑鸟随之止于坛，化为黑玉。"白狼：白色的狼。古时以为祥瑞。典出《国语·周语·祭公谏穆王征犬戎》："王不听，遂征之，得四白狼、四白鹿以归。"衔钩：化用郭璞《山海经图赞·白狼》："矫矫白狼，有道则游。应符变质，乃衔灵钩。"

［5］三腰（zōng）：古国名，又作"鬷"。商汤伐桀，桀败逃于此，为汤攻灭并夺其宝玉。见《史纪·殷本纪》。九囿：上古指组成陆地的九个大区域，后被称为九州。

［6］荷：承蒙。天休：天赐福佑。典出《尚书·汤诰》："故凡我造国，无以非彝，无即慆淫，各守尔典，以承天休。"

［7］镳宫：相传为商汤承受天命的王宫。典出《墨子·非攻下》："天乃命汤于镳宫，用受夏之大命。"

［8］骏厖（páng）："骏厖"，犹言笃厚。典出《诗经·商颂·长发》："受小共大共，为下国骏厖。"貆："貛"，豪猪。貈："貉"，狐狸。

［9］牟光：牟，通"务"，即务光，夏朝末年隐士商汤曾让位于年光，年光不受，投水死。蓼：一年生草本植物，生长在水边或水中。湫：潭水。

（九）

檀车无停轨，周道悠且长。　借问君何之？四牡征朔方。[1]
忆昔初别君，猃狁犹未襄。[2]惓怀君子车，旟旐驰央央。[3]
薇黄知岁深，杞绿知春阳。[4]日夕雨雪霏，鱼箙凋胡霜。[5]
崔嵬纵易跻，君马嗟玄黄。[6]南山有殷雷，汝濆多赪鲂。[7]
览序怀所思，会言安可常？　夕聆草虫悲，晨睹仓庚翔。[8]
黍华昔盈畤，繁实今盈筐。[9]不见焦濩间，飙风吟《国殇》？[10]
请韬《大武》篇，一抶金版藏。[11]阴铃不能言，试讯璠溪璜。[12]

【解题】

本诗写西周对猃狁的战争，化用《诗经·小雅·四牡》《采薇》诗意，虽然战事旷日持久，艰苦异常，战士也有念家怀乡之情，但更多的是保家卫国的豪情与建功立业的信心。诗歌选取历史事件进行片段描写，情景交融，与纯粹论史诗相比更有形象性。

【笺释】

[1] 四牡：四匹马拉的快车。征朔方:《诗经·小雅·四牡》中描述的征狁狁。

[2] 狁狁：中国古代的犬戎民族，活动于今陕、甘一带。西周初其势渐强，成为周王朝一大威胁。周宣王曾多次出兵抵御，并在朔方建筑城堡。

[3] 旃（zhān）：古代一种赤色曲柄的旗。旐（zhào）：上古郊野官吏用的旗，有四条长飘带，上有龟蛇图案。

[4] 薇黄、杞绿：意谓薇菜变黄才知道时间已到年末，杞柳绿了才感觉到春天的阳光。化用《诗经·小雅·采薇》诗意。

[5] 鱼箙（fú）：装饰有鱼文的箭袋。

[6] 跻：登；上升。玄黄：马有病。化用《诗经·周南·卷耳》诗意。

[7] 殷雷：轰鸣的雷声，亦指大雷。濆：水边；岸边。赪：红色。

[8] 仓庚：黄莺的别名。典出《诗经·豳风·东山》："仓庚于飞，熠燿其羽。"

[9] 蘩：白蒿。

[10] 焦濩：湖泽名，在今陕西泾阳县北。典出《诗经·小雅·六月》："狁狁匪茹，整居焦获。"《国殇》：指屈原的作品《九歌·国殇》，是追悼楚国阵亡士卒的挽诗。此指战歌凛然悲壮、亢直阳刚之美。

[11]《大武》篇：组诗《诗经·周颂·大武》，周代的乐舞之一，舞蹈的内容表现了周武王克商的功绩。金版：亦作"金板"。天子祭告上帝镂刻告词的金属版，用以铭记大事，使不磨灭。

[12] 阴铃:《隋书·经籍志》所载《太公阴符铃录》，此书为兵书。璠溪璜：姜太公"钓璜"，垂钓而得玉璜，喻臣遇明主，君得贤相。典出《尚书大传》卷一："周文王至磻溪，见吕望，文王拜之。尚父云：'望钓得玉璜，刻曰：周受命，吕佐检德合，于今昌来提。'"

（十）

趋车适京洛，愿观大教宫。[1]　八窗豁重轩，九室垣崇墉。[2]

明庭知屏阳，应门司藩东。[3]　辰极矩玑衡，隔流型璧琮。[4]

灵鱼泳南沼，皎鹭翚西廱。[5]　渊渊斧扆张，屹屹玄扉崇。[6]

嗣王沛缉熙，百辟虔竫恭。[7]　多士颂噪兔，方国辉衮龙。[8]

十夫陟殷仪，三恪宾虞公。[9]　荐琛姑妹珍，服猛屠何熊。[10]

明德裕多方，鲜光迪前庸。[11]　辉台知瑞云，嘶律知祥风。[12]

六气迓嘉休，五瑝开昭融。^[13]太和倘可徯，相期臻大同！^[14]

【解题】

诗歌由眼前建筑联想到周公业绩。周武王病逝后，武庚联合三监与东夷的徐、奄、薄姑等方国叛乱反周。周公东征，平定叛乱，消灭了殷商王朝的残余势力，决定将商人进行分化融合，封前代三王朝的子孙，给以王侯名号，从此中原安定。诗中对周公制礼作乐、推行教化、内外和谐、民生安康极度称赞，将其比之大同之世。

【笺释】

［1］大教宫：洛阳有"河出图，洛出书"之说，被称为神都。此地建有纪念周公的元圣庙。

［2］九室：古明堂的九间房屋。典出《大戴礼记·明堂》："明堂者……凡九室。"墉：高墙。

［3］明庭：古代帝王祭祀神灵之地。应门：西周时期，君王出入之门为正门。

［4］辰极：北斗。玑衡：璇玑玉衡，古代观测天体的仪器。

［5］翚：飞翔。西雍：古代位于都邑西郊的泽宫，指周天子"四门之学"的辟雍。典出《诗经·周颂·振鹭》："振鹭于飞，于彼西雍。"

［6］渊渊：深邃。典出《庄子·知北游》："渊渊乎其若海，巍巍乎其终则复始也。"斧扆：亦作"斧依"。古代帝王朝堂所用的状如屏风的器具，以绛为质，高八尺，东西当户牖之间。其上有斧形图案，故名。典出《逸周书·明堂解》："天子之位，负斧扆，南面立。"屹屹：高大挺立貌。

［7］缉熙：光明。典出《诗经·大雅·文王》："穆穆文王，于缉熙敬止。"百辟：诸侯。典出《尚书·洛诰》："汝其敬识百辟享，亦识其有不享。"靖恭："靖"亦作"靖"，即"靖恭"，靖恭地奉守；静肃恭谨。典出《诗经·小雅·小明》："靖共尔位，正直是与。"

［8］多士：殷商的旧臣。典出《尚书·周书》："成周既成，迁殷顽民，周公以王命诰，作《多士》。"方国：诸侯之国。典出《诗经·大雅·大明》："厥德不回，以受方国。"

［9］十夫：千亩田。古代井田制，一夫受田百亩，故以"夫"借指百亩田。典出《周礼·地官·遂人》："十夫有沟，沟上有畛。"陟：晋升，进用。意指周用殷制。三恪：周朝新立，封前代三王朝的子孙，给以王侯名号，称三恪，

以示敬重。虞公：是春秋时代姬姓的公爵诸侯，是周朝皇室的后裔。

［10］姑妹珍：古国名。典出《汲冢周书》："姑妹珍。"《注》："姑妹国，后属越。""姑妹"似又作"姑蔑"。屠何：古代少数民族部族名，东胡之先人。典出《管子·小匡》："禽狄王，败胡貉，破屠何。"尹知章注："屠何，东胡之先也。"

［11］明德：光明之德；美德。鲜光：犹光明。典出《尚书大传》卷四："以勤文王之鲜光，以扬武王之大训，而天下大治。"庸：功勋。

［12］嘤：形容声音和谐，如"雁嘤嘤而南游兮"。

［13］六气：自然气候变化的六种现象。指阴、阳、风、雨、晦、明。典出《左传·昭公元年》："天有六气，降生五味……六气曰阴、阳、风、雨、晦、明也。"嘉休：美好。五璜：为先秦时期女性贵族的玉质配饰，如考古出土有"五璜联珠组玉佩"，另有"六璜""七璜"之数，都代表了先秦时期的礼制特点。昭融：谓光大发扬。典出《诗经·大雅·既醉》："昭明有融，高朗令终。"

［14］太和：亦作"大和"，天地间冲和之气。典出《易传·乾》："保合太和，乃利贞。"

（十一）

入亦无所吟，出亦无所讴。请息四座喧，聆我歌成周。[1]
双阙壮台门，五轨枝中馗。[2] 檀车马四骝，锦縿龙九旒。[3]
八音协瞍蒙，三田驰梁驺。[4] 射豝发未终，宾筵倾千羞。[5]
《湛露》耽绮宵，《鹿鸣》歆素秋。[6] 主称束帛贶，宾拜金罍酬。[7]
纯嘏贶芏林，乐湛扬孔休。[8] 不惜侧弁俄，所嗟日月惆。[9]
何不溯南淮，伐鼗叙三洲？[10] 岂效身人子，窭叹熊黑求？[11]

【解题】

此诗歌颂成周，写周天子出猎与宴集的情况，箭无虚发，宾主有礼，其乐融融。时间流逝，并不追求神仙之道，而是思考选拔雄师猛将。诗歌的内容流露出刘氏对成周盛况的极度赞赏之情。

【笺释】

［1］成周：西周的东都洛邑，借指周公辅成王的兴盛时代。

［2］台门：城门。馗：同"逵"，大道。

［3］骝：赤毛白腹的马。縿：古时旌旗的正幅。九旒：亦作"九游"，古

代旌旗上的九条丝织垂饰。典出《礼记·乐记》："龙旗九旒，天子之旌也。"

[4]八音：我国古代对乐器的总称。见《周礼·春官·大司乐》。瞍：眼睛没有瞳仁，看不见东西。三田：古时天子、诸侯每年三次田猎称三田。梁驺：亦作"梁邹"，古代天子狩猎之地。典出班固《东都赋》："外则因原野以作苑，填流泉而为沼，发苹藻以潜鱼，丰圃草以毓兽，制同乎梁邹，谊合乎灵囿。"

[5]豝（bā）：母猪。羞：通"馐"，美味的食品。

[6]湛露：《诗经·小雅》篇名，属于宴饮诗，称颂君主之恩泽。见《左传·文公四年》："昔诸侯朝正于王，王宴乐之，于是乎赋《湛露》。则天子当阳，诸侯用命也。"鹿鸣：古代宴群臣嘉宾所用的乐歌。源于《诗经·小雅·鹿鸣》。歈：歌。

[7]罍：古代一种盛酒的容器，小口，广肩，深腹，圈足，有盖，多用青铜或陶制成。

[8]纯嘏：大福。典出《诗经·小雅·宾之初筵》："锡尔纯嘏，子孙其湛。"贶：赠，赐。孔休：也即"孔偕"，甚为整齐，意谓同心尽兴。典出《诗经·小雅·宾之初筵》："酒既和旨，饮酒孔偕。"

[9]侧弁：歪戴皮帽。典出《诗经·小雅·宾之初筵》："侧弁之俄，屡舞傞傞。"慆：消逝。语本《诗经·唐风·蟋蟀》："今我不乐，日月其慆。"

[10]溯：逆流而上。南淮：泛指淮水流域。鼛（gāo）：古代有事时用来召集人的一种大鼓。语本《诗经·小雅·鼓钟》："鼓钟伐鼛，淮有三洲，忧心且妯。"三洲：传说中的蓬莱、方丈、瀛洲三仙山。

[11]舟人：船夫。熊罴：皆为猛兽，因以喻勇士或雄师劲旅。典出《诗经·小雅·大东》："舟人之子，熊罴是裘。"

（十二）

仲尼昔栖遑，儒风恢鲁邹。[1]　低回彼泰章，悯伤王辙休。[2]
文质丧恒宗，韦编靡近求。[3]　空文奚劝惩？宝书资迪籀。[4]
举正二仪中，轮化三正周。[5]　五始囊坤乾，八枋移王侯。[6]
绵绵经礼延，郁郁火德修。[7]　感兹大角灵，愿言中央游。[8]
赤书荡鲁尘，黄瑞闿轩丘。[9]　崇替显百王，焉知姬与刘？[10]
感精无元符，更制终心雾。[10]　璜玉倘昭灵，九阴烛玄芭。[11]

【解题】

本诗叙述孔子历经周折，感叹王者之迹消亡，故而作《春秋》以褒贬诸侯，希望恢复周代礼乐制度，同时诗中也指出谶纬所谓孔子为汉代立法为无稽之谈。

【笺释】

[1] 栖遑：奔忙不定。邹：中国周代诸侯国名，在今山东省邹县东南。

[2] 彼黍章：《诗经·王风·黍离》："彼黍离离，彼稷之苗。行迈靡靡，中心摇摇。"

[3] 文质：中国古代文论的基本概念，内容的华美与质朴。典出《论语·雍也篇》："质胜文则野，文胜质则史，文质彬彬，然后君子。"韦编：用熟牛皮绳把竹简编联起来。孔子为读《周易》而多次翻断了编联竹简的牛皮带子。

[4] 空文：《春秋》一字褒贬的微言大义。典出司马迁《报任安书》："思垂空文以自现。"宝书：指周代的官修的史书。语本唐·徐彦《公羊传经传解诂·隐公第一》："昔孔子受端门之命，制《春秋》之义，使子夏等十四人求周史记，得百二十国宝书……周史而言宝书者，宝者保也，以其可世世传保以为戒，故云宝书。"迪籀：见前注。

[5] 二仪：天地之间。太极生二仪。三正：夏正建寅，殷正建丑，周正建子，合称三正。也代指夏、商、周三个朝代。

[6] 五始：《春秋》纪事，始以元年、春、王、正月、公即位等五事，谓之"五始"。八枋：八柄。典出《周礼·春官·司巫/神仕》："掌王之八枋之法，以诏王治，一曰爵，二曰禄，三曰废，四曰置，五曰杀，六曰生，七曰予，八曰夺。"

[7] 郁：有文采的样子。语本《论语·八佾》："子曰：周监于二代，郁郁乎文哉！吾从周。"火德：五德始终说认为周朝是火德。典出《史记·秦始皇本纪》："始皇推终始五德之传，以为周得火德。"

[8] 大角：又名"天栋"，北天的橙色亮星，被看作天王的帝廷。典出《史记·天官书》："大角者，天王帝廷。"中央：古代以五方配五行，中央表土，土色黄，故又以中央代表黄色。

[9] 赤书：根据谶纬说法，孔子得麟之后，天下血书鲁端门，根据天命来为汉制法。黄瑞：黄瑞之气。闿：开。轩丘：古地名，相传为轩辕黄帝所居之处。

[10]感精：指《春秋纬感精符》，汉无名氏撰。谶纬类典籍，《春秋纬》十四种之一。意谓山川精气，上为星辰，帝王上应列星，故君主政教得失，声闻于天，天人相感，如合符契，故名《感精符》。元符：大的祥瑞。更制："更始"，指公元23年2月，绿林军领导者王匡、王凤等人拥立刘玄为帝，恢复汉朝国号，建立更始政权，自称玄汉王朝。公元25年9月，投降赤眉，更始政权告终。

[11]璜：礼天地四方的玉礼器。昭灵：光明神奇。典出《楚辞·九思·伤时》："惟昊天兮昭灵，阳气发兮清明。"九阴：幽渺之地。玄苞：指《春秋元命苞》，汉代纬书《春秋纬》的一种，认为《春秋》大一元，统于一元，上制天命，无所不包，故名《元命苞》。

107. 凌云山夕望

驱蓬迈孤征，憬策寻幽践。[1]岩居副退旷，野好资凌缅。[2]
悬台起层阿，回崖抱陉岘。[3]溪回清宇开，径密层盘转。
霏雨蓄阴墟，烟霏霭阳巘。[4]仰莹积雪寒，俯弄层冰涣。
青坛荫夏寒，元扃闭冬暖。[5]阴阳袭惨舒，水火资舒卷。[6]
感兹玄化超，未惜虚舟远。[7]素想终勿倾，灵踪孰为阐？
沉冥理不隔，栖物情谁遣？[8]群籁亦希声，予怀劳缱绻。[9]

【解题】

凌云山位于四川省乐山市，遥峙峨眉，俯临三江，峰峦叠嶂，山势错落，九峰峥嵘，气势磅礴。刘氏寄寓四川国学院期间，与朋友驱车登山，感受大山的雄伟壮观，山间虽夏犹寒，山顶冰雪覆盖，而山脚则冰雪融化。冰火两重天的气候，触发刘氏感想，阴阳惨舒，一切都是因为外在条件的改变而造成的。一念及此，刘氏联想到自己的状况，难以释怀。

【笺释】

[1]憬：远行的样子。
[2]岩居：山居，多指隐居山中。
[3]陉：山脉中断的地方。岘：小而高的山岭。
[4]阴墟：山之背阴处的荒墟。巘：大山上的小山。

[5]青坛：帝王春日郊祭用的土台。元扃："玄扃"，此处指佛寺。

[6]阴阳惨舒：古时以秋冬为阴，春夏为阳，指四时的变化。典出张衡《西京赋》："夫人在阳时则舒，在阴时则惨。"

[7]虚舟：无人驾驭的船只，比喻胸怀恬淡旷达。典出《庄子·山木》："方舟而济于河，有虚船来触舟，虽有惼心之人不怒。"

[8]沉冥：谓幽居匿迹。典出扬雄《扬子法言·问明》："蜀庄沉冥，蜀庄之才之珍也，不作苟见，不治苟得，久幽而不改其操。"

[9]希声：无声，听而不闻的声音。典出《老子》："大器晚成，大音希声，大象无形。"缱绻：纠缠萦绕，引申为不离散。

108. 重庆老君洞夕眺有感

仙台伫灵气，岩扃郁幽缅。[1]回轩眺西岑，拂驾凌东巘。
潮回列屿平，景仄群峰转。　丛崖荫修竹，绝磴凌苍藓。[2]
岩虚露气清，川媚冰华泫。[3]飞光蔚霞堮，曳素淙湍练。[4]
悬萝藻碧澜，绵英黝朱坂。[5]慰兹岩壑情，到此惊奇践。
绵情缅古欢，恻想凄前眄。[6]虽无濠濮怀，睇目苍波远。[7]

【解题】

刘氏在傍晚之际从重庆老君洞下山，看到苍山如海，群山秀丽，飞瀑流泉，霞光万道，为美景感染，心旷神怡，忘怀世俗。

【笺释】

[1]岩扃：山岩如门。

[2]磴：石头台阶。

[3]泫：水珠下滴。

[4]飞光：犹耀光，光线飞动。典出江淹《别赋》："日下壁而沉彩，月上轩而飞光。"堮：边际；界限（地面凸起成界划的部分）。

[5]坂：山坡，斜坡。

[6]古欢：往日的欢爱与情谊。典出《凛凛岁云暮》："良人惟古欢，枉驾惠前绥。"

[7]濠濮：见前注。古代濠水和濮水的并称。庄子曾游于濠，钓于濮，因以借指隐者的居处。

109. 题江永澄《春湖载酒图》

溪亭交绪风，融景稽澄华。 周游倦闉闍，凌缅晞阳阿。[1]
重岩睇郁崟，回渚凌滂沱。[2]兰熏怿凫鹥，桃溜熙鳏鲨。[3]
愔愔"渌水"章，衮衮《沧浪歌》。[4]结言发清扬，合簪贞柔嘉。[5]
思贤怀《褰裳》，卷迹希盘蔼。[6]一为新亭哀，渺言望山河。[7]

【解题】

此为题画诗。江永澄其人不详。诗歌切合画面，描写春天湖上景色，桃花流水，怡然自得；刘氏更多的是借此表达隐逸之志。

【笺释】

[1]闉闍（yīn dū）：古代城门外瓮城的重门，泛指城门或城楼。阳阿：古代神话传说中的山名，朝阳初升时所经之处，代指阳光。

[2]崟（yín）：形容高耸。

[3]怿（yì）：欢喜。溜：小水流。

[4]愔愔：和悦安舒貌。渌水：古曲名。语本马融《长笛赋》："中取度于《白雪》《渌水》。"《沧浪歌》：沧浪歌早在春秋时期已经传唱，是《楚辞》中屈原与渔翁的对白，其内容为后人谱成古琴曲，名为《沧浪歌》，表达的是君子处世，遇治则仕，遇乱则隐的思想。后世多用以表达隐逸之志。

[5]结言：谓连缀文辞。典出刘勰《文心雕龙·风骨》："结言端直，则文骨成焉。"合簪：犹同僚。簪，簪缨，古代官吏的冠饰。

[6]《褰裳》：犹褰裳，提起衣裳。典出《诗经·郑风·褰裳》："子惠思我，褰裳涉溱。"卷迹：犹"敛迹"，退隐。蔼（kē）：宽大的样子。古人蔼轴连用，用以指代隐逸生活。典出《诗经·卫风·考槃》："考槃在阿，硕人之蔼。"

[7]新亭哀：表示痛心国难而无可奈何的心情。见前注。

110. 题文绮盒《溪亭夏谦图》

大火贞昏中，炎光灿南溟。[1]云涟澹暮姿，日镜舒晨英。[2]

迢迢融景延，陶陶层波生。[3] 苇葎沛旧涯，蒲茄缀鲜萌。

缅斯川上怀，言振尘中缨。[4] 嘉会良独难，芳□亦以盈。

《嘉鱼》康故风，《鹿鸣》扬新声。[5] 缅吟"木李"章，聊用酬瑶琼。[6]

【解题】

盦（ān）：同"庵"，多用于人名。文绮盦其人不详。此为题画诗，刘氏描写画中夏日溪亭景色，最后引用《诗经》宴集诗点题。

【笺释】

［1］大火：星宿名，即心宿。《尔雅·释天》："大火谓之大辰。"

［2］日镜：指太阳。

［3］陶陶：和乐貌。典出《诗经·王风·君子阳阳》："君子陶陶，左执翿，右招我由敖，其乐只且。"

［4］川上怀：意谓珍惜时光。典出《论语·子罕》："子在川上曰：逝者如斯夫！不舍昼夜。"尘中缨："尘婴"，比喻尘俗之事。此句诗概指积极用世。

［5］《嘉鱼》：指《诗经·小雅·南有嘉鱼》，此诗是一首贵族宴飨宾客通用的乐歌。《鹿鸣》：指《诗经·小雅·鹿鸣》，此诗最初为君王宴请群臣，后推广到民间，指在宴会上所唱的歌。

［6］"木李"章：指的是《诗经·卫风·木瓜》，其中有"投我以木李，报之以琼玖"，此诗通过赠答表达深厚的情意。

111. 题张船山《南台饮酒图》

图为船山自绘，现归井研龚熙台（煦春）。南台寺者，昔改蚕桑讲习所，今则幼孩工厂也。

江山无灵闲今古，景仪嬗代成新故。长留画卷在人间，藻绘端资觞咏补。遂宁公子文章伯，壮年奇气横干镆。[1] 谏草新裁《羽猎》篇，梦游合证蓬莱客。[2] 三年索米长安市，凤城仙袂飘归骑。[3] 笑指祇洹作酒乡，槐花疏雨城南寺。本张诗。[4] 城南山色背烟萝，曲水题襟别思多。[5] 未觉金经翳慧月，张诗："慧月不受金经翳。"直遣流光泛酒波。[6] 画图缥绿春江水，半曲新词题锦字。荷锸曾随刘伯伦，拈毫欲问倪高士。张诗。[7] 当年文酒乐升平，丝管常歌乐岁声。[8] 紫宫飞宇缠灵景，鲛绡媚彩倾江城。[9]

江城旧说人文薮，饱撷西英延颢秀。委约真情谢辨雕，笑抉苞符阐灵宝。[10]吟罢江山词客老，遽头谶散春归早。[11]转毂倐来无百年，醉乡日月阎浮小。[12]尘海无端往迹非，隔垣烟树辨依稀。无复寒僧补秋衲，似闻红女罢春机。三冬万里桥边住，咫尺招提不知处。[13]坐觉琴樽异哀乐，那堪笳鼓成羁旅！几回吊古锦江曲，独向郊南讯灵躅。柿叶当阶夕照黄，寒芜满地霜华绿。忽睹君图增太息，西音大雅今衰歇。[14]青家长啼杜宇魂，碧珠重灿苌弘血。[15]苍狗浮云各一时，茂陵消渴鬓成丝。[16]不须重谱《伽蓝记》，卧听巴僮唱《竹枝》。[17]

【解题】

张问陶（1764—1814年），字仲冶，一字柳门，因故乡遂宁有船山，便号船山。因善画猿，亦自号"蜀山老猿"，清四川遂宁（今蓬溪县）人。乾隆时曾为庶吉士，官俸极薄，回家探亲，往返成都、遂宁间。乾隆五十七年正月与友人在成都南台寺聚会吟诗作画，其间关心时局，同时心中郁积无可奈何的忧愤。据本诗《序》可知，刘氏题画时此图归井研龚熙台（煦春），图中南台寺曾为蚕桑讲习所，当时为童工工厂。

《南台饮酒图》藏四川大学博物馆，其中有张问陶、廖平、谢无量、朱山、曾学传、吴之英、龚煦春等人题诗。据原图《跋》文："去冬再过其地，几山先生出此图索题，辄为赋此。癸丑元宵日，师培力疾书。"可知此诗作为1912年元宵。此为题画诗，但不限于画面内容，而更多联系张问陶生平与性格，同时结合几次经过南台寺，将自己寄寓四川与张问陶在寺中岁月建立历史联系，既有历史之叹，又有现实之情，结尾写景抒情，更加悲怆。

【笺释】

[1]文章伯：对文章大家的尊称。典出杜甫《戏赠阌乡秦少公短歌》："同心不减骨肉亲，每语见许文章伯。"干镆：指古代宝剑干将、莫邪。代指任侠行为。

[2]《羽猎》：指西汉蜀中辞赋家扬雄创作的《羽猎赋》。

[3]索米：指谋生。典出《汉书·东方朔传》："臣朔饥欲死。臣言可用，幸异其礼；不可用，罢之，无令但索长安米也。"凤城：嘉庆四年（1799年），涪陵长寿新建城垣于凤山，始称"凤城"。

[4]祇洹（qí huán）：祇园，"祇树给孤独园"简称，印度佛教圣地之一，指代佛寺。

[5]烟萝：草树茂密，烟聚萝缠，谓之"烟萝"。借指幽居或修真之处。题襟：抒写胸怀。

[6]慧月：佛教谓能破除众生烦恼的智慧。月光清凉，故以为喻。金经：指佛道经籍。

[7]荷锸："荷锸随行"，亦称"荷锸携壶"。典出《晋书·刘伶传》："（刘伶）常乘鹿车，携一壶酒，使人荷锸而随之，谓曰：'死便埋我。'"后以此指代狂傲放诞。刘伯伦，即刘伶（约221—300），字伯伦，沛国（今安徽淮北）人，魏晋时期名士，"竹林七贤"之一，嗜酒不羁，被称为"醉侯"。拈毫："拈毫弄管"，借指写作或绘画。倪高士，倪瓒（1301—1374），初名倪珽，字泰宇，别字元镇，号云林子、荆蛮民、幻霞子，江苏无锡人，元末明初画家、诗人。

[8]文酒：谓饮酒赋诗。典出《梁书·江革传》："优游闲放，以文酒自娱。"

[9]鲛绡：亦作"鲛鮹"，传说中鲛人所织的绡。亦借指薄绢、轻纱。

[10]辩雕："辩雕"，指以华美的辞藻雕琢、修饰。典出《庄子·天道》："辩虽雕万物，不自说也。"苞符：指河图洛书。汉代《春秋纬》曰："河以通乾出天苞，洛以流坤吐地符。"

[11]遨头：太守，宋代成都自正月至四月浣花，太守出游，士女纵观，称太守为"遨头"。

[12]转毂：转的车轮，比喻行进迅速。繇来：从过去到现在。繇，通"由"。阎浮：亦称"阎浮提""南阎浮提"，佛教地名，后泛指人间世界。

[13]招提：民间私造的寺院。

[14]西音：旧称我国西部地区的音乐，多指秦晋之声。

[15]苌弘：亦作"苌宏"，字叔（约公元前565—公元前492年），古蜀地资州人。在晋卿内讧中，苌弘被周人杀死。传说死后三年，其心化为红玉，其血化为碧玉，故有"苌弘化碧""碧血丹心"之说，以喻忠诚正义。

[16]消渴：糖尿病。司马相如有消渴症，病免后家居茂陵。

[17]《伽蓝记》：《洛阳伽蓝记》，是中国古代佛教史籍。东魏迁都邺城十余年后，抚军司马杨炫之重游洛阳，追记劫前城郊佛寺之盛，概括历史变迁写作的一部集历史、地理、佛教、文学于一身的历史和人物故事类笔记。《竹枝》：乐府《近代曲》之一。本为巴渝（今四川东部）一带民歌，唐代诗人刘禹锡据以改作新词，歌咏三峡风光和男女恋情，盛行于世。

112. 未遂

未遂绵山隐，低回稷下冠。[1] 错薪劳《汉广》，伐木愧河干。[2]
日月跳丸易，风雷启籥难。[3] 孟涂如可证，早晚诉巴山。[4]

【解题】

未遂，指没有成功或未能如愿。诗以首句二字为题，类似无题诗，故主旨比较朦胧。以下三首同属此类，或为同一种心情下的创作。诗中表达刘氏与妻子离散、知音难求的失落，本来想隐逸，却只能漂泊，日月流逝，流露心中冤情无处诉说的苦闷。

【笺释】

[1] 绵山隐：指先秦时期晋国介子推归隐于绵山。稷下：指战国齐都城临淄西门稷门附近地区。齐威王、宣王曾在此建学宫，广招文学游说之士讲学议论，成为各学派活动的中心。

[2] 错薪：杂乱丛生的柴草。典出《诗经·周南·汉广》："翘翘错薪，言刈其楚。"河干：化用《诗经·魏风·伐檀》："坎坎伐檀兮，置之河之干兮。"表达不同情形的失落。

[3] 跳丸：跳动的弹丸，形容时间过得极快。典出韩愈《秋怀》诗："忧愁费暑景，日月如跳丸。"启籥：开锁。典出《尚书·金縢》："启籥见书，乃并是吉。"

[4] 孟涂：据说是夏朝时期在巴地掌管司法的大臣，后被称之为诉讼之神。典出《山海经·海内南经》："夏后启之臣曰孟涂，是司神于巴。"刘氏认为自己被冤枉，故有此言。

113. 已分

已分反。同朝槿，何心慕大椿！[1] 怀沙铃短什，抱石缅磏仁。[2]
川雨暌鸣鸟，峒雷起获麟。[3] 彭殇原自定，不必问严遵。[4]

【解题】

刘氏认为一切都有定数，长命与短命是如此，就连屈原与申徒狄自杀，凤凰与麒麟的出现如果时机不合适，也是枉然。诗歌情绪悲观，对待历史与人生的态度消极，与刘氏人生挫折相关。

【笺释】

［1］已分：已经料定的。朝槿：早晨的木槿。花朝开暮落，故常用以喻事物变化之速或时间的短暂。大椿：《庄子》寓言中的长寿木名，常用以比喻长寿。

［2］怀沙：《楚辞·九章》中的篇名，记述屈原怀沙砾以自沉的经过。后以"怀沙"为因忠愤而投水死义之典。抱石：抱石自沉。典出《韩诗外传》卷一："申徒狄非其世……遂抱石而自沉于河。"礭仁：刻苦求仁。典出《韩诗外传》卷一："仁道有四，礭为下。有圣仁者，有智仁者，有德仁者，有礭仁者。"

［3］鸣鸟：指凤凰。典出《尚书·君奭》："耇造德不降，我则鸣鸟不闻。"获麟：指春秋鲁哀公十四年猎获麒麟事。相传孔子作《春秋》至此而辍笔，因为他认为麟为吉祥之物，当时为乱世，所出非时，悲恸不已。

［4］彭殇：长命与夭折。彭祖为传说中的长寿之人。殇，即夭折，未成年而死。典出《庄子·齐物论》："莫寿于殇子，而彭祖为夭。"严遵：见前注。

114. 壮志

壮志凌艰险，玄风扇弱龄。[1] 由来均梦觉，到此悟流淳。
未觉椒丘远，宁闻菊水灵？[2] 劳生如可息，灵化委元扃。[3]

【解题】

诗歌标题虽作《壮志》，但内容更多谈玄理，写壮志消磨后看淡生死，人生如梦，前进与停留都一样，最终都归于坟墓，思想消极。

【笺释】

［1］玄风：玄谈的风尚。典出晋·丘道护《道士支昙谛诔》："眇眇玄风，憎憎僧徒，味道闲室，寂焉神居。"

　［2］椒丘：中百间高四处低矮的土丘。典出屈原《离骚》："步余马于兰皋兮，驰椒丘且焉止息。"菊水：菊潭，在今河南省西峡县。传说饮其水可长寿。

　［3］元扃（jiōng）：玄扃，墓室。

115. 嘉树二首

　嘉树滋春色，庭花澹夕阴。[1]荣枯知应节，开落本无心。
聊悟无生理，闲操物外吟。　由来弹指顷，綦迹去来今。[2]

　历历江东树，斯人竟索居。[3]守雌周柱史，玩世汉相如。[4]
多病痴行药，忧生负灌蔬。[5]犹惭《辨命论》，应寄秣陵书。[6]

【解题】

　春天万物复苏，但刘氏独居蜀中，想要超然物外却又不能；加上身体不好，经常吃药维持生命，所以看到一切无常，想念家乡，担心自己死后家人不知。

【笺释】

　［1］夕阴：傍晚阴晦的气象。

　［2］綦（qí）迹：足迹；踪迹。

　［3］索居：鳏居，独居。

　［4］守雌：见前注。玩世：见前注。

　［5］行药：常行之药，普遍有效的药物。灌蔬："灌园逃公卿"，表现隐士避世逃名，不恋官爵。典出晋·皇甫谧《高士传》。

　［6］《辨命论》：南朝学者刘峻的代表文章之一，说明人的穷通都由天命决定，既非人事，也不是鬼神所能影响的。秣陵书：刘孝标曾于秣陵令刘沼死后作《重答刘秣陵沼书》，对刘沼之死深致哀挽之情。后以"秣陵报"指哀挽亡友。

116. 答陆蓍那二首

（一）

蜀都昔饯君，寋裳栖故岑。[1] 夐阔旷朋撢，讯歌臻穆音。[2]

莪馨馥绮阿，兰艳葩韶林。[3] 玩藻愧侜伪，味响知思深。[4]

君弘邹鲁风，惕怀彝训湛。[5] 棘心昔未扬，凯风今来南。[6]

游鳕亦感弦，玄鹤知聆音。[7] 德音譬流莹，心雾宁久阴？[8]

相期性道渊，桄阐璇玑钤。[9] 玉版稽耀嘉，金镛革昧任。[10]

惜哉晷运移！余衰负南琛。[11]

【解题】

陆蓍那：陆海，名陆德馨（1882—1953年），字香初，号蓍那，三台人，曾在成都存古学堂学习。这首诗是刘氏回答学生陆蓍那的，夸赞陆蓍那的文辞真挚、一心向学、孝亲感恩、品行端正，并期望他学有所成。

【笺释】

[1] 故岑：故乡的山。借指故乡。

[2] 朋撢："朋簪"。指朋辈。典出《周易·豫卦》："大有得，勿疑，朋盍簪。"

[3] 莪（é）：莪蒿。意谓你的诗歌就像莪蒿温润充满香气，清新艳丽。语本《诗经·小雅·菁菁者莪》："菁菁者莪，在彼中阿。"

[4] 玩藻："玩弄辞藻"，意谓经常虚伪地使用华丽词语为标志的言语行为。侜（zhōu）：欺诳；蒙蔽。语本《诗经·陈风·防有鹊巢》："谁侜予美，心焉忉忉。"

[5] 邹鲁风：孔子是鲁人，孟子是邹人，故以"邹鲁遗风"指孔孟遗留下来的儒家风气。彝（yí）训：训诫。典出《尚书·酒诰》："聪听祖考之彝训。"

[6] 棘心：棘木之心。意谓思念母亲，对母亲的恩情还未来得及报答。典出《诗经·邶风·凯风》："凯风自南，吹彼棘心。"

[7] 鳕（xún）：同"鲟"，鲟鱼。此句谓就连鲟鱼与黑鹤都知道感受音乐，何况我们这样的知音呢？

[8] 德音：善言。典出《诗经·邶风·谷风》："德音莫违，及尔同死。"雾：雾气、天气昏暗，引申为蒙晦、阴霾。

[9]桄(guàng):充满。璇玑:星名,北斗成斗形的四颗星,也指古代天文仪器浑天仪。璇玑钤:《尚书纬璇机钤》,汉无名氏撰,汉代《尚书纬》五种之一。书中述五帝三王以至汉代的符瑞征验,以明天人感应之道。

[10]玉版:古代用以刻字的玉片,亦泛指珍贵的典籍,也可特指有图形或文字,象征祥瑞、盛德或预示休咎的玉片。金镛:华美的大钟。典出张衡《东京赋》:"设业设虡,宫悬金镛。"任:奸佞。语本《商君书·慎法》:"破胜党任,节去言谈。"

[11]南琛:南方所产的珍宝。

(二)

余生萃百罹,弱龄轻毕罗。[1]翘节五湖阴,澡身旸谷波。[2]
刘穜后西成,挺荔先阳和。[3]明晦各一时,荣凋奚异柯?
昔伤井瓶累,今愧盘阿蘷。[4]荛荛汉楚薪,袅袅巴松萝。[5]
旅平趹蔡蒙,歌啸疏江沱。[6]五降弗容弹,中声焉足多?[7]
感君孔硕怀,讯言酬祎嘉。[8]上有《六月》章,下有《绵谷》歌。[9]

【解题】

刘氏感叹自己一生波折的遭遇,从草木的荣枯联想到时光易逝,夸赞陆耆那高超的文采和宽广的胸怀。

【笺释】

[1]百罹(lí):种种不幸的遭遇。典出《诗经·王风·兔爰》:"我生之后,逢此百罹。"毕罗:包罗;囊括。典出《诗经·小雅·鸳鸯》:"鸳鸯于飞,毕之罗之。"

[2]澡身:洗身使洁净,引申为修持操行。典出嵇康《幽愤诗》:"澡身沧浪,岂云能补。"

[3]穜(tóng):早种晚熟的谷物。西成:谓秋天庄稼已熟,农事告成。典出《尚书·尧典》:"平秩西成。"

[4]井瓶:井底银瓶,比喻前功尽弃。盘阿:避世隐居之处。典出《诗经·卫风·考槃》:"考槃在涧,硕人之宽……考槃在阿,硕人之蘷。"朱熹《诗集传》:"考,成也;槃,盘桓之意。言成其隐处之室也。"蘷:见前注。

[5]荛:草薪,指草茂盛。

[6]蔡蒙:当是山名。典出《尚书·禹贡》:"岷、嶓既艺,沱、潜既道。蔡、蒙旅平,和夷底绩。"一说为今峨眉山、蒙山。江沱:亦作"江沲",长

江和沱江。典出《尚书·禹贡》："浮于江、沱、潜、汉。"

[7] 五降句：意谓先王之乐已经消沉，五降之后就不容许弹奏了，中声怎么足以称美呢？典出《左传·昭公元年》："先王之乐，所以节百事也，故有五节，迟速本末以相及，中声以降，五降之后，不容弹矣。"

[8] 祎（yī）嘉：美好的意思。

[9] 上有句：意谓前有《六月》诗文，表达希望你建功立业；后来有《绵谷》的诗歌，抒发对友人的怀念。《诗经·小雅·六月》记载尹吉甫深入猃狁腹地，与猃狁正面作战，取得胜利，保证了周王室的安定，立下赫赫战功。《绵谷》：罗隐《绵谷回寄蔡氏昆仲》，作者追忆蜀中昔游，抒发对友人的怀念之情。

117. 上海赠谢无量

倦游良寡欢，揽辔轸千虑。[1] 之子沛清扬，款言发心愫。[2]

凄凄聆谷风，恻恻怀阴雨。[3] 岂无揭车怀？缱绻劳鬵釜。[4]

【解题】

谢无量（1884—1964年），四川乐至人。原名蒙，字大澄，号希范，后易名沉，字无量，别署啬庵。曾任四川存古学堂监督。近代著名学者、诗人、书法家。1903年，刘氏和谢无量相识于上海，在四川国学院又是同事，曾一起游访成都街市。1913年，谢告别国学院，仍回上海担任《民权报》《独立周报》《神州日报》主笔。此诗应作于1913年夏天，刘氏由四川回到上海见到昔日故友谢无量，并赠诗谢无量。从倦、寡欢、千虑、凄凄、恻恻这些词可以充分感受到诗人忧郁哀伤的感情，最后回顾了两人在国学院共事的友情。

【笺释】

[1] 辔（pèi）：驾驭马的缰绳。轸（zhěn）：车后横木，引申为马车。

[2] 清扬：声音清亮高扬。款："款款"，诚恳、忠实。心愫：也作"心素"。心意，心愿。典出王羲之《杂帖》："足下不返，重遣信往问，愿知心素。"

[3] 恻恻：悲痛。典出扬雄《太玄经·翕》："翕缴恻恻。"

[4] 揭车：香草名，喻人才。典出屈原《离骚》："畦留夷与揭车兮，杂

杜衡与芳芷。"此处当指培育提携人才。鬵釜（zèng fǔ）：釜和甑，皆为古代炊具。见前注。此处或指济世之用。

118. 哀王郁仁

之子起南域，文锋振音翿。清风藻中区，华绮扬心极。[1]
宁知永念辰，渺若平生隔！沉忧不可排，含凄望乡国。

【解题】

王郁仁，原名钟麒（1880—1913年），字毓仁，别署郁仁，号无生，别署天颓、天僇生、益厓、三函、大哀、滔海子，斋名述庵、一尘不染。为清末民主革命者，报人，小说家，小说评论家，中国同盟会会员。参与创办《神州日报》，主笔多家报刊，有南社才子之誉。祖籍安徽歙县，自幼随父迁寓扬州南门粉妆巷。王氏为刘氏好友，影响刘氏早期思想，1913年王氏去世，刘氏作此诗哀悼好友。文章赞颂了王郁仁的才华与文采，抒发了对友人的悼念之情。

【笺释】

[1] 中区：区中，人世间。心极：佛教术语，心者心髓也，极者至极也，言义理之心髓至极也。

119. 独居

独居良寡欢，乘兴展晨眺。微霜变初条，湛露零丰草。
阴阳有积迁，万卉递荣槁。沉思郁无端，对此伤怀抱。

【解题】

此诗写刘氏在清晨所看到的秋天的景致，微小的霜条、饱满的露珠预示着荣枯的转化；触景生情，由荣枯转化想到人生的仓促变迁，心情变得忧郁起来。

120. 杂诗二首

（一）

惠风扬庆霄，翔云丽紫宫。[1] 羲车东南来，玉羁控飞龙。[2]

六辔调素丝，顾瞻无弙弓。[3] 玄尘从奔轺，泉隅宁久悰？[4]

三辰嬗代多，晦明焉能穷？

【解题】

看着早晨霞光万道，刘氏想象日神羲和驾车而来，同时感叹朝夕变化，应该珍惜时光。天空云彩层峦叠嶂，恍如仙宫，作者有超尘脱俗，羽化成仙之想。两首诗都是先写景，后议论抒情，辞藻华丽，想象丰富，颇有《离骚》的风韵。

【笺释】

[1]庆霄：也作"庆云"，五色云，古人以为喜庆、吉祥之气。紫宫：神话中天帝的居室。典出《淮南子·天文训》："紫宫者，太一之居也。"

[2]羲：羲和的略称。这里指神话里驾驭日车的神。

[3]六辔：辔，缰绳。古一车四马，马各二辔，其两边骖马之内辔系于轼前，谓之軜，御者只执六辔。后以指称车马或驾驭车马。弙弓：不加装饰的弓。典出《左传·僖公二十三年》："若不获命，其左执鞭弙，右属櫜鞬，以与君周旋。"

[4]轺：小车、轻车。泉隅：代指山水之乐。语本曾巩《醒心亭记》："一山之隅，一泉之旁，岂公乐哉？乃公所寄意于此也。"悰（cóng）：欢乐。

（二）

妙梯接灵渊，芳绚敷阳韶。[1] 层城郁嵯峨，元圃薄扶摇。[2]

列辰光紫微，钧天聆九霄。[3] 烛龙耀神薪，青鸾吟鲜条。[4]

虽无旷世怀，缅兹神谐超。重玄运神锋，郢斤未可韬。[5]

何不策高怀，轩举超松乔？[6]

【笺释】

[1]妙梯：佛教用语，指让修炼人的顿悟得到提升的方法。

[2]扶摇：旋风，盘旋而上的暴风，形容急剧上升。

［3］钧天："钧天广乐"的略语，指天上的音乐。典出《文心雕龙·乐府》："钧天九奏，既其上帝。"

［4］烛龙：古代神话中的神名。传说睁开眼就为白昼，闭上眼则为夜晚，吹气为冬天，呼气为夏天，其张目（亦有谓其驾日、衔烛或珠）能照耀天下。典出《山海经·大荒北经》："西北海之外，赤水之北，有章尾山。有神，人面蛇身而赤，直目正乘，其瞑乃晦，其视乃明，不食不寝不息，风雨是谒。是烛九阴，是谓烛龙。"青鸾：古代传说中凤凰一类的神鸟。赤色多者为凤，青色多者为鸾。

［5］重玄：指很深的哲理。典出《老子》："玄之又玄，众妙之门。"神锋：谓气概，风标，有风度俊迈之意。郢斤：同"郢匠挥斤"，比喻纯熟、高超的技艺。《庄子·徐无鬼》记载，匠石挥斧削去郢人涂在鼻翼上的白粉，而不伤其人。

［6］轩举：高扬飞举。松乔：神话传说中仙人赤松子与王子乔的并称。

121. 蓟烟

蓟烟荡凄怀，越峰闷憬吟。[1] 尺咫申浦濆，尔我同滞淫。[2]
抚旧词苦促，摅怀觞佣斟。[3] 食苍潜蠖姿，点白扬蝇音。[4]
沈《表》笔搞藻，蔡《拍》声凄琴。[5] 慨言沙在淄，愿凛城完全。
谷蕤忘旱暵，□楸志凌阴。[6] □□礜砺资，怅望孤山岑。

【解题】

此诗似写刘氏与朋友身处南北，环境不同，遭遇不同。整首诗透着一股沉闷凄凉之感，表达了诗人对自己的不顺遭遇忧伤难过。

【笺释】

［1］蓟：古之蓟州，唐开元十八年置。治所在渔阳（今天津市蓟州区）。

［2］申浦：此处当指上海。濆（fén）：水岸边。

［3］摅：抒发。意谓苦促、佣斟谓诗人内心的愁苦难以以诗歌抒发，也难以以酒消愁。

［4］蠖（huò）：蛾的幼虫，行动时身体向上弯成弧状，像用大拇指和中指量距离一样，所以叫尺蠖。语本《说苑·君道》："夫尺蠖食黄，则其身黄，

食苍则其身苍；君其犹有陷人言乎？”点白：玷污清白。典出鲍照《代白头吟》：“食苗实硕鼠，点白信苍蝇。”

[5] 沈《表》：沈约的《宋书》诸表。蔡《拍》：蔡文姬的《胡笳十八拍》。

[6] 谷蓷句：山谷中的益母草，天旱无雨将枯槁。化用《诗经·王风·中谷有蓷》：“中谷有蓷，暵其干矣。”

122. 癸丑纪行六百八十八韵

江海飘零日，风云感会时。黄图新北阙，黑水古西陲。[1]
风雨他乡别，山川故土思。星霜歌舞换，岁月鬓毛衰。
往昔三正改，留都七庙隳。[2] 桥山思剑舄，辽海耀玗琪。[3]
西极驹生渥，南河骏饮泜。[4] 般尘清闟耳，周舞集侏僸。[5]
鲸浪恬交趾，狼烽靖织皮。[6] 南溟无斥鷃，北海有文鲯。[7]
乌弋珍输鸟，黄支瑞献狮。[8] 三驱胡骑肃，万里宛军疲。[9]
缔造原丕显，群公各翕訾。[10] 陈谟思厉翼，肄雅儆夸毗。[11]
周政先三事，商箴急四维。[12] 簋飧东国瘁，政事北门埤。[13]
化俗资齐紫，思贤倦郑缁。[14] 秦诤疏谔谔，鲁善距訑訑。[15]
冢宰周家父，宗卿郑罕蠡。[16] 鼎占公馀覆，荫谢本根庇。[17]
玉帛殊方集，金缯绝域縻。[18] 六师熸百济，重险撤三峗。[19]
世已灵修远，诗歌上帝诸。 降威殷即丧，多罪夏如台。[20]
芄野丰萧菽，劳歌诉杞桋。[21] 柳原蜩嘒嘒，蒲社鸟诶诶。[22]
芒孛腎垂彗，轮曦气晕鑴。[23] 壮图生马角，故老话龙漦。[24]
碧简书衔雀，黄灵谶显麒。[25] 苍精姬受命，赤伏汉含孳。[26]
举俗规三古，吾生萃百罹。犟经参世业，相主九州瞝。[27]
汉里风歌沛，徐亭迹辨郪。[28] 搴裳歌涉洧，焕藻溯游濉。[29]
曼衍鱼龙戏，啁嘈燕雀嗤。赋裁梁苑鹿，颂献鲁坰駓。[30]
波曲川流漯，山平地接茌。[31] 回轩行踽踽，振策度徥徥。[32]
诸夏惊蠭午，群言沛詍譺。[33] 析觚矛陷盾，语瓅指骈跂。[34]
艺圃恢荆、越，经郛扩歙、黟。[35] 化成文郁郁，识小视覞覞。[36]
官学资扬搉，邦闻孰鉥摫？[37] 青箱高凤业，黄卷董生帷。[38]
柱下余藏室，河间许摄齊。[39] 兰灯膏继晷，芸帙简盈辎。[40]

孔训弘多识，庄书耻见舿。[41] 清言聆正始，逸训识延熹。[42]
端策陈坟典，魁杓立斗橶。[43] 芳条搴服、颇，余绪茂京、眭。[44]
五德周终始，三辰步宿俪。考灵苞极建，齐政黍铢垒。[45]
测地穷章亥，占天溯梓裨。[46] 辨名征豹鼠，肄《雅》状螃蜞。
玉篆庚辰籍，金文甲乙觯。[47] 东音衡“莒”“矩”，北语证“禾”“私”。[48]
《文始》原根本，民艰尚念吖。[49] 寸心千古事，显德弼时仔。
南土基风化，东方慨日居。都人思尹姞，往牒溯妘娸。[50]
赤县期全复，青山几度辞！曳歌聆宁戚，望气讯王擒。[51]
在昔谐笙磬，曾闻譬芥磁。[52] 秋芳兰佩结，春酒萸筐酾。
誓水资投璧，刑牲伺错鍉。[53] 商郊规秉翟，吴俗富藏鏙。[54]
未遂巢由隐，犹伤孔、墨傫。[55] 悲凉询路铎，牢落诱民篪。[56]
往说腾咸辅，濡行筮壮頯。[57] 有彪蒙德育，归马夬行趀。[58]
郡古禾呈秀，亭荒李摘槜。朝荣舒槿彩，秋实熟桑椑。
昔往鱼登鲔，今来鼠穴鼶。[59] 新愁迷适越，往绩勉戡阢。[60]
系梧今方急，穿裕未可期。[61] 征文空杞、宋，启曜乞重黎。[62]
日瑞开蓂荚，霜心懋卷葹。[63] 阒幽丰沛折，繘短井瓶羸。[64]
浦阔征鸿集，郊寒国狗狋。[65] 琴援樗里引，履结下邳圯。[66]
周釜鸣僄偈，殷鼗荡怿悽。[67] 缅怀樊圃柳，寤叹下泉蓍。[68]
萧瑟中林鹿，凄凉撼树蚍。秋山辞北固，春屿宅东倭。[69]
横海熙鸿鹄，知天属鹚鸸。[70] 裳韦珍鞣軨，简帙诵嗢咿。[71]
东作臻平秩，南箕沛侈誃。[72] 草玄宗寂寞，守白感磷缁。[73]
献璧荆和氏，怀金汉直疑。[74] 巧言周《雅》赋，谗说舜廷垐。
阴雨乌瞻止，炎风飑龇麒。[75] 颠《颐》贞厉吉，远《复》悔无袛。[76]
文豹终栖穴，童羊志绝纗。[77] 秋霜鸿篡弋，朝雨鸟黏黐。[78]
夙业疏秋驾，禔躬励夕赍。[79] 履祥昭坦坦，车逝惜伾伾。[80]
楚岭猿声寂，幽陵马力駊。[81] 攒柯丰隰杞，垂荫密山樆。
潞浦频牵缆，津门几载脂。[82] 春帘风似翦，晓幕雪如筛。
珠翳祛眸瞥，金疡刮首疕。[83] 星缠淹析木，日景臬嵎峓。[84]
身世悲庄忌，朝冠异孔戣。[85] 乡心生朔草，羁梦讯南枝。[86]
越野讴黄葛，商岩阔紫芝。[87] 考槃原寤寐，饮泌梦徲夷。[88]
逝水嗟何及，冥尘只自疷。[89] 风帆舣滟滪，星野辨娵觜。[90]
西土犹殷轸，南天已赫戏。[91] 平林民恋汉，简竹罪书隋。[92]
素练舒旌羽，青茎淬箭錍。朱锓缨甲组，白羽析旄蘢。[93]

越甲陈金鼓，滇城下杖棰。[94]　晋郊龙见绛，秦野凤鸣岐。[95]

黄矢三狐获，彤车六马趋。[96]　舍舟流夹汉，载旆岭升陔。[100]

周旅基徂莒，齐盟盛会郊。[97]　蝼祥兴土德，鸟彩焕天睢。[98]

北伐车如轻，东征斧破锜。[99]　卑溪军束马，牧野士如离。[100]

寰宇洪炉涤，当途景运熙。[101]　肆经先广鲁，述史鉴分部。[102]

释宋荆盟薄，存陈晋会郿。[103]　金钲威上谷，飞檄静卢潍。[104]

戡代陉踰井，恬荆水夹汧。　军恩深夹纩，士气鼓行靡。[105]

赵梦占扁鹊，荆情匿蔫罢。[106]　玄堂钟柎石，丹府约书剂。[107]

大麓艰应试，灵场事可知。[108]　云亭今附嵝，泰、岱古坛壝。[109]

拔本殷颠沛，康娱夏怛悷。[110]　周流崔浘浘，行迈黍离离。[111]

瑞应龙图转，讴歌凤历移。[112]　嬴车无白马，姒命有玄龟。[113]

日月辉营室，风雷丽壮规。[114]　百官箴献甲，八政范陈箕。[115]

辽水舟通鳂，高凉野献㺚。[116]　八荒戈载戢，四国弁伊瑅。[117]

朔毳宾獛粥，西昆叙析枝。[118]　赓歌怀喜起，享祉颂侯祎。[119]

朱鸟祥仪凤，华虫彩焕虺。[120]　宅都深拱卫，调俗浃和胏。[121]

盖代洪模阔，陪都末俗漓。[122]　陆梁秦戍卒，绵蕞汉官仪。[123]

粤俗佗椎髻，陈宫涉伙颐。[124]　蛟龙得云雨，置兔在中逵。[125]

荡涤鸿钧转，平蕃福禄脽。[126]　郎官新画省，都尉旧长钛。[127]

函夏车书一，中天爵赏贻。[128]　屏藩弘夹辅，旌节建偏裨。[129]

秬鬯周厘瓒，苣兰卫佩韘。[130]　上公龙辂锡，好爵鹤阴縻。[131]

观象章辉藻，垂光莫染茁。[132]　弓綫韬象弭，带玉锡犀毗。[133]

邑土褒庸谢，关征费食彫。[134]　车斾鸾哕哕，旗兆牡骙骙。[135]

带厉丹书誓，盘盂碧彩劙。[136]　纡青高卫、霍，结绿市陶、猗。[137]

巴野金辉穴，河阳蜡代炊。[138]　雄图基燕颔，旧德醉虬髭。[139]

北里驰丹毂，南宫履赤墀。[140]　五陵盛冠盖，七校假横吹。[141]

雕鹗乘时起，鸥鸱远道诒。[142]　达观忘物我，齐物任荣萎。

流水牙弦绝，穷边广数奇。[143]　荐差天梦梦，逝陉日睒睒。

杂语裁尸佼，泠渊讯卞随。[144]　《鼎》刚贞玉铉，《姤》吉系金柅。[145]

川雨暌鸣鸟，荒云感御魑。[146]　颐真从赤斧，长往侣严僖。[147]

蒋径弘三益，梁歌曳五噫。[148]　故人桑落酒，录事草堂资。[149]

自古岷山地，能疗泌水饥。　东西廛背郭，深浅水盈陂。

賨旅输橦布，巴童唱竹箎。[150]　琳宫标绀碧，绣壤错青蕙。[151]

阴火泉融井，澒流亩沦池。[152]　连山开雾縠，百顷漾风漪。

健翮凌雕鹗，苞文炳蝴蛦。[153] 歌喉莺睍睆，舞翼鹤褵褷。[154]

藻绿驰獱獭，莲红穴䗪蠠。[155] 林寒巢翡翠，沙暖宿篴鹜。[156]

冬馥芬樱桂，春华绚棣栘。 岭芳搴薜荔，陵卉被葴薪。

九夏丹椒熟，三秋素柰歊。 蘅皋华晔晔，菹圃实蕤蕤。[157]

阳采蘦卢橘，霜津润紫梨。 榴华游女折，樱实野人馈。[158]

方轨开三市，通衢错九逵。[159] 边氓输蜜蜡，稚子市蹲鸱。[160]

彩贝回文锦，旄牛截玉氂。[161] 文纰梳象约，膰酱熟鱼鲐。[162]

珠彩辉江历，缨纹灿耗氂。[163] 边城通筰马，沃野扰岷氂。[164]

户种清溪玉，舣称大邑瓷。 桑醪浓琥珀，芝酝拨酴醾。[165]

修禊辰维巳，游春斗建寅。[166] 采兰筋泛羽，藉草楂携榹。

结佩芳搴若，裁琴木析橌。[167] 烟痕开岸杞，风叶荫溪榵。

动植多含态，幽偏得自怡。 由来民皞皞，及此俗欺欺。[168]

玉烛调华黍，和音肃采齐。[169] 曲台仪穆穆，璧水士祁祁。[170]

邦绪今方茂，从风物自靡。 锦文辉采韠，和韵协冯夷。[171]

讲宇弘鳣序，涓尘竭鼠坻。[172] 酉山签第竹，乙火杖燃藜。[173]

在冶金镕范，攻坚玉切劘。[174] 籀书存盖阙，陆赋镜妍媸。[175]

蜀学论宗派，前型植椠颖。 灵曾江、汉炳，俗拟鲁、邹遗。

迈德型龚壮，传《经》盛许慈。[176] 玑衡营统历，方部析玄擒。[177]

籍甚《凡将》业，余休《羽猎》辞。[178] 碧鸡傍绮采，白凤蕴灵琦。[179]

综秀敷苕颖，缘波畅藻菨。[180] 师承绵石室，家法守皋比。[181]

能事原殊俗，斯文信在兹。[182] 前修贻典则，末学浸淫诐。[183]

举俗犹傅沓，单文愧引螯。[184] 游谈辞稷下，漂景悟须弥。

象教源天竺，驮经肇月氏。[185] 衔花仪瑞鸟，献果感灵猕。[186]

漏日莲华永，经云贝叶披。[187] 挥玄遗万象，感惠徧昆虁。[188]

因念经垂训，曾传德及鼷。[189] 周台驯鹿鸟，鲁罟禁鲲鲕。

万物原同宇，浮生讵有涯？ 玄文龙首律，净业虎头痴。[190]

兼味蠲鲑菜，加羞逮粉糍。[191] 冷槐鲜照著，甘菫滑流匙。[192]

浣暑浮瓜实，清凉馈黍酏。[193] 绿苞菹荐笋，紫馥酢蒸菌。[194]

藜糁羹初熟，芹菹醢乍擩。[195] 雨芽春圃韭，露叶夕园葵。

雪艳披檐蔔，霜蘘实皿菑。[196] 饵丹嗤药鼎，范素式桑枝。[197]

情牖犹堪拂，玄风或可追。[198] 湛冥从卜肆，啐茹即山雌。[199]

尘梦黄粱熟，阳春卉木丽。[200] 葭蕹萌岸苇，桃萼绽山椑。[201]

风定帘睄燕，膏融穴抵蚔。[202] 物华原自丽，多难竟交谇。[203]

地讶巫咸集，天教鬼伯覭。[204] 萧条冠卸鹖，岑寂壁生蠨。[205]
蕉雨聆鸧鸹，菁烟啸鵋鶀。[206] 行云庭斗蚁，残月弩惊蛇。[207]
玉雪肩生粟，银霜鬓染頳。孤灯心缱绻，高枕语谆諄。[208]
百叶窗疏阖，重熺炭束荄。[209] 芋灰融榾柮，籼粒节鎌䉶。[210]
久病亲桐箓，生涯付药麗。[211] 林寒风绪结，漏静雨声霫。
绝学绵涪叟，筒书绎段医。[212] 达生兼止托，至理契成亏。[213]
素简紬金匮，丹礞砺石棠。[214] 琼华桐拔乳，蜜饵蔗煎饴。
为识脾调滑，因之穴炙噫。[215] 兰池清晓梦，葛室健春疟。[216]
大道无揵鞬，神机起蹶痿。[217] 尘书知蠹箧，春服已悬椸。[218]
启户乾坤大，开帘景物滋。庭沙痕冉冉，窗竹影斯斯。
花粉痕捎蝶，苔文篆运螔。[219] 萝痕明薄霭，微润浥轻霹。
出郭江沿锦，披襟暑袗絺。插禾催布谷，编竹生鸬鹚。
疏柳烟丝暗，新荷雨盖攲。流光惊磨蚁，过客倦听鹂。[220]
乡梦萦乌桕，羁怀郁白桵。[221] 罥丝捎蟏蛸，动股警螽斯。[222]
流滞吟瀏鶒，归期讯子雉。[223] 音书传跃马，别思惜歌骊。[224]
鸟杙型柯椓，青筤挽竹簻。[225] 相风竿定綄，杼水斗斢柦。[226]
鼓棹波容裔，维舟暑郁伊。[227] 江湖庄瓠落，薮泽跖恣睢。[228]
来厉陵跻震，柔中履错离。[229] 由来梁、益地，末复武侯治。[230]
习《坎》犹重险,《需》沙惜止泜。[231] 金隄沿浣浦，玉垒别緜虒。[232]
古刹桐鱼寂，童歌竹马骑。[233] 彭山青幂历，江水碧玻璃。
侧径循沙荐，颓垣茂竹埤。[234] 楚华夭沃沃，文柳细褆褆。[235]
馌亩童炊黍，耕畴妇秉耙。[236] 晓寒余蠋野，晴色上蚕槌。[237]
蜀野原天府，先民物土耙。鱼涔藩鰋鲤，豚栅殖豮豧。[238]
邦稼陈穜稑，垆原第薜萑。[239] 溪声喧野碓，山色丽农罢。[240]
雉响原缇缟，蜩鸣亩树糜。[241] 月明迟荷锸，雨润洽沾犁。
高廪丰稌黍，嘉禾诞秬秠。[242] 亩粮驯乌雀，仓粟饱蛄螿。[243]
觞酒陈牲牡，盆缫绎茧螝。[244] 升香登黍实，遗秉馈禾稜。[245]
寒具羞溏浃，春尘醉曲貏。[246] 崇墉禾百室，末富豉千瓻。[247]
农政前王肃，亲耕令典垂。[248] 濯罍仁《泂酌》，终亩庆《噫嘻》。[249]
麦瑞殷天瑞，苗征相地衰。剥鳝沿夏令，颂蜡协豳龡。[250]
甘雨和琴瑟，灵星赉鼎鼐。[251] 陈诗先后稷，闻乐祖伊机。[252]
击壤民知庆，迎年户受禧。[253] 饮和春以妪，介福寿维祺。[254]
往庶安熙皞，新猷急敛积。[255] 鼎书先鼓铁，壤赋竭刀锥。[256]

溉釜鱼赪尾，穷兵畜瘁恺。[257] 谭歌忧杼柚，秦令急鞭笞。[258]

父老思多稼，行歌和《楚茨》。[259] 中原方惨黩，西极最疮痍。[260]

晓过眉州郭，犹余学士祠。[261] 荒庭躔麋鹿，古瓦宅鸠鸱。[262]

北牖仍桭楠，东箱锁壑瓻。[263] 荔丹羞筐实，藓碧拭钟麾。[264]

出郭余斜日，登舟趁夕飔。 嘉州周濮土，灵境古峨嵋。[265]

净土三生业，赢粮十日贵。[266] 地疑尘境隔，归讶橹声迟。

蒲渚深容楫，花溪浅泛麒。 前游仪、陆，遗迹讯班、郦。[267]

湔水重源接，青衣别派仳。[268] 至今双渎合，不异二渠厮。[269]

绕郭榕阴密，绵山葛藟藟。 出林台峞峍，夹水岭参差。

升巘骔蹄跰，连峰象齿齹。[270] 凌云森宝刹，慧日炫灵姿。[271]

簪影排新笋，班痕驳古苔。 灵源超帝释，响附协人祇。[272]

穗献双歧麦，花飞六出栀。[273] 此行疑鹫岭，小别又犍为。[274]

黄卷仙人篋，丹珉《孝女碑》。[275] 故关雄沫若，前俗革朱提。[276]

樊塞闻班马，貂珉解献黑。[277] 和夷今底绩，邛筰古羁縻。[278]

岸转群峰出，潮回众壑移。 金沙纷北汇，岷水此东迤。

叙府雄山郭，乌舟集水嬉。[279] 吞刀程角觝，扬盾幻蒙魌。[280]

箫鼓灵旗集，笙歌里俗娭。[281] 此时同一醉，前路即陭陭。

晚宿江安县，孤城峡水湄。 朱生今寂寞，蜀道古吁嚱。

赋笔题鹦鹉，儒冠薄鹪鹩。[282] 别来纷琬琰，时去惜镃基。[283]

太息嵇琴逝，凄凉楚些悲。[284] 浩歌余翰墨，归旆夹灵轓。[285]

桂酒倾觞奠，桐车屏婴枕。[286] 人生看到此，吾道竟何之！

碧血应滋恨，黄垆感在斯。[287] 竭来芳婉晚，此别草萋萋。[288]

泸邑弹丸小，三泉故迹渐。[289] 连罳廛列隧，坐甲战交绥。[290]

巴水频催楫，渝城偶绀缠。[291] 估墙帆鹬合，渔舍瓦鳞迟。[292]

丹实砂辉濮，青筒酒载郫。[293] 春葩桐拂拂，夏果李旄旄。[294]

莺实羞荆楔，猿枝熟橘楣。 鱼陂登鲂鳞，鹑市萃瘖痹。[295]

往俗舟为屋，今过矢集櫺。 缘江烽列炬，缩版土盈箕。[296]

月黑弓韬影，星寒剑掩铍。 戈铤森壁垒，刁斗静重陴。[297]

鼓角催灯火，河山付酒卮。[298] 元戎彤矢锡，之子素丝纰。[299]

白发容疏放，朱威尚烑炜。[300] 登楼王粲赋，闻乐伯喈喜。[301]

沧海迟鹣鲽，蒙山富蛤蜊。 白驹箴逸豫，斑马笘涟洏。[302]

鼓浪轻艰险，经途逐崄巇。[303] 忠州三里郭，禹庙万年基。

观象犹神鼎，飞龙绣羽旗。[304] 虎梁謦奋莏，虹桷领躞跰。[305]

楯转螭纹曲，衡舒鸟翼翘。　炳文辉毈翁，作势鼍鬐髭。[306]
栋讶仙人集，窗疑玉女窥。[307] 皇灵仪焕炳，胡踞首欺偲。[308]
往古洪流溢，宁论手足胝！[309] 万方宗律度，四载瘁楩楪。[310]
贡已通球弩，功真溢鼎彝。　洪基兴杜宇，明德轶庖牺。[311]
洞古余金简，祠荒吊玉卮。[312] 淹留攀橘柚，容与荐茳蓠。[313]
旷世心滋感，经过几仞胎！[314] 犹闻耘鸟雀，到此富犀牦。
鼓峡缘流曲，岑峰隔岸鼗。　草迎南浦雨，花背北岩曦。
古洞藤牵屋，悬崖枳结蓠。　参霄樗蔽荠，匝地木摧嶵。[315]
溜急溪流恶，山崩冢曳辒。　摩空孤鹤语，视迹特羼圊。[316]
涧户通泉径，峰棱控峡岬。[317] 水归余断岸，浪急失悬碕。[318]
宝刻前人迹，磨崖几度磁。　墨华缇袭锦，笔篆画穷鏊。[319]
晓发云安市，舟从曲岸叙。　中流分楚、蜀，一径入巫、夔。
骈掌擎乾极，蟠根奠地示。[320] 猿声流暗壑，鸟路逼颠厓。[321]
铁壁双崖壮，苍穹一发窥。　四时忘赤日，六月结寒澌。[322]
覆釜峰洼突，悬车径险陂。[323] 舳棱森戟荣，玉韵叩璁瑸。[324]
雨净虹纹错，云横蜕影猗。[325] 栗卷骍角茧，槎蘖虎牙犄。[326]
拔地蛟虬跃，撑空虎豹踦。　画屏张輨匝，曲鼎侈哆嚱。[327]
并翦钗横燕，廉锋首射貔。[328] 云龙横蜿蜿，神鹰蠚鬐鬐。[329]
双植森桓表，歧金曲未庇。[330] 簴枞联业捷，圭笏杯蒸楼。[331]
凤翼疏箫管，龙文摩鼎鬜。[332] 矩句围折磬，栉比齿连篦。[333]
众态犹堪拟，惊泷自古奇。[334] 穴山巢鹤鹊，叠石穴鲂鲕。
神蛟千年宅，灵螭未可拔。[335] 险犹鱼腹拟，功讶鳖灵卑。[336]
自昔矜天堑，凭斯绝地维。　江流擎铁柱，飞将济枋筹。[337]
一统原无外，居安转虑危。　歙歌今竁噪，周砥古平夷。[338]
行水司空职，何年下土厘？[339] 百灵威象罔，大巧范工倕。[340]
往险梳迤互，神功策斧錾。[341] 重源摛月窟，百堵奋星鎚。[342]
舳破棱摧角，斤平迹运锄。[343] 羊肠奚诘诎？熊室几斜敧。[344]
此意绥坤轴，应教庆《坎》禔。[345] 徒劳殷密勿，莫与屡民兀。[346]
楚庙丹墀古，巫峰翠岭攲。[347] 苍茫神女迹，指点榜人疑。[348]
蕵彩垂金羽，苕华缀玉葹。[349] 几番溪藻荐，终古岭松榯。
岩采红鹦鹉，滩声白鹭鸶。　急湍流束楚，樛干会双椅。[350]
径转临山郭，桥横跨石徛。　冈平山有栎，浦静水生藶。[351]
碧瓦次廛里，寒瓶汲瓮瓻。[352] 蚕原丰橡茧，螗蟉阜桑蜩。[353]

170

岭树鸣鶗鴂，陵蔬富辣荚。[354] 訏川舫甫甫，茂草鹿伎伎。[355]

归峡流方急，阳坡地可耡。[356] 鼓帆朝旭丽，舣榜夕风飔。

东下原俄顷，西征或倍蓰。[357] 夷陵瞻咫尺，屯甲别厜㕒。[358]

巴雨缄三峡，湘云接九嶷。 重围峰影合，万壑泽容庳。[359]

雨细山花发，风高谷木痿。 孤芳兰擢颖，旅谷稻生秕。[360]

故郢今泯灭，荆南望渺㳽。[361] 蕙华知树亩，兰实忆搴阯。[362]

夏贡余杶栝，秋原富菉薋。[363] 巢林鸠扈集，翻藻鲢鲮跻。[364]

往迹征三楚，先王守四夷。[365] 开基犹荜簬，化俗拟端委。[366]

令典垂孙叔，规箴爵觅嘻。[367] 地雄云土梦，天畀孟诸麋。[368]

广泽熙驰鹬，邦图丧射鹔。[369] 怀沙思寋产，哀郢俗嚅唲。[370]

台古松长鬛，宫寒柳细肢。[371] 荆勋昭烨烨，樊德颂姼姼。[372]

沙市孤帆别，衡峰望眼眵。 土融黏赤埴，波阔绝崖湄。[373]

积雨霶优渥，轻雷试㵌霪。 仙人骖赤豹，山鬼策文螭。

吊古悲怀瑾，投荒感啜醨。[374] 佳期迟北渚，炎德抱南娭。[375]

归思萦庄舄，招魂谢景嗟。[376] 僵徊频鄂浦，留滞又京坻。[377]

江汉重源合，云山万里羁。 残芳搴杜实，朝秀抱茅莀。

汉女崇祠古，当年郑珮贻。[378] 春兰酬宝玦，秋菊屑琼蘪。[379]

宝瑟神弦寂，明珰鬼服魅。[380] 荫阶松桧老，缘径桂椒披。[381]

楚水三江接，浔阳九派歧。[382] 缘流舻舳集，近水垒培堘。[383]

闻道江南地，犹劳蓟北师。 陈谋先蒯彻，画诺后宗资。[384]

列巇雄衡、霍，连鸡莅姚邳。[385] 折冲临铁瓮，摨甲下扬茝。[386]

长岸艅艎失，连江羽檄捈。[387] 建瓴雄虎踞，合纵喻鸡尸。[388]

汉将歌横海，周郊赋饯郿。[389] 四方忧匪儿，一将筮非蝂。[390]

命召邦维翰，择荆阻入深。[391] 六军天策将，七萃羽林儿。[392]

戕斧三年梦，戎车六月敂。[393] 分曹陈虎旅，列阵必鱼丽。[394]

彫彩威弧矢，神锋励戟戕。[395] 莲花生剑锷，柳色拂旌旇。[396]

月幕笳声静，霜弢弩拊弞。[397] 乘墉公射隼，鞠旅士乘骐。[398]

舜舞敷干羽，齐金赐赎锱。[399] 劳旋歌杕实，归戍及瓜期。[400]

风静爱居去，波寒鹬蚌持。[401] 绛宫盟赵鞅，稷里战栾也。[402]

计日师干吉，终朝讫带襦。[403] 黜殷先蔡、霍，迁纪吊邴、郜。[404]

国尊歌韦、顾，邦刑布里、㔻。[405] 达人齐得丧，天道有赢踦。

相古垂裳治，宁闻造律咓？[406] 雍喈桐集凤，均一棘鸣鵙。[407]

惟念民犹体，应教惠浃肌。[408] 辰猷仪翼翼，子爱德低低。[409]

巳见庭坚集，犹伤石父缧。[410] 作人基恺悌，慎罚勖庸祇。[411]

室有飞蓬问，邦无赋茅欺。[412] 群生原浑噩，大运有陵夷。

丧乱民多僻，天威国有訾。[413] 秦功先驷驖，卫俗瘁狐绥。[414]

氛祲犹巴徼，边烽尚令疵。[415] 探丸搜汉社，铸铁奋秦椎。[416]

会见荆城郢，曾传鲁会裒。[417] 行吟辞楚泽，恤纬感周嫠。[418]

薄暮舟舣皖，滨江节弭羲。[419] 轻云承翠盖，斜日丽朱麾。[420]

南土绥申伯，东车迈赵岐。[421] 殷雷君子义，暑雨下民咨。[422]

建业今禾黍，江头市柛柂。[423] 白门杨系马，赤岸葵如雊。[424]

钟阜寒峰老，淮流浼水兹。 横江今息战，京观几僵尸。[425]

藉干陈栽席，舆机辇载椑。[426] 沙寒原喋血，波急海流巇。[427]

朝露歌伤逝，寒冰馔荐夷。 山邱《蒿里曲》，生死稾砧词。[428]

别思生庭草，仳离感谷蓷。[429] 鹿场廛町疃，蟏户冒长埼。[430]

泥落空梁燕，丝绵在室蟫。[431] 食贫桑沃若，思远棣翩其。[432]

河汉无终极，新亭有涕洟。[433] 寒流星的皪，燎火日炎燨。[434]

歇浦频年别，申江七日羁。[435] 九尘移海市，万栋丽华榱。

画栱森珠桷，金茎擢绣楣。[436] 丹翚舒鸟翼，朱锷瞰虹霓。[437]

台古禽游凤，楼高鹊集鹍。[438] 瑶光腾扣砌，铛彩缠文槐。[439]

丹井菹疏藻，乌棱干析槫。[440] 旃茵青氍毹，唐赞碧甎瓯。[441]

庭树移丹桧，阶莎灿绿蕹。 晓帱骞景毲，春户网罘罳。[442]

却暑青蘧苗，游春白接䍦。[443] 裾绡裁燕尾，冠翼弭蝉绥。[444]

雾縠舒秦缕，云罗艳邓缌。[445] 带鞓围宝鞢，裳縠裼缘缏。[446]

集腋裘青羽，连珠履赤綦。[447] 落花嘶玉勒，芳草丽金羁。[448]

方轨今连轸，绀衡古约靬。[449] 双丝缨紫络，七宝蒨华辀。

炙輠膏流滑，垂鞥葛作鞿。[450] 鸣鷹冲击毂，入肆阁连移。

雪乳香生颊，琼浆雪沁脾。 羊铏斟乍熟，牛俎胹初酾。[451]

鱼味供鲭臛，禽羹荐乌胘。[452] 脡修燔雉脯，酱剂洁麋胰。

夕饮倾三爵，朝醒藉一瓻。 初筵宾醉止，晨燎夜何其！[453]

缠履宵鸣瑟，华灯夕鼓琵。[454] 红牙歌袅袅，白纻舞娑娑。[455]

刻羽弦繁响，踰宫管外透。[456] 丁东音协佩，戍削彩扬袘。[457]

故国轮何满？新台吊威施。[458] 秉兰歌涣涣，《伐木》感偲偲。[459]

东海无鲍实，南山有豆萁。[460] 转蓬辞沪渎，振棹迳黄薪。[461]

《杕杜》歌遑止，迷阳感殆而。[462] 泳流肠九折，睇远视双睽。

海气嘘晴蜃，沙痕篆仆累。[463] 班鳞龙衍衍，趱翼鲔蟒蟒。[464]

急浦波腾骦，澄泓浪泳鲻。　阴濒辉蚌蚴，阳渚窟鰜鳌。[465]

紫楝三春鮥，青蒌四月鲥。　乘涛鲸爆彩，趵浪鰊扬鳍。[466]

岸网鲜登蛎，湖舟鲊饷鲞。[467]玑辉萤彩蝥，球韵奏文鮍。[468]

鳢濑鳞差色，鸿洲羽产氄。[469]忘机鸥浩荡，振鹭羽裖襹。[470]

肃肃衔芦雁，翩翩集栩佳。[471]平沙眠鸴鹀，浅渚浴文鹍。[472]

风叶吟畦蒋，烟苗茁野苊。　岸花丛似槿，江竹短如篁。[473]

沃土秋登稼，荆关画掩柴。[474]樵原收橡栗，荽渚艺凫菠。[

蟹簖新潮长，牛筐晓秭龆。[475]轻烟笼鸟罟，残日下鸡埘。

樗野时斤斧，桑原调绢絁。寒机催促织，岁酒酌爮醨。[476]

信美洵吾土，相逢讯阿谁。行歌惊汉广，归宇阔沤宧。[477]

鄂渚今容苇，中州昔采薲。迹残江夏褵，地尽汉阳姬。

到此歌遵陆，行人赋《载驰》。[478]晓酲消芳蔗，寒薐饱胡荽。[479]

转毂萦心曲，栖尘眯目眵。[480]计程原朦朦，发轸轨偃偃。[481]

楚塞开冥阨，般斤溯琢锤。[482]数峰灵蹴掌，一抹黛横眉。

闻说辰疆柳，斯民稼熟粢。[483]鲁云书错涾，殷雨沛庞禠。[484]

下邑民悬釜，岑崖户汲瓾。[485]平畴膏黍沃，连隰湿禾霉。

远近应同润，高卑讵异施？　民生原况瘁，帝泽信无私。

重险犹申息，涓流失颍、汝。[486]韦潭鳢泼泼，榛野兕驱驱。

举世规秦鹿，余氛尚宛雏。[487]笳音聆断续，杠锦曳参差。

此去疆分郑，频年阪度郲。[488]于行裳锦绚，聊乐帛巾綦。[489]

治迹余东里，皇风讯大聭。[490]雄关铃巩、郏，远水眺瀍、沮。

汉鼎基营洛，周台丧筑谯。[491]青坛臻瑞玉，翠羽拾琛缡。[492]

故阙祠开母，神峰拱少姨。[493]按流图北汜，综邑得东訾。[494]

河水宣房迹，东流砥柱楂。[495]滩痕鹤剖苇，沙彩贝余赆。[496]

鸟瑞残金检，鱼矼钓石蕳。[497]几闻襟汴、洛，却渡即温、郗。

列壤鳞皴锦，连峰彩耀珉。[498]霜原雄野鹊，雨浪涌河鲏。

同颖禾骈穗，朴枝木曲椑。[499]衣纹缤马舄，茎穗擢牛茎。[500]

入夕城瞻卫，渐车水涉淇。榛苓要彼美，丝布恤泯蚩。[501]

篝翟前容肃，笄珈故彩珇。硕人葭揭揭，君子竹猗猗。

宝物何年迹？孤文尚可摛。汗青辉册府，土碧晕陶瓐。[502]

龟契周经兆，蛟纹汉缶甾。[503]中州富文献，此美敌盘匜。[504]

旷宇开雄邺，遥山尽大坯。宫霜寒露掌，台日薄冰澌。[505]

东祕余青简，西陵茂绿蓷。香尘知冥漠，緰帐有嗟咨。[506]

骋望空灵雀，归飞感鸒鶋。　殷墟迷相耿，赵浸涉漯滮。[507]
冀野丰穈黍，陉冈富楝樺。[508] 重霄云弗郁，孤馆雨涔澬。[509]
宿雾开原隰，新流挹勺稀。　残虹明蝃蝀，彩雉耀鶾鷂。[510]
苦雨同张协，临河愧鲁尼。[511] 云山三晋阔，霜雪九秋滚。[512]
寒暑征途易，风霜短鬓髫。　地闲宜负郭，车止筮累僬。[513]
绿树蝉声咽，平芜隼羽奞。[514] 苜原蕃騄耳，蒿野窟貍豾。[515]
玉爪盘秋鹗，金翎刷暝鶂。[516] 晓霜枫檷檷，斜照稷穲穲。
锦蕊缄黄菊，繁苞秀紫綦。　断壶匏柄曲，剥枣果纹羞。[517]
旧俗犹唐、魏，前休懋犯衰。　新田都奠绛，阴馆水疏灅。[518]
朔野规临代，西戎震伐孋。　边歌聆鸨羽，宫难肇熊胹。[519]
扬水卿朱绣，嶔岑子墨缞。[520] 无荒箴蹶蹶，变俗感遾遾。[521]
紫塞今烽燧，苍生旷耒耜。　周《诗》张薄伐，扬《赋》策分矜。[522]
出塞驩腾马，宾门贽献貔。　款关迎日逐，涉幕徙屠耆。[523]
西望瞻雷泽，南薰诵有妫。[524] 宾门昭穆穆，思善汲孜孜。[525]
为奠怀襄迹，频劳岳牧谘。[526] 幽明三载绩，礼乐九官司。[527]
亦越征萧傅，犹闻下宋畸。[528] 臣邻有吁咈，君德肇谦㧑。[529]
王道无偏党，甄陶几瓶坯。[530] 扬灵期帝子，叹古喻仳倠。[531]
济俗资长策，吾才竭尺捶。[532] 时艰轻跋履，岁晚恋耘耔。[533]
蓬颗无根蒂，柟材谢剖黎。[534] 池灰忘汉劫，岭干老周榴。[535]
清净休耽史，行藏逐范蠡。　北居疑畏垒，西逝感崦嵫。
越绪萦铲辘，秦歌愧扊扅。[536] 琴书敦夙好，耒耜励勤唉。
蝶梦醒庄叟，龙歌阕介推。[537] 升沉占蜀市，哀乐荡汾脽。[538]
楚佩王孙草，商弦帝女丝。[539] 河清迟负石，柯烂溯观棋。[540]
生意窥笼鸟，哀歌惜逝骓。愿摅《天问》笔，上续《北征》诗。[541]

民国二年夏，由蜀适沪；秋，复由沪适晋，作诗纪行。韵宗《集韵》，[542]间用正字及经典假文。[543] 因系初稿，瑕纇孔多，改定未遑，姑付石印。应注之处，亦均从略。师培记。

【解题】

癸丑年（1913年）夏秋间，刘氏离开四川，到上海后又去往山西太原，经南桂馨引荐，投入阎锡山幕下，不久阎锡山又将其推荐给袁世凯。此诗虽曰纪行，但更多的是联系所经地方的历史典故与文学熟语反映自己心理感受，晦涩难懂。大意述说自己少年继承《左传》家学，曾经志向高远，奈何科举不顺，转为民族革命；为清廷通缉，亡命温州与安庆，后来漂泊日本，从事无政府主义活动；与革命派意见不合，投身两江总督端方幕下，专心研究；在四川保路运动中被革命派缉拿，后来在四川国学院教书，最终离开，另谋出路；从成都到重庆，经湖北、九江到南京、上海，然后经河南到山西，每到一地，既有现实的国计民生的描写，也有历史的追溯与怀古。总体来看，此诗纪实性为学问所掩，故而不够深入动人。

【笺释】

［1］黄图：借指畿辅、京都。此句指政权革新。黑水：又称黑城，位于干涸的额济纳河（黑水）下游北岸的荒漠上，是居延文化的一部分。此处代指清政府。

［2］留都：古代帝都新迁后，于旧都常设官留守，行其政事，称留都。七庙隳：本指四亲（高祖、曾祖、祖、父）庙、二祧（高祖的父和祖父）庙和始祖庙。此处代指政权垮掉。典出贾谊《过秦论》：“一夫作难而七庙隳。”

［3］桥山：山名，在今陕西省黄陵县西北，相传为黄帝葬处。沮水穿山而过，山状如桥，故名。典出《史记·五帝本纪》：“黄帝崩，葬桥山。”舄（xì）：古代一种木底鞋，也泛指鞋。典出《列异传》：“黄帝葬桥山，山崩无尸，惟剑舄存。”诗中当指汉族先祖皇帝及民族思想。玙琪（yú qí）：美玉。典出《尔雅·释地》：“东方之美者，有医无（巫）闾之珣玙琪焉。”

［4］西极：指长安以西的疆域。驹生渥：“渥水驹”，传说渥洼水中的神马。典出《史记·乐书》：“尝得神马渥洼水中。”南河：据杨守敬《水经注疏》卷二认为是叶尔羌河，可泛指西域。汥（jǐ）：水分流。

［5］䕲（xì）耳：传说中的西域古国。典出《逸周书·王会解》：“正西崑仑、狗国、鬼亲、枳巳、䕲耳。”侏僈：“侏离”，我国古代西部少数民族乐舞的总称。

［6］交趾：亦作“交址”。原为古地区名，泛指五岭以南。汉武帝时为所置十三刺史部之一，辖境相当今广东、广西大部和越南的北部、中部。东汉末改为交州。典出《礼记·王制》：“南方曰蛮，雕题、交趾。”织皮：用兽毛织成的呢毡之属，代指北方民族政权。典出《尚书·禹贡》：“厥贡……熊罴狐狸，织皮。”

［7］斥鷃（yàn）：《庄子·逍遥游》中的小鸟。文鲯：有文采的鱼。郝懿行《记海错》“嘉鲯鱼”有载。

［8］乌弋：汉时西域国名。据《汉书·西域传》载，公元前2世纪至公元

1世纪位于今阿富汗坎大哈附近，通往安息。黄支：古国名，故地或以为在今印度马德拉斯西南的康契普腊姆附近。

[9]三驱：古王者田猎之制，谓田猎时须让开一面，三面驱赶，以示好生之德。此句指在周文王开明政治的管辖下，各地安定团结无事。

[10]丕显：犹英明。典出《尚书·康诰》："惟乃丕显考文王，克明德慎罚。"翕訾：众口附和，诋毁诽谤。典出《诗经·小雅·小旻》："潝潝訾訾，亦孔之哀。"

[11]厉翼：厉，也写作"励"。奋勉辅佐。典出《尚书·皋陶谟》："惇叙九族，庶明励翼。"夸毗：卑屈，谄媚。

[12]三事：三件事。指正德、利用、厚生。典出《尚书·大禹谟》："六府三事允治。"孔颖达疏："正身之德，利民之用，厚民之生，此三事惟当谐和之。"四维：旧时以礼、义、廉、耻为治国之四纲，称为"四维"。典出《管子·牧民》："国有四维……何谓四维？一曰礼，二曰义，三曰廉，四曰耻。"

[13]簋（guǐ）：古代盛食物的器具，圆口，双耳。东国：东方之国。上古指齐、鲁、徐夷等国。北门：《诗经·邶风》的篇名，该诗述说政事辛勤。

[14]齐紫：指上行下效。典出《韩非子·外储说左上》："齐王好衣紫，齐人皆好也。"郑缁：指《诗经·郑风·缁衣》，毛《传》以为赞美郑武公父子并为周司徒，尽忠职守。

[15]谔谔：直言诤谏的样子。典出《史记·商君列传》："赵良曰：'千羊之皮，不如一狐之腋；千人之诺诺，不如一士之谔谔。武王谔谔以昌，殷纣墨墨以亡。'"訑訑（dàn）：自得的样子。《孟子·告子下》："訑訑之声音颜色，拒人于千里之外。"

[16]家父：周大夫。典出《诗经·小雅·节南山》："家父作诵，以究王讻。"郑罕虿（cǐ）：子虿，姬姓，罕氏，名婴齐，字子虿，是罕虎的儿子，郑国上卿。《左传·昭公十六年》记载，公元前526年夏季四月，郑国的六卿为来访的晋国中军将韩起在郊外饯行，子虿赋《野有蔓草》。

[17]公𫗧（sù）：鼎中的食物，君主、贵族所享用的盛馔。《周易·鼎卦》："鼎折足，覆公𫗧。其形渥，凶。"庇：庇护。

[18]殊方：远方，异域。麛：烂。

[19]熸（jiān）：军队溃败。三峗："三危"，古代西部边疆山名。典出《尚书·禹贡》："三危既宅。"孔传："三危为西裔之山也。"

[20]降威：上天降威。典出《尚书·西伯戡黎》："今我民罔弗欲丧，曰：'天曷不降威？'"如台：奈何，如何处置。典出《尚书·汤誓》："今汝其曰，

夏罪其如台？"

[21] 芃（qiú）野：荒远之地。杞桋：杞树、桋树。典出《诗经·小雅·四月》："山有蕨薇，隰有杞桋。君子作歌，维以告哀。"

[22] 蜩嘒嘒：化用《诗经·小雅·小弁》："菀彼柳斯，鸣蜩嘒嘒。"蒲社：又称亳社、殷社，是商朝所立的社，所以戒亡国也。后来周朝宋国继续供奉亳社，位于河南商丘。典出《公羊传·哀公四年》："蒲社灾，何以书？记灾也。"

[23] 孛（bèi）：古人指光芒四射的一种彗星。旧谓彗孛出现是灾祸或战争的预兆。鬐垂："垂鬐"，燕尾形的发髻。典出枚乘《七发》："杂裾垂鬐，目窕心与。"轮曦："曦轮"，指太阳。

[24] 生马角：马生角，比喻不能实现之事。战国时期燕太子丹在秦为人质，秦王说除非马生角乌鸦白头才成。见司马迁《史记·刺客列传》。龙漦（chí）：传说中神龙所吐唾沫。相传周厉王后宫的一名童妾，遭龙漦而受孕，生下褒姒，后喻女子祸国。事见《史记·周本纪》。

[25] 碧简：犹玉简。指珍贵的佛、道经书。书衔雀：古人认为，世间有将为帝王的人兴起，就会有赤雀衔丹书出至，表示应天授命。典出《尚书中侯》："季秋，赤雀衔丹书，入酆，止于昌户。"黄灵：黄帝。显麒：《山海经》记载黄帝的坐骑为麒麟。

[26] 苍精：郑玄在注释《礼记·月令》"其帝大皞，其神句芒"时，称伏羲为苍精之君。赤伏："赤伏符"的简称，新莽末年谶纬家所造符箓，谓刘秀上应天命，当继汉统为帝。

[27] 相主：以四柱八字辅相主人之命也。九州暱：游遍九州。

[28] 郳（yí）：临淮徐地。典出《左传·昭公六年》："徐郳楚聘于楚。楚子执之。"

[29] 该句写刘氏早年参加科举考试所经河南诸地。化用《诗经·郑风·褰裳》"子惠思我，褰裳涉洧"与《诗经·秦风·蒹葭》"溯游从之，宛在水中央"。

[30] 梁苑鹿：见前注。坰（jiōng）：广阔。此处当是"駉"的误字，诗句意为自己创作的赋可以比拟梁苑《文鹿赋》，写作的颂诗可以和《诗经·鲁颂·駉》一样。

[31] 茌（chí）：山名，在山东聊城。以上写自己到开封会试时的经历与感受。

[32] 踽踽（jǔ）：孤独的样子。偍（shì）：行走的样子。回家的车子孤

孤单单地回旋行走着，举起鞭子策打，马蹄声声。

［33］群言：指各家著述。誣謧（yì lí）：欺慢戏弄之言。中华大地一片混乱，众人的言语充满了欺慢戏弄。

［34］觚：古代书写的木简。此句指当时学界著述学说相互矛盾而且琐细歧出。

［35］艺圃：指著述之事或典籍荟萃之处。经郛：经书。阮元编录有《十三经注疏》。歙黟：安徽省的歙县、黟县，代指清代学者戴震与江永。

［36］郁郁：文采采兴盛。睍睍：见识浅陋貌。

［37］扬搉：约略，举其大概。釲揽："釲"疑当作"鈲"，典出左思《蜀都赋》："藏镪巨万，鈲揽兼呈。"扬雄《方言》："鈲、揽，裁也。"

［38］青箱：指传家的史学。典出《宋书·王准之传》："曾祖彪之……博闻多识，练悉朝仪，自是家世相传，并谙江左旧事，缄之青箱，世人谓之'王氏青箱学'。"高凤：高处的凤凰，比喻贤者。典出《诗经·大雅·卷阿》："凤皇鸣矣，于彼高冈。"董生帷："董生下帷"，原意是指董仲舒放下室内悬挂的帷幕讲授诵读，借指专心读书或写作。

［39］河间：河间献王刘德，他热衷弘扬古文经学。摄齐：提起衣摆。古时官员升堂时谨防踩着衣摆，跌倒失态，表示恭敬有礼。典出《论语·乡党》："摄齐升堂，鞠躬如也。"

［40］兰灯：精致的灯具。芸帙：犹芸编，指书卷。

［41］多识：博学广记。典出《论语·阳货》："子曰：'小子何莫学夫《诗》？《诗》，可以兴，可以观，可以群，可以怨；迩之事父，远之事君；多识于鸟兽草木之名。'"觭：单独，偏于一面。典出《庄子·天下》："不以觭见之。"

［42］清言：指魏晋时期何晏、王衍等崇尚《老子》《庄子》《周易》，摈弃世务，竞谈玄理的风气。延熹：是东汉皇帝汉桓帝刘志的第六个年号，此处指熹平石经。

［43］端策：喻指仔细地数蓍草。坟典：三坟、五典的并称，后转为古代典籍的通称。魁杓：北斗星七星中首尾两星的合称。

［44］服、颖：指东汉经学家服虔与颖容，精研《春秋》。京、眭：指西汉经学家京房与眭弘。京房精研《易》，眭弘深于《春秋》。

［45］考灵：《尚书纬·考灵曜》。《尚书纬》是中国汉代著作之一，《考灵曜》乃其中之一篇。《考灵曜》中留下了西汉时期一些假想的天文数据，足可称为古代宇宙论之作。极建："建极"，建立中正之道。典出《尚书·洪范》：

"皇建其有极。"黍铢：比喻微细之处。黍、铢均为轻微的重量单位。典出《汉书·律历志》应劭曰："十黍为絫。"

[46] 章亥：大章和竖亥。古代传说中善走的人。据《淮南子》记载，二人曾奉大禹之命测定地域范围。梓慎：春秋郑国人，曾以星象预言宋、卫、陈、郑发生火灾。

[47] 玉篆：篆书的美称。多指典籍、文告、符箓上的文字。觯（zhì）：古时饮酒用的器皿。青铜制，形似尊而小，或有盖。

[48] "莒""矩"：《颜氏家训·音辞》云："北人之音，多以举、莒为矩。唯李季节云：'齐桓公与管仲于台上谋伐莒。东郭牙望桓公口开而不闭。故知所言者莒也。然则莒、矩必不同呼。'此为知音矣。""禾""私"：《说文解字》："北道名禾主人曰私主人。"

[49]《文始》：或指道家《文始经》，由关尹子著，诠释老子关于大道玄妙的思想，以"太一"作为万物的根本。章太炎撰《文始》九卷，此处或无此意。念呭（xī）："殿屎"，意谓愁苦呻吟。典出《诗经·大雅·板》："民之方殿屎，则莫我敢葵。"

[50] 都人：居于京师有士行的人。尹姞：应是"尹吉"。尹氏宗子世袭为太史寮，周朝的尹姞为美好婚姻的代表。传世有尹姞鼎。典出《诗经·小雅·都人士》："彼君子女，谓之尹吉。"往牒：往昔的典籍。妘娸：上古姓氏。

[51] 宁戚：春秋卫人，齐大夫。典出《离骚》："宁戚之讴歌兮，齐桓闻以该辅。"王逸注："宁戚修德不用，退而商贾，宿齐东门外。桓公夜出，宁戚方饭牛，叩角而商歌。桓公闻之，知其贤，举用为客卿，备辅佐也。"王摛：齐武帝永明八年，天忽黄色照地，众莫能解。摛谓是荣光。帝大悦，用为永阳郡。官至尚书左丞。

[52] 芥磁：喻腐败不成形的东西。典出《三国志·吴书·虞陆张骆陆吾朱传》："虞翻字仲翔，会稽余姚人也。"裴松之注引三国吴韦昭《吴书》："虎魄不取腐芥，磁石不受曲针。"

[53] 誓水："过江誓水"，形容立志平叛复国决心。典出《晋书·祖逖传》："逖以社稷倾覆，常怀振复之志……仍将本流徙部曲百余家渡江，中流击楫而誓曰：'祖逖不能清中原而复济者，有如大江！'词色壮烈，众皆慨叹。"投璧："投璧于河"，是对天地神祇"盟誓"的一种方式，表示决心。语本《左传·僖公二十四年》。刑牲：谓古时为了祭祀或盟约而杀牲畜。错鍉（dī）：歃血器。典出《后汉书·隗嚣公孙述列传》："牵马操刀，奉盘错鍉。遂割牲而盟。"

[54] 翟（dí）：野鸡的尾羽。语本《诗经·邶风·简兮》："左手执龠，右手秉翟。"鉔（shī）：短矛。

[55] 孔、墨傮：语出《淮南子·俶真训》："孔、墨之弟子，皆以仁义之术教导于世，而不免于傮其身。"傮，懒懈。

[56] 路铎：在路上摇动的大铃铛。木铎用以宣传布政。牢落：孤寂，无聊。诱民篪：诱，诱导。篪（chí），古竹制管乐器。化用《诗经·大雅·板》："天之诱民，如埙如篪。"

[57] 咸辅：《咸》卦上六因喜悦而言多，像泉水腾上而出。壮頄：頄（qiú），帛书《周易》作頯，面颊。化用《周易·夬卦》："壮于頄，有凶，君子夬夬独行，遇雨若濡，有愠，无咎。"

[58] 彪蒙：发蒙；启蒙。化用《周易·蒙卦》："苞蒙，吉。"夬（guài）：乾下兑上，决裂之象。《周易·夬卦》："夬，决也，刚决桑也。"

[59] 鱼登鲔：宋代范祖禹作《春鲔初登》一诗有"风煦阳和候，冰消水泽春。乘舟施密罟，登鲔荐明神"之句，表示春景美好和煦。鼠穴鼶（sī）：化用《夏小正》："九月……熊、罴、貃、貉、鼶、鼬则穴，若蛰而。"意指到了夏历九月深秋之时鼶要进入洞穴开始冬眠。

[60] 适越：指"今日适越而昔来"，是战国时名家辩论的命题。句意为自己因为观念或主义等迷惑混淆，逃往浙江，新添愁绪。戡：用武力平定。阢：国名。语本《史记·周本纪·耆国注》："徐广曰：'一作阢'。"《尚书正义》曰："即黎国也。"

[61] 稖（bàng）：桩枒。裕：衣物饶也。后泛指富裕。句中指自己现实困窘，而未来发达却遥遥无期。

[62] 征文：考证文献。重黎：指颛顼高阳氏之后，为帝喾高辛氏火正。

[63] 蓂荚：古代传说中的一种瑞草。它每月从初一至十五，每日结一荚；从十六至月终，每日落一荚。所以从荚数多少，可以知道是何日。一名历荚。卷蒬：草名，又名"宿莽"。《尔雅·释草》："卷施草，拔心不死。"郭璞注："宿莽也。"

[64] 闃幽：静寂。丰沛：化用《周易·丰卦》九三："丰其沛，日中见沫，折其右肱，无咎。"《易传·象传·丰》曰："丰其沛，不可大事也。折其右肱，终不可用也。"繘短句：化用《周易·井卦》："改邑不改井，无丧无得。往来井井，汔至，亦未繘井，羸其瓶，凶。"

[65] 国狗：一国中之上品名狗，喻指妒贤害能的人。典出《左传·哀公十二年》："国狗之瘈，无不噬也。"狋（yí）：狗发怒的样子。

［66］樗里引：见前注。履结句："圯下拾履"。典出《史记·留侯世家》："良尝闲从容步游下邳圯上，有一老父，衣褐，至良所，直堕其履圯下，顾谓良曰：'孺子，下取履！'良鄂然，欲殴之。为其老，强忍，下取履。父曰：'履我！'良业为取履，因长跪履之。"

［67］僄偈：当作"僄急"，敏捷迅速。鼗（táo）：远方进贡来的小鼓。

［68］樊圃柳：用柳条编篱护园。化用《诗经·齐风·东方未明》："折柳樊圃，狂夫瞿瞿。"诗意是折下柳条编篱护园，反遭狂夫怒目而视。后因用以比喻好心未得好报。下泉苕：化用《诗经·曹风·下泉》："冽彼下泉，浸彼苞苕。"诗写曹国臣子感伤周王室衰微，各诸侯国以强凌弱，小国得不到保护，因而怀念周初比较安定的社会局面。

［69］北固：山名，在今江苏省镇江市东北。东倭：古代称日本。此句当是诗人追述东渡日本之事。

［70］横海句：刘邦《鸿鹄歌》："鸿鹄高飞，一举千里。羽翮已就，横绝四海。"赞扬鸿鹄志向远大。知天句：谓知道、清楚天命。化用《庄子·山木》："仲尼曰：'始用四达，爵禄并至而不穷，物之所利，乃非己也，吾命其在外者也。君子不为盗，贤人不为窃。吾若取之，何哉！故曰，鸟莫知于鷾鸸，目之所不宜处，不给视，虽落其实，弃之而走。其畏人也，而袭诸人间，社稷存焉尔。'"

［71］裳韦：皮制的下裙，旧时牧人或卑贱者之服。简帙：指书籍。嗫呫：形容听不懂或听不清的言辞。

［72］东作：谓春耕。典出《尚书·尧典》："寅宾出日，平秩东作。"孔传："岁起于东，而始就耕，谓之东作。"

［73］草玄：指扬雄作《太玄经》。典出《汉书·扬雄传下》："哀帝时，丁、傅、董贤用事，诸附离之者或起家至二千石。时雄方草《太玄》，有以自守，泊如也。"后因以"草玄"谓淡于势利，潜心著述。守白：谓保持空明的心境。典出《庄子·人间世》："虚室生白。"陆德明《经典释文》引司马彪曰："室比喻心。"磷淄：比喻受外界条件的影响而起变化。典出《论语·阳货》：子曰："'然，有是言也。不曰坚乎，磨而不磷；不曰白乎，涅而不缁。吾岂匏瓜也哉？焉能系而不食？'"

［74］怀金：怀带金宝。直疑：汉代的直不疑，精通崇尚老子的"黄老无为"学说。

［75］乌瞻止：化用《诗经·小雅·正月》："瞻乌爱止？于谁之屋？"虺龁麒：《韩非子·说林下》云："虫有虺者，一身两口，争食相龁，遂相杀也。"

[76] 颠《颐》：展示在像"颐"的形势下各种变化的可能性。典出《周易·颐卦》六二曰："颠颐，拂经于北颐，正凶。"又上九："由颐，厉，吉，利涉大川。"远《复》：《复卦》阐释恢复的原则。典出《周易·复卦》初九曰："不远复，无祗悔，元吉。"又六五："六五，敦复，无悔。"恢复的原则，必须根绝过去的错误，重新回复到善道。

[77] 文豹句：化用《庄子·山木》："夫丰狐文豹，栖于山林，伏于岩穴，静也。"童羊：羊羔。语本《太平御览》卷八四引《周书》："田猎唯时，不杀童羊，不夭胎，童牛不服，童马不驰。"纚（zuǐ）：绳索。

[78] 鸿篡弋："弋人和篡"。典出扬雄《法言·问明》："鸿飞冥冥，弋人何篡焉？"弋人，射鸟的人；篡，取得。射鸟的人无法取得。旧喻贤者隐处，免落入暴乱者之手。鸟黏黐：鸟被黏着在木胶上，喻指陷入困境难以脱身。典出韩愈《寄崔二十六立之》诗："敦敦凭书案，譬彼鸟黏黐。"

[79] 夙业：前世的功业。秋驾：一种驭马的技艺。指难以学成的道术。典出《吕氏春秋·不苟论》："尹儒学御，三年而不得焉，苦痛之，夜梦受秋驾于其师。"提躬：犹提身。语本《明史·列传》卷一百八十六："求古圣贤提躬训家之法，率而行之。"黄（yín）：恭敬。此处指刘氏脱离革命阵营，立志完成家传《春秋左氏传旧注疏证》。

[80] 履祥：走上吉祥的道路。典出《周易·履卦》上九："视履考祥，其旋元吉。"又九二："履道坦坦，幽人贞吉。"伾伾：疾行有力貌。典出《诗经·鲁颂·駉》："有骓有骍，以车伾伾。"

[81] 駃（shì）：马病。

[82] 牵缆：拉纤。载脂：抹油于车轴上。谓准备起程。典出《诗经·邶风·泉水》："载脂载舝，还车言迈。"朱熹《诗集传》："脂，以脂膏涂其辖使滑泽也。"

[83] 珠翳：眼病。典出葛洪《抱朴子·喻蔽》："若以所言不纯，而弃其文，是治珠翳而剜眼，疗淫痹而刖足。"祛：驱除。金疡：刀剑所致的创伤。典出《周礼·天官冢宰·亨从兽医》："疡医掌肿疡、溃疡、金疡、折疡之祝药。"郑玄注："金疡，刃创也。"刮：刮削。疕：头疮。

[84] 星缠：如列星环绕。析木：星次名。十二星次之一。与十二辰相配为寅，与二十八宿相配为尾、箕两宿。臬（niè）：古代插在地上以测日影的桩子。典出《周礼·冬官考工记·磬氏/车人》："置臬以县，视以景，为规识日出之景与日入之景。"

[85] 庄忌：西汉辞赋家，与邹阳、枚乘等唱和，是梁孝王门下著名辞赋

家，作品仅存《哀时命》一篇。此赋感叹屈原生不逢时，空怀壮志而不得伸。孔戣（kuí）：唐朝大臣，孔子第三十八代孙。敢言直谏，指责时弊。

［86］乡心：思念家乡的心情。

［87］黄葛：葛布。典出庾信《谢赵王赉白罗袍袴启》："披千金之暂暖，弃百结之长寒，永无黄葛之嗟，方见青绫之重。"紫芝：见前注。

［88］考槃：指《诗经·卫风·考槃》篇，此诗为赞美隐士之歌。瘀癊：引申指日夜思念、渴望。饮泌："泌水乐饥"，隐居临流，可以乐道忘饥。典出《诗经·陈风·衡门》："泌之洋洋，可以乐饥。"徲夷：与《诗经·陈风·衡门》之"栖迟"意通。

［89］疷（zhī）：困病。

［90］舣：使船靠岸。澹澔：见前注。娵觜：星次名，在二十八宿为室宿和壁宿，星野在四川一带。

［91］殷轸：众盛貌。典出《淮南子·兵略训》："畜积给足，士卒殷轸。"高诱注："殷，众也；轸，乘轮多盛貌。"赫戏：光明貌。典出《离骚》："陟陞皇之赫戏兮，忽临睨夫旧乡。"王逸注："皇，皇天也。赫戏，光明貌。"

［92］平林：平原上的林木。典出《诗经·小雅·车辖》："依彼平林，有集维鷮。"简竹：竹简，古代用以书写、记事的竹片。

［93］氂：古代跳舞者所执的牛尾。《尔雅·释器》："旄谓之氂。"《疏》："旄牛尾，一名氂，舞者所执也。"

［94］杖棰：棍棒，亦指拷打。

［95］龙见绛："龙见绛郊"。典出《左传·昭公二十九年》："秋，龙见于绛郊。魏献子问于蔡墨曰：'吾闻之，虫莫知于龙，以其不生得也。谓之知，信乎？'对曰：'人实不知，非龙实知。古者畜龙，故国有豢龙氏，有御龙氏。'"凤鸣岐："凤鸣岐山"。典出《竹书纪年》："文王梦日月着其身，又鸑鷟鸣于岐山。"一般认为，凤凰是由于文王的德政才来的，是周兴盛的吉兆。

［96］黄矢句：化用《周易·解卦》九二："田获三狐，得黄矢，贞吉。"彤车：朱漆车，王侯之乘。六马：古代帝王驾用的六马之车。

［97］周旅句：化用《诗经·大雅·皇矣》："王赫斯怒，爰整其旅，以按徂旅。"郂：古地名，在今中国山西省临汾市境。

［98］蝼祥句：据传黄帝在涿鹿的山下定都，去泰山顶上封禅，告祭天地，突然天上显现大蚓大蝼，色尚黄，于是他以土德称王，土色为黄，故称作黄帝。事见《史记·五帝本纪》。天睢：天测术语。战国时期石申对木星在九月晨出东方的现象所给的名称。典出《史记·天官书》："阉茂岁，岁阴在戌，

星居巳。以九月与翼、轸晨出，曰天睢。"

［99］北伐句：化用《诗经·小雅·六月》："戎车既安，如轾如轩。"东征句：化用《诗经·豳风·破斧》："既破我斧，又缺我斨。周公东征，四国是皇……既破我斧，又缺我锜。"

［100］卑溪句：化用《史记·封禅书》："南伐至召陵，望熊山……束马悬车登太行，至卑耳山而还。诸侯莫违。兵车之会三，乘车之会六，九合诸侯，一匡天下。"牧野句：化用《尚书·牧誓》："尚桓桓，如虎如貔，如熊如罴，于商郊。"

［101］洪炉：比喻天地。当途：执政，掌权。景运：好运。

［102］鲁：当是指经学之鲁学。邿：邿国。出土青铜器铭文作"寺"，《公羊传》作"诗"；《左传》作"邿"。

［103］释宋：《左传》载宋襄公"为鹿上之盟，以求诸侯于楚。楚人许之"。又"秋，诸侯会宋公于盂……于是楚执宋公以伐宋。冬，会于薄以释之。"事见《左传·僖公二十一年》。存陈句：楚国围困陈国，鲁襄公会同晋侯、陈侯等会与鄬地以救陈国。事见《左传·襄公七年》。

［104］金钲：指挥作战的工具。上谷：古地名，上谷郡始建于战国燕昭王姬平二十九年（公元前283年）。今北京市延庆区。

［105］夹纩：犹挟纩，披着绵衣，亦以喻受人抚慰而感到温暖。典出《左传·宣公十二年》："申公巫臣曰：'师人多寒。'王巡三军，拊而勉之，三军之士皆如挟纩。"行糜：赐糜粥，谓行仁政。典出《礼记·月令》："（仲秋之月）养衰老，授几杖，行糜粥饮食。"

［106］赵梦句：赵梦之谶最后落实在扁鹊身上。化用《难经古义》叙："谶赵梦。相桓侯也。尽唯一长桑君之遇哉……以余观之，抑在扁鹊。"荆情句：楚国的蒍罢隐匿了楚国国内的情形。化用《左传·襄公三十年》："三十年春，王正月，楚子使蒍罢来聘，通嗣君也。穆叔问：'王子之为政何如？'对曰：'吾侪小人，食而听事，犹惧不给命而不免于戾，焉与知政？'固问焉，不告。穆叔告大夫曰：'楚令尹将有大事，子荡将与焉，助之匿其情矣。'"

［107］玄堂：北向的堂，古天子冬月所居。拊石：敲击石磬。丹府：赤诚的心。书剂：泛指书籍文章等。

［108］大麓：犹总领，谓领录天子之事。典出《尚书·舜典》："纳于大麓，烈风雷雨弗迷。"灵场：祭祀仙灵神鬼的坛场。

［109］云亭：云云、亭亭二山的并称。古代帝王封禅处。附娄：土丘。坛墠：坛场，祭祀之所。

［110］拨本句：化用《诗经·大雅·荡》："文王曰咨，咨女殷商。人亦有言：颠沛之揭，枝叶未有害，本实先拨。殷鉴不远，在夏后之世。"康娱：逸乐；安乐。典出《离骚》："保厥美以骄傲兮，日康娱以淫游。"忸怩：羞愧。典出《尚书·五子之歌》："郁陶乎予心，颜厚有忸怩。"孔传："忸怩，心惭。"

［111］周流句：化用《诗经·小雅·小弁》："有漼者渊，萑苇淠淠。譬彼舟流，不知所届。"行迈句：化用《诗经·王风·黍离》："彼黍离离，彼稷之苗。行迈靡靡，中心摇摇。"

［112］瑞应：古代以为帝王修德，时世清平，天就降祥瑞以应之，谓之瑞应。龙图：河图，借指神授的君权。凤历：含有历数正朔之意。典出《左传·昭公十七年》："我高祖少皞挚之立也，凤鸟适至，故纪于鸟，为鸟师而鸟名，凤鸟氏，历正也。"后因用"凤历"称岁历。

［113］玄龟：元龟，大龟。典出《诗经·鲁颂·泮水》："憬彼淮夷，来献其琛。元龟象齿，大赂南金。"

［114］营室：室宿，二十八宿之一。典出《周礼·考工记·輈人》："龟蛇四旐，以象营室也。"

［115］百官句：谓百官对帝王进行劝诫。化用《左传·襄公四年》："昔周辛甲之为大史也，命百官，官箴王阙。"杜预注："阙，过也。使百官各为箴辞，戒王过。"八政句：化用《尚书·洪范》："次三曰农用八政。"箕，即殷末周初著名的巫学家及其"占卜"宗师，其专职是占卜阴阳、观测天象、授时制历，并以此指导国家的农事、渔牧或者出征讨伐活动。

［116］辽水：今辽河的古称，为我国古代六川之一，其名最早见于《山海经·海内东经》。舟通鹢："鹢舟"，船头画有鹢鸟图像的船；亦泛指船。高凉：古代岭南一个极为重要的古郡县。犥：矮小短足的牛，产自古高凉郡。

［117］戈载戢：戈，古兵器，借指交战，动武；载戢，装运聚藏。化用《诗经·周颂·时迈》："载戢干戈，载橐弓矢。"弁伊璂：弁，皮帽；璂，古代皮帽上的玉制饰品。化用《诗经·曹风·鸤鸠》："其带伊丝，其弁伊璂。"

［118］獯粥：我国古代北方少数民族名。夏商时称獯粥，周时称猃狁，秦汉时称匈奴。析枝：古代西戎族名之一，又称鲜支、赐支、河曲羌。分布在今青海积石山至贵德县河曲一带。典出《尚书·禹贡》："织皮、昆仑、析枝、渠搜、西戎即叙。"

［119］喜起：君臣协和，政治美盛。典出《尚书·益稷》："（帝）乃歌曰：'股肱喜哉，元首起哉，百工熙哉。'"孔传："股肱之臣喜乐尽忠，君之治功乃起。"

[120] 仪凤：凤凰的别称。典出《尚书·益稷》："箫韶九成，凤皇来仪。"华虫：雉的别称，古代常用作冕服上的画饰。典出《尚书·益稷》："予欲观古人之象，日月星辰，山龙华虫，作会。"孔传："华，象草华；虫，雉也。"

[121] 和脑：意谓调和。

[122] 盖代：犹盖世。末俗：谓末世的习俗，低下的习俗。

[123] 陆梁：地名。秦时称五岭以南为陆梁地。典出《史记·秦始皇本纪》："三十三年，发诸尝逋亡人、赘婿、贾人略取陆梁地，为桂林、象郡、南海，以适遣戍。"绵蕞：延申为"縣"，束茅以表位为"蕞"。据《史记·刘敬叔孙通列传》载，叔孙通欲为汉高祖创立朝仪，使征鲁诸生三十余人，叔孙通"遂与所征三十人西，及上左右为学者与其弟子百余人为縣蕞野外"，习肄月余始成。

[124] 椎髻：头发结成椎形的髻。南越王赵佗曾以此装饰见陆贾。陈宫句：化用《史记·陈涉世家》："入宫，见殿屋帷帐，客曰：'伙颐！涉之为王沉沉者！'楚人谓'多'为'伙'，故天下传之。"

[125] 蛟龙句：比喻英雄有所凭依能够施展抱负。典出《三国志·吴书·周瑜鲁肃吕蒙传》："刘备以枭雄之姿，而有关羽、张飞熊虎之将……恐蛟龙得云雨，终非池中物也。"置兔句：用以称美贤者之行。化用《诗经·周南·兔罝》："肃肃兔罝，施于中逵。"

[126] 平蕃：分封藩地。膑（pí）：厚赐。

[127] 郎官：古代官名，古代盖为议郎、中郎、侍郎、郎中等官员的统称。画省：指尚书省。汉尚书省以胡粉涂壁，紫素界之，画古烈士像，故别称"画省"，或称"粉省""粉署"。都尉：是秦汉时期重要的中高级武官。长铤：古兵器之一。剑属，长形，两面有刃。楚汉相争时，周灶曾以长铤都尉之职，率军击项羽。典出《汉书·高惠高后文功臣表》："以卒从起砀，以连敖入汉，以长铍都尉击项籍。"

[128] 函夏：指全国。典出《汉书·扬雄传上》："以函夏之大汉兮，彼曾何足与比功？"车书一："混一车书"，秦始皇破灭六国后，统一了天下的车道与文字，后因以表示天下一统。中天：天运正中，喻盛世。赏虒：谓恩宠赏赐延续不断。

[129] 屏藩：比喻卫国的重臣。典出《诗经·大雅·板》："价人维藩，大师维垣。大邦维屏，大宗维翰。"夹辅：辅佐。典出《左传·僖公四年》："五侯九伯，女实征之，以夹辅周室！"偏裨：偏将，裨将，将佐的通称。

[130] 秬鬯句：化用《诗经·大雅·江汉》："厘尔圭瓒，秬鬯一卣。"秬

鬯，古代以黑黍和郁金香草酿造的酒，用于祭祀降神及赏赐有功的诸侯。厘，赐也。瓒，古礼器。用以盛鬯酒灌祭，也用于宾客行爵。芄兰句：化用《诗经·卫风·芄兰》："芄兰之支，童子佩觿。虽则佩觿，能不我知。"觿，用兽骨制成的解结用具，形同锥，似羊角，也可为装饰品。

[131] 上公：周制，三公（太师、太傅、太保）八命，出封时，加一命，称为上公。典出《周礼·春官·典命》："上公九命为伯，其国家、宫室、车旗、衣服、礼仪皆以九为节。"好爵：高官厚禄。

[132] 观象：观察卦爻之象。古人用以测吉凶。辉藻：华采，华美的文采。垂光：谓光芒俯射。莀：可作染料的草。茈：草名。语本《山海经》："劳山多茈草。"

[133] 綟：黑经白纬织物。象弭：两端用象牙装饰的弓。犀毗：胡人衣服上悬挂的带钩。

[134] 邑土：封地。关征：关口所收之税。食彄：食税、征税。彄，即彄门。典出《左传·文公十一年》："宋公于是以门赏彄班，使食其征，谓之彄门。"谓以城门的税收赏彄班，后遂用为食税、征税之典实。

[135] 哕哕（huì）：有节奏的铃声。骙骙：见前注。

[136] 带厉：衣带和砥石。典出《史记·高祖功臣侯者年表》："封爵之誓曰：'使黄河如带，泰山若厉。国以永宁，爰及苗裔。'"后因以"带厉"为受皇家恩宠，与国同休之典。盘盂：圆盘与方盂的并称，用于盛物。古代亦于其上刻文记功或自励。

[137] 纡青：佩带青绶，谓做高官。卫、霍：当是指汉代大将卫青与霍去病。结绿：美玉名，比喻有才能的人。典出《史记·范雎蔡泽列传》："且臣闻周有砥砨，宋有结绿，梁有县藜，楚有和朴（璞）。"陶、猗：古代富商陶朱公（范蠡）和猗顿的并称，后泛指富人。典出葛洪《抱朴子·擢才》："结绿玄黎，非陶、猗不能市也。千钧之重，非贲、获不能抱也。"

[138] 巴野句：指卓王孙通过开采铁矿，冶铁生铁，终致巨富事。蜡代炊："石家蜡烛"，为奢侈之典型。典出《世说新语·汰侈》："王君夫以饴糒澳釜，石季伦用蜡烛作炊。"晋石崇为河北南皮人，家极为豪富，生活奢侈，做饭时常以蜡烛当柴烧。

[139] 燕颔：封侯之相。东汉名将班超自幼即有立功异域之志，相士说他"燕颔虎颈"，有封"万里侯"之相。后奉命出使西域三十一年，陆续平定各地贵族的变乱，官至西域都护，封定远侯。见《后汉书·班梁列传》。虬髯：卷曲的胡须。典出徐陵《移齐文》："于是卫、霍、甘、陈，虬髯瞋目，

心驰陇路，志饮河源，乘胜长驱，未加所限。"

[140] 丹毂：犹丹轮，指华贵的车。赤墀：皇宫中的台阶，因以赤色丹漆涂饰，故称。北里、南宫：均为古地名。

[141] 五陵：长陵、安陵、阳陵、茂陵、平陵五县的合称。均在渭水北岸今陕西咸阳市附近，为西汉五个皇帝陵墓所在地。冠盖：指仕宦，贵官。典出班固《西都赋》："冠盖如云，七相五公。"七校：指汉代中垒、屯骑、步兵、越骑、长水、射声、虎贲七校尉。横吹：乐府曲名，用于军中。

[142] 雕鹗：雕与鹗，猛禽，比喻奸佞。鸱鸮：鸟名，俗称猫头鹰，常用以比喻贪恶之人。

[143] 流水："高山流水"。典出《列子·汤问》："伯牙鼓琴，志在高山，钟子期曰：'善哉，峨峨兮若泰山。'志在流水，钟子期曰：'善哉，洋洋兮若江河。'"牙弦绝："伯牙绝弦"，悲叹知音已去再难得。广数奇："李广数奇"，感慨命运不佳，壮志难酬或不得封赏。典出《史记·李将军列传》："大将军（卫）青亦阴受上诫，以为李广老，数奇，毋令当单于，恐不得所欲。"

[144] 杂语：主旨各异之语，各种学说。尸佼：战国时期著名的政治家，著有《尸子》，认为"天地生万物，圣人裁之。"泠渊句：相传商汤将讨伐夏桀，曾和隐士卞随商量，卞随拒不回答。汤战胜夏桀后，要让天下给卞随，卞随认为受到污辱，自投稠水（一说颍水）而死。事见《庄子·让王》。

[145] 《鼎》刚句：化用《周易·鼎卦》："六五鼎黄耳金铉，利贞。"又上九："鼎玉铉，大吉，无不利。"玉铉，玉制的举鼎之具，状如钩，用以提鼎之两耳。《姤》吉句：化用《周易·姤卦》初六："系于金柅，贞吉。"金柅，金属制的车刹。

[146] 暌：分离，隔开。鸣鸟：或指凤凰。魑：古代传说中躲在深山密林里害人的妖怪。典出《左传·文公十八年》："舜臣尧，宾于四门，流四凶族浑敦、穷奇、梼杌、饕餮，投诸四裔，以御魑魅。"诗句隐约写在四川被捕事。

[147] 颐真：谓修养真性。典出晋·郭元祖《列仙传赞·赤斧》："赤斧颐真，发秀戎巴。"赤斧：传说中的仙人。典出刘向《列仙传·赤斧》："赤斧者，巴戎人也，为碧鸡祠主簿，能作水涢炼丹与消石，服之三十年，反如童子，毛发生皆赤。后数十年，上华山，取禹余粮饵，卖之于苍梧、湘江间。累世传见之，手掌中有赤斧焉。"长往：指避世隐居。典出潘岳《西征赋》："悟山潜之逸士，卓长往而不反。"严僖：与许由同时之隐士。见《路史·余论》卷四十"许由条"："意而、子与、巢父、严僖、方回，皆许由之友。"诗写成

都国学院教授诸生事。

[148] 蒋径："蒋生径"，指称隐者之所处。典出《文选·谢灵运诗》："寡欲不期劳，即事罕人功。惟开蒋生径，永怀求羊踪。"李善注引《三辅决录》："蒋诩，字符卿，隐于杜陵，舍中三径，唯羊仲、求仲从之游，二仲皆挫廉逃名。"五噫：东汉诗人梁鸿所作的一首古体诗《五噫歌》。诗中每句句末用一"噫"字感叹，为楚歌变体。此诗字里行间充满了对帝王穷奢极欲的谴责，以及对人民苦难的深切同情，表现了对国家和人民深切关怀和内心的忧伤。事见《后汉书·逸民列传》。

[149] 故人句：化用杜甫《九月杨奉先会白水崔明府》："坐开桑落酒，来把菊花枝。"录事句：化用杜甫《王录事许修草堂资不到，聊小诘》："为嗔王录事，不寄草堂资。"

[150] 賨旅：汉代賨人组成的军旅。左思《蜀都赋》："奋之则賨旅，玩之则渝舞。"李善注引应劭《风俗通》："巴有賨人，剽勇。"橦布：橦花织成的布。巴童：巴渝之童，善歌舞。典出鲍照《舞鹤赋》："燕姬色沮，巴童心耻。"刘良注："巴童、燕姬，并善歌者。"竹箧：当是蜀地的竹枝歌。

[151] 琳宫：仙宫，亦为道观、殿堂之美称。绣壤：指田间的土埂和水沟。因其交错如文绣，故称。

[152] 阴火：地火，地热。典出杜甫《奉同郭给事汤东灵湫作》："阴火煮玉泉，喷薄涨岩幽。"潎流：流水。语出《诗经·小雅·白华》："潎池北流。"

[153] 健翮：矫健的翅膀，借指矫健的飞禽，亦比喻有才能的人。蜼蛦：山鸡。语出左思《蜀都赋》："蜼蛦山栖。"《注》"蜼蛦，鸟名也，如今之山鸡。"

[154] 睍睆（xiàn huān）：形容鸟色美好或鸟声清和圆转貌。典出《诗经·邶风·凯风》："睍睆黄鸟，载好其音。"襹襹（lí shī）：离披散乱貌。

[155] 獌獭：獭属，又称猵獭，简称"獌"或"猵"。语出扬雄《羽猎赋》："蹈獌獭，据鼋鼍。"李善注引郭璞《三苍解诂》："獌似狐，青色，居水中，食鱼。"龝鼀（qiū qù）：蟾蜍。《说文》："龝鼀，詹诸也。"即《诗经·邶风·新台》："燕婉之求，得此戚施"中之"戚施"。

[156] 翡翠：鸟名。嘴长而直，生活在水边，吃鱼虾之类。箴鴜（zǐ）：水鸟名，毛苍黑色。语出司马相如《上林赋》："箴疵鵁卢，群浮乎其上。"

[157] 菹：草名。语本左思《蜀都赋》："樊以菹圃。"《注》"菹亦名土茄，叶覆地而生，亦可食，人饥则以继粮。"

[158] 鱐（shuì）：食用。

[159] 方轨：指平坦的大道。三市：指大市、朝市、夕市。典出何晏《景

福殿赋》："颎眺三市，孰有谁无？"九逵：四通八达的大道。

[160] 边氓：亦作"边甿"，又作"边萌"，即边民。蹲鸱：大芋。因状如蹲伏的鸱，故称。典出《史记·货殖列传》："吾闻汶山之下，沃野，下有蹲鸱，至死不饥。"张守节正义："蹲鸱，芋也。"

[161] 截玉鬃：化用《淮南子·说山训》："执而不释，马鬃截玉。"高诱注："鬃，马尾也。"

[162] 象约：象鼻，一种珍味。鮨：鱼脍酱，产于蜀地。

[163] 牦毹（xiān zhī）：用毛做成的毡子一类的东西。《博雅》："牦毹，罽也。"

[164] 筰（zé）马：古代筰地所产的名马。典出《史记·货殖列传》："巴蜀亦沃野……西近邛筰，筰马、旄牛。"犩（kuí）：犩牛，蜀地岷山出产的一种高大的野牛。

[165] 醶醸：酒名。

[166] 建寅：指代孟春之时。典出《礼记·月令》："孟春之月。"郑注："此云孟春者，日月会于诹訾，而斗建寅之辰也。"

[167] 结佩句：化用《离骚》："纫秋兰以为佩。"楙：树木茂盛或枝条长而柔软。

[168] 皡皡：广大自得的样子。典出《孟子》："霸者之民驩虞如也，王者之民皡皡如也。"

[169] 玉烛：谓四时之气和畅。《尔雅·释天》："四气和谓之玉烛。"华黍：《诗经·小雅》本有《华黍》篇，其词已佚。《小序》称此诗主旨歌咏时和岁丰，宜于耕种。和音：和平之音，和谐之音。采齐：古乐曲名。一说，逸诗名。典出《周礼·春官·大司乐/小师》："行以《肆夏》，趋以《采荠》。"

[170] 曲台：秦汉时期宫殿的名称，在汉代主要为着记校书之处，亦以指著述校书，同时又引申为礼仪、礼制的代称。璧水：指太学，也泛指读书讲学之处。祁祁：众多貌，盛貌。诗写在成都国学院教书的乐趣。

[171] 鹝（hàn）：鸣叫声悠长的鸡，古用于祭祀宗庙之礼。蠵（xī）：一种用胃鸣的大龟。典出汉朝佚名所作《景星》："穰穰复正直往宁，冯蠵切和疏写平。"

[172] 鳣序：指学校。唐·邢璹《〈周易略例〉序》："臣舞象之年，鼓箧鳣序，渔猎坟典，偏习《周易》。"涓尘：细水与微尘，喻微小的事物。谢灵运《撰征赋》："施隆贷而有渥，报涓尘而无期。"鼠坻：鼠粪；鼠穴外的积土。

[173] 酉山："酉阳"，也即小酉山，古荆州山名。借指传世稀见的古籍。

典出《太平御览》卷四九引南朝宋盛弘之《荆州记》:"小酉山上石穴中有书千卷,相传秦人于此而学,因留之。"乙火句:"太乙燃藜",比喻勤学、夜读。典出王嘉《拾遗记》:"刘向于成帝之末,校书天禄阁,专精覃思。夜,有老人着黄衣,植青藜杖,登阁而进,见向暗中独坐诵书。老父乃吹杖端,烟然,因以见向,说开辟已前。向因受《洪范五行》之文,恐辞说繁广忘之,乃裂裳及绅,以记其言。"

[174]镕范:熔铸的模具,也借喻培育人才。切劘:切磋相正。

[175]籀(zhòu)书:大篆,也称籀文。因其著录于字书《史籀篇》而得名。陆赋:汉初作家陆贾的赋。《汉书·艺文志》分赋为四类:一为"屈赋",二为"陆赋",三为"荀赋",四为"杂赋"。

[176]迈德:谓勉力树德。典出《尚书·大禹谟》:"皋陶迈种德。"龚壮:字子伟,巴西隐士,曾著《迈德论》。许慈:字仁笃,南阳人,三国时期蜀汉官员,从师刘熙,精通郑玄经学,钻研《周易》《尚书》《论语》等。建安年间,与许靖等一道到达蜀地。

[177]方部:犹州郡。玄摛:扬雄《太玄经》中的《玄摛》篇。

[178]《凡将》:指司马相如的《凡将篇》,属于小学学术的表现。余休:浓密的树荫,引申指荫庇。

[179]碧鸡:传说中的神物,也指王褒《碧鸡颂》的省称。白凤:相传扬雄著《太玄经》时梦吐白凤。后因以比喻出众的才华或才华出众之士。

[180]苕颖:比喻文辞之精妙特出者,或特出之事物。典出陆机《文赋》:"或苕发颖竖,离众绝致。"吕向注:"谓思得妙音,辞若苕草华发,颖禾秀竖,与众辞离绝,致于精理。"藻棁:"窫棁之材",比喻小才。典出班彪《王命论》:"窫棁之材不荷栋梁之任。"张铣注:"栭谓之窫,梁上楹谓之棁,盖小材也。"

[181]石室:古代藏图书档案处。皋比:古人坐虎皮讲学,后因以指讲席。

[182]能事:所擅长之事。

[183]典则:典章法则,准则。典出《尚书·五子之歌》:"有典有则,贻厥子孙。"淫诐(bì):邪僻。

[184]傅沓:谓相聚面语。典出《左传·僖公十五年》:"《诗》曰:'下民之孽,匪降自天,傅沓背憎,职竞由人。'"单文:孤立的记载。

[185]驮经:犹"白马驮经",谓佛教传入中国。

[186]衔花句:"瑞鸟衔花",指虔诚供奉佛教典籍《华严经》会带来祥瑞。

献果句：指佛教故事"猕猴献蜜"，出自《佛本行集经·昔与魔竞品》："时彼树有一大猕猴，在于树头，取果子食。是时彼虬，既见猕猴在树上坐食于树子。见已渐渐到于树下，到已即便共相慰喻，以美语言。"

［187］贝叶：古代印度人用以写经的树叶，亦借指佛经。

［188］昆蚑句：化用张协《七命》："于时昆蚑感惠，无思不扰。"昆蚑，犹昆虫。

［189］骴（cī）：鸟兽的残骨。此处诗人当是指与"德"相对的不好的内容。

［190］净业：佛教用语，清净的善业。一般指笃修净土宗之业。虎头痴：称才智之人在某一方面有疏略或癖好。典出《世说新语·文学》刘孝标注引宋·明帝《文章志》曰："桓温云：'顾长康体中痴黠各半，合而论之，正平平耳。世云有三绝：画绝、才绝、痴绝。'"晋顾恺之，小名叫虎头，因有"痴绝"之称，故称"虎头痴"。

［191］兼味：两种以上的菜肴。典出《谷梁传·襄公二十四年》："五谷不升，谓之大侵。大侵之礼，君食不兼味。"鲑菜：古时鱼类菜肴的总称。粉糍：用稻米黍米之粉做成的食品，上粘豆屑。典出《周礼·天官·笾人》："羞笾之食，糗、饵、粉、糍。"

［192］蓳：一种草，根茎如荠，叶细如柳，可蒸食。

［193］黍酏：黍米煮成的粥。典出《礼记·内则》："或以酏为醴，黍酏，浆水，醷，滥。"

［194］蓳：羊蹄草。《字林》："蓳草似冬蓝，蒸食之。"

［195］芹菹：以醯酱腌渍的芹菜。醢（hǎi）：肉酱。

［196］雪艳：光洁明丽。霜韲：秋日腌制的菜。

［197］饵丹：服食金丹。药鼎：煎药用具。亦指道家炼丹药所用的丹鼎。

［198］玄风：道教谓玄天之风。

［199］湛冥：深沉玄默。卜肆：卖卜的铺子。啐茹："捽茹"，饮食，吃喝。典出扬雄《扬子法言·修身》："暗暗在上，箪瓢捽茹，亦山雌也，何其臞！"山雌：雉。典出《论语·乡党》："山梁雌雉，时哉时哉！"

［200］尘梦句："黄粱梦"，喻虚幻的事和不能实现的欲望。事本沈既济《枕中记》。

［201］蘿（quǎn）：芦苇一类植物的嫩芽。

［202］蚔：一种飞虫的卵，可以作肉酱。《尔雅注疏》："有翅而飞者名蠿，即飞蟫也，其子在卵者名蚔，可以作醢。"

［203］譙（wéi）：责备。

［204］鬼伯：犹鬼王，指阎王。典出《乐府诗集·相和歌辞二·蒿里》："鬼伯一何相催促，人命不得少踟蹰。"覗（sì）：视也。

［205］冠卸鹖："鹖冠"，以鹖羽为饰之冠，武官之冠。

［206］鸧鸹（cāng guā）：水鸟名，似鹤，苍青色，亦称麋鸹。鵋鶀（jì qí）："鵋鶀"，猫头鹰。

［207］庭斗蚁："蚁斗"，比喻微末的争斗。典出刘义庆《世说新语·纰漏》："殷仲堪父病虚悸，闻床下蚁动，谓是牛斗。"弩惊蛇："留蛇映弩"，比喻惊魂之物。典出庾信《卧疾穷愁诗》："留蛇常疾首，映弩屡惊心。"

［208］谆謘（zhūn chī）：语言迟钝。

［209］熺：炽热。羡：束炭。

［210］榾柮（gǔ duò）：木柴块，树根疙瘩，可代炭用。

［211］篆：道教的秘文。

［212］涪叟：指黄庭坚。

［213］止托：寄居。

［214］素简：指书籍。金匮：比喻博学。丹磩：红色的磨刀石。砦（jì）：石针，也即砭石，古代针灸用具。

［215］调滑：调和滑润。典出《云笈七签》卷五九："古经法皆有时节行之，今议食气不复以时节也。液则时时助气使调滑也。"

［216］疟：指季节性传染病。

［217］鞢：束缚。神机：犹机运，时机。蹶痿：足病，疲软不能行走。典出《文选·七发》："且夫出舆入辇，命曰蹶痿之机；洞房清宫，命曰寒热之媒。"

［218］蠹篋：指书箱。椸：衣架。

［219］蛦（yí）：蜗牛（一说是一种跟蜗牛近似的软体动物）。

［220］磨蚁：磨盘上的蚂蚁，比喻极其微小。此处当代指忙碌不停的人或循环不已的事物。

［221］乌柏：也作"乌臼"，落叶树。《西洲曲》："日暮伯劳飞，风吹乌臼树。"因此"乌臼"便与乡思相关联。白桠：灌木名，即械，可作药用。

［222］蠛蠓：虫名。体微细，将雨，群飞塞路。典出扬雄《甘泉赋》："历倒景而绝飞梁兮，浮蠛蠓而撇天。"螽斯：虫名，雄虫的前翅能发声。《诗经·周南·螽斯》："螽斯羽，诜诜兮。"

［223］䴔䴖：水鸟名，形大于鸳鸯，而多紫色，好并游，俗称紫鸳鸯。

[224]歌骊：歌唱《骊驹》诗，谓唱告别之歌。典出《汉书·儒林传》："客歌《骊驹》，主人歌《客毋庸归》。"

[225]桩：树木枯死。簋：竹篓。

[226]綄：古代一种测风仪，用鸡毛五两系于高竿顶上而成，故亦称"五两"。

[227]容裔：水波荡漾貌。郁伊：犹酷烈。以下诗写刘师培出成都回家。

[228]瓠落：大貌，空廓貌。典出《庄子·逍遥游》："魏王贻我大瓠之种，我树之成而实五石，以盛水浆，其坚不能自举也。剖之以为瓢，则瓠落无所容。"恣睢：自纵貌。

[229]来厉句：化用《周易·震卦》："六二：震来，厉，亿丧贝；跻于九陵，勿逐，七日得。"柔中：谓柔顺而得中正之道。典出《易传·系辞传下》："柔之为道，不利远者，其要无咎，其用柔中也。"履错：履，践履，举步；错，交错。谓步履交错。典出《周易·离卦》："初九：履错然，敬之，无咎。"

[230]梁、益：指蜀地。蜀汉有梁、益等州，因以并称。

[231]习《坎》句：化用《周易·坎卦》："习坎，有孚维心，亨，行有尚。"《易传·象传上·坎》："习坎，重险也。"重险，重迭的险象。《需》沙句：化用《周易·需卦》："需于沙，小有言，终吉。"指遇险凶而能幸免。

[232]金隄：指今四川省都江堰市都江堰一带岷江江堤。典出左思《蜀都赋》云："西逾金堤，东越玉津。"玉垒：指玉垒山。在四川省理县东南。多作成都的代称。典出左思《蜀都赋》："廓灵关以为门，包玉垒而为宇。"刘逵注："玉垒，山名也，湔水出焉。在成都西北岷山界。"絫虒：《汉书·地理志上》："蜀郡……絫虒。"

[233]桐鱼：僧寺用的木鱼。

[234]坢：竹篱笆。

[235]嫢嫢（guī）：细小貌。

[236]馌亩：犹馌田，送饭到田间。典出《诗经·豳风·七月》："同我妇子，馌彼南亩。"耙：一种用来平整土地的农具。

[237]蠋野：化用《诗经·豳风·东山》："蜎蜎者蠋，烝在桑野。"蚕槌：搁置蚕箔的木架。

[238]浐：积水。鰋（yǎn）鲤：鲇鱼和鲤鱼。典出《诗经·周颂·潜》："有鳣有鲔，鲦鲿鰋鲤。"豵豵："豩豩"，小公猪。《尔雅·释兽》："豕子豬豵豵。"《注》："俗呼小豵猪为豵子。"

［239］稑穆：指先种后熟的谷类和后种先熟的谷类。典出《周礼·天官·司裘/内树》："上春，诏王后帅六宫之人，而生稑穆之种，而献之于王。"郑玄注引郑司农曰："先种后孰谓之稑，后种先孰谓之穆。"

［240］碓：木石做成的捣米器具。

［241］缇缟：缇，多年生草本植物莎草；缟，莎草的果实。典出《夏小正》："正月缇缟。缟也者，莎随也。缇也者，其实也。"

［242］稌黍：稻谷等粮食。秬秠：谓秬与秠。秬是黑黍的大名，秠是黑黍中一稃二米者。

［243］蛄蛰："强蚌"，米麦中小黑甲虫。

［244］觞酒：杯酒。蜎：蚕蛹。《尔雅·释虫》："蜎，蛹。"《注》："蚕蛹。"《疏》："即蚕所变者。一名蜎，一名蛹。"

［245］遗秉：指成把的遗穗。典出《诗经·小雅·大田》："彼有遗秉，此有滞穗。"

［246］寒具：一种油炸的面食，可以贮存几个月，到寒食节禁火时当干粮食用。溏浃：饼名，即粉饼。典出《释名·释饮食》："饵，而也，相黏而也。兖豫曰溏浃，就形名之也。"馛：《玉篇》："细饼麹。"《扬子·方言》："麹也。北燕谓麹曰馛。"

［247］崇埇：高墙；高城。末富：谓经营工商业致富。典出《史记·货殖列传》："本富为上，末富次之，奸富最下。"瓾：瓮、缶一类瓦器。

［248］令典：指美好的典礼、仪式。

［249］濯罍句：化用《诗经·大雅·泂酌》："泂酌彼行潦，挹彼注兹，可以濯罍。"此诗诉说人民和谐的问题，以水之多来形容酒多，用水之清来形容酒清，人们在宴会上快乐地大碗喝酒、大杯喝酒，然后用水来洗涤各种杯盘碗筷。终亩：谓耕尽全部田亩。古代于立春日，天子行始耕之仪，公卿以下亦耕数锹，然后庶民尽耕之。典出《国语·周语上》："王耕一墢，班三之，庶民终于千亩。"《噫嘻》：《诗经·周颂》的一篇，全诗具体地反映了周初的农业生产和典礼实况。

［250］剥鳝（shàn）："鳝"即"鼍"，即今天的扬子鳄。典出《夏小正》："剥鳝，以为鼓也。"蜡：古代祭祀名，即周朝年终大祭万物。龡豳："龡豳"，用籥吹奏豳人的乐歌。古代祈祷风调雨顺、农业丰收的一种仪式。典出《周礼·春官·瞽蒙司干》："中春昼击土鼓，龡《豳诗》以逆暑。中秋夜迎寒，亦如之。凡国祈年于田祖，龡《豳雅》，击土鼓，以乐田畯。国祭蜡，则龡《豳颂》，击土鼓，以息老物。"

［251］灵星：星名，又称天田星、龙星，主农事。古代以壬辰日祀于东南，取祈年报功之义。鼎鼐：指大鼎和小鼎。典出《诗经·周颂·丝衣》："鼐鼎及鼒，兕觥其觩。"

［252］伊耆："伊耆氏"，古帝号。典出《礼记·郊特牲》："伊耆氏始为蜡。"郑玄注："伊耆氏，古天子号也。"

［253］击壤：《击壤歌》，远古先民咏赞美好生活的歌谣。迎年：祈求丰年。受禧："受禧受只"，谓接受天地神明的降福。

［254］饮和：谓使人感觉到自在，享受和乐。典出《庄子·则阳》："故或不言而饮人以和。"介福句：化用《诗经·大雅·行苇》："寿考维祺，以介景福。"

［255］熙皞：和乐；怡然自得。新猷：新的谋略，指地方军阀。稸：谓收获的庄稼堆积在一起。此句写沿途兵匪掠夺行人。

［256］鼎书句：化用《左传·鲁昭公二十九年》："遂赋鲁国一鼓铁，以铸刑鼎。"鼓，重量单位，四石为一鼓，合四百八十斤。刀锥：喻微末的小利。

［257］溉釜：溉，洗涤。化用《诗经·桧风·匪风》："谁能亨鱼？溉之釜鬵。"瘁骴：指疾病，瘦弱。

［258］杼柚：泛指女子纺织持家之劳。

［259］《楚茨》：《诗经·小雅》中的一篇，描写了祭祀的全过程，从稼穑言起，由垦荒到丰收，由丰收而祭祀，从祭前的准备一直写到祭后的宴乐，详细展现了周代祭祀的仪制风貌。

［260］惨黫：昏暗貌。西极：西边的尽头，谓西方极远之处。

［261］学士祠：指眉州"三苏祠"。

［262］躔：践也。也指麋鹿的足迹。鸤鸠：斑鸠。此句写苏子祠的荒凉。

［263］榱桷：屋橼。东箱："东厢"，古代庙堂东侧的厢房。后泛指正房东侧的房屋。鐍："锁"。墼甀："甓墼"，砖块。

［264］摩：钟因长期受撞击而反光发亮的部位。

［265］濮土：据《路史》的记载，周朝时，有百濮国（在今湖北省石首市南），国人以濮为姓，亦称濮氏。

［266］赢粮：担负粮食。引申指携带粮食。典出《庄子·庚桑楚》："南荣趎赢粮七日七夜，至老子之所。"赍：凭借、借助。

［267］范、陆：或指范成大、陆游。班、郦：或指班固、郦道元。

［268］湔水：古水名。典出《汉书·地理志》："玉垒山，湔水所出，东南至江阳入江。"

［269］二渠厮："厮二渠"，化用《史记·河渠书》："乃厮二渠，以引其河。"厮，役使。

［270］騉蹄：马名，蹄平正，善登高。《尔雅·释畜》："騉蹄，趼，善升甗。"郭璞注："騉蹄，蹄如趼而健上山。"

［271］慧日：佛教用语，指普照一切的法慧、佛慧。

［272］灵源：指隐者所居、远离尘世之地。帝释：亦称"帝释天"。佛教护法神之一。佛家称其为三十三天（忉利天）之主，居须弥山顶善见城。响附：响应归附。陆倕《〈石阙铭〉序》："龟筮协从，人祇响附。"人祇：人与神。

［273］双歧麦："麦双歧"，比喻丰收。典出《后汉书·张堪传》："张湛奉守渔阳，百姓殷富。歌曰：'桑无附枝，麦秀两歧，张公为政，乐不可支。'"六出栀：形容雪花飞舞，雪花的形状像六个瓣的花朵。比喻瑞雪兆丰年。

［274］鹫岭：鹫山。犍为：指犍为县，隶属四川乐山。

［275］黄卷：指道书或佛经，因佛道两家写书用黄纸。珉：似玉的美石。《孝女碑》：王羲之新出《孝女曹娥碑》。

［276］朱提：古地名。汉武帝时置县，后立为郡。南朝梁废。唐武德初置安上县，不久复改为朱提县，天宝中地入南诏，移至今四川省宜宾县安边镇西南。唐末废。

［277］僰（bó）：中国古代西南地区少数民族名。貙氓（chū méng）：指貙人。典出左思《蜀都赋》："畠貙氓於蒦草，弹言鸟於森木。"李善注引《博物志》："江汉有貙人，能化为虎。"

［278］和夷：中国古民族的名称。底绩：谓获得统一，归属。邛笮：亦作"邛筰"。汉时西南夷邛都、笮都两名的并称。约在今四川西昌、汉源一带。后泛指西南边远地区或少数民族。羁縻："羁縻州"，古代在边远少数民族地区所置之州。因情况特殊，以其俗以为治，有别于一般州县。

［279］叙府：指四川宜宾。

［280］吞刀：一种古代杂剧，泛称魔术。典出张衡《西京赋》："吞刀吐火，云雾杳冥。"角觝：我国古代体育活动项目之一。典出《后汉书·王充王符仲长统列传》："目极角觝之观，耳穷郑卫之声。"扬盾：谓手持盾牌。语本《周礼·夏官·虎贲氏道右》："方相氏掌：'蒙熊皮，黄金四目，玄衣朱裳，执戈扬盾，帅百隶隶而时傩，以索室驱疫。'"蒙箕：古时腊月驱逐疫鬼或出丧时所用之神像，脸方而丑，发多而乱，形凶恶。

［281］灵旗：道教法器之一，用以驱邪镇鬼。嫕（yí）：喜悦。

［282］赋笔句：《鹦鹉赋》是东汉末年辞赋家祢衡创作的一篇小赋。此赋前两段描绘了鹦鹉的色泽明辉鲜丽、灵机聪慧和高洁情趣，余下三段则描写其悲苦的遭遇和心境，表现其纷乱的思绪、身不由己的哀怨和无以为乐的郁闷。鸂鶒："鸂雉"，鸟名，锦鸡，似山鸡而小，冠羽优美。

［283］琬琰：比喻品德或文辞之美。镃基：农具名，大锄。也指才略。典出《孟子·公孙丑上》："虽有镃基，不如待时。"

［284］嵇琴：嵇康所抚之琴。楚些：《楚辞·招魂》是沿用楚国民间流行的招魂词的形式而写成的，句尾皆有"些"字。后因以"楚些"指招魂歌，亦泛指楚地的乐调或《楚辞》。

［285］灵輀：丧车。典出曹植《王仲宣诔》："丧枢既臻，将反魏京灵輀回轨，白骥悲鸣。"此句写人民沿途死亡的情形。

［286］觞奠：酹酒祭奠。典出沈约《齐故安陆昭王碑文》："奉觞奠以望灵，仰苍天而自诉。"翣：特指古代仪仗中用的大掌扇。

［287］碧血：指称忠臣烈士所流之血。典出《庄子·外物》："苌弘死于蜀，藏其血，三年而化为碧。"黄垆：也作"黄垆"，犹黄泉。

［288］曷来：犹言来。归来，来到。语本陆机《吊魏武帝文》："咏归途以反旆，登崤渑而曷来。"婉晚：指花之柔美，美好；也指迟暮。

［289］三泉："三重泉"，即地下深处。多指人死后的葬处。澌：澌灭，消失。

［290］坐甲：谓披甲待敌。交绥：谓敌对双方军队刚接触即各自撤退。

［291］绋纚：绳索和带子，多用于挽船、系船。典出《诗经·小雅·采菽》："汎汎杨舟，绋纚维之。"

［292］瓦鳞：铺迭如鱼鳞的屋瓦。

［293］郫（pí）：江名。岷江支流，从灌县分支，经过郫县，到成都市南与锦江合流。

［294］旎旎（nǐ nǐ）：柔和貌，柔丽貌。

［295］鱼陂：春秋楚地。典出《左传·昭公十三年》："公子比为王，公子黑肱为令尹，次于鱼陂。"鲂鳏：鲂鱼与鳏鱼。典出《诗经·齐风·敝笱》："敝笱在梁，其鱼鲂鳏。"

［296］缩版：亦作"缩板"，谓以索束墙板。典出《诗经·大雅·绵》："缩版以载，作庙翼翼。"此句写沿江军事对峙情形。

［297］戈铤：戈与铤，亦泛指兵器。典出班固《东都赋》："元戎竟野，

戈鋋彗云。"刁斗：古代行军用具。斗形有柄，铜质；白天用作炊具，晚上击以巡更。

［298］鼓角：战鼓和号角，两种乐器。军队亦用以报时、警众或发出号令。

［299］元戎：大的兵车。典出《诗经·小雅·六月》："元戎十乘，以先启行。"

［300］烞（hè）：明亮。

［301］登楼句：指王粲的《登楼赋》。伯喈：指汉代的蔡邕，其精通音律，才华横溢，对王粲非常欣赏。

［302］白驹：白色骏马，比喻贤人、隐士。典出《诗经·小雅·白驹》："皎皎白驹，食我场苗。絷之维之，以永今朝。"逸豫：犹安乐。典出《诗经·小雅·白驹》："尔公尔侯，逸豫无期。"连洏：垂泪貌。

［303］嵼嶬：险峭。

［304］神鼎：鼎的美称。上古帝王建立王朝时必铸新鼎作为立国的重器。典出《史记·封禅书》："闻昔泰帝兴神鼎一，一者一统，天地万物所系终也。"羽旗：翠羽装饰的旌旗。典出《墨子·旗帜》："剑盾为羽旗，车为龙旗。"以下写忠州大禹庙的情形。

［305］虎梁句：化用王延寿《鲁灵光殿赋》："奔虎攫拏以梁倚，仡奋𧪙而轩鬐。"奋𧪙：形容迅疾而有气势。虹桷：化用王延寿《鲁灵光殿赋》："虹龙腾骧以蜿蟺，颔若动而躞跜。"躞跜，盘曲蠕动貌。

［306］䡾（xì）翕：犹翕䡾。兴盛，盛多。髼髵（pī ér）：猛兽怒而鬃毛奋张貌。

［307］栋讶句：化用王延寿《鲁灵光殿赋》："神仙岳岳于栋间，玉女窥窗而下视。"

［308］皇灵：指天帝。胡跽：胡人之跪拜。欺偲：面颊丑陋。典出王延寿《鲁灵光殿赋》："仡欺偲以雕瞗欺。"

［309］胝：手掌、足底的老茧，形容经常地辛勤劳动。

［310］万方：指万国，各地诸侯，各地方。四载：指古代的四种交通工具。典出《尚书·益稷》："予乘四载，随山刊木。"孔传：所载者四，水乘舟，陆乘车，泥乘辅，山乘樏。楯（shǔn）：栏杆的横木。樏：古代走山路时乘坐的器具。

［311］洪基：大业，多指世代相袭的帝业。庖牺：伏羲。

［312］金简：金质的简册，常指道教仙简或帝王诏书。玉斝（zǐ）：古代

盛黍稷的玉饰祭器。典出《周礼·天官·九嫔》:"凡祭祀,赞玉齍,选后荐彻豆笾。"

［313］淹留句:化用柳宗元《南中荣橘柚》:"攀条何所叹? 北望熊与湘。"容与:徘徊犹豫,踌躇不前貌。

［314］伫眙(chì):久立凝望。典出《楚辞·九章·思美人》:"思美人兮,擥涕而伫眙。"

［315］茇(bá):草名。匝地:遍地。摧崣(zuǐ wěi):高耸貌。

［316］麚(jiā):公鹿。语本《马融·长笛赋》:"寒熊振颔,特麚昏髟。"

［317］峡峴:山脚下。典出扬雄《太玄经·增》:"崔嵬不崩,赖彼峡峴。"

［318］悬碕:碕,曲折的堤岸。语本郭璞《江赋》:"或挥轮於悬碕,或中濑而横旋。"

［319］穷嫠:贫苦的寡妇。

［320］蟠根:谓根脚盘曲深固。地示:地祇、地神,与天神相对,包括社稷、五祀、五岳、山林川泽、四方百物等。典出《周礼·春官·大宗伯》:"掌建邦之天神、人鬼、地祇之礼。"

［321］厜(zuī):山巅。

［322］寒澌:指寒凉的冰。

［323］悬车:形容险阻。

［324］觚棱:宫阙上转角处的瓦脊成方角棱瓣之形,亦借指宫阙。典出班固《西都赋》:"设璧门之凤阙,上觚棱而栖金爵。"戟棨:有缯衣或油漆的木戟。

［325］蜺:通"霓",虹的外圈。

［326］骍角:表示后裔俊拔远胜前辈。典出《论语·雍也》:"子谓仲弓曰:'犁牛之子骍且角,虽欲勿用,山川其舍诸?'"槎櫱(chá niè):树的枝杈。

［327］輎匝:围绕貌。哆嚅:张口不正,丑貌。

［328］并翦:古时并州所产剪刀,以锋利著称。语本杜甫《戏题画山水图歌》:"焉得并州快剪刀,剪取吴淞半江水。"

［329］廌(zhì):古代传说中的异兽(一说独角兽),能辨是非曲直。觺觺(yí):角锐利貌。典出宋玉《招魂》:"土伯九约,其角觺觺些。"王逸注:"觺觺,犹猜猜;角利貌也。"

［330］桓表:华表。耒庇:耒的下端,与耜相接的弯曲部分。典出《周礼·考工记·车人》:"车人为耒庇,长尺有一寸,中直者三尺有三寸,上句

者二尺有二寸。"

［331］簴（jù）枞（cōng）："簴"即"虡"，悬钟的木架；枞，崇牙，即虡上的载钉，用以悬钟。语本《诗经·大雅·灵台》："虡业维枞。"葵楑（zhōng kuí）：楑，草名，叶圆而刾上，形如椎，故名终葵。典出《周礼·考工记·玉人》："大圭长三尺，杼上终葵首。"郑玄注："终葵，椎也。"

［332］凤翼：凤凰的羽翼。有时指凤凰的纹饰。典出庾信《夜听捣衣诗》："龙文镂剪刀，凤翼缠簝管。"

［333］矩句句：化用《周礼·考工记·车人》："车人之事，半矩谓之宣，一宣有半谓之欘，一欘有半谓之柯，一柯有半谓之磬折。""折磬"即"磬折"，形容乐声曲折悠扬。枇比：像梳齿那样密密地排列着。箆：形容排列密集。

［334］惊泷：犹激流。

［335］神蜧：古书上记载的一种能兴云雨的黑色神蛇。典出郭璞《江赋》："神蜧蝹蜦以沉游。"灵蠵（xī）：蠵，甲用以占卜，故称。典出《汉书·扬雄传上》："据鼋鼍，抾灵蠵。"

［336］鱼腹：谓葬身鱼腹，淹死。典出《楚辞·渔父》："宁赴湘流葬于江鱼之腹中，安能以皓皓之白而蒙世俗之尘埃乎？"鳖灵：亦作"鳖令"，传说中古代蜀国帝名。典出《后汉书·张衡列传》："鳖令殪而尸亡兮，取蜀禅而引世。"

［337］枋箄（pái）：用竹木编成的浮筏。指木排、竹排。

［338］歈歌：巴渝歌。拊噪：军队中作战的喧噪声。典出《周礼·夏官·大司马》："车徒皆噪。"《注》："《书》曰：'前师乃鼓拊噪。'"平夷：平坦。

［339］行水：使水流通，治水。司空：《周礼》载，司空为六官之"冬官"，掌土木建设、水利建设之职。下土：指四方，天下。

［340］百灵：各种神灵。典出班固《东都赋》："礼神祇，怀百灵。"象罔：亦作"象网"，寓言中的人物，含无心、无形迹之意。典出《庄子·天地》："黄帝游乎赤水之北，登乎昆仑之丘而南望，还归，遗其玄珠。使知索之而不得，使离朱索之而不得，使吃诟索之而不得也。乃使象罔，象罔得之。"工倕：倕，古巧匠名。相传尧时被召，主理百工，故称工倕。典出《庄子·达生》："工倕旋而盖规矩，指与物化，而不可以心稽。"

［341］錣（zī）：短斧。

［342］月窟：传说月的归宿处。百堵：众多的墙。

［343］觚破："破觚"，毁方为圆，比喻去严刑而从简政。摧角：折断其角，谓受到挫折。斤平句：化用《方言·杂释》："斧甫也，甫始也，凡将制

器，始用斧伐木已，乃制之也。斤谨也，板广不可得制，削又有节，则用此斤之，所以详谨，令平灭斧迹也。鐬鐬弥也，斤有高下之迹，以此鐬弥其上而平之也。"斤，斧头；鐬，平木器。

[344] 羊肠、熊室：皆指道路崎岖艰险。

[345] 坤轴：古人想象中的地轴。典出张华《博物志·地》："昆仑山北地转下三千六百里，有八玄幽都，方二十万里。地下有四柱，四柱广十万里，地有三千六百轴，犬牙相举。"《坎》禔：化用《周易·坎卦》："九五：坎不盈，禔既平，无咎。"表示脱离险境，无咎。

[346] 密勿：勤勉努力。同"黾勉"。典出《诗经·小雅·十月之交》："黾勉从事，不敢告劳。"戻：待。

[347] 攲：倾斜不正。

[348] 榜人：船夫，舟子。以下写神女峰情形。

[349] 薤 (xiè)：植物名。乐府《相和歌·相和曲》有《薤露》感叹人生命短暂如露水易干。玉蕤：玉的精华。道家谓食之可以成仙。

[350] 束楚：一捆荆柴木。典出《诗经·王风·扬之水》："扬之水，不流束楚。"诗人此处反用，谓水流湍急。樛：树枝向下弯曲。

[351] 蘪 (mí)：一种水草。

[352] 次：排列有序。廛里：古代城市居民住宅的通称。亦泛指市肆区域。瓮瓶：瓮类瓦器。

[353] 橡茧：谓柞蚕放养、络丝等。螳翳：螳螂借助树色遮蔽自己。桑蜱：螳螂科动物缀在桑枝上的卵鞘。

[354] 羠 (yí)：母野羊。

[355] 訏川句：川泽遍布，水源充足。化用《诗经·大雅·韩奕》："孔乐韩土，川泽訏訏，鲂鱮甫甫。"茂草句：芳草茂盛，小鹿欢快奔跑。化用《诗经·小雅·小弁》："踧踧周道，鞠为茂草。""鹿斯之奔，维足伎伎。"伎伎 (jī jī)，鹿急跑的样子。

[356] 耚 (pī)：耕地。

[357] 倍蓰 (xǐ)：谓数倍。倍，一倍；蓰，五倍。典出《孟子·滕文公上》："夫物之不齐，物之情也。或相倍蓰，或相什百，或相千万。"

[358] 夷陵：楚先王的坟墓，在今湖北宜昌市东。厜㕒 (zuī wéi)：山巅高峻。

[359] 庳 (bì)：低洼的。

[360] 擢颖：犹抽穗，指开花。旅谷：野生的谷物。秜 (ní)：指稻谷今

年落地、来年自生，即稆生稻。

［361］渺渺：水流旷远貌。

［362］蕙华：蕙草的花。化用《离骚》："余既滋兰九畹兮，又树蕙之百亩。"兰实句：化用《离骚》："朝搴阰之木兰兮，夕揽洲之宿莽。"

［363］夏贡：夏代的田赋名称。杶栝（chūn guā）：指香椿树与桧树。

［364］踤：意谓鱼儿向上跃升。

［365］三楚：战国楚地疆域广阔，秦汉时分为西楚、东楚、南楚，合称三楚。

［366］开基：犹开国。此处指楚国君王创国之初节俭勤奋。化俗：教化与风俗。端委：古代礼服。典出《左传·昭公元年》："吾与子弁冕端委，以治民临诸侯。"杜预注："端委，礼衣。"

［367］孙叔：孙叔敖。春秋楚人，蒍氏，名敖，字孙叔。楚庄王时任令尹，注意发展生产，使楚日渐富强。邲之战，协助庄王大败晋兵，称霸中原。苋嘻：楚文王大臣。

［368］云土梦：古代的云梦泽。典出《尚书·禹贡》："江汉朝宗于海，九江孔殷，沱潜既道，云土梦作乂。"天畀句：化用《左传·僖公二十八年》："初，楚子玉自为琼弁玉缨，未之服也。先战，梦河神谓己曰：'畀余，余赐女孟诸之麋。'弗致也。"孟诸，古泽薮名。在今河南商丘东北、虞城西北。

［369］邦图：邦邑图经。鶀（qí）：小雁。

［370］怀沙：屈原流放途中所作《怀沙》。蹇产：指思绪郁结，不顺畅。典出《楚辞·九章·哀郢》："心絓结而不解兮，思蹇产而不释。"王逸注："蹇产，诘屈也。言己乘船蹈波，愁而恐惧，则心肝县结，思念诘屈，而不可解释也。"哀郢：屈原所作《哀郢》。嚅唲（rú ér）：强颜欢笑貌。典出屈原《卜居》："将促訾慄斯，喔咿嚅唲，以事妇人乎？"王逸注："强笑嚎也。"

［371］松长鬣："松鬣"，指松针。

［372］荆勋：荆，楚国；勋，追求功勋。典出屈原《天问》："荆勋作师。"姼姼（shí shí）：美好貌。典出《汉书·叙传下》："姼姼公主，乃女乌孙。"

［373］赤埴：红色黏土。典出《尚书·禹贡》："厥土赤埴坟，草木渐包。"孔传："土黏曰埴。"

［374］怀瑾："怀瑾握瑜"，怀藏美玉，比喻人具有纯洁高尚的品德。典出《楚辞·九章·怀沙》："怀瑾握瑜兮，穷不知所示。"啜醨（chuò lí）：饮薄酒，喻随波逐流，从俗浮沉。典出屈原《渔父》："众人皆醉，何不舖其糟而啜其醨？"

［375］佳期句：化用屈原《九歌·湘夫人》：“帝子降兮北渚，目眇眇兮愁予……登白薠兮骋望，与佳期兮夕张。”炎德：火德。

［376］归思句：“庄舄思归”，越人庄舄在楚国做大官，病中哼出的还是越国的声音，表示期望回归故里，形容不忘故国。

［377］僮佪：徘徊。京坻（chí）：水中高洲。典出语出王褒《九怀》：“浮溺水兮舒光，淹低佪兮京坻。”

［378］汉女：汉水之神女。郑珮贻：“交甫珮”，事见郭璞《江赋》：“感交甫之丧珮。”李善注引《韩诗内传》：“郑交甫遵彼汉皋台下，遇二女，与言曰：‘愿请子之珮。’二女与交甫，交甫受而怀之，超然而去。十步，循探之，即亡矣。回顾二女，亦即亡矣。”

［379］宝玦：珍贵的佩玉。糇：碎糠。

［380］神弦：犹心弦，指精神。鬼服：指荒远的边区。魑（zhì）：鬼服。《韩诗外传》：“郑交甫逢二女魑服。”

［381］玻：披散开。

［382］九派：长江在湖北、江西一带分为很多支流，因以九派称这一带的长江。

［383］舻舳：“舳舻”，船头和船尾的并称，多泛指前后首尾相接的船。语出《汉书·武帝纪》：“自寻阳浮江，亲射蛟江中，获之。舳舻千里，薄枞阳而出。”垒培：垒壁，军营的围墙。

［384］蒯彻：汉代的蒯通，辩才无双，善于陈说利害，曾为韩信谋士，先后献灭齐之策和三分天下之计。画诺：旧时主管官员在文书上签字，表示同意照办。典出《后汉书·党锢列传》：“后汝南太守宗资任功曹范滂，南阳太守成瑨亦委功曹岑晊，二郡又为谣曰：‘汝南太守范孟博，南阳宗资主画诺。南阳太守岑公孝，弘农成瑨但坐啸。’”宗资：东汉名臣，曾任汝南太守。刘氏经过武汉，当时南北对峙，正在和谈。

［385］连鸡：指联盟。姚邳：古国名。许慎《说文解字》：“商有姚邳，盖仲虺之裔为乱者，国灭，武王复封其后于邳，为薛侯。”

［386］折冲：使敌人的战车后撤，即制敌取胜。冲，冲车，战车的一种。铁瓮：指坚固的瓮城。擐甲：穿上甲胄，贯甲。典出《左传·成公二年》：“擐甲执兵，固即死也；病未及死，吾子勉之。”扬蔪（ér）：“扬（杨）蔪亭”，《说文解字》：“沛城父有杨蔪亭。”

［387］艅艎（yú huáng）：吴王大舰名。后泛称大船、大型战舰。典出郭璞《江赋》：“漂飞云，运艅艎。”羽檄：古代军事文书，插鸟羽以示紧急，

必须迅速传递。

［388］建瓴：形容居高临下、难以阻挡的形势。典出司马迁《史记·高祖本纪》："地势便利，其以下兵于诸侯，譬犹居高屋之上建瓴水也。"鸡尸："鸡尸牛从"，比喻宁在局面小的地方自主，不愿在局面大的地方听人支配。典出《战国策·苏秦为楚合从说韩王》："臣闻鄙语曰：'宁为鸡口，无为牛后。'"

［389］横海：汉将军名号，谓能横行海上。典出《史记·卫将军骠骑列传》："将军韩说……元鼎六年，以待诏为横海将军，击东越有功，为按道侯。"饯郿：化用《诗经·大雅·崧高》："申伯信迈，王饯于郿。"郿，古地名，在今陕西眉县东渭水北岸。当时宣王在岐周，郿在岐周东南，申伯封国之谢又在郿之东南，故宣王为申伯在岐周之郊郿地饯行。

［390］四方句：化用《诗经·小雅·何草不黄》："匪兕匪虎，率彼旷野。"非螭（chī）：化用《史记·齐太公世家》："西伯将出猎，卜曰：'所获非龙、非螭、非虎、非罴，所获霸王之辅。'"螭，古代传说中没有角的龙。

［391］维翰：喻捍卫，亦指保卫国家的重臣。典出《诗经·大雅·文王有声》："四方攸同，王后维翰。"捊荆句：化用《诗经·商颂·殷武》："深入其阻，捊荆之旅。"捊通"俘"，俘获。

［392］天策将："天策上将"，是天策府官制的一种，职位在三公之上，仅次于名义上的文官之首三师（太师、太傅、太保）。七萃：泛指天子的禁卫军或精锐的部队。

［393］戕斧："斧戕"，方孔的斧头。戎车句：化用《诗经·小雅·六月》："六月栖栖，戎车既饬。"

［394］分曹：分对。虎旅：虎贲氏与旅贲氏的并称，指勇猛的军队。鱼丽："鱼丽阵"。典出《左传·桓公五年》："为鱼丽之陈。"杜预注："《司马法》：'车战二十五乘为偏。'以车居前，以伍次之，承偏之隙而弥缝阙漏也。五人为伍。此盖鱼丽陈法。"

［395］彤：用彩画装饰。弧矢：弓箭。典出《易传·系辞传下》："弦木为弧，剡木为矢，弧矢之利，以威天下。"神锋：指兵器锋利。戴（yǎn）：用以刺击的长枪。

［396］莲花句：化用典故"莲锷"，莲花形的凸纹，亦指锋利的宝剑。典出五代齐己《古剑歌》："今人不要强硎磨，莲锷星文未曾没。"旇（pī）：旌旗披散的样子。

［397］弅（kuí）：手持弩拊。

[398] 乘墉：登上城墙，谓守卫疆域。射隼：比喻待机歼敌。典出《易传·系辞传下》："公用射隼于高墉之上，获之，无不利。"鞠旅：向军队发出出征号令，犹誓师。典出《诗经·小雅·采芑》："钲人伐鼓，陈师鞠旅。"

[399] 舜舞句："舜舞干戚"，比喻以德化仁义服人。干羽：亦作"干戚"，古代舞者所执的舞具，文舞执羽，武舞执干。典出《尚书·大禹谟》："帝乃诞敷文德，舞干羽于两阶，七旬，有苗格。"齐金句：化用《荀子·议兵》："齐人隆技击，其技也，得一首者则赐赎锱金。"锱，古重量单位，八两为一锱。

[400] 瓜期："瓜期"，原指戍守一年期满。典出《左传·庄公八年》："齐侯使连称、管至父戍葵丘。瓜时而往，曰：'及瓜而代。'期戍，公问不至。"

[401] 爰居：海鸟名，见前注。鹬蚌持："鹬蚌相争"，比喻双方争执不下，两败俱伤，让第三方占了便宜。

[402] 绛宫：漆成红色的宫殿。赵鞅为晋国能臣，公元前516年平定王子朝之乱。公元前513年，把刑书铸在铁鼎上。栾施：春秋齐国人，字子旗。事齐景公为大夫。祖父系齐惠公之子公子坚，字子栾，故以栾为氏。

[403] 干吉：东汉末年黄老道代表人物之一。

[404] 黜殷：化用《史记·周本纪》："既黜殷命，袭淮夷，归在丰，作周官。"绌，即"黜"。蔡、霍：周王朝的分封国，蔡叔、霍叔为周武王弟，曾与管叔一起发动叛乱，被周公平定。事见《史记·周本纪》。迁纪句：化用《左传·庄元年》："齐师迁纪、郱、鄑、郚。"郱，古邑名，中国春秋时纪国之地，后属齐，在今山东省临朐县东南；鄑，春秋纪邑，后属齐。故城在今山东省安丘市西南。

[405] 韦、顾：皆夏桀的与国。典出《诗经·商颂·长发》："九有有截，韦顾既伐，昆吾夏桀。"

[406] 垂裳治："垂裳而治"，垂衣而能治理天下，用以称颂帝王无为而治。典出《易传·系辞传下》："黄帝、尧、舜垂衣裳而天下治，盖取诸乾坤。"造律：制订律令。典出扬雄《解嘲》："圣汉权制，而萧何造律，宜也。"

[407] 雍喈句：化用《诗经·大雅·卷阿》："凤凰鸣矣，于彼高冈。梧桐生矣，于彼朝阳。菶菶萋萋，雍雍喈喈。"均一：公允如一，均匀无别。化用《诗经·曹风·鸤鸠》："鸤鸠在桑，其子七兮。淑人君子，其仪一兮。其仪一兮，心如结兮。"

[408] 浃肌："沦肌浃骨"，比喻感受深刻。典出《淮南子·原道训》："不浸于肌肤，不浃于骨髓。"

[409] 子爱：慈爱；爱如己子。怟怟（dǐ dǐ）：敬爱。

［410］石父缧：语出《史记·管晏列传》："越石父贤，在缧绁中，晏子出，遭之涂，解左骖赎之。载归……"越石父，春秋时齐国贤人，被晏婴延为上客。

［411］庸祇：信用敬重。典出《尚书·康诰》："庸庸，祇祇，威威，显民。"

［412］飞蓬问："飞蓬之问"，蓬因风飞摇不定，比喻不合乎礼仪规定的质问。典出《管子·形势》："飞蓬之问，不在所宾，燕雀之集，道行不顾。"赋茅："狙公赋茅"，告诫人们要注重实际，防止被花言巧语所蒙骗。后引申为反复无常，谴责那些说话办事不负责任的人。典出《庄子·齐物论》。

［413］多僻：邪僻。典出《诗经·大雅·板》："民之多僻，无自立僻。"天威，上天的威严，上天的威怒。典出《左传·僖公九年》："天威不违颜咫尺……敢不下拜。"

［414］驷驖（tiě）：驖同"铁"，毛色似铁的好马。典出《诗经·秦风·驷驖》："驷驖孔阜，六辔在手。"狐绥：行走迟缓貌。典出《诗经·卫风·有狐》："有狐绥绥。"

［415］氛祲：比喻战乱，叛乱。徼：边界，边境。令疵："令支"，九塞之一。典出《吕氏春秋·有始览》："何谓九塞？大汾、冥阨、荆阮、方城、殽、井陉、令疵、句注、居庸。"

［416］探丸："探丸借客"，比喻游侠杀人报仇。典出《汉书·酷吏传》："长安中奸猾浸多，间里少年群辈杀吏，受赇报仇，相与探丸为弹，得赤丸者斫武吏，得黑丸者斫文吏，白者主治丧。"铸铁句：应指张良铸造铁椎刺杀秦始皇。

［417］袤（nuǒ）：古地名。宋地，在沛国相县西南。《左传·桓公十五年》："公会宋公、卫侯、陈侯于袤，伐郑。"

［418］恤纬："嫠不恤纬"，谓寡妇不忧其织事，而忧国家之危亡。后因以"恤纬"指忧虑国事。典出《左传·昭公二十四年》："抑人有言曰：嫠不恤其纬，而忧宗周之陨。"

［419］弭羲：羲，指羲和，神话中给太阳驾车的神人；弭节，即按节徐步。典出《离骚》："吾令羲和弭节兮，望崦嵫而勿迫。"

［420］轻云、斜日句：此两句或是化用朱彝尊《显皇帝大阅图为吴金吾国辅赋》："轻云承翠盖，丽日表朱竿。"

［421］南土句：化用《诗经·大雅·崧高》："王命召伯，定申伯之宅。登是南邦，世执其功。"赵岐：东汉末年官员、经学家，对《孟子》研究颇深。汉献帝东迁时，他又说服刘表助董承修理宫殿，于是留在荆州，被朝廷拜为

太常。

［422］殷雷："殷其雷"，听到雷声，想到应该回家。典出《诗经·召南·殷其雷》："殷其雷，在南山之阳。何斯违斯，莫敢或遑？振振君子，归哉归哉！"

［423］禾黍：代指悲悯故国破败或胜地废圮。典出《诗经·王风·黍离序》："《黍离》，悯宗周也。周大夫行役至于宗周，过故宗庙宫室，尽为禾黍。悯宗周之颠覆，彷徨不忍去而作是诗也。"此句之后写南京战后尸横遍野，生民哀号的情形。

［424］白门：南朝宋都城建康（今南京市）宣阳门的俗称。赤岸：山名，在江苏六合东南。葵（tǎn）如雕：初生的荻草青青，像是雕一样拂动。语本《诗经·王风·大车》："大车槛槛，毳衣如葵。"郑《笺》："毳衣之属有五色，其青者如雕。"

［425］横江句：此处当指1911年（清宣统三年）11月至12月，江苏、浙江革命军联合攻占南京（时称江宁）的作战。京观：古代为炫耀武功，聚集敌尸，封土而成的高冢。化用杜甫的《夔府书怀四十韵》："京观且僵尸。"

［426］藉干：载着尸首。典出《左传·昭公二十五年》："楄柎所以藉干。"杜预注："楄柎，棺中笭床也。干，骸骨也。"蒳：蒲，一种水草，可以作席。舆机：谓置尸机上而抬之。机，抬尸之床，因用指出殡。典出《礼记·曾子问》："下殇土周葬于园，遂舆机而往，涂迩故也。"椑：古代锹、臿一类的农具。

［427］喋血：本指踏血而行，形容血流遍地。典出《史记·魏豹彭越列传论》："席卷千里，南面称孤，喋血乘胜日有所闻矣。"胔（zì）：腐烂的肉。

［428］《蒿里曲》：《蒿里行》，汉乐府民歌。曹操借用旧题写时事，记述了汉末军阀混战的现实，真实、深刻地反映了人民的苦难。藁砧：亦作"藁椹"。古代处死刑，罪人席藁伏于砧上，用斧斩之。

［429］仳离：夫妻离散，特指妻子被遗弃而离去。典出《诗经·王风·中谷有蓷》："有女仳离，慨其叹矣。"

［430］鹿场、蟏蛸句：化用《诗经·豳风·东山》："伊威在室，蟏蛸在户。町畽鹿场，熠耀宵行。"

［431］泥落句："泥落梁燕"，指破败不堪的景象。典出隋·薛道衡《昔昔盐》："暗牖悬蛛网，空梁落燕泥。"蝛：同"伊威"，一种小虫子。

［432］食贫句：化用《诗经·卫风·氓》："桑之未落，其叶沃若。""自我徂尔，三岁食贫。"思远：谓追思先人。

[433] 新亭："新亭对泣"，见前注。此处仅指在南京因睹物而流泪。

[434] 的皪（lì）：光亮、鲜明貌。典出司马相如《上林赋》："明月珠子，的皪江靡。"炎燧：指炽烈的日光。

[435] 歇浦：上海市境内黄浦江的别称，也称"黄歇浦"。相传为战国时楚春申君黄歇所疏凿，故名。在诗文中常指代上海。此句以下写在上海租界所见及会见朋友情形。

[436] 桷（jué）：方形的椽子。金茎：用以擎承露盘的铜柱。典出班固《西都赋》："抗仙掌以承露，擢双立之金茎。"

[437] 翚（huī）：锦鸡。

[438] 鳷（zhī）：鸟名，汉武帝造鳷鹊观，在云阳甘泉外。

[439] 扣砌：用金玉镶嵌的台阶。典出《西都赋》："于是玄墀扣切，玉阶彤庭。"文棍（pí）：语本张衡《西京赋》："三阶重轩，镂槛文棍。"棍，屋檐。

[440] 丹井：丹石之井。典出王嘉《拾遗记·晋时事》："旁有丹石井，非人所凿……续人发以为绳，汲丹井之水，久久方得升之水。"

[441] 旃茵：毡制的褥子或坐垫。氍毹（tà dēng）：又名"㲪登"，汉时大秦（罗马帝国）东方省、波斯、西域各国产毛织褥，有花纹，供坐卧。瓬瓯（pán yí）：今日所言之"砖"。

[442] 罘罳（fú sī）：设在屋檐或窗上以防鸟雀的金属网或丝网。

[443] 蘧苗：一种野菜。接䍦（lí）：古代头巾的一种。

[444] 蝉緌（ruí）：蝉冠冠缨的下垂部分，古代言官的冠饰。语本李绅《初秋忽奉诏除浙东观察使检校右貂》诗："印封龟纽知颁爵，冠饰蝉緌更珥貂。"

[445] 秦缕：秦国所产的丝缕。典出南朝·梁·简文帝《谢敕赍纳袈裟启》："荀针秦缕，因制缉而成文；鲁缟齐纨，藉馨浆而受彩。"邓缌：汉时南阳郡邓氏所造的一种细而疏的麻布。典出《三礼图·丧服下·缌衰裳》："小功缌衰则带屦。"

[446] 鞮（dī）：古代用皮制的鞋。縓紑（quán bì）：衣裳幅缘的装饰。典出《仪礼·既夕礼》："縓紑緆。"

[447] 綦（qí）：鞋带。

[448] 玉勒：代指马。语本杜牧《夏州崔常侍自少常亚列出领麾幢十韵》："别风嘶玉勒，残日望金茎。"麛（mí）：指天子车上的金饰车耳。

[449] 方轨：指平坦的大道。连轸：连片，成片。绀（gàn）：微带红的

黑色。鞿：马绊。

[450]炙輠（guǒ）：本作"炙毂过"。"过"为"輠"的假借字。輠，古时车上盛贮油膏的器具。輠烘热后流油，润滑车轴。鞿：马鞍上的绦饰。

[451]铏：指古代祭祀时用的肉菜羹。

[452]臛（huò）：肉羹。脻（chī）：鸟兽五脏总名。

[453]初筵句：描写权势富贵之家享乐无度，夜以继日地饮酒作乐。

[454]縰履："縰履"，无跟之履。典出《庄子·让王》："原宪华冠縰履，杖藜而应门。"

[455]红牙：乐器名，檀木制的拍板，用以调节乐曲的节拍。白纻：乐府吴舞曲名，始于晋代的《白纻舞》。娿（zǐ）：柔弱、美丽的样子。

[456]刻羽："引商刻羽"，指讲究声律、有很高成就的音乐演奏。典出宋玉《对楚王问》："引商刻羽，杂以流徵，国中属而和者，不过数人而已。是其曲弥高，其和弥寡。"踰宫：此处似指音乐声响大，以至于传得很远。典出《国语·周语·单穆公谏景王铸大钟》："琴瑟尚宫，钟尚羽，石尚角，匏竹利制，大不踰宫，细不过羽。夫宫，音之主也，第以及羽。"

[457]丁东：象声词。戌削句：形容衣服裁制合体。化用司马相如《子虚赋》："扮扮裶裶，扬袘戌削。"袘（yí）：衣袖。

[458]故国句：以故地上海新增繁华反衬自己的落寞。戚施：蟾蜍。

[459]秉兰：故友相招，一起游乐，让我感受到友情的深厚。典出《诗经·郑风·溱洧》："溱与洧，方涣涣兮。士与女，方秉蕑兮。"《伐木》：指《诗经·小雅》的《伐木》篇，全诗以鸟与鸟的相求比人和人的相友，以神对人的降福说明人与人友爱相处的必要。

[460]匏：葫芦。此句意为无匏瓜可作济东海之工具，暗指自己不知路在何方。南山句：此句当是取意于陶渊明的《归园田居·其三》："种豆南山下，草盛豆苗稀。"似有归隐的意思。

[461]沪渎：古水名。指吴淞江下游近海处一段（今黄浦江下游）。此句当是记述刘氏1914年前后辗转上海后赴山西之事。

[462]《杕杜》句：化用《诗经·小雅·杕杜》："日月阳止，女心伤止，征夫遑止。"遑止，意指诗人自己漂泊的生活无休止。迷阳：无所用心，诈狂。典出《庄子·人间世》："迷阳迷阳，无伤吾行。"郭象注："迷阳，犹亡阳也。亡阳任独，不荡于外，则吾行全矣。"殆而：危险。

[463]海气：海上蜃气。光线经不同密度的空气层，发生折射或反射，把远处景物显示在空中或地面的奇异幻景。仆累：蜗牛。

［464］班鳞句：化用东方朔《七谏》："驾青龙以驰骛兮，班衍衍之冥冥。"衍衍，行貌。蜾蜾：盘曲蜿蜒而动的样子。

［465］鯠鯬（lái lí）：鳗鲡的别名。

［466］鰊（liàn）：鱼名。

［467］鮆（cǐ）：鱼名。

［468］文魾（pí）：一般指傍皮鱼，是一种鲤形目鱼类。

［469］产氃（tuò）：指鸟产乳脱落羽毛。典出郭璞《江赋》："产氃积羽，往来勃碣。"

［470］忘机句："鸥鸟忘机"，指像鸥鸟一样，日与白沙云天相伴，完全忘掉心计。比喻淡泊隐居，不以世事为怀。典出《列子·黄帝》。振鹭句：化用《诗经·周颂·振鹭》："振鹭于飞，于彼西雍。"这是周天子设宴招待来镐京助祭的诸侯的乐歌，表示彼此和睦相处，共同发展。

［471］衔芦雁：古人认为，雁芦而飞是为了防备被矰弋所射杀。典出《淮南子·修务训》："夫雁顺风以爱气力，衔芦而翔，以备矰弋。"高诱注："衔芦所以令缴不得截其翼也。"集栩：化用《诗经·唐风·鸨羽》："肃肃鸨羽，集于苞栩。"栩，栎木。佳：短尾鸟。

［472］鸀鳿（zhǔ yù）：一种鸟。典出左思《三都赋·吴都赋》："鸟则鹍鸡鸀鳿，鸴鹄鹭鸿。鸂鷘避风，候雁造江。"鷘（mí）：野鸭。

［473］箵（mèi）：箭竹的一种。

［474］荆关：五代四大画家之二的荆浩、关仝，为中国山水画史上重要转折。

［475］蟹簖（xiè duàn）：一种捕螃蟹的器具，是渔家常用的工具。齝（chī）：牛反刍。

［476］寒机：寒夜的织布机。岁酒：当年所酿之新酒。匏蠡（páo lí）：葫芦瓢。

［477］宧（yí）：屋子里的东北角。

［478］遵陆：沿着陆路，走陆路。典出《诗经·豳风·九罭》："鸿飞遵陆，公归不复。"

［479］醒（chéng）：酒醒后神志不清有如患病的感觉。芳（lè）蔗：甘蔗有四个品种，曰杜蔗，曰西蔗，曰芳蔗，曰红蔗。胡荽：亦作"胡菱"，即芫荽，俗称香菜。

［480］转毂：飞转的车轮，比喻心情悲伤。此句写又要离开故乡的感情。

［481］发轸：车子出发，借指出发、起程。典出曹植《王仲宣诔》："发

轸北魏，远迄南淮。"此句写恋恋不舍。

[482] 冥阨：古隘道名。今河南省信阳市东南平靖关，为古九塞之一。与附近大隧、直辕二隘并为淮汉间兵争要害。典出《左传·定公四年》："我悉方城外以毁其舟，还塞大隧、直辕、冥阨。"般斤：古代巧匠鲁班的斧头，比喻大匠的技能。典出扬雄《扬子法言·君子》："般之挥斤，羿之激矢；君子不言，言必有中也。"

[483] 躔：日月星辰的运行。柳：星名，二十八宿之一。语本《宋史·志第九·天文九》有载："八月己亥，荧惑犯岁星，躔柳七度半。"

[484] 沴（lì）：旧谓天地四时之气不和而生的灾害。

[485] 悬釜：谓架着锅烧饭，多形容野外的艰苦生活。汲甀（zhuì）："抱甀而汲"，指喝水的用具。典出《淮南子·氾论训》："古者剡耜而耕，摩蜃而耨，木钩而樵，抱甀而汲，民劳而利薄。"

[486] 申息：春秋战国时期的申国、息国。

[487] 秦鹿：指秦国的帝位。当时南方革命军与北方袁世凯势力处于军事对峙中。雌（zhuī）：新野人称鼠为雌。此处暗用《庄子·秋水》中的故事，庄子将名利地位看作腐鼠。

[488] 鄬（wéi）：古地名，中国春秋时属郑，在今河南省鲁山县境。

[489] 锦褧：化用《诗经·卫风·硕人》："硕人其颀，衣锦褧衣。"聊乐句：化用《诗经·郑风·出其东门》："缟衣綦巾，聊乐我员。"刘师培行经郑国，以诗写所见。

[490] 治迹：政绩，施政的事迹。东里：地名。春秋郑国大夫子产所居地。旧址在今河南省新郑县城内。皇风：皇帝的教化。典出班固《东都赋》："觏明堂，临辟雍；扬缉熙，宣皇风。"大騩（guī）：山名。在今河南新郑市西南。典出《山海经·中山经》："又东三十里，曰大騩之山，其阴多铁。"

[491] 汉鼎：汉代的鼎，为国之重器。亦用以指汉代社稷。

[492] 青坛：帝王春日郊祭用的土台。典出刘桢《黎阳山赋》："南荫黄河，左覆金城。青坛承祀，高碑颂灵。"琛缡："琛缡"，玉带。

[493] 开母：古时传说中的山名。典出《淮南子·墬形训》："江出岷山，东流绝汉入海。左还北流，至于开母之北。"少姨：相传为启母涂山氏之妹，即"阿姨神"。

[494] 东訾：在今河南巩义市西南。

[495] 宣房：宫名，亦作"宣防"。西汉元光中，黄河决口于瓠子，二十余年不能堵塞，汉武帝亲临决口处，发卒数万人，并命群臣负薪以填，功成

之后，筑宫其上，名为宣房宫。事见《史记·河渠书》。

[496]鶒："鶒鶒"或"刀鶒"，生于蒿莱之间，长于藩篱之下的一种小鸟。眂（chí）：黄色有白点的贝。

[497]金检：文稿的美称。石菑：堵塞决口立榫时所用的雷石。典出《汉书·沟洫志》："隤林竹兮揵石菑，宣防塞兮万福来。"

[498]鳞皴：像鳞片般的皲皮或裂痕。

[499]同颖句：事见《史记·鲁周公世家》："天降祉福，唐叔得禾，异母同颖，献之成王。"即二茎共生一穗的粟禾，古时认为是祥瑞之兆。椑（pí）：树枝向下弯曲。

[500]马舄（xì）：车前草。《尔雅·释草》："芣苢，马舄。马舄，车前。"牛茎（chí）：一种藤本植物草药。

[501]榛苓句、丝布句：分别化用《诗经·郑风·有女同车》《诗经·卫风·氓》。

[502]册府：古时帝王藏书的地方。陶甒（xǐ）：陶器。

[503]龟契：犹符契。周经：指儒家的经籍。甾（zī）：古代一种盛酒浆的陶器。

[504]盘匜（yí）：古代盥洗用具。注水用匜，承水用槃。

[505]露掌：承露盘。典出《史记·孝武本纪》："其后则又作柏梁、铜柱、承露仙人掌之属矣。"

[506]香尘：佛教用语。色、声、香、味、触、法六尘之一。總帐：用细而疏的麻布制成的灵帐。语本曹操《遗令》："于台堂上安六尺床，施總帐。"

[507]澌（sī）：澌水，出赵国襄国，东入漳。

[508]陉（xíng）：山脉中断的地方。楝（sù）：树枝向上生长。欙（yí）：木名。

[509]弗郁：众多貌。涔濱（cén zī）：久雨积水。

[510]螮蝀：亦作"蝃蝀"，虹的别名。典出《诗经·鄘风·蝃蝀》："蝃蝀在东，莫之敢指。"鷷鶅（zūn zī）："鷷雉"，古代指东方出产的野鸡。典出《左传·昭公十七年》："五雉为五工正。"晋杜预注："五雉，雉有五种：西方曰鷷雉，东方曰鶅雉，南方曰翟雉，北方曰鷷雉，伊洛之南曰翚雉。"

[511]苦雨句：张协作《杂诗十首》之十："墨蜺跃重渊，商羊舞野庭。"写久雨情状。临河句：孔子没有渡河赴晋，而刘氏渡过黄河奔赴山西，故有此说。

[512]溗（suī）：雪霜貌。

［513］累俍：累，缠绕，拘禁；俍，同"俍"，停止。喻人为而遇难，当止以求正。化用扬雄《太玄经》："车累其俍，马蹶其蹄，止贞。"《注》："俍，轮也。轮累蹄蹶，不可乘行，故止为正。"

［514］奞（xùn）：鸟展翅奋飞。

［515］騄耳：亦作"騄駬"，良马名，周穆王八骏之一。貔狸："貔貍"，黄鼠。古时契丹称黄鼠为貔貍。

［516］玉爪：对鹰、鹫等猛禽脚爪的美称。语本杜甫《见王监兵马使说近山有白黑二鹰罗取未得赋》之二："万里寒空祇一日，金眸玉爪不凡材。"瞑鹍（zhī）：喜鹊的一种。

［517］断壶、剥枣：典出《诗经·豳风·七月》："七月食瓜，八月断壶。"又："七月亨葵及菽，八月剥枣。"壶，即葫芦。

［518］新田句：事见《左传·成公六年》："晋景公谋去故绛，诸大夫议居郇瑕。韩献子曰：'不可，郇瑕不如新田土厚水深，居之不疾，有汾浍以流其恶。……'从之，夏四月丁丑，迁于新田。"阴馆句：《水经注》卷十三"灅水"条注："灅水出于累头山，一曰治水。泉发于山侧，沿坡历涧，东北流，出山，迳阴馆县故城西。"

［519］鸨羽：指《诗经·唐风·鸨羽》。此诗控诉繁重徭役给人民带来的痛苦。胹（ér）：烂熟。此句写晋灵公因为宰夫煮熊掌不熟而把他杀了，此后导致赵穿弑君。

［520］扬水句：化用《诗经·唐风·扬之水》："扬之水，白石皓皓。素衣朱绣，从子于鹄。"朱绣，绣有红色花纹的衣领，诸侯之服饰。墨缞（cuī）：黑色丧服，指晋襄公在晋文公丧期偷袭秦师事。

［521］无荒句：化用《诗经·唐风·蟋蟀》："好乐无荒，良士蹶蹶。"无荒，不废乱政事。

［522］薄伐：征伐，讨伐。典出《诗经·小雅·出车》："赫赫南仲，薄伐西戎。"分劙：分割。典出扬雄《长杨赋》："分劙单于。"

［523］款关：叩关。典出《史记·商君列传》："由余闻之，款关请见。"日逐：匈奴王号。亦以泛称古代北方少数民族首领。典出《汉书·匈奴传上》："（左贤王）病死，其子先贤禅不得代，更以为日逐王。日逐王者贱于左贤王。"屠耆：匈奴语译音，义译为贤。典出《史记·匈奴列传》："匈奴谓贤曰'屠耆'，故常以太子为左屠耆王。"

［524］雷泽：古泽名，本名雷夏泽。传说舜帝曾在此捕鱼。典出《管子·版法》解云："舜耕历山，陶河滨，渔雷泽，不取其利，以教百姓。"南薰：

指《南风》歌。相传为虞舜所作，歌中有"南风之薰兮，可以解吾民之愠兮"等句。有妫（guī）：帝舜为有妫氏。

［525］宾门句：化用《尚书·舜典》："宾于四门，四门穆穆。"孔传："四方诸侯来朝者，舜宾迎之，皆有美德，无凶人。"后因以"宾门"指荐引贤才的机构。此下似写阎锡山招募人才事。

［526］怀襄："怀山襄陵"，谓洪水汹涌奔腾溢上山陵。典出《尚书·尧典》："汤汤洪水方割，荡荡怀山襄陵，浩浩滔天。"岳牧：指传说中尧舜时四岳十二牧的简称。典出《史记·伯夷列传》："尧将逊位，让于虞舜，舜禹之间，岳牧咸荐，乃试之于位，典职数十年。"

［527］幽明句："考绩幽明"谓考核官吏政绩得失。典出《尚书·舜典》："三载考绩，三考黜陟幽明。"九官：指舜设置的九个大臣。典出《汉书·楚元王传》："臣闻舜命九官，济济相让，和之至也。"颜师古注："《尚书》：'禹作司空，弃后稷，契司徒，咎繇作士，垂共工，益朕虞，伯夷秩宗，夔典乐，龙纳言，凡九官也。'"

［528］亦越：发语词。萧傅：汉元帝的老师萧望之，其事迹见《汉书·萧望之传》。宋畸：汉代经学家，"齐论学"学派的代表学人。

［529］臣邻：本谓君臣应相亲近，后泛指臣庶。典出《尚书·益稷》："臣哉邻哉，邻哉臣哉。"谦挹：谦逊，谦抑。

［530］王道句：化用《尚书·洪范》："无偏无党，王道荡荡。"无偏党，谓处事公正，没有偏向。甄陶：谓化育，培养造就。典出《扬子法言》："甄陶天下者在和。刚则甄，柔则坏。"甄（qì）：破裂。

［531］扬灵：扬帆。典出屈原《楚辞·九歌·湘君》："望涔阳兮极浦，横大江兮扬灵。"仳倠（pǐ suī）：古丑女名。典出刘向《九叹·思古》："西施斥于北宫兮，仳倠倚于弥楹。"

［532］济俗：救治世弊。尺棰："尺棰"，一尺之棰。棰，木杖。谦称自己能力有限。

［533］跋履：谓旅途辛劳奔波。耘耔：谓除草培土。后因以"耘耔"泛指从事田间劳动，也代指归隐。化用《诗经·小雅·甫田》："今适南亩，或耘或耔。"

［534］蓬颗：长有蓬草的土块。柟（nán）材："楩柟材"，谓大材、栋梁之材。语本陆游《破屋叹》："初非楩柟材，既久理岂全。"

［535］池灰：昆明池的黑灰是"劫烧之余灰也"，后因以"池灰"指兵火毁坏后的残迹。见前注。

［536］㷱厡（yǎn yí）：《㷱厡歌》，古琴曲名。相传百里奚在楚为人牧牛，秦穆公闻其贤，以五羊之皮赎之，擢为秦相。其故妻为佣于相府，堂上作乐，妇自言知音，因援琴抚弦而歌曰："百里奚，五羊皮。忆别时，烹伏雌，炊㷱厡；今日富贵忘我为！"

［537］龙歌：《龙蛇歌》，此歌为介子推的哀歌，或谓介子推所作。

［538］汾脽："汾阴脽"，汉代汾阴县的一个土丘，在今山西。汉武帝祭祀地神的地方。这两句写从蜀地到晋中地点变换，刘氏以此寄寓自己近年来人生沉浮哀乐的感慨。

［539］王孙草：指牵人离愁的景色。典出淮南小山《招隐士》："王孙游兮不归，春草生兮萋萋。"

［540］河清：古人以"河清"为升平祥瑞的象征。负石：指抱石投水，示必死之决心。柯烂："柯烂忘归"，形容长时间地流连忘返。典出南朝·梁任昉《述异记》云："信安郡有石室山，晋时王质伐木，至，见童子数人棋而歌，质因听之，童子以一物与质含之，不觉饥。俄顷，童子谓曰：'何不去？'质起视，斧柯烂尽，既归，无复时人。"

［541］《天问》：屈原的《天问》，此诗从天地离分、阴阳变化、日月星辰等自然现象，一直问到神话传说乃至圣贤凶顽和治乱兴衰等历史故事，表现了作者对某些传统观念的大胆怀疑，以及追求真理的探索精神。《北征》：杜甫的《北征》诗，此诗是诗人从凤翔到鄜州探家途中所作，叙述一路见闻及到家后的感受。此二诗具有共同的特点：篇幅长、内容丰富复杂。

［542］《集韵》：古代音韵学著作。

［543］经典假文：古代典籍中的假借文字或异体字等。

123. 题马彝初所藏明人残砚

杭县马君彝初叙伦，[1]出示所藏明人残砚，砚铭五行，白沙先生撰，[2]其词曰："旋以转形，象天；水四周体，象地；用为砚，以发天地之祕。"砚缺右隅，末二行亦残数字。侧有屈翁山[3]《记》，称："白沙此铭，为顺德李孔修[4]作。李居西樵山云如庄，是研乃其遗物。"《记》文百余言，字亦残缺。是此砚又为翁山藏物也。马君得砚广州，嘱撰韵语，因赋斯诗。

白沙昔龙隐，李侯亦鸿标。遂令斯砚名，远媲洪崖劲。[5]

敷文越琳珪，铭德酬琼瑶。下言璇矩章，上有玄英包。

二仪丽贞观，万象舒天苞。升降亦何常？飞跃今孔昭。

绵绵化纪新，疊疊神机超。昔闻百六书，无乃《归藏》爻。

苍牙不我期，羲和毁其隅。[6] 繁钦《砚颂》："效羲和之毁隅。"

岂无金玉相？慨兹灵朴雕。亏《谦》会有宜，盈《坎》谁能要？

孰云涅不缁？介石贞终朝。[7]

【解题】

马叙伦（1885—1970年），字彝初，更字夷初，号石翁、寒香，晚号石屋老人。浙江杭县（今杭州）人。现代学者、书法家，中国民主促进会（民进）的主要缔造人。诗为题物，写砚台的历史来源与坚贞品质，多寄寓人品。

【笺释】

[1] 杭县：民国元年（1912年）1月22日，并钱塘、仁和县为杭县。

[2] 白沙先生：陈献章，明代思想家、教育家、书法家、诗人，人称白沙先生。

[3] 屈翁山：屈大均（1630—1696年），初名邵龙，又名邵隆，号非池，又号菜圃，字骚余，又字翁山、介子，广东番禺人。明末清初著名学者、诗人，与陈恭尹、梁佩兰并称"岭南三大家"，有"广东徐霞客"的美称。

[4] 李孔修：字子长，自号抱真子，广东顺德人，侨居广州。张诩识之，荐于其师陈白沙（献章），亟称之，名由此著。西樵山：在今广东省南海区官山圩附近。有七十二峰、三十六洞、二十八瀑布和二百零七泉之胜，尤以白云洞最著名，有"甲胜西樵"之称。

[5] 洪涯：传说中的仙人名，黄帝臣子伶伦的仙号。

[6] 苍牙：伏羲的别称。典出《易纬坤灵图》："苍牙通灵，昌之成运，孔演命明经道。"

[7] 介石：谓操守坚贞。典出《周易·豫卦》："介于石，不终日，贞吉。"

124. 题董丈蜕盦《菱湖泛舟图》

江亭交景风，潜德辉南离。东溪泛余清，北流瀹澎池。

理楫及良辰，濯景澄中怀。仰聆归鸿征，俯撷朱华披。

朝霏变微岑，夕秀辉明漪。览物焕幽存，临川缅逶迤。
河阳眷余谣，斜川睇层丘。眷言虚舟超，未惜褰裳迟。[1]
载歌行潦章，《泂酌》民攸归。[2]
悲忻乖故风，嘉会宁久常？欢宴须及时，况复良觌并！[3]
嘤嘤黄鸟鸣，秩秩宾筵张。甘醪发芳颜，令德扬妙英。
惜惜樽酒怀，习坎占不盈。[4]诗人颂柔嘉，君子贞穆清。[5]
含凄缅往欢，申章奏中诚。境迁物不遗，景迈情斯征。
逝川无停波，念此伤中情。

【解题】

董蜕盦其人不详。此诗为刘氏题董蜕盦的《菱湖泛舟图》而作，诗歌对画作图景进行介绍，从景到情，寄寓自己"眷言虚舟超""念此伤中情"的情感。

【笺释】

［1］虚舟：比喻胸怀恬淡旷达。

［2］《泂酌》：《诗经·大雅》中的一首诗，叙说的是人民生活和谐，表达了对明君的赞美。

［3］良觌：良晤。

［4］该句化用《周易·坎卦》九五："坎不盈，祗既平，无咎。"水不可溢出，风平浪静最好。

［5］柔嘉：美味佳肴或柔和美善。典出《诗经·大雅·烝民》："仲山甫之德，柔嘉维则。"

125. 樊云门七十寿诗二首

（一）

鹑火耀坤维，离照辉南服。[1]含灵蕴随珍，藏用显荆璞。[2]
敷荣蔚国华，迪亮导天淑。 紬书石室藏，奏记金门牍。
二《南》济弘绩，六事总条俗。价人长维藩，乐只民胥谷。[3]
朅来板荡余，卷迹槃阿轴。[4]风人歌《九罭》，永叹申遵陆。[5]
民伸有道慕，户效庚桑祝。[6]惟德自永年，天命征于穆。

（二）

景星环紫微，庆云扶青阳。[7] 蔺成瞽来格，图出跂会昌。[8]
敷奏蔚嘉谟，昌言庸赞襄。[9] 箕畴会有宜，辛箴宁易详？[10]
良时冠盖娱，容与坟丘场。　骋翰流华芬，令德扬妙英。
君子申芳讯，引领歌太康。[11]《关雎》何洋洋，聆耳亦已盈。
穆如扬清风，咏言难可忘。　虽无吉甫怀，愿诵《烝民》章。[12]

【解题】

樊云门，即樊增祥（1846—1931年），字嘉父，号云门，一号樊山，别署天琴老人，湖北省恩施市六角亭西正街梓潼巷人。光绪进士，历任渭南知县、陕西布政使、署理两江总督。辛亥革命爆发，避居沪上。袁世凯执政时，官至参政院参政。曾师事张之洞、李慈铭，为同光派的重要诗人，诗作艳俗，有"樊美人"之称；又擅骈文，死后遗诗三万余首，并著有上百万言的骈文，是我国近代文学史上一位不可多得的高产诗人。著有《樊山全集》。刘师培此诗为樊增祥贺寿，诗歌内容多是对樊增祥的称赞。

【笺释】

［1］鹑火：星次名。南方有井、鬼、柳、星、张、翼、轸七宿，称朱鸟七宿。首位者称鹑首，中部者（柳、星、张）称鹑火（也叫鹑心），末位者称鹑尾。据《汉书·律历志》记载，初柳九度，小暑。中张三度，大暑。典出《左传·昭公八年》："岁在鹑火，是以卒灭。"坤维：西南方。因《周易·坤卦》有"西南得朋"之语，故以坤指西南。

［2］随珍：随侯珠（夜明珠）。形容珍宝中的极品。典出《史记·李斯列传》："今陛下致昆山之玉，有随和之宝。"荆璞：和氏璧未切开之前的素朴的石头。

［3］价人：善人。语出《诗经·大雅·板》："价人维藩，大师维垣。"胥：古代乐官。《礼记·丧大记》："大胥是敛，众胥佐之。"谷：善。

［4］板荡：指政局混乱或社会动荡。《诗经·大雅》有《板》《荡》两篇，表达的都是当时政治的黑暗与人民痛苦的生活。

［5］《九罭》(yù)：网眼较小的渔网。九，虚数，表示网眼很多。《诗经·豳风·九罭》表达了人们对周公的爱戴和挽留之情，此诗化用其中的句子："鸿飞遵陆，公归不复，于女信宿。"

［6］庚桑："庚桑楚"，原名亢桑子，一名庚桑子。春秋时期哲学家、教育家，倡导无为，顺应自然。据《庄子·庚桑楚》记载，其为老聃弟子，独

得老聃真传。

[7] 青阳：春天。

[8] 箾（shuò）：古代跳舞人手中拿的竿状舞具。

[9] 嘉谟：犹嘉谋。典出扬雄《法言·孝至》："或问忠言嘉谟，曰：'言合稷契谓之忠，谟合皋陶谓之嘉。'"赞襄：辅助，协助。典出《尚书·皋陶谟》："皋陶曰：'予未有知，思曰赞赞襄哉。'"

[10] 箕畴：指《尚书·洪范》之"九畴"。相传"九畴"为箕子所述，故名。

[11] 太康：指太康盛世。

[12] 吉甫：指周宣王的贤臣尹吉甫，北征猃狁，南征淮夷，辅助周宣王中兴。《诗经·大雅·烝民》为尹吉甫所作，赞扬仲山甫的美德和辅佐宣王的政绩，其中有"仲山甫之德，柔嘉维则"，此处借用以赞扬樊云门。

《左盦诗录》卷四

《左盦诗别录》

126. 齐侯罍歌

陈氏祖虞、舜，先世出有妫。

敬仲奔齐日，特受桓公知。[1]

其后传数世，乃至夷孟思。《世本》："敬仲生夷孟思。"

当时齐国弱，公室日以卑。

繁刑兼重敛，陈氏知厚施。[2]

五世身其昌，兆已定卜龟。[3]

田氏日以兴，姜氏于此衰。

罍为饮酒器，《尔雅》郭《注》云："罍，酒器。"

景公亲赐之。此为齐侯赐桓子及孟姜之器。[4]

受命自周王，天子曰"尔期"。铭文有"奉齐侯受命于天子尔期"等语。

桓子拜首受，子孙永保持。

色似焦山鼎，阮文达云："勘，色泽绝似焦山鼎。"

铭词类晋姬。周有晋姬鬲，文云"晋姬作"。[5]

钟鼓与璧玉，铭文有"璧""玉""壶""鼎""钟""鼓"诸字。

眉寿用以祈。铭文云："桓子孟姜，用祈眉寿。"

桓子得此器，用授田乞厘。田乞乃桓子子。

田和为诸侯，齐室遂倾危。[6]

此器虽云微，已兆齐社移。

年历二千载，此罍至今凡二千四百余年。此器犹在斯。

出土铜花碧，光怪兼陆离。

双环既交络，两耳更低垂。此器有两耳，耳上有环。

篆文杂蝌蚪，蟠以蛟与螭。[7]

铭文在腹内，一十九行辞。铭文在腹内，凡十九行。

罍形本甚古，宝贵等鼎彝。

《卷耳》歌"酌彼"，《洞酌》咏"注兹"。

如壶征《雅注》，《尔雅注》云："罍形似壶。"

作"雷"考周《诗》。"我姑酌彼金罍"，一本作"雷"字。

宋氏昔藏此，文达云："予昔购之安邑宋氏葆淳。"

何君释其词。子贞先生曾考数字。[8]

阮公得此器，此器后归文达。更为析其疑。文达有跋文及诗。

"绍"字当作"韶"，闻乐忆宣尼。"舞绍""大绍"二字，文达谓即"韶"字。
且谓孔子在齐闻《韶》，是齐国之《韶》胜于鲁。

"洹"字通作"桓"，文达云："'洹'字与'桓'同。"古训承经师。

"薑"即子疆字，《左氏》文可推。何氏谓，《左传》陈子疆，即铭文之"子薑"。

"鼌"为武子开，

白晳冀须眉。阮公又谓，《世本》之"子鼌"，即是《左传》之"子开"。

然后知此罍，造自东周时。

独惜齐国物，至今靡有遗。

柏寝所陈器，见《史记·封禅书》中。变灭烟云随。[9]

齐刀虽云古，疑是世伪为。[10]《齐刀铭文》云："齐公化人。"皆读"公"为
"吉"。予据《虢季子盘铭》中有"吉"字，与刀上之字不同，因定"吉"字为"公"，别
有考。又，齐刀近日多有之，然皆伪造者。

吾阅《金石存》，曾录齐侯匜。[11]《齐侯匜铭》云："齐侯作，为孟姬良女，
其万年无疆，子子孙孙永宝用。"

又闻陈逆簠，汪容甫先生所藏者。其形尤权奇。[12]

此罍虽尚全，出土亦云迟。

器物信完美，篆文勤榻椎。[13]

文同虢叔盘，近出凤翔者。字异《岣嵝碑》。[14]

晴窗偶抚玩，光采何淋漓！

遐想齐国政，虽识景公悲。

【解题】

齐侯罍出土于乾嘉年间，又称"齐侯壶"。壶有一对，器形、铭文、纹
饰相仿。齐侯罍的铭文所记内容是齐国田文子新丧，齐庄公向周天子请丧期，
要求齐国人举国哀悼田氏之事。其铭文所涉及，春秋齐国田氏权势日隆与周
朝晚期周天子权威式微等史事。两器铭文互有错脱，字数不同，引起各个时

期金石学家们的兴趣，很多学者加以考证。嘉庆十八年（1813年）阮元从宋芝山处购得齐侯罍并作《齐侯罍歌》。齐侯罍二，一藏仪征阮氏积古斋，另一藏苏州曹氏怀米山房，后皆入归安吴氏，作两罍轩以张之。刘氏此诗对齐侯罍进行介绍，肯定了它对于研究齐国历史的重要价值。

【笺释】

［1］敬仲奔齐："完公奔齐"。完公，陈厉公之子，字敬仲，是战国时期田氏齐国的始祖。事见《史记·田敬仲完世家》。

［2］厚施：给予老百姓厚重的回报。事见《左传·昭公二十六年》："陈氏虽无大德，而有施于民……公厚敛焉，陈氏厚施焉，民归之矣。"

［3］五世句："五世其昌"。事见《左传·庄公二十二年》："有妫之后，将育于姜，五世其昌，并于正卿；八世之后，莫之与京。"春秋时期，陈国内乱，太子御寇被杀，公子敬仲逃到齐国。齐大夫懿仲想把女儿嫁给敬仲，妻子占卜后说陈的后人在齐国第五代就要昌盛，地位和正卿一样高，于是他们就成婚了。敬仲的第五世孙陈桓子在齐国做大官，第八世孙陈成子取得齐国政权。

［4］桓子："田桓子"，田文子之子。有力，事齐庄公，甚有宠。他收揽民心，发展实力，对失势贵族，增益其禄，分给田邑，对贫穷国人，则送给粮食。

［5］焦山鼎：西汉定陶鼎旧藏于焦山寺的海云堂，故称焦山鼎。此鼎为阮元于嘉庆七年（1802年）九月，赠送给镇江焦山，其《置西汉定陶鼎于焦山》一诗，前有序，记载了西汉定陶鼎的大小尺寸，铭文考证。此鼎是西汉元帝之子、哀帝之父、册封定陶共王刘康的家用器皿。鬲（gé）：古代炊器，用于烧煮或烹炒的锅，特指类似于鼎状的炊具。

［6］田和：齐太公田和（？—公元前385年），田庄子之子，田悼子之弟，陈完的九世孙。齐康公十九年（公元前386年），田和被周安王册封为诸侯，姜姓齐国为田氏取代。田和正式称侯，仍沿用齐国名号，世称田齐，以示别于姜姓齐国，史称"田氏代齐"。

［7］蝌蚪："蝌蚪文"，也叫"蝌蚪书""蝌蚪篆"，为书体的一种，因头粗尾细形似蝌蚪而得名，是先秦时期的古文字。

［8］子贞：何绍基（1799—1873年），字子贞，号东洲，别号东洲居士，晚号猿叟（一作蝯叟），湖南道州（今道县）人，晚清诗人、画家、书法家。通经史，精小学、金石碑版。著有《惜道味斋经说》《东洲草堂文钞》《说文

段注驳正》等。

　　[9]柏寝:"柏寝台",春秋齐台名。在今山东广饶县境。事见《史记·孝武本纪》:"少君(指李少君)见上,上有故铜器,问少君。少君曰:'此器齐桓公十年陈于柏寝。'已而案其刻,果齐桓公器。一宫尽骇,以少君为神,数百岁人也。"

　　[10]齐刀:齐国铸造的货币,主要流通在齐国。春秋末期,大夫田氏专权,大力推行刀币,为其谋国篡位的手段之一,刀币开始在市场中占据主导地位。到周安王二十三年(公元前379年),田氏灭姜氏建立齐国,其刀币就逐渐成为齐国的法定货币。

　　[11]《金石存》:《金石存》十五卷,清代乾嘉时期的知名金石学家吴玉榗撰。该书有嘉庆二十四年(1819年)礼部尚书李宗昉闻妙香室刻本,对乾隆间李调元刻本多有修正。齐侯匜(yí):西周晚期,匜为盥洗器。齐侯匜平盖,龙首鋬,四兽形足。通体饰较密的横条沟脊纹。腹内底有铭文四行二十二字,记齐侯为虢孟姬良女作匜。孟姬女是虢君之女,为齐侯夫人。在青铜匜中,以此形制为最大、最重。

　　[12]陈逆:春秋时期齐国执政大臣陈恒的族人。簋(guǐ):古代青铜或陶制盛食物的容器,圆口,两耳或四耳。权奇:奇谲非凡。

　　[13]榻槌:指用纸墨拓印青铜器器身的铭文。

　　[14]虢叔:姬姓,名不详,周文王的弟弟,季历的第三子,与哥哥虢仲都是周文王的卿士。周武王伐纣灭商后,封两个叔叔为虢国国君。其中虢仲被封在制地(今河南荥阳),称作东虢,虢叔被封在雍地,被称作西虢。《岣嵝碑》:"禹王碑",此碑原在湖南衡山县云密峰山洞内,岣嵝山为衡山主峰,故称岣嵝碑,共77字。原石已佚。《岣嵝碑》字体诡奇,有鸟虫文字,更多的是深奥难识的"奇字",由此引起了历代学者的研究。此碑宋代《金石录》《集古录》等书目均无著录。至明代杨慎、郎瑛、沈溢等人才有释文传录,说它是大禹的刻铭。唐代韩愈、刘禹锡皆有诗作咏叹。

127. 文信国祠

王气消京邑,中原逼寇氛。有光争日月,无会际风云。[1]
壁垒千军合,河山四镇分。[2]身先貔虎士,威扫犬羊群。

倘使遭新运，应教立战勋。　武侯躬尽瘁，陶侃志忠勤。[3]

国已更新主，人思反旧君。　降王终走传，都统罢行军。[4]

翟义心忠汉，周王墓表殷。[5]卖鱼湾畔路，望断海天曛。[6]

【解题】

刘氏此诗追述了南宋末年的国家形势以及文天祥的人生经历，将其与诸葛亮、翟义、陶侃等人相比，描写了文天祥面对国家无力抵抗蒙古军南下的无奈，表达作者对文天祥的赞扬和对故国的伤思。

【笺释】

[1]无会句：反用"际会风云"，意谓才士贤臣不为时所用。

[2]壁垒：军营的围墙，作为进攻或退守的工事。典出《六韬·王翼》："修沟堑，治壁垒，以备守御。"四镇：镇守四方的四将军。汉晋之世，有镇东将军、镇南将军、镇西将军、镇北将军各一人，称为四镇。此处应指国家因战乱四分五裂。

[3]陶侃：字士行（259—334年），官至太尉，封长沙郡公，拜大将军，是东晋朝廷的重臣。陶侃一生为官清廉，克勤克俭，堪称古代官员的楷模。

[4]降王句：化用李商隐《筹笔驿》："徒令上将挥神笔，终见降王走传车。"降王，指后主刘禅，意谓诸葛亮徒然挥笔运筹划算，后主刘禅终究还是乘坐邮车去投降。

[5]翟义：西汉大臣，丞相翟方进之子。少以父荫为郎，年二十出任南阳都尉，迁弘农太守，转河内太守，颇有政绩，拜青州牧，作风果断，为人耿直，"有父风烈"而著名。汉平帝死后，外戚王莽摄政，称"摄皇帝"。翟义起兵讨伐王莽，拥立刘信为帝，自号大司马、柱天大将军。移檄郡国，聚众十万。后被王莽击败，被杀，夷灭三族。

[6]卖鱼湾：卖鱼湾是文天祥从元营脱险后在通州扬帆渡海的地方。文天祥作有《卖鱼湾》诗："风起千湾浪，潮生万顷沙。春红堆蟹子，晚白结盐花。故国何时讯，扁舟到处家。狼山青两点，极目是天涯。"

128. 古意

西风吹湘水，鸿雁有哀音。渺渺洞庭渚，千秋骚客心。
苍梧云去后，明月冷湘阴。言念郑交甫，悠悠汉水深。[1]

【解题】

此诗当是刘氏逃难流寓至楚地湘水时，时值秋季，有感而作。诗歌语言古雅，风格与汉魏古诗相似。

【笺释】

[1]郑交甫：见前注。

129. 读楚词

秋风吹斑竹，木叶下潇湘。洞庭舣归舟，极浦望浔阳。
岂无楚泽兰，孤芳袭我裳？惟恐鹊鸰鸣，百草先不芳。[1]
帝子一以去，杜若年年香。千秋梦泽水，犹自悲怀王。

【解题】

此诗为刘氏早年研读《楚辞》时模仿楚辞体而作。诗歌大量使用"潇湘""孤芳""杜若"等带有《楚辞》风格的意象，内容也是复述《楚辞》的内容。

【笺释】

[1]惟恐句：化用《离骚》："恐鹈鸰之先鸣兮，使夫百草为之不芳。"

130. 有感

游鱼潜汉渚，乃慕禽鸟飞。[1]羽翼一朝傅，江海何时归？
尘寰不可立，敢怨弋人机？[2]北山亦何高，南溟亦何卑？
天地有鲲鹏，变化无已时。

【解题】

此诗是诗人有感而发，诗人认为游鱼、禽鸟难以回归江海、山林，以此为喻，表达出自己对入世的感受与态度，进而又感叹世事变化难测，有消极避世的意味。

【笺释】

［1］汉渚：汉水水边；汉水。

［2］弋人机：射猎者的武器。

131. 书扬雄传后

荀、孟不复作，《六经》秦火余。[1]

笃生杨子云，卜居近成都。[2]

文学穷典坟，头白勤著书。[3]

循循善诱人，门停问字车。[4]

《法言》象《论语》，《太玄》开潜虚。[5]

反《骚》吊屈平，作赋比相如。[6]

《训纂》辨蝌蚪，《方言》释虫鱼。[7]

虽非明圣道，亦复推通儒。

紫阳作《纲目》，笔削更口诛。[8]

惟据《美新》文，遂加"莽大夫"。[9]

吾读《华阳志》，雄卒居摄初。[10]

身未事王莽，兹文将无诬？

雄本志淡泊，何至工献谀？

班固传信史，微词雄则无。

大醇而小疵，韩子语岂疏？[11]

宋儒作苛论，此意无乃拘！

吾读扬子书，思访扬子居。

斯人今则亡，吊古空踌躇。

【解题】

刘氏在这首诗里称赞扬雄为多才"通儒"，可惜在朱熹《通鉴纲目》中遭到恶评。刘氏认为这样的评价对扬雄不公平。他依据东晋常璩《华阳国志》的记载，认为淡泊名利的扬雄在王莽称帝之初，即已去世，并未来得及为王莽效力。因此认为扬雄充其量是"大纯而小疵"，但是由于被讲究纲常名教的朱熹等宋儒所批判，让扬雄落下谄媚恶名。

【笺释】

［1］秦火：指秦始皇焚书事。

［2］卜居：择地居住。

［3］典坟："三坟五典"的省称，指各种古代文籍。

［4］问字：指从师授业或向别人请教。典出《汉书·扬雄传下》。扬雄校书天禄阁时，多识古文奇字，刘棻曾向扬雄学奇字。

［5］《法言》：扬雄著。《法言》取名，本于《论语·子罕篇》："法语之言，能无从乎。"和《孝经·卿大夫章》："非先王之法言不敢道。"《法言》中所表现的捍卫正统儒学的精神，对后世儒家所谓"道统"的建立有重要的启发作用。《太玄》：《太玄经》，也称《扬子太玄经》。扬雄将"玄"作为最高范畴，并在构筑宇宙生成图式、探索事物发展规律时以"玄"为中心思想，是汉朝道家思想的继承和发展。《潜虚》：北宋司马光的哲学著作，仿汉代扬雄的"太玄"而作，共一卷。他以"虚"为万物的本原，取名《潜虚》，有探索隐秘本原之意。

［6］反《骚》：扬雄著有《反离骚》，凭吊屈原，文章既对屈原的不幸深表同情，又对屈原勇于斗争、坚贞不屈、身赴湘流的行为发出责难，表达了不同于屈原的人生态度。名虽为反，实际上却是在哀悼屈原，反映了作者明哲保身的思想。比相如：扬雄早年极其崇拜司马相如，曾模仿司马相如的《子虚赋》《上林赋》而作《甘泉赋》《羽猎赋》《长杨赋》，故后世有"扬马"之称。

［7］《训纂》：扬雄所著蒙学文字课本。汉元始中征天下通小学者，记字于庭中，扬雄取其有用者汇成，易其重复之字，共三十四章，二千零四十字，成《训纂篇》。《方言》：扬雄所著，又名《輶轩使者绝代语释别国方言》，中国第一部比较方言词汇的重要著作。

［8］《纲目》：《通鉴纲目》，南宋朱熹撰著。朱熹与其门人赵师渊等据司马光《资治通鉴》《举要历》和胡安国《举要补遗》等书，本儒家纲常名教，简化内容，编为纲目。纲为提要，模仿《春秋》；目以叙事，模仿《左传》，用意在于用《春秋》笔法，"辨名分，正纲常"。笔削口诛：指朱熹在《纲目》中贬斥扬雄为"莽大夫"，认为其"变节"。朱熹《资治通鉴纲目·卷八上·莽

大夫扬雄死书法》："莽臣皆书死，贼之也，莽大夫多矣，特书扬雄，所以深病雄也。"

［9］《美新》文：王莽篡汉自立，国号新。扬雄仿司马相如《封禅文》，上封事给王莽，指斥秦朝，美化新朝，故名《剧秦美新》。

［10］《华阳志》：《华阳国志》又名《华阳国记》，地方志著作，是由东晋时期成汉常璩撰写于晋穆帝永和四年至永和十年（348—354年）的一部专门记述古代中国西南地区地方历史、地理、人物等的地方志著作。居摄：王莽摄政年号。元始五年（公元5年）十二月平帝卒，太后诏令安汉公王莽为"摄皇帝"。次年，改元居摄，凡三年。居摄三年十一月，王莽称"假皇帝"，改元初始。十二月，王莽建立新朝，年号"始建国"，以本月为正月。

［11］大醇句：意思是大体纯正，而略有缺点。语本韩愈《读〈荀子〉》："孟氏，醇乎醇者也。荀与扬，大醇而小疵。"

132. 台城柳

台城何巍巍！故垒空斜阳。遐想六朝时，都邑遥相望。
嘉树郁千株，杨柳生道旁。倡条与冶叶，一一披宫墙。[1]
时势一朝殊，转瞬如流光。极目皆荆榛，无复见垂杨。
凄怆悲江潭，摇落能毋伤？[2] 因思植物理，生灭殊无常。
菀枯在俄顷，转绿旋回黄。人事苟不施，会见天行强。[3]
细绎《天演》篇，怀古心茫茫。

【解题】

台城，六朝时的禁城，在今南京市鸡鸣山南乾河沿北，其地本三国吴后苑城，东晋成帝时改建作新宫，遂为宫城。历宋、齐、梁、陈，皆为台省和宫殿所在地，因此专名台城。台城也代表了"六朝金粉"的兴衰。

早在刘氏之前，韦庄就有"无情最是台城柳，依旧烟笼十里堤"这样的诗句。刘氏此诗也着眼于台城以往的繁华和现今的破败荒芜，在今昔对比中既有历史兴衰之感，也有对西学《天演论》中的历史发展、社会进化学说进行推演，表达自己的感想。

【笺释】

［1］倡条、冶叶：形容杨柳的枝叶婀娜多姿。

［2］悲江潭：对物是人非的感慨。化用庾信《枯树赋》："桓大司马闻而叹曰：'昔年种柳，依依汉南。今看摇落，凄怆江潭。树犹如此，人何以堪！'"

［3］人事句：化用英·赫胥黎著，严复译《天演论》："苟人事不施于其间，则莽莽榛榛。"

133. 楚词

> 幽梦阳台化雨云，吉占何事信灵氛？[1]
> 幽兰纫佩空相赠，椒楺当帷已不芬。
> 时向湘中愁帝子，独从天末望夫君。
> 众芳摇落休相忆，鹈鴃先鸣不忍闻！

【解题】

此诗当是诗人练笔之作，在学习《楚辞》时，用诗歌形式对其内容进行复述，诗句多化用《离骚》《高唐赋》等作品，语言风格近似《楚辞》，内容无多新意，属于刘氏早年的习作。

【笺释】

［1］阳台化雨云：化用宋玉《高唐赋》："旦为朝云，暮为行雨。"吉占句：化用《离骚》："欲从灵氛之吉占兮，心犹豫而狐疑。"

134. 咏扇

> 赤日行天空，静坐湘帘垂。挥扇挹清风，瑟瑟风生帷。
> 炎运无穷期，却暑无已时。嗟尔小民愚，暑雨兴怨咨。[1]
> 消夏岂无方？所在招凉飔。炎凉由境生，易境天无为。
> 弃捐岂足悲？所盼炎景衰。齐纨尔微物，愿君长保持。[2]

【解题】

此诗为刘氏咏叹"扇"而作，"扇"是刘氏的自喻。《左盦诗录》卷三之《扇》"勿悲秋箑捐，庶泯暑雨咨"，表达的是刘氏希望自己能有所作为。此诗"炎凉由境生，易境天无为"，则感叹难以掌握自己的命运。

【笺释】

［1］小民：指一般老百姓。典出《尚书·君牙》："夏暑雨，小民惟曰怨咨；冬祁寒，小民亦惟曰怨咨。厥惟艰哉！"

［2］齐纨句：齐地所制丝扇。化用明·郑学醇《班婕妤咏扇》："齐纨制团扇，鲜洁如秋霜。微物不足惜，所忧在炎凉。进御有荣宠，弃置无辉光。天运尚移易，人事安可常。"

135. 出郭

幽怀了无着，与世渐忘机。[1]流水自终古，青山空夕晖。
沙禽临岸立，瘦蝶背人飞。 试访招提境，钟声出翠微。[2]

【解题】

此诗写出城后看到的景色，借此表现避世之思。这首诗当是刘氏早年的习作，多是根据读书内容进行的推演。

【笺释】

［1］无着：佛教用语，无所羁绊，无所执着。忘机：消除机巧之心。常用以指甘于淡泊，与世无争。

［2］招提：梵语。音译为"拓斗提奢"，省作"拓提"，后误为"招提"，其义为"四方"。四方之僧称"招提僧"，四方僧之住处称为招提僧坊。

136. 读戴子高先生《论语注》

素王大业垂端门，《公羊春秋》古谊敦。[1]

圣王不作感获麟，改周受制存微言。[2]

《麟经》义例通《齐论》，《问王》《知道》篇目存。[3]

古经廿卷秦火焚，董、颜而降齐学湮。[4]

各守所知溺所闻，经义晦蚀谁探源？

先生绝学龚、魏伦，遗世特立无攀援。[5]

邵公家法辙可遵，群言淆乱白黑分。[6]

三科九旨穷篱藩，宋、刘经说跻巽轩。[7]

廿篇作注古意申，石渠博士舌可扪。[8]

曲学媚世嗤公孙，遗经独抱孤无邻。[9]

汉学师承今古尊，西京坠绪永不泯。[10]

太平至治不可臻，通经致用思申辕。[11]

【解题】

戴望（1837—1873年），字子高，浙江德清人。9岁师从乌程程大可，授读《周易》《尚书》，正文字、明音读，奠定汉学基础。14岁得祖藏颜习斋书，广求颜氏遗书。清咸丰七年（1857年）至苏州请业于陈奂，得声韵、训诂经师家法。复从宋翔凤受《公羊春秋》，研究西汉儒说，专心治经。著有《论语注》20卷。戴望曾在金陵书局校书，与刘寿曾有交往。

此诗是刘氏读过戴望的《论语注》后而作。刘氏在诗中一方面就《论语》而追述称扬孔子，其中也论及"齐学"的发展；另一方面也称扬戴望的学术，将其与龚定庵和魏源相比，称赞他的《论语注》能够"申古意"而不曲学媚世。诗末也表达了刘氏对鲁学、齐学的认可。

【笺释】

[1] 素王：指孔子。典出王充《论衡·定贤》："孔子不王，素王之业在《春秋》。"端门：又叫端午门，宫殿的正南门。典出《公羊传疏》："昔孔子受端门之命，制《春秋》之义，使子夏等十四人求周史记，得百二十国宝书。"

[2] 圣王不作：化用《孟子·滕文公下》："圣王不作，诸侯放恣。"获麟：指春秋鲁哀公十四年猎获麒麟事。相传孔子作《春秋》至此而辍笔。事见《左传·哀公十四年》："春，西狩获麟。"杜预注："麟者，仁兽，圣王之嘉瑞也。时无明王，出而遇获，仲尼伤周道之不兴，感嘉瑞之无应，故因《鲁春秋》而修中兴之教。绝笔于'获麟'之一句，所感而作，固所以为终也。"

[3]《麟经》：指《春秋》。《齐论》：指《齐论语》。《问王》《知道》：《齐

论语》的篇名，都是《齐论语》和《鲁论语》中不同的篇目。《论语》在流传过程中，到汉朝产生了两个流派，分别为《齐论语》《鲁论语》，后来汉朝鲁恭王刘余在建造宫殿时毁坏了孔子家的墙壁，发现了《古论语》。因为上面的文字不是当时通行的隶书，而是六国时的文字，所以称为"《古论语》"。

〔4〕董、颜：董仲舒、颜安乐。颜安乐，字公孙，西汉今文《春秋》学"颜氏学"的开创者。齐学：秦汉之际经学流派之一。因此派经师中传《诗》的辕固生、传《春秋公羊传》的公羊寿都是齐人而得名，该派学风较为夸诞。后董仲舒把阴阳五行说和今文经《公羊传》相牵合，用以巩固皇权，就是沿袭齐学学风而发展的。

〔5〕龚、魏：龚自珍、魏源，二人都为今文经学研究者。攀援：追随，依附。

〔6〕邵公：何休，字邵公，精研六经，世儒无及者。作《春秋公羊传解诂》，覃思不窥门，十有七年。又以《春秋》驳汉事六百余条，妙得《公羊》本意。休善历算，与其师博士羊弼，追述李育意，以难二《传》，作《公羊墨守》《左氏膏肓》《谷梁废疾》。

〔7〕三科九旨：汉代《公羊》学家谓《春秋》书法有三科九旨，即于三段中寓九种旨意。《公羊传》唐徐彦疏："故何氏作《文谥例》云：'新周、故宋，以《春秋》当新王，此一科三旨也。'又云：'所见异辞，所闻异辞，所传闻异辞，二科六旨也。'又内其国而外诸夏，内诸夏而外夷狄，是三科九旨也。"宋、刘：清代今文经学学者宋翔凤和刘逢禄。巽（xùn）轩：清代学者孔广森，字众仲，一字㧑约，号巽轩。广森性聪颖，尝从戴震、姚鼐受经学。经史小学，无不深研，尤精《公羊春秋》，多独到见解。

〔8〕石渠：石渠阁，是汉朝皇宫内藏书之处。汉宣帝时，曾征召著名学者刘向在石渠阁教授《谷梁春秋》并论析《五经》。汉成帝时，在此处珍藏皇宫各类典籍秘本，并安排博士施雠和名儒在石渠阁讲学辩论《五经》异同。石渠阁实际上是皇家图书馆兼学术讨论的所在地。

〔9〕曲学媚世："曲学阿世"，学些邪门歪道的东西，以迎合时尚。公孙，指公孙弘。化用《史记·儒林列传》："固曰：'公孙子，务正学以言，无曲学以阿世！'自是之后，齐言《诗》皆本辕固生也。"遗经：谓古代留传下来的经书。

〔10〕坠绪：指行将绝灭的学说。西京指东汉，此句意指今文经学。

〔11〕至治："大治"，谓政治修明，局势安定。申辕：鲁学代表申培公和齐学代表辕固生。

137. 归里

江天如镜客舟还，风雨萧条赋闭关。[1]
万种相思抛不得，零云老木沪城山。

【解题】

此诗当是刘氏因"苏报"案在外逃亡期间，得机会返回扬州老家时所作。长期在外漂泊，诗人对家乡、亲人的相思之情溢于言表。

【笺释】

[1] 闭关：闭门谢客，断绝往来，谓不为尘事所扰。

138. 幽兰吟

幽兰生湘江，孤芳正可采。 采之寄所思，所思在东海。[1]
余情苟信芳，忍令瑶华萎？[2] 幽香闭空谷，迟暮复何悔！
一卷《离骚》词，此意灵均解。

【解题】

此诗也是刘氏在研习《楚辞》时采撷其中的意象和诗意敷衍而成。"幽兰"则是隐喻自身有才能而不被发现，通己意于灵均。

【笺释】

[1] 所思：所思慕的人或事。
[2] 余情句：化用《离骚》："苟余情其信芳。"

139. 咏明末四大儒四首

壮怀久慕祖士雅，田牧甘随马伏波。[1]
精卫非无填海志，也应巧避北山罗。[2]

顾亭林。○先生有《闻鸡起舞诗》，又有《精卫诗》。

惊心西浙非王土，伺籍东林作党人。

毕竟艰贞成大节，晦明无复九畴陈。[3]

黄梨洲。

《井中心史》郑思肖，泽畔哀吟屈大夫。[4]

甄别华戎垂信史，《麟经》大义昭天衢。

王船山。

自古儒文嗤武侠，纷纷经术惜迂疏。[5]

先生教法师周、孔，六艺昭垂耻著书。

颜习斋。○先生以"格物"即《周礼》"三物"，乃六艺也。

【解题】

这四首诗是刘氏对明末四大儒顾炎武、黄宗羲、王夫之、颜习斋的歌咏。诗歌赞扬了四大儒精湛的学术研究以及不屈的抗清精神。

【笺释】

[1] 祖士雅：祖逖（266—321年），字士雅，范阳郡遒县人。东晋时期杰出的军事家、民族英雄。永嘉之乱后，率领亲党避乱于江淮，担任奋威将军、豫州刺史。他在建武元年（317年）率部北伐，得到各地人民的响应。祖逖有"闻鸡起舞"事。马伏波：马援（公元前14—49年）。新朝末年，马援投靠陇右军阀隗嚣，甚得器重。后来归顺光武帝刘秀，为东汉统一立下了赫赫战功。东汉建立后，马援仍领兵征战，西破陇羌，南征交趾，北击乌桓，累官至伏波将军，封新息侯，世称"马伏波"。其老当益壮、马革裹尸的气概，受到后人的崇敬。

[2] 北山罗：捕捉鸟雀而张的罗网。

[3] 九畴：泛指治理天下的大法。

[4]《井中心史》：《心史》，是南宋遗民诗人郑思肖所创作的一部作品集，其成书于景定元年（1260年）至咸淳五年（1269年）之间，是郑思肖孤愤忠君、奇气伟节、特立独行的呕心沥血之作。《心史》以铁盒封函，深埋在苏州承天寺院内井中。因此，此书又被称为《铁函心史》或《井中

心史》。

[5]迁疏：犹言迁远疏阔。

140. 咏女娲

古圣继伏羲，乃以女娲名。
欲补五色天，先炼采石精。[1]
此语出《淮南》，其说殆无凭。
自古掌天有鳌骨，天维地柱谁能倾？
乃知女娲炼石补天缺，亦犹虞廷当日调玑衡。[2]
古人作一事，必为后人利。
后人作事多逞奇，乃以妄测古人意。
岂知盘古开辟来，天地形势常如此。
缩地岂果长房功？触天奚必共工罪？[3]
试诵《鸿烈》篇，聊补洪荒史。[4]

【解题】

刘氏此诗从读《淮南子》出发，借咏叹上古神话人物女娲来"聊补洪荒史"。诗人对《淮南子》记载的女娲补天之事提出怀疑，认为《淮南子》所载是妄测古人意，并基于古文献的记载，提出自己对洪荒史的看法，带有考证的意味。

【笺释】

[1]欲补句："女娲补天"。事见《淮南子·览冥训》《列子·汤问》。

[2]虞廷：亦"虞庭"，指虞舜的朝廷。相传虞舜为古代的圣明之主，故亦以"虞廷"为"圣朝"的代称。玑衡："璇玑玉衡"的省称，古代观测天体的仪器。

[3]缩地：传说中化远为近的神仙之术。典出葛洪《神仙传·壶公》："费长房有神术，能缩地脉，千里存在，目前宛然，放之复舒如旧也。"触天："共工怒触不周山"。

[4]《鸿烈》：《淮南子》别称《淮南鸿烈》，又省称《鸿烈》。洪荒：混沌、蒙昧的状态，借指远古时代。

141. 黄天荡怀古

滔滔黄天荡，烟水何迷离！^[1]荻芦风萧萧，战垒余故基。
忆昔宋南迁，临安建新畿。^[2]金人图江淮，爰起南征师。
战舰披江渚，千里排旌旗。 饮马效魏文，临江同佛狸。^[3]
韩公提一旅，三军赖指挥。^[4]使船如使马，金人叹神奇。
独惜此一举，敌军脱重围。 既开老鹳河，奇勋一朝隳。^[5]
遂使秦长脚，乞降饰卑词。^[6]他日湖上游，末路能毋悲？
我今渡秋水，旧垒峙江湄。 英雄不复作，吊古空相思。

【解题】

刘氏在这首诗中主要追述黄天荡之战的过程，但是并没有对战争做十分详细的描写，而是选择几个具有代表性的节点，如韩世忠对金军的拦截、金军利用老鹳河突围等，以点带面，大体勾勒出当时的整个历史事件。最后以"英雄不复作，吊古空相思"作结，将现今国家的危局形势与南宋进行比较：南宋时，金人南下还有韩世忠等将领奋起抗争保卫家国，而如今中国面临异国侵略，国土沦丧的危局却无"英雄"救国抗敌。诗歌表达了刘氏对清政府统治者御敌无力的批评与对于国家危难的悲慨之情。

【笺释】

[1] 黄天荡：长江下游的一段，在今江苏省南京市东北。古时江面辽阔，为南北险渡。宋高宗建炎四年（1130年），韩世忠败金兀术于此，即"黄天荡之战"。

[2] 宋南迁：指宋朝南渡，在临安建立南宋朝廷。

[3] 饮马句：黄初六年（公元225年）旧历八月，魏文帝曹丕"为舟师东征"。冬十月，行幸广陵（今扬州）故城，在长江边举行了一次规模宏大的阅兵。曹丕逸兴遄飞，即于马上吟成此诗，故又题为《至广陵于马上作诗》。佛狸：北魏太武帝拓跋焘是鲜卑人，小名佛狸，他统一北方，占据汉人大半江山。宋文帝刘义隆时期更是惨败于拓跋焘，使得拓跋焘饮马长江，自己只能仓皇北顾。

[4] 韩公：韩世忠。南宋名将、词人，民族英雄，与岳飞、张俊、刘光世合称"中兴四将"。英勇善战，胸怀韬略，在抗击西夏、金朝的战争中为宋朝立下汗马功劳，又在平定各地叛乱中作出重大贡献。

[5]老鹳河：亦名老鹳嘴，即芦门河。在今江苏南京市东北。《宋史·韩世忠传》："世忠与二酋相持黄天荡者四十八日……兀术穷蹙……有献谋者曰：'凿大渠接江口，则在世忠上流。'兀术一夕潜凿渠三十里。"

[6]秦长脚：对南宋秦桧的蔑称。《水浒传》第一百一十回："谁向西周怀好音，公明忠义不移心。当时羞煞秦长脚，身在南朝心在金。"

142. 申江杂感，用苏东坡《秋怀》诗韵二首

浮云一东西，逝水无已时。　木叶一以落，谁知秋气悲？
凉风扇曲榭，明月入我帷。　豺狼尚当道，安复问狐狸？[1]
因念倦鸟飞，犹思假一枝。[2]长绳系白日，春去谁能追？[3]
有如黄金华，适与秋风期。　寒暑岁所有，奚事兴怨咨？
君看木槿花，敢怨雨露迟？

梧桐植西阶，萧萧滴秋雨。　万籁杳然息，恓恓寒虫语。
和我金石声，萧然出环堵。　宇宙岂不宽？为悯众生苦。
眷言怀旧都，诗人歌彼黍。[4]彼美隔湘江，扬舲辞极浦。
申椒不结实，蕙草空盈亩。[5]感此节序移，东岭月光吐。

【解题】

这两首诗是刘氏沿用苏东坡诗韵而作。从诗歌内容来看，第一首诗是诗人秋日里感于时光流逝、人生短暂而发出的秋怀之感，其中也有对"豺狼当道"社会状况的感慨并由此心生倦游归隐之思。第二首诗中诗人主要表达自己忧时济世的志向，但又时运不济、自己的理想难以实现，因此面对时光流逝、节序更替心生感慨。

【笺释】

[1]豺狼句：比喻暴虐奸邪的人掌握国政。典出《汉纪·平帝纪》："宝问其次，文曰：'豺狼当道，安问狐狸！'宝默然不应。"安复句：意谓铲除恶人应当先除首恶。

[2]倦鸟：倦飞之鸟，以喻倦游之人。

[3]长绳句：用长绳把太阳拴住，意指留住时光，不让其逝去。比喻珍

惜时间。化用晋·傅玄《九曲歌》："岁莫景迈群光绝，安得长绳系白日。"

[4] 眷言：指回顾貌。典出《诗经·小雅·大东》："眷言顾之，潸焉出涕。"彼黍：指代感慨国家兴亡和故国之思。典出《诗经·王风·黍离》："彼黍离离，彼稷之苗。"

[5] 申椒、惠草：二者都是出自《离骚》的香草，指代美好的东西。诗人此处为反用。

143. 烟雨楼二首

水光摇荡碧波涵，买艇来游日未衔。[1]
不愧名楼号烟雨，满湖凉意上征衫。[2]

尘海茫茫一局棋，侧身天地更何之？
何当散发鸳湖里，一舸鸱夷逐范蠡。蠡本平声。[3]

【解题】

烟雨楼，浙江省嘉兴的名胜，以杜牧"南朝四百八十寺，多少楼台烟雨中"的诗意而得楼名。始建于五代后晋年间（936—947年），初位于南湖之滨，吴越王第四子中吴节度使、广陵郡王钱元镣"台筑鸳湖之畔，以馆宾客"，为游观登眺之所。

此诗当是刘氏因"苏报"案逃亡至浙江嘉兴时作。诗歌描写了烟雨楼台的胜景，表达了对逃亡生涯的感慨，表现出刘氏的避世心态。

【笺释】

[1] 衔：日落。

[2] 征衫：旅人之衣。

[3] 散发：喻指弃官隐居，逍遥自在。鸱夷：革囊，可作为浮水的工具。也代指范蠡。典出《史记·货殖列传》："（范蠡）乘扁舟，浮于江湖，变名易姓，适齐为鸱夷子皮。"

144. 闻某君卒于狱作诗以哭之

七字凄凉墨迹新，当年争说自由神。

某君前赠余笺，隶书"中国自由神出现"七字。

草间偷活吾滋愧，奇节而今属故人。

梅村词云："故人慷慨多奇节，恨当日，沉吟不断，草间偷活。"

【解题】

1903年夏，刘氏与邹容相识，邹容赠刘氏"中国自由神出现"条幅。1905年邹容被捕入狱，4月3日不堪折磨在狱中病死。此诗即在邹容死后作。诗歌追述二人以往的交谊，并称赞邹容之死为"奇节"。自由神，即当时接受新思想而追求自由。

145. 东京清明杂感二首

（一）

塞公失马祸中福，庄、惠观鱼物外天。[1]

妖雾倘挥乘障剑，闲云岂傍在山泉？[2]

无多文采初知悔，未证清凉敢学禅？[3]

客里佳晨虚易掷，落花流水又频年。

【解题】

这两首诗原载于《国粹学报》第二期，从标题看，应该作于1903年开封会试后。此处东京即指开封。第一首诗借用《淮南子》《庄子》中的典故，表达自己虽流离在外，未必就不是好事；自己不会忘怀世事而隐居修禅，同时表达对流离失所生活的不满与时光易逝的感叹。第二首诗写壮志未酬，世事变幻不定，时局动荡，前途无路，表现了心中深深的无奈与凄怆。

【笺释】

[1] 塞公失马："塞翁失马，焉知非福"，指祸福在一定条件下可以互相转化，任何事物都有两面性。典出《淮南子·人间训》。庄、惠观鱼：庄子和

惠施游于濠梁之上，辩论是否知鱼之乐。后遂用"濠梁观鱼""濠上观鱼""观鱼"等表示纵情山水，或借指游乐之所。见前注。

〔2〕乘障：登城守卫，引申为抵御。

〔3〕清凉：指清净，不烦扰。

（二）

少年颇抱风云志，痛哭新亭有泪痕。[1]

几见桑田成碧海，那堪瓜事老青门？[2]

云翻雨覆休回首，柳暗花明也断魂。[3]

千里春心劳极目，夕阳黯淡逼黄昏。[4]

【笺释】

〔1〕新亭有泪痕："新亭对泣"。见前注。

〔2〕桑田成碧海：比喻世事变化很大。典出葛洪《神仙传·王远》："麻姑自说云：'接待以来，已见东海三为桑田。'"瓜事老青门："青门种瓜"，在京城东门外种瓜，指隐居不当官。典出《史记·萧相国世家》："召平者，故秦东陵侯。秦破，为布衣，贫，种瓜于长安城东，瓜美，故世俗谓之'东陵瓜'。"

〔3〕云翻雨覆：比喻人情世态反复无常。化用杜甫《贫交行》："翻手作云覆手雨，纷纷轻薄何须数。"

〔4〕千里春心：化用屈原《招魂》："目极千里兮，伤春心。"

146. 咏汉长无相忘瓦

甘泉烽燧年年警，茂陵回首秋风冷。[1]

三十六宫秋色寒，平芜一片斜阳影。[2]

忆昔深宫建未央，鸳鸯瓦上有新霜。[3]

同心莲子千春发，连理名花两地芳。[4]

妾颜未老君恩薄，秋月春风俱萧索。

绨绤秋风怨绿衣，帘栊夜雨愁珠箔。[5]

怨粉零香怆落花，后宫砧杵怨禽华。[6]

可怜飞燕新承宠，回首昭阳日已斜。[7]

玉阶窈窕知何处？ 谁说捣衣工作赋？
月冷长门草不芳，萤飞永巷花无语。[8]
纨绮西风咽暮秋，珠零锦粲不知愁。
滴残秋雨蟾蜍影，遮断零烟鸂鹊楼。[9]
长杨五柞空焦土，金茎尚把三霄露。[10]
苔藓青青蚀土花，松楸渺渺悲陵树。[11]
况复昆明有劫灰，松风吹冷柏梁台。[12]
一天残月铜人泣，秋雨空言落绿槐。[13]

【解题】

"长毋相忘"是汉代的吉祥语，意思是"长相思，毋相忘"，此语常被刻在铜镜或瓦当上。此诗是典型的咏物诗。刘氏在诗歌中借助文物汉代的"长毋相忘"瓦当追述感叹汉代后妃的命运，进而生发对汉代历史兴亡的感慨。

【笺释】

[1]甘泉烽：历史上"火烧甘泉宫"事件，现借指边境的警报。景帝后三年（公元前141年），匈奴、乌恒、余慎等攻入北疆，甘泉宫被放火烧毁。

[2]三十六宫：极言宫殿之多。

[3]深宫建未央：未央宫是西汉帝国的大朝正殿，建于汉高祖七年（公元前200年），由刘邦重臣萧何监造，在秦章台的基础上修建而成，位于汉长安城地势最高的西南角龙首原上，因在长安城安门大街之西，又称西宫。鸳鸯瓦：指中国传统屋瓦形式，一俯一仰，形同鸳鸯依偎交合，故称"鸳鸯瓦"。

[4]连理：原指不同根的草木、枝干连生在一起，多用于比喻至死不渝的爱情。

[5]绨绤：葛布的统称。见前注。绿衣：出自《诗经·邶风·绿衣》。此诗前人认为是庄姜因失位而伤己之作，今人一般认为是男子的悼亡之作，表达丈夫对亡妻的深厚感情。

[6]砧杵：指捣衣石和棒槌，亦指捣衣。禽华：菊的别名。典出班婕妤《捣素赋》："见禽华以厪色，听霜鹤之传音。"

[7]飞燕新承宠：赵飞燕（公元前45—公元前1年），号飞燕，为汉成帝刘骜第二任皇后。昭阳：昭阳殿，泛指后妃所住的宫殿。

[8]永巷：汉代幽禁嫔妃、宫女的地方。

[9]鸂鹊楼：汉宫观名。在长安甘泉宫外，汉武帝建元中建。

［10］长杨五柞：汉宫殿名。金茎：用以擎承露盘的铜柱。典出班固《西都赋》："抗仙掌以承露，擢双立之金茎。"

［11］土花：苔藓。语本李贺《金铜仙人辞汉歌》："画栏桂树悬秋香，三十六宫土花碧。"

［12］柏梁台：汉代台名。武帝元鼎二年（公元前115年）春起此台，以香柏为梁，武帝尝置酒其上，诏群臣和诗，能七言者乃得上。故址在今陕西省长安区西北长安故城内。

［13］铜人泣："铜仙泪"，喻指亡国之哀。化用李贺《金铜仙人辞汉歌序》："魏明帝青龙元年八月，诏宫官牵车西取汉孝武捧露盘仙人，欲立置前殿。宫官既拆盘，仙人临载，乃潸然泪下。"

147. 咏怀五首

（一）

春兰发华滋，秋菊含媚婉。^[1]
竞秀各一时，何须惜太晚！
佳人本幽贞，杂佩长委宛。^[2]
芳馨盈素怀，焉得不缱绻？^[3]

【解题】

这一组五句诗情感各异，没有统一的主题，多是刘氏的人生感怀，有些比较具体，或感慨人生如飘蓬、生命短暂而世事难测；或表述自己对治学的见解；或抒发自己有才无人识、知音难觅的惆怅，但主旨朦胧难解。

【笺释】

［1］华滋：形容枝叶繁茂。典出《古诗十九首·庭中有奇树》："庭中有奇树，绿叶发华滋。"

［2］幽贞：指隐士，也指高洁坚贞的节操。典出《周易·履卦》："履道坦坦，幽人贞吉。"杂佩：总称连缀在一起的各种佩玉。典出《诗经·郑风·女曰鸡鸣》："知子之来之，杂佩以赠之。"毛《传》："杂佩者，珩、璜、琚、瑀、冲牙之类。"一说指佩玉的中缀，即琚瑀。

[3] 芳馨：犹芳香，也借指香草。典出《楚辞·九歌·湘夫人》："合百草兮实庭，建芳馨兮庑门。"素怀：指平素的怀抱。

（二）

白日无留情，大运有回薄。[1]

我生如飘蓬，天地安可托？[2]

揽条玩蕣华，容辉相照灼。[3]

霜露逼岁寒，朝开暮已落。[4]

时事如浮云，倏忽易哀乐。

【笺释】

[1] 白日：泛指时光。回薄：谓循环相迫变化无常。

[2] 飘蓬：比喻漂泊无定。

[3] 蕣华：木槿花。木槿之花，朝开暮谢。容辉：仪容丰采；神采光辉。典出《古诗十九首·凛凛岁云暮》："独宿累长夜，梦想见容辉。"

[4] 霜露：霜和露水，两词连用常不实指，而比喻艰难困苦的条件。

（三）

丹穴有翔凤，北溟有大鲲。[1]

举吭谐六律，一击沧波浑。

背翼虽负天，失地不飞翻。[2]

取笑鸠与蜩，得失奚足论！

不见奇服士，嚣嚣徒自烦。[3]

【笺释】

[1] 丹穴：传说中的山名。典出《山海经·南山经》："丹穴之山……有鸟焉，其状如鸡，五采而文，名曰凤皇。"

[2] 失地：谓所处非其地。

[3] 奇服：比喻高洁的志行。典出《楚辞·九章·涉江》："余幼好此奇服兮，年既老而不衰。"嚣嚣：众口谗毁貌。

（四）

书契易结绳，官事纷以治。[1]

六籍厄秦炬，两汉尊经师。[2]

道虽归简易，理实明彰施。[3]

奈何后生辈，学弗勤深资？

断简撦残蠹，摹画工入时。^[4]

不挽末流失，翻为文雅嗤。^[5]

【笺释】

［1］书契：正面写字、侧面刻齿以便验对的竹木质券契，是一种有契约性质的文书。结绳：将两根绳子扎接起来。文字产生之前人们用来记数记事和传递信息的方法。典出《易传·系辞下》：“上古结绳而治，后世圣人易之以书契。”官事：官府的事；公事。

［2］六籍：六经，《诗》《书》《礼》《易》《乐》《春秋》的合称。

［3］彰施：鲜明地展现出来。

［4］断简：“残编断简”，指残缺不全的书籍。入时：合乎时尚；投合世俗喜好。

［5］末流：余绪，遗业。

（五）

龙门百尺桐，直上旁无枝。^[1]

斫之为古琴，饰以轸与丝。

杂声筝琶间，俗子无乃嗤。

苟免爨下苦，谁识梁栋资？^[2]

弃置久不用，不如弃路歧。

夔、旷既不逢，此音知者谁？^[3]

【笺释】

［1］龙门句：化用枚乘《七发》：“龙门之桐，高百尺而无枝。”

［2］爨（cuàn）下：灶下，指被当作薪柴。

［3］路歧：歧路；岔道。

［4］夔、旷：夔与师旷的并称。夔，舜时乐官；旷，春秋晋国乐师。

148. 咏禾中近儒三首

水竹萧疏带草庐，行人争指晚村居。^[1]

而今怕说坑儒祸，万卷楹书劫火余。[2]

吕晚村。○晚村书籍，存者甚鲜。惟《四书讲义》及所评时文，尚有流传于世者。[3]

伪儒发冢缘《诗》《礼》，心性空言饰簿书。[4]
始信盗名犹盗货，清廉犹自说三鱼。[5]

陆稼书。□《日知录》言："廉易而耻难。"今观于稼书所为，益信其言之确矣。[6]

竹垞才名喷江左，著书避世类深宁。[7]
一从奏赋承明殿，晚节黄花惨不馨。[8]

朱竹垞。□竹垞早年，固亭林、青主之流。设隐居不出，不愧纯儒也。[9]

【解题】

禾中，即今浙江嘉兴之故称。诗人通过对清初嘉兴三位儒士的歌咏表达自己的历史观。其一先通过对吕晚村故居环境的描述和行人的举止侧面表现吕晚村的高洁品质与众人的敬重之情；再通过当今儒士噤若寒蝉与吕晚村直言政事所带来的不同下场，讽刺当时学者不敢抗言而沉浸于掇残拾遗的研究。其二借顾炎武在《日知录》中评价士人气节的话，指出陆陇其以理学名家，其实是欺世盗名。其三借朱彝尊初不入仕，后在清廷做官，晚节不保之事，肯定气节始终如一的态度。这组诗1905年发表于《国粹时报》第7期。此时诗人正遭清廷通缉，逃亡浙江嘉兴、温州一带。刘氏作为民族革命主义者，对清廷主流价值程朱理学及其倡导者都有批评。

【笺释】

[1]晚村：吕晚村（1629—1683年），名留良，字庄生，又名光纶，字用晦，号晚村，别号耻翁、南阳布衣，崇德（今崇福镇）人。反清思想激进，行为刚烈，拒应鸿博之征，后削发为僧。死后，雍正十年（1732年）被剖棺戮尸，子孙及门人等或戮尸，或斩首，或流徙为奴，罹难之酷烈，为清代文字狱之首。吕留良著述多毁，现存《吕晚村先生文集》《东庄诗存》。

[2]坑儒："焚书坑儒"，此处指清廷的文字狱。

[3]《四书讲义》：明清之际推尊朱学的学者极多，吕留良认为只有朱子之学才是孔孟正学，不合朱子者都是异学，都需要辟之，除了王学，还有佛学，以及陈亮之类的事功之学。吕留良的理学思想与学术观点大都保存在文集（书信、序跋等）与时文评点中，其时文评语，后经其弟子汇辑成《四书

讲义》。

[4] 伪儒：指曲解儒家真义的学说。发冢：讽刺儒家倡导仁义的虚伪性。典出《庄子·外物》："儒以诗礼发冢。"簿书：官署中的文书簿册。

[5] 三鱼：东汉杨震居湖城，有冠雀衔三条鳣鱼飞集讲堂前，当时视为吉兆。后以三鱼为位列三公之典。事见《后汉书·杨震列传》。

[6] 陆稼书：陆陇其（1630—1692年），原名龙其，因避讳改名陇其，字稼书，浙江平湖人，学者称其为当湖先生，清代理学家。学术专宗朱熹，排斥陆、王，被清廷誉为"本朝理学儒臣第一"，与陆世仪并称"二陆"。刘师培认为陆陇其"以伪行宋学"，而"配享仲尼"，从此"伪学之风昌"。（《清儒学案序目》，《刘申叔先生遗书·左盦外集》卷十七）

[7] 竹垞：清朱彝尊的别号。朱彝尊（1629—1709年），字锡鬯，号竹垞，浙江秀水（今浙江省嘉兴市）人。康熙十八年（1679年）举博学鸿词科，除翰林院检讨。康熙二十二年（1683年），入值南书房，与修《明史》。诗词俱各擅场，著述丰富。江左：江东，大致范围包括今苏南、皖南、浙北、赣东北。深宁：南宋末王应麟所创立的学派。王应麟综罗文献、兼取诸家，调和朱、陆，形成了自己的思想体系。后因触连权臣贾似道等，辞官归里，专事著书讲学，形成自己的学派。

[8] 承明殿：汉代宫殿名，后指当朝统治者。

[9] 亭林：顾炎武（1613—1682年），本名绛，别名继坤、圭年，字忠清、宁人。南都败落后，因仰慕文天祥学生王炎午的为人，改名炎武。顾炎武累拒仕清，因故居旁有亭林湖，学者尊为"亭林先生"。青主：傅山（1607—1684年），明清之际道家思想家、书法家、医学家。傅青主终身不仕清廷，与顾炎武、黄宗羲、王夫之、李颙、颜元一起被梁启超称为"清初六大师"。

149. 题陈去病《拜汲楼诗集》二首

松陵诗学有宗派，鲁望、云林昔擅名。[1]
坛坫主盟谁继起？汉槎哀怨稼堂清。[2]

乡邦文献沦亡尽，胜国遗书掇拾多。[3]
太息山河今异昔，那堪挥泪问铜驼？[4]

【解题】

这是刘氏给友人陈去病《拜汲楼诗集》所题的两首诗。其一追溯松陵诗学的渊源，评价松陵诗学近代文坛领袖，通过肯定松陵诗学的宗派历史与文学价值，间接肯定陈去病诗歌。其二通过乡邦文献与前朝遗书沦亡，叹息今非昔比，兴亡难料。这组诗1905年发表于《国粹学报》第7期。此时诗人正遭清廷通缉，逃亡浙江嘉兴、温州一带。

陈去病：陈佩忍（1874—1933年），原名庆林，字佩忍，江苏吴江同里人。中国近代诗人，南社创始人之一。因读霍去病"匈奴未灭，何以家为"，仰慕其人，易名"去病"。先同柳亚子等创南社，继而追随孙中山先生，晚年他对蒋介石的独裁统治表示不满，拒绝出任江苏省政府主席，陆续辞去其他党政职务，精力集中于文史研究。陈去病重视戏剧，在诗歌主张上推崇"唐音"，一生著有《浩歌堂诗钞》《续钞》《明末遗民录》《五石脂》等，还有不少辑刊与散文。编著《百尺楼丛书》，还编辑了大量的乡邦文献。拜汲楼是陈去病周庄镇老宅的斋名。

【笺释】

[1] 松陵：吴淞江的古称。语本唐·陆广微《吴地记》："松江，一名松陵，又名笠泽。"鲁望：陆龟蒙（？—881年），字鲁望，号天随子、江湖散人、甫里先生，长洲（今江苏苏州）人，唐代诗人。与皮日休为好友，世称"皮陆"。有《松陵集》10卷。云林：倪瓒（1301—1374年），江苏无锡人，元末明初画家，别号云林子。

[2] 坛坫：指文人集会或集会之所。引申指文坛。汉槎：吴兆骞（1631—1684年），字汉槎，号季子，清初诗人，吴江松陵镇（今属江苏苏州）人。少有才名，与华亭彭诗度、宜兴陈维崧有"江左三凤凰"之号。顺治十四年（1657年）科场案，无辜遭累，家产籍没，并父母兄弟妻子流徙宁古塔（今黑龙江宁安），著有《秋笳集》。刘氏认为吴兆骞的诗歌过于哀怨。稼堂：潘耒（1646—1708年）清初学者，字次耕，一字稼堂，吴江（今属江苏苏州）人。清康熙十八年（1679年），举博学鸿词，授翰林院检讨，参与纂修《明史》，主纂《食货志》，终以浮躁降职。其文颇多论学之作，也能诗。著有《类音》《遂初堂诗集》《文集》《别集》等。刘氏认为潘耒诗歌过于清奇。

[3] 胜国：被灭亡的国家。

[4] 铜驼："铜驼荆棘"，指山河残破、世族败落或人事衰颓。典出《晋书·索靖传》："靖有先识远量，知天下将乱，指洛阳宫门铜驼，叹曰：'会见

汝在荆棘中耳！’”

150. 鸳鸯湖放棹歌

秀州风景看不殊，东城城外如画图。[1]

十日梅雨更五日，诗情直寄鸳鸯湖。

东西两水夹明镜，奇形宛与葫芦符。

且喜今朝放晴好，上船未午阴犹纡。

睥睨堞低笼翠伞，窣堵波方如玉壶。[2]

插竹桥尾艇鱼利，列花瓦当楼女娱。

几年曾见白飞絮？一水依然青没蒲。

细叶玲珑皂角树，浅味唼喋黄鸭雏。

人憩野亭烟市散，冢埋石表蓬颗孤。

思莼岂复慕张翰？放龟那更思孔愉。[3]

浮生早谢六尘缚，叹逝翻惜虞渊晡。[4]

揽古刚逢吴接越，吟诗不见谭与朱。[5] 皆有《鸳湖棹歌》诗。

静中揽胜取适可，客里思乡何有无？

人生百年短长梦，得意失意皆须臾。

【解题】

鸳鸯湖，一名南湖，在浙江嘉兴市南三里。《鸳鸯湖棹歌》属于旧体诗，明清两代多有诗人以此为题创作诗歌，内容主要是仿民歌以写嘉兴风物之美。刘氏此诗当是逃亡至浙江嘉兴时所作。诗歌一方面继承了以往同题诗歌描写嘉兴鸳鸯湖景色的内容，另一方面将民歌成分更换为自己的人生感怀，在游湖时表达出自己对人生得失的感叹和长久流寓的思乡之情。

【笺释】

[1]不殊：历来没有差别。

[2]睥睨：指城墙上面呈凹凸状的短墙。

[3]思莼句："莼鲈之思"，思念故乡的代名词。典出《世说新语·识鉴》："张季鹰辟齐王东曹掾，在洛，见秋风起，因思吴中莼菜羹、鲈鱼脍，曰：'人生贵得适意尔，何能羁宦数千里以要名爵！'遂命驾便归。俄而齐王败，

时人皆谓为见机。"放龟那更思孔愉："孔愉放龟"，指行善得善报。典出《晋书·孔愉传》："（孔愉）以讨华轶功，封余不亭侯。愉尝行经余不亭，见笼龟于路者，愉买而放之溪中，龟中流左顾者数四。及是，铸侯印，而印龟左顾，三铸如初。印工以告，愉乃悟，遂佩焉。"

　　［4］虞渊：虞渊又称隅谷，古代中国神话传说中日没处。典出《淮南子·天文训》："日至于虞渊，是谓黄昏。"

　　［5］谭与朱：朱彝尊有《鸳鸯湖棹歌》百首，谭吉璁和诗《鸳鸯湖棹歌》八十八首。

151. 焦山放船至金山，用苏东坡《金山放船至焦山》韵

　　　　沧溟形势凤所耽，焦仙招我来江南。
　　　　天遣奇观夸眼福，有如沧海神山三。
　　　　江流发源自岷蜀，开阖谁者鱼与蚕。[1]
　　　　金、焦两点亦奇绝，持较蜀岭宜无惭。[2]
　　　　江天万里动寒色，蛟龙千顷盘深潭。
　　　　中流仰首望绝壁，蒲帆十幅烟雨酣。
　　　　白云无心自来往，空山佚事无人谈。
　　　　松风泠泠入衣袖，空余石影侵云龛。
　　　　几年作客饮江水，酌泉且试中泠甘。[3]
　　　　桑阴三宿恐增恋，山灵笑我林泉贪。[4]
　　　　江潭自古有凄怆，树犹摇落人何堪！
　　　　卧吹箫管便归去，何由坐我云中庵！[5]

【解题】

　　此诗是刘氏从焦山至金山途中作，诗歌沿袭苏轼《自金山放船至焦山》诗韵。诗歌内容主要是诗人在览景中感叹、称扬焦山、金山的壮观，描写途中所见之景，表达出自己的留恋之情以及人生漂泊的悽怆之感。

【笺释】

　　［1］鱼与蚕：蚕丛和鱼凫。神话中蜀人的祖先是"蚕丛"和"鱼凫"。蚕丛，古代神话中的蚕神，是蜀国首位称王者。鱼凫，继"蚕丛"后古蜀国的

帝王。他教民捕鱼。

　　[2]金、焦：金山与焦山，两山都在今江苏省镇江市。

　　[3]中泠：泉名，在今江苏镇江市西北金山下的长江中。相传其水烹茶最佳，有"天下第一泉"之称。今江岸沙涨，泉已没沙中。

　　[4]桑阴三宿："桑下三宿"，意为留恋故地。典出《后汉书·郎顗襄楷列传》："十余日，复上书曰：'……或言老子入夷狄为浮屠。浮屠不三宿桑下，不欲久生恩爱，精之至也。'"山灵：山神。

　　[5]卧吹箫管：化用苏轼《金山梦中作》："夜半潮来风又熟，卧吹箫管到扬州。"

152. 夜月 集杜

秋月仍圆夜，珠帘半上钩。[1]
七星在北户，大火复西流。[2]
玉露团清影，高风吹早秋。[3]
何时倚虚幌，高枕对南楼？[4]

【解题】

　　集句诗，又称集锦诗，就是集合古诗文句成诗。创作集句诗体现学识与才情，要求对原诗句融会贯通，如出一体。源头虽早，却要到北宋才发展、成熟起来。本诗巧妙地集合杜甫的诗句，用杜诗表达自己的情感。刘氏对杜甫诗歌熟悉，诗技高超，可见一斑。

【笺释】

　　[1]"秋月"句：出自杜甫《十七夜对月》。"珠帘"与疑为王建《宫词》句"城东北面望楼，半下珠帘半上钩"。

　　[2]"七星"句：出自杜甫《同诸公登慈恩寺塔》。"大火"句：出自杜甫《立秋雨院中有作》。

　　[3]"玉露"句：出自杜甫《江月》。"高风"句：出自杜甫《夜雨》。

　　[4]"何时"句：出自杜甫《月夜》。"高枕"句：出自杜甫《立秋雨院中有作》，此句杜诗原作"高枕对南楼"。

153. 读楚词集杜

巫咸不可问，投诗赠汨罗。[1]
山鬼迷春竹，幽人泣薜萝。[2]
风骚共推激，英贤遇坎轲。[3]
梦魂归未得，惨惨暮云多。[4]

【解题】

本诗以刘光汉名发表于1907年1月14日《国粹时报》第12期。诗是逃亡期间所作。全诗表达了刘氏怀才不遇、壮志难酬的心境，未来无法预测，只能把心事作成诗投放到汨罗江。

【笺释】

［1］"巫咸"句：出自杜甫《上韦左相二十韵（见素）》。"投诗"句：出自杜甫《天末怀李白》。

［2］"山鬼"句：出自杜甫《祠南夕望》。"幽人"句：出自杜甫《伤春五首（巴阆僻远伤春罢始知春前已收宫阙）》。

［3］"风骚"句：出自杜甫《夜听许十损诵诗爱而有作》。"英贤"句：出自杜甫《喜晴》。

［4］"梦魂"句：出自杜甫《归梦》。"惨惨"句：出自杜甫《暮寒》，原作"惨惨暮寒多"。

154. 燕雁代飞歌集杜

双双新燕子，八月自知归。[1]
塞雁与时集，一一背人飞。[2]
大造本无私，难教一物违。[3]
亦知故乡好，故乡不可思。[4]
侧身千里道，不得相追随。[5]
凉风起天末，兼催宋玉悲。[6]

【解题】

"燕雁代飞"，燕夏天飞北方，冬天归南方；雁冬天来北方，夏天归南方。比喻各自一方，不能相见。典出《淮南子·地形训》："磁石上飞，云母来水，土龙致雨，燕雁代飞。"

刘氏此诗是在确定主题"燕雁代飞"的前提下集合杜甫的诗歌而成，内容主要抒发诗人长期漂泊在外的思乡之情，其中也有对妻子何震的思念。

【笺释】

［1］"双双"句：出自杜甫《春日梓州登楼二首》。"八月"句：出自杜甫《归燕》。

［2］"塞雁"句：出自杜甫《登舟将适汉阳》。"一一"句：出自杜甫《归雁二首》。

［3］"大造"句：杜甫诗无此句，仅有"江山如有待，花柳自无私"（《后游》）"难教"句：出自杜甫《秋野五首》。

［4］"亦知"句：出自杜甫《两当县吴十侍御江上宅》，杜诗原作"亦知故乡乐"。"故乡"句：出自杜甫《赤谷》。

［5］"侧身"句：出自杜甫《得弟消息二首》。"不得"句：出自杜甫《送高三十五书记》。

［6］"凉风"句：出自杜甫《天末怀李白》。"兼催"句：出自杜甫《雨》。

155. 拟杜工部《赠李十二白二十韵》，用原韵集杜句

不见李生久，[1]江山憔悴人。[2]
凉风起天末，[3]秋月解伤神。[4]
交态遭轻薄，[5]浮生有屈伸。[6]
文章亦不尽，[7]爽气必殊伦。[8]
北阙心常息，[9]南阳气已新。[10]
奈何迫物役？[11]况乃久风尘。[12]
天意高难问，[13]交情老更亲。[14]
犹残数行泪，[15]有愧百年身。[16]
俗态犹猜忌，[17]行高无污真。[18]

竟无宣室日，[19] 传语故乡春。[20]

忝迹朝廷旧，[21] 无心栋宇邻。[22]

圣朝无弃物，[23] 我辈本常贫。[24]

祖帐维舟数，[25] 荒城系马频。[26]

白头趋幕府，[27] 此贼本王臣。[28]

降集翻翔凤，[29] 斯文起获麟。[30]

接舆还入楚，[31] 范叔已归秦。[32]

国有乾坤大，[33] 恩倾雨露辰。[34]

羁离交屈、宋，[35] 万古重雷、陈。[36]

策杖古樵路，[37] 观棋积水滨。[38]

所过频问讯，[39] 沧海阔无津。[40]

【解题】

杜甫原作《寄李十二白二十韵》写于宝应元年（762年）七月，集中描述安史之乱后杜甫颠沛流离与落寞孤独，称赞李白的才华，表达了两人深厚的友谊。刘氏集句表达了诗人流离在外，处境困厄，思念朋友，心中无限惆怅和前路未知的迷惘之情。诗人对当时处境和社会虽有所不满，但他仍希望自己能够被委以重任，为国家效力，在所不辞。此诗发表于《国粹学报》1905年第1卷第5期。1905年清政府强行查封《警钟日报》，刘氏与同报诸人遭到通缉，逃亡到浙江嘉兴。这首诗应作于此时。

【笺释】

[1]"不见"句：出自杜甫《不见》。

[2]"江山"句：出自杜甫《送孟十二仓曹赴东京选》。

[3]"凉风"句：出自杜甫《天末怀李白》。

[4]"秋月"句：出自杜甫《赠王二十四侍御契四十韵》。

[5]"交态"句：出自杜甫《移居公安敬赠卫大郎钧》。

[6]"浮生"句：出自杜甫《寄张十二山人彪三十韵》。

[7]"文章"句：出自杜甫《送窦九归成都》。

[8]"爽气"句：出自杜甫《奉赠鲜于京兆二十韵》。

[9]"北阙"句：出自杜甫《九日五首》。

[10]"南阳"句：出自杜甫《喜达行在三首》。

[11]"奈何"句：出自杜甫《发同谷县（乾元二年十二月一日自陇右赴

剑南纪行）》。

　　［12］"况乃"句：出自杜甫《谒先主庙》。

　　［13］"天意"句：出自杜甫《暮春江陵送马大卿公，恩命追赴阙下》。

　　［14］"交情"句：出自杜甫《奉简高三十五使君》。

　　［15］"犹残"句：出自杜甫《登牛头山亭子》。

　　［16］"有愧"句：出自杜甫《中夜》。

　　［17］"俗态"句：出自杜甫《秦州见敕目，薛三璩授司议郎，毕四曜除监察，与二子有故，远喜迁官，兼述索居，凡三十韵》。

　　［18］"行高"句：出自杜甫《敬寄族弟唐十八使君》。

　　［19］"竟无"句：出自杜甫《过故人斛斯校书庄二首》。

　　［20］"传语"句：出自杜甫《赠别何邕》。

　　［21］"忝迹"句：出自杜甫《弊庐遣兴奉寄严公》。

　　［22］"无心"句：出自杜甫《赠王二十四侍御契四十韵》。

　　［23］"圣朝"句：出自杜甫《客亭》。

　　［24］"我辈"句：出自杜甫《寄薛三郎中（璩）》。

　　［25］"祖帐"句：出自杜甫《送鲜于万州迁巴州》。

　　［26］"荒城"句：出自杜甫《谒先主庙》。

　　［27］"白头"句：出自杜甫《正月三日归溪上有作，简院内诸公》。

　　［28］"此贼"句：出自杜甫《有感五首》其三，杜诗原为"盗贼本王臣"，刘师培或意有所指或记忆讹误。

　　［29］"降集"句：出自杜甫《秋日荆南送石首薛明府辞满告别奉寄薛尚书颂德叙怀斐然之作三十韵》。

　　［30］"斯文"句：出自杜甫《寄张十二山人彪三十韵》。

　　［31］"接舆"句：出自杜甫《赠王二十四侍御契四十韵》。

　　［32］"范叔"句：出自杜甫《上韦左相二十韵》。

　　［33］"国有"句：出自杜甫《奉汉中王手札》。

　　［34］"恩倾"句：出自杜甫《奉赠鲜于京兆二十韵》。

　　［35］"羁离"句：出自杜甫《赠郑十八贲（云安令）》。

　　［36］"万古"句：出自杜甫《赠王二十四侍御契四十韵》。

　　［37］"策杖"句：出自杜甫《宿花石戍》。

　　［38］"观棋"句：出自杜甫《赠王二十四侍御契四十韵》。

　　［39］"所过"句：出自杜甫《奉使崔使都水翁下峡》。

　　［40］"沧海"句：出自杜甫《上韦左相二十韵》。

156. 谒冶山顾亭林先生祠

北阙河山渺, 东林党祸延。[1]
先生抱幽绪, 大道未迍邅。[2]
忆昔新都建, 曾闻谏草传。[3]
志频知耻励, 官早职方迁。
填海悲精卫, 伤春泣杜鹃。[4]
管宁辞魏日, 绮季避秦年。[5]
治法师三古, 兵机悉九边。[6]
秦关曾卜宅, 燕塞忆屯田。[7]
抗志希元亮, 先生诗集中有《陶渊明归里诗》。传《经》老服虔。[8]
墓门吴市侧, 祠宇冶山巅。同治时所建。
涧远革繁洁, 阶空草木妍。
明宫今寂寞, 望断孝陵前。[9]

【解题】

冶山顾亭林先生祠, 即南京顾炎武祠, 建在冶山东侧山腰。除了供奉顾炎武外, 还祔祀江宁先哲若干。刘氏祖父刘毓崧亦在此名单中。

此诗为刘氏于南京朝天宫凭吊顾炎武所作, 充分表达了刘氏对顾炎武先生的敬佩与惋惜之情。诗歌追忆顾炎武的生平行为与志向, 运用大量典故, 将其与古时圣贤比较, 展现顾炎武先生关注天下兴亡, 矢志不渝的奉献精神。诗歌表达刘氏本人对国家命运的担忧, 希望自己也能像顾炎武先生一样, 挽救家国。此诗刊载于1906年《国粹时报》第2卷第5期, 署名刘光汉。

【笺释】

[1] 北阙: 古代宫殿北面的门楼, 是臣子等候朝见或上书奏事之处, 后多用于宫禁或朝廷的别称。东林党祸: 东林党是明末以江南士人为主的政治集团, 由明朝吏部郎中顾宪成创立, 直到明朝灭亡, 共经历近40年时间。党祸概指东林党以及复社与阉党、浙党、齐党、楚党、昆党、宣党之争。

[2] 幽绪: 郁结于心的深切连绵的思绪。大道: 政治上的最高理想。典出《礼记·礼运》:"大道之行也, 天下为公。"迍邅(zhūn zhān): 难行貌。

[3] 谏草: 谏书的草稿。

[4] 填海句: 上古神话传说之一。炎帝的女儿在东海淹死, 变为精卫鸟,

每天衔西山的木石想把东海填平。比喻不畏艰难，不达目的誓不罢休的决心。见《山海经·北山经》。泣杜鹃："泣血杜鹃"，常借以代表哀怨、愁思之意。

〔5〕管宁：东汉末年至三国时期著名隐士。汉末天下大乱时与邴原及王烈等人至辽东避乱。在当地只谈经典而不问世事，直到魏文帝黄初四年（223年）才返回中原。此后曹魏几代帝王数次征召管宁，他都没有应命。绮季：绮里季，姓吴名实。汉初隐士，"商山四皓"之一。后亦以"绮里季"泛指隐士。见《史记·留侯世家》。

〔6〕三古：上古、中古、下古的合称。典出《汉书·艺文志》："《易》道深矣，人更三圣，世历三古。"九边：又称九镇、明朝九边，是弘治年间在北部边境沿长城防线陆续设立的九个军事重镇：辽东镇、蓟州镇、宣府镇、大同镇、太原镇（也称山西镇或三关镇）、延绥镇（也称榆林镇）、宁夏镇、固原镇（也称陕西镇）、甘肃镇，史称"九边重镇"。

〔7〕秦关：今洛川县秦关乡，是中国历史上的要塞之一。屯田：汉以后历代政府利用兵士在驻扎的地区种地，或招募农民种地。

〔8〕元亮：陶渊明，名潜，字渊明，又字元亮。东晋末至南朝宋初的诗人、辞赋家。服虔：东汉经学家，字子慎，初名重，又名祇，后更名虔。著书甚多，尤以经学闻名。

〔9〕孝陵："明孝陵"，位于南京市玄武区紫金山南麓独龙阜玩珠峰下，是明太祖朱元璋与其皇后的合葬陵寝。因皇后马氏谥号"孝慈高皇后"，又因以孝治天下，故名"孝陵"。

157. 书怀

旧游如梦江淮海，物我相忘形影神。[1]
四海风尘艰涕泪，中年哀乐损天真。[2]
江山入画常宜我，花月无情又送春。
漫说桃源堪避世，武陵犹有问津人。[3]

【解题】

此诗作于1907年，原载于《广益丛报》第6期。此时刘氏在蔡元培、章太炎的帮助下见到昔日旧友。刘氏感怀过去，觉得过去的一切都恍若在梦中，而如今的生活，充斥着艰苦与不易。

【笺释】

[1] 旧游如梦：化用欧阳修《夜行船·忆昔西都欢纵》："伊川山水洛川花，细寻思、旧游如梦。"表达对于友人的怀念。物我相忘：强调消弭"物"与"我"之间的分别，达到一种齐物我的状态。取意于《庄子·齐物论》："昔者庄周梦为蝴蝶，栩栩然蝴蝶也，自喻适志与，不知周也。俄然觉，则蘧蘧然周也。不知周之梦为蝴蝶与，蝴蝶之梦为周与？"形影神：陶渊明创作有《形影神三首》一组五言诗。组诗中的"形"指代人乞求长生的愿望，"影"指代人求善立名的愿望，"神"以自然之义化解他们的苦恼，诗以形影之言而引发神辨的辩论形式分别写出了形、影、神各自的观点。

[2] 天真：指不受礼俗拘束的自然品性。典出《庄子·渔父》："礼者，世俗之所为也；真者，所以受于天也，自然不可易也。故圣人法天贵真，不拘于俗。"

[3] 桃源："桃花源"，语出陶渊明《桃花源记》，指远离世俗的想象中的居所。问津：寻访或探求。典出陶渊明《桃花源记》："南阳刘子骥，高尚士也，闻之，欣然规往。未果，寻病终，后遂无问津者。"

158. 题《风洞山传奇》三首

潇水西流落日斜，越王城阙急胡笳。[1]
山河大地今非昔，忍向西风哭桂华。[2]

斑竹萧骚冷翠凝，瑟声凄绝吊湘灵。[3]
而今怕诵《招魂》赋，江上枫林惨不青。[4]

郁李花开杜宇飞，孤臣泣血泪沾衣。[5]
鹤归华表知何处？城郭人民半是非。[6]

【解题】

《风洞山传奇》为近代戏曲家吴梅于1905年写定。剧本取材于南明瞿式耜抗清斗争史实，而以于维珠、王开宇的爱情故事穿插其间，表达出吴氏想要推翻清政府的想法。

此诗作于1907年，原载于《广益丛报》。主题是表达家国覆灭的沉重悲痛之感。悲痛哀伤之情贯穿整首诗作，为我们展现了一位对家国破灭、山河不再的亡国人深深无力的沉痛感。

【笺释】

[1] 潇水：是长江流域洞庭湖水系湖南省湘江的东源（或支流，也称干流的上游段）。越王城阙：在今广州城西。越王，指南越王赵佗。

[2] 桂华：月亮别称。

[3] 斑竹：竿有紫褐色或淡褐色斑点的竹子。传说舜帝的两个妃子娥皇、女英，两人千里追寻舜帝。到君山后，闻舜帝已崩，抱竹痛哭，流泪成血，落在竹子上形成斑点，故又名"泪竹"，或称"湘妃竹"。此处用以表现一种悲怆的情绪。湘灵：指传说中的湘水之神，即舜帝的妃子娥皇和女英。

[4]《招魂》：据说屈原为楚怀王招灵而作。刘氏在此处用此典表现了对于山河破碎的悲凉之感。

[5] 郁李：木名，蔷薇科落叶小灌木。春季开花，花淡红色。古代又称唐棣。

[6] 鹤归华表：传说古代辽东人丁令威在灵虚山学道，后来道成化鹤飞回辽东，落在城门华表柱上，遭人箭射。意谓感叹人世的变迁。典出《搜神后记》。

159. 观物吟

鼠肝虫臂幻中境，鱼跃鸢飞物外机。[1]
尘洗软红甘阔略，室生虚白悟希微。[2]
青门瓜事垂垂老，江上莼丝萩萩肥。[3]
闻说朔方霜信紧，海天辽阔盼鸿归。[4]

【解题】

以"观物"为题的诗歌见于北宋哲学家邵雍之《伊川击壤集》。此诗不仅蕴含"齐物""观物"理趣，更是借物言志，认为世间很多现象不过是幻境而已，红尘权位都不如退隐悟道。最后似有所指，或在芜湖滞留期间，想回归故乡。可以想象刘氏这一时期并不如意，故而多以老庄出世思想安慰自己。

此诗刊于乙巳（1905年）、丙午（1906年）年间的《国粹学报》。郑友渔曾向邓叔存（名以蛰，绳侯先生之子）抄得刘氏手写诗八首。与此对勘，录自《国粹学报》之《观物吟》及《留别（二首）》合题曰《七律三首》。

【笺释】

［1］鼠肝虫臂：鼠肝与虫臂都是微小至贱之物，喻卑微。典出《庄子·大宗师》："伟哉造化，又将奚以汝为？将奚以汝适？以汝为鼠肝乎？以汝为虫臂乎？"鱼跃鸢飞：形容万物自然快活的场景。化用《诗经·大雅·旱麓》："鸢飞戾天，鱼跃于渊。"物外：谓超越世间事物，而达于绝对之境界。机：事物变化之所由。

［2］软红：绵软的尘土，代指俗世的繁华热闹。语本苏轼《次韵蒋颖叔钱穆父从驾景灵宫》："半白不羞垂领发，软红犹恋属车尘。"阔略：指疏放、不拘束。室生虚白：比喻心中纯净无欲。典出《庄子·人间世》："瞻彼阒者，虚室生白，吉祥止止。"希微：指空寂玄妙或虚无渺茫。典出《老子》第十四章："听之不闻名曰希，搏之不得名曰微。"

［3］青门瓜事："青门种瓜"，在京城东门外种瓜，指隐居不当官。见前注。莼丝："莼菜"，典出"莼羹鲈脍"，用以形容不为名利羁绊，适意放达之意。见前注。蔌蔌：水流动的样子。语本苏轼《食柑》："清泉蔌蔌先流齿，香雾霏霏欲噀人。"

［4］霜信：白雁至则霜降，河北人谓之"霜信"。

160. 多能

雄心昔忆青门客，[1] 禅法今师黄檗僧。[2]
日月跳丸人易老，[3] 江湖华首渐多能。

右诗五十一首，录自乙巳、丙午两年之《国粹学报》。廿五年五月卅日，钱玄同记。

【解题】

多能，即具有多方面的才能。本为褒义，此处指维持生计的世俗本领，暗含诗人的自嘲。刘氏自比为秦末汉初的召平，感叹他于秦亡汉兴之际，雄心壮志无处施展的苦闷与失落；今昔对比，联想到自己举业未成、父亡家贫的经历，不得已学习禅法，以调节乱世孤苦凄凉、焦虑愤激的情怀；末尾则直抒韶华易老的哀情。与前一首《观物吟》同录自乙巳（1905年）、丙午（1906年）两年之《国粹学报》。

【笺释】

［1］青门：见前注。

［2］黄檗（bò）：俗作"黄柏"，落叶乔木。据《宋高僧传》卷二十、《景德传灯录》卷九记载，唐断际禅师希运，福建人，于黄檗山出家，后参江西百丈山海禅师而得道，后居洪州大安寺，法席甚盛，师嗜爱旧山，因以黄檗名之，后人便称其为黄檗，为临济宗和日本黄檗宗的始祖。

［3］日月跳丸：形容时间过得极快。典出唐·韩愈《秋怀诗十一首》："忧愁费暑景，日月如跳丸。"

161. 滴翠轩

草木沿山一境香，白云深处故祠荒。
霜寒欲染颠毛白，风紧犹欺病叶黄。[1]
物外逢迎从老衲，人间兴废问空王。[2]
旧游恍忆寻春句，修竹千竿翠拂廊。

【解题】

滴翠轩，赭山名迹之一，位于今安徽省芜湖市中心。旧名"桧轩"，黄庭坚的友人郭祥正赋诗曰"青幢碧盖俨天成，湿翠蒙蒙滴画楹"，遂改为"滴翠轩"。

此诗载于1907年1月28日《政艺通报》丙午年第25号，署名少甫（因避党祸，刘师培改名）。1906年春，刘氏经陈独秀推荐，至安徽芜湖任教员。同年秋，刘氏肺病发作，正对应颔联之"病"字。此诗通过歌咏古迹来抒发怀抱，荒废的古祠、寒冷的风霜、萎蔫的病叶，皆是触发诗人哀己病痛之媒介。末句，通过回忆旧日觅春之诗句，与眼前之景形成巨大反差，更加深了刘氏时过境迁的伤感。

【笺释】

[1] 颠毛：头发。典出柳宗元《寄韦珩》："迩来气少筋骨露，苍白澜汩盈颠毛。"

[2] 空王：佛祖的尊称，佛说世界一切皆空，故称"空王"。典出白居易《醉吟二首》："空王百法学未得，姹女丹砂烧即飞。"

162. 留别二首

沉冥自晦中山酒，去住无心不系舟。[1]
三载饥驱战冰檗，万重哀怨悟浮沤。[2]
风潇雨晦增萧瑟，絮果萍因任去留。[3]
江上云帆催我去，欲从沧海挟沙鸥。

皖中论学尚宗派，经术文章自昔传。
江、戴高名垂日月，方、刘遗著琐云烟。[4]
而今时学轻耆旧，陆放翁诗："人亡耆旧多时学。" 欲挽颓风仗后贤。[5]
陈迹低徊一俯仰，江天回首倍凄然。

【解题】

1906年，刘氏因《警钟日报》案暂避嘉兴等地，先后任教安徽公学、皖江中学，教历史、伦理，继续从事革命活动，参加"岳王会"。1907年年初赴日本。此诗作于1906年期间，1907年1月28日以少甫名发表于《政艺通报》丙午第25号。刘氏在诗中概括陈述了被追缉的三年流亡生活，漂泊不定，饥寒交迫，世事变幻无常，希望日后能够像海鸥一样在大海中高飞翱翔。下一首主要是描绘刘氏生活时代的学术问题。诗人对桐城派代表方苞、刘大櫆很不满，希望后人能够继承江永、戴震的朴学之风。

【笺释】

[1] 自晦：自隐才能，不使声名彰显。中山酒：传说中山人狄希能造千日酒，饮后醉千日，后泛指美酒。不系舟：比喻自由而无所牵挂。典出《庄子·列御寇》："巧者劳而知者忧，无能者无所求，饱食而遨游，泛若不系之舟，虚而遨游者也。"

〔2〕饥驱：指为衣食而奔忙。化用陶渊明《饮酒》诗之十："此行谁使然？似为饥所驱。"冰檗：清苦的生活。浮沤：水面上的泡沫。因其易生易灭，常比喻变化无常的世事和短暂的生命。

〔3〕絮果：指飘絮离散的结果。后世多以兰因絮果比喻男女始合终离，结局不好。

〔4〕江、戴：指清代考据学者江永与戴震。江永（1681—1762年），字慎修，又字慎斋，徽州府婺源县（今江西省婺源县江湾镇）人，徽派学术的开创者。博通古今，尤长于考据之学，深究《三礼》，撰《周礼疑义举要》颇有创见。戴震（1724—1777年），字东原，又字慎修，号杲溪，休宁隆阜（今安徽黄山屯溪区）人，乾隆二十七年（1762年）举人，乾隆三十八年（1773年）被召为《四库全书》纂修官。戴震治学广博，音韵、文字、历算、地理无不精通，又进而阐明义理，对理学家"去人欲，存天理"之说有所抨击。方、刘：指清代桐城派学者方苞与刘大櫆。方苞（1668—1749年），字灵皋，亦字凤九，晚年号望溪，亦号南山牧叟，安徽桐城（今安徽省桐城市凤仪里）人。方苞为学以程、朱为宗，提倡写古文要重"义法"，以简严精实的文风，把古文写得清新雅洁、自然流畅，并富有极强的感染力。方苞也因此与姚鼐、刘大櫆合称"桐城三祖"。刘大櫆（kuí，1698—1779年），字才甫，一字耕南，号海峰，安徽桐城人（今枞阳县汤沟镇陈家洲人）。刘大櫆总结和发展了桐城派散文理论，强调神气、音节、字句的统一，重视散文的艺术表观，"桐城三祖"之一，是继方苞之后桐城派的中坚人物。

〔5〕耆旧：原指六十岁的老人，这里指年高望重者。语本陆游《穷居有感》："人亡耆旧多时学，地废陂湖失古堤。"

163. 赠李诚庵二首

巢湖风浪激奇响，和汝高歌金石声。[1]
杯茗瓶花自怡悦，茫茫尘海说因明。[2]

中庸昔笑胡伯始，狂狷而今多伪流。[3]
落落贞松倚幽壑，清姿独为岁寒留。[4]

【解题】

这首诗以外界滔天风浪对比清茶瓶花，暗指李诚庵在动荡浑浊的社会环境下也能保持内心的悠然清净；接下来拿胡伯始身体力行的中庸之道和目前伪流之人做对比，最后通过岁寒中的贞松来寓意李诚庵的坚贞品格，越是在寒冷中方能见品性。此诗当作于刘氏寄寓芜湖时期。

【笺释】

［1］巢湖：位于安徽省中部，周围有合肥、巢湖、肥东、肥西、庐江等地区，是长江中下游五大淡水湖之一。金石声：指铿锵有力之声，比喻文辞优美动人。典出《晋书·孙绰传》："尝作《天台山赋》，辞致甚工，初成，以示友人范荣期，云：'卿试掷地，当作金石声也。'"

［2］因明：亦称"因明论"，"因"指原因、根据、理由；"明"义为学术，因明即关于逻辑推理的学说，随佛教传入中国。

［3］中庸：儒家道德标准，处事接物，不偏不倚。胡伯始：胡广（91—172年），字伯始，东汉晚期人，作有《百官箴》四十八篇，一生奉行中庸之道。事见《后汉书·邓张徐张胡传》："（胡广）性温柔谨素，常逊言恭色，达练事体，明解朝章。虽无謇直之风，屡有补缺之益。故京师谚曰：'万事不理问伯始，天下中庸有胡公。'"狂狷：指洁身自好，不肯同流合污。典出《论语·子路》："子曰：'不得中行而与之，必也狂狷乎。狂者进取，狷者有所不为也'"。

［4］落落：指姿态落落大方。贞松：松耐严寒，常青不凋，故以喻坚贞不渝的节操。

164. 留别邓绳侯先生

英英邓夫子，媚古惬幽情。[1]
博雅黄长睿，收藏项子京。[2]
论文来众誉，载酒许同行。[3]
此会今难再，吾犹及老成。

【解题】

邓艺孙（1857—1913年），字绳侯，号世白，邓石如曾孙。幼丧父，随祖父邓传密在湖南读书，以天资聪颖，深受曾国藩、左宗棠青睐。历任芜湖安徽公学总理、安庆安徽师范学堂斋务长兼经学教员。1911年11月8日，安徽独立，被推任教育司司长，起草新教育制度、创办省立图书馆及女子师范。1913年秋任安庆江淮大学校长，未及两月病逝。著有《毛诗讲义》《尚书讲义》《楚辞解》等。

此诗作于1907年，原载于《政艺通报》附录《风雨鸡声集》。刘氏曾化名为少甫，在安徽芜湖一带教书，此时即将离开，作诗告别故友邓绳侯。刘氏在诗中对邓绳侯先生极尽赞美之词，表达了对他的倾慕以及要与他分别的不舍之情。

【笺释】

［1］英英：俊美而有才华。典出潘岳《夏侯常侍诔》："英英夫子，灼灼其隽。"幽情：深远或高雅的情思。

［2］黄长睿（1079—1118年），字伯思，自号云林子，别字霄宾，闽邵武人。自幼警敏不好弄，日诵书千余言。累迁秘书郎。纵观册府藏书，至忘寝食。性好古文奇字，彝器款识，悉能辨正。项子京（1525—1590年），项元汴，字子京，号墨林，别号墨林山人、墨林居士、香严居士、退密庵主人、退密斋主人、惠泉山樵、墨林嫩叟、鸳鸯湖长、漆园傲吏等，浙江嘉兴人。明国子生，为项忠后裔，为明代著名收藏家、鉴赏家。他精于鉴赏，好收藏金石遗文。

［3］载酒：指人有学问，常有人登门求教。也比喻勤学好问。典出《汉书·扬雄传》："（扬雄）家素贫，嗜酒，人希至其门，时有好者载酒肴从游学。"

165. 偶成二首

子瞻、正叔皆贤哲，党论纷拿本激成。[1]
翻笑史臣工左袒，至今贝锦尚纵横。[2]

皖南经训有师承，提倡宗风愧未能。[3]
闻说蔡、陈屡相讯，子民先生及去病近日均有函来，询芜湖学界近况。[4]
秋窗应负读书灯。[5]

【解题】

　　这两首诗就当时社会会党情形与寄居皖南有感而发。刘氏认为自己为人构陷，故而流落芜湖。在此期间，研究经学，不辜负友人期望。

【笺释】

　　[1] 子瞻：苏轼（1037—1101年），字子瞻、和仲，号东坡居士，眉州眉山人，北宋著名文学家、书法家。正叔：程颐（1033—1107年），字正叔，世居中山，后徙河南府洛阳，世称伊川先生，北宋理学家。纷拿：混乱、错杂貌。

　　[2] 左袒：偏护一方。贝锦：比喻诬陷他人、罗织成罪的谗言。见前注。

　　[3] 宗风：学术思想流派独有的风格和思想。

　　[4] 子民先生：蔡元培（1868—1940年），字鹤卿，子民，革命家、教育家、政治家。

　　[5] 读书灯：指勤奋爱学。

166. 杂赋

觥觥游侠士，意气凌盛都。[1]　杀人长安中，挟刃游交衢。[2]

一朝禁网严，伏尸城西隅。　古人尚力竞，赴义甘捐躯。

今人竞以心，翻嗤古人愚。　力竞敌一人，心竞敌万夫。

万矢纷相集，万刃砺以须。[3]　肠毂日九回，变境生斯臾。[4]

下伤万民仁，上启造物吁。　造物亦辅强，心强天所趋。[5]

遂令贤与豪，生共愚忠俱。　老氏识此旨，治化陈虚无。[6]

右诗九首，录自丙午年之《政艺通报》，署名"少甫"。因申叔君彼时避党祸，改姓名曰"金少甫"也。郑友渔君顷向邓叔存君（名以蛰，绳侯先生之子）钞得申叔手写诗八首，与此对勘，则《滴翠轩》及《杂赋》两首为手稿所无，《偶成》二首无题，《留别》二首及录自《国粹学报》之《观物吟》合题曰"七律三首"。又，《留别》第二首有注，《偶成》第二首无注。今以《政艺通报》所录为主，而据手稿校正其误字，并补录《偶成》第二首之注。二十五年五月卅日，钱玄同记。

【解题】

　　此诗从游侠入手，陈述古人崇尚武力斗争，毅然赴死；今人应该适应环境，作战方式改为心智斗争。暴力革命给百姓带来了无限伤害，与其如此，不如采取老子的虚无态度。刘氏虽然认识到现实斗争的残酷性，但采取虚无主义、取消斗争则明显是错的。刘氏早年主张暴力革命，在上海曾参与暗杀王之春的活动；后来转变思想，远离暴力革命，主张从学术思想上启迪人民，此诗或与此有关。

【笺释】

［1］觥觥：勇武的样子。

［2］交衢：指道路交错要冲之处。

［3］砺以须："磨砺以须"，比喻作好准备，等待时机。

［4］日九回："一日九回"，意谓心里不安与焦虑。典出司马迁《报任安书》："虽累百世，垢弥甚耳！是以肠一日九回，居则忽忽若有所亡，出则不知其所往。"

［5］辅强：辅佐之用强过主体。

［6］治化：谓治理国家、教化人民。老子主张虚无，比如"夫惟不争，故天下莫能与之争""圣人之道，为而不争"。

167. 张园

海上归来百感新，西风吹冷沪江滨。[1]
迷离衰草恋斜日，历落寒梅逗早春。[2]
犹有楼台供入画，那堪金粉易成尘！[3]
独从陈迹低徊处，阅尽繁华梦里人。

右诗一首，录自丁未年之《政艺通报》，署名"无畏"。按，"无畏"为申叔君彼时之笔名。二十五年五月卅日，钱玄同记。

【解题】

张园，清光绪八年（1882年），无锡富商张叔和用重金买下此园，命名为"张氏味莼园"，简称"张园"，后改造为仿苏州狮子林、网师园等名园形式的大型园林。光绪十一年（1885年）此园重新建成并对外开放，繁华一时。民国以后，每况愈下，后来终于衰落。

此诗作于1907年，原载于《政艺通报》（1907年19号）。1907年冬刘氏与柳亚子等人在上海张园聚会，酝酿成立一个文学团体（后来的南社）。参加聚会的诸人亦多是抒发人生感慨，如柳亚子的《张园，次申叔、巢南韵》。柳亚子还作有诗"慷慨苏菲亚，艰难布鲁东。佳人真绝世，余子亦英雄。忧患平生事，文章感慨中。相逢拼一醉，莫教酒樽空"。将刘氏夫妇比作"苏菲亚""布鲁东"，称赞他们提倡无政府主义之举。此诗结合冬天景致，表达自己从日本回来时看到物是人非的感受。

【笺释】

［1］沪江：上海的别称。

［2］历落：疏落参差貌。

［3］金粉：形容靡丽繁华景象。

168. 滇民逃荒行

小车声辚辚，突兀行道边。车旁何所有？垂髫杂华颠。
中有饥妇人，弃子歧路前。子啼牵母衣，百啼母不旋。
问伊何从来，"妾身籍南滇。滇南山崎岖，瘠土多凶年。
去岁苦赤旱，飞蝗翅盈天。粒米未入囷，石粟或万钱。
贪吏虎而冠，催租若火煎。鬻田偿官租，无食谁能延？
郁郁去故乡，里程越三千。八口雁嗷瘏，衣薄无轻棉。
稚子未总角，亦复饕粥饘。儿生母死饥，母死儿谁怜？
未知死何方，畴能两相全？"道旁多征夫，闻言涕沦涟。
鼎食尔何人？请诵《灾民篇》。

注：此诗与《左盦诗录》卷二同题诗歌（第64首）内容相同，字句稍有修改，属后来编订者。

169. 工女怨二首

朝阳被华宇，照耀柔桑枝。盈盈谁家女，纤手弄素丝？
织缣日盈丈，主人犹责词。诉情岂无方？所愧执役卑。

我欲谢役归，素与捶楚辞。捶楚畏陨躯，无食恒苦饥。
身躯一朝陨，得食夫何为？

白日下原隰，孑身返衡庐。娇儿迎门呼，问母归何徐。
母去儿啼饥，母归儿牵裙。探手入母囊，询母钱有余？
今朝儿别母，粒米未入厨。持钱易撮粟，作糜不盈盂。
劝儿且加餐，明日夫何如！

注：此诗与《左盦诗录》卷二同题诗歌（第67首）内容相同，字句稍有
修改，属后来编订者。

170. 从军苦歌七首

（一）

霜雪凝肃杀，西风杂凄声。[1]
车马纷在门，戒旦歌长征。[2]
问君将何之，含悲诉中情。
为言朔方地，敌骑方纵横。
官帖驰近郊，促我边城行。[3]
王事既靡盬，俦能获长宁？[4]

【解题】

这组诗主要描写了征人在出征前和奔赴战场过程中思想感情的变化，既
描写了战争带来妻离子散，征战辛苦；也反映了主将与士兵生活的巨大差别，
也有不知何时归乡的身世飘零之感。开头通过恶劣的环境描写和两人的对白，
烘托出当前国家形势危急、战事紧张，表现主人公不得不投身战事的无奈；
其后与邻居相逢匆匆、与妻子儿女离别则表现主人公的伤感别离之情；继而
借浮云的漂游不定，暗示自己的身世飘零；最后感叹战事不断，民不聊生，
身处乱世，身不由己。这组诗总体上反映了征人对战争的憎恶和对和平美好
生活的向往。这组诗署名申叔，刊于1907年12月30日《天义》第13—14卷。
这一时期刘氏主张无政府主义，诗中反战倾向明显。诗中多化用《诗经》与
汉乐府战争题材的诗句，用古诗意象。

【笺释】

[1] 肃杀：形容秋冬季树叶凋零、寒气逼人的情景。

[2] 戒旦：黎明。

[3] 官帖：官方通知。

[4] 靡盬：谓无止息。化用《诗经·唐风·鸨羽》："王事靡盬，不能艺黍稷。"俦：表示疑问，相当于"谁"。

（二）

邻人扣柴荆，念我长相睽。[1]

饮我双樽酒，惆怅不忍持。

翘首续余欢，俯首中心摧。

不知酒和泪，一一沾征衣。

相逢不须臾，转瞬在天陲。

岂无桑梓情？化鹤当来归。[2]

【笺释】

[1] 柴荆：指用柴荆做的简陋门户。相睽：指互相离开。

[2] 桑梓：借指故乡。典出《诗经·小雅·小弁》："维桑与梓，必恭敬止。"化鹤：谓成仙，后多代称死亡。见前注。

（三）

出门白日夕，妻孥泣路歧。[1]

为语闺中人，转转徒伤悲。

眼枯复何为？荷戈安获辞！[2]

愿言寄好音，慰我长相思。

娇儿不识愁，牵裳询归期。

为言当早归，背儿双泪垂。

【笺释】

[1] 路歧：歧路；岔道。

[2] 荷戈："投袂荷戈"，振起衣袖，拿起武器。表示为国效命。

（四）

浮云朝在天，暮不知所归。

聚散既靡恒，飘摇随风吹。

征夫志四方，对此含余悲。

朝发受降城，暮宿瀚海湄。[1]

亦知去不归，安识葬我谁？

悠悠仰苍天，何为一至兹！

【笺释】

[1]受降城：又称"三降城"，唐时亦称"河外三城"。汉朝时为外长城进攻系统的一部分，初以接受匈奴贵族投降而建，至唐朝时因后突厥汗国的兴起，成为黄河外侧驻防城群体。湄：岸边，水与草交接的地方。

（五）

紫塞多悲风，冰海多苦寒。[1]

去去七千里，迢迢越关山。[2]

道逢从征人，为言边庭艰。

边庭方苦争，战骨委草菅。

君行同逝水，此去何当还？

闻言起彷徨，侧身独长叹。

【笺释】

[1]紫塞：长城或北方边塞。秦所筑长城之土皆紫色，故称长城为紫塞。

[2]关山：山名，位于宁夏南部的六盘山主峰，泛指高峻险要的地方。

（六）

屯云黯大荒，瘴疬古多疟。[1]

主将乐欢宴，军士餍葵藿。[2]

峥嵘幕府地，咫尺区哀乐。

主将若朝华，军士同秋箨。[3]

朝华杂嫣红，耀彩增璀灼。

秋箨一朝陨，谁与伤摇落？

【笺释】

[1]瘴疬：感受瘴气而生的疾病，亦泛指恶性疟疾等病。

[2]餍：吃饱。葵藿：指葵与藿，均为菜名。诗歌自此对比主将和军士的生活。

[3]箨：草木脱落的皮、叶。

（七）

良人苦行役，思妇鸣清丝。[1]

当窗理新声，声响亦何哀！

我能解此曲，未识作者谁。

上言征夫悲，下言长相离。

壮士感此意，长与戎行辞。

为君卸征装，请废《无衣》诗。[2]

【笺释】

[1]清丝：指琴弦。

[2]《无衣》：《诗经·秦风·无衣》是秦人响应周王室号召，抗击西戎入侵者的军中战歌，表现出秦人英勇无畏的尚武精神。此诗反用其义，具有反战主义倾向。

171. 译石门和夫氏《希望诗》二首佚一

以情洽群，新机句萌。[1]风声所彻，弥纶八荒。

有若毛羽，从风搏翔。　翩翩远将，罩及殊方。[2]

右诗十一首，录自丁未、戊甲年之《天义》报。此报今极不易得。刘氏所藏申叔君遗诗丛稿中有三纸，系自《天义》报中裁存者，中有此十一首，今据以录入此卷。《译希望诗》第一首在纸末，其第二首或未裁存，或后来遗失，以致亡佚，殊为可惜。各诗皆已见卷二，而文句与此颇异。又，《从军苦歌七首》彼作《从军行六首》，盖此乃初稿也。

二十五年五月卅日，钱玄同记。

【解题】

此诗与《左盦诗录》卷二所收录的《译石门和夫氏希望诗二首》相同，都是用中国的古诗翻译波兰石门和夫氏的《希望诗》。刘氏这首诗通过写新生生命的勃勃生机表达对新生的欣喜和期待，通过对风包含所有的范围之广来勉励自己要有宽大的胸怀。虽然远方有着不可预知的不定性，但刘氏仍对未来充满希望与憧憬。

【笺释】

［1］句萌：草木初生的嫩芽、幼苗。语本鲍照《园葵赋》："句萌欲伸，丛芽将放。"

［2］殊方：远方，异域。

《左盦词录》

172. 扫花游·读《南宋杂事诗》

　　残山剩水，听鸟唤东风，鹃传南渡。[1]繁华暗数，惜珠帘锦幕，美人迟暮。[2]剩有华堂蟋蟀，芳园杜宇。[3]伤心处，将无限闲愁，诉与鹦鹉。

　　西湖堤畔路，剩渺渺寒波，萧萧秋雨。暮潮来去，送楼台歌管，夕阳萧鼓。芳事凄迷，梦断苏堤烟树。无情绪，酒醒时，江山非故。

【解题】

　　扫花游：词牌名，又名"扫地花""扫地游"，以周邦彦词有"任占地持杯，扫花寻路"句，故名。《南宋杂事诗》为清代沈嘉辙、吴焯、陈芝光、符曾、赵昱、厉鹗、赵信七人同撰，诗中采摭故实以咏南宋杭州史事，凡与杭州无关者概不入咏。

　　这首词系刘氏读《南宋杂事诗》有感而作。杭州风物迷人，处处繁华，因此留下许多华章丽句。然而宋人仓惶南渡，常怀故土之思。词作载于《国粹学报》第1期（1905年2月23日），国家已历经甲午中日战争、八国联军入侵，清廷签订了《马关条约》《辛丑条约》，国已不国，令人痛惜。曾经的繁华就像是一场梦，醒时已"江山非故"，既伤怀宋代兴亡，更抒发了作者对于此时国土沦丧的沉痛之情。

【笺释】

　　[1]南渡："靖康之变"，徽宗、钦宗二帝为金人俘虏。靖康二年（1127年），宋高宗赵构渡过长江，于杭州建都，故史称"南渡"。

　　[2]珠帘锦幕：化用柳永《望海潮·东南形胜》："烟柳画桥，风帘翠幕，参差十万人家。"歌咏杭州繁华。美人迟暮：谓流光易逝，盛年难再。典出《离骚》："惟草木之零落兮，恐美人之迟暮。"

　　[3]华堂蟋蟀："半闲堂"或"蟋蟀堂"，喻权贵欢乐，又泛指奢靡繁华

之处。典出《宋史·贾似道传》："尝与群妾踞地斗蟋蟀，所狎客入。"

173. 桂殿秋·望月作

　　三五夜，月朦胧。[1]琼楼玉宇冷秋风。琪花落地无人拾，九曲瑶台何处通？[2]

【解题】

　　桂殿秋：词牌名，即《捣练子》，取自唐李德裕送神迎神曲的"桂殿夜凉吹玉笙"句。这首词系刘氏秋夜望月所作，寥寥数语勾勒出月下迷蒙清冷之景，末两句联想到天上楼宇、玉树之花与九曲瑶台，充满仙幻色彩。写作本词时，刘氏正赶赴金陵乡试（1902年秋），对通往仙境瑶台路径的发问，正是渴望蟾宫折桂的心理写照。

【笺释】

　　[1]三五夜：农历十五日夜晚。

　　[2]琪花：仙境中玉树之花。语本宋·赵从橐《摸鱼儿·指庭前》："琪花落，相接西池寿母。"瑶台：指传说中的神仙居处。

174. 扫花游·汴堤柳

　　落花天气，正弱缕飘金，低枝弄翠，[1]春风十里。又年年攀折，相看憔悴。[2]和雨和烟。依旧，长条踠地，[3]相思碎。□燕语莺啼，春梦醒未？[4]

　　度番风廿四，恨走马章台，飘零身世，[5]韶光弹指。纵游丝十丈，春情谁系？千劫兴亡，都付汴堤流水。[6]思往事，最消魂，杜鹃声起。

【解题】

　　上阕描写汴堤春柳情态与离情愁绪；下阕议论，扩大视野，感时伤怀，抒发朝代兴亡之感。本词写于刘氏赴河南开封会试之时（1903年春）。因京师贡院毁于兵火，故是年会试地点改为开封。词中既写了春情春愁，又感叹境遇坎坷，韶华难留，最后抚今追昔，缅怀故事。

【笺释】

[1]飘金：形容嫩黄的柳丝。语本韦庄《清平乐·野花芳草》："柳吐金丝莺语早，惆怅香闺暗老。"

[2]年年攀折：化用唐·刘方平《折杨枝》："年年攀折意，流恨入纤腰。"

[3]和雨和烟：化用唐·郑谷《江梅》："和雨和烟折，含情寄所思。"

[4]燕语莺啼：化用唐·金昌绪《春怨》："打起黄莺儿，莫教枝上啼。啼时惊妾梦，不得到辽西。"

[5]番风廿四："二十四番花信风"。走马章台：章台街为汉代长安街名，多妓馆；走马章台指涉足娼妓间，追欢买笑。典出《汉书·赵尹韩张两王传》："敞无威仪，时罢朝会，过走马章台街，使御史驱，自以便面拊马。"

[6]千劫：佛教用语，指旷远的时间与无数的生灭成坏。这里指朝代变迁。汴堤：隋堤。汴河是大宋东京（开封）城的第一河。自隋炀帝开通大运河，汴河与黄淮河相连后，物流丰富，促进该地经济发展。此地也往往成为吊古伤今之地。

175. 如梦令·游丝

本是灵和殿树，又作章台飞絮。[1]丝影恋妆楼，不惜韶华迟暮。春去，春去。问尔飘零谁主？

【解题】

如梦令：词牌名，又名"忆仙姿""宴桃源""无梦令"等。以李存勖《忆仙姿·曾宴桃源深洞》为正体。这首词借柳抒情，以柳絮比拟词人自己。柳曾经是灵和殿前柳，但飘零无主，攀折由人，一如词人飘零的命运。词作载于《国粹学报》第1期（1905年2月23日），彼时国已不国，局势动荡，刘师培借此抒发身世飘零、韶光易逝之感。

【笺释】

[1]灵和殿树：指南朝齐武帝于太昌灵和殿前所植柳树。见《南史·张绪传》："刘悛之为益州，献蜀柳数株，枝条甚长，状若丝缕。时旧宫芳林苑

始成，武帝以植于太昌灵和殿前，常赏玩咨嗟，曰：'此杨柳风流可爱，似张绪当年时。'"章台飞絮：指章台柳。典出韩翃寄姬人柳氏的《章台柳》："章台柳，章台柳，昔日青青今在否？纵使长条似旧垂，亦应攀折他人手。"

176. 长亭怨慢·送春

听一曲、歌残金缕。[1]沉沉帘幕，东风暗度。[2]芳草闲门，嫣红万点惨无主。[3]恹恹人病，弄得春光迟暮。[4]看九曲阑干，已无复、流莺软语。[5]

春去也。落花流水，毕竟春归何处？[6]游丝横路，那挽得、韶华小住？[7]阅几番、芳事飘零，又化作、漫天飞絮。晓梦画楼西，啼血谁怜杜宇？[8]

【解题】

长亭怨慢：词牌名，姜夔自度曲，又名"长亭怨"。以姜夔《长亭怨慢·渐吹尽枝头香絮》为正体。词作载于《国粹学报》第1期（1905年2月23日），以"送春"为题，借花草、蛛丝、飞絮等意象，渲染出暮春消沉伤感的氛围，并赋予游丝以人的情感：游丝横路，留春不住。表达了刘师培对于春光将逝的遗憾与惋惜。

【笺释】

[1]金缕：曲调《金缕曲》（《金缕衣》）的省称。

[2]帘幕：用于门窗处的帘子与帷幕。暗度：不知不觉地过去。

[3]闲门：指进出往来的人不多，显得清闲的门庭。典出刘长卿《寻南溪常山道人隐居》："一路经行处，莓苔见履痕。白云依静渚，春草闭闲门。"

[4]恹恹：精神萎靡貌，亦用以形容病态。

[5]流莺：莺。流，谓其鸣声婉转。

[6]春去也。落花流水：化用李煜《浪淘沙·怀旧》："流水落花春去也，天上人间。"春归何处：化用黄庭坚《清平乐·春归何处》："春归何处。寂寞无行路。"

[7]小住：稍微停停。

[8]晓梦：拂晓时的梦。多短而迷离，故常以喻人生短促，世事纷杂。

语本苏轼《武昌西山》："江边晓梦忽惊断，铜环玉锁鸣春雷。" 啼血：指杜鹃鸟哀鸣出血或杜鹃哀鸣所出之血。杜鹃鸟口红，春时杜鹃花开即鸣，声甚哀切。古人误传其"夜啼达旦，血渍草木"。杜宇：相传为古蜀王杜宇之魂所化。春末夏初，常昼夜啼鸣，其声哀切。

177. 菩萨蛮·无题

一树梨花深院隔，游丝飞去无踪迹。金琐阖门开，传书青鸟来。[1] 帘笼残月晓，梦断青楼道。[2] 晓色绿杨枝，流莺对语时。

【解题】

菩萨蛮，亦作"菩萨鬘"，又名"子夜歌""重叠金""花间意"等。本唐教坊曲，后用为词牌。词作载于《国粹学报》第2期（1905年3月25日）。这首词描绘了一位深院中的寂寞女子的形象，借梨花、游丝、残月、流莺等意象写闺情，又引青鸟事述闺梦，希望有人为之传达情书，渴慕与恋人相聚。或为刘师培早期习作，具有婉约风格。

【笺释】

[1] 琐闼：镌刻连锁图案的宫中小门。典出《乐府诗集·郊庙歌辞十二·汉宗庙乐舞辞·章庆舞》："雾集瑶阶琐闼，香生绮席华茵。" 青鸟：神话传说中为西王母取食传信的神鸟，为信使的代称。典出班固《汉武故事》："七月七日，上（汉武帝）于承华殿斋，正中，忽有一青鸟从西方来，集殿前。上问东方朔，朔曰：'此西王母欲来也。'有顷，王母至，有两青鸟如乌，挟侍王母旁。"

[2] 帘笼：窗帘和窗牖，也泛指门窗的帘子。青楼：青漆涂饰的豪华精致的楼房。典出曹植《美女篇》："借问女安居？乃在城南端。青楼临大路，高门结重关。" 后来常指青楼妓女。

178. 菩萨蛮·咏雁

传到琵琶幽怨意，为谁飞上江南地？[1]冀北雪花飞，鸿归人未归。[2]衡阳春色暮，又逐东风去。[3]系帛汉时宫，云山隔万重。[4]

【解题】

词作载于《国粹学报》第1期（1905年2月23日）。这首词以咏雁为题，描述鸿雁南北来去的行程。其中用昭君出塞、苏武归汉的典故，意味深长。昭君远嫁、琵琶幽怨，是暗示自己对清政府的不满；而刘氏依然热爱故土，于是借苏武终得归汉的故事，传递了他内心对于理想的坚守。

【笺释】

[1] 琵琶：谓昭君出塞。化用杜甫《咏怀古迹》其三："千载琵琶作语胡，分明怨恨曲中论。"

[2] 冀北：指北方游牧地区。

[3] 衡阳：衡山的南面。陆玑《毛诗草木鸟兽虫鱼疏广要》卷下之上："旧说，鸿雁南翔不过衡山。今衡山之旁，有峰曰回雁，盖南地极燠，人罕识雪者，故雁望衡山而止。"

[4] 系帛：缚帛书于雁足以传音信。典出《汉书·苏武传》："汉求武等，匈奴诡言武死。后汉使复至匈奴，常惠请其守者与俱，得夜见汉使，具自陈道。教使者谓单于，言天子射上林中，得雁，足有系帛书，言武等在荒泽中。"

179. 一萼红·徐州怀古

过彭城，看江山如此，我辈又登临。[1]系马台空，斩蛇剑杳，霸业都付消沉。[2]试重向、黄楼纵目，指东南、半壁控淮阴。[3]衰草平芜，大河南北，天险谁凭？[4]

千劫兴亡弹指。剩砀山云起，泗水波深。[5]宋国雄都，楚王宫阙，千秋故垒谁寻？[6]溯当日、中原逐鹿，笑项、刘，何事启纷争？[7]空叹英雄不作，竖子成名！[8]

【解题】

一萼红：词牌名，有平韵、仄韵两体。平韵者以姜夔《一萼红·古城阴》为正体。词作或为1903年5月刘氏会试落榜，经徐州返乡所作，载于《国粹学报》第1期（1905年2月23日）。这是一篇怀古之作。刘氏重游徐州，登临高处，回想这片土地曾经历的变迁，生发出王朝兴亡，而江山依旧的感叹。如今看来，项、刘之争好像失去了意义，为何要用人事的有限挑战时空的无限呢？最后化用前人言语，抒发自己内心的愤懑不平。

【笺释】

［1］彭城：徐州古称。

［2］系马台：在今徐州市内，又作"戏马台"，相传是项羽系（戏）马处。语本钱谦益《徐州杂题》诗之二："重瞳遗迹已冥冥，戏马台前鬼火青。"斩蛇剑：汉高祖用以斩白蛇的宝剑。汉高祖刘邦起事前曾醉行泽中，遇大蛇当道，乃拔剑斩之。事见《史记·高祖本纪》。

［3］黄楼：楼名。故址在今江苏省徐州市，元丰元年（1078年）八月，徐州太守苏轼为纪念年前率军民修筑长堤、战胜洪水而建。语本钱谦益《徐州杂题》诗之一："何复诗成无一事，羽衣吹笛坐黄楼。"淮阴：淮水以南。

［4］平芜：草木丛生的平旷原野。

［5］千劫：佛教用语，指旷远的时间与无数的生灭成坏。这里指朝代变迁。砀山云：指汉高祖刘邦亡匿砀山时常有的云气，是为天子气，迷信的说法。事见《史记·高祖本纪》。泗水：河川名，源出山东省泗水县陪尾山，分四源流因而得名。刘邦曾为泗水亭长。

［6］宋国雄都：春秋时期，彭城为宋国的城邑。楚王宫阙：项羽曾定都于彭城，自封为"西楚霸王"。

［7］逐鹿：喻争夺统治权。典出《史记·淮阴侯列传》："秦失其鹿，天下共逐之，于是高材疾足者先得焉。"

［8］竖子：对人的鄙称，犹今言"小子"。典出《晋书·阮籍传》："尝登广武，观楚汉战处，叹曰：'时无英雄，使竖子成名。'"

180. 菩萨蛮

一树嫣红娇不语，寻芳望断江南路。[1]春去已多时，流莺犹未知。
帘笼残月落，夜雨愁珠箔。[2]王母下云旗，传书青鸟归。[3]

【解题】

本词的情感落于一"愁"字之上。嫣红的花树，可以代表春色，而芳菲落尽，正引发出无穷无尽的伤感。上阕抒"春去多时"之愁，流莺不知时光流逝，仍不停歌唱，实则以此反衬词人怀春伤逝的感情。下阕创造了一个情景浑成的"愁眠"之境，词人望着帘笼外的月落，彻夜未眠，似由思乡而思及情人。结尾绝望，青鸟被召回，传信无望，更显孤单寂寞。据该词内容看，或为1903年赴开封途中所作，发表于《国粹学报》1905年3月25日第2期"诗余"，署名刘光汉。

【笺释】

[1]江南路：一指行政规划，包括今江苏、安徽、江西等地；一则泛指江南。语本文天祥《金陵驿》："从今别却江南路，化作啼鹃带血归。"
[2]珠箔：珠帘。
[3]王母：神话中的西王母。

181. 壶中天慢·元宵望月

满身花影，看蟾光如许，盈亏几易。[1]难得南楼同醉月，不负天涯今昔。[2]鼙鼓萧条，悲笳呜咽，辽海音书急。[3]扶风歌罢，元龙豪气犹昔。[4]
堪叹好梦烟消，年华水逝，俯仰悲陈迹。[5]千里相思无寄处，惹我青衫泪湿。[6]云海沉沉，金波脉脉，终古横空碧。[7]夜乌惊起，一声何处长笛？

【解题】

壶中天慢：词牌，即"念奴娇"。分上下两片，共一百字。慢，指曲词舒缓。上阕写词人由赏月联想到月亮的盈亏变易，与友朋对饮，相约不负彼此。

想到国家局势，列强环伺、东北危机，抒发壮志豪情与爱国情怀。下阕则将月之圆缺与人之悲欢紧密联结，将月光的永恒与人生年华的易逝、个人理想的难圆进行意义对比，传导出深沉醇厚的悲感。上阕豪放，下阕悲凉，或为开封乡试期间与朋友相聚产生的感情。该词最早刊于1904年4月25日《警钟日报》，又刊于《政艺通报》乙巳年（1905年）2月18日，第1号，署申叔；《国粹学报》1905年6月23日第5期"诗余"，署名刘光汉。

【笺释】

［1］蟾光：指月光。

［2］南楼：喻游赏地。据刘义庆《世说新语·容止》载，庾太尉（庾亮）镇守武昌时，诸佐史殷浩之徒，乘秋夜往共登南楼，俄而不觉亮至，诸人欲起避之，庾亮坦率行己，自言"兴复不浅"，据胡床与浩等谈咏竟坐。

［3］辽海音书急：指日俄为争索辽东，在我国东北交战。

［4］扶风歌：永嘉元年（307年）九月，刘琨作《扶风歌》，叙述保卫国家的战斗历程，抒发其爱国赤忱。元龙豪气：称赞气概豪迈，有爱国抱负。化用《三国志·魏书·吕布传》所附《陈登传》："元龙湖海之士，豪气不除。"

［5］俯仰：本指时间短暂，此外形容时光流逝快。典出王羲之《兰亭集序》："向之所欣，俯仰之间，已为陈迹，犹不能不以之兴怀。"

［6］青衫泪湿：悲哀极深。化用白居易《琵琶行》："座中泣下谁最多？江州司马青衫湿。"

［7］金波：指月光。

182. 卖花声·登开封城

苍莽大河流，空际悠悠，天涯回首又登楼。百二河山今寂寞，已缺金瓯。[1]宫阙汴京留，王气全收，浮云缥缈使人愁。[2]又是夕阳西下去，望断神州。

【解题】

卖花声：词牌名，即"浪淘沙"，又名"浪淘沙令""浪淘沙近""过龙门""龙门令"。开封城，古代又称汴京、汴梁，在今河南省中部偏北。本词或为刘氏开封会试前后所作。词作刊于《国粹学报》1905年6月23日第5"诗余"，署名刘光汉。刘氏登古城、感兴衰、伤今事，描绘了国土残缺、遭敌瓜分的凄凉境况，表达了黍离之悲。

【笺释】

［1］百二河山：以二敌百，指山河险固。后指国力强盛，边防稳固的国家。典出《史记·高祖本纪》："秦，形胜之国，带河山之险，县（悬）隔千里，持戟百万，秦得百二焉。地势便利，其以下兵于诸侯，譬犹居高屋之上建瓴水也。"金瓯：喻国土坚固。典出《梁书·侯景传》："我家国犹若金瓯，无一伤缺，今便受地，讵是事宜；脱致纷纭，非可悔也。"

［2］王气：象征帝王运数的祥瑞之气。语本刘禹锡《西塞山怀古》："王浚楼船下益州，金陵王气黯然收。"浮云句：喻邪恶势力。典出陆贾《新语·慎微》："邪臣之蔽贤，犹浮云之障日月也。"

183. 点绛唇·咏白荷花

罗袜无声，晶帘一片，斜阳里，碧云无际，隔断银河水。[1]
缟袂凌波，洗尽铅华泪，鸣环珮。[2]月明千里，水殿风初起。[3]

【解题】

点绛唇：词牌名，始见于南唐冯延巳"阳春集"，又名"点樱桃""十八香"等。本词咏白荷，有"罗袜无声""缟袂凌波""鸣环佩"诸语，意在突出其柔净轻逸之感。上、下阕相对照，白荷景的描写历经由"斜阳里"至"月明千里"的时间推移。"洗尽铅华泪"句，最能体现词人的主体色彩。词作刊于《国粹学报》1905年8月20日第7期"诗余"，署名刘光汉。

【笺释】

［1］罗袜句：指轻盈的脚步。典出曹植《洛神赋》："凌波微步，罗袜生尘。"晶帘：喻白荷花。玉珮叮咚地响起来了。明月的光芒普照千里，水殿里的风才刚刚吹起。

［2］缟袂：洁白的衣袖，此处指白荷花。铅华：古代妆粉。典出曹植《洛神赋》："芳泽无加，铅华弗御。"

［3］水殿：临水而建的殿宇。

184. 好事近·杨花

飞上玉阑干，才被东风吹起。最是一天春雨，踏入轻尘里。[1]
更怜清影别深宫，漂泊随流水。[2]慎勿化萍飞去，荡春心千里。[3]

【解题】

好事近：词牌名，又名"倚秋千""钓船笛""翠圆枝"，双调。始见于王益、宋祁、张先诸人之词作。该词托物抒情，杨花恰似人生与仕途的漂泊不定。"更怜"句将孤苦、失意与飘忽命运的怜悯之情联系在一起。词作刊于《国粹学报》1905年8月20日第7期"诗余"，署名刘光汉。

【笺释】

[1]踏入轻尘：化用苏轼《水龙吟·次韵章质夫杨花词》："晓来雨过，遗踪何在……春色三分，二分尘土，一分流水。"

[2]更怜清影：《南史·王神念传》载，北魏杨白花因胡太后逼通之，惧祸，降梁。胡太后追思之，作《杨白花歌辞》。

[3]化萍：化用苏轼《水龙吟·次韵章质夫杨花词》"一池萍碎"句下注："杨花落水为浮萍，验之信然。""荡春心"句：化用屈原《招魂》："目极千里兮伤春心。魂兮归来，哀江南！"

185. 浣溪沙·读《钱塘纪事》

一曲琵琶咽故宫，[1]西陵风雨冷梧桐，淡烟疏柳夕阳中。[2]
湖水千寻莲叶碧，楼台十里杏花红，而今残照怨西风。[3]

【解题】

浣溪沙：唐教坊曲名，后用为词调。《钱塘纪事》，不详，疑即元朝刘一清所撰《钱塘遗事》，其于南宋末年军国大事，如朝政腐败、贾似道专权等事实多所揭露。刘氏善用虚实交错的方法表达情意，该词即为典型。上、下两阕中，前两句皆以虚景勾连钱塘往事，后一句则均是景为情设，针对当时现实而发。下阕季节交替出现，通过叙写昔日钱塘胜景，更加衬托出如今的破落残损之境。"夕阳""西风"含双关义，以衰败没落的景象喻国运衰微、列强作祟。词作刊于《国粹学报》1905年8月20日第7期"诗余"，署名刘光汉。

【笺释】

［1］"一曲琵琶"句：南宋立国江南，定都杭州，称为临安，以示不忘恢复中原故地之意。

［2］西陵：地名，在今杭州钱塘江之西。此处借指女子墓所，或为南朝齐钱塘名妓苏小小之墓。"苏小小"之名始见于南朝徐陵《玉台新咏·钱塘苏小歌》，其中有"何处结同心，西陵松柏下"句。

［3］而今残照句：化用李白《忆秦娥·萧声咽》："西风残照，汉家陵阙。"

186. 临江仙·咏蝶

残月当门春不语，小园竟日花飞。红栏回首惜芳菲，绿阴庭院，曲曲琐残晖。 飘泊不随风絮影，而今犹恋罗衣，芳情梦断画桥西。斜阳花雨，未忍抱香归。

【解题】

临江仙：词牌名，原为唐代教坊曲名。此调唱时音节需流丽谐婉，声情掩抑。代表作有宋·苏轼《临江仙·夜饮东坡醒复醉》。刘氏该词题为"咏蝶"，寄托词人春日里的愁绪。

187. 扫花游·宿迁道中见杏花

荒邮古戍，剩数朵孤花，落英如许，采香人去。问斜阳，一抹幽情谁诉？金粉凄迷，付与二分尘土，无情绪。[1]伤沦落，天涯飘零似汝。 阅东风几度。看万点花飞，春光又暮，芳心自苦。惜玉颜憔悴，瑶华无语。一笑嫣然，肯学夭桃媚妩？相思处，忆江南，小楼听雨。

【解题】

这首词作于1903年，当在刘氏赴开封参加科考后返回扬州途中。刘氏看到暮春时节杏花败落，不禁勾起对时光流逝的感伤，加之科举不顺，从杏花联想到自己，心生怀念家乡之情。

【笺释】

［1］二分尘土：化用苏轼《水龙吟·次韵章质夫杨花词》："春色三分，二分尘土，一分流水。"

188. 一萼红·题《碧海乘槎图》

海波平，正相思无限，隔秋水盈盈。徐福不还，鲁连避世，千秋呜咽潮声。[1]试寄语，燕昭、汉武，问求仙何日到蓬瀛？[2]成连一去，天风海水，何处移情？

日暮碧云天远，见蜃楼明灭，蛟渚澄清。千仞银涛，片帆飞渡，云山划断空青。[3]快此际，乘风破浪，指东南、九万里鹏程。立向蓬莱高处，目断瑶京。

【解题】

《碧海乘槎图》内容为徐福乘槎东渡求仙药。《史记·淮南衡山列传》："又使徐福入海求神异物。"刘氏这首词以徐福乘槎求取仙药为着眼点，叙述历史上寻求长生的帝王，对长生不老提出质疑，认为应该把握好当下的时机，有一番作为和成就。

【笺释】

［1］徐福：字君房，是秦朝著名方士、道家名人，曾担任秦始皇的御医，出生于战国时期的齐国。秦始皇时期，徐福率领三千童男女自山东沿海东渡，为始皇帝求取长生不老仙药。鲁连：鲁仲连，不满秦王称帝的计划，曾说秦如称帝，则蹈东海而死，以之表示宁死而不受强敌屈辱的气节。事见《战国策·赵策三》。

［2］燕昭：战国时燕国第39任国君（公元前311—公元前279年），燕王哙庶子。齐宣王和燕昭王时，有大批的齐、燕方士去找蓬莱仙药。汉武：汉

武帝，曾相信方士求取长生。

　　［3］蛟渚：襄阳城北汉水中曾有一小洲，名"斩蛟渚"。见东晋·习凿齿《襄阳耆旧记·卷五·邓遐》："邓遐，字应远。勇力绝人，气盖当时。时人方之樊哙。治郡号为名将。为襄阳太守，城北沔水中有蛟，常为人害，遐遂拔剑入水。蛟绕其足，遐挥剑截蛟，流血，江水为之俱赤。因名曰'斩蛟渚'，亦谓之'斩蛟津'。"

刘师培诗歌补遗

万仕国补遗 ①

189. 和阮文达公《秋桑》诗并序

己亥暮秋，泛舟小金山，见隔岸秋桑千余株，叶已黄落，皆有秋意，盖课桑局之意也，为之盘桓久之。因取阮文达集中《秋桑》诗以和之。

记得春光到陌旁，花花叶叶自相当。

交交响响鸣黄鸟，肃肃声传振鸰行。

一径春风人取斧，三竿晓日女携筐。

野扬伐处逢蚕月，处处幽民植女桑。

【解题】

此诗是1899年刘氏和阮元《秋桑》而作，诗歌内容主要是描述春景、春桑，涉及"劝课农桑"之事。在中国古代，政府采取相应的措施督促和勉励以农业为主的自然经济发展。

190. 咏晚村先生事件

中原昔板荡，沧海悲横流。[1]吕君旷世才，劲节高南州。[2]

渊源溯紫阳，讲不宗黎州。晚村本黎州弟子。[3]

区区匡复心，志与王船山、顾亭林侔。

凤凰翔九霄，悲哉网罗投。 缇骑下越山，惨淡神鬼愁。[4]

祖龙坑儒心，千载青史羞。[5]呜咽浙江潮，逝水空悠悠。

---

① 万仕国.刘申叔遗书补遗（上、下）[M].扬州：广陵书社，2008：1–571,1226–1478.

【解题】

此诗是1903年刘氏追述晚明遗民吕晚村而作。诗歌先是追述了吕晚村经历国变，称扬其学术与复国之心；接着追述他遭遇的清代文字狱，表达了对吕晚村的同情与赞扬，流露出刘氏反清的意识。

【笺释】

［1］板荡：见前注。

［2］南州：泛指南方地区。

［3］黎州：疑即"梨州"，指黄宗羲。

［4］缇骑：为逮治犯人的禁卫吏役的通称。如明代锦衣卫校尉，清代步军衙门番役等。

［5］祖龙：指秦始皇。

191. 元旦述怀

周宣平淮蔡，汉武征匈奴。　英君迈远略，千古垂雄图。
晋宋昧此义，偏安守一隅。[1]五胡迭构祸，辽金相剪屠。[2]
神州叹沦沉，封狐生觊觎。[3]爝火不扑灭，燎原终可虞。[4]
涓涓忘堤防，日久为江湖。　立国首树威，非种当先锄。[5]
尚论怀鲁史，我思管夷吾。[6]

【解题】

此诗作于1904年元月16日，后刊于3月31日出版的《中国白话报》第8期。刘氏评判历史，仰慕贤君，对于贪图苟安的统治者表示不屑；同时，也提醒民众应对列强蚕食我国国土的行为加强提防，表露民族革命之志。

【笺释】

［1］晋宋：晋，此处指东晋（317—420年），是由司马睿南迁建康后建立起来的王朝。宋，即南朝宋（420—479年），公元420年，宋武帝刘裕取代东晋政权，改国号宋，定都建康。

［2］五胡：匈奴、鲜卑、羯、氐、羌这五个少数民族总称五胡，趁中原"八王之乱"衰弱之际陆续建立北方政权，与南方汉人政权对峙。

［3］封狐：借指恶人。

［4］爝火：炬火，小火。典出《庄子·逍遥游》："日月出矣，而爝火不熄；其于光也，不亦难乎！"

［5］非种句：化用《史记·齐悼惠王世家》："深耕既种，立苗欲疏；非其种者，锄而去之。"此处指非中华民族者当铲除之。

［6］鲁史：指孔子修订的《春秋》，其中特别强调夷夏之辨。管夷吾：又称管敬仲（公元前747—公元前645年），春秋初期齐国主政之卿，政治家、军事谋略家，协助齐桓公九合诸侯，抵御夷狄入侵。

192. 运河诗四首

（一）

河流千里远京东，我道人功胜禹功。龚定安句。[1]
两戒河山浑不隔，支那南北启交通。

【解题】

四首运河诗载于1904年5月29日《中国白话报》第12期。刘氏肯定京杭大运河让南北交通更加畅通便利；与世界其他运河相比，中国大运河开凿较早；运河河道变迁，现今改为海运，令人感慨；运河南粮北运给东南人民带来沉重的经济负担，表达了刘氏对民生的关心。

【笺释】

［1］"河流千里"句：刘氏自注："龚定庵句。"龚自珍《己亥杂诗》其一百二十八首："黄河女直徙南东，我道神功胜禹功。"

（二）

昔时地凿苏夷土，今日河开喀拉圭。在中美洲[1]
为浚支那兴利日，巨功原不逊欧西。

【笺释】

［1］苏夷土：苏伊士运河，又译苏彝士运河，1869年修筑通航，是一条海平面的水道，在埃及贯通苏伊士地峡，沟通地中海与红海，提供从欧洲至

印度洋和西太平洋附近土地的最近航线。喀拉圭：指巴拿马运河，该运河沟通了太平洋和大西洋。

（三）

南河北徙已频年，运道于今几变迁。咸丰间事[1]

辽海云帆千里转，东吴粳稻达幽燕。[2]

【笺释】

[1]南河北徙：该句作者自注："咸丰间事。"清咸丰年间黄河北徙，于是为黄河所夺之道遂淤涸，惟余南入运河水道。

[2]辽海：指渤海辽东湾。语本杜甫《后出塞》之四："云帆转辽海，粳稻来东吴。"

（四）

挽粟飞刍自古叹，江干度尽又河干。[1]

太仓红粟侏儒饱，专养旗人。回首东南民力殚。[2]

【笺释】

[1]挽粟飞刍："飞刍挽粟"，指迅速运送粮草。典出班固《汉书·严朱吾丘主父徐严终王贾父偃传》："又使天下飞刍挽粟。"

[2]太仓：古代京师储谷的大仓。红粟：指因为储藏过久而变为红色的陈米，后亦指丰足的粮食。典出《汉书·贾捐之传》："太仓之粟红腐而不可食。"

193. 杂咏

万物形盛衰，空虚乃不蔽。[1]悟者至无言，岂复立文字。

冰非水可名，迹岂履能制。　使无水与履，迹与冰奚致？

近知清静缘，不外修悲智。[2]闻思无着处，着此精进思。[3]

静观自有真，岂复纤尘翳。[4]群生沦苦海，归宿了无际。

惟作平等观，用以求真谛。[5]

【解题】

此诗原载于1904年7月12日《警钟日报》"杂录"，署名光汉。据梅鹤孙《青溪旧屋仪征刘氏五世小记》称，该诗曾以《读释典作》为题收入《匪风集》初刻本。此诗表达了刘氏读了佛经之后联系现实生活得出的人生感悟。

【笺释】

［1］空虚：佛家所讲的"明心"，就是守住内心的平静，不被外物所扰。不蔽：本意为不遮挡，延伸为不被外物所困所扰，即不需要外物的作用。

［2］悲智：佛教用语，谓慈悲与智慧。智者，上求菩提，属于自利；悲者，下化众生，属于利他。语本唐·善导《法事赞·上》："乃至今时释迦诸佛皆乘弘誓，悲智双行。"

［3］闻思：佛教用语，即"闻思修"，指见闻、思维、修禅（开慧、思慧、修慧之"三慧"）。语本《观音经》："观世音菩萨由闻思修入三摩地。"

［4］尘翳：被灰尘遮掩，比喻受蒙蔽。

［5］平等观：天台宗三观中"假观"的别名。"假"，就是在因缘生法、如幻如化的现象上，假名安立一切事物的名词。假名，只有幻象，没有实体。

194. 赠侯官林宗素女士

献身甘作苏菲亚，爱国群推玛利侬。[1]
言念神州诸女杰，何时杯酒饮黄龙。

【解题】

侯官，即侯官县，大致为现今的福建省福州市区西部和闽侯县的西北部地区，长期隶属于福建福州府。林宗素（1877—1944年），女，原名易，闽县（今闽侯县）人。清光绪二十八年（1902年），随胞兄林万里（林白水）赴杭州，寓居求是书院，协助创办《杭州白话报》。同年四月，应蔡元培、章太炎邀请，随兄嫂到上海。

此诗当是刘氏加入革命阵营后，引林宗素为革命同道，称扬林宗素，将其比作"苏菲亚""女杰"，盛赞其革命精神。

【笺释】

[1] 苏菲亚：苏菲亚是刺杀俄国沙皇亚历山大二世的女杰，殉难时年仅28岁。玛利侬：玛利侬是法国大革命时著名政治家，后被送上断头台，留下"自由，多少罪恶借汝以行"的名言。

195. 题佩忍与林宗素、孙济扶女士论文绝句后

薤露阳阿入耳频，淫哇无复古音陈。[1]
文俳吾久嗤扬子，和寡君应效郢人。[2]
文字无灵凭覆瓿，鬓丝未改忍思莼。[3]
成连不作牙弦绝，寂寞河山三百春。[4]

【解题】

陈去病（佩忍）曾写过《与宗素、济扶两女士论文》一诗。刘氏此诗就是对陈氏所写之诗的题咏，赞扬陈诗与世俗之音不同，并引为知音。孙济扶，阳湖人，与林宗素、柳亚子等同为早期革命同道。

【笺释】

[1] 薤露阳阿：《薤露》和《阳阿》都是古歌曲名，是春秋时中等水平的歌曲。比喻能为较多的人所接受的文艺作品。典出宋玉《对楚王问》："其为《阳阿》《薤露》，国中属而和者数百人。"淫哇：淫邪之声，多指乐曲诗歌。

[2] 文俳："俳文"，俳谐文。郢人：指善歌者；歌手。宋玉《对楚王问》曰："客有歌于郢中者，其始曰《下里》《巴人》，国中属而和者数千人。"

[3] 覆瓿：喻著作毫无价值或不被人重视。有时亦用以表示自谦。思莼："思鲈莼"。见前注。

[4] 牙弦：传说春秋时伯牙善弹琴，钟子期善听，二人遂为至交。后因以"牙弦"称精美之琴，寓有相知之意。见《列子·汤问》。

196. 甲辰年自述诗

昔江都汪氏作《自序篇》，[1]而仁和龚氏亦作诗自述。[2]余未入中年，百感并合。新秋多暇，因述生平所历之境，各系以诗。劳者自歌，非求倾听。后之览者，或亦有慨于斯乎？

【解题】

甲辰年，为清光绪三十年（1904年）。时刘氏年甫弱冠，回忆总结"生平所历之境"，多忧少乐。具体事迹不多，而重在对晚清学术的评论。组诗共六十四首。原刊于《警钟日报》，分别于1904年9月7日、8日、10日至12日连载于"杂录"栏，署名光汉。

【笺释】

[1]汪氏：汪中（1745—1794年），字容甫，江苏江都（今扬州）人，哲学家、文学家、史学家。据汪喜孙《先君年表》，公元1786年，汪中作《自序》。

[2]龚自珍（1792—1841年）：字璱人，号定盦（一作定庵），浙江仁和（今杭州）人。在辞官南归途中所作《己亥杂诗》，是其有意识地对前半生出处、著述、交游等经历的总结。

（一）

看镜悲秋鬓渐华，年来万事等抟沙。[1]
飞腾无术儒冠误，寂寞青溪处士家。[2]

【解题】

本诗与其说抒发年华水逝之悲，不如说是诗人的内心焦虑之感。是年刘氏年际弱冠，已有老迈之感。刘氏数代治经，不得荣进。家族振兴的愿望与个人的理想抱负给他带来极大的焦虑感与压迫感。

【笺释】

[1]抟沙：捏聚散沙，指无法聚合在一起。

[2]儒冠误：化用杜甫《奉赠韦左丞丈二十二韵》："纨绔不饿死，儒冠多误身。"青溪处士：《南齐书》载："相人刘子圭，家金陵檀桥，宅于青溪之上，聚徒授书，不期荣进，惟求丞彭城，以养贞素，生徒有青溪之称。私谥

贞简。"刘氏曾祖父刘文淇仰其清德,遂颜其居曰"青溪旧屋",并著有《青溪旧屋文集》。

(二)

年华逝水两蹉跎,苍狗浮云变态多。

一剑苍茫天外倚,风云壮志肯消磨?

【解题】

本诗表达对世事变幻的慨叹,也有意气风发的豪情壮志。

(三)

桓子著书工自序,潘生怀旧述家风。[1]

廿年一枕黄粱梦,留得诗篇证雪鸿。[2]

【解题】

本诗表明《甲辰年自述诗》之意旨:追述家风,追忆生平。

【笺释】

[1]桓子:桓宽(生卒年不详),字次公,西汉汝南(今河南上蔡西南)人。著有《盐铁论》,最后一篇《杂论》为其自序。潘生:潘岳(247—300年),字安仁,西晋文学家。荥阳中牟(今河南中牟东)人。据《世说新语·文学篇》载,潘岳作有《家风诗》。此诗以四言形式回忆、总结、展示优良家风对自己的影响,赞颂长辈的优秀品德,强调树立良好家风的重要性。

[2]黄粱梦:此指人生的虚无与短暂。见前注。雪鸿:"雪泥鸿爪"之略语,比喻往事的痕迹。典出苏轼《和子由渑池怀旧》:"人生到处知何似,应似飞鸿踏雪泥。泥上偶然留指爪,鸿飞那复计东西。"

(四)

零篇断简古人重,汩没丹铅似蠹鱼。[1]

回忆儿时清境乐,青灯风雨读奇书。

【解题】

本诗刘师培回忆儿时即对古书零篇残简有兴趣,犹如蠹虫沉浸其中,"清境乐""读奇书"表现出他儿时读书辛勤与心境平和。

【笺释】

［1］丹铅：丹砂和铅粉，古人多用以校勘文字，故称考订之事为丹铅。语本韩愈《秋怀》之七："不如觑文字，丹铅事点勘。"蠹鱼：指啃食书籍的书虫，此处诗人自喻埋头钻故纸堆。

（五）

旁通隐识理堂说，互象参考端斋书。[1]

童蒙学《易》始卦变，爻象昭垂非子虚。余八岁即学变卦之法，日变一卦。[2]

【解题】

本诗自述幼时学《易》的历程。

【笺释】

［1］旁通：焦循《易》学思想核心体系之一。源出于《易传·乾文言》："六爻发挥，旁通情也。"焦氏将"旁通"视为卦象或卦辞之间的内在规律。理堂：焦循（1763—1820年），字理堂，江苏甘泉（今扬州）人，著有《易学三书》等。互象：指互体观象法，即与"正体取象"相对的一种观察卦象方式。互体，亦称名为中爻、互卦、杂卦、和体或约象。端斋：方申（1787—1840年），字端斋，清经学家。江苏仪征（今扬州）人。受学于刘文淇，以治《易》见长。著有《周易互体详述》。

［2］爻象：《易》卦爻之所象，此指吉凶。典出《易传·系辞传》："爻也者，效此者也；象也者，象此者也。爻象动乎内，吉凶见乎外，功业见乎变。"变卦：《易》学术语。古人以《易》来占筮的一种手段。

（六）

读如、读若汉儒例，识此义者段懋堂。[1]

欲考群经通假例，《毛诗》《戴记》古音详。[2]

余著《毛诗郑读考》及《礼记异读考》，未成。仅成《大学》一卷。[3]

【解题】

本诗自述小学方面的成就。刘氏与段玉裁都注重"因声求义"。然而，考察汉人注书的情况，段玉裁说"读如""读若"仅表拟音，不表假借，则与事实多有不合。刘氏《近儒学术统系论》中言："声音训诂之学传于金坛段玉裁。"评价颇高，可与本诗互为参照。

【笺释】

[1] 读如、读若：训诂学术语，表示近似读音，东汉学者注经时始用。段玉裁《周礼汉读考·序》："读如、读若者，拟其音也，古无反语，故为比方之词。"段懋堂：段玉裁（1735—1815年），字若膺，号懋堂。江苏金坛人。他致力于钻研声韵训诂之学，著有《六书音韵表》，编定《说文解字注》三十卷。

[2]《毛诗》：秦汉间人毛亨和毛苌所传古文《诗经》。魏晋后独盛，至唐孔颖达《诗》取毛、郑，定《五经正义》，尤为后世宗尚。《戴记》:《礼记》传本，分《大戴记》《小戴记》两种。《大戴记》原称《礼古经》。《小戴记》亦称《礼记》，以汉郑玄注，唐孔颖达疏之本为善，收入《十三经注疏》。

[3]《毛诗郑读考》《礼记异读考》：均未见，疑未完成。

（七）

正名大义无人识，俗训流传故训湮。[1]
析字我师荀子说，新名制作旧名循。[2]
余著《正名篇》，[3] 又作《中国文字流弊论》。[4] 又注《急就篇》[5] 未成。

【解题】

本诗写刘氏对于名物关系的认识。他写的《正名篇》《中国文字流弊论》《析字篇》《荀子名学发微》《正名隅论》等文章，都是结合中国语言文字来探讨逻辑问题的成果。

【笺释】

[1] 正名：辨正名称、名分，使名实相符。先秦诸子百家对这一论题均有重点论述，而系统理论著作的形成，首推《荀子·正名》。

[2] 荀子（约公元前313—公元前238年）：名况。战国末期思想家、教育家。荀子的正名理论接续孔子的正名传统，对诸子之学进行扬弃，意在批判诸子，并解决当时名实相怨之问题，以达成平治之要求。

[3]《正名篇》：刘氏所著《攘书》的最后一篇。1904年4月由东大陆图书译印局出版。

[4]《中国文字流弊论》：收于《左盦外集》，1903年撰。刘氏指出汉字的五大弊端，进而提出两种改革策略："宜用俗语""造新字"。

[5]《急就篇》：一名《急就章》，中国古代字书，史游著，唐·颜师古注。《急就篇》今本三十四章，按姓名、衣服、饮食、器用等分类编成韵语，以教

学童识字。取首句"急就"二字为名。

（八）

高邮王氏确①山刘，[1]解字知从辞气求。[2]

试证西文名理学，[3]训辞显著则余休。余著《国学问答》《国文杂记》，又
编《国文教科书》。[4]

【解题】

《国学问答》《国文杂记》是刘氏用西方逻辑学来研究先秦"名"学之成果。
于《国文杂记》一文，刘氏论及中国分析字类之书，盛赞刘淇《助字辨略》，
且言"王引之《经传释词》较《助字辨略》尤为精确"，由此提出"中国无文
典"，欲普及教育，"当以编文典为第一义"。

【笺释】

[1]高邮王氏：此指清代王念孙、王引之父子。他们编有《经传释词》，
汇释古代经籍虚词。确山刘：刘淇，字武仲，一字龙田，号南泉，大约生于
清顺治初，卒于康熙末，祖籍河南省确山县人，寓居山东济宁。清代小学家，
著有《助字辨略》五卷，为虚词研究专书。

[2]辞气：文辞的语气，中国传统语文学中的术语。

[3]名理学：西方逻辑学传入中国之初，曾以"名理之学"这一旧有名
辩的语汇和理论来加以翻译与诠释。"名理"一词，始见于马王堆汉墓帛书《经
法·名理》："天下有事，必审其名……审察名理终始，是谓究理。"这里指刘
氏用西方逻辑学研究先秦"名"学。

[4]《国学问答》：疑即《国文典问答》，1904年由上海开明书店出版，
待考。《国文杂记》为其附录。

（九）

古人制字寓精义，周秦而降渺不存。

试从仓颉溯初祖，卓识能穷文字原。[1]

余著《小学发微》，以文字证明社会进化之理。又拟编《中国文典》，以探古人造字
之原。[2]

---

① 万仕国辑校《刘申叔遗书补遗》中作"雒"字，不确。刘师培《国文杂记》云："中国分析字类
之书之确山刘南泉《助字辨略》为最古。"刘南泉，即清代小学家刘淇之号。

【解题】

刘氏将小学与社会学结合，使小学超越了作为治经的工具，成为考索古代社会史的一个重要手段。此后1904年11月，刘氏又在《警钟日报》上发表《论小学与社会学之关系》一文，尝试用西方近代社会学的理论及方法，"考中国造字之原"（《论小学与社会学之关系》）。"卓识能穷文字源"，足见其自信。

【笺释】

［1］仓颉：上古黄帝时史官，亦称史皇、皇颉、苍颉，相传汉字为其所创。

［2］《小学发微》：为刘氏1903年作，深受章太炎欣赏。疑已佚，未见，待考。仅见《小学发微补》（1905年刊于《国粹学报》第5期）。《中国文典》，未见，待考。

<h3 align="center">（十）</h3>

许君说字重左形，我今偏重右旁声。[1]

江都黄氏发凡例，[2] 犹有王、朱并与衡。[3]

余著《小学释例》，发明字以右旁之声为主。[4]

【解题】

"右文说"是文字学上一种从声符求字义的学说。起于宋代，为宋王子诏（字圣美）所倡，在清代研究者为戴震、段玉裁、王念孙、黄承吉、朱骏声等。刘氏继承此说并有所发挥，认为谐声字之声必兼有义，得出"字义起于字音说"的结论。

【笺释】

［1］许君：许慎（约58—147年），字叔重，东汉著名经学家、文字学家。汝南召陵（今河南郾城）人。著有《说文解字》，创造了"六书"的定义。

［2］黄氏：黄承吉（1771—1842年），字谦牧，号春谷。江苏江都人。清代以"右文说"和字族理论为专门研究的学者，其说存于《字义起于右旁之声说》《字诂义府合按》之中。

［3］王：王念孙（1744—1832年），字怀祖，号石臞，清江苏高邮人。精文字、音韵、训诂之学。吸收了声训和"右文说"的合理内涵，提出的一系列音义相关的训诂理论主要表现在著述《广雅疏证》之中。朱：朱骏声（1788—1858年），字丰芑，号允倩。江苏吴县人，清文字训诂学家。作《说

文通训定声》，推进了清代"右文说"的研究。

[4]《小学释例》：今不存，待考。

（十一）

字义多从音韵出，训同音近字多通。

字形歧异随音读，南北方言自不同。

余著《小学释例》，发明训同音近之字，在古只为一字。

【解题】

此诗说明训同音近之字在古只为一字，南北方言不同，导致字形歧异。

（十二）

事物名称自古歧，土风区别读音随。

方言古有輶轩采，遗语流传颜籀知。[1] 余拟采辑各种方言，以地分类。

【解题】

本诗体现刘氏对于方言的关注。刘氏的祖父刘毓崧曾为杜文澜编《古谣谚》100卷。对于方言的整理，可为其"谣谚二体"文学研究提供语言学基础。

【笺释】

[1] 輶轩：古代使臣的代称。典出应劭《风俗通义·序》："周、秦常以岁八月遣輶轩之使，求异代方言。"颜籀：颜师古（581—645年），字籀，著名训诂学家。其著作《匡谬正俗》及注解《急救篇》，均可见颜师古对于俗语、俗音的重视。

（十三）

典制备详三礼学，披图犹识古衣冠。[1]

胡尘鸿洞风沙暗，何日成仪睹汉宫。[2]

余以古代衣冠之制多与西国之制暗合，曾作《论中国并不保存国粹》。[3]

【解题】

刘氏倡导国粹，但并不故步自封，《论中国并不保存国粹》即言今日中国所见，"无一与古代相同"，要求得正宗华夏民族之精粹，需先自溯源头。

【笺释】

[1] 三礼学：《周礼》《仪礼》《礼记》通称"三礼"。"三礼"之学以礼法、

礼义为主要内容，是中国古代礼乐文化的理论形态。

[2]鸿洞："澒洞"。见前注。

[3]《论中国并不保存国粹》：原载于《警钟日报》6月22日"社说"一栏，无署名。此文于该报6月25日续完。

（十四）

祭礼流传自古初，尼山只述六经书。[1]

休将儒术侪耶、佛，宗教家言拟涤除。[2]

余主张孔子非宗教之说，著《论孔教与中国政治无涉》。[3]

【解题】

刘氏反对当时把孔子立为宗教家，把孔门所言之教指为宗教的观点。《论孔教与中国政治无涉》一文明确批驳了当时把中国政治现状归咎于孔教的言说，另又简要地概述了中国古代宗教发生、发展的历史和基本特征。

【笺释】

[1]尼山：代指孔子。本为地名，古称尼丘，在山东省曲阜、泗水、邹城三市县交界处。叔梁纥与颜氏女"祷于尼丘得孔子"，故名。事见《史记·孔子世家》。

[2]耶：指基督教。

[3]《论孔教与中国政治无涉》：1904年5月4日原刊于《警钟日报》，同年于《东方杂志》第1卷第3期转载。

（十五）

《王制》一篇汉儒辑，微言大义可得闻。[1]

典章备述殷周制，家法能窥今古文。[2]

余拟作《王制义疏》，以分析三代制度及今文、古文各师家法。[3]

【解题】

今文经学重《礼记·王制》，认为孔子为后世立法。刘氏认为，《王制》篇兼采古今文之说，不能局限于一家之言、一代之制去看待。其欲作《王制》篇义疏，意在批驳廖平、康有为等将《王制》篇与《公羊》《谷梁》相证，继而以孔子依《王制》之礼作群经的观点。

【笺释】

[1]《王制》：指《礼记·王制》篇。郑玄《三礼目录》云："名曰《王制》者，以其记先王班爵授禄、祭祀、养老之法度，此于《别录》属制度。"郑玄注《王制》时引卢植说："汉文帝令博士诸生作此篇。"刘氏亦认同卢植说。

[2]家法：汉代治经的一种承传系统。汉代儒生传经皆由口授，各成一家之学。各家传授，弟子一字不能改变，界限甚严，称为"家法"。今古文："今文""古文"最初指文字形制，后来延伸至学术思想史俱各区别，在此基础上，形成了两个不同的治经学派。

[3]《王制义疏》：似指《王制篇集证》，没有完成。1907年《国粹学报》（总第36期）曾刊登《王制篇集证》的序言和最先几条注解文字。师家法：特指汉代的经学传授。清·皮锡瑞《经学历史》："前汉重师法，后汉重家法。先有师法，而后能成一家之言。师法者，溯其源；家法者，衍其流也。"

（十六）

今古文中无《太誓》，龚生此论无乃诬。[1]
伏生教授马迁述，西汉儒书实启余。[2]
余著《驳龚定庵〈太誓答问〉》一卷。[3]

【解题】

《驳〈泰誓答问〉》乃针对今文经学大家龚自珍的《泰誓答问》所作。龚自珍欲论证《泰誓》为伪作，刘氏则力证《泰誓》实有。刘氏曾将《驳〈泰誓答问〉》《小学发微》二文函寄章太炎，获其赞赏。

【笺释】

[1]《太誓》：《泰誓》，《尚书》篇名。其文已佚，今本《泰誓》是伪《古文尚书》的一篇，相传是周武王伐纣，大会诸侯时的誓言。龚生：龚自珍，其《太誓答问》是一部有关《尚书·泰誓》真伪等问题的《尚书》学专著。

[2]伏生：伏胜（公元前260—公元前161年），西汉经学家，济南（今山东章丘西）人，著有《尚书大传》。今本今文《尚书》二十八篇即由其传授而存。马迁：司马迁。西汉中期司马迁曾见过古文《尚书》中的《泰誓》等篇。刘氏驳龚自珍第四端即为："不知《史记》为《泰誓》真古文，《大传》为《泰誓》真今文，因以自生瞀阏，四也。"

[3]《驳〈太誓答问〉》：刊于《国粹学报》1905年第2期"丛谈"一栏，曾单独印行。龚自珍《太誓答问》有二十六条目，刘氏"按条分驳，次第一沿

龚氏之书"。现已阙，仅存六条。

（十七）

新周王鲁说披猖，[1] 改制为何罔素王？[2]

忆否史迁师董子，易从《史记》证《公羊》？[3]

余据《史记》以"王鲁"为"主鲁"，谓记事据鲁为主，又"新周"为"亲周"。

【解题】

刘氏认为，"孔子素王论"缘于今文家以讹传讹，即今文家对孔子"据鲁、亲周、故宋"一语的讹传。"据鲁、亲周、故宋"意为孔子记事以鲁为主，以鲁、周为至亲，以宋为殷商之后。古代"据"字音义近于"主"，西汉初年误"据"为"主"，又进而误"主"为"王"，遂有"王鲁"之说。《公羊传》宣公十六年传文误"亲"为"新"，汉儒于是有"新周"之说。说见刘氏《论孔子无改制之事》。

【笺释】

[1] 新周：与成周相对，指成周之后的周王朝。典出《公羊传·宣公十六年》："成周宣谢灾。何以书？记灾也。外灾不书，此何以书？新周也。"王鲁：《公羊传·隐公元年》何休注："《春秋》王鲁，托隐公以为始受命王。"此说本于董仲舒。公羊家"新周、王鲁、故宋、黜杞"的说法，大抵谓孔子托王于鲁，变革周制。披猖：猖狂，嚣张。

[2] 改制：指康有为借助公羊学推行"托古改制"一说。素王：最早见于《庄子·天道篇》。原泛指"有道之人"，本与孔子无涉。《春秋公羊》学以孔子为素王，康有为更是以此作为其改革主张的寄托。

[3] 董子：董仲舒。《史记·孔子世家》言孔子作《春秋》"据鲁，亲周，故殷，运之三代，约其文辞而指博"。司马迁尝从董仲舒问《春秋》大义，转述引用很多，独不取"王鲁"说。

（十八）

申受渊源溯二庄，[1] 常州学派播川湘。[2]

今文显著古人晦，试为移书让太常。[3] 此言近代今文学派之非。

【解题】

这首诗讨论清代今文经学代表学人刘逢禄继承常州庄存与学说，并认为他影响后来四川的廖季平与湖南的皮锡瑞。刘氏认为当时今文经学盛行，应该有人像汉代刘歆那样写作《移书让太常博士》挑战今文经学的权威。

【笺释】

［1］申受：清代今文经学家刘逢禄（1776—1879年）。江苏武进（一作阳湖，均今江苏常州）人。庄存与外孙，传其公羊春秋学。二庄：庄存与、庄述祖，均为江苏武进（今常州）人。庄存与（1719—1788年），字方耕。今文经学家，常州学派的开创者。以治《公羊春秋》见长。侄庄述祖（1719—1788年），字葆琛。十岁而孤，为庄存与所收养，并传承家学。

［2］常州学派：清代今文经学派。因其代表人物二庄、刘逢禄等均系常州人，故名。常州学派治经宗《春秋公羊传》，踵其后者为湖湘学派魏源、王闿运、廖平等。

［3］移书让太常：《移书让太常博士》，刘歆作于汉哀帝建平元年（公元前5年），意在立《左氏春秋》于学官，为开启两汉之交今古文经学之争的重要文献。移书：官吏往来的书函，不同于一般书信，具有强烈的论辩性质，从而为朝廷施政提供参考。太常：指当时把握经学话语权的太常博士。据《汉书·百官公卿表上》载，太常主掌宗庙礼仪，博士隶属太常，其具体职责是"掌通古今"。

（十九）

丘明亲授孔门业，[1]《公》《谷》多凭口耳传。[2]
独抱麟经承祖业，[3]礼堂写定待何年？[4]

余治《左氏》，著《<左传>一地二名考》《官制异同考》，又作《左氏古义述》，未成。[5]

【解题】

刘氏家族三世相续共著《春秋左氏传旧注疏证》，刘氏接续治经事业，先后撰述了《左传一地二名考》《官制异同考》及未完成的《左氏古义述》等一系列研究《左传》的论著。"礼堂写定待何年"既道出了其治学理想，也表露出其"思述先业"、振兴家学的忧虑。

【笺释】

［1］丘明：左丘明。春秋时期鲁国人。司马迁《十二诸侯年表·序》最早述及左丘明"成《左氏春秋》"。然后人对《左传》作者问题争论颇多。

［2］《公》：《公羊传》，亦名《春秋公羊传》或《公羊春秋》。《谷》：《谷梁传》，亦名《春秋谷梁传》。《汉书·艺文志》："及末世口说流行，故有《公

羊》《谷梁》《邹》《夹》之《传》。"在三《传》中与《公羊传》同属今文经学，重在探求《春秋》的大义。

[3] 麟经：亦作"麟史"，《春秋》的别称。相传孔子作《春秋》，绝笔于获麟，故名。

[4] 礼堂写定：礼堂，即讲堂，亦为习礼的场所。《后汉书·张曹郑列传》载郑玄《戒子益恩书》曰："末所愤愤者，徒以亡亲坟垄未成，所好群书率皆腐敝，不得于礼堂写定，传与其人。"

[5]《<左传>一地二名考》《官制异同考》《左氏古义述》：均未见，待考。

（二十）

程朱、许郑皆贤者，汉宋纷争本激成。[1]

堪笑俗儒工左袒，至今异说尚纵横。[2]

余著《<汉学商兑>评》，但以合理为主，不分汉宋之界，未成。[3]

【解题】

本诗批判俗儒尚存汉宋门户之见的弊病。对于方东树"挟其相传之宋学以与汉学为仇""笃信程、朱，有如帝天"，刘氏表达了不满情绪。但就方东树《汉学商兑》指斥汉学末流琐碎、无用之弊亦给予认同，认为其"颇有中肯语""略窥汉学门径"。由此可知，刘氏在学术史研究中努力摒弃门户之见，具备"会通"的治学特色。

【笺释】

[1] 程、朱：北宋理学家二程（程颢、程颐）和南宋理学家朱熹的合称，后人认为他们主要讲求思想义理，相应的学术追求被称为"宋学"。许、郑：后汉经学家许慎、郑玄的合称。后人认为他们主要讲求学术考据，相应的学术追求被称为"汉学"。

[2] 左袒：袒护。

[3]《<汉学商兑>评》：《汉学商兑》，清代方东树撰，共四卷。在乾嘉学派由盛转衰之际，对"汉学"展开较系统的批判。《<汉学商兑>评》，未见，待考。

（二十一）

官守师儒古合一，史官不作九流分。[1]

取长舍短具深识，忆否兰台志《艺文》？^[2]

余著《墨子短评》及《读管商庄老杂记》。^[3]

【解题】

刘氏追溯古代政教未分的历史，由此联想到班固撰写《汉书·艺文志》一事，表现出作者对于《汉志》划分九流十家的赞同，并且肯定了《汉书·艺文志》的学术价值。

【笺释】

［1］官守：官吏。师儒：儒者、经师。刘氏《古学出于史官论》认为："周代之学术，即史官之学也，亦即官守师儒合一之学也。"史官：主管文书、典籍，并负责修撰前代史书和搜集记录当代史料的官员。九流：《七略·诸子略》中将诸子思想分为十家，即儒、道、阴阳、法、名、墨、纵横、杂、农、小说十家，除去小说家，即"九流。"

［2］兰台：汉代宫内收藏典籍之处。东汉时班固为兰台令史，受诏撰史，故后世亦称史官为"兰台"。《汉书·艺文志》：中国现存最早的目录学文献，简称《汉志》。该篇是班固根据刘歆《七略》增删改撰而成，仍存六艺、诸子、方技六略三十八种的分类体系，另析"辑略"形成总序置于《志》首，叙述了先秦学术思想源流。

［3］《墨子短评》《读管商庄老杂记》：未见，待考。

（二十二）

子玄论史窥流别，渔仲征文重校雠。^[1]

亦有龚、章矜绝业，独从学派溯源流。^[2]

余著有《中国古代学术史》，又有《国学溯源》及《续〈文史通义〉》，未成。

【解题】

诗中简述刘知几、郑樵、龚自珍、章学诚的治学门径，体现了刘氏治学"重源流、重考证"的特点。

【笺释】

［1］子玄：刘知几（661—721年），字子玄，彭城（今江苏徐州）人，唐代史学家。流别：（文章或学术）源流和派别。见刘知几《史通杂论》："爰及近古，斯道渐烦；史氏流别，殊途并骛。"渔仲：郑樵（1104—1162年），字

渔仲，兴化军莆田（今属福建）人，南宋史学家，撰有《校雠略》。校雠：一人独校为校，二人对校为雠。谓考订书籍，纠正讹误。

〔2〕龚：指龚自珍。章：指章学诚。绝业：中断的事业。典出《史记·司马相如列传》："反衰世之陵迟，继周氏之绝业，斯乃天子之急务也。"

（二十三）

有宋五子阐心性，道学、儒林派别歧。[1]

不有南雷编《学案》，宋明儒术几人窥？[2]

余著《读学案新记》二卷、《明儒渊源表》一卷。

【解题】

这首诗体现了刘氏对宋明道学的思考，强调了黄宗羲的《明儒学案》在探究明儒渊源时的重要性。

【笺释】

〔1〕宋五子：指北宋周敦颐、邵雍、张载、程颢、程颐五位哲学家。心性：中国古典哲学范畴，指"心"和"性"。程颐等人认为"性"即"天理"，"心者，人之神明，所以具众理而应万事者也"，故"心""性"有别。

〔2〕南雷：黄宗羲（1610—1695年），字太冲，号南雷，余姚（今属浙江）人，明末清初思想家。《学案》：指黄宗羲所编《明儒学案》，是一部系统总结和记述明代传统学术思想发展演变及其流派的学术史著作。

（二十四）

一物不知儒者耻，学而不思亦徒已。[1]

好学深思知其意，六经注脚师陆子。[2]　此自言生平治学之法。

【解题】

刘氏在诗中简要概括了自己的治学方法：不断扩充知识，好学深思，把经书当作明道工具，不拘泥于经书字句。

【笺释】

〔1〕一物不知：比喻知识尚有欠缺。典出扬雄《法言·君子》："圣人之于天下，耻一物之不知。"

〔2〕注脚：解释字句的文字。典出宋·陆九渊《语录》："学苟知本，六经皆我注脚。"

（二十五）

静对残编百感生，攘夷光复辨纵横。

陆沉隐抱神州痛，不到新亭泪亦零。

【解题】

1903年刘氏刊行《攘书》（十六篇，收入《刘申叔先生遗书》），宣传反清的革命思想。刘氏由历史联想到现实，彼时外敌入侵，诗歌抒发了对国土沦丧的悲痛之情。

（二十六）

前人修史四夷附，别生分类渺无据。[1]

非其种者锄而去，后有作者知所取。余著《中国民族志》二卷。[2]

【解题】

刘氏撰写《中国民族志》，不认同前人修订史书将少数民族放在附录部分的做法，而是选择以"汉族为主，他族为客"，将汉族与各民族之间的关系作了全面的研究和概述。他的这种思想，我们并不认同。

【笺释】

[1] 四夷：古代对中原周边各族之泛称，即东夷、南蛮、北狄和西戎的合称。别生分类：分别其姓族，以类相从。

[2]《中国民族志》：写于1903年，出版于1904年年初。这是一部系统研究民族史的著作，书中探讨了什么是民族，民族是怎样形成的，并以汉族作为全书的主线，把汉族与各民族之间所发生的关系作了全面的研究和概述，并提出了较早的民族史分期方法。

（二十七）

轩辕治绩绍羲农，帝系分明王气钟。[1]

诸夏无君尼父叹，何年重返鼎湖龙？[2]余著《黄帝纪年论》。[3]

【解题】

1903年，刘氏在《国民日日报》发表《黄帝纪年论》，反对皇帝年号制，同时也反对康有为等变法派主张的孔子纪年法，倡导以黄帝诞生之年为中华纪年之始。诗中追溯轩辕黄帝的功绩，以激发民族主义思想。

【笺释】

　　[1]轩辕：指黄帝。羲农：伏羲氏和神农氏的合称。典出班固《答宾戏》："基隆于羲农，规广于黄唐。"帝系：帝王系统。钟：集中，专一。

　　[2]"诸夏"句：化用《论语》："夷狄之有君，不如诸夏之亡也。"尼父：指孔子。鼎湖龙：这里指如黄帝一般圣明的君主。见前注。

　　[3]《黄帝纪年论》：刊于《黄帝魂》，署发表年月为黄帝降生四千六百一十四年闰五月十七日，收入《刘申叔先生遗书·左庵外集》卷十四。

（二十八）

瑶台玄圃渺难望，欲上昆仑睨旧乡。[1]

试向赤乌寻旧迹，犹闻彼美艳西方。[2]余作《思祖国篇》。[3]

【解题】

　　晚清法国学者拉克伯里提出所谓"中国人种西来说"，刘氏信从此说。1904年7月，他在《警钟日报》上连载《思祖国篇》，认为昆仑以西的"加尔迭亚"即其在《华夏篇》中所说之祖国，他认为"巴枯"即"盘古"，"西王母邦"即西人所说的"亚西利亚国"。刘氏从先秦古籍中寻找依据，以瑶台、玄圃、昆仑等典故证实"中国人种西来说"。

【笺释】

　　[1]瑶台：神话传说中神仙所居之地。见前注。玄圃：一般指悬圃，指传说中的神仙居所。

　　[2]赤乌：古代中国传说中的瑞鸟。典出《吕氏春秋·有始览》："赤乌衔丹书集于周社。"

　　[3]《思祖国篇》：刊于《警钟日报》1904年7月15至20日。钱玄同在《左庵外集》目录后记中提到该文为刘氏在上海时所作。

（二十九）

郑樵不作氏族纂，为慨先民谱牒沉。[1]

甄别华戎编信史，渊源犹溯顾亭林。

余著《溯姓篇》《渎姓篇》《辨姓篇》。[2]

【解题】

诗中引郑樵作《氏族略》而《谱牒》失传之事，强调编写区分华戎信史的重要性，体现了刘氏"华夷之防"的思想。

【笺释】

[1]氏族：郑樵撰有通史性的志书《通志》，其中第一略《氏族略》为考辨、论述姓氏的专著。谱牒：古代记述氏族世系的书籍。

[2]《溯姓篇》《渎姓篇》《辨姓篇》：三篇文章收录于《攘书》，延续"明种族，辨华夷"的"《春秋》大义"。

（三十）

古人作史重世系，后人作史重传纪。

他日书成《光复篇》，我欲斋戒告黄帝。著《光复篇》，未成。

【解题】

诗中认为古人、后人著史的侧重点不同，自己立志也要写成一篇著作，体现了刘氏的反清思想。

（三十一）

据事直书信史笔，计年二百六十一。

为补《民劳》《板》《荡》什，亡国纪念曷云极？[1] 著《满洲□□□……》。

【解题】

清廷已是日薄西山，政局动荡，人民不得安宁。此诗抒发了刘氏对于时局动荡的忧虑不满、对劳苦人民的关切痛惜。

【笺释】

[1]《民劳》《板》《荡》：《诗经·大雅·民劳》《板》《荡》，这三首诗都主要叙述平民百姓极度困苦疲劳以及殷灭亡的教训，劝告周厉王体恤民力，改弦更张。

（三十二）

□□□□□□□，所南作史瞽井沉。[1]

攘社著书百无用，书成奚补济时心？著《攘书》十六篇。

【解题】

刘氏引郑思肖著史藏井之事，抒发"著书无用"的失落，同时表达自己救时济世的热切心愿。

【笺释】

[1] 郑思肖：郑之因（1241—1318年），字忆翁，号所南，宋亡后改名思肖，宋末爱国诗人，连江人（今福建省福州市连江人）。诗集《心史》是其一生奇气伟节之作，晚年将《心史》重缄封好，藏于苏州承天寺眢井中。眢井，干枯的井。

（三十三）

大厦将倾一木支，乾坤正气赖扶持。

试从故国稽文献，异代精灵倘在兹。

【解题】

刘氏认为可以求助于古籍文献，伸发乾坤正气，以此挽救中国颓势。诗中体现了"用国粹激励种性"的革命意识，刘氏希望从传统学术文化中汲取动力，完成救亡图存的历史使命。

（三十四）

厉王监谤曾何补，秦政焚书亦可哀。[1]

掇拾丛残吾有志，遗编犹识劫余灰。[2]

【解题】

本诗先引"厉王监谤""秦政焚书"这两起压制舆论、焚毁书籍的历史事件，表明暴政对文化的破坏；然后直陈胸臆，表达自己搜集整理散佚典籍的志向。当时刘氏曾与邓实等倡导建藏书楼，保存图书文献。

【笺释】

[1] 厉王监谤：指周厉王压制百姓舆论之事。事见《国语·周语·邵公谏厉王弭谤》："邵公告曰：'民不堪命矣！'王怒，得卫巫，使监谤者。以告，则杀之。"

[2] 劫余灰：劫火的余灰。见前注。

（三十五）

淮海英灵间世出，乡邦文献叹沦微。

一从虏骑南侵后，城郭人民半是非。余著《扬民却虏录》。

【解题】

刘氏认为乡邦文献呈现出人才断代的现象，究其原因在于明末清初清军攻入扬州，大肆屠杀。本诗表达了刘氏对家乡历史遭遇的愤慨情绪，传递出反清的革命意识。

（三十六）

攘狄《春秋》申大义，区别内外三《传》同。[1]

我纂祖业治《左氏》，贾、服遗书待折衷。[2]

余著《春秋左氏传夷狄谊》，未成。

【解题】

诗中介绍《春秋》及其三《传》"攘狄""区分内外"的思想，刘氏继承家学，研究《春秋左氏传》，又有前人著述待整理归纳，可谓身担重任。

【笺释】

[1]内外：《春秋》提出了"内诸夏，外夷狄"的观点。三《传》：注释《春秋》的书，有《左氏》《公羊》《谷梁》三家。

[2]祖业：刘氏出身于经学世家，曾祖父刘文淇，祖父刘毓崧、伯父刘寿曾都以治《左传》享誉于世，父亲刘贵曾也以治经学闻名。贾、服：东汉著名学者贾逵和服虔的并称。贾逵（174—228年），字景伯，扶风郡平陵县（今陕西咸阳市）人，东汉著名经学家、天文学家。著有《春秋左氏传解诂》《春秋左氏长传》。服虔（不详），字子慎，初名重，又名祇，后更名虔，河南荥阳东北人，东汉经学家。著《春秋左氏解谊》《春秋左氏音》。折衷：调和太过与不及，使之得当合理。

（三十七）

横渠讲学盛关右，邹衍而后此一人。[1]

《正蒙》一编寓精理，姜斋先生知其真。[2]余著《关学发微》，未成。

【解题】

诗中谈到张载讲学关中的盛况，对《正蒙》一书称赞不已，并且提及王夫之对其理论的继承发展，表达了刘氏对张载、王夫之二人的敬佩之情。

【笺释】

[1] 横渠：指张载（1020—1077年），字子厚，世称"横渠先生"。凤翔郿县人。北宋思想家、教育家、理学创始人之一。关右：古人以西为右，亦称"关西"。汉唐时泛指函谷关或潼关以西地区。北宋中期，张载讲学关中，他的学术思想被称为"关学"。邹衍（公元前324—公元前250年）：战国末期齐国人（今山东省济南市章丘区相公庄街道郝庄村），阴阳家代表人物、五行创始人。

[2]《正蒙》：一名《张子正蒙》，是张载晚年定论之作。《蒙》卦象辞中有"蒙以养正"语，张载说："养其蒙使正者，圣人之功也。"姜斋先生：指王夫之（1619—1692年），字而农，号姜斋，又号夕堂，湖广衡阳（今湖南衡阳）人。王夫之曾著《张子正蒙注》，基本上完全继承并发展了张载的气论哲学体系。

（三十八）

王学多从性宗出，澄澈空明世莫如。[1]
试向良知窥性善，人权天赋说非虚。[2] 余著《王学发微》一卷。

【解题】

刘氏认为王阳明心学来源于性宗，与天赋人权相通。这一观念体现了刘氏论学中西类比的思维特征。

【笺释】

[1] 王学：又称心学，首创者为王阳明。性宗：主张"性即理"，也称为儒家的"密宗"。澄澈空明：清亮明洁，洞彻而灵明。

[2] 良知：儒家谓人类先天具有的道德意识，明代心学代表人物王阳明提出"致良知"说。典出《孟子·尽心》："人之所不学而能者，其良能也；所不虑而知者，良知也。"性善：孟子性善论。孟子认为人性本善，人之为善，是他本性的表现，人之不为善，是违背其本性的。人权天赋：中国早年译成"天赋人权"。近代自然法学派的一个重要概念，意指人具有天生的生存、自由、追求幸福和财产的权利。

（三十九）

幼年喜诵《明夷录》，曾慨余姚学派沉。[1]

戎马间关余大节，未应名字伺《儒林》。[2]

余拟著《黄梨洲学术》未成，仅成序。

【解题】

诗中对黄宗羲的生平经历做了简要概括，抒发了刘氏对余姚学派没落的感慨，同时表达了对黄宗羲高洁情操的敬佩之情，认为不能仅仅从学术角度将之纳入《儒林传》。

【笺释】

[1]《明夷录》:《明夷待访录》，黄宗羲所著。余姚学派：黄宗羲为浙江余姚人，余姚学派当指黄宗羲及其弟子万斯大、万斯同等人。

[2] 间关：形容旅途的艰辛，崎岖、辗转。

（四十）

奇人间世不一出，正学无□□□□。

□□一卷辉千古，敬为先生炷瓣香。[1]余著《读船山丛书札记》一卷。

【解题】

诗中肯定了王夫之的治学成就，称赞他为"间世不一出"的奇人，传递出刘氏对王夫之的敬慕之情。

【笺释】

[1] 炷：点燃。瓣香：形状像瓜瓣的香，表示祷祝敬慕之意。

（四十一）

东原立说斥三纲，理欲分明仁道昌。[1]

焦、阮继兴恢绝学，大衢郎朗日重光。[2]

余最服《孟子字义疏证》及焦氏《释理》《释欲》，阮氏《论仁》等篇，曾采其说入《罪纲篇》。

【解题】

戴震认为理学以理杀人，所以著《孟子字义疏证》以正人心，倡导合理的欲望。焦循和阮元继承并发扬了戴震之学。

【笺释】

[1] 戴震：字东原（1724—1777年），又字慎修，号杲溪，休宁隆阜（今

安徽黄山屯溪区）人，乾嘉学说"皖派"的领袖人物。他不仅考据精核，而且强调义理，尝与段玉裁曰："仆平生著述之大，以《孟子字义疏证》为第一，所以正人心也。"

［2］焦、阮：刘氏《近儒学术统系论》于戴震之后附论扬州学术时提到王念孙、刘台拱、汪中、焦循、阮元等人。

（四十二）

魏晋清谈启旷达，永嘉经济侈事功。[1]
惟有北方颜、李学，欲从宋俗振儒风。[2]
余著有《颜习斋先生学术》一卷。

【解题】

刘氏不满魏晋时期的清谈之风和永嘉年间侈谈事功，认可颜李学派实践功夫才是振兴儒学的方向。

【笺释】

［1］永嘉：西晋第三位皇帝司马炽（307—311年在位）年号为永嘉。

［2］颜李学：清初颜元、李塨所创的反对宋明理学的实学派。盛行于冀、鲁北，在豫、陕、晋、皖、江、浙亦颇有影响。颜元（1635—1704年），原字易直，更字浑然，号习斋。明末清初思想家、教育家，颜李学派创始人。

（四十三）

马迁作史贵博采，孰据遗编证旧闻？
欲继厚斋编《考异》，胪陈众说习纷纭。[1] 予拟著《史记考异》。

【解题】

司马迁《史记》和王应麟《论语孟子考异》的可贵之处在于采百家众长，列各家学说。刘氏欲效仿前人，编写《史记考异》。

【笺释】

［1］厚斋：王应麟（1223—1296年），字伯厚，号深宁居士，又号厚斋，庆元府鄞县（今浙江省宁波市鄞州区）人。博学多才，学宗朱熹，涉猎经史百家、天文地理，熟悉掌故制度，长于考证，代表性著作有《困学纪闻》《玉海》。

（四十四）

虐焰无过忽必烈，武功无过铁木真。[1]

有元一代史籍缺，遗闻拟辑传其真。[2]

予著有《元史西北地附录补释》二卷，《＜西游记＞释地》一卷，《元秘史注正误》一卷，余甚多。

【解题】

刘氏肯定忽必烈、铁木真的功绩，惋惜元朝史籍阙漏严重，立志根据前人遗留下来的传闻编写关于元朝历史的书籍。刘氏曾祖父刘文淇与著名边疆史地学者张穆有交往，其堂兄、弟刘师苍、刘师慎俱对边疆史地有研究，刘氏也写有相关论著。

（四十五）

条支故国邻西海，大石遗都隔叶河。[1]

欲补前朝西域史，残编犹自溯张、何。[2]

予拟著《＜唐书·西域传＞补注》，又著《中央亚细亚史》《西方亚细亚史》，均未成。

【解题】

刘氏有感于条支国和大石国的遗址，打算补编前朝各代的西域史，可惜均未遂。

【笺释】

[1] 条支：也作"条枝"，古代西域国名。三国时，属波斯国，约在今西亚两河流域一带。见《史记·大宛列传》《汉书·西域传上》。叶河：今中亚锡尔河。语本《大唐西域记》："赭时国周千余里，西临叶河。"大石：耶律大石，契丹族，字重德，辽太祖耶律阿保机八世孙。中亚史书中记为大石林牙，西辽开国皇帝（1132—1143年在位）。

[2] 张、何：张穆（1805—1849年），山西平定人，近代的爱国思想家、地理学家，《蒙古游牧记》是他的代表作。何秋涛（1824—1862年），福建光泽人，字愿船。清代地理学家，长期究心北疆形势，《朔方备乘》是其代表作。

（四十六）

不学和峤嗜钱癖，拟续洪遵《泉志》编。[1]

出土铜花犹炫碧，何时重见五铢年？[2]

喜藏古钱，著有《契刀考》《齐刀考》数篇。

【解题】

刘氏虽喜好收藏古钱，但不学和峤，而以《泉志》的作者洪遵为榜样，立志进行相关著述。刘氏的堂兄刘师苍对于古币与砖铭也有相关考释。

【笺释】

[1]和峤（？—292年）：西晋初年大臣，嗜好敛钱。事见《晋书·杜预传》："时王济解相马，又甚爱之，而和峤颇聚敛，预常称'济有马癖，峤有钱癖'。"《泉志》：是南宋洪遵新作研究中国历代钱币的专著，书成于南宋宋高宗十九年（1149年）。

[2]铜花：指铜锈；铜绿。五铢：中国古铜币名。见前注。

（四十七）

访古偶获宋代物，淮南城堡名犹镌。

江山半壁盛戎马，今我长忆南渡年。

喜搜藏南宋古砖，有考释数篇。

【解题】

刘氏因偶然间获得宋代文物，想到了宋代南渡临安的历史，一定程度上暗示着自己颠沛流离的生活苦境和国家战乱的状况。

（四十八）

桐城文章有宗派，杰作无过姚、刘、方。[1]

我今论文主容甫，采藻秀出追齐、梁。[2]

予作文以《述学》为法。

【解题】

刘氏文学上主张骈文正宗说，肯定六朝文学，对于讲求"义法"的桐城派持否定态度，认为扬州学派汪中的辞藻可以与齐、梁时期作者相媲美。

【笺释】

[1]"桐城"句：清代散文流派。其代表人物方苞、刘大櫆、姚鼐，皆安徽桐城人，故名。桐城派提倡学习先秦、两汉及唐宋八大家散文，讲求"义法"为时文，且与程朱理学相一致，故而遭到民族主义革命者的抨击。

［2］容甫：汪中，字容甫，与阮元等倡导骈文，他的《哀盐船文》是清代骈文代表作。

（四十九）

小雅哀音久不作，奇文郁起楚《离骚》。[1]
美人香草孤臣泪，缀玉编珠琐且劳。[2]
予著《楚词类对赋》一卷。

【解题】

刘氏认为文学作品要有现实的关怀与忠贞的思想感情，《诗经·小雅》和《楚辞·离骚》有真情与寄托，是真正伟大的作品，仅仅注重词句雕琢是枉费心神。

【笺释】

［1］郁起：蓬勃兴起。刘勰《文心雕龙·辨骚》："自风雅寝声，莫或抽绪，奇文郁起，其《离骚》哉！"

［2］美人香草：见前注。缀玉编珠：比喻词句雕琢。

（五十）

山谷吟诗句入神，西江别派倍清新。[1]
只缘生硬堪逃俗，终异西昆艳体陈。[2]
余著《匪风集诗》词。

【解题】

刘氏作诗以杜诗为师，欣赏以黄庭坚为代表的江西诗派创作，对西昆体与艳体诗有批评。

【笺释】

［1］山谷：黄庭坚（1045—1105年），字鲁直，号山谷道人、涪翁，洪州分宁（江西省九江市修水县）人，北宋著名文学家、书法家、江西诗派开山之祖。黄庭坚的诗以杜甫为宗，讲究修辞造句，强调"无一字无来处"，多写个人日常生活，风格奇崛。西江别派：孝宗年代，一些曾深受江西派影响的诗人从根本上摆脱了它的拘束，才以风格各异的创作，打开了宋诗的新局面。其中杨万里的"诚斋体"是比较成功和影响较大的一种。他重视观察自然、从日常生活中取材的见解，这正是对于江西诗派主张从前人那里"夺胎

换骨""点铁成金"的诗论有力的反驳。

[2]西昆艳体：是宋初诗坛上声势最盛的一个诗歌流派，以《西昆酬唱集》而得名，是以杨亿为首的十七位宋初馆阁文臣互相唱和、点缀升平的诗歌总集。

（五十一）

一自归心服大雄，众生普度死何功？[1]

欲知物我相忘说，三界唯心万象空。[2] 著有《读释典札记》一卷。

【解题】

刘氏试图皈依佛教，想要解脱众生的悲苦，认为想要达到物我相忘的境界，只能心中存念万物皆空。

【笺释】

[1]归心：诚心归附。典出《论语·尧曰》："兴灭国，继绝世，举逸民，天下之民归心焉。"大雄：释迦牟尼。见前注。

[2]三界：指众生所居之欲界、色界、无色界。

（五十二）

西籍东来迹已陈，年来穷理倍翻新。

只缘未识佉卢字，绝学何由作解人？[1]

【解题】

佛学典籍从西方传来，近年更多翻新，但是如果不懂得印度文字，如何更好地理解呢？本诗表达了刘氏对佛学未来的担忧，同时也体现了他对于梵文的重视。

【笺释】

[1]佉卢："佉卢虱咤"的省称，又作"佉楼"，梵语的音译，佛教传说中的人物，曾创制横书左行的古印度文字。典出《出三藏记集》卷一："昔造书之主凡有三人，长名曰梵，其书右行；次曰佉楼，其书左行；少者苍颉，其书下行。"

（五十三）

道教阴阳学派异，彰往察来理不殊。[1]

试证西方社会学，胪陈事物信非诬。[2] 予于社会学研究最深。

【解题】

刘氏以西方社会学验证中国道教阴阳等学派，以西证中，强调二者相通相似之处，固然为了提升文化自信，但忽略了各自的不同特点。

【笺释】

[1] 彰往察来：指记载往事不使埋没，据以考察未来。典出《易传·系辞下》："夫《易》，彰往而察来，而微显阐幽，开而当名辨物，正言断辞，则备矣。"

<h2 style="text-align:center">（五十四）</h2>

现身偶说出世法，振聩发蒙惟予责。[1]

我今更运广长舌，法音流布十方域。[2]

【解题】

刘氏曾对佛经有所研究，认为传教应该从自己做起，因此立志运用新奇的诗歌语言弘扬佛教。

【笺释】

[1] 现身：佛教用语，指佛、菩萨以化身显现。出世法：见前注。振聩发蒙：意思是声音很大，连耳聋的人也听得见。比喻用语言文字唤醒麻木的人。

[2] 广长舌：指佛的舌头，据说佛舌广而长，覆面至发际，故名。后用以喻能言善辩。十方：佛教用语，佛教原指十大方向，即上天、下地、东、西、南、北、生门、死位、过去、未来。此处指范围之广。

<h2 style="text-align:center">（五十五）</h2>

少年颇慕陶元亮，诗酒闲情亦胜流。[1]

壮志未甘终为隐，巢、由毕竟逊伊、周。[2]

【解题】

刘氏自叙少年仰慕陶渊明诗酒隐逸的生活，但现在不甘沉寂，认为建功立业还是胜于隐退的安逸生活。

【笺释】

[1]元亮：陶渊明，名潜，字渊明，又字元亮。胜流：意为名流，出名的人士。典出《魏书·张纂传》："纂颇涉经史，雅有气尚，交结胜流。"

[2]巢、由：巢父和许由的并称。相传皆为尧时隐士，尧让位于二人，皆不受。因用以指隐居不仕者。伊、周：商朝伊尹和西周周公旦，两人都曾摄政，后常并称。

（五十六）

斜阳衰草气萧森，学界风潮四海深。
天下兴亡匹夫责，未应党祸虑东林。[1]

【解题】

1904年日俄战争在中国东北爆发。面对严峻的形势，学潮不断爆发。刘氏在报纸上发文激发民族主义思想，鼓吹革命，认为每个人不应畏惧祸患，都要以大局为重，担负起国家兴亡的责任，表达了强烈的爱国情怀。

【笺释】

[1]党祸：士流因党争株连而受祸。东林：明朝末年以江南士大夫为主的官僚阶级政治集团。见前注。

（五十七）

努力神州俟异才，子衿佻达倍堪哀。[1]
何当重启光明藏，无量群生慧业开。[2]余著《教育普及议》。

【解题】

面对国内学潮运动，刘氏关心学子教育问题，一方面渴望学生成才，另一方面对他们的未来也有担忧。

【笺释】

[1]异才：指有特殊才能的人。典出《后汉书·郑孔荀列传》："融幼有异才。"子衿：学子。典出《诗经·郑风·子衿》："青青子衿，悠悠我心。"佻达：指轻薄放荡，轻浮。

[2]光明藏：佛教用语，指佛性佛法之所在。慧业：佛教用语，指智慧的业缘。

（五十八）

畅好申江赋《卜居》，而今消渴类相如。[1]

料量身外无长物，止有随身数卷书。[2]

【解题】

刘氏1903年逃避政祸来到上海，患有消渴疾病，同时经济困难，只有凭着自己的学识在报业谋生。

【笺释】

[1]畅好：正好；甚好。申江：春申江，指上海市境的黄浦江。《卜居》：《楚辞》里的一篇，表现了当时社会的黑暗腐败，反映了屈原的愤慨和不满，歌颂了他坚持真理、不愿同流合污的斗争精神。消渴类相如：司马相如患有消渴疾。事见《史记·司马相如列传》。

[2]长物：多余的东西。典出《晋书·王恭传》："恭曰：'吾平生无长物。'其简率如此。"

（五十九）

闻道西邻又责言，更虞瓜步阵云屯。[1]

可怜天堑长江险，到此长鲸肆并吞。

【解题】

1904年日俄战争在辽东爆发，帝国列强试图瓜分中国，争夺长江航运控制权。本诗对当时国内形势表示了担忧。

【笺释】

[1]西邻又责言：原指秦国（在西）向晋国（在东）问罪。后泛指别人的责备。典出《左传·僖公十五年》："西邻责言，不可偿也。"瓜步：地名。江苏六合瓜步山下有瓜步镇，南临大江，南北朝时为军事争夺要地。阵云：重叠涌起如兵阵的云，古人以为战争之兆。

（六十）

女娲练石天难补，精卫衔冤海莫填。[1]

鸿鹄高飞折羽翼，辍耕陇上又何年？[2]

【解题】

刘氏以"女娲补天"和"精卫填海"比喻挽救国难的决心，而现实中自己虽然有革命理想，但如同折了羽翼的鸿鹄，只能辍耕陇上悲叹而已。

【笺释】

［1］"女娲练石"句：比喻施展才能和手段，弥补国家以及政治上的失误。

［2］辍耕陇上：指陈涉的理想，比喻远大的理想抱负。化用司马迁《史记·陈涉世家》："陈涉少时，尝与人佣耕，辍耕之垄上，怅恨久之，曰：'苟富贵，无相忘。'"

（六十一）

一从辽海扇妖氛，莽莽东陲起战云。[1]

四海旧愁一惆怅，何时重整却胡军？[2]

【解题】

1904年到1905年间，辽东半岛作为日俄战争的主战场，战争爆发，全国人民都很忧愁，不知何时才能击退列强。

【笺释】

［1］妖氛：不祥的云气。多喻指凶灾、祸乱。

［2］却胡：指战国时期的燕国大将秦开却东胡取辽东的史实。此处借以表达驱除侵略者的愿望。

（六十二）

瀛海壮游吾未遂，有人招我游扶桑。[1]

欲往从之复洄溯，天风浪浪海山苍。

【解题】

刘氏1907年年初赴日本。本诗写作时，刘氏未到日本，反映了刘氏向往之情，但又有现实困难。

【笺释】

［1］扶桑：古代相传东海外有神木叫扶桑，此处指日本。

（六十三）

注：与前面《左盦诗别录·归里》相同。

（六十四）

四海风尘虏骑喧，遗民避世有桃源。

青门瓜事垂垂老，斜阳江天独闭门。

【解题】

天下混乱，战争四起，刘氏希望有一处桃花源，可供其归隐山林、远离战乱、闭门在家。

197. 题陈右铭先生西江墨渖

雨覆云翻又一时，纵横贝锦怨南箕。[1]

行藏龙豹千秋史，得失鸡虫万劫棋。[2]

苍狗浮云空复尔，石泉槐火有余思。[3]

澧兰阮芷湘江路，楚客吟成涕泗垂。

【解题】

陈宝箴（1831—1900年），谱名观善，字相真，号右铭，晚年自号四觉老人，候补知府，被光绪帝称为"新政重臣"的改革者。光绪二十四年（1898年）"戊戌政变"爆发，"百日维新"宣告失败，陈宝箴以"滥保匪人"被罢黜。墨渖，即墨迹。

刘氏此诗借题咏陈宝箴的墨迹，在诗中追述、感叹陈宝箴被守旧派攻讦、诬陷，为慈禧赐死之事，并有追思之意。

【笺释】

[1] 南箕：箕宿。古人认为箕星主口舌，多以比喻谗佞。见前注。

[2] 得失鸡虫：比喻无关紧要的细微得失。见前注。

[3] 槐火：用槐木取火。相传古时往往随季节变换燃烧不同的木柴以防时疫，冬取槐火。

198. 明代扬州三贤咏

（一）江都曾襄闵公铣

曾公古卫霍，正气何堂堂！[1]　早跻侍从班，嘉谟翊庙廊。[2]

辽兵肆猖獗，烟尘浩纵横。　公时提义师，投袂亲戎行。

一纸安反侧，辽海销挽枪。[3]　赤子皆吾民，群颂帝德滂。

秉钺督晋秦，惠化苏疲氓。[4]　惟时逢艰虞，丑虏纷披猖。[5]

初战浮图峪，再战跨马梁。[6]　将军振臂呼，万貔惨不扬。[7]

禽其名王归，威弧殄天狼。[8]　功成谢弗居，雅度何觥觥。

公言河套地，自古称朔方。　巍巍受降城，屹立西河旁。

藩篱守未坚，何以苏民殃。　郁此攘夷志，结感回中肠。

意待套虏除，再睹民物康。[9]　密陈攻守机，严城固金汤。

昊天嗟不吊，党论纷蜩螗。[10]　竟无三字狱，遂以诛岳王。[11]

白日鉴精诚，暑路飞严霜。　阴霾暗九阍，排云叫天阊。[12]

忆昔受书时，识公姓字香。　检公复套疏，展诵声琅琅。[13]

想公天人姿，冠世真豪英。　公如在庆历，韩范富欧阳。[14]

遐思却虏功，西北浮云翔。　惟有袁督师，后先相颉颃。[15]

【解题】

　　曾铣（1509—1548年），字子重，浙江台州府黄岩县（今台州市黄岩区）人。曾贾之子。十二岁即出口成章，父经商结识江都（今扬州）好友，托友携江都延师授课，遂籍江都。明代抗蒙名将。嘉靖八年（1529年）进士，任福建长乐知县。后升御史，巡按辽东、山西，平定叛乱。明中叶，俺答控制漠南，拥有十万骑兵，多次进攻陕西、山西等地。嘉靖二十一年（1542年），曾铣任兵部侍郎，总督陕西军务，以数千之兵拒敌塞门，命参将李珍偷袭敌军马梁山大本营，俺答腹背受敌，溃不成军。曾铣上《请复河套疏》，修筑大同西路、宣府东路边墙，主动出击河套，俘敌千计，拒绝俺答求和。世宗对收复河套信心不足，首辅夏言支持曾铣再上《重论复河套疏》。权臣严嵩为置政敌夏言于死地，向世宗进言收复河套会"轻启边衅"，并串通败将仇鸾，诬告曾铣掩败不奏，克扣军饷巨万；贿赂夏言，意求加官晋爵。世宗罢免夏言，于嘉靖二十七年（1548年）一月，将曾铣逮回京师，三法司不敢以律论断，揣摩世宗意图，以交结近侍律斩，妻、子流二千里。曾铣临刑慨然赋诗"袁公本为百年计，晁错翻罹七国危"，史称"天下闻而冤之"。隆庆元年（1567年）昭雪，追赠兵部尚书，谥襄愍。

刘氏此诗追述曾铣抗击外敌的功绩、遭遇，表达出对乡先贤的赞扬、惋惜以及追思。诗歌中反复强调曾铣的"却虏功"，与彼时刘氏反清革命思想相契合。

【笺释】

［1］卫霍：西汉汉武帝时期名将卫青和霍去病皆以武功著称，后世并称"卫、霍"。

［2］嘉谟：犹嘉谋。

［3］反侧：不安分，不顺服。搀枪："搀抢"，彗星名，即"天搀""天抢"。古人以搀抢为妖星，主兵祸。典出《淮南子·俶真训》："古之人处混冥之中……搀抢衡杓之气，莫不弥靡，而不能为害。"

［4］秉钺：持斧，借指掌握兵权。惠化：旧谓地方官为人所称道的政绩和教化。疲氓：疲困之民。

［5］丑虏：对敌人的蔑称。

［6］浮图峪：位于插箭峪，又称插箭岭，即今河北省涞源县西南插箭岭。相传宋将杨延昭插箭其上，故名。《明通鉴》有载，嘉靖三十二年（1553年），俺答犯大同，趣紫荆，攻插箭、浮图等峪，即此。跨马梁：明代地名。见《明史·列传》卷一百二十七："张臣，榆林卫人……屡战跨马梁……。"

［7］貙（chū）：貙虎，比喻勇猛的武士。

［8］名王：古代少数民族声名显赫的王，如匈奴的左贤王、右贤王。威弧：弧矢，弓箭，也指古星名。典出《汉书·扬雄传上》："掉奔星之流旃，彏天狼之威弧。"天狼：星名，古以为主侵掠。后以"天狼"比喻残暴的侵略者。

［9］套虏：久居河套之地的少数民族。

［10］不吊：谓不为天所哀悯庇祐。典出《诗经·小雅·节南山》："不吊昊天，不宜空我师。"蜩螗：比喻喧闹、纷扰不宁。

［11］三字狱：宋秦桧诬陷岳飞，"其事体莫须有"。见《宋史·列传》卷一百二十四。世因称岳飞冤狱为"三字狱"。

［12］九阍：九天之门，亦指九天。天阍：天上的门。

［13］复套疏：曾铣曾向嘉靖皇帝上《复套疏》，在该疏中曾铣计划的"复套"，就是收复被占据的河套地区，以缓解陕西三边的军事压力。后因严嵩

陷害、上意中变、以夏言、曾铣被杀而终。事见《明通鉴》："嘉靖二十五年十二月庚子，三边总督曾铣建复河套议，条上八事，兵部难之。"

[14] 庆历：为北宋时期宋仁宗赵祯使用的年号，北宋使用该年号共计8年，后有"庆历新政"（1043年），范仲淹、富弼、韩琦同时执政，欧阳修、蔡襄、王素、余靖同为谏官。

[15] 袁督师：袁崇焕（1584—1630年），字元素，号自如，广东广州府东莞县（今东莞市）人，明末抗清名将，爱国将领。崇祯二年（1629年）击退皇太极，解京师之围后，魏忠贤余党以"擅杀岛帅（毛文龙）""与清廷议和""市米资敌"等罪名弹劾袁崇焕，皇太极又趁机实施反间计。崇祯三年（1630年）八月，袁崇焕被朱由检认为与后金有密约而遭凌迟处死。

（二）泰州王心斋先生艮

王公豪杰士，崛起海滨地。神解出天倪，道根具凤慧。[1]
忆昔皇明初，大道日沦替。老释杂伪真，朱陆析同异。[2]
俗学尚支离，考据矜破碎。惟公倡心宗，独与往古契。[3]
郁此瑰奇姿，崇尚无师智。六经皆注脚，奚用凭文字。[4]
忧时恐坠天，愤俗颇裂眦。论学得阳明，深契良知旨。
正己立准绳，格物标新理。聊用觉愚蒙，兼拯末俗蔽。
区区化民心，与俗能无泪。[5]口讲手画间，高天豁氛翳。[6]
欲挽叔季风，重睹唐虞世。[7]耻作伊傅流，簪绂心何系。[8]
藜藋甘道腴，羔雁却书币。[9]一作帝京游，公卿争倒屣。[10]
奇节傲王侯，雄谈复高睨。车服效古初，往往遭掣曳。[11]
盛名纵倾倒，下里竟沉滞。[12]门才罗杞梓，庭阶森兰桂。[13]
遂令泰州学，举世皆风靡。馨香永未沬，名不随身瘗。[14]
因思吾郡士，闻风多兴起。乐吾起陶工，李珠弃胥吏。[15]
鄙事列多能，大道寓末艺。暇稽孟氏言，立志斯为士。

【解题】

王艮（1483—1541年），字汝止，号心斋，明代哲学家，南直隶泰州安丰场（今江苏省东台市安丰镇）人。起初投入王阳明（守仁）门下为求生，后来转而治学，创立传承阳明心学的"泰州学派"，初名银，王守仁替他改名为艮。王艮长期在小生产者阶层中讲学，从者云集。"泰州学派"的信徒有上层官僚地主、知识分子，还有下层劳动人民。他们大都致力于道德的普及和宣传工作，规劝人们安分守己，息事宁人，因此"泰州学派"一度受到朝廷的青睐，成为晚明的显学。它发扬了王守仁的心学思想，反对束缚人性，引领了明朝后期的思想解放潮流。主要传人有王栋、徐樾、赵贞吉、颜钧、何心隐、罗汝芳、李贽等。

刘氏此诗的主要内容是称扬王艮的心学，并在诗歌中追述其开创的"泰州学派"及其深远影响，最后表达出自己"立志斯为士"的志向。

【笺释】

［1］神解：悟性过人。天倪：犹天边。道根：治道的根本。夙慧：生来就有的悟性。

［2］朱陆：宋代朱熹和陆九渊的并称。

［3］心宗：佛教宗派名，即禅宗。禅宗以不立文字、直指人心为标的，故称。

［4］六经句：六经都是我思想的解释。化用《宋史·陆九渊传》："六经皆我注脚。"

［5］与俗：顺应世情。

［6］口讲手画："口讲指画"，一面讲一面用手势帮助表达意思。氛翳：阴霾之气。

［7］叔季：没落；末世。唐虞：唐尧与虞舜的并称。亦指尧与舜的时代，古人以为太平盛世。

［8］伊傅：伊尹和傅说的合称，均为商代的贤相。相传傅说曾筑墙于傅岩之野，武丁访得，举之为相。簪绂：冠簪和缨带，古代官员服饰。亦用以喻显贵、仕宦。

［9］藜藿：藜和藿，亦泛指粗劣的饭菜。羔雁：用作征召、婚聘、晋谒的礼物。书币：泛指修好通聘问的书札礼单和礼品。

［10］倒屣："倒屣相迎"。急于出迎，把鞋子穿倒，形容热情迎客。

［11］车服：车舆礼服。

［12］下里：乡里。

［13］门才：世家大族中有才能的人。杞梓：杞和梓，两木皆良材，因此也比喻优秀人才。兰桂：兰和桂。二者皆有异香，常用以比喻美才盛德或君子贤人。

［14］未沫：未消失。典出《离骚》："芳菲菲而难亏兮，芬至今犹未沫。"瘗（yì）：埋藏；隐藏。

[15] 乐吾：韩乐吾（1509—1585年），名贞，字以中，号乐吾，明朝嘉靖兴化韩家窑（戴窑镇西北）人。韩乐吾是明代"泰州学派"的传人，他的学说保存在《韩乐吾集》中。一生勤学传教，乐善好施，留有许多传说故事，被誉为"东海贤人"。李珠句：清初"三大儒"之一的李颙作《观感录》专门收集了"迹本凡鄙卑贱"，尔后成为"巨儒"等人的材料，其中如樵夫朱恕、陶匠韩乐吾、胥吏李珠等人。

（三）宝应刘练江先生永澄

皇明御九有，养士三百年。[1]大哉练江公，岳岳忠格天。
奇节慕文山，孤忠师屈原。揽辔盼澄清，耿耿心孤悬。
斯时朝政缺，阉官方柄权。困藩羊不触，厝火薪已然。[2]
当世岂乏才，莠苗杂莆田。置身清浊间，结舌同寒蝉。[3]
惟公膺此际，百感纷膺填。[4]感叹士气颓，只手为转圜。[5]
大海回狂澜，一发千钧牵。首陈邪正消，继陈刑赏愆。
嫉恶森刚肠，直节朱丝弦。颇恋君父恩，宁受妻子怜。
何以报主知，退恶兼进贤。叩阍帝不闻，吾道终迍邅。[6]
耻污京洛尘，思结焦山椽。[7]言从高顾游，结交金兰坚。[8]
讲社辟东林，念国心忧煎。宁为珠玉破，耻作瓦釜全。
幸免北寺诛，党籍名犹镌。[9]觥觥史鰌节，清白遗子孙。[10]
独惜公去后，天骄方窥边。[11]当年讲学场，化作腥与膻。
我读练江文，字字森戈铤。继诵《楚辞注》，忠爱大缠绵。
举世尚脂韦，习俗凭谁迁？[12]惟有嫉俗心，与公同惓惓。

【解题】

刘永澄（1576—1612年），明扬州府宝应人，字静之，一字练江，私谥贞修先生。万历二十九年（1601年）进士，官至兵部主事，与东林党人深相交结。生平刻苦自励，北方学者称为"淮南夫子"。著有《刘练江集》。

刘氏此诗追述刘永澄的遭遇，赞扬他的"奇节""孤忠"，为改变社会风气所做出的努力，表达了诗人与刘永澄同样憎恨社会不良风气的心声。

【笺释】

[1] 九有：九州。典出《诗经·商颂·玄鸟》："方命厥后，奄有九有。"
[2] 困藩句："羝羊触藩"。公羊的角缠在篱笆上，进退不得，比喻进退两难。典出《周易·大壮》："羝羊触藩，羸其角……不能退，不能遂。"厝火

句："厝火于薪"。置柴堆于火之上，比喻潜伏着极大危机。

〔3〕结舌：不敢讲话。

〔4〕膺填："填膺"，充塞于胸膛。

〔5〕只手：喻指一人之力，独力。转圜：挽回。

〔6〕叩阍：谓吏民因冤屈等直接向朝廷申诉。

〔7〕京洛尘：比喻功名利禄等尘俗之事。典出陆机《为顾彦先赠妇诗二首》其一："京洛多风尘，素衣化为缁。"焦山椽：东汉末年，焦光隐居焦山，汉献帝曾三次下诏书请他出山做官，但他不愿和腐败朝廷同流合污，拒不应召。

〔8〕高顾：明高攀龙、顾宪成的并称。高为明代大儒，与顾宪成修复东林书院，讲学其中。宪成卒，攀龙专讲席，世称"高顾"。

〔9〕北寺：监狱名。

〔10〕史鳅：春秋时卫国大夫，字子鱼，也称史鱼。卫灵公不用蘧伯玉而任弥子瑕，史鳅数谏不听。孔子曾称赞史鳅之节。

〔11〕天骄：古时匈奴单于自称"天之骄子"。后表示北方游牧民族对君主一种敬畏的称呼。

〔12〕脂韦：油脂和软皮，比喻阿谀或圆滑。典出《楚辞·卜居》："宁廉洁正直以自清乎，将突梯滑稽如脂如韦以洁楹乎？"

199. 春深

盼到春来春已深，残花如雪柳成阴。
好凭烟月消佳节，岂有风云付壮吟？
病起空增迟暮感，书成奚补济时心？
光阴弹指惊驹隙，江上青山阅古今。

【解题】

诗人由暮春联想到人生，不免心生迟暮之感，感叹著书写作难以实现济世之志，抒发壮志未酬的惆怅。

200. 吊何梅士

黄金宝剑肝肠热，破浪乘风壮志深。
海水天风归不得，夜深风雨泣鹠禽。

【解题】

何仁山，字梅士，东莞人。道光己酉举人，有《草草草堂诗草》。同盟党人士，以脚气病死于东京。刘氏此诗追忆其革命事迹，惋惜其身亡他乡。

201. 岁暮怀人九首

（一）

枚叔说经王、戴伦，海滨绝学孤无邻。[1]
姜斋无灵晚村死，中原遍地多胡尘。余杭章太炎。

【解题】

1904年《俄事警闻》改组为《警钟日报》，刘氏担任主笔。同年9月24日刘氏在《警钟日报》上发表《岁暮怀人》九首，署名光汉。这首诗应该与1903年6月底7月初发生在上海的一起震惊中外的"苏报案"有关。此诗盛赞章太炎的治学成就与革命志业，认为他超越前人且独步当时。

【笺释】

[1] 枚叔：章太炎（1869—1936年），原名学乘，字枚叔，因仰慕顾绛（顾炎武）之为人处世而改名绛，号太炎。世人常称之为"太炎先生"。清末民初民主革命家、思想家。王、戴：王念孙、王引之父子与戴震，为清代乾嘉学术代表。

（二）

神州陆沉古人叹，屹然一士当颓澜。
夔涓牙旷久不作，茫茫四海知音难。[1] 山阴蔡子民。[2]

【解题】

1902年11月中国教育会决定成立爱国学社，蔡元培为学校总理。1903年6月"苏报案"发，爱国学社亦受到牵连，被迫解散。此诗创作背景应该与此有关。这首诗赞扬蔡元培先生在国土沦陷、人心涣散之际挺身而出，力挽狂澜。不过，人海茫茫，知音难觅，蔡元培先生的大义却很少有人能够理解。诗歌表达了刘氏对蔡元培先生的敬佩以及知音难觅的感叹。

【笺释】

［1］夔涓：夔为我国历史上有书可寻的最早音乐家，相传他受到舜的赏识被提拔为乐官，主管乐舞之事。涓即师涓，春秋时期卫国著名音乐家，以善弹琴著称，并善于搜集和弹奏民间乐曲。牙旷：伯牙和师旷的并称，二人皆春秋时著名音乐高手。典出《汉书·叙传上》："若乃牙旷清耳于管弦，离娄眇目于毫分。"

［2］蔡子民：蔡元培（1868—1940年），字鹤卿，又字仲申、民友、子民，并曾化名蔡振、周子余，浙江绍兴人，祖籍浙江诸暨。教育家、革命家、政治家、民主进步人士。是中华民国首任教育总长，曾任北京大学校长，革新北大，开"学术"与"自由"之风。

（三）

孤芳写怨屈正则，神仙吏隐梅子真。[1]
生平傲骨厌尘俗，结庐偶来松江滨。[2]庐江吴彦复。[3]

【解题】

1903—1904年，吴保初寓居上海，徜徉于革命与维新之间，屡次为当时的革命党人提供藏身之处。这首诗将吴保初先生与屈原、梅福类比，赞美他品格高洁，胸怀天下，忧国忧民，表达了作者对这位前辈的敬仰之情。

【笺释】

［1］屈正则：屈原，名平，字原，又自云名正则，字灵均。他的作品多以香草美人写忠而被谤的怨情。梅子真：西汉末年文士梅福，字子真，九江郡寿春（今安徽寿县）人，少年求学于长安，初为西汉南昌县尉，后因外戚王氏乱政之事以县尉微官上书朝廷，险遭杀身之祸，故挂冠而去。王莽篡位后，弃家隐居。

［2］松江：上海市西南郊，位于黄浦江上游，有"上海之根"的称呼。

[3] 吴彦复：吴保初（1869—1913年），字彦复，号君遂，晚号瘿公，庐江县沙湖山人。他与陈三立、谭嗣同、丁惠康赞同维新，时人称之为"清末四公子"。吴保初两次大胆上疏朝廷，痛陈时弊，请求变法，均被时任刑部尚书的刚毅驳回，一怒之下，挂官归隐。辞官后的吴保初居家上海，经济拮据，行吟忧伤，却拒绝昔日好友袁世凯的拉拢，最终客死沪上，年仅四十五岁。诗文外，兼工书法，著有《北山楼集》。生平事迹见康有为《吴彦复墓志》、陈衍《吴保初传》、陈涛《吴公家传》、章炳麟《吴君墓表》。

（四）

蹈海归来一握手，颖慧杰出无其俦。

西土光明照震旦，期君才笔横九秋。[1]桂林马君武。[2]

【解题】

1901年马君武成为广西赴日第一批留学生，留学期间所读均是工科，但其文学功底深厚。在日留学期间，他译介了大量西方先进思想并发表大量论说。1904年夏，马君武与同伴利用暑假教军国民暗杀团制作炸弹，1905年年底回国。这首诗赞赏马君武的聪慧与才能、留洋所学知识的先进，期望他能写出精彩绝伦的文章。

【笺释】

[1] 震旦：音译自梵文，意即中国。

[2] 马君武（1881—1940年）：原名道凝，又名同，后改名和，字厚山，号君武，生于广西桂林恭城县。他是中国获得德国工学博士第一人，也是民国时期著名的政治活动家、教育家。1902年留日期间结识孙中山，后参与组建中国同盟会，是《民报》的主要撰稿人。辛亥革命成功后，积极参与各项政治活动。1924年淡出政坛，投身教育事业，是大夏大学（今华东师范大学）、广西大学的创建人和首任校长。当时与蔡元培同享盛名，有"北蔡南马"之誉。

（五）

六朝撷艳文派古，雠书哦诗百不堪。

满眼衔官谁屈宋，天留词笔大江南。[1]吴江陈佩忍。[2]

【解题】

1903年中国教育会改为爱国女学，同年夏秋间，陈去病回到上海任爱国女学教师。1904年6月下旬，陈去病担任上海《警钟日报》的主笔，宣传反清思想，此时刘氏也为《警钟日报》主笔，两人有较深的交情。除此诗外，另有《送佩忍归吴江》《书佩忍与宗秦、济扶女士论文诗后》等作品。刘氏肯定陈去病学诗推崇六朝，以及对乡邦文献与前朝遗书多有校雠整理之功，赞美陈去病的诗文优美。此诗可与《题陈去病拜汲楼诗集二首》参看。

【笺释】

[1] 衙官：泛指下属的小官。衙官屈宋，以屈原、宋玉为属官。原为自夸文章好，后也用以称赞别人的文采。典出《新唐书·杜审言传》："吾文章当得屈、宋作衙官，吾笔当得王羲之北面。"

（六）

著书不作郑思肖，拭剑偶慕吴要离。[1]
纷纷蛾眉工谣诼，蜩鸠安识鲲鹏奇。[2] 侯官林少泉。[3]

【解题】

1903年夏林少泉由日本返回上海，创办《俄事警闻》《上海白话报》。1904年他出任《警钟日报》主编，与刘氏同为主笔，还参加了《苏报》的编辑工作。刘氏认为林少泉公开发表文章，不像郑思肖那样藏史于井中；更肯定他仰慕春秋时期吴国刺客要离，暗示林少泉参加暗杀革命活动，赞美林少泉宏伟的人生追求。

【笺释】

[1] 郑思肖：见前注。要离：春秋时期吴国人，据《吴越春秋》卷四《阖闾内传》所载，吴王阖闾在即位后第二年（公元前513年）派遣要离刺杀庆忌。

[2] 蛾眉：谓眉之美好若蚕蛾者，比喻贤才。此句化用《离骚》："众女嫉余之蛾眉兮，谣诼谓余以善淫。"蜩鸠：蝉与斑鸠之类的小鸟。比喻识见短浅者。

[3] 林少泉：原名林獬（1874—1926年），又名万里，字少泉，号宣樊、退室学者、白话道人等，笔名白水，福建闽侯人（今福州）。中国近代史上著名的记者、报人，自1901年出任《杭州白话报》主笔，25年间他先后创办或参与编辑的报刊就有十多种。1926年8月6日，因在社论中屡次抨击军阀张宗昌，被张逮捕杀害。

（七）

琼琚玉佩美无度，少年奇气干将横。[1]

眼前腐儒不称意，从君共入寥天行。[2] 潼川谢无量。[3]

【解题】

1901年谢无量结识章太炎、邹容、章士钊等人，并为《苏报》和《国民日报》撰稿，秘密参加了反清斗争。1903年春，刘氏来到了上海，两人曾在梅福里寓居相会。谢无量后赴日本学习，1904年3月回国，先后在镇江、杭州等地任教。这首诗从衣着、外貌入手，赞美谢无量仪容俊美，志向远大，豪气冲天。

【笺释】

[1] 琼琚：精美的玉佩。典出《诗经·卫风·木瓜》："投我以木瓜，报之以琼琚。"

[2] 腐儒：指迂腐的儒生，只知读书，不通世事。

[3] 潼川：指谢无量（1884—1964年），四川乐至（清代属潼川府）人，原名蒙，字大澄，号希范，后易名沉，字无量，别署啬庵。近代著名学者、诗人、书法家。清末任成都存古堂监督，民国初年任孙中山先生秘书长、参议长、黄埔军校教官等职。后从事教育和著述，在国内多所大学任教，中华人民共和国成立后仍从事文史研究。

（八）

荆卿不作渐离死，易水萧萧白日寒。[1]
言念渔阳豪侠士，四方多故薄儒冠。[2] 沧州张溥泉。[3]

【解题】

1903年张继从日本回国，与同仁一起在上海创办《国民报》《苏报》《民报》等刊物。1904年，张继任长沙明德学堂历史教习，与黄兴、宋教仁等人创办"华兴会"，以"驱除鞑虏，复兴中华"为宗旨，投身反清革命运动。张继与刘氏交往密切，1907年后，与刘氏一起在日本宣传无政府主义，后往法国宣传无政府主义。这首诗运用"荆轲刺秦王"的典故，巧妙地将燕赵大地多豪侠的史实与张继联系到一起，表达了作者对友人投身革命，参与暗杀活动的敬佩之情。

【笺释】

[1] 荆卿：荆轲（？—公元前227年）。战国末期卫国朝歌（今河南鹤壁）

人。公元前227年，荆轲受燕太子丹派遣，携燕督亢地图和樊於期首级，前往秦国刺杀秦王嬴政。献地图时，图穷匕见，刺秦王不成，事败被杀。渐离：高渐离。战国末燕（今河北定兴县）人，荆轲的好友，擅长击筑。荆轲刺秦王临行之际，高渐离与燕太子丹送之于易水之畔，高渐离击筑，荆轲和而高歌"风萧萧兮易水寒，壮士一去兮不复还"。

［2］渔阳：古代行政区名。燕昭王二十九年（公元前283年），置渔阳县，秦统一后，复置渔阳县，故城在今北京密云区西南。其地尚武，多豪士侠客，韩愈《送董邵南游河北序》有"燕赵古称多感慨悲歌之士"之句。

［3］张溥泉：字溥泉（1882—1947年），河北沧县人，近代著名政治家，著有《张溥泉先生全集》及《补编》。

（九）

东门倚啸郁奇志，南阳抱膝歌长吟。[1]
漆室敢论天下计，独有炯炯千秋心。甘泉朱菊平。[2]

【解题】

这首诗通过三个著名典故，即石勒东门长啸、诸葛亮抱膝长啸、漆室女倚柱长啸，表现友人朱菊平虽处陋室，默默无闻，却志存高远，心怀天下。

【笺释】

［1］东门倚啸：倚在洛阳上东门边长啸。指人有异志，或人能识别异兆。典出《晋书·石勒载记上》："（石勒）年十四，随邑人行贩洛阳，倚啸上东门，王衍见而异之，顾谓左右曰：'向者胡雏，吾观其声视有奇志，恐将为天下之患。'驰遣收之，会勒已去。"抱膝：以手抱膝而坐，有所思貌。典出《三国志·蜀书·诸葛亮传》："亮躬耕垄亩，好为《梁父吟》。"裴松之注："每晨夕从容，常抱膝长啸。"

［2］甘泉：古县名。清雍正九年（1731年）分江都县置，因县西北甘泉山得名。朱菊平：朱黄（1872—1944年），字菊坪，号樗庵，扬州甘泉县（民初并入江都县）丁沟人，扬州冶春后社成员，诗文大家。

202. 黄炉歌呈彦复、穗卿

吴侯四十豪无俦，快如健鹘横高秋。[1]
钱塘先生富绝学，奇思堪与龚、章侔。[2]
招携胜侣出门去，萧然同作黄炉游。[3]
良朋胜地合合并，有酒不醉非良谋。
举觞痛饮杂谐谑，狂歌直欲笑孔丘。[4]
持论往复各一义，切直如见嘤鸣求。[5]
方今神州悲板荡，茫茫横海多长虬。[6]
渤澥风潮荡未已，中原北望荆榛稠。[7]
劝君买醉勿复忧，风花瞥眼如浮沤。[8]
浮云蚁蠓等闲事，安得羁束学楚囚。[9]
众醉独醒举世嫉，始知刘阮工消愁。[10]

【解题】

1903年中俄《东三省交收条约》到期，俄国拒绝退兵反而增兵，重新占领营口，引发了拒俄运动。1904年2月日俄战争在旅顺爆发，清政府保持中立。此时内忧外患，国家危在旦夕。吴保初与夏曾佑都是刘氏的前辈，都曾积极参与改革与变法。

这首诗前三句便点明了同游者的身份与游玩的地点，紧接着又用三句高度概括了同游时的场景，接下来两句感叹时局，忧心忡忡，最后三句借酒消愁，宽慰自己与友人。总体而言，这首诗既展现了三人的志同道合与深厚友谊，也流露出刘氏对当下时局的关注与忧虑。穗卿：夏曾佑（1863—1924年），字遂卿，作穗卿，号别士，杭县人。近代诗人、历史学家、学者。1897年与严复等在天津创办《国闻报》，宣传新学，鼓吹变法。民国时期任教育部普通教育司司长，后调任京师图书馆馆长。

【笺释】

[1] 健鹘：勇猛矫健的鹘。
[2] 钱塘先生：夏曾佑，籍贯为杭县，故有此称。龚、章：龚自珍与章太炎，二人都是浙江人，与夏曾佑同乡，故有此比。
[3] 黄炉：浙江省临海市大石河头镇黄炉村，与天台县毗邻。
[4] 狂歌：纵情歌咏，指楚狂接舆。典出《论语·微子》："楚狂接舆歌

而过孔子。"

［5］嘤鸣求：嘤鸣求友，意思是鸟儿在嘤嘤地鸣叫，寻求同伴的回声，比喻寻求志同道合的朋友。化用《诗经·小雅·伐木》："嘤其鸣矣，求其友声。"

［6］板荡：见前注。虺：古代传说中没有角的龙，常用来比喻有才能而不被重用的人。

［7］渤澥：古代称东海的一部分，即渤海。风潮：一时的喧闹沸扬之事，或指1903年拒俄风波。

［8］浮沤：水面上的泡沫。因其易生易灭，常比喻变化无常的世事和短暂的生命。

［9］楚囚：春秋时被俘到晋国的楚国人钟仪。在被俘期间，钟仪戴南冠，操南音，不忘家乡。此处似为愤激语，意思是不必学楚囚一样不忘故国，一切都是过眼云烟，放达适意就好。

［10］刘阮：指刘伶、阮籍，二人俱入"竹林七贤"，蔑视"名教"礼法，嗜酒不羁以避祸。此为愤慨语，意为与其对世事过于清醒，令自己痛苦，不如饮酒麻醉自己。

203. 泛舟小金山

杰阁参差万柳昏，夕阳无语下湖村。[1]
泠泠竹韵清诗榻，淡淡蒲帆落酒樽。[2]
俯仰百年身似客，侈谈六合世方喧。[3]
华严弹指维摩劫，转问如何是法门？[4]

【解题】

此诗作于1903年5月中旬，是刘氏赴开封参加会试后，返回扬州时所写。诗歌前两句写泛舟小金山所见之景，后两句慨叹时光易逝，自己前途未知。这首诗情景交融，"昏""清""淡"既是所见之景，也是刘氏内心孤寂、苦闷的外在表现。小金山：扬州瘦西湖二十四景之一，为瘦西湖中一小岛，原名长春岭，建于清代中叶。小金山四周环水，水随山转，山因水活。

【笺释】

［1］杰阁：高阁。

［2］泠泠：形容声音清越、悠扬。竹韵：风吹竹子而形成的特殊的声音。

［3］俯仰：抬头低头，比喻时间短暂。侈谈：大谈，纵论。六合：上下和东西南北四方，即天地四方，泛指天下或宇宙。

［4］华严弹指：喻人生短暂。见前注。维摩劫：《维摩劫所说经》，佛教大乘经典。法门：宗教用语，原指修行者入道的门径，今泛指修德、治学或做事的途径。

204. 秋风萧瑟，池荷零落，感而赋此

大化斡神运，兴谢常无私。^[1]微物乘其中，荣枯难自持。
负性惬孤赏，敷华媚幽姿。^[2]亭亭朱华芳，袅袅秋风吹。
霜露日已深，摇落诚难知。 即非霜露零，良与世俗违。
朱颜一朝去，采撷将遗谁？ 君子贵贞性，人情生妍媸。^[3]
凄凉王勃吟，怆恍班姬辞。^[4]西洲秋水深，芳情终勿移。

【解题】

此诗吟咏秋荷凋零，更多是寄托个人遭际与情感。刘氏在科举失利后，赏花而联想到自己身处变革时代，生发命运难以把握的迷茫与愁苦。整首诗咏物抒情，表达了自己坚守高洁品格的志向。

【笺释】

［1］大化：大自然。神运：命运。

［2］负性：禀性。敷华：犹敷荣，开花。

［3］贞性：坚贞不移的禀性。妍媸：美好和丑恶。

［4］王勃吟：指王勃在《送杜少府之任蜀州》中吟出"海内存知己，天涯若比邻"的凄凉愁苦。班姬辞：指班婕妤受到皇帝冷落而独自幽居时创作的凄凉孤寂的文辞，其《团扇歌》尤其哀婉动人。

205. 愚园二首

一角斜阳倚石幽，萧骚梧竹自鸣秋。
无端触我家园梦，归去羞为马少游。[1]

尘梦廿年一炊黍，年年辜负是花时。[2]
槐黄已过芙蓉老，一夕秋霜上鬓丝。[3]

【解题】

刘氏此诗中所题咏的是南京愚园。清光绪二年（1876年），胡恩燮为奉养母亲，辞官筑园，取名"愚园"，既有表明其不仕归隐，"以愚名者，乐山水而自晦于愚也"之心迹，又有"大巧如拙，大智若愚"之意。

此诗当是刘氏1903年科举考试落第后游览南京时所作，诗中流露出对科举不顺、壮志未酬、时光流逝的感叹，表示不愿像马少游一样甘于淡泊。

【笺释】

[1] 马少游：汉名将伏波将军马援的从弟，其志向淡泊，知足求安，无意功名，他认为优游乡里即足以了此一生。后世把马少游作为士人不求仕进、知足常乐的典型。事见《后汉书·马援列传》。

[2] 一炊黍："黄粱一梦"，喻虚幻的事和不能实现的欲望。

[3] 槐黄："槐花黄"之省词，古指忙于准备应试的季节。

206. 送佩忍归吴江

今夕客申江，颇多文字俦。　素心良独难，结交得陈侯。
雄才锐干将，佚步追骅骝。[1] 谈艺辄就我，谓遂嘤鸣求。
四旬乐合并，研古奇字搜。　昨闻理征棹，归作吴中游。
此行息尘驾，家开柴门幽。　胜斯赁庑栖，勿复离索愁。[2]
方今板荡余，横海多长虬。　逆胡亦跳梁，已是天亡秋。[3]
君抱终军愿，努力恢神州。[4] 慎勿效季鹰，长作莼鲈谋。[5]
木落群山昏，大江浩东流。　执手黄浦滨，念子不可留。

襟期了无阂，讵谓路阻修。[6]送君意酸辛，何时话绸缪。

【解题】

此诗是刘氏为陈去病（佩忍）所作的送别诗。诗歌追叙与陈去病相识、谈艺论道、互为知己的美好时光，称扬陈去病的俊才和报国志向，他叮嘱陈去病不要学张翰遇国难而身退，要有所担当；表达了依依不舍的情感。

【笺释】

[1] 干将：古代宝剑名，常跟"莫邪"并说，泛指宝剑。骅骝：周穆王八骏之一。泛指骏马。

[2] 赁庑：指租借的房屋。

[3] 跳梁："跳踉"，跋扈；强横。

[4] 终军："终军请缨"，指主动担当重任，建功报国。西汉武帝朝，终军自请出使南越，试图说服南越王臣服汉朝，最终被南越丞相吕嘉杀害。典出班固《汉书·终军传》。

[5] 季鹰：张翰，有清才，善属文，性格放纵不拘，时人比之为阮籍，号为"江东步兵"。齐王司马囧执政，辟为大司马东曹掾。见祸乱方兴，以莼鲈之思为由，辞官而归。

[6] 襟期：襟怀、志趣。

207. 六言诗，效山谷

拂菻钱布金地，大秦珠缀华冠。[1]
梯航毕集西域，威仪重睹汉官。

【解题】

六言诗是古代中国古体诗歌体裁的一种，在《诗经》中已有萌芽，后代诗人偶尔写六言四句的短诗。黄庭坚《戏呈田子平六言》："茸割即非茸割，肥羊自是肥羊。老夫才堪一筋，诸生赞咏甘香。"刘氏此诗写上海滩不同货币、服饰，船只聚集，行为古怪。或为初到上海时见闻，亦得谐风雅趣。

【笺释】

［1］拂菻（lǐn）：拂菻国（Byzantine Empire），中国中古史籍中对东罗马帝国的称谓。帝国首都君士坦丁堡，古代亦称大秦或海西国。大秦珠：大秦国出产的珠子。后泛指远方异域所产之珠。

1905年

208. 和孟广作

韩何两字属谐声，谱牒分明古合并。
今日木兰当户织，韩女公子今习手工。何年逾漠却胡兵？

【解题】

孟广原诗前有小序："甲辰秋丙子，创自立女工传习所于沪上。有韩靖盦之女公子平卿从游，情旨甚洽，不忍相离。兹承靖盦君函许，作为义女，遂于仲冬下旬六日作汤饼之宴，以宴同志，喜成俚句三章，乞大雅赐和。"刘氏此诗是唱和之作，内容与孟广原诗接近。

《光汉室诗话》四首

209. 饮酒楼

画烛当筵辩论雄，浮生奚必叹飘蓬。
□忘雅会邗江集，颇杂危言泰始风。[1]
宝剑酬恩何处是，酒杯邀醉几人同？
微生蓬鬓垂垂老，留取诗篇证雪鸿。

【解题】

此四首诗原载于1905年的《警钟日报》，刘氏对于这些诗歌的创作背景有所述及："近日，无量、君武自日本西京归，郁仁来自扬州，佩忍亦留沪上，聚饮甚欢，而得诗亦最多……率尔成章，诗虽不工，然征友朋欢聚之盛。

因汇集录之。"刘氏这四首诗属于朋友间的唱和之作。

【笺释】

［1］邗江：扬州的代称。泰始风：泰始为晋武帝年号（265—274年），此处指魏晋玄谈之风。

210. 赠君武

蹈海归来再握手，颖慧杰出仍无俦。
文豪不幸逢亡国，党狱于今多伪流。
醉酒无端生痛哭，著书不就为穷愁。
西风黄叶邗江上，姑作平原十日留。

211. 赠无量

狂歌当哭不称意，嬉笑怒骂皆文章。
李白苏坡皆蜀产，惟君有才相颉颃。

212. 游张园

地兼金谷玉山胜，敦盘四集觞咏多。
青山白云自怡悦，别有襟抱宜若何。

213. 无题八首

（一）

愁云千里压燕城，几度兵戈绕帝京。

师法敢缘黄石术，卒徒空拥绿林兵。[1]

楼船万里扶桑岛，笳鼓千声细柳营。[2]

朝士不知征战苦，犹将瘦痟望澄清。[3]

【解题】

此组八首无题诗，虽没有确定的主题，但从诗歌内容来看，似写明末清初国家动荡史实，或为读史传而发。其一希望郑成功能够据守岛屿，与将士齐心协力恢复神州，澄清海内，对郑成功的失败表示惋惜。

【笺释】

［1］黄石术："黄石略"，指黄石公授与张良的兵书《黄石公三略》，即《太公兵法》，亦泛指兵书、兵法。绿（lù）林：绿林山（今湖北大洪山一带），西汉末年绿林起义的根据地。后来用"绿林"泛指聚集山林反抗官府或抢劫财物的组织。此处似暗指李自成。

［2］细柳营：军营纪律严明者。典出《史记·绛侯周勃世家》："上自劳军。至霸上及棘门军，直驰入，将以下骑送迎。已而之细柳军，军士吏被甲，锐兵刃，彀弓弩，持满。天子先驱至，不得入。先驱曰：'天子且至！'军门都尉曰：'将军令曰：军中闻将军令，不闻天子之诏。'"此处似暗指郑成功军纪严明。

［3］瘦痟："揽辔澄清"，表示革新政治，澄清天下的抱负。典出《后汉书·党锢列传》："滂登车揽辔，慨然有澄清天下之志。"

（二）

将士威权富六韬，汉家劲旅出临洮。[1]

穷边秋草黄云暗，大漠清霜朔气高。

十道河山空望灵，八方征戍始波涛。[2]

将军早有征东志，渡海何时驾六鳌。[3]

【解题】

清朝将原来明朝统治区的十五个承宣布政使司中的湖广分为湖南、湖北，南直隶（先改名为江南）分为安徽、江苏，从陕西中分出甘肃，设置内地十八个省份。清初南方有三藩之乱，连及约八省。此诗追述当时战局，希望郑成功趁机渡海作战。

【笺释】

［1］六韬：亦作"六弢"，旧题吕望撰。分文韬、武韬、龙韬、虎韬、豹韬、犬韬六卷。也用以指称兵法韬略。临洮：古称狄道，隶属于甘肃省定西市，因境内有洮河而得名。自古为西北名邑、陇右重镇、古丝绸之路要道。

［2］十道：十个行政区域。唐贞观初，分全国为关内、河南、河东、河北、山南、淮南、江南、陇右、剑南、岭南等十道。

［3］六鳌：神话中负载五仙山的六只大龟。见《列子·汤问》："帝恐流于西极，失群仙圣之居，乃命禺强使巨鳌十五，举首而戴之。迭为三番，六万岁一交焉。五山始峙而不动。而龙伯之国有大人，举足不盈数步而暨五山之所，一钓而连六鳌，合负而趣归其国，灼其骨以数焉。"

（三）

鼙鼓声声动地来，仓琅旋见北门开。[1]
钢枪石马秋风里，铁轴牙樯海上来。[2]
千里浮云空五墨，一天秋色扑金台。[3]
□□潨洞胡尘入，谁是中朝振乱才？

【解题】

此诗暗指郑成功发动南京战役。清顺治十六年（1659年），郑成功会同张煌言部顺利进入长江，势如破竹，接连取得定海关战役、瓜州战役、镇江战役的胜利，包围南京，开始了江宁白土山之役。后因郑成功意外遭到清军突袭，致使郑军大败，退回厦门。诗人对郑成功失败，清军占据中原表示叹惋。

【笺释】

［1］仓琅："仓琅根"，装置在大门上的青铜铺首及铜环。此句暗指清军涌入中原。

［2］铁轴：战船；铁甲船。典出庾信《哀江南赋》："苍鹰赤雀，铁轴牙樯。"倪璠注："皆战舰也。"牙樯：象牙装饰的桅杆。一说桅杆顶端尖锐如牙，

故名。后为桅杆的美称。

［3］金台：神话传说中神仙居处。典出《海内十洲记·昆仑》："其一角有积金为天墉城，面方千里，城上安金台五所，玉楼十二所。"此处或暗指郑成功退守金门、台湾。

（四）

建章台畔冷秋风，千古昆明一炬中。[1]
玉女三千辞汉塞，铜人十二别秦宫。[2]
山川突兀愁云黑，玄阙其不落照红。[3]
为问周王巡守处，可能仙杖到崆峒？[4]

【解题】

诗人感叹世事变迁，叹息历史成败，暗中讽刺清帝南巡之事。

【笺释】

［1］建章："建章宫"，汉代长安宫殿名。昆明：见前注。多有历尽时艰和变迁之意。

［2］铜人十二："十二金人"，秦始皇统一六国后为防止人民反抗而尽收天下之兵，铸成十二个大铜人。

［3］玄阙：指古代传说中的北方极远之地。典出《史记·司马相如列传》："遗屯骑于玄阙兮，轶先驱于寒门。"

［4］周王巡守：周穆王游行之事。似暗指清康熙六下江南事。仙杖："仙仗"，神仙的仪仗。崆峒：山名，在今甘肃平凉市西。相传是黄帝问道于广成子之所，也称空同、空桐。后亦以指仙山。典出《庄子·在宥》："黄帝立为天子，十九年，令行天下，闻广成子在于空同之上，故往见之。"

（五）

岁运黄杨厄闰时，寒晦萧瑟古今悲。[1]
喁夷千里烽烟逼，朔漠三边羽檄驰。
文种行戍辞越国，弦高备具犒秦师。[2]
一处风雨无情甚，也动行人故国思。

【解题】

诗似写时势艰难，忠臣被害，奸臣卖国行径。

【笺释】

[1] 岁运：太岁星的运转。黄杨厄闰：比喻境遇困难。传说黄杨木难长，遇到闰年，非但不长，反而会缩短。

[2] 文种：文仲，字会、少禽，春秋末期楚之郢人，后定居越国。越王勾践的谋臣，和范蠡一起为勾践最终打败吴王夫差立下赫赫功劳。灭吴后，为勾践赐死。弦高句：公元前627年，郑国商人弦高路遇偷袭郑国的秦国军队，弦高窥知秦军意图，便假借国君名义，以十二头牛犒劳秦军，同时悄悄派人赶回郑国报信，挽救了郑国。此处似指暗中里通清朝的明臣。

（六）

闻到将军赋出征，黄龙城阙闻节声。[1]
千年王气天开运，六骑营屯地拥兵。[2]
辽海有波通碣石，燕山无险阨长城。[3]
一处尺土天王柄，只有阿敕守北平。[4]

【解题】

诗写袁崇焕应诏出征辽东前后事。

【笺释】

[1] 黄龙城：龙城，在今辽宁朝阳市。此指清王朝的发源地。

[2] 开运：开始新的国运，指新的封建王朝开始建立。

[3] 辽海：指渤海辽东湾。碣石：山名。在河北省昌黎县北。碣石山余脉的柱状石亦称"碣石"，该石自汉末起已逐渐沉没海中。

[4] 天王：中国历史上最高统治者的尊称，与天子同义。

（七）

五岭飞烟接大荒，天教铜柱限南方。[1]
千秋戎事悲台峤，四海王灵阻越裳。[2]
赵氏河山开百长，虚低兵甲隔三湘。[3]
汉家肯令珠崖弃，要在名臣奠海疆。[4]

【解题】

诗写南明小朝廷在岭南的活动，寄希望于岭南有利地形，像南宋一样，重新奠定汉族基业。

【笺释】

[1] 五岭：大庾岭、越城岭、骑田岭、萌渚岭、都庞岭的总称，位于江西、湖南、广东、广西四省之间，是长江与珠江流域的分水岭。铜柱：铜制的作为边界标志的界桩。亦作"马援铜柱"，表示将领在边地建功立业。典出《后汉书·马援传》注引《广州记》："援到交阯上，立铜柱，为汉之极界也。"

[2] 台峤：天台山，此处代指山脉。王灵：指王朝的威德。越裳：古南海国名。此处指水域阻隔之地。

[3] 赵氏河山：指赵构建立南宋政权。百长：百人之长。典出《墨子·迎敌祠》："五步有五长，十步有什长，百步有百长。"

[4] 珠崖：泛指边疆地区。汉武帝元鼎六年（公元前111年）定越地，以为南海、苍梧、郁林、合浦、交阯、九真、日南、珠崖、儋耳郡。后珠崖等郡数反叛，贾捐之上疏请弃珠崖，以恤关东。元帝从之，乃罢珠崖郡。事见《汉书·武帝纪》及《严朱吾丘主父徐严终王贾传下》。

（八）

金榜渭水自东沉，万里昆仑今骏游。[1]
边月三更寒鼓角，野外万灶宿貔貅。[2]
楼台箫管随流水，城阙悲笳起暮愁。
吟水悲山空怅望，人非宋玉也悲秋。

【解题】

诗写名声与事业都为虚誉，不如畅快神游；一想起戍守边塞的将士之苦，不禁伤悲。

【笺释】

[1] 金榜：亦作"金牓"，金色的匾额或姓名榜。渭水：代指姜子牙获得周文王重用事。

[2] 貔貅：亦作"豼貅"，古籍中的两种猛兽。多连用以比喻勇猛的战士。

1907年

214. 和《万树梅花绕一庐》

天梅先生工赋诗，欲与元气争春回。[1]

南枝北枝竞窈窕，北枝香谢南枝开。

根干轮困郁奇致，芳香悱恻时袭余。[2]

不偕众卉斗妩媚，此中应中孤山庐。[3]

瀛海壮游今已矣，西归料理买青山。[4]

知君别具岁寒操，携鹤抱琴独往还。[5]

哀乐过人最凄绝，无端怅触故乡心。

小园花发归无计，一任虹桥春色深。

前日，同里方泽山赠予诗，有"梅花已发归无计"句。[6]

【解题】

1907年高天梅在《复报》上发出一则征诗启示："鄙人近倩名子绘《万树梅花绕一庐》卷子，托此孤芳用以寄意海内外诗豪词杰，有与我表同情者乎？乞惠一二佳什为感。"当时和诗者有高志攘、柳亚子、高佛子、刘三、刘光汉、陈去病等人，多为南社成员。刘氏这首和诗一方面题咏《万树梅花绕一庐》卷子，另一方面则称扬高天梅的情操，结尾则借梅花转入抒发自己的思乡之情。

【笺释】

[1] 天梅先生：高旭（1877—1925年），字天梅、号剑公，别字慧云、钝剑，江苏金山（今上海金山）人，中国近代诗人、同盟会领袖之一、南社创始人之一。他早年倾向维新变法，后来转向支持革命，与陈去病、柳亚子等创立南社。诗文由其弟高基编为《天梅遗集》。元气：泛指宇宙自然之气。

[2] 郁：凝聚。

[3] 孤山庐：宋代诗人林逋在江淮游历后回到杭州，隐居西湖，结庐孤山，人称"梅妻鹤子"，志其高洁。

[4] 瀛海：大海，此处应指日本。

[5] 岁寒操：品格坚贞。典出《论语·子罕》："子曰：'岁寒，然后知松

柏之后凋也。'"鹤、琴：高雅情操的象征。

[6]方泽山（1874—1927年）：江苏省江都（今扬州市）人。自小因天资聪颖被称为"扬州神童"。

1908年

215. 步佩忍韵

老木清霜黄歇浦，故人应讶我重来。
海天归棹人千里，江国消愁酒一杯。
尽有文章志离合，似闻欢笑杂悲哀。
四方豪杰今寥落，越水吴山汩霸才。

【解题】

此诗是刘氏1908年从日本回国后所作。据《陈去病年谱》载："刘师培夫妇由日回国和柳亚子既相继抵沪，诸友相聚，小饮甚欢。席间陈去病提议继明末云间几社的事业，组织文社以图再举。是日，《神州日报》立即发表了他们的唱酬诗作，这是南社之先声。陈去病《无畏、天梅、亚庐、嘤公翩然萍集，喜成比什》中有'待续云间事，词林各骋才'之句……可惜刘师培没有明确表态，只叹'尽有文章志离合，似闻欢笑杂悲哀。'"

此前，刘氏已经反对孙中山，大闹同盟会，与章太炎又闹了个不可开交。诗歌一反往日激烈的情绪，而流露出消极之感，刘氏在诗中表达出千里归来之感慨。

216. 春兴三首其二

牢落迷阳曲，凄凉《广泽篇》。[1]栖迟成底事，哀乐嬗中年。[2]
春色生巴舞，秋心变蜀弦。[3]　坐看崦谷日，万里下虞渊。

【解题】

此诗的情感比较复杂，经历过复杂的世事后，刘氏在诗歌中表现出消极无为的情绪低。

【笺释】

［1］迷阳：无所用心；诈狂。见前注。《广泽篇》:《尸子·广泽》，尸佼的学术史论，在此篇中，他刻意发掘各家可以融通、认同的层面，主张"综合名家"。

［2］栖迟：淹留，隐遁。

［3］蜀弦:《蜀国弦》，乐府相和歌辞名，又名《四弦曲》《蜀国四弦》。南朝梁简文帝、隋卢思道、唐李贺等均有此作，言蜀道难。

1910年

217. 东坡生日，集无闷园

阳熙散凛冽，寒律调喧妍。　泄泄曦展轮，棱棱冰融川。
壶觞平泉集，履綦洛社联。[1]勉覆岁寒贞，尚缅峨嵋贤。[2]
及兹览揆辰，精享森明禋。[3]焦黄筐实灿，寒碧溪毛寋。[4]
画像拓吴都，宝珉溯蜀川。[5]展字焕真彩，雠文句琅玕。
方知球荡珍，足拟馨香躅。[6]图成证雪踪，纪远稽奎躔。[7]
思旧遥情集，伤时殷忧缠。　磨蝎契吕论，归鸟赓陶篇。[8]
愧非裴笛宾，静抚桓筝篇。[9]

【解题】

江苏盱眙有"云山四园"，即：西园、无闷园、闻得园和四逸园。"无闷园"位于小云山麓，是清康熙年间优贡戚玾的旧居，中有"就闲堂"，常有诗友唱和。遗迹今已不存。1910年，端方在无闷园召集"东坡生日雅集"，时值端方被革职闲居期间。刘氏的这首诗一方面照应"东坡生日"的雅集主题，另一方面也在诗中称赞端方的金石文物之学和出世之举。诗歌多用僻典，诗意隐晦。

【笺释】

〔1〕平泉："平泉庄"，唐李德裕游息的别庄。履綦：足迹，踪影。洛社：欧阳修、梅尧臣等在洛阳时组织的诗社。

〔2〕覃：勤勉，努力。峨嵋贤：指苏轼，苏轼为四川眉山人。

〔3〕览揆：代称生辰。典出《离骚》："皇览揆余于初度兮，肇锡余以嘉名。"

〔4〕溪毛：溪涧边的野菜。典出《左传·隐公三年》："苟有明信，涧、溪、沼、沚之毛，苹、蘩、蕴、藻之菜，筐、筥、锜、釜之器，潢污、行潦之水，可荐于鬼神，可羞于王公，而况君子结二国之信。行之以礼，又焉用质。"

〔5〕捃（jùn）：拾取，摘取。吴都：此处指春秋时期吴国的都城苏州。吴地绘画历史源远流长。在魏晋南北朝时期出现了顾恺之、陆探微，张僧繇、曹不兴等书画大家。

〔6〕躅：聚集。

〔7〕雪踪："鸿雪踪"，比喻往事的痕迹。化用苏轼《和子由渑池怀旧》："人生到处知何似，应似飞鸿踏雪泥。泥上偶然留指爪，鸿飞那复计东西。"奎躔：奎，奎星，即魁星，古人认为主文运。躔（chán），天体的运行。奎躔，即奎星运行的轨迹。

〔8〕磨蝎：星宿名，"磨蝎宫"的省称。旧时迷信星象者，谓生平行事常遭挫折者为遭逢磨蝎。典出苏轼《东坡志林·退之平生多得谤誉》："退之诗云：'我生之辰，月宿南斗。'乃知退之磨蝎为身宫，而仆乃以磨蝎为命，平生多得谤誉，殆是同病也。"吕论：或指《吕氏春秋·仲春纪·功名》："贤不肖不可以不相分，若命之不可易，若美恶之不可移。"归鸟：陶渊明所作《归鸟》诗。此诗通过归鸟不遇"和风"归而求与心相合之同调者，表现出对"遐路诚悠，性爱无遗"的自由生活的向往与追求，表达了诗人亲近自然、回归自然的心志。

〔9〕桓筝："桓伊篇"。晋桓伊标格简率，有军事才能，以参与破苻坚有功，封永修县侯。他又是江南著名音乐家，极善吹笛。一次，在孝武帝举行的宴席上，弃笛抚筝，歌《怨时》诗，声节慷慨，抒发出郁结胸中的愤懑。后用为以筝乐抒发忠愤之典。典出《晋书·列传》："时谢安女婿王国宝，专利无检行，安恶其为人，每抑制之。及孝武末年……帝召伊饮燕，安侍坐，帝命伊吹笛。伊神色无迕，即吹为一弄，乃放笛云：'臣于筝分不及笛，然自足以韵合歌管，请以筝歌……伊便抚筝而歌《怨时》……声节慷慨，俯仰

可观。安泣下沾衿，乃越席而就之，捋其须曰：'使君于此不凡。'"

1911年

218. 独漉篇

> 独漉独漉，波深渐车。[1] 直波渐车，递波荡闾。[2]
> 鸿雁于飞，爰集中乡。[3] 阳失厥莹，炎风陨霜。[4]
> 相彼西南，有煌其都。 梁肉苦饱，置委道周。[5]
> 大车啴啴，小车班班。 峻霍拄天，车不得前。

【解题】

独漉，亦作"独禄"，古乐府中晋和南朝齐拂舞歌辞名。刘氏用《独漉篇》旧题，融入一些新的象征性意象，如"鸿雁""炎风"等，来寄寓自己所处环境的恶劣和现实处境的艰难。

【笺释】

[1] 渐：打湿。

[2] 闾：里巷的大门。

[3] 鸿雁于飞：化用《诗经·小雅·鸿雁》："鸿雁于飞，肃肃其羽。"中乡：指乡中。

[4] 陨霜：谓落霜。

[5] 梁肉：以粱为饭，以肉为肴。指精美的膳食。道周：指道路旁边。

219. 工女怨 三首

> 朝阳被华宇，照耀柔枝桑。皎皎谁家女，织缣日七襄。
> 云何婉娈姿，不怀掐指伤。皋兰弗我劬，园葵况陨霜。
> 潭潭泉客居，粲粲罗帱张。眷顾同侪人，淇梁歌无裳。

同俦悯我瘅，讶我损玉肌。主人使致言，颇哼成纼迟。
亦知根食艰，所懄持役卑。我欲谢役归，庶与捶扑辞。
捶扑畏陨躯，无食忧翺饥。翺饥可乞飧，陨躯诉伊谁？

白日下原隰，子行返衡庐。娇儿迎门呼，讶母归何徐。
母去釜积尘，母归儿牵裙。搯指探母橐，怡声咨余储。
罄币易勺粟，作糜弗盈盂。慰儿且加餐，明日夫如何？

【解题】

《工女怨》三首诗原发表于《天义》第十六至十九卷合册，《遗书》即据之收录。这三章据林氏清寂堂刻本（1931年）《左盦遗诗》辑录，属于后来修订稿。与《左盦诗录》卷二文字虽然有别，但思想内容一致，皆是通过书写工女的生存困境及其原因来宣扬自己的无政府主义思想。

220.《南河修禊图》，山腴先生属题

长安二三月，灼灼城南花。　都人熙皙旸，君子扬柔嘉。[1]
驾言芮阮游，缅延盘干邅。[2]南溪信溽清，北流亦滮沱。[3]
柔风蔚桐莪，阳景开萍波。祁祁物序迁，雍雍繁祉和。[4]
洛觞藻华羽，沂服鲜轻罗。[5]景融物不违，事迈情谁那。
沧浪如未远，兰亭焉足多。[6]

【解题】

"山腴先生"即是刘氏流寓四川时结识的好友林思进。《左盦遗诗》华阳林氏清寂堂刊木刻本即是林思进刊刻并作序，序中提到刘氏为其《南河修禊图》题诗之事。林思进1911年主持"南河修禊"，当时林纾便作《南河修禊图》，不久林思进携图南归，后嘱刘氏、谢无量等人题诗。此诗主要是观图而追想林思进等人"南河修禊"的情况，并将其与永和年间"兰亭修禊"相提并论，称赞此次修禊活动。

【笺释】

[1] 都人：京都的人。诗中"长安"为套语，此处京都指北京。柔嘉：

柔和美善。

[2]驾言：见前注。芮鞫："芮鞫"，雍州川。典出《诗经·大雅·公刘》："止旅乃密，芮鞫之即。"

[3]滮沱："滮池"，古水名。亦名冰池、圣女泉，在今陕西西安市西北。典出《诗经·小雅·白华》："滮池北流。"郑玄笺："丰、镐之间水北流。"

[4]祁祁：众多貌；盛貌。繁祉：多福。典出《诗经·周颂·雝》："绥我眉寿，介以繁祉。"

[5]洛觞、沂服：谓水边嬉戏，以祓除不祥的修禊传统。轻罗：一种质地较薄的丝织品。

[6]沧浪：古水名。有汉水、汉水之别流、汉水之下流、夏水诸说。兰亭：亭名。在浙江省绍兴市西南之兰渚山上。东晋永和九年（353年）王羲之等人在此有"兰亭修禊"，诗作有《兰亭集序》。

221. 再题《南河图》

九衢丽飞甍，五陵富鸣珂。[1]黄金络骏镳，翠羽缨明驼。[2]
贻简及良辰，秉椒扬清歌。 康会良独难，流蕤宁久华。[3]
凌阴液玄都，飘风开卷阿。[4]昔聆南山萁，今睹东陵瓜。
菅云阙眴盱，枌雨疏盘娑。[5]一为渌水吟，用逝今如何。

【笺释】

[1]九衢：纵横交叉的大道；繁华的街市。飞甍：指飞檐。五陵：长陵、安陵、阳陵、茂陵、平陵五县的合称。见前注。鸣珂：显贵者所乘的马以玉为饰，行则作响，因名。

[2]镳：马衔。明驼：善走的骆驼。

[3]蕤：花。

[4]凌阴：藏冰的地窖。玄都：古诸侯国名。卷阿：泛指蜿蜒的山陵。

[5]菅：菅茅，此处是指像菅茅一样的云。眴盱："盱盱"，张目直视。枌：木名，白榆。

1916年

222. 赠吴彦复

平生壮气凌湖海，卧对西风感鬓丝。
谏草耻留青史迹，骚心潜付美人知。[1]
更无大地容真隐，为写新愁入小诗。
好待尘寰炊黍熟，劫灰影里辨残棋。[2]

【解题】

吴彦复，见前注。刘氏此诗称赞友人吴彦复的诗文如"谏草"，有"骚心"，一生行事无人理解，是真隐士，抒发出人生如梦幻、破败艰难的感慨。

【笺释】

[1] 谏草：谏书的草稿。骚心：指像屈原一样的爱国之心。

[2] 炊黍："黍熟黄粱"或"黄粱一梦"，见前注。残棋：中断的或将尽的棋局。常用来比喻人生破败不堪。

作年不详佚诗：

【说明】这部分佚诗作年不详，《扬子桥》《三汊河野望》《高旻寺》《隋堤柳》《泛湖》《咏隋宫》《燕子矶》《小金山亭》《观音山》多为描写扬州风光之作，或是刘氏早年游览而作，偶发感慨，用语简洁，诗旨浅近，不再解题，偶作笺释。

223. 扬子桥[1]

扬子桥边夕照收，迷离烟树系孤舟。
杨花飘落杨枝老，送尽春风又入秋。

【笺释】

[1] 扬子桥：位于扬州南，唐代称"扬子津"，是扬州地区大江南北的重

要渡口。《宋史·高宗纪二》载南宋建炎三年（1129年）二月，"内侍邝询报金兵至，帝披甲驰幸镇江府。是日，金兵过扬子桥"。

224. 三汊河野望[1]

秋水何娟娟，风露漫天冷。斜阳有余辉，明月弄新影。

【笺释】

[1] 三汊河：此处指扬州三汊河，扬州古运河经扬州城穿过至古刹高旻寺，与仪扬河交叉形成三汊河口，故名"三汊河"。

225. 高旻寺[1]

古槐阴密晚风凉，落叶萧萧石径长。
多少阎浮随浩劫，塔铃犹自语斜阳。

【笺释】

[1] 高旻寺位于扬州市南郊古运河与仪扬河交汇处的三汊河口。顺治八年（1651年），两河总督吴惟华于三汊河岸筹建七级浮屠，以纾缓水患，名曰"天中塔"。康熙皇帝多次巡幸并赐名为"高旻寺"。

226. 隋堤柳[1]

几曲重堤柳万条，春来依旧碧迢迢。
风亭月榭今何在，剩有浓阴覆板桥。

【笺释】

[1] 隋堤柳：隋炀帝时沿通济渠（古汴河）、邗沟河岸修筑的御道，道旁植杨柳，后人谓之"隋堤烟柳"。

227. 泛湖

月榭风亭近有无，绿波十里接平湖。

扁舟一棹归何处，云影天光燕不孤。

228. 游高邮文游台[1]，畅然而作

忽忽平台上，常怀秦少游。文章千古垂，祠宇四贤留。

平野山无色，明湖水自流。临怀思往事，萧飒北风秋。

【笺释】

[1]文游台：据《高邮州志》载："宋苏轼过高邮，与寓贤王巩、郡人孙觉、秦观载酒论文于此。时郡守以群贤毕集，颜曰'文游台'。"文游台始建于北宋太平兴国年间（976年），现存建筑大部为嘉庆十九年（1814年）重建。文游台是筑在东山（亦称泰山）顶端的高台建筑，登高四望，东观稻田，西览湖天。

229. 咏隋宫

一带玉沟斜[1]，当年帝子家。春雨秋月里，一曲后庭花。

【笺释】

[1]玉沟斜：隋炀帝在扬州亡国后，宫女们就葬在北郊蜀冈一条山沟里，扬州人称此地为"玉沟斜"。

230. 即且食腾蛇

即且食腾蛇，頯牛地烦鼍。[1]三户能亡秦，一夫能敌万。[2]

姑苏越人吴，开国制归鲁。[3] 毫傲本无成，英雄气多沮。
乃知洞□微，□在能维武。 君看天日间，微国安能侮？
条稾□有者，吾当□存语。

【解题】

"即且食腾蛇"，此说源自《史记·龟策列传》："猬辱于鹊，腾蛇之神而殆于即且。"即且，即蝍蛆，蜈蚣的别名。意谓刺猬被喜鹊欺辱，有神通的腾蛇却不是蜈蚣的对手。刘氏诗歌强调物性各有局限与擅长，叙述历史上以小敌大的事实，指出"微小"的力量不可轻忽。此诗当是刘氏早年研读《史记》时的习作。

【笺释】

[1] 頯（qiāo）：头部不美好。语本《玉篇》："頯薄，不媚也。"鬘（mán）：头发美好的样子。

[2] 三户："楚虽三户，亡秦必楚"。见前注。

[3] 姑苏越人吴，开国制归鲁：据史书记载周太王生有三子，长子太伯（泰伯）、次子仲雍和小儿子季历。季历的儿子姬昌聪明早慧，深受太王宠爱。周太王想传位于姬昌，但根据当时传统应传位于长子，太王因此郁郁寡欢。泰伯明白父亲的意思后，就和二弟仲雍借为父采药的机会一起逃到荒凉的江南，定居于梅里（今江苏无锡的梅村），自创基业，建立了勾吴古国。《左传·桓公十八年》记载，晋国的韩宣子到鲁国聘问，从太史氏那里看到鲁国所藏的《易》《象》和《春秋》等典籍文献之后，不禁发出"周礼尽在鲁矣"的感叹。

231. 军国平章事重轻

军国平章事重轻，当年弓矢亦专征。
老臣秉钺三朝节，义旅连营十道兵。[1]
建策原来资宰相，大功安必出书生。
贺山楼头边关辟，壁垒纵横竟树旌。[2]
假节荆州镝武昌，独将形势阨江湘。[3]
轻裘绶带风浪度，鼓角云梯守备长。

子弟知后谢安石，父兄仆射郭汾阳。[4]

上游自控东南镇，永奠金瓯靖海疆。[5]

【解题】

"军国平章事"，古代的一种官职。唐代以尚书、中书、门下三省长官为宰相，因官高权重，不常设置，选任其他官员加同中书门下平章事之名，简称"同平章事"，同参国事。唐睿宗时又有"平章军国重事"之称。宋金元因之，明初仍沿袭，不久废。刘氏此诗歌颂郭子仪平定叛乱，实现了唐代的中兴事业；谢安凭借自己的智慧，令东晋得以延续。当是刘氏早年研读史书的习作。

【笺释】

[1] 秉钺三朝：郭子仪（697—781年）侍奉唐肃宗、唐代宗、唐德宗三朝，功勋第一。"安史之乱"时任节度使，率军勤王，收复河北、河东，拜兵部尚书。宝应元年（762年），平定河中兵变有功，进封汾阳郡王。广德元年（763年），仆固怀恩勾结吐蕃、回纥作乱，长安失陷。郭子仪被再度启用，任关内副元帅，再次收复长安。永泰元年（765年），吐蕃、回纥再度联兵内侵，郭子仪在泾阳单骑说退回纥，并击溃吐蕃，稳住关中。

[2] 贺山句：贺山，在今湖北恩施市西。太元三年（378年），前秦征南大将军苻丕率步兵、骑兵七万人进攻襄阳。苻坚又另派十万多人，分三路合围襄阳。秦晋淮南之战爆发。谢安在建康布防，又令谢玄率五万北府兵，自广陵起兵应敌。谢玄四战四胜，全歼秦军。

[3] 假节：假以符节，持节。古代使臣出行，持节为符信，故称。淝水之战后，谢安上疏请求北征，孝武帝于是以谢安都督扬、江、荆、司、豫、徐、兖、青、冀、幽、并、宁、益、雍、梁共十五州军事，加假黄钺，其余官职如旧，又增设从事中郎二人。

[4] 知后：官名。宋承唐制，各州置邸于京师，以本州人为进奏官，掌呈送本州公文，并以皇帝诏令及朝廷各部门公文送回本州。仆射：此处指尚书仆射。郭子仪父子皆担任过此职。郭汾阳：郭子仪宝应元年（762年）平定河中兵变有功，进封汾阳郡王。

[5] "上游"句：指太元二年（377年），朝廷又加任谢安为侍中、都督扬、豫、徐、兖、青五州及幽州的燕国诸军事、假节。同年，因广陵缺乏良将防守，谢安便不顾他人议论，极力举荐自己的侄子谢玄出任兖州刺史，镇守广

陵，负责长江下游江北一线的军事防守。谢安则自己都督扬、豫、徐、兖、青五州军事，总管长江下游。金瓯：比喻疆土之完固。亦用以指国土。

232. 落叶

稻蟹横行声郭索，桑零公叶登苇箔。
清□萧骚似缚薄，夜深芦苇扁舟泊。
□中一曲奏爬沙，风回日斜雨窗纱。
修竹千竿扫柳隙，吹笛万柄枯荷斜。
河水屦碎声骆眉，寒窗半夜筛晴雪。[1]
群鸟回旋万翅飞，莎鸡振羽千声敦。
苍蛇铁纸弄微鸣，时作麻姑爬背声。[2]
明朝启径味□□，望断江南旅客情。

【解题】

这首诗以"落叶"为题，详细描写了落叶时节的自然景色，视角多样，声色俱备；之后抒发一种羁旅之感，从中可见刘氏情思的细腻。

【笺释】

[1] 晴雪：诗词中用以喻白色之物。此处比喻月光。

[2] 铣（tán）：义与"丛"同。麻姑爬背：谓仙人麻姑，手纤长似鸟爪，可搔背痒。典出葛洪《神仙传》。

233. 拟李义山效长吉

杨柳扫织花，芙蓉制薄衣。
秋草罢残绿，春花懒不飞。
金屋寂无人，佳期归不归？

注：此诗与《左盦诗录》卷二所收《古意用李樊南效长吉诗韵》一诗诗意相同，字句偶异。

234. 七夕歌

一轮明月转金波，半湾流水分铜呵。
焚香共乞天孙巧，庭前瓜果纷陈罗。[1]
结缕穿针向神祷，未必人人得天巧。
人巧果能从天乞，世间巧者何其少？
人间巧拙定于天，本来习惯成自然。
如谓巧者由天助，天工之意无乃偏？
即使天能益人智，世人之意有所恃。
安得有祷神应之，亦当伸此还屈彼。
加以世人贪天功，有求必遂天亦穷。
是以古人顸以此，重黎首绝地天通。[2]
天地之间相悬隔，人神之间非咫尺。
意者天语果可通，否则此意难相合。
况乎此事等刻舟，谁详织女与牵牛？
天若有巧与人乞，其期何必待孟秋。
即使人人得天助，人间巧者将无穷。
世间巧拙向因什，世人转被聪明误。
可知其效本来非，意者好事之所出。
安得□□□□□，一为众世释其疑。

【解题】

乞巧，农历七月七日夜，穿着新衣的少女们在庭院向织女星乞求智巧，称为"乞巧"。此诗从七夕节少女们的"乞巧"活动出发，进行深入的思辨与议论，认为人之巧拙不是出于天定，难以向天乞巧，"世间巧拙向因什，世人转被聪明误。可知其效本来非，意者好事之所出"。此诗当是刘氏早年习作，具有一定思辨性。

【笺释】

[1] 天孙巧："天孙与巧"，天孙即织女。古代风俗，七月七日之夜，女子穿七孔针向织女乞巧。

[2] 顸："顸颟"，糊涂而马虎。绝地天通：《国语》记载，天和地本来是相通的，人可上天，神也可以下地，人与神都各司其职而不相乱。但到了少

昊末年，人逐渐无视人和神之间的界限，不复对神存敬畏之心，因此天下大乱，天灾频仍。少昊之后，颛顼继位，乃命南正重司天，火正黎司地，让神归于天，人归于地，神与人不相混乱，天地秩序重新恢复了正常，因此叫作"绝地天通"。

235. 咏燕

榆塞三千冷落晖，营巢燕子又南飞。
若逢海国风霜冷，问尔飘零归未归？
注：此诗与《左盦诗录》卷二所收《燕》一诗唯首句不同，其余相同。

236. 燕子矶

江上舣舟处，波心燕子矶。可怜补天石，不作鸟双飞。
注：此诗与《左盦诗录》卷二所收《燕子矶》一诗诗意相同，字句偶异。

237. 反招隐诗

（原稿前缺）　聘却安车。　鲁连蹈东海，梅福入勾吴。[1]
严陵留钓台，诸葛隐草庐。[2]岂无出匣志？知音待风胡。
宁为投林鸟，不为吞钩鱼。　君看鸟投林，犹惜一枝居。[3]
游鱼吞钩去，何时返江湖？

【解题】

"招隐"诗在中国古代文学史上渊源已久。淮南小山始作《招隐士》，主要内容为陈说山中的艰苦险恶，劝告所招的隐士（王孙）归来。"反招隐"源于东晋王康琚的《反招隐诗》，意在吟咏隐士生活、希冀隐居。刘氏此诗与《左盦诗录》卷二收录的《招隐诗》主题一致，都是借助一些前人隐逸的事件和"吞钩鱼""投林鸟"等典故说明世事险恶与艰难来反"招隐",以此表达自己的隐逸之志。

【笺释】

[1]"鲁连"句:"鲁连蹈海",见前注。梅福:字子真,九江郡寿春(今安徽寿县)人。少年求学长安,是《尚书》和《谷梁春秋》专家。任西汉南昌县尉,汉成帝永始元年(16年),鉴于朝政日非,民怨四起,上书朝廷,指陈政事,并讽刺王凤,但被朝廷斥为"边部小吏,妄议朝政",险遭杀身之祸。因此梅福挂冠而去。勾吴:吴国。

[2]"严陵"句:相传为严子陵垂钓处。严陵(前39—41年),东汉严光,字子陵,省称严陵。年少时与刘秀同游学,后刘秀登基遣使屡聘,不受,耕于富春山终卒。"诸葛"句:诸葛亮十七岁至二十七岁躬耕、隐居于南阳草庐。诸葛亮在《出师表》中说:"臣本布衣,躬耕于南阳……先帝不以臣卑鄙,猥自枉屈,三顾臣于草庐之中。"

[3]犹惜:或是"犹借"。

238. 小金山亭

笋舆升崇岗,宛入烟云中。平地白云起,截断千万峰。
惟有诸峰影,参差浮远空。径转何逼仄,一线偏能通。
盘虚下绝磴,曲折趋琳宫。高阁俯林杪,月出开溟濛。

【解题】

此诗与下面《平山堂》《虹桥》《观音山》当作于同一时期,为刘氏记游而作。按空间由南而北顺序排列为:《虹桥》《小金山亭》《观音山》《平山堂》。这几首诗纯用白描,别无寄托,写景抒情,自然清新。

239. 平山堂

片云随孤帆,欲行还荡漾。半规日堕水,丹黄纷万壮。

沙雁飞月中，浦树亘天上。中流石屿高，知已落秋涨。
连峰何嵯峨，层叠如奔浪。楼观复缥缈，烟景何萧旷。
翻愿舣舟迟，推蓬资眺望。

【解题】

平山堂，位于扬州市西北郊蜀冈中峰大明寺内。宋仁宗庆历八年（1048年），欧阳修筑堂于此。坐此堂上，江南诸山，历历在目，似与堂平，因而得名。历代不少诗人在此作诗，清代雅集尤盛，以期赓续欧阳公任太守时的诗文风流。

240. 虹桥

晚风送归潮，江岸与之趋。我步长堤上，道路何迂徐。
沙村三五家，参差夹水居。门前垂弱柳，城外绕菰蒲。
时有归飞鸟，随烟下平芜。遥望隔江山，白云满太虚。

【解题】

虹桥，位于扬州瘦西湖南，原名"红桥"，因桥形似彩虹卧波，遂将"红桥"改为"虹桥"。虹桥之胜，始于明代，延至清乾隆年间，王士禛在扬州做推官时，与当时遗民文人修禊于此，由于诗人的吟咏，扬州虹桥声名远扬。

241. 观音山

阴崖画飞雨，晴空护皎日。惟有太古云，长风吹不出。
山形亦奇观，山前惟一室。老树郁周遭，奇卉名不一。
当前拥翠屏，一峰更崷崒。层槛与叠榭，幽栖亦邃密。
何如无结构，天然莫无匹。流览意自惬，斯游真难必。

【解题】

观音山是隋代迷楼故址，位于扬州蜀冈。据《迷楼记》载，迷楼是隋炀帝行宫，浙江匠人项升设计，"凡役夫数万，经岁而成"。隋炀帝曾说："使真仙游此，亦当自迷。"观音山是扬州的制高点，远眺江淮南北，一览无余。

242. 读楚词

西风吹湘竹，木叶下潇湘。洞庭舣归舟，极浦望浔阳。
岂无楚泽兰，孤芳袭我裳。惟恐鹈鴂鸣，百草先不芳。
帝子一以去，杜若年年香。千秋云梦水，犹自悲怀王。
注：此诗与《左盦诗录》卷四所收《读楚词》一诗诗意相同，字句偶异。

243. 赋得八指头陀诗三首（略）

注：此诗与《左盦诗录》卷三之《八指头陀诗》字句偶异，诗意相同。

词：1903年

244. 满江红·枕黄粱

一枕黄粱，看浩劫茫茫如此。阅几度沧海桑田，兴亡弹指。秋雨铜驼
悲洛下，西风去，雁歌汾水，只淡烟疏柳。[1]最消魂，斜阳里。思往事，
从头记。玉垒改，金瓯碎。[2]恨秋江寂寞，鱼龙沉睡。[3]雨覆云翻千古恨，
海枯石烂孤臣泪。又天津桥畔送春归，鹃声起。

【解题】

满江红，词牌名，又名"上江虹""满江红慢""念良游""烟波玉""伤
春曲""怅怅词"。以柳永《满江红·暮雨初收》为正体。

刘氏在词中书写世事变幻、历代兴亡，抒发自己对当时国家遭受列强侵
略的悲痛与愁苦之情。

【笺释】

[1]铜驼："铜驼荆棘"，常形容国土沦陷后残破的景象。
[2]玉垒：指玉垒山。在四川省理县东南。化用杜甫《登楼》："锦江春
色来天地，玉垒浮云变古今。"感叹国家有难。

[3] 鱼龙沉睡：鱼和龙，泛指鳞介水族。化用杜甫《秋兴八首》之四："鱼龙寂寞秋江冷，故国平居有所思。"

1904年

245. 水调歌头·书王船山先生《龙舟会》杂剧后

一掬新亭泪，鼙鼓震江皋。回首天荆地棘，万里感萍飘。[1] 对此江山半壁，惆怅春灯，燕子宫阙吊南朝。[2] 逝水东流去，呜咽楚江潮。

子房椎，荆卿剑，伍胥箫。[3] 遐想中原豪侠，高义薄云霄。叹息大仇未恤。安得华骝三百，慷慨策平辽。[4] 一洗腥膻耻，沧海斩虬蛟。[5]

【解题】

水调歌头，词牌名，又名"元会曲""凯歌""水调歌""花犯念奴""花犯"。以毛滂《元会曲·九金增宋重》为正体。代表作品有苏轼《水调歌头·明月几时有》。

杂剧《龙舟会》是王夫之"感愤于时事的苦心孤诣"之作，取材于唐人传奇小说《谢小娥传》和明末凌濛初拟话本《李公佐巧解梦中言，谢小娥智擒船上盗》。此剧赋予谢小娥故事以新的思想内涵，通过谢小娥、李公佐等人物的言行，含蓄委婉地表现了王氏痛恨变节投降的行为，抒写了王氏壮志难酬的愤慨与不平。刘氏在词中追述南明史实、王夫之的抗清经历，词作借咏王船山，表达个人反清的志向，抒发自己"雪耻复国"的革命思想。

【笺释】

[1] 天荆地棘：天地间布满荆棘，比喻仕途或处境艰难。

[2] 春灯、燕子：或指明末南明时阉党人士阮大铖的传奇作品《春灯谜》《燕子笺》。这些剧作约创作于崇祯六年至十五年（1633—1642年）之间，剧作内容皆为冤狱得雪、先苦后甜的才子佳人戏，风靡一时。

[3] 子房椎：指张良狙击秦始皇的铁椎。事见《史记·留侯世家》。荆卿剑：指义士荆轲刺杀秦始皇的短剑。事见《史记·刺客列传》。伍胥箫："吴门吹箫"，指春秋时楚国的伍子胥逃至吴国，在市上吹箫乞食，比喻在街头行乞。事见《史记·范雎蔡泽列传》。

〔4〕平辽：或指袁崇焕五年平辽之事。

〔5〕腥膻：旧指入侵的外敌。此处专指清军。虬蛟："蛟虬"，比喻奸邪之臣。

杨丽娟补遗 [①]

246. 和阮文达公《秋桑》

冷淡疏林着□霜，枝条摇落亦凄凉。
畴边罗影残秋雨，陌上筝声落夕阳。
日落首山柯改碧，秋深淇水叶飘黄。
野虞毋伐曾编令，村姑依然傍院墙。[1]

【解题】

此诗是刘氏早年习作，为和阮元《秋桑》诗而作。与阮元的诗歌一样，刘氏的和诗也是反映百姓的"桑事"，属于关怀民生之作。

【笺释】

〔1〕野虞：语出《礼记·月令第六》："是月也，命野虞毋伐桑柘。"

247. 拟韩昌黎《短灯檠》

藏漏沉沉天未曙，兰膏照夜尖芒吐。[1]
风雪萧萧月色寒，一灯遥念兰山苦。

_____

① 杨丽娟.扬州新见刘师培十七首佚诗[J].古籍整理研究学刊，2012（4）：43—44，16.

【解题】

唐代文学家韩愈作有《短灯檠歌》，写太学儒生夜间苦读情形。韩愈对自己的学生，一方面是热情关怀，另一方面是深切勉励，谆谆教诲。刘氏此诗属于早年的拟作，诗意与韩愈无关，表现自己寒夜苦读的状况。

【笺释】

[1] 兰膏：古代用泽兰子炼制的油脂，可以点灯。

248. 题《桃花源图》二首

青溪何处钓鱼舟，一抹斜阳一抹烟。
渔父不来春亦老，落花流水自年年。[1]

花落花开不计年，垂髫人似小游仙。[2]
可怜秦政求仙术，不识桃源别有天。[3]

【解题】

《桃花源图》又称《桃源仙境图》是明代画家仇英创作的一幅纸本重彩中国画，题材取自东晋隐士陶渊明所作《桃花源记》，画作围绕着人物来营造意境，充分体现了仇英在人物画和山水画上精深的艺术力，表现了文人雅士追求世外桃源的理想。刘氏此诗是基于题咏《桃源仙境图》所表现的世外之境，引发出其对以桃花源为代表的世外仙境的赞美。

【笺释】

[1] 渔父：渔父是一位避世隐身、钓鱼江滨的隐士，他劝屈原与世俗同流，不必独醒高举，而屈原则强调"宁赴湘流，葬于江鱼腹中"，也要保持自己清白的节操。

[2] 游仙：古人谓游心仙境，脱离尘俗。

[3] 秦政求仙术：秦始皇（嬴政）求取长生仙药。

249. 夏后铸鼎歌

夏后铸此鼎，用以镇冀方。[1] 成汤得此鼎，兴军灭夏亡。[2]
周武得此鼎，率师克殷商。 宝鼎尔何物，竟乃关兴亡。
暴主失以衰，沦没泗水旁。 英王求此鼎，水际露微光。
宝鼎若有知，迁□亦其常。 奈何夷与齐，因之卧首阳。

【解题】

《左传》中载有"禹铸九鼎"这一历史传说。夏朝建立之后，国泰民安，以九州所贡之金，铸成九鼎。夏为商所灭，九鼎迁于亳邑。"武王克商，迁九鼎于洛邑"（《左传·桓公二年》），成王在洛阳营造新都，迁九鼎于郏鄏（今河南洛阳市西），其名谓之"定鼎"。战国末年，秦昭襄王迁之于秦，途中一鼎落入泗水之中，另外八个鼎到秦灭之后，亦不知所踪。

刘氏此诗主要追述大禹所铸九鼎迁移流徙的历史，在追述中对九鼎和国家兴亡的关系保持理性的思考，认为九鼎之变迁实属正常的物品流转，并对伯夷、叔齐不仕周朝的态度表示难以理解。

【笺释】

[1] 夏后：夏朝最高统治者。据《竹书纪年》载，夏朝君主多冠以"后"字，如后启、后少康、后宁（妀杼）、后芬、后桀等。

[2] 鼎："铸鼎象物"，指禹收九州之金铸九鼎而像百物。后用此称颂君王功德。典出《左传·宣公三年》："昔夏之方有德也，远方图物，贡金九牧，铸鼎象物，百物而为之备，使民知神奸。"

250. 露筋词二首

暮鸦远噪夕阳斜，祠宇巍峨近水涯。
池树湖云两寂寞，半钩冷月浸莲花。

微波绕处寺门斜，杨柳依依碧波涯。
三十六湾秋水碧，晚风吹落白萍花。

【解题】

"露筋祠"，俗称仙女庙，故址在今江苏省高邮县城南三十里，附近有贞女墓。古代游人多有题咏，清周亮工总汇该祠相关诗文成集。刘氏此诗描写露筋祠在夕阳之下，湖上树木与花草的景色，当是早年的习作。

251. 咏漂母饭韩信诗

□竿钓淮水，英雄不遇有如此。使非一饭给盘飧，安得无双称国士。[1]他年垓下建奇功，分符特受楚王封。[2]致祭不同吴伍子，报施直等晋文公。[3]

吁嗟呼！汉家大将诛钟室，一餐小惠绵庙施。[4]可知汉祖报功臣，不及韩侯报旧德。况乎小惠俱不忘，韩信岂肯背汉王。敌国已破谋臣亡，高祖安能得善良。

【解题】

"漂母饭韩信"，事见《史记·淮阴侯列传》："淮阴侯韩信为布衣时，贫而无行……信钓于城下，诸母漂，有一母见信饥，饭信，竟漂数十日……后信为楚王，召所从食漂母，赐千金。"

刘氏此诗通过"漂母饭韩信"这一历史故事，肯定韩信知恩图报，感叹韩信遭遇"钟室之祸"，指责汉高祖杀害功臣。

【笺释】

[1]无双称国士："国士无双"，指一国独一无二的人才。典出《史记·淮阴侯列传》："诸将易得耳，至如信者，国士无双。"

[2]垓下建奇功：指汉五年（公元前202年），韩信带兵会师垓下，围歼楚军。项羽死后，解除兵权，徙为楚王。因人诬告，贬为淮阴侯。

[3]致祭："生刍致祭"，表示赞美死者的德行。伍子：伍子胥。《太平御览》记载，夫差曾经亲自率领群臣到江边致祭。晋文公为公子时得介之推"割股奉君"得以存活，登上晋君大位后，忘记分封介之推，后又烧山逼迫介之推，结果介之推被烧死。

[4]钟室："钟室之祸"，比喻功臣遭忌被杀。刘邦称帝后，封信为淮阴侯。因遭吕后忌，被斩于长乐宫悬钟之室。事见《史记·淮阴侯列传》。

252. 秋夜望月

青天萧萧秋风起，月光照彻银河水。
河水迢迢三千里，寒流潜入云天里。
碧玉冥冥烟雾开，山鬼啸月凄风来。
蟋蟀啼阶叶飘井，秋风秋露一天冷。

【解题】

此诗是刘氏秋夜望月时有感于寒流即至而作，秋风吹起，朗空万里，随之而来的是凄冷。从诗歌的感情色彩来看，刘氏诗中多流露出凄伤、哀婉的感伤。

253. 重宫怨

池头箫鼓咽秋风，花落栏干惨不红。
夜月不知人有恨，犹诱□□照深宫。

【解题】

宫怨诗是中国古代诗词的一种传统类型，唐宋时期盛行，佳作如李白《玉阶怨》、王昌龄《西春宫怨》等。刘氏此诗沿用《宫怨》诗旧体而作，诗歌描写宫女幽怨之情。可能是刘氏早期习作。

254. 寒柳二首

柔条无力拂帘笼，尽在疏烟细雨中。
城郭空余隋别苑，楼台不改汉离宫。[1]
昏鸦数点栖斜日，枥马群嘶系朔风。[2]
堤上垂垂萦几曲，寒枯林塞望溟濛。[3]

风条雨索大堤前，霜雪纷纷十月天。
金缕新词沉夜月，玉关长笛咽寒烟。
将军老去空营里，处士归来故宅边。
我亦湘潭感摇落，行人攀折自年年。

【解题】

刘氏这两首诗是典型的咏物诗。第一首诗以"寒柳"为焦点，历叙隋苑、汉宫不同时代不同地点的柳色，突出写秋冬季节的萧瑟荒凉之感。第二首诗由秋末柳色凋零，联想到闺中与边塞不同的柳色，壮士暮年的悲凉，由此感慨命运的不自由。

【笺释】

[1] 隋别苑："隋苑"，隋炀帝时所建。故址在江苏省扬州市西北。离宫：供帝王出巡时居住的宫室。

[2] 枥马：指拴在马槽上的马，多喻受束缚，不自由者。

[3] 溟濛：形容草木茂密。

255. 无题

霜襟雪羽不胜春，何地飘飘托此身。
无意莫随朱户客，有情还恋素心人。[1]
轻钗有尽随神女，脂粉无颜笑太真。
君看繁华桃李节，有谁身不恋红尘。

【解题】

之所以用"无题"作题目，是因为刘氏不便于或不想直接用题目来显露诗歌的主旨。刘氏此诗写自己不同世俗的理想与追求，常人爱慕繁华，自己如鸿鹄一样，具有洁白无瑕的品性。

【笺释】

[1] 朱户：指富贵人家。素心人：心地纯洁、世情淡薄的人。见前注。

256. 无题

一番风雨海天秋，冰辇银床动客愁。[1]

□露何曾随皓鹤，掠波慎勿妒沙鸥。

杏花春雨愁无际，芳草斜阳冷玉钩。

多少文禽婴□□，寄巢何用傍妆柔。

【解题】

此诗或是刘氏有感于节序变化，感叹人不能像沙鸥一样自由。

【笺释】

[1]银床：井栏。典出庾肩吾《九日侍宴乐游苑应令》："玉醴吹岩菊，银床落井桐。"

257. 佳人

舞袖触处落花香，金犀扮成碧玉筐。[1]

梁苑雪飞寻旧梦，汉宫日暖试新妆。

珠帘卷罢三更月，玉阶能霏二月霜。

省识入宫还见妒，双临从不到昭阳。[2]

【解题】

以描写"佳人"为题的诗歌早已有之，比如杜甫的《佳人》诗。刘氏的这首诗相当于宫怨诗，描写了汉代宫廷女子豪华奢侈的物质生活，但也有自己的哀愁，虽为人羡慕，但却未曾得到皇恩恩宠。

【笺释】

[1]金犀：黄金带钩。

[2]省识：犹认识。双临："官星双临"，指事业与权势双双降临。

258. 无题

当年一纸报神京，争奈强藩拥进明。[1]
东郡亦残弦角下，青州虚撤苟晞兵。[2]
扶桑形势三千里，齐国河山七十城。[3]
北阁兵戈非义旅，将军且莫恼尚征。[4]

【解题】

刘氏此诗叙述历史事件，抒发自己的感想，对于挟私愤、坏大事的行为不齿。

【笺释】

[1] 一纸：指书信或著述。神京：指帝都京城。贺兰进明，开元十六年（728年）登进士第。安禄山之乱，进明以御史大夫为临淮节度。张巡被围睢阳，遣南霁云乞师。进明嫉巡声威，不应。巡遂陷没。

[2] 苟晞（？—311年）：字道将，河南修武县人，为西晋名将。历官阳平太守、尚书右丞、兖州刺史，先后被封为东平郡侯、青州郡公、大将军大都督，督青、徐、兖、豫、荆，扬六州军事。但刑政苛虐，纵情肆欲，趋炎附势，朝秦暮楚，参与"八王之乱"，后为石勒所杀。

[3] 齐国句：乐毅曾奉燕昭王命攻打齐国，留在齐国巡行作战五年，攻下齐国城邑七十多座，只有莒和即墨没有收服。后来齐国以反间计造成燕王对乐毅的怀疑，反攻恢复国土。

[4] 北阁：疑即现广东潮州的北阁。郝尚久（？—1653年），河南人，明末清初将领。任潮州总兵，镇守潮州，采取"不清不明"中立态度。顺治七年（1650年）二月，在清将尚可喜、耿继茂等大军威慑下，郝尚久降清。顺治九年（1652年），受明东阁大学士兼礼、兵部尚书潮人郭之奇策反归正。顺治十年（1653年）闰八月，清军大兵压境，潮州城破，郝尚久与其子郝尧同投古井殉难。

259. 无题

生女难弭七雄师，漠北和亲事可疑。[1]
百越河北南比辙，三朝节钺北湟陇。[2]
千秋论定功兼罪，四海官家夏变夷。[3]
自古英雄嗟末路，千兵去市乱旅时。

【解题】

此为咏史诗。刘氏对依靠女子"和亲"取得和平的行为提出不同看法，对历史功过产生怀疑，对兵荒马乱的世事发出哀叹。

【笺释】

[1]七雄：一般指"战国七雄"，此处当指"七国之乱"。"七国之乱"是发生在中国西汉景帝时期的一次诸侯国叛乱。"漠北和亲"指汉元帝时，王昭君出塞和亲，呼韩邪单于把昭君封为宁胡阏氏。

[2]百越：亦作"百粤"，我国古代南方越人的总称，分布在今浙、闽、粤、桂等地，因部落众多，故总称"百越"。公元前214年，秦始皇完成平定岭南的大业，设桂林、象郡、南海三郡。同时秦朝从中原迁入岭南五十万人，实行书同文、车同轨制度。节钺：符节与斧钺。古代授予官员或将帅，作为加重权力的标志。郭子仪侍奉唐肃宗、唐代宗、唐德宗三朝，功勋第一。见前注。

[3]官家：此处指朝廷。夏变夷：以诸夏文化影响中原地区以外的僻远部族。典出《孟子·滕文公上》："吾闻用夏变夷者，未闻变于夷者。"此处似乎反指，暗指清政府的统治。

朱德印补遗①

260. 感事八首

（一）

黄金台畔黯秋云，菜市萧条淡夕曛。[1]
奇祸旋兴文字狱，兵机偶动羽林军。[2]
岂因宋帝仇安石，不阻唐宗用叔文。[3]
逝水无情人易老，秦中何处吊商君。[4]

【解题】

这首诗写招贤台黯淡与戊戌六君子遇难，追述前代变法革新者王安石、王叔文、商鞅。王安石、王叔文以变法失败告终，商鞅变法虽然成功，但终究也因变法而死。这首诗是诗人有感于"戊戌变法"而作，其中流露出对变法的同情。

【笺释】

[1]黄金台：也称招贤台，战国时期燕昭王筑，尊师郭隗，招揽贤才。此处指北京，以历史和现实中改革与尊贤的不同形成对比，咏史与叹世结合。菜市：菜市场或菜市口。此处应指"戊戌变法"失败，"戊戌六君子"被杀于北京菜市口之事。

[2]羽林军：又称羽林卫，是古代皇帝的禁军。此处或指袁世凯出卖谭嗣同等变法人士。

[3]宋帝仇安石：指宋神宗时，王安石变法失败，遭神宗怀疑，后又将其贬官、罢相之事。唐宗用叔文：指唐顺宗任用王叔文之事。王叔文当政后进行一系列变法革新，史称"永贞革新"。

[4]"秦中何处"句：商君，即商鞅。商鞅在秦国实施变法，后又因变法

---

① 朱德印.《大亚画报》中新见刘师培佚诗九首考释 [J]. 扬州文化研究论丛，2019（1）：96—107.

而死，死后葬于秦中。

（二）

斜阳衰草气萧森，又向神州叹陆沉。[1]
去国谁悲随会志，上书岂识杜根心。[2]
海枯石烂孤臣泪，地覆天翻党祸深。
太息前朝亡国事，不堪回首哭东林。[3]

【解题】

这首诗一方面感叹国土沦陷敌手，一方面又指出因变法而起的党祸之深。刘氏在诗中感叹"前朝亡国事"，反映了他此时期的思想处于维新变法的保皇阶段，与后来反清的革命主张有所不同。

【笺释】

[1] 陆沉：喻故国沦陷。

[2] 随会志：随会，史称"范武子"，士蒍之孙，士缺之子，杰出的政治家，先秦时代贤良的典范，在晋文公当政时改革政治，修晋国之法，使晋国法度为之一新。此句应指维新变法人士。杜根心：杜根，字伯坚，颍川定陵人。杜根为帮助汉安帝从外戚手中夺回权利，一度与邓太后为敌，以致被邓太后诛杀，但其诈死逃过一劫，后得重用，其行为被视为对皇帝的忠心。

[3] 东林：指东林党，明朝末年以江南士大夫为主的官僚政治集团。东林人士面对国事日非的形势，积极发出关心国事、改革弊政的呼声。此句应是对维新变法人士的悲叹。

（三）

一从析木锁妖氛，莽莽中原起战云。[1]
侂胄无谋能御敌，怀先有计欲要君。[2]
铜驼秋雨人悲洛，白雁西风水渡汾。[3]
帝子不归春色暮，故宫钟鼓冷斜曛。

【解题】

这首诗所写内容当是1900年8月八国联军攻打北京城，慈禧与光绪帝等仓皇出逃西行事，"帝子不归春色暮，故宫钟鼓冷斜曛"一句点明主旨。同时刘氏批评权臣挟洋自固，要挟君王，致使皇帝流落不能归京，京城空虚，对在位重臣无人"保皇"，唯求自保的国家形势有所感叹。

【笺释】

[1]析木：星次名，与二十八宿相配为尾、箕两宿，为幽燕分野，代指北方。

[2]"侂胄"句：侂胄即韩侂胄，南宋的权臣、宰相。其掌权后做出北伐金国的决策，即"开禧北伐"，夺回部分失地，但后因将帅乏人而失败。近代人多以韩为奸相。"怀先"句：怀先疑为怀光，即唐末大将李怀光。泾原兵变时曾举兵勤王，多有战功，但后来设计联合朱泚反叛，迫使唐德宗逃往汉中。此句应指袁世凯。

[3]铜驼：见前注。

（四）

> 天地悠悠白日沉，忽闻义旅起湘阴。[1]
> 风云感慨英雄老，沧海横流战血深。
> 杜宇啼枝空有泪，精禽填海讵无心。[2]
> 澧兰沅芷谁攀折，犹入当年楚客吟。[3]

【解题】

此首诗中的"湘阴义旅"应是指唐才常组织自立军之事。1900年唐才常组织自立军，宣布"保全中国自立之权，创造新自立国"，拥护光绪帝当政。8月21日晚被张之洞逮捕，次日被害。

【笺释】

[1]义旅：义师。此处应是指1900年唐才常组织自立军之事。

[2]精禽：精卫鸟。

[3]澧兰沅芷：澧、沅，水名；兰、芷，香草名。此处比喻高洁的人品或高尚的事物。

（五）

> 雨覆风翻又一时，神京回首更堪悲。[1]
> 青蒲伏阙空惆怅，黄阁平章孰主持。[2]
> 忧国片言思贾谊，撤帘大计少韩琦。[3]
> 秦皇别有愚民策，何用焚书待李斯。

【解题】

此诗应是针对慈禧垂帘听政之事而作。维新运动中光绪皇帝无实权在手而致使变法失败，诗人表达出对慈禧垂帘听政的不满和渴望政权能归于帝王的愿望，可见诗人对以慈禧为首的保守势力的愤恨。

【笺释】

［1］雨覆风翻：比喻时势变化无常。

［2］青蒲伏阙："伏蒲""青蒲"。汉元帝欲废太子，史丹候帝独寝时，直入卧室，伏青蒲上泣谏，指忠臣犯颜直谏。典出《汉书·王商史丹傅喜传》。黄阁平章：黄阁，汉代丞相、太尉和汉以后的三公官署避用朱门，厅门涂黄色，以区别于天子，后因以黄阁指宰相官署。平章，古代官名，此处与伏阙相对意为商量处理。

［3］撤帘句：封建时代，皇帝年幼，由其祖母或母亲代为执政，谓之"垂帘"，归政于皇帝则称"撤帘"。韩琦在治平元年（1064年）成功说服曹太后撤帘归政于宋英宗。此处表现出刘氏对慈禧垂帘听政的不满，反映了刘氏对"后党"势力的愤恨。

（六）

> 黄粱一枕梦初醒，浩劫茫茫几度经。[1]
> 元菟不闻归汉域，吐蕃从此绝唐庭。[2]
> 露凝太液花空落，日黯阴山草不青。[3]
> 匡复神州期努力，未须流涕泣新庭。

【解题】

诗人叙述历史上汉代失地不复，而在唐代成为外患的事件，来表达自己对于列强争夺在华权益，中国面临国土分割、国家危亡的忧虑。面对国土沦丧的状况，诗人感叹的同时还发出了匡复国家的自强呼声。

【笺释】

［1］黄粱句："黄粱一梦"，比喻虚幻的梦想或不现实的好事。见前注。

［2］元菟："玄菟"，汉代归属玄郡（今辽东一带），后失。见《文献通考》卷三二四《四裔考一》："至元封三年，灭朝鲜，分置四郡，昭帝时，并二郡入乐。浪、元菟，复徙元菟居句丽。"此句应指1900年沙俄入侵我国东北，日本要求满洲权益而激起列强争夺。

［3］"露凝太液"句：太液，古池名。元、明、清太液池即今北京故宫西华门外的北海、中海、南海三海。元时名"西华潭"，清称"太液池"。此句应是指1900年八国联军进入北京，慈禧携光绪帝西逃，致使京城空虚之事。

日黯阴山句：阴山，即阴山山脉，狼胥山等皆属其分支。中国汉、唐时期在狼胥山与北方少数民族发生过多次战争。

（七）

瀛海初消鹬蚌争，赤眉青犊祸旋成。[1]
碑残景教灾谁弭，患起萧墙变易生。[2]
百粤河山旌旆影，南川风雨鼓鼙声。[3]
廷臣不识忧时切，欢舞酣歌饰太平。

【解题】

此首诗感怀的事件有三：一是1895年4月17日三国干涉还辽事。二是1898年义和团"扶清灭洋"的起义被清廷镇压。三是南方频发革命起义。诗人有感于国家受外敌侵略和国内"义和团"起义造成国家内外不安的状况而作诗。

【笺释】

[1] 鹬蚌争："鹬蚌相争，渔翁得利"，比喻双方相持不下，而使第三方从中得利。此句应指1895年4月17日，清朝政府与日本签署《马关条约》，割让辽东半岛。赤眉青犊：指新莽末年河北地区较为强大的农民起义军，后为刘秀镇压。典出《后汉书·邓寇列传》："今山东未安，赤眉、青犊之属，动以万数。"此处应是指"义和团"运动。

[2] 碑残景教：景教，即唐代正式传入中国的基督教的分支，多有景教墓碑存世。此句应指清末频发的人民反抗教会欺压而引起的外交事件。

[3] 百粤河山："百越"。见前注。此句诗应是指1900—1903年发生在中国南方的惠州起义、广西王和顺起义以及史坚如应惠州起义、炸毁广东巡抚督门等事。

（八）

欲挽狂澜事可伤，箫声呜咽剑苍茫。[1]
鹃声啼血心愈苦，螳臂当车愿未偿。
倚笑东门无石勒，辍耕陇上待陈王。[2]
堂堂万里中州地，从此挥戈盼鲁阳。[3]

【解题】

此首诗是诗人感于"庚子国难""戊戌变法"的失败等系列事件而作。面对国家山河破碎，刘氏内心凄苦，同时又表达了诗人期待英雄出现拯救国家于危难，匡复神州大地的愿望。

【笺释】

〔1〕"箫声呜咽"句：剑，代指豪气冲天；箫，代指低回沉吟。此句应是诗人有感于"维新变法"之失败而内心凄切，并感到国家脱离危险局势的希望渺茫。

〔2〕倚笑东门："石勒倚啸"，多以此抒发感慨怀古之情。见前注。"辍耕陇上"句：化用《史记·陈涉世家》："陈涉少时，尝与人佣耕，辍耕之陇上。"辍耕，即中止耕作；陈王，即陈涉。此处应是指能够挽救国难之人。

〔3〕挥戈盼鲁阳：指"鲁阳挥戈"。见前注。

261. 石头城

杨柳依依惨不青，六朝金粉已成尘。[1]
龙盘虎踞英雄业，如此江山付与人。

【解题】

石头城，即南京。此诗或为刘氏1902年赴南京参加乡试时所作，绝句内容为感叹南京历史之变迁，与刘氏1902年所作的《咏史》二首、《雨花台》等诗的风格相近，故认为应作于1902年。

【笺释】

〔1〕六朝金粉：六朝，指三国时的孙吴，两晋时的东晋，南朝时的宋、齐、梁、陈六个朝代。金粉，旧时妇女妆饰用的铅粉，常用以形容繁华绮丽。二者并用指六朝时期建康城（南京）的繁华绮丽。

主要参考文献

［1］刘师培.刘申叔遗书［M］.南京：江苏古籍出版社，1997.

［2］刘师培，方仕国.仪征刘申叔遗书［M］.扬州：广陵书社，2014.

［3］万仕国.刘申叔遗书补遗［M］.扬州：广陵书社，2008.

［4］［清］阮元.十三经注疏（附校勘记）［M］.北京：中华书局，1980.

［5］［汉］毛亨，［汉］郑玄，［唐］陆德明，孔祥军.毛诗传笺［M］.北京：中华书局，2018.

［6］［汉］韩婴，许维遹.韩诗外传集释［M］.北京：中华书局，2020.

［7］［宋］朱熹，赵长征.诗集传［M］.北京：中华书局，2017.

［8］［清］王先谦，吴格.诗三家义集疏［M］.北京：中华书局，1987.

［9］［汉］郑玄，［清］王闿运.尚书大传补注［M］.北京：中华书局，1991.

［10］［汉］郑玄，［唐］贾公彦，王辉.仪礼注疏［M］.上海：上海古籍出版社，2008.

［11］［汉］郑玄，［唐］贾公彦，彭林.周礼注疏［M］.上海：上海古籍出版社，2010.

［12］方向东.大戴礼记汇校集解［M］.北京：中华书局，2008.

［13］［汉］焦延寿，刘黎明.焦氏易林校注［M］.成都：巴蜀书社，2010.

［14］［春秋］左丘明，杨伯峻.春秋左传注（修订本）［M］.北京：中华书局，2016.

［15］杨伯峻.论语译注［M］.北京：中华书局，2009.

［16］杨伯峻.孟子译注［M］.北京：中华书局，2008.

［17］［晋］郭璞，［宋］邢昺，王世伟.尔雅注疏［M］.上海：上海古籍出版社，2010.

［18］［汉］扬雄，［晋］郭璞 . 方言［M］. 北京：中华书局，2016.

［19］［汉］许慎，［清］段玉裁 . 说文解字注［M］. 北京：中华书局，2013.

［20］［唐］陆德明，张一弓 . 经典释文［M］. 上海：上海古籍出版社，2013.

［21］安居香山，中村璋八 . 纬书集成［M］. 石家庄：河北人民出版社，1994.

［22］徐元诰，王树民，沈长云 . 国语集解［M］. 北京：中华书局，2002.

［23］［晋］皇甫谧，陆吉 . 帝王世纪·世本·逸周书·古本竹书纪年［M］. 济南：齐鲁书社，2010.

［24］黄怀信，张懋镕，田旭东 . 逸周书汇校集注［M］. 上海：上海古籍出版社，2007.

［25］［汉］刘向，何建章 . 战国策注释［M］. 北京：中华书局，2019.

［26］［汉］司马迁 . 史记［M］. 北京：中华书局，1959.

［27］［汉］班固 . 汉书［M］. 北京：中华书局，1975.

［28］［南朝宋］范晔 . 后汉书［M］. 北京：中华书局，1965.

［29］［晋］陈寿 . 三国志［M］. 北京：中华书局，1959.

［30］［北齐］魏收 . 魏书［M］. 北京：中华书局，1974.

［31］［唐］房玄龄 . 晋书［M］. 北京：中华书局，1974.

［32］［南朝梁］沈约 . 宋书［M］. 北京：中华书局，1974.

［33］［唐］姚思廉 . 梁书［M］. 北京：中华书局，1973.

［34］［宋］欧阳修，宋祁 . 新唐书［M］. 北京：中华书局，1975.

［35］［元］脱脱 . 宋史［M］. 北京：中华书局，1985.

［36］［清］张廷玉 . 明史［M］. 北京：中华书局，1974.

［37］［清］赵尔巽 . 清史稿［M］. 北京：中华书局，1977.

［38］［北魏］郦道元，陈桥驿 . 水经注校证［M］. 北京：中华书局，2013.

［39］周明 . 山海经集释［M］. 成都：巴蜀书社，2019.

［40］［汉］刘向，张涛 . 列女传译注［M］. 北京：人民出版社，2017.

［41］［晋］葛洪，胡守为 . 神仙传校释［M］. 北京：中华书局，2010.

［42］［晋］葛洪，周天游 . 西京杂记校注［M］. 北京：中华书局，2020.

［43］［三国］王弼，楼宇烈 . 老子道德经注［M］. 北京：中华书局，2011.

［44］［春秋］文子，李定生，徐慧君 . 文子校释［M］. 上海：上海古籍

出版社，2016.

　　［45］［汉］刘向，张纯一.晏子春秋校注［M］.北京：中华书局，2014.

　　［46］［春秋］墨子，吴毓江.墨子校注［M］.北京：中华书局，2006.

　　［47］黎翔凤，梁连华.管子校释［M］.北京：中华书局，2004.

　　［48］［清］郭庆藩，王孝鱼.庄子集释［M］.北京：中华书局，2006.

　　［49］［清］王先谦，沈啸寰，王星贤.荀子集解［M］.北京：中华书局，2012.

　　［50］［清］王先慎，钟哲.韩非子集解［M］.北京：中华书局，2016.

　　［51］［战国］列御寇，杨伯峻.列子集释［M］.北京：中华书局，2011.

　　［52］［晋］郭璞注，王贻樑，陈建敏.穆天子传汇校集释［M］.北京：中华书局，2019.

　　［53］［战国］吕不韦，许维遹，梁运华.吕氏春秋集释［M］.北京：中华书局，2009.

　　［54］［汉］王充，黄晖.论衡校释［M］.北京：中华书局，1990.

　　［55］［汉］刘向，王叔岷.列仙传校笺［M］.北京：中华书局，2007.

　　［56］［汉］刘安，何宁.淮南子集释［M］.北京：中华书局，1998.

　　［57］［晋］葛洪，杨明照.抱朴子外篇校笺［M］.北京：中华书局，1991.

　　［58］［汉］扬雄，刘韶军.太玄集注［M］.北京：中华书局，2013.

　　［59］［汉］扬雄，［晋］李轨.（宋本扬子）法言［M］.北京：国家图书馆出版社，2017.

　　［60］［唐］欧阳询，汪绍楹.艺文类聚［M］.上海：上海古籍出版社，1995.

　　［61］［战国］屈原撰，金开诚，董洪利，高路明.屈原集校注［M］.北京：中华书局，1996.

　　［62］［宋］朱熹，黄灵庚.楚辞集注［M］.上海：上海古籍出版社，2015.

　　［63］［汉］贾谊，王洲明，许超.贾谊集校注［M］.北京：人民文学出版社，1996.

　　［64］［南朝宋］鲍照，钱仲联.鲍参军集注［M］.上海：上海古籍出版社，1980.

　　［65］［晋］陶渊明，袁行霈.陶渊明集笺注［M］.北京：中华书局，2017.

［66］［南朝宋］刘义庆，［南朝梁］刘孝标，余嘉锡．世说新语笺疏［M］．北京：中华书局，2016.

［67］［唐］李白，郁贤皓．李太白全集校注［M］．南京：凤凰出版社，2016.

［68］［唐］杜甫，［清］仇兆鳌．杜诗详注［M］．北京：中华书局，2015.

［69］［唐］白居易，谢思炜．白居易诗集校注［M］．北京：中华书局，2006.

［70］［唐］韩愈，［清］方世举，郝润华，丁俊丽．韩愈诗集编年笺注［M］．北京：中华书局，2019.

［71］［唐］李贺，吴正子．李贺歌诗笺注［M］．北京：中华书局，2021.

［72］［宋］苏轼，孔凡礼．苏轼文集［M］．北京：中华书局，1986.

［73］［清］王夫之．船山全书［M］．长沙：岳麓书社，2011.

［74］［清］龚自珍，王佩净．龚自珍全集［M］．上海：上海古籍出版社，1999.

［75］［南朝梁］萧统，［唐］李善．文选［M］．上海：上海古籍出版社，1986.

［76］［南朝陈］徐陵，［清］吴兆宜，程琰，穆克宏．玉台新咏笺注［M］．北京：中华书局，2017.

［77］［宋］郭茂倩．乐府诗集［M］．北京：中华书局，2017.

［78］［清］皮锡瑞，周予同．经学通史［M］．北京：中华书局，2004.

［79］程俊英，蒋见元．诗经注析［M］．北京：中华书局，2017.

［80］程元敏．尚书学史［M］．上海：华东师范大学出版社，2013.

［81］胡士颖．易学简史［M］．上海：生活．读书．新知三联书店，2018.

［82］周振甫．周易译注［M］．北京：中华书局，1991.

［83］高亨．周易大传今注［M］．济南：齐鲁书社，2009.

［84］沈玉成，刘宁．春秋左传学史稿［M］．南京：凤凰出版社，1992.

［85］冯永敏．刘师培及其文学研究［M］．台北：文史哲出版社，1992.

［86］方光华．刘师培评传［M］．南昌：百花洲文艺出版社，1996.

［87］万仕国．刘师培年谱［M］．扬州：广陵书社，2003.

［88］郭院林．清代仪征刘氏《左传》学研究［M］．北京：中华书局，2008.

［89］郭院林．彷徨与迷途——刘师培思想与学术研究［M］．南京：凤凰出版社，2012.

［90］郑晓霞，吴平 . 扬州学派年谱合刊［M］. 扬州：广陵书社，2008.

［91］余英时 . 论戴震与章学诚［M］. 北京：生活·读书·新知三联书店，2000.

［92］汤志钧 . 章太炎年谱长编［M］. 北京：中华书局，1979.

［93］柳亚子 . 南社纪略［M］. 上海：上海人民出版社，1983.

［94］姜义华 . 章太炎思想研究［M］. 上海：上海人民出版社，1985.

［95］曹述敬 . 钱玄同年谱［M］. 济南：齐鲁书社，1986.

［96］唐宝林、林茂生 . 陈独秀年谱［M］. 上海：上海人民出版社，1988.

［97］柳无忌 . 南社人物传［M］. 北京：社会科学文献出版社，2002.

［98］商衍鎏 . 清代科举考试述录［M］. 北京：生活·读书·新知三联书店，1958.

［99］冯自由 . 革命逸史［M］. 北京：中华书局，1981.

［100］蔡冠洛 . 清代七百名人传［M］. 北京：中国书店，1984.

［101］杨天石 . 辛亥革命时期期刊介绍［M］. 北京：人民出版社，1983.

［102］《国粹学报》

［103］《警钟日报》

［104］《甲寅》

［105］《民报》

［106］《中国白话报》

［107］《神州日报》

［108］《广益丛报》